Flanagan
archs Hinterland

Richard Flanagan

DER SCHMALE PFAD DURCHS HINTER-LAND

Roman

Übersetzung aus dem australischen Englisch
von Eva Bonné

Piper München Berlin Zürich

Mehr über unsere Autoren und Bücher:
www.piper.de

Die Originalausgabe erschien 2013 unter dem Titel
»The Narrow Road to the Deep North«
bei Knopf Australia.

Das Gedicht »Angry Penguins« von Max Harris auf Seite 70
wurde übersetzt von Mirko Bonné,
Catulls »Carmen 5« auf Seite 79 von Christoph W. Bauer.

Von Richard Flanagan liegen im Piper Verlag außerdem vor:
Goulds Buch der Fische

FSC
www.fsc.org
MIX
Papier aus verantwortungsvollen Quellen
FSC® C014496

ISBN 978-3-492-05708-0

Gesetzt aus der Minion
Satz: Satz für Satz, Barbara Reischmann, Wangen
Druck und Bindung: GGP Media GmbH, Pößneck
Printed in Germany

Für den Gefangenen san byaku san ju go (335)

Mutter, sie schreiben Gedichte.

Paul Celan

Zögerlich torkelt
die Biene aus den Tiefen
einer Pfingstrose.

Matsuo Bashō

1

Warum ist am Anfang immer das Licht? Dorrigo Evans' erste Erinnerungen handelten von Sonnenstrahlen, die einen Kirchensaal durchfluten, einen hölzernen Kirchensaal, in dem er mit seiner Mutter und seiner Großmutter sitzt. Er wankt in gleißend helles Licht, hinein in das übersinnliche Willkommen und wieder hinaus, in die Arme der Frauen. Der Frauen, die ihn lieben. Als wage er sich auf See und kehre an den Strand zurück, wieder und wieder.

Gesegnet seist du, sagt seine Mutter, während sie ihn umarmt und wieder loslässt. Gesegnet seist du, Junge.

Das musste 1915 oder 1916 gewesen sein. Er war damals ein oder zwei Jahre alt. Die Schatten kamen erst später hinzu, in Gestalt eines Unterarmes, dessen schwarzer Umriss sich im trüben Licht der Petroleumlampe hob. Jackie Maguire saß in der kleinen, dunklen Küche der Evans' und weinte. Damals weinte niemand, außer Babys. Jackie war ein alter Mann, vierzig vielleicht oder noch älter, und er versuchte, sich die Tränen mit dem Handrücken aus dem pockennarbigen Gesicht zu wischen. Oder mit den Fingern?

Unveränderlich war in Dorrigo Evans' Erinnerung nur dieses Weinen. Es klang, als würde etwas zerbrechen. Der schleppende Rhythmus ließ Dorrigo an ein Kaninchen denken, das seine Hinterläufe auf den Boden schlägt, wenn es in der Schlinge erstickt. Es war das einzige vergleichbare Geräusch, das er je gehört hatte. Er war neun, er war ins Haus gelaufen, um seiner Mutter die Blutblase an seinem Daumen zu zeigen, und er hatte keine Vergleichsmöglichkeiten. Nur ein Mal hatte er einen Mann weinen sehen, eine wunderliche Szene war das gewesen, als sein Bruder Tom nach dem Ersten Weltkrieg aus Frankreich zurückgekehrt war. Er war aus dem Zug gestiegen, hatte seinen Seesack in den warmen Staub neben den Bahngleisen fallen lassen und war unvermittelt in Tränen ausgebrochen.

Beim Anblick seines Bruders hatte Dorrigo Evans sich gefragt, was einen gestandenen Mann zum Weinen bringen könnte. Später dann hatten Tränen einfach als die Bestätigung von Gefühlen gegolten, und Gefühle waren der einzige Kompass im Leben. Gefühle waren in Mode und Emotionen ein Theater, die Leute traten als Schauspieler auf und wussten nicht mehr, wer sie abseits der Bühne waren. Dorrigo sollte lange genug leben, um all diese Veränderungen zu sehen. Und er konnte sich an eine Zeit erinnern, als man sich schämte zu weinen. Als man sich vor der Schwäche fürchtete, die sich durch Tränen offenbarte. Vor den Problemen, die man dann unweigerlich bekommen würde. Dorrigo sollte lange genug leben, um zu sehen, wie Menschen gelobt wurden für Taten, die wenig löblich waren, allein, weil die Wahrheit eine Katastrophe gewesen wäre für ihre Gefühle.

Am Abend von Toms Heimkehr verbrannten sie den Kaiser in einem Freudenfeuer. Tom sprach nicht über den Krieg, die Deutschen, das Gas, die Panzer und die Schützengräben, von denen sie gehört hatten. Er sprach gar nicht. Die Gefühle eines Mannes stimmen nicht immer mit dem Leben überein. Manchmal stimmen sie mit gar nichts überein. Tom starrte einfach nur in die Flammen.

2

Ein glücklicher Mann hat keine Vergangenheit, ein unglücklicher Mann hat nichts anderes. Im hohen Alter wusste Dorrigo Evans nicht mehr, ob er den Satz gelesen oder selbst ersonnen hatte. Ersonnen, verwechselt, in kleine Teilchen zerbrochen. Unermüdlich in kleine Teilchen zerbrochen. Stein zu Kies zu Staub zu Schlamm zu Stein, so geht es in der Welt, pflegte seine Mutter zu antworten, wenn er Gründe oder Erklärungen verlangte, warum die Welt so war oder so. Die Welt, sagte sie. Sie existiert einfach so, Junge. Er hatte beim Spielen versucht, eine Festung zu bauen und einen Stein von unter einem Findling auszugraben, als ein zweiter, größerer Stein auf seinen Daumen fiel und sich unter dem Nagel eine pochende Blutblase bildete.

Seine Mutter setzte Dorrigo auf den Küchentisch, wo das Lampenlicht am hellsten war, wich Jackie Maguires seltsamen Blicken aus und hielt den Daumen ihres Sohnes ins Licht. Durch Dorrigos Schluchzer hindurch sagte Jackie Maguire dies und das. Seine Frau war eine Woche zuvor mit dem jüngsten Kind in den Zug nach Launceston gestiegen und nicht zurückgekommen.

Dorrigos Mutter griff zum Fleischmesser. An der Klinge klebte erstarrtes Hammelfett. Sie hielt die Messerspitze in die glühenden Herdkohlen, ein Rauchkringel stieg auf und erfüllte die Küche mit dem Geruch von verbranntem Hammelfleisch. Sie zog das Messer heraus, und die glutrote Spitze war von leuchtend weißem Staub bedeckt, ein Anblick, den Dorrigo gleichermaßen faszinierend wie entsetzlich fand.

Nicht bewegen, sagte sie und hielt seine Hand so fest, dass er erschrak.

Jackie Maguire erzählte, wie er mit dem Postzug nach Launceston gefahren war, um sie zu suchen, doch er hatte sie nirgends finden können. Vor Dorrigo Evans' Augen berührte die glühende Messerspitze den Daumennagel, er fing zu qualmen an, als seine Mutter ein Loch in die Nagelhaut brannte. Dorrigo hörte Jackie Maguire sagen –

Sie ist wie vom Erdboden verschluckt, Mrs Evans.

Dem Qualm folgte ein kleiner dunkler Blutschwall aus Dorrigos Daumen, und dann waren der Schmerz und die Angst vor dem glutroten Fleischmesser verschwunden.

Los, sagte seine Mutter und schob ihn vom Küchentisch. Los jetzt, Junge.

Verschluckt!, sagte Jackie Maguire.

In jenen Tagen war die Welt noch weit und die Insel Tasmanien die ganze Welt. Und von ihren vielen abgelegenen und vergessenen Außenposten waren nur wenige noch vergessener und abgelegener als Cleveland, das Dorf von etwa vierzig Seelen, in dem Dorrigo Evans lebte. Die ehemalige Sträflingskolonie und Postkutschenstation, erst in schlechte Zeiten und dann in Vergessenheit geraten, bestand nun als Rangierbahnhof fort; eine Handvoll baufälliger Gebäude im georgianischen Stil und ein paar vereinzelte Holzhäuser mit Verandagesicht, deren Bewohner seit einem Jahrhundert in Verbannung und Verfall lebten.

Die Kulisse bildete ein Wald aus gekrümmten Eukalyptusbäumen und Silberakazien, die sich in der flimmernden Hitze wiegten. Die Sommer waren heiß und hart und die Winter einfach nur hart. Elektrischer Strom und Radioempfang ließen auf sich warten, zwar lebten sie in den 1920ern, doch hätten es genauso gut die 1880er oder 1850er sein können. Viele Jahre später beschrieb Tom, der kaum zu Allegorien neigte, jedoch von seinem, wie Dorrigo meinte, bevorstehenden Tod und den damit einhergehenden Altersängsten geprägt war, jene Zeit als den langen Herbst einer sterbenden Welt.

Ihr Vater war Eisenbahnarbeiter, und die Familie bewohnte ein holzverkleidetes Häuschen, das der Eisenbahngesellschaft gehörte und direkt an den Bahngleisen stand. Im Sommer, wenn das Wasser knapp wurde, holten sie es eimerweise aus dem Stelzentank, der die Dampflokomotiven versorgte. Sie schliefen unter den Fellen der Possums, die ihnen in die Falle gegangen waren, und ernährten sich hauptsächlich von selbst gefangenen Kaninchen, selbst geschossenen Wallabys, selbst angebauten Kartoffeln und selbst gebackenem Brot. Ihr Vater, der die Depression der 1890er überlebt und gesehen hatte, wie Männer auf den Straßen von Launceston verhungert waren, konnte sein Glück nicht fassen, in diesem Arbeiterparadies gelandet zu sein. Lediglich in seinen weniger heiteren Momenten pflegte er noch zu sagen: »Man lebt wie ein Hund, und man stirbt wie ein Hund.«

Dorrigo Evans kannte Jackie Maguire, weil er seine Ferien manchmal bei Tom verbrachte. Um zu Tom zu gelangen, fuhr er hinten auf Joe Pikes Pferdewagen mit, von Cleveland bis zur Abzweigung im Fingal Valley. Während das alte Zugpferd, Joe Pike nannte es Gracie, friedlich dahintrottete, lehnte Dorrigo sich zurück und träumte davon, sich zwischen die Äste der wild gekrümmten Eukalyptusbäume zu schmiegen, die zitternd am weiten, blauen Himmel vorüberzogen. Er roch feuchte Borke und trockenes Laub und hörte die glucksenden Schwärme der grün-roten Moschusloris hoch oben. Er lauschte dem Gesang von Zaunkönigen und Honigfressern und dem Peitschenknallruf der Joe Wittys, durchsetzt von Gracies Hufgeklapper und dem Knarren und Klirren der Ledergurte, Holzachsen und Eisenketten des Pferdewagens. Ein Universum aus Sinneseindrücken, das in seinen Träumen wiederauferstand.

Auf dem alten Kutschenpfad passierten sie die Postherberge, aus dem Geschäft gedrängt von der Eisenbahn und mittlerweile zu einer Ruine verfallen, in der mehrere verarmte Familien hausten, auch die von Jackie Maguire. Alle paar Tage kündete eine Staubwolke das Herannahen eines Automobils an, dann sprangen die Kinder aus dem Busch und jagten die lärmende Wolke, bis ihre Lungen brannten und ihre Beine sich anfühlten wie Blei.

An der Abzweigung im Fingal Valley ließ Dorrigo Evans sich

vom Pferdewagen rutschen, winkte Joe und Gracie zum Abschied und machte sich auf den langen Marsch nach Llewellyn, einen Ort, der sich hauptsächlich dadurch auszeichnete, dass er noch kleiner war als Cleveland. Hinter Llewellyn lief er in nordöstlicher Richtung über die Koppeln, orientierte sich an den schneebedeckten Gipfeln des Ben-Lomond-Massivs und schlug sich durch den Busch bis zur Schneelandschaft hinter dem Ben durch, wo Tom als Fallensteller auf Possumjagd ging. Er arbeitete jeweils zwei Wochen am Stück und hatte dann eine Woche frei. Am frühen Nachmittag erreichte Dorrigo Toms Zuhause, eine Höhle, die unterhalb eines Gebirgskamms am Ende eines Canyons lag. Die Höhle war nur wenig kleiner als ihr Küchenanbau zu Hause, selbst an der höchsten Stelle konnte Tom nur mit gebeugtem Kopf aufrecht stehen. Wie ein Ei verjüngte die Höhle sich zu den Enden hin, und der Eingang wurde von einem Felsvorsprung überragt, was bedeutete, dass das Feuer die ganze Nacht hindurch brennen und die Höhle wärmen konnte.

Manchmal ließ Tom, inzwischen war er Anfang zwanzig, Jackie Maguire für sich arbeiten. Tom hatte eine gute Stimme und sang abends gern das eine oder andere Lied. Danach las Dorrigo Jackie Maguire, der nicht lesen konnte, und Tom, der es angeblich konnte, im Schein des Feuers aus alten Ausgaben des *Bulletins* und aus *Smith's Weekly* vor, die den Bibliotheksbestand der beiden Possumjäger bildeten. Besonders gern hörten die Männer Aunty Roses Ratgeberkolumne und die Buschballaden, die sie *clever* fanden und manchmal sogar *sehr clever*. Irgendwann fing Dorrigo an, ihnen auswendig gelernte Gedichte aus *The English Parnassus* vorzutragen, einem Buch aus seiner Schule. Ihr Lieblingsgedicht war Tennysons »Ulysses«.

Dann hielt Jackie Maguire sein lächelndes, pockennarbiges Gesicht, das glänzte wie ein frisch gestürzter Plumpudding, in den Feuerschein und rief: Ach, unsere Vorfahren! Die haben die Wörter noch fester zusammengeknüpft, als ein Fallstrick ein Kaninchen würgt!

Dorrigo verriet Tom nicht, was er eine Woche vor Mrs Jackie Maguires Verschwinden beobachtet hatte: Toms Hand unter ihrem Rock, während sie, eine kleine, doch unübersehbare und aparte Frau, am Hühnerschuppen hinter der Postherberge lehnte. Tom vergrub sein Gesicht an ihrem Hals. Dorrigo wusste, sein Bruder küsste sie.

Viele Jahre noch dachte Dorrigo an Mrs Jackie Maguire, deren richtigen Namen er nie erfuhr, deren richtiger Name so war wie das Essen, von dem er im Kriegsgefangenenlager täglich träumte – ob nun wirklich existent oder nicht, es drängte sich in seinen Schädel, es verschwand, sobald er danach greifen wollte. Nach einer Weile dachte er weniger an sie, und noch eine Weile später gar nicht mehr.

3

Als Einziger in seiner Familie bestand Dorrigo nach der Dorfschule die Eignungsprüfung, und so erhielt er im Alter von zwölf Jahren ein Stipendium und durfte die Launceston High School besuchen. Er war groß für sein Alter. In der Mittagspause des ersten Schultages fand er sich auf dem sogenannten oberen Feld wieder, einer staubigen Fläche mit abgestorbenem Gras, Baumrinde und Blättern, die zu einer Seite von hohen Eukalyptusbäumen begrenzt wurde. Er beobachtete die großen Jungen aus der dritten und vierten Klasse, Jungen mit Koteletten, Jungen mit Muskeln wie erwachsene Männer, die sich in zwei ungeordneten Reihen aufstellten, sich anrempelten und schubsten wie bei einem Stammestanz. Dann begann die Magie des *Kick-to-Kick*. Einer trat den Football über das Feld zu den Jungen der anderen Reihe hinüber, die sich auf den Ball stürzten oder, kam er hoch herein, in die Luft sprangen, um ihn zu fangen. Wie brutal der Kampf um die Beute auch sein mochte – wer immer sie ergatterte, war plötzlich unantastbar. Ihm gebührten der Sieg und das Privileg, den Football zur anderen Reihe hinüberschießen zu dürfen, wo sich der Vorgang wiederholte.

So ging es die ganze Mittagspause hindurch. Die älteren Jungen dominierten das Spiel zwangsläufig, sie holten die meisten Punkte und traten den Ball am häufigsten. Einige jüngere schafften wenige Punkte und Tritte, viele nur einen oder keinen.

Dorrigo schaute die ganze erste Pause zu. Ein anderer Neuzugang erklärte ihm, man müsse mindestens in der zweiten Klasse sein, um beim *Kick-to-Kick* mitspielen zu dürfen – die Großen waren zu stark und zu schnell, sie dachten sich nichts dabei, den anderen ihre Ellenbogen gegen die Schläfen zu rammen, die Faust ins Gesicht, das Knie in den Rücken. Dorrigo bemerkte ein paar kleinere Spieler, die in geringem Abstand hinter der eigentlichen Meute lauerten, um jene Bälle abzustauben, die zu hoch getreten wurden und über das Gedränge hinwegsegelten.

Am zweiten Tag gesellte er sich zu den Kleineren dazu. Und am dritten, er hatte sich bis dicht an den Rand der Meute herangewagt, sah er über die vielen Schultern einen zitternden Volley aus großer Höhe auf sich zukommen. Eine Sekunde lang hing der Football vor der Sonne, und da begriff Dorrigo, dass dieser Ball von ihm gepflückt werden wollte. Er roch die Pissameisen im Eukalyptus und spürte die flackernden Schatten der Äste über sich hinweggleiten, als er in die Meute hineinrannte. Die Zeit verlangsamte sich, und er fand im Gedränge der größten, stärksten Jungen gerade so viel Platz, wie er brauchte. Er begriff, dass der Ball, der dort oben vor der Sonne hing, ihm gehörte, er brauchte nichts weiter zu tun, als aufzusteigen. Sein Blick war starr auf den Ball gerichtet, er spürte, dass er es in diesem Tempo nicht schaffen würde, und so setzte er zum Sprung an; seine Füße fanden den Rücken eines Jungen und seine Knie die Schultern eines anderen, und so stieg er über alle anderen hinweg ins blendende Sonnenlicht auf. Auf dem Höhepunkt der Schlacht reckte er den Arm weit über den

Kopf, spürte den Ball in seiner Hand und wusste, nun konnte er sich wieder aus der Sonne herausfallen lassen.

Er presste sich den Football an die Brust und landete auf dem Rücken, mit solcher Wucht, dass es ihm den Atem verschlug. Unter bellendem Keuchen kam er auf die Beine, richtete sich im Licht auf, den ovalen Ball in seinen Händen und bereit, in eine neue, größere Welt einzutreten.

Während er rückwärtstaumelte, hielt die Meute respektvollen Abstand.

Wie zum Teufel heißt du?, fragte ein älterer Junge.

Dorrigo Evans.

Das war sensationell, Dorrigo. Du bist dran.

Der Duft der Eukalyptusborke, das unverfroren fahle Licht der tasmanischen Mittagsstunde, so gleißend hell, dass er die Augen zukneifen musste; die warme Sonne auf der gespannten Haut, die schwarzen, kurzen Schatten der anderen, das Gefühl, auf einer Schwelle zu stehen, frohlockend in ein neues Universum hinüberzugleiten, während das alte bekannt und greifbar blieb und noch nicht ganz verloren ging – all dessen wurde er sich bewusst. Der heiße Staub, der Schweiß seiner Mitspieler, das Gelächter, das unbekannte, reine Glück, in Gesellschaft von anderen zu sein.

Dein Kick!, hörte er jemanden rufen. Tritt das Ei, bevor es klingelt und alles vorbei ist!

Und in den abgelegensten Winkeln seines Wesens wusste Dorrigo Evans, dass sein ganzes bisheriges Leben eine Reise zu diesem Moment gewesen war, als er in die Sonne flog, und von nun an würde die Reise ihn von hier fortführen. Nichts würde ihm je wieder so real erscheinen, nie wieder würde das Leben so bedeutungsvoll sein.

4

Du bist ein cleverer Schlingel, was?, sagte Amy. Sie lag auf dem Hotelbett neben ihm, achtzehn Jahre nachdem er Jackie Maguire am Küchentisch der Mutter hatte weinen sehen, und sie drehte seine kurz geschnittenen Locken mit dem Finger auf, während er »Ulysses« für sie rezitierte. Das Zimmer lag im dritten Stock eines heruntergekommenen Hotels und ging auf eine weite Veranda hinaus, die ihnen, indem sie jede Sicht auf die Straße unten und den Strand gegenüber versperrte, die Illusion vermittelte, auf dem Indischen Ozean zu treiben. Pausenlos krachten und schäumten die Wellen unter ihnen.

Es ist eine Finte, sagte Dorrigo. Wie wenn man jemandem eine Münze aus dem Ohr zieht.

Nein, das stimmt nicht.

Nein, sagte Dorrigo. Es stimmt nicht.

Was ist es dann?

Dorrigo war unschlüssig.

Und die Griechen, die Trojaner … was soll das? Wo ist der Unterschied?

Die Trojaner waren eine Familie. Sie sind die Verlierer.

Und die Griechen?

Die Griechen?

Nein, die Spieler der Port Adelaide Magpies. Natürlich die Griechen. Wofür stehen sie?

Für die Gewalt. Aber die Griechen sind für uns die Helden. Sie gewinnen.

Warum?

Er wusste es nicht genau.

Zunächst einmal hatten sie dieses Pferd, sagte er. Das Trojanische Pferd, ein Geschenk der Götter, in dem sich der Tod der Menschen verbarg, das eine im anderen.

Warum verabscheuen wir sie nicht dafür, diese Griechen?

Das wusste er nicht genau. Je länger er darüber nachdachte,

desto weniger konnte er sagen, warum eigentlich Troja dem Untergang geweiht war. Er ahnte, dass die Götter und das Schicksal einfach nur eine andere Bezeichnung für *die Zeit* waren, aber das auszusprechen wäre töricht gewesen, hätte es doch bedeutet, dass gegen die Götter niemand bestehen konnte. Doch bereits im Alter von siebenundzwanzig, fast achtundzwanzig Jahren war er so etwas wie ein Fatalist, wenn es um sein Schicksal ging (nicht unbedingt um das der anderen). Als hätte man das Leben einander zeigen, aber niemals erklären können, und als wären Worte – alle Worte, die nichts direkt benannten – für ihn das Wahrhaftigste gewesen.

Er schaute über Amys nackten Körper hinweg, über die sichelförmige Einbuchtung zwischen Brustkorb und Hüftknochen, über die winzigen Härchen darauf, und sah durch die verwitterten Balkontüren mit der abgeplatzten weißen Farbe. Draußen zeichnete das Mondlicht einen schmalen Pfad auf das Meer, der vor seinem Blick zu fliehen schien und in ausgebreiteten Wolken endete.

Denn meine Bestimmung ist es,
hinter den Sonnenuntergang zu segeln und das Bad
aller Sterne des Westens, bis zu meinem Tod.

Warum liebst du die Wörter so?, hörte er Amy sagen.

Seine Mutter starb an Tuberkulose, als er neunzehn war. Er war nicht dabei. Er war nicht einmal in Tasmanien, sondern auf dem Kontinent, denn er hatte ein Stipendium bekommen und studierte Medizin an der Universität von Melbourne. In Wahrheit trennte ihn noch weit mehr als ein Meer von seiner Mutter. Am Ormond College hatte er Studenten aus bedeutenden Familien kennengelernt, die sich großer Taten rühmten und eines Stammbaumes, der weit über die Entdeckung Australiens hinaus bis ins noble England reichte. Über Generationen war die Geschichte ihrer Ahnen beurkundet, welche politischen Ämter sie bekleidet und welche Unternehmen sie besessen, welche Eheschließungen die Dynastie gestärkt hatten, welche Herrenhäuser und Schaffarmen ihnen gehört hatten. Erst im hohen Alter wurde Dorrigo klar, dass vieles davon reine Fiktion gewesen war, gewagter als alles, was Trollope je versucht hatte.

Einerseits fand er diese Leute phänomenal öde, andererseits faszinierend. Nie zuvor waren ihm so selbstsichere Menschen begegnet. Juden und Katholiken waren minderwertig und Iren hässlich, Chinesen und Aborigines durften nicht einmal als menschlich gelten. Das sagten sie nicht, das wussten sie. Ihre skurrilen Gewohnheiten verwunderten ihn. Ihre Häuser aus Stein. Das Gewicht ihres Tafelbestecks. Ihr Unwissen über das Leben der anderen. Ihre Blindheit für die Schönheit der Natur. Er liebte seine Familie, aber stolz war er nicht. Die größte Leistung seiner Familie war es gewesen, dass sie überlebt hatte. Er sollte ein ganzes Leben brauchen, um anzuerkennen, wie groß diese Leistung war. Damals jedoch – im Vergleich zu den Würden, dem Wohlstand, dem Besitz und Ruhm, mit dem er sich zum ersten Mal im Leben konfrontiert sah – erschien ihm das reine Überleben wie ein Versagen. Und anstatt sich zu schämen, hielt er sich von seiner Familie fern, bis zum Tod seiner Mutter. Bei der Beerdigung hatte er nicht geweint.

Komm schon, Dorry, sagte Amy. Warum? Sie strich ihm mit dem Finger über den Oberschenkel.

Später fürchtete er sich vor beengten Räumen, Menschenmengen, Straßenbahnen, Zügen und Tanzveranstaltungen, vor allem, was ihn einwärtsdrängte und ihm das Licht abschnitt. Er bekam Atemnot. Im Traum hörte er sie rufen.

Junge, rief sie, komm her, Junge.

Doch er kam nicht. Er fiel beinahe durch die Prüfungen. Er las »Ulysses« und las es dann noch einmal. Er spielte wieder Football, immer auf der Suche nach dem Licht, nach der Welt, die er in der hölzernen Kirche kurz erahnt hatte, er stieg höher und höher der Sonne entgegen, bis er Captain war, bis er Arzt war, bis er Chirurg war, bis er dort im Hotelbett neben Amy lag und der Mond über dem Tal ihres Unterleibs aufging. Er las »Ulysses«, und dann las er es noch einmal.

Der lange Tag flieht. Langsam steigt der Mond, die Tiefe
Rings klagt mit vielen Stimmen. Kommt, ihr meine Freunde!
's ist nicht zu spät, eine neure Welt zu suchen.

Er suchte das Licht, das am Anfang war.

Er las »Ulysses«, wieder und wieder.

Er sah Amy an.

Worte waren das erste Schöne auf der Welt, dem ich begegnet bin, sagte Dorrigo Evans.

5

Als er eine Stunde später aufwachte, hatte sie sich die Lippen kirschrot geschminkt, die Gasflammenaugen getuscht und das Haar hochgesteckt, sodass ihr Gesicht herzförmig war.

Amy?

Ich muss los.

Amy …

Außerdem …

Bleib.

Wozu?

Ich …

Wozu? Ich habe das schon …

Ich will dich. Ich will jeden Moment mit dir, den ich bekommen kann.

… zu oft gehört. Wirst du Ella verlassen?

Wirst du Keith verlassen?

Ich muss los, sagte Amy. Ich habe gesagt, ich wäre in einer Stunde dort. Zum Kartenspielen. Ich kann es selbst kaum glauben.

Ich komme wieder.
Wirklich?
Ja.
Und dann?
Eigentlich ist es geheim.
Das mit uns?
Nein. Ja. Nein, der Krieg. Es ist ein Militärgeheimnis.
Was?
Wir schiffen aus. Am Mittwoch.
Wie bitte?
In drei Tagen …
Ich weiß, wann Mittwoch ist. Wohin?
In den Krieg.
Wohin?
Woher sollen wir das wissen?
Was ist euer Ziel?
Der Krieg. Und der Krieg ist überall, oder?
Und wir? Was ist mit uns?
Amy …
Dorry, werde ich dich wiedersehen?

6

Im entfernten Ächzen einer Kühlanlage meinte Dorrigo Evans fünfzig Jahre verstreichen zu hören. Die Anginatablette zeigte bereits Wirkung, die Beklemmung in seiner Brust löste sich, und das Kribbeln verschwand aus den Armen, und obwohl in seiner bebenden Seele immer noch ein wildes Chaos herrschte, unerreichbar für alle Medizin, fühlte er sich stark genug, um vom Badezimmer des Hotels ins Schlafzimmer zurückzugehen.

Er trat ans Bett und betrachtete das weiche Fleisch und die Rundung ihrer nackten Schulter, die ihn immer noch faszinierte. Sie hob das Gesicht, vom Schlaf zerdrückt wie Damast, leicht an und fragte –

Was hast du gesagt?

Während er sich ausstreckte und von hinten an sie schmiegte, wurde ihm klar, dass sie an das Gespräch anknüpfte, das sie vor dem Einschlafen geführt hatten. Wie den melancholischen, frühmorgendlichen Geräuschen zum Trotz, die in ihr Stadthotelzimmer hereinwehten, heulte irgendwo in der Ferne ein Automotor auf.

Darky, flüsterte er in ihren Rücken, als wäre es selbstverständlich, und als er merkte, dass es das nicht war, fügte er hinzu: Gardiner. Beim Sprechen streifte seine Unterlippe ihre Haut. Ich kann sein Gesicht nicht mehr sehen, sagte er.

Anders als deins, sagte sie.

Es war sinnlos, dachte Dorrigo Evans, denn Darky Gardiner war gestorben und es war vollkommen sinnlos. Er fragte sich, warum er das Einfache, Offenkundige nicht in Worte fassen, warum er sich nicht an Darky Gardiners Gesicht erinnern konnte.

Deins ist überall, verflixt, sagte sie.

Er lächelte. Er hatte sich bis heute nicht daran gewöhnen können, dass sie Worte wie *verflixt* benutzte. Obwohl er wusste, dass sie ihrer Herkunft einige kuriose sprachliche Eigentümlichkeiten zu verdanken hatte. Er presste seine alten, trockenen Lippen an ihre Schulter. Was hatten die Frauen, das ihn zittern ließ wie einen Fisch, selbst heute noch?

Ich kann kaum die Glotze einschalten oder eine Zeitung aufschlagen, sagte sie voller Vorfreude auf den eigenen Witz, ohne dass mir diese Nase entgegenkommt.

Und tatsächlich schien Dorrigo Evans' Gesicht, von dem er selbst nie viel gehalten hatte, allgegenwärtig zu sein. Seit die Öffentlichkeit vor zwei Jahrzehnten durch eine Fernsehsendung auf seine Vergangenheit aufmerksam geworden war, starrte es ihm überall entgegen, von den Briefköpfen der Spendenorganisationen und von den Gedenkmünzen. Hakennasig, stutzig, leicht verwirrt, die vormals schwarzen Locken auf eine schüttere, weiße Welle reduziert. Zu einem Zeitpunkt, an dem die meisten Menschen seines Alters *abbauten*, war er abermals zum Licht emporgestiegen.

Unerklärlicherweise war er im Laufe der vergangenen Jahre zum Kriegshelden geworden, er war ein berühmter und gefeierter Chirurg und das öffentliche Gesicht einer tragischen Epoche, Objekt von Biografien, Dramen und Dokumentationen. Das Objekt von Verehrung, Heiligenkult und Lobhudelei. Er sah ein, dass er gewisse Charakterzüge, Gewohnheiten und Erlebnisse mit einem Kriegshelden teilte. Doch er war nicht dieser Held. Er hatte einfach nur erfolgreicher gelebt, als ihm zu sterben gelungen war, außerdem gab es nicht mehr so viele Überlebende, welche die Fackel der Kriegsgefangenen hätten hochhalten können. Die Ehrungen abzulehnen wäre einer Schmähung all jener gleichgekommen, die ihr Leben gelassen hatten. Das konnte er nicht tun. Abgesehen davon hätte er nicht mehr die nötige Kraft gehabt.

Wie sie ihn auch nannten – Held, Feigling, Blender –, es schien immer weniger mit ihm selbst zu tun zu haben. Es gehörte in eine Welt, die ihm immer ferner und vernebelter erschien. Er wusste, er wurde von einer ganzen Nation bewundert, wenn auch jene, die mit ihm, dem alternden Chirurgen, zusammenarbeiten mussten, des Öfteren an ihm verzweifelten. Wieder andere begegneten ihm mit milder Verachtung oder sogar Neid, besonders die vielen anderen Ärzte, die in den Gefangenenlagern Ähnliches geleistet hatten und zu ihrem Unglück spürten, dass er etwas hatte, das ihnen fehlte, das ihn weit über sie erhob und zum Liebling der Nation machte.

Diese verdammte Doku, sagte er.

Seinerzeit hatte es ihn nicht gestört, im Zentrum der Aufmerksamkeit zu stehen. Insgeheim hatte er es vielleicht sogar ein bisschen genossen. Aber jetzt nicht mehr. Er war sich seiner Kritiker durchaus bewusst. Meistens musste er ihnen beipflichten. Seine Berühmtheit schien auf der verzerrten Wahrnehmung der anderen zu gründen. Er hatte alles vermieden, was er als offensichtlichen Lebensirrtum betrachtete, darunter auch Politik und Golf. Doch seine Versuche, eine neue Operationsmethode zur Entfernung von Darmkrebstumoren zu entwickeln, waren gescheitert, schlimmer noch, sie hatten möglicherweise indirekt zum Tod mehrerer Patienten geführt. Er hatte gehört, wie Maison ihn hinter seinem Rücken einen Schlachter nannte. Im Nachhinein war er manchmal vielleicht zu rücksichtslos vorgegangen. Dabei hätte man ihn im Erfolgsfall, das wusste er genau, als einen mutigen Visionär gelobt. Seine unablässige Schürzenjägerei und der damit einhergehende Betrug waren private Skandale und wurden öffentlich ignoriert. Manchmal war er immer noch von sich selbst schockiert – wie mühelos, wie leichtfertig er log, manipulierte und betrog –, seine Wertschätzung für sich selbst war entsprechend niedrig.

Noch in seinem Alter – er war vor einer Woche siebenundsiebzig geworden – verwirrte ihn, wie sein Leben von seinem Charakter geformt worden war. Immerhin verstand er, dass dieselbe Furchtlosigkeit, dieselbe Verweigerung der Konventionen, dieselbe Lust am Spiel und Risikobereitschaft, die ihn im Lager dazu angetrieben hatten, anderen zu helfen, ihn in die Arme von Lynette Maison getrieben hatten, der Ehefrau von Rick Maison, einem engen Kollegen, der ebenso wie Dorrigo im Vorstand des Chirurgencollege saß, ein brillanter, bedeutender und sterbenslangweiliger Mann. Und nicht nur in die ihren. In dem Vorwort, das er an diesem Tag verfasst hatte, hoffentlich ohne es mit unnötigen Enthüllungen zu überfrachten, wollte er mit ehrlicher Demut ein paar Dinge geraderücken und seine Rolle beschränken auf das, was er war, ein Arzt, nicht mehr und nicht weniger. Er wollte das würdige Andenken an die vielen Vergessenen erneuern und sie in den Mittelpunkt stellen, nicht sich. Es war ein überfälliger Akt der Reue. Und zugleich fürchtete er, eine derartige Selbsterniedrigung und Demutsbezeugung könnte in der Zukunft in Form weiteren Lobes auf ihn zurückfallen. Er saß in der Falle. Sein

Gesicht war überall, während er die Gesichter der anderen nicht mehr sehen konnte.

Ich bin ein Name geworden, sagte er.

Wer sagt das?

Tennyson.

Habe ich nie gehört.

»Ulysses«.

Niemand liest den heutzutage noch.

Heutzutage liest überhaupt niemand mehr. Und Browning halten die Leute für einen Revolver.

Ich dachte, für dich gibt es nur Lawson.

Stimmt. Oder Kipling oder Browning.

Oder Tennyson.

Ich bin Teil von allem, was ich sah.

Das hast du dir ausgedacht, sagte sie.

Nein. Es ist nur sehr … wie sagt man?

Passend?

Ja.

Du kannst Gedichte auswendig und alles, sagte Lynette Maison und fuhr mit der Hand über seinen welken Oberschenkel. Und noch viel mehr. Aber an das Gesicht eines Mannes kannst du dich nicht erinnern?

Nein.

Beim Thema Tod fiel ihm Shelley ein, und Shakespeare. Sie meldeten sich ungefragt zu Wort und waren inzwischen genauso ein Teil seines Lebens wie sein Leben selbst. Als könnte man ein Leben zwischen zwei Buchdeckel pressen, in einen Satz, in ein paar Worte. Simple Worte. Zu einem Fest des Todes kommst du nun. Das blasse, das kalte, das mondene Lächeln. Ach, die Vorfahren!

Der Tod ist unser Arzt, sagte er. Ihre Brustwarzen fand er wunderlich. Beim Abendessen hatte ein Journalist an seinem Tisch gesessen und ihn zur Bombardierung von Hiroshima und Nagasaki befragt.

Einmal, nun ja, sagte der Journalist. Aber zweimal? Warum?

Die Japaner waren Monster, sagte Dorrigo Evans. Sie haben ja keine Vorstellung.

Der Journalist wollte wissen, ob auch die Frauen und Kinder Monster gewesen seien? Und die Ungeborenen?

Die Strahlung, antwortete Dorrigo Evans, schädigt nachfolgende Generationen nicht.

Aber das war nicht die Frage gewesen, und er wusste es, abgesehen davon hatte er keine Ahnung, ob Strahlungsschäden vererblich waren. Irgendjemand hatte ihm vor langer Zeit erzählt, sie seien es nicht. Oder doch? Er konnte sich nicht erinnern. Dieser Tage verließ er sich auf die brüchige Annahme, dass alles, was er sagte, richtig war und dass, was richtig war, von ihm gesagt wurde.

Der Journalist sagte, er habe über die Überlebenden berichtet, er habe sie getroffen und gefilmt. Ihr Leid, sagte er, war furchtbar und dauerte ein Leben lang.

Es ist ja nicht so, als wüssten Sie *nichts* über den Krieg, junger Mann, sagte Dorrigo Evans. Sie haben eben nur *eines* seiner Gesichter gesehen. Doch der Krieg hat viele Gesichter.

Er hatte sich abgewandt. Und dann hatte er sich dem Journalisten wieder zugewandt.

Übrigens, singen Sie?

Jetzt versuchte Dorrigo, die Erinnerung an jene traurige, betretene und offen gestanden peinliche Unterhaltung wie üblich zu verdrängen, er legte eine Hand auf Lynettes Brust und klemmte die Brustwarze zwischen zwei Fingern ein. Doch in Gedanken blieb er woanders. Keine Frage, der Journalist würde bis in alle Ewigkeit mit dieser Story prahlen, mit seiner Begegnung mit dem Helden, der in Wahrheit ein Kriegstreiber, Bombenliebhaber und seniler alter Narr war, der ihn zuletzt sogar gefragt hatte, ob er singe!

Doch irgendwie hatte dieser Journalist ihn an Darky Gardiner erinnert, auch wenn er nicht sagen konnte, warum. Es war weder sein Gesicht noch seine Art. Sein Lächeln? Seine Dreistigkeit? Sein Mut? Dorrigo hatte sich über ihn geärgert, und gleichzeitig bewunderte er ihn für seine Weigerung, sich der Autorität von Dorrigos Ruhm zu beugen. Da war eine innere Stimmigkeit – Integrität, wenn man so wollte. Ein Beharren auf Wahrheit? Er konnte es nicht benennen. Ihm war kein ähnlicher Tick aufgefallen, keine Geste, keine Gewohnheit, die an Darky erinnert hätte. Eine seltsame Scham stieg in ihm auf. Vielleicht hatte er sich zum Narren gemacht. Und geirrt. Er hatte keine Gewissheit mehr. Vielleicht hatte er am Tag von Darkys Bestrafung alle Gewissheit verloren.

Ich will ein grauser Leichnam sein, flüsterte er in die Korallenmuschel ihres Ohres, ein weiblicher Körperteil, den er unsagbar rührend fand und dessen weich gewundener Wirbel ihm immer wie eine Einladung zum Abenteuer vorgekommen war. Sehr sanft küsste er ihr Ohrläppchen.

Du solltest mit deinen eigenen Worten sagen, was du zu sagen hast, sagte Lynette Maison. Mit Dorrigo Evans' Worten.

Sie war zweiundfünfzig, zu alt für Kinder, aber nicht zu alt für Dummheiten, und sie verachtete sich selbst für die Macht, die der alte Mann über sie hatte. Sie wusste, er hatte nicht nur eine Ehefrau, sondern zudem eine andere Geliebte. Oder zwei oder drei, wie sie vermutete. Nicht einmal die zweifelhafte Ehre, seine einzige Mätresse zu sein, war ihr vergönnt. Sie verstand sich selbst nicht. Er verströmte den Sauerteiggeruch des Alters. Seine abgesackte Brust mündete in verkümmerte Warzen; seine Standfestigkeit war unzuverlässig, und dennoch fand sie es seltsam wohltuend, auf eine Weise, die jeder Logik entbehrte. In seiner Gegenwart fühlte sie die unerschütterliche Gewissheit, geliebt zu werden. Und zugleich wusste sie, dass ein Teil von ihm – der Teil, den sie am heftigsten begehrte, das Licht in ihm – schwer zu fassen war. In ihren Träumen schwebte Dorrigo immer ein paar Zentimeter über ihr. Am hellen Tag ließ sie sich oft zu Wut, Vorwürfen, Drohungen und Gefühlskälte hinreißen, doch spätnachts, wenn sie neben ihm lag, wünschte sie sich keinen anderen.

Da war ein schmutziger Himmel, sagte er, und sie spürte,

wie er sich abermals bereit machte aufzusteigen. Der Himmel entfernte sich immer weiter, fuhr er fort, als könnte er es selbst nicht ertragen.

7

Als sie zu Beginn des Jahres 1943 in Siam ankamen, war es anders gewesen. Zunächst einmal war der Himmel klar und weit. Ein vertrauter Himmel, oder wenigstens dachte er das. Es war Trockenzeit, die Bäume waren kahl, der Dschungel licht, die Erde staubig. Außerdem gab es etwas zu essen. Nicht viel, nicht genug, doch die Entkräftung hatte noch nicht um sich gegriffen, und der Hunger hatte sich noch nicht in den Köpfen und Bäuchen der Männer festgesetzt wie ein tollwütiges Tier. Und auch die Arbeit für die Japaner war noch nicht der Irrsinn, der sie später sterben lassen würde wie die Fliegen. Es war anstrengend, doch der Wahnwitz hatte noch nicht begonnen.

Als Dorrigo Evans den Blick senkte, entdeckte er eine gerade Reihe von Pflöcken, in den Boden gerammt von den Ingenieuren der Kaiserlich Japanischen Armee. Die Reihe markierte den Verlauf der geplanten Eisenbahnlinie und fing genau dort an, wo Dorrigo an der Spitze einer Gruppe von stummen Kriegsgefangenen stand. Von den japanischen Ingenieuren erfuhren sie, dass die Pflöcke vom Norden Bangkoks bis nach Burma reichten, über eine Strecke von vierhundertfünfzehn Kilometern.

Sie gaben die Route für die große Eisenbahn vor, die bislang kaum mehr war als eine Sammlung von vorläufigen Plänen, eine Serie von scheinbar unmöglichen Befehlen und großen Durchhalteparolen des japanischen Oberkommandos. Die sagenhafte Bahnlinie schürte Verzweiflung und Fanatismus und bestand so sehr aus Mythen und Trugbildern, wie sie später aus Holz und Eisen bestehen würde und aus den Tausenden und Abertausenden Leben, die ihr während des Baujahres geopfert wurden. Doch welche Realität wird je von Realisten gemacht?

Man gab ihnen stumpfe Äxte und morsche Hanfseile und dazu den ersten Auftrag: auf einer Strecke von einem Kilometer gigantische Bäume zu fällen, zu entwurzeln und beiseitezuschaffen.

Mein Dad hat immer gesagt, ihr jungen Leute seid nicht belastbar, sagte Jimmy Bigelow und fuhr mit dem Zeigefinger über die stumpfe, verbeulte Schneide seiner Axt. Ich wünschte, der Dreckskerl könnte mich jetzt sehen.

8

Und später wird niemand sich je erinnern. Wie nach allen großen Verbrechen wird es sein, als wäre nichts geschehen. Die Qualen, die Toten, der Kummer, die erbärmliche, jämmerliche Sinnlosigkeit des ungeheuerlichen Leids; möglicherweise existiert es nur noch auf diesen wenigen Seiten und in ein paar anderen Büchern. Das Entsetzen lässt sich in ein Buch fassen, gewinnt an Form und Bedeutung. Doch im Leben hat das Entsetzen genauso wenig Form, wie es Bedeutung hat. Das Entsetzen existiert *einfach nur.*

Die Vorgeschichte dieses Buches beginnt am 15. Februar 1942, als mit der Schlacht um Singapur ein Imperium untergeht und ein neues aufsteigt. Doch schon im Jahr 1943 droht das überstrapazierte und unterversorgte Japan den Krieg zu verlieren. Über Burma versorgen die Alliierten Chiang Kai-sheks chinesische Nationalistenarmee mit Waffen, die Amerikaner kontrollieren die Meere. Um die wichtigen Versorgungslinien des chinesischen Feindes abzuschneiden und Indien über Burma zu erobern – zügelloser Traum der japanischen Führung –, muss Japan seine Streitkräfte in Burma auf dem Land-

weg mit Männern und Ausrüstung verstärken. Es hat weder die Mittel noch die Maschinen, um die dringend benötigte Eisenbahn zu bauen.

Leider folgt der Krieg einer eigenen Logik. Das Japanische Kaiserreich glaubt fest an den Sieg – der unbeugsame japanische Kampfgeist, jener Kampfgeist, der dem Westen abgeht, der Kampfgeist, den die Japaner als den Willen und Ruf des Kaisers verstehen; jener Kampfgeist wird, in ihrem Glauben, bis zum Endsieg walten. Und neben dem unbeugsamen Willen und dem festen Glauben ist das Kaiserreich mit Sklaven gesegnet, Hunderttausenden von Sklaven aus Asien und Europa, darunter auch zweiundzwanzigtausend australische Kriegsgefangene. Die meisten von ihnen kapitulierten nach der Schlacht um Singapur, eine strategische Notwendigkeit noch vor Beginn der eigentlichen Kampfhandlungen. Neuntausend von ihnen werden als Zwangsarbeiter zum Bau der Eisenbahnlinie eingesetzt. Als am 25. Oktober 1943 die Dampflokomotive C5631 den fertiggestellten Abschnitt der Death Railway *befährt, der erste Zug auf der Strecke, und drei Waggons mit japanischen und thailändischen Würdenträgern hinter sich herzieht, rollt er an endlosen Reihen von Gruben voller Menschenknochen vorbei; hier liegen die Überreste von jedem dritten jener Australier.*

Heute wird die Dampflokomotive C5631 stolz in einem Museum ausgestellt, das zum inoffiziellen japanischen Kriegerdenkmal gehört, dem Tokioter Yasukuni-Schrein. Neben der Dampflokomotive C5631 findet sich hier auch das »Buch der Seelen«, darin die Namen von über zwei Millionen Menschen, die zwischen 1867 und 1951 im Dienst des japanischen Kaisers gestorben sind. Die Verehrung im »Buch der Seelen« an diesem geheiligten Ort kommt einer Absolution von allen bösen Taten gleich. Unter den vielen Namen finden sich auch die jener 1068 Männer, die nach dem Zweiten Weltkrieg als Kriegsverbrecher hingerichtet wurden. Und unter jenen 1068 exekutierten Kriegsverbrechern finden sich auch manche, die den Bau der Death Railway *überwachten und sich der Misshandlung von Kriegsgefangenen schuldig machten.*

All das wird auf der Gedenktafel vor der Dampflokomotive C 5631 nicht erwähnt. Und auch nicht das Grauen, das der Bau der Linie bedeutete. Nirgendwo sind die Namen der Hunderttausende zu lesen, die bei der Arbeit umkamen. Dann wiederum steht nicht einmal fest, wie viele Menschenleben die Death Railway *eigentlich gekostet hat. Die sechzigtausend alliierten Kriegsgefangenen bildeten nur einen kleinen Teil der Sklaven des Pharaonenprojektes. An ihrer Seite litten eine Viertelmillion Tamilen, Chinesen, Javaner, Malaien, Thais und Burmesen. Oder noch mehr. Manche Historiker behaupten, fünfzigtausend Zwangsarbeiter seien umgekommen, andere sprechen von hundert- oder zweihunderttausend. Niemand weiß es genau.*

Und niemand wird es je wissen. Die Namen der Toten sind vergessen. Für ihre verlorenen Seelen gibt es kein Buch. Die folgenden Seiten sind ihnen gewidmet.

So lautete Dorrigo Evans' Vorwort zu Guy Hendricks' Illustrationen aus dem Kriegsgefangenenlager. Er hatte seine Sekretärin angewiesen, ihn drei Stunden lang abzuschirmen, damit er die Aufgabe, die er seit Monaten vor sich herschob und mit der er beträchtlich im Verzug war, zu Ende bringen konnte. Doch als er fertig wurde, meinte er, einen weiteren Fehlschlag erlitten und wieder nicht durchschaut zu haben, was das alles eigentlich zu bedeuten hatte, ein Fehlschlag, der eine Vorlage war für andere Autoren, die das Phänomen der *Death Railway* möglicherweise besser erklären konnten.

Sein Ton, fand er, war zu unverbindlich und zu persönlich zugleich; und irgendwie fühlte Dorrigo sich abermals auf Fragen zurückgeworfen, die zu beantworten ihm sein ganzes Leben nicht gelungen war. Sein Kopf war voller Gedanken, doch aus unerfindlichem Grund war es ihm nicht gelungen, auch nur einen davon zu Papier zu bringen. So viele Ereignisse, so viele Namen, so viele Tote, und der eine Name, den er nicht aufschreiben konnte. Zu Beginn seines Vorwortes hatte er sich an einer Beschreibung von Guy Hendricks versucht, von den Ereignissen, die zu seinem Tod geführt hatten. Dazu gehörte auch die Geschichte von Darky Gardiner.

Doch über das wichtigste Ereignis an diesem Tag hatte er kein Wort verloren. Er betrachtete sein Vorwort, geschrieben in grüner Tinte, wie immer, betrachtete es in der schlichten, wenn auch schuldbewussten Hoffnung, dass sich irgendwo in der Kluft zwischen seiner Idealvorstellung und seinem Scheitern etwas Lesenswertes finden möge, das die Wahrheit erahnen ließ.

9

Aus gutem Grund bezeichnen die Kriegsgefangenen den nun folgenden langsamen Abstieg in den Wahnsinn mit zwei einfachen Worten: *die Strecke.* Von nun an gab es nur noch zwei Sorten von Menschen: jene, die auf *der Strecke* gearbeitet hatten, und den ganzen Rest. Oder vielleicht auch nur eine: Männer, *die die Strecke überlebt hatten.* Und am Ende traf vielleicht nicht einmal das zu: Dorrigo Evans war zunehmend besessen von dem Gedanken, dass es nur auf jene ankam, *die auf der Strecke gestorben waren.* Er fürchtete, dass sich nur in ihnen die furchtbare Vollendung von Leid und Erfahrung vollzog, die einen erst ganz zum Menschen werden ließ.

Als er den Blick wieder auf die Eisenbahnpflöcke senkte, erschien Dorrigo Evans alles um ihn herum unbegreiflich, unaussprechlich, unverständlich, unvorhersehbar, unbeschreiblich. Die Pflöcke selbst ließen sich durch schlichte Fakten erklären. Doch sie vermittelten ihm nichts. Was ist eine Strecke, fragte er sich, die Strecke? Eine Strecke verläuft von einem Punkt zum anderen – von der Realität in die Unwirklichkeit, vom Leben in die Hölle –, »breitenlose Länge«, erinnerte er sich an die euklidische Geometrie seiner Schulzeit. Eine Linie ohne Breite, ein Leben ohne Bedeutung, eine Prozession vom Leben in den Tod. Eine Reise in die Hölle.

Ein halbes Jahrhundert später döste Dorrigo Evans in seiner Hälfte des Hotelzimmers in Parramatta, er warf sich hin und her und träumte von Charon, dem grässlich schmutzigen Fährmann, der die Toten über den Styx in die Unterwelt bringt gegen einen Obolus, den sie unter der Zunge tragen. Im Traum sprach er Vergils Beschreibung des schaurigen Charon nach: Dicht wuchert der graue Bart und verworren ums Kinn; es starrt in Flammen sein Auge. Schmutzig, im Knoten geschürzt, hängt schlaff von den Schultern der Mantel.

Während der Nacht, in der er mit Lynette Maison das Bett teilte, lag auf seinem Nachttisch – wie immer, egal wo er gerade war – ein Buch, denn im mittleren Alter hatte er wieder mit dem Lesen angefangen. Ein gutes Buch, zu diesem Schluss war er gekommen, lässt den Leser mit dem Wunsch zurück, es noch einmal zu lesen. Ein wirklich großes Buch zwingt ihn, in seiner eigenen Seele zu lesen. Doch solchen Büchern begegnete er nur selten, und umso seltener, je älter er wurde. Er gab die Suche dennoch nicht auf; ein weiteres Ithaka, auf das er ewig zusegelte. Er las am späten Nachmittag. Am Abend war ihm fast egal, welches Buch er las, denn für ihn war es in jedem Fall ein Talisman oder Glücksbringer – ein vertrauter Gott, der über ihn wachte und ihn sicher durch die Welt der Träume leitete.

Das Buch jenes Abends war ihm von einer Delegation japanischer Frauen überreicht worden, sie waren gekommen, um sich für die japanischen Kriegsverbrechen zu entschuldigen. Sie kamen in aller Feierlichkeit und mit ihren Videokameras, sie brachten Geschenke mit, und eines davon war sonderbar: ein Buch mit Übersetzungen japanischer Todesgedichte, Ergebnis einer Tradition, die vorsieht, dass jeder Dichter ein letztes Gedicht verfasst. Er hatte es auf den Nachttisch aus dunklem Holz gelegt, gleich neben sein Kissen, sorgsam parallel zu seinem Kopf. Er glaubte, dass die Aura eines Buches ihn beschützen konnte, dass er, falls kein Buch neben ihm lag, sterben würde. Er war damit zufrieden, ohne eine Frau zu schlafen. Ohne Buch schlief er nie.

10

Als er früher am Tag in dem Buch geblättert hatte, war Dorrigo Evans auf ein besonderes Gedicht gestoßen. Im achtzehnten Jahrhundert hatte der Haiku-Dichter Shisui auf dem Sterbebett schließlich den Anfragen nach einem Todesgedicht entsprochen und zum Pinsel gegriffen, er hatte das Gedicht gemalt und war gestorben. Auf dem Papier entdeckten Shisuis entgeisterte Anhänger: einen Kreis.

Shisuis Gedicht trieb durch Dorrigo Evans' Unterbewusstsein, eine umrandete Leere, ein endloses Rätsel, breitenlose Länge, das große Rad, ewige Wiederkehr: der Kreis – Gegenspieler der Linie.

Der Obolus im Mund des Toten, den Fährmann zu bezahlen.

11

Dorrigo Evans gelangte über ein Kriegsgefangenenlager im javanischen Hochland zur *Death Railway*. Als Colonel war er zum stellvertretenden Kommandeur von tausend Kriegsgefangenen gemacht worden, die meisten davon Australier. Das schier endlose Warten verkürzten sie sich mit Sport, Weiterbildung und Konzerten, sie sangen Loblieder auf die Heimat und versuchten sich zum ersten Mal an der nun lebenslang währenden Aufgabe, an ihren Kriegsanekdoten aus dem Nahen Osten zu feilen – Geschichten von Kamelkarawanen, die Sandstein durch die Dämmerung schleppten, von römischen Ruinen und Kreuzfahrerburgen, von tscherkessischen Söldnern mit langen, schwarzen, silberfarben gesäumten Umhängen und hohen schwarzen Persianerkappen; von senegalesischen Soldaten, großen, muskulösen Männern, die mit um den Hals gehängten Stiefeln vorbeimarschierten. Wehmütig erinnerten sie sich an die Französinnen in Damaskus, und wie sie in Palästina den Arabern von der Ladefläche der Lastwagen so lange *Judenschweine!* zugerufen hatten, bis sie den arabischen Prostituierten in Jerusalem begegneten; wie sie von der Ladefläche derselben Lastwagen den Juden so lange *Araberschweine!* zugerufen hatten, bis sie die jüdischen Mädchen im Kibbuz sahen, in blauen Shorts und weißen Blusen, Mädchen, die ihnen Säcke mit Orangen aufdrängten. Sie lachten über die Geschichte von Yabby Burrows – seine Haare sahen aus wie von einem Ameisenigel geborgt –, als er einmal rund um die Uhr in einem Hotel in Kairo verschwand, sich danach heftig im Schritt kratzte, an sich hinuntersah und fragte: Was sind das für Kameltreiberkrebse? Muss ich mir wohl auf dem verdammten Zigeunerklo geholt haben, was?

Der arme Yabby, sagten sie dann. Der arme Hund.

Für lange Zeit war kaum etwas passiert. Dorrigo hatte an den arrakverklebten Tischen der Cafés von Kairo gesessen und Liebesbriefe im Namen seiner Kameraden verfasst, deren sterbliche Gelüste zu unsterblichen Ergüssen führten, und sie begannen unweigerlich so: *Ich schreibe dir heute im Schein des Artilleriefeuers …*

Dann der Syrienfeldzug über Felsen und getrocknete Ziegenkötel und verdorrtes Olivenlaub. Beladen mit schwerer Ausrüstung stolperten und strauchelten sie gelegentlich an aufgeschwemmten Leichen von Senegalesen vorbei, ein jeder hing seinen Gedanken nach, während sie aus weiter Ferne das Stottern und Krachen und Wummern der Schlachten und Scharmützel hörten. Die Leichen, ihre Gliedmaßen und Rucksäcke lagen in der Landschaft verstreut wie Steine – überall, unübersehbar –, es galt, nicht auf die gedunsenen Gestalten zu treten und nichts zu sagen oder zu denken. Einer der drei zyprischen Maultiertreiber fragte Dorrigo Evans, wohin sie eigentlich marschierten. Dorrigo hatte keinen blassen Schimmer, doch er wusste, damals schon, dass er etwas sagen musste, allein, um die Männer beisammenzuhalten.

Ein Maultier brüllte, Dorrigo wischte sich einen Granatsplitter aus Sand aus dem Augenwinkel, betrachtete das Durrafeld, in dem sie standen, und dann wieder die beiden Landkarten, seine eigene Karte und die der Maultiertreiber, die in keinem entscheidenden Detail übereinstimmten. Zuletzt konsultierte er den Kompass, der allen beiden Karten widersprach, und dann, wie bei so vielen Entscheidungen, vertraute er auf seinen Instinkt, der sich meistens als richtig erwies und andernfalls für Bewegung sorgte, was, auch das wusste er, das Entscheidende war. Er war Vizekommandeur des Feldlazaretts der 7. Australischen Infanteriedivision gewesen, dicht hinter der Frontlinie, als sie den Befehl erhielten, das Lazarett zu räumen, ein chaotischer taktischer Rückzug, der sich am nächsten Tag als strategischer, nicht minder chaotischer Vorstoß entpuppte.

Auf Lastwagen war das Feldlazarett weit hinter die Linien gebracht worden, während er bei der restlichen Ausrüstung ausharrte, um auf den letzten Transport zu warten. Stattdessen holte ihn ein Zug aus zwanzig Maultieren und drei zyprischen Treibern ab. Er erhielt die Order, samt Ausrüstung in ein Dorf an der neuen Front vorzurücken, zwanzig Meilen in südlicher Richtung auf der Maultiertreiberkarte und sechsundzwanzig Meilen in westlicher Richtung auf seiner eigenen. Die Zyprer, kleine, redselige Männer, gehörten zu einem bunt zusammengewürfelten Alliiertenhaufen, der dort in Syrien gegen einen

Haufen Vichy-Franzosen kämpfte. Mitten im großen Krieg gab es noch einen kleinen Krieg, an den sich später niemand mehr erinnern würde.

12

Was zwei Tage dauern sollte, kostete sie am Ende fast eine Woche. Am zweiten Tag, auf einem steilen Pfad ins Gebirge, begegneten Dorrigo und die drei Maultiertreiber einem Zug tasmanischer MG-Schützen, deren Laster eine Panne hatte. Unter der Führung eines jungen Sergeanten namens Darky Gardiner waren sie zum selben Ziel unterwegs. Sie luden die Vickers-Maschinengewehre, Stative und Metallkisten voller Patronengürtel auf die Reservemulis und zogen gemeinsam weiter. Darky Gardiner summte leise vor sich hin, als sie bergan über steinige Hänge und Halden stiegen, über Pässe und durch zerstörte Dörfer, vorbei an verwesendem Aas und halb eingestürzten, halb aufrecht stehenden Mauern; und immer wieder der Geruch von vergossenem Olivenöl, von totem Pferd, von zertrümmerten Stühlen und Tischen und Betten, von eingestürzten Dächern und kaputten Häusern, während die Feldkanonen, französische 75er, vor und hinter ihnen donnerten und stampften.

Wieder im Tiefland angekommen, passierten sie Trockensteinmauern, hinter denen jene Männer, die nun friedlich zwischen ihrer Ausrüstung und ihren Waffen und ihren französischen Blechhelmen lagen, vergeblich vor den Haubitzen in Deckung gegangen waren. Sie liefen an den Leichen vorbei, Leichen hinter halbmondförmigen Steinhaufen, aufgetürmt zum Schutz vor dem Tod, aufgequollene Wasserleichen in einem Durrafeld, das sich nach einer Überschwemmung in einen heimtückischen Sumpf verwandelt hatte, weil eine Granate in das antike Aquädukt eingeschlagen hatte und das Wasser ausgelaufen war; fünfzehn Leichen in einem Dorf mit sieben Häusern, die keine Zuflucht vor dem Tod geboten hatten, und eine tote Frau vor dem eingestürzten Minarett, ihr Bündel zerrissen und ihre Habseligkeiten im Straßenstaub, ihr Gebiss auf einem Kürbis; die zerfetzten Überreste von Leichen, die in einem ausgebrannten Laster verwesten.

Später erinnerte sich Dorrigo Evans daran, wie hübsch der verblichene Stoff des Bündels mit dem Muster aus roten und weißen Blumen ausgesehen hatte, und er war seltsam beschämt, sich an nicht viel mehr erinnern zu können. Er hatte den beißenden Geschmack des Gesteinstaubs vergessen, der aus den zerstörten Häusern waberte, den Gestank des dürren toten Esels und der knochigen toten Ziege, den Geruch der eingebrochenen Flachdächer und der zerschossenen Olivenhaine, den säuerlichen Geruch von Sprengstoff; das alles vermischte sich zu einem einzigen Geruch, der für ihn bis in alle Ewigkeit der Geruch von Menschen in Not sein würde. Sie hatten geraucht, um sich die Toten aus der Nase zu halten, sie hatten sich Witze erzählt, damit die Toten nicht ihren Verstand zerfraßen, sie hatten gegessen, um sich an das Leben zu erinnern, und Darky Gardiner hatte Wetten angenommen, wann es ihn selbst erwischen würde, denn er war überzeugt, seine Chancen stiegen mit jeder Stunde.

Um Mitternacht durchquerten sie ein Maisfeld und erreichten ein zerstörtes, von grünen Leuchtbomben erhelltes Dorf, das die Franzosen durch einen erbitterten Kampf von den Australiern erobert und dann unerklärlicherweise aufgegeben hatten. Die Mörsergranaten der französischen Angreifer hatten die Australier in unmenschliche Klumpen verwandelt, nichts als angetrocknetes dunkelrotes Fleisch und fliegenumschwirrte Eingeweide, geäderte, gebrochene Knochen, aufgerissene Gesichtshaut und entblößte Zähne, jene Zähne, die schrecklichen Zähne des Todes, die Dorrigo Evans fortan in jedem Lächeln zu erkennen meinte.

Schließlich erreichten sie das vorgeschriebene Ziel, mussten jedoch feststellen, dass es immer noch unter französischer Besatzung und heftigem Beschuss durch die Royal Navy war. Weit draußen auf See keuchten und ächzten die Kriegsschiffe, deren große Geschütze methodisch daran arbeiteten, das Dorf Gebäude für Gebäude zu zerschießen, von einem Stall zum Steinhaus daneben und weiter zum Anbau dahinter. Dorrigo Evans, die Treiber und die MG-Schützen schauten aus sicherer Entfernung zu, wie das Dorf vor ihren Augen in Schutt und Asche zerfiel.

Obwohl man sich kaum vorstellen konnte, dass dort noch irgendwer am Leben sein sollte, ging der Granatenhagel weiter. Am Mittag zogen die Vichy-Franzosen sich unerwartet zurück. Die Australier rückten über die gelbe, von Explosionen verbrannte Erde an, stiegen über kollabierte Bruchsteinmauern und zerplatzte Fliesen und die intakten Wurzeln zersplitterter Bäume, über verbogene Gewehre und einzelne Geschützteile, neben denen die Geschützführer lagen, manche schon verwest und aufgeschlitzt, andere wie in der Mittagssonne eingenickt, wäre ihnen nicht ein Gelee aus den geplatzten Augen gelaufen, das sich mit dem Staub auf ihren stoppeligen Wangen zu einer dreckigen Paste verband. Niemand fühlte etwas anderes als Hunger und Erschöpfung. Eine taumelnde Ziege kreuzte ihren Weg, die Eingeweide hingen aus dem Bauch, die Rippen lagen blank, sie hielt den Kopf hoch erhoben und war absolut stumm, als erhalte nur ihre Tapferkeit sie am Leben. Was vielleicht sogar stimmte.

Seht mal, Fremdenlegionär Beau Geste persönlich, sagte ein schlaksiger MG-Schütze mit rotem Haar. Die Ziege erschoss er trotzdem. Mit vollem Namen hieß er Gallipoli von Kessler, ein Apfelbauer aus dem Huon Valley, der mit trägem Hitlergruß zu salutieren pflegte. Seinen Namen hatte er seinem anmaßenden Vater zu verdanken, der dem Handwerkernamen Kessler ein aristokratisches *von* hinzugefügt und somit vorgegeben hatte, in der Alten Welt wer gewesen zu sein, und der später Angst bekam, in der Neuen Welt alles zu verlieren, als während des Ersten Weltkriegs ein antideutscher Mob die Scheune der

Familie in Brand steckte. Die Bergsiedlung hinter Hobart, in der die Kesslers mit anderen deutschen Einwanderern lebten, änderte ihren Namen flugs von Bismarck in Collinsvale und Karl von Kessler den seines Sohnes, der ursprünglich zu Ehren des Großvaters gewählt worden war, in den einer Schlacht, wie um die australische Beteiligung am katastrophalen Einmarschversuch in die Türkei zu ehren, der ein Jahr vor der Geburt des Jungen auf ebenjener Insel Gallipoli stattgefunden hatte. Der Name war zu gewichtig für ein Gesicht, das an ein altes Apfelkerngehäuse erinnerte. Alle nannten ihn Kes.

Im Dorf kamen sie an einem ausgebrannten französischen Panzer vorbei, der immer noch glühte, an umgekippten Lastern, an verbeulten Panzerwagen und gewöhnlichen, von Kugeln durchsiebten Automobilen. Munition, Papier, Lumpen, Granaten, Gewehre und Pistolen lagen überall in den Straßen verstreut, doch inmitten von Chaos und Ruinen öffneten schon wieder die Läden, wurde Handel getrieben, räumten die Leute auf wie nach einer Naturkatastrophe, und die Australier, außer Dienst, spazierten umher, kauften ein und sammelten Souvenirs.

13

Bei Tagesanbruch stand Dorrigo auf und sah, dass Darky Gardiner mitten auf der Hauptstraße des Dorfes ein Lagerfeuer entfacht hatte. Er saß dicht davor, in einem opulenten Ohrensessel, der mit blauem Samtbrokat bezogen und mit kleinen Fischen aus Silbergarn bestickt war, hatte ein Bein lässig über die Armlehne geschwungen und spielte mit einer verbeulten französischen Zigarettendose. Eine schmale, dunkle Gestalt in verdreckter Kakiuniform im blauen Meer eines Sessels. Dorrigo musste an eine riesige Braunalge denken, angespült an fremde Gestade.

Darky Gardiners Seesack war nur halb so groß wie der von anderen Soldaten, und doch fand darin ein schier unerschöpflicher Vorrat an Lebensmitteln und Zigaretten Platz – auf dem Schwarzmarkt eingetauscht, gehamstert oder gestohlen –, ein kleines Wunder, das ihm den Titel Schwarzer Prinz eingetragen hatte. Just in dem Moment, als er Dorrigo Evans eine Dose mit portugiesischen Sardinen zuwarf, fingen die Vichy-Franzosen an, das Dorf mit ihren 75ern unter schweren Beschuss zu nehmen, mit Maschinengewehren und einem einzigen Bomber, der einsam seine Luftangriffe flog. Doch das alles schien sich anderswo abzuspielen, sie tranken zufrieden den französischen Kaffee, den Jimmy Bigelow aufgetrieben hatte, plauderten und warteten, bis neue Befehle sie erreichten oder der Krieg sie fand.

Rabbit Hendricks – ein stämmiger Mann mit schlecht sitzendem Gebiss – hatte gerade auf der Rückseite einer Postkarte von Damaskus ein Porträt von Lizard Brancussis Ehefrau Maisie vollendet, als Ersatz für eine sich auflösende Fotografie. Hendricks' Bleistiftzeichnung gab Hals und Haltung wieder, nur die Augenpartie erinnerte ein wenig an Mae West, der Oberkörper sogar etwas stärker; Hendricks hatte ein Dekolleté angedeutet, das Maisie nicht hatte, und einen Blick, der zu direkt und zu verführerisch war und etwas versprach, wozu Maisie nur selten bereit war.

Erklär es mir, sagte Jimmy Bigelow, warum mähen wir scharenweise schwarze Afrikaner nieder, die im Dienst der Franzosen stehen, die es wiederum auf uns abgesehen haben, also auf Australier, die für England im Nahen Osten kämpfen?

Die Zeichnung – möglicherweise verlogen und deswegen eine seltsame Form des Verrats – bekümmerte Lizard Brancussi sehr. Aber weil alle anderen seine Frau so wunderschön fanden, bot er Rabbit Hendricks seine Uhr zum Tausch an und verkündete, ja, das sei sein Mädchen. Rabbit lehnte das Angebot ab, zückte seinen Zeichenblock und machte sich an ein Gruppenporträt der Männer beim Morgenkaffee.

Wir sind hier nicht im Osten von Australien, sagte Jack Rainbow. Er hatte das Gesicht eines Einsiedlers und das Mundwerk eines Hafenarbeiters, was er beides nicht war; er war Hopfenfarmer. Wir sind im Norden, sagte er. Kein Wunder, dass wir nicht wissen, wo das nächste Dorf ist. Wir wissen ja nicht mal, wo *wir* sind.

Du warst immer schon ein Roter, Jack, sagte Darky Gardiner. Ich wette zwölf zu eins, dass ich das Frühstück nicht erlebe. Wenn das kein faires Angebot ist.

Jack Rainbow sagte, lieber würde er ihn auf der Stelle erschießen, als auf das Angebot einzugehen.

Dorrigo Evans wettete zehn Shilling, zwanzig zu drei, dass der Sergeant den Krieg überlebte.

Na dann, sagte Jimmy Bigelow. Ich bin dabei. Darky, du bist ein Kämpfer.

Beim *Two-up* wirft man zwei Münzen, sagte Darky Gardiner, zog eine Flasche Cognac aus dem Sack zu seinen Füßen und gab einen Schuss davon in jeden Kaffee. Man wettet auf ein Ergebnis, aber Tatsache ist: Wenn dreimal hintereinander zwei Köpfe kommen, verringert sich die statistische Wahrscheinlichkeit beim nächsten Wurf kein bisschen. Also wettet man wieder auf Kopf. Jeder Wurf ist der erste. Ist das nicht eine wunderbare Vorstellung?

Eine Sekunde später hatte der Krieg sie gefunden. Dorrigo Evans stand neben dem Ohrensessel und schenkte sich einen Kaffee ein und Yabby Burrows brachte gerade ein Kochgeschirr mit Frühstück aus der Feldküche, als sie eine Sprenggranate aus einer französischen 75er heranpfeifen hörten. Darky Gardiner sprang aus dem Sessel, packte Dorrigo Evans beim Arm und riss ihn zu Boden. Die Detonation durchlief sie wie eine kosmische Welle.

Als Dorrigo die Augen öffnete und sich umsah, war der blaue Ohrensessel mit den kleinen Silberfischen verschwunden. Aus der Staubwolke erhob sich ein arabischer Junge. Sie schrien ihm zu, er solle sich wieder hinlegen, und als er nicht reagierte, ging Yabby Burrows auf die Knie und wedelte mit den Armen, und als selbst das nichts nützte, stand er auf und lief hin. In dem Moment schlug die zweite Granate ein. Die Wucht der Detonation schleuderte ihnen den Jungen entgegen, die Kehle von Granatsplittern zerschnitten. Er war tot, bevor sie etwas unternehmen konnten.

Dorrigo Evans drehte sich zu Darky Gardiner um, der den Jungen im Arm hielt. Rabbit Hendricks lag daneben und schob sich das verstaubte Gebiss in den Mund zurück. Von Yabby Burrows war nichts mehr übrig.

Ich mache es gern spannend, sagte der Schwarze Prinz.

Dorrigo wollte gerade etwas antworten, als der feindliche Bomber zu einem weiteren Luftangriff über die äußere Flanke ansetzte. Doch direkt über ihnen verwandelte sich das Flugzeug in eine schwarze Qualmwolke. Über dem herausfallenden Punkt blühte ein Fallschirm auf, offenbar war der Pilot entkommen. Während der Wind ihnen den Fallschirm entgegentrieb, griff sich Rooster MacNeice eines der zyprischen Gewehre vom Kaliber .303 und zielte. Dorrigo Evans drückte den Lauf hinunter und sagte ihm, er solle nicht so verdammt blöd sein.

Und Yabby?, schrie Rooster MacNeice mit sandigen Lippen und zu weißen Kugeln aufgerissenen Augen. War das blöd, verdammt? Und der Junge? War das blöd?

Roosters Gesicht erschien auf den ersten Blick recht ansehnlich, doch aus der Nähe betrachtet wirkte es – Jack Rainbow hatte sie darauf hingewiesen – wie aus Ersatzteilen zusammengesetzt. Dazu eilte ihm der Ruf voraus, ein unfähiger Soldat zu sein, und folglich waren alle, als Rooster erneut anlegte, zielte und schoss, sehr verwundert darüber, dass er das Ziel tatsächlich traf. Der Fallschirmspringer zuckte wie von einer plötzlichen, starken Windbö erfasst und fiel dann abwärts wie ein Stein.

Später an dem Tag, als sie endlich das mittlerweile kalt gewordene Porridge aus dem Kochgeschirr aßen, das Yabby Burrows gebracht hatte, wollte keiner neben Rooster MacNeice sitzen.

14

Und so ging es immer weiter – mit Witzen, mit Geschichten von armen Hunden, die es nicht geschafft hatten, vom Palast in Tripoli, der zum Freizeitklub für die Soldaten der Australian Imperial Force umgewidmet wurde, vom *Two-up* und vom Würfelspiel auf Krone und Anker, dazu Bier und Kameraden und oben in den Zimmern am Ende des Flurs die leichten Mädchen, die manchmal herunterkamen, um eine Runde mitzuspielen, vielleicht brachten sie ja Glück, und in den Bergdörfern Football gegen syrische Jungs. Und dann Java, nach der Kapitulation, Frauen in nassen Sarongs beim Teepflücken; manchmal, wenn sie zum Feuerholzsammeln abkommandiert wurden, sahen sie, wie hübsch die Frauen waren, wie sie in trockene Sarongs schlüpften und einander die Nissen aus den Haaren kämmten – Jesus Christus, sagte Gallipoli von Kessler im Vorbeigehen, an so einer vorbeizugehen, das nenn ich eine Strafe.

Doch die Bestrafung hatte gerade erst begonnen. Nach sechs Monaten wurden sie für ein neues Bauprojekt in Siam auf Lastwagen an die Küste gebracht; tausend Mann lagen drei Tage lang zusammengepfercht wie Sardinen im ölverschmierten Rumpf eines Seelenverkäufers nach Singapur, und dann folgte der Fußmarsch nach Changi Gaol. Ein hübscher Ort – weiße, zweigeschossige Baracken, luftig und nett, gepflegte Rasenflächen, gut gekleidete australische Soldaten, fit und gesund, Offiziere mit Stöckchen und roten Streifen an den Socken, ein schöner Panoramablick auf die Straße von Johor und die Gemüsegärten. Dorrigos Männer, ein abgemagerter, chaotischer Haufen in australischen und holländischen Uniformen, teilweise barfuß, stachen heraus. »Javanischer Abschaum«, so hatte Brechstangenbrigadier Callaghan, Kommandeur der australischen Kriegsgefangenen in Changi, sie genannt; Dorrigo Evans' Bemühungen zum Trotz hatte er sich geweigert, sie mit Kleidung, Stiefeln und Proviant auszustatten. Stattdessen hatte er vergeblich versucht, Dorrigo Evans als Kommandanten absetzen zu lassen, weil dieser den Brigadier in einem Akt des Ungehorsams aufgefordert hatte, seine Vorratskammern zu öffnen.

Der kleine Wat Cooney kam mit einem Fluchtplan zu Chum Fahey. Man müsse sich nur zum Arbeitsdienst in der Werft von Singapur einteilen und dort in eine Holzkiste einnageln lassen, um anschließend auf ein Schiff geladen und nach Sydney gefahren zu werden.

Ein guter Plan, Wat, sagte Chum Fahey. Außer, dass er nicht gut ist.

Sie spielten Football gegen die Lagerkommandanten von Changi und verloren mit acht Punkten Rückstand, kamen dafür aber nach dem dritten Viertel in den Genuss von Sheephead Mortons Ansprache, deren Einleitung sie nie mehr vergessen würden: Männer, ich habe euch nur eine Sache mitzuteilen, und die erste davon wäre …

Zwei Wochen später verließ der javanische Abschaum das Camp in denselben Lumpen, in denen er gekommen war, und der in keine Holzkiste eingenagelte Wat Cooney war auch noch dabei. Sie wurden »Evans' J Force« getauft, zum Bahnhof gebracht und in schmale, fensterlose Stahlwaggons gesteckt, wie sie zum Reistransport verwendet wurden; siebenundzwanzig Mann in einem Wagen und kaum genug Platz zum Sitzen. In der tropischen Hitze rollten sie durch Tunnel aus Gummibäumen und Dschungel, warfen durch das Gedrängel aus Kameraden und die einen Spaltbreit geöffnete Schiebetür flüchtige Blicke auf ein endloses, verworrenes Grün, auf vorbeifliegende Malaien in Sarongs, auf Inder und chinesische Lastenträgerinnen, die mit bunten Stofflumpen um den Kopf auf den Reisfeldern ackerten. Die Männer in der engen Dunkelheit der grausamen rollenden Öfen waren nicht anders als alle jungen Männer auf der Welt, sie kannten sich selbst noch nicht. So vieles, was in ihnen verborgen lag und nur darauf wartete, auf der Reise zum Vorschein zu kommen.

Unter ihnen flogen die Schwellen in rhythmischem Pochen dahin, während sich im schweißnassen Wanken der Waggons glitschige Arme und Beine aneinanderrieben. Am Ende des dritten Tages sahen sie Reisfelder und Baumgruppen aus Zuckerpalmen vorbeihuschen und dunkle, dralle Thaifrauen mit rabenschwarzem Haar und reizendem Lächeln. Sie saßen in Schichten und legten beim Schlafen die Beine auf dem Nebenmann ab, immer eingehüllt in stinkende Dämpfe alter Kotze, ranzigen Körperfetts und von Scheiße, und so ging es immer weiter, tausend Meilen weit, fünf Tage lang, rußverschmiert und heimwehkrank, ohne Essen, mit sechs Stopps und drei Toten.

Am Nachmittag des fünften Tages wurden sie in Ban Pong aus dem Zug geholt, vierzig Meilen vor Bangkok. Sie wurden auf offene Laster geladen, vierzig Mann zusammengepfercht wie Vieh und aneinandergeklammert wie Affen, und dann ging es auf einer mit tiefem Staub bedeckten Straße durch den Dschungel. Über ihnen flatterte ein leuchtend blauer Schmetterling durch die Luft. Er landete auf der Schulter eines Kriegsgefangenen aus Westaustralien, der ihn zerquetschte.

Die Nacht brach ein, die Straße zog sich dahin, und am späten Abend erreichten sie das dreckverschmierte, von Straßenstaub überkrustete Tarsau. Sie schliefen auf dem Erdboden und hockten beim Morgengrauen wieder auf der Ladefläche. Eine Stunde lang ging es über einen Weg, kaum breiter als ein Ochsenpfad, ins Gebirge. Am Ende des Pfades stiegen sie vom Laster und marschierten den ganzen Nachmittag, bis sie schließlich eine kleine Lichtung an einem Flussufer erreichten.

Sie sprangen selig in den Fluss und schwammen. Fünf Tage in Stahlkisten, zwei auf Lastern – wie schön kann Wasser sein? Fleischliche Gnade, die gesegnete Welt hinter dem Schleier –

saubere Haut, Schwerelosigkeit, ein brausendes Universum aus flüssiger Ruhe. Sie legten sich in ihre Militärschlafsäcke und schliefen wie die Steine, bis das Geschrei der Affen sie im Morgengrauen weckte.

Die Aufseher ließen sie dreieinhalb Meilen weit durch den Dschungel marschieren. Ein japanischer Offizier bestieg einen Baumstumpf, um zu ihnen zu sprechen.

Danke, sagte er, für langen Weg hierher, um Kaiser mit Eisenbahn zu helfen. Gefangen sein ist große Schande. Große! Ehre wiederherstellen, Eisenbahn bauen für Kaiser. Große Ehre! Große!

Er zeigte auf eine lange Linie aus Holzpflöcken, von Landvermessern gesteckt, die den Verlauf der Strecke markierten. Die Pflöcke verschwanden bald im Dschungel.

Sie rodeten die Teakbäume auf dem ersten Streckenabschnitt, und als diese Aufgabe drei Tage später erledigt war, sagte man ihnen, sie müssten nun in ein paar Meilen Entfernung ihr Camp errichten. Riesige Bambusstauden, fast zwanzig Meter hoch, hohe Bäume, Kapok mit horizontalen Ästen, Hibiskus und Unterholz – sie rodeten und entwurzelten und verbrannten und planierten; in kleinen Gruppen tauchten die halb nackten Männer aus dem Qualm und den Flammen auf und verschwanden wieder darin, zwanzig Mann zogen wie ein Ochsengespann am Seil, um den üblen Stachelbambus büschelweise auszurupfen.

Anschließend machten sie sich auf die Suche nach Bauholz und entdeckten eine Meile weiter ein englisches Camp, stinkend und überfüllt mit Kranken. Die Offiziere dachten wenig an ihre Männer und viel an sich selbst. Sie ließen ihre Stellvertreter am Flussufer auf Streife gehen, um den Männern das Fischen zu verbieten; einige der englischen Offiziere hatten immer noch ihre Angelruten und wollten verhindern, dass einfache Soldaten in Gewässern wilderten, über die sie allein zu verfügen meinten.

Als die Australier in ihr gerodetes Camp zurückkamen,

stellte sich ihnen ein alter japanischer Aufseher vor. Er hieß Kenji Mogami und schlug sich auf die Brust.

Da heißta Berglöwe, sagte er lächelnd.

Er zeigte ihnen, wie es gemacht wurde: mit langen Parangschwertern das Gerüst schneiden und einkerben; die Innenseite der Hibiskusrinde in lange Streifen zerteilen und die Verbindungen festzurren; das Dach mit Palmwedeln abdecken und den Boden mit gespaltenem, flach gedrücktem Bambus. Sie brauchten keinen einzigen Nagel. Nachdem sie ein paar Stunden gearbeitet hatten und die ersten Hütten standen, sagte der alte japanische Aufseher: In Ordnung, Männer, *yasumi.*

Sie setzten sich hin.

Kein schlechter Kerl, sagte Darky Gardiner.

Der Beste, sagte Jack Rainbow. Und wisst ihr was? Ich würde ihn bei der geringsten Gelegenheit mit einer stumpfen Rasierklinge aufschlitzen, von den Augen bis zum Arschloch.

Kenji Mogami schlug sich auf die Brust und verkündete, Berglöwe sein ein Binga Crosby. Und der Berglöwe fing schmachtend zu singen an –

You've got to accentuate the positive
Eliminate the negative
Latch on to the affirmative
Don't mess with Mister In-Between

– *Nahhh,* sang er in seinem seltsamen Akzent, *donna mess with Missa Inbeweeeen!*

15

In jenen ersten Tagen auf der Strecke, als sie noch dazu imstande waren, führten die Männer auf einer kleinen Bambusbühne, von rechts und links durch Lagerfeuer ausgeleuchtet, ein Abendkonzert auf. Während der Aufführung stand Dorrigo Evans neben Colonel Rexroth, einer Zusammenführung unvereinbarer Gegensätze: Rexroth trug den Kopf eines Wegelagerers auf dem Körper eines Metzgers, sprach mit waschechtem britischen Akzent und hatte auch sonst alles, was zum Sohn eines gescheiterten Tuchhändlers aus Ballarant dazugehörte; ein Australier mit dem innigsten Wunsch, für einen Engländer gehalten zu werden, ein Mann, der 1927 in den Armeedienst eingetreten war, weil sich ihm keine anderweitigen Chancen im Leben boten. Obwohl er denselben Rang bekleidete wie Dorrigo Evans, war Rexroth dank seiner Erfahrung und infolge seiner Karriere als Militär (und nicht als Mediziner) Dorrigos Vorgesetzter.

Colonel Rexroth drehte sich zu Dorrigo Evans um und sagte, seiner Ansicht nach reichten ihre britischen Nationalstärken vollkommen aus, ihr britischer *esprit de corps* werde sie stützen, ihr britischer Kampfgeist werde nicht zu bezwingen sein; ihr britisches Blut werde sie all das überstehen lassen.

Aber ein bisschen Chinin wäre auch nicht schlecht, sagte Dorrigo Evans.

Ein paar Engländer waren aus ihrem Camp herübergekommen und gaben einen Sketch über einen deutschen Kriegsgefangenen im Ersten Weltkrieg zum Besten. So viele Fluginsekten schwärmten durch die Abendluft, dass die Schauspieler nur schemenhaft zu erkennen waren.

Colonel Rexroth sagte, diese Einstellung gefalle ihm gar nicht. Dorrigo sehe immer nur das Schlechte. In dieser Lage sei positives Denken gefragt! Die Besinnung auf den Nationalcharakter. Und so weiter.

Den Nationalcharakter habe ich noch nie behandeln müssen, sagte Dorrigo Evans.

Die Australier applaudierten dem deutschen Gefangenen.

Wohingegen ich, fuhr er fort, sehr viel Entkräftung und Mangelernährung zu sehen bekomme.

Es ist, wie es ist, sagte Colonel Rexroth.

Ganz zu schweigen, sagte Dorrigo Evans, von Malaria, Ruhr und Dschungelfäule.

Das Stück wurde von Pfiffen und Buhrufen unterbrochen. Endlich fiel Dorrigo ein, an wen Colonel Rexroth ihn erinnerte: Boscs Flaschenbirnen, wie Ellas Vater sie immer aß. Und dann fiel ihm ein, wie hungrig er war und dass er diese Birnen mit der rostroten Schale nie gemocht hatte und jetzt alles dafür geben würde, eine davon essen zu dürfen.

Mangelernährung, wiederholte Dorrigo Evans. Medikamente wären gut. Aber Essen und Ruhe wären noch besser.

Zwar war die Arbeit auf der Bahnstrecke der Japaner noch nicht der tödliche Wahnwitz, doch zeigten sich bereits jetzt die ersten Ausfallerscheinungen. Als Nächstes kam Les Whittle, der seine Finger an die Pellagrakrankheit verloren hatte, und spielte auf einem ramponierten Akkordeon, geflickt und ausgebessert mit Büffelleder; man hatte ihm Bambusstöcke an die Handgelenke gebunden. Der Sänger, Jack Rainbow, war erblindet. Dorrigo Evans betrachtete ihn und fragte sich, ob es am Vitaminmangel lag oder an einer Kombination aus verschiedenen Krankheiten – was auch immer der Grund war, ihm wurde schmerzlich bewusst, dass Nahrung das Heilmittel wäre, für Jack und für alle anderen Kranken, die Dorrigo zu Gesicht bekam. Jack Rainbows Einsiedlerwangen waren mittlerweile aufgedunsen wie Kürbisse, der abgemagerte Körper darunter seltsam gebläht und mit einem Geschwür versehen, das sich am Schienbein durch das geschwollene Fleisch bis zum Knochen durchgefressen hatte und aus der Wunde herausstarrte wie ein rosa Auge; es musterte die ähnlich grotesk entstellten Kriegsgefangenen, das Publikum seiner Träume.

Die Schauspieler stellten jetzt eine Szene aus *Ihr erster Mann* nach, Les Whittle spielte Robert Taylor und Jack Rainbow schlüpfte in die Rolle von Vivien Leigh. Auf der Bambusbühne standen sie einander gegenüber.

Ich dachte, ich würde dich nie wiedersehen, sagte der als fingerloser Les Whittle verkleidete Robert Taylor mit affektiertem britischen Akzent. Es ist eine Ewigkeit her.

Und ich dich auch nicht, sagte Vivien Leigh, die als blinder, aufgeschwemmter, vereiterter Jack Rainbow auftrat.

Liebling, sagte Les Whittle. Du hast dich kein bisschen verändert.

Es gab viel Gelächter, und dann wurde die Titelmelodie des Films gespielt, »Auld Lang Syne«.

Sehen Sie, fuhr Colonel Rexroth fort. Allein auf das, was wir in uns tragen, kommt es an.

Auf was?

Britische Gelassenheit.

Das war ein amerikanischer Film.

Auf den Schneid kommt es an, sagte Colonel Rexroth.

Unsere Offiziere stehen im Sold der japanischen Armee. Fünfundzwanzig Cent pro Tag. Geld, das sie dann sofort verprassen. Die Japaner erwarten von ihnen nicht, dass sie arbeiten. Das sollten sie aber.

Was sollten sie, Evans?

Sie sollten hier im Lager mitarbeiten. Latrinen ausheben. Im Lazarett helfen. Als Pfleger. Hilfsmittel für die Kranken herstellen. Krücken. Neue Unterkünfte bauen. Operationsräume.

Er holte tief Luft.

Und sie sollten ihren Sold zusammenwerfen, damit wir Lebensmittel und Medikamente für die Kranken kaufen können.

Auch das, Evans, sagte Colonel Rexroth. Als Beispiel voranzugehen wird uns helfen. Nicht der Bolschewismus.

Ich bin Ihrer Meinung. Wenn es ein gutes Beispiel ist, mit dem wir vorangehen.

Doch Colonel Rexroth war schon dabei, auf die Bühne zu

klettern. Er bedankte sich bei den Künstlern, und dann sagte er, die willkürliche Aufteilung des British Empire in einzelne Nationen sei ein Hirngespinst. Sie seien ein Volk, von Oxford bis nach Oodnadatta.

Sein Akzent war dünn und näselnd. Er war kein mitreißender Redner, ging jedoch irrigerweise davon aus, dass sein Rang beim Militär seinen Worten das nötige Gewicht verleihen müsste. Er klang, wie Gallipoli von Kessler sagte, als spielte er Flöte aus dem Hintern.

Und aus diesem Grund, fuhr Colonel Rexroth fort, müssen wir Engländer, wir Mitglieder des British Empire, die Ordnung und Disziplin hochhalten, die das Herzblut des Empire ausmachen. Als Engländer werden wir jede Entbehrung erdulden, als Engländer werden wir triumphieren. Vielen Dank.

Danach fragte er Dorrigo Evans, ob er an der Planung eines Friedhofs mit Blick auf den Fluss mitarbeiten wolle. Dort könnten sie die Toten ordentlich bestatten.

Lieber wäre mir, wenn der Schwarze Prinz den Japanern noch ein paar Dosen Fisch klaut, um die Lebenden vom Sterben abzuhalten, sagte Dorrigo Evans.

Der Schwarze Prinz ist ein Dieb, antwortete Colonel Rexroth. Wie dem auch sei, der Friedhof wird eine schöne Ruhestätte sein und sollte all jenen, denen das Wohlergehen unserer Männer am Herzen liegt, die Mühe wert sein. Wäre doch allemal besser als das gängige Prozedere, sie einfach in den Wald zu tragen und irgendwo zu vergraben.

Der Schwarze Prinz hilft mir, Leben zu retten.

Colonel Rexroth zog einen Skizzenplan heraus, aus dem die Lage des Friedhofs und die Anordnung der Gräber hervorgingen, mit unterschiedlichen Abteilungen, in denen die unterschiedlichen Dienstgrade beerdigt werden sollten. Stolz erzählte er Dorrigo, für die Offiziere habe er eine besonders idyllische Stelle mit Blick auf den Kwai reserviert. Er betonte, nun, da die Männer zu sterben anfingen, sei es von oberster Priorität, die Leichen zu beseitigen.

Sie können mir unmöglich widersprechen, betonte er. Es hat mich große Anstrengungen gekostet, das Projekt so weit voranzutreiben. Ich hätte Sie wirklich gern dabei.

Im nahe gelegenen Bambushain kreischte ein Affe.

Ich tue das alles nur für unsere Männer, sagte Colonel Rexroth.

16

Die Bäume trieben aus und bekamen Blätter, und die Blätter bedeckten den Himmel, und der Himmel verfinsterte sich, und die Finsternis verschluckte mehr und mehr von der Welt. Der Monsun setzte ein, und anfangs, als sie noch nicht wussten, dass der Regen dauern würde, freuten sie sich.

Dann wurde der Akkord eingeführt.

Und der Akkord bedeutete, dass es keine Ruhetage mehr gab und das Soll heraufgesetzt wurde und noch weiter heraufgesetzt wurde und dass die Schichten immer länger wurden. Der Akkord verwischte die ohnehin schon verschwommene Grenze zwischen Gesunden und Kranken, von nun an wurde, ebenso vage, nur noch zwischen Kranken und Sterbenden unterschieden. Während des Akkords wurde den Gefangenen immer öfter befohlen, zwei Schichten am Stück zu arbeiten, Tag *und* Nacht.

Der Regen ergoss sich in Sturzbächen, Teak und Bambus wucherten ihnen entgegen. Colonel Rexroth starb an der Ruhr und wurde so wie alle anderen irgendwo im Dschungel vergraben. Dorrigo Evans übernahm das Kommando. Er erhob eine Steuer auf den Offizierssold, um Nahrung und Medikamente für die Kranken zu kaufen. Er überredete, lockte und drängte die Offiziere zur Mitarbeit, während der große grüne Schrecken des Dschungels unablässig auf ihren räudigen Körpern und ihren grummelnden Gedärmen lastete, auf fiebrigen Köpfen und von Eitergeschwüren übersäten Beinen, auf pausenlos scheißenden Ärschen.

Die Männer sprachen Dorrigo Evans jetzt mit *Colonel* an, und bei allen anderen Gelegenheiten sprachen sie vom *Big Fella*. In manchen Momenten fühlte der Big Fella sich zu klein für alles, was er nun schultern sollte. Da war Dorrigo Evans, und da war dieser andere Kerl, der so aussah, handelte und redete wie er. Doch der Big Fella war nobel, und Dorrigo war es nicht, er opferte sich auf, wo Dorrigo egoistisch war.

Er merkte, wie er sich in die Rolle hineinfühlte, und je länger es dauerte, desto mehr bestärkten ihn die Männer. Es war, als drängten sie ihn allein mit ihrer Willenskraft in diese Rolle, als müsse es nun einmal einen Big Fella geben. Ihre verzweifelte Bedürftigkeit, ihr wachsender Respekt, ihre geflüsterten Kommentare, ihre hohe Meinung von ihm – all das zwang ihn zu einem Verhalten, das ihm, er wusste es, eigentlich gar nicht entsprach. Nicht er ging ihnen mit gutem Beispiel voran, sie schoben ihn mit ihrer Verehrung vor sich her.

Und nun, da er eingespannt war, stolperten sie alle zusammen durch die Tage, die sich aufbauten wie ein Schrei, der niemals endet, ein nasses, grünes Kreischen, das nur noch verstärkt wurde durch die Chininmangeltaubheit und den Malarianebel, in dem eine Minute so lange dauern konnte wie ein Menschenleben und eine Woche des Elends und der Schmerzen komplett in Vergessenheit geriet. Alles schien auf eine Auflösung der Geschichte zu warten, auf irgendein Ereignis, das ihm und ihnen den Sinn des Ganzen erschloss, auf die Katharsis, die sie alle aus dieser Hölle erlösen würde.

Dennoch fand sich gelegentlich das Ei einer Ente, die eine oder andere Fingerspitze Palmzucker, ein Witz, der ausdauernd wiederholt und liebevoll ausgeschmückt und gehegt und gepflegt wurde wie eine seltene Kostbarkeit, und das ermöglichte ihnen zu überleben. Sie hatten immer noch Hoffnung. Und unter den immer größer wirkenden Schlapphüten hörten die hungernden Gefangenen nicht auf, zu stänkern und zu fluchen, hineingeschleudert in ein Universum, in dem sie nichts waren als Ameisen und wo nichts zählte als der Bau der Eisenbahn. Als nackte Sklaven ihres Streckenabschnitts, ausgerüstet mit nichts weiter als einigen Seilen und Pflöcken, Hämmern und Brecheisen, Strohkörben und Hacken und der Kraft ihrer Rücken und Beine und Arme und Hände, rodeten sie den Dschungel für die Eisenbahn, zertrümmerten sie Felsen für die Eisenbahn, verschoben sie die Erde für die Eisenbahn und schleppten sie Schwellen und Schienen für die Eisenbahn. Sie, die nackten Sklaven, wurden ausgehungert und geschlagen und arbeiteten bis zur totalen Erschöpfung auf der Strecke. Und dann fingen die nackten Sklaven an, auf der Strecke zu sterben.

Niemand rechnete damit, weder die Schwachen noch die Starken. Die Todesfälle häuften sich. Drei in der vergangenen Woche, acht in dieser, und Gott weiß wie viele heute. Ins Lazarett – weniger eine Krankenstation als eine Hütte, in der die schlimmsten Fälle in Dreck und Wundbrandgestank auf langen Lattenrostpodesten liegen durften – kamen nur noch die Sterbenden. Es gab keine gesunden Männer mehr. Es gab nur noch die Kranken, die Schwerkranken und die Todgeweihten. Lange vorbei die Zeiten, als Gallipoli von Kessler es als Strafe empfand, eine Frau nicht anfassen zu dürfen. Selbst die Gedanken an Frauen waren lange vergessen. Nun konnten sie an nichts anderes mehr denken als an Essen und Ruhe.

Der Hunger lauerte den Australiern überall auf. Er versteckte sich in den Taten und Gedanken jedes Einzelnen. Sie hatten ihm nichts weiter entgegenzusetzen als australische Lebensweisheiten, und die waren noch hohler als ihre Bäuche. Sie versuchten, sich an australisch-trockenen Humor und australische Flüche zu klammern, an australische Erinnerungen und australische Kameradschaft. Aber im Vergleich zu Läusen, Hunger und Beriberi, angesichts von Diebstahl und Prügeln und dauernder Sklaverei bedeutete Australien plötzlich kaum noch etwas. Australien schrumpfte und welkte dahin, ein Reiskorn schien größer als dieser Kontinent, und das Einzige, was von Tag zu Tag größer wurde, waren die verbeulten, schlappen Hüte, die wie Sombreros über den ausgemergelten Gesichtern mit den leeren, dunklen Augen hingen, Augen, die kaum mehr waren als schattige Höhlen in Erwartung der Würmer.

17

Dorrigo Evans' Mund war so voller Spucke, dass er sich mehrfach mit dem Handrücken über die Lippen wischen musste, um nicht zu sabbern. Er starrte auf das schlecht geschnittene, knorpelige und verkohlte Steak in der rechteckigen Blechschale seines Kochgeschirrs. Rußige Fettschmiere auf rostigem Blech, und nichts auf der ganzen Welt fiel ihm ein, was er lieber gehabt hätte. Er hob den Kopf und sah den Küchenhelfer an, der ihm das Abendessen gebracht hatte. Der Küchenhelfer schilderte, wie am Vorabend eine vom Schwarzen Prinzen angeführte Gang den thailändischen Händlern eine Kuh gestohlen, sie im Busch geschlachtet und, der Aufseher war mit Filetstücken bestochen worden, das Fleisch heimlich in die Lagerküche geschleppt hatten. Ein Steak – ein Steak! – war herausgetrennt, gegrillt und Dorrigo zum Abendessen gebracht worden.

Die Küchenhilfe war, Dorrigo Evans konnte es erkennen, ein kranker Mann – warum sonst wäre er zum Küchendienst abgestellt worden? –, er war krank vor Hunger, und Dorrigo Evans wusste, dass das Steak in diesem Moment auch für diesen Mann das begehrenswerteste, außergewöhnlichste Ding im ganzen Universum war. Dorrigo winkte fahrig ab und sagte ihm, er solle es zur Krankenhütte bringen und an die Schwächsten dort verteilen. Der Küchenhelfer wusste nicht, ob Dorrigo das ernst meinte. Der Küchenhelfer rührte sich nicht.

Die Männer wollen, dass Sie es bekommen, Sir, sagte der Küchenhelfer.

Warum?, dachte Dorrigo Evans. Warum gebe ich vor, das Steak nicht zu wollen? Er war so gierig darauf, es zu essen, und die Männer gönnten es ihm, es war eine Art Tribut. Er wusste, dass ihm keiner das Fleisch geneidet hätte, doch er wusste auch: Das Steak war eine Prüfung vor Zeugen, eine Prüfung, die er bestehen musste, eine Prüfung, die schon bald zu einer dringend benötigten Anekdote würde.

Bringen Sie es rüber, sagte Dorrigo Evans.

Er würgte und versuchte, den Speichel zu schlucken, der seinen Mund geflutet hatte. Er fürchtete, den Verstand zu verlieren, zu seinem Schrecken und zu seiner Erniedrigung zusammenzubrechen. Seine Seele war nicht gestählt, ihm fehlte so viel von dem, was sie jetzt von ihm brauchten, was einen Menschen zum Erwachsenen machte. Und doch fand er sich in der Rolle des Anführers von tausend Männern wieder, die ihn auf merkwürdige Weise zu all dem werden ließen, was er nicht war.

Er schluckte abermals. Er hielt sich nicht für einen starken Mann, der um seine Stärke wusste, er war kein Mann wie Rexroth. Rexroth, dachte Dorrigo Evans, hätte das Steak gegessen, als wäre es sein gutes Recht, und danach hätte er sich vor den Augen seiner hungernden Männer zufrieden in den Zähnen herumgestochert. Im Gegenteil, Dorrigo Evans hielt sich für einen schwachen Menschen, dem rein gar nichts zustand, er war ein schwacher Mann, der von tausend anderen in die Form ihrer Erwartungen gepresst wurde, in die Form der Erwartung von Stärke. Es trotzte jeder Logik. Sie waren die Gefangenen der Japaner, und er war der Gefangene ihrer Hoffnung.

Sofort!, keifte er, am Rand der Beherrschung.

Doch der Küchenhelfer rührte sich immer noch nicht, vielleicht hielt er es für einen Scherz, vielleicht fürchtete er, nicht recht verstanden zu haben. Und währenddessen fürchtete Dorrigo Evans, das Steak, falls es auch nur eine Sekunde länger vor ihm läge, mit beiden Händen greifen und am Stück verschlingen zu müssen, er würde durch die Prüfung fallen und als der enttarnt werden, der er in Wahrheit war. In seinem Ärger über diesen Manipulationsversuch seiner Männer, in seiner Wut über die eigene Schwäche sprang er auf und schrie erbost –

Sofort! Es gehört euch, nicht mir! Nehmen Sie es mit! Teilen Sie es! Teilen Sie es auf!

Und der Küchenhelfer, erleichtert darüber, nun vielleicht selbst einen Fetzen des Steaks kosten zu können, entzückt darüber, dass der Colonel der Mann war, für den alle ihn hielten, der Big Fella, schlich davon und trug das Steak ins Lazarett, und mit dem Steak eine weitere Anekdote über ihren Anführer, diesen außergewöhnlichen Mann.

18

Dorrigo Evans verachtete die Tugend, er verachtete die Verehrung der Tugend und alle Leute, die ihm Tugend unterstellten oder sich selbst für tugendhaft hielten. Und je mehr man ihn im Alter der Tugend bezichtigte, umso intensiver verabscheute er sie. Er glaubte an keine Tugend. Nichts als kostümierte Eitelkeit, die Applaus erwartete. Er hatte genug von Edelmut und Würde, und es waren Lynette Maisons Fehler, die diese Frau für ihn so bewundernswert menschlich machten. In ihren untreuen Armen begegnete ihm der treue Glaube an die wundersame Wahrheit, dass alles vergänglich ist.

Sie war im Leben oft bevorzugt worden und wurde niemals von nächtlichen Zweifeln wach gehalten. Während ihre Schönheit schwand, wie eine Welle, die langsam verebbte, brauchte sie ihn weit mehr, als er sie brauchte. Unbemerkt von beiden war sie für Dorrigo zu einer weiteren Pflicht geworden. Dann wiederum war ihm das ganze Leben nichts als Pflicht: Pflicht an seiner Frau, an seinen Kindern. Er war der Arbeit verpflichtet, den Komitees, den Wohltätigkeitsorganisationen. Und Lynette. Der Schattenfrau. Es war anstrengend. Es verlangte

Durchhaltevermögen. Manchmal staunte er über sich selbst. Er hätte erwartet, dass derlei Leistung irgendwie Anerkennung fände. Man brauchte einen seltsamen Mut dazu. Es war verabscheuungswürdig. Er hasste sich dafür, doch er konnte so wenig nicht er selbst sein, wie er Colonel Rexroth gegenüber nicht er selbst hatte sein können. Und das, was ihm Sinn und Orientierung und die Kraft zum Weitermachen, oberste aller Pflichten, gab, war auch das, was er den Männern im Camp schuldig gewesen war.

Du denkst an sie, sagte Lynette.

Wieder antwortete er nicht. So wie seine anderen Pflichten ertrug er auch Lynette auf eine möglichst mannhafte Art – was bedeutete, dass er die wachsende Distanz zwischen ihnen mit gesteigerter Zuneigung überbrückte. Sie langweilte ihn zunehmend; hätten die Treffen mit ihr in seinem Leben nicht zumindest ein kleines Abenteuer bedeutet, er hätte schon vor Jahren mit ihr Schluss gemacht. Der Liebesakt war wenig ambitioniert ausgefallen, und er musste sowohl sich als auch ihr eingestehen, dass nicht mehr alles so wie früher war. Doch Lynette schien es nichts auszumachen. Ihm, wenn er ehrlich war, auch nicht. Es reichte, an ihrem Rücken schnuppern zu dürfen, eine Hand zwischen ihre weichen Schenkel zu schieben. Sie konnte eifersüchtig und egoistisch sein, er war machtlos dagegen, doch ihre mangelnde charakterliche Größe befriedigte ihn.

Während sie immer weiterplapperte, über Machtkämpfe und Klatsch in ihrer Zeitschriftenredaktion, wo sie als stellvertretende Chefredakteurin arbeitete, über die kleinlichen Erniedrigungsversuche ihrer Vorgesetzten, die in ihren Augen Untergebene waren, über ihre kleinen Siege im Büro, ihre Ängste, ihre geheimsten Wünsche, sah er wieder den Himmel während des Akkords über sich, diesen schmutzigen Himmel, und er dachte, dass er jahrelang nicht an Darky Gardiner gedacht hatte, nicht bis gestern, als er versucht hatte, dessen Bestrafung zu beschreiben.

Man hatte ihn gebeten, ein Vorwort zu einem Buch mit

Skizzen und Illustrationen von Guy Hendricks zu schreiben, einem Kriegsgefangenen, der auf der Strecke umgekommen war und dessen Skizzenbuch Dorrigo an sich genommen und bis Kriegsende versteckt hatte. Der Himmel war immer schmutzig gewesen und immer in Bewegung, er wehte davon, oder wenigstens kam es ihnen damals so vor, an einen besseren Ort, wo die Männer nicht grundlos starben, wo das Leben von etwas anderem gesteuert wurde als nur vom Zufall. Darky Gardiner hatte recht behalten: Das Ganze war nichts als ein Spiel, bei dem man Münzen warf. Der zerschrammte Himmel war voller blauer Flecken und Blutlachen. Dorrigo wollte sich an Darky Gardiner erinnern, an sein Gesicht, sein Summen, das schiefe, durchtriebene Lächeln. Doch wie sehr er sich auch bemühte, Darky heraufzubeschwören, er sah immer nur den dreckigen Himmel, der vor dem Schrecken davonraste.

Jeder Wurf ist immer der erste, hatte Darky Gardiner gesagt. Ist das nicht eine wunderbare Vorstellung?

Du kannst und wirst es nicht zugeben, sagte Lynette Maison. Los. Hast du? An sie gedacht?

Ich habe das Geld nie gesetzt, weißt du. Zehn Shilling.

Ich weiß.

Zwanzig zu drei. Das weiß ich noch genau.

Ich merke es, wenn du an sie denkst.

Weißt du, flüsterte er in Lynette Maisons fleischige Schulter, heute habe ich an dem Vorwort gearbeitet, und ich bin beim Akkord hängen geblieben, als wir siebzig Tage und Nächte durcharbeiten mussten, während des Monsuns. Ich habe versucht, mich zu erinnern, wie sie Darky Gardiner totgeschlagen haben. Am selben Tag haben wir den armen Guy Hendricks eingeäschert. Ich habe versucht aufzuschreiben, was ich von jenem Tag noch weiß. Und was ich geschrieben habe, klang furchtbar und nobel zugleich. Dabei war es weder das eine noch das andere.

Ich merke es wirklich, wenn du an sie denkst.

Es war nur jämmerlich und dumm.

Komm her.

Ich glaube, sie haben sich selbst dabei gelangweilt, als sie Darky geprügelt haben. Die Japsen, meine ich.

Komm. Lass uns schlafen.

Nakamura, das verdammte kleine Schwein, der Waran mit dem Marionettengang, und zwei andere Japaner, die Ingenieure. Oder waren es drei? Ich weiß es nicht mal mehr. Was für ein lausiger Zeitzeuge ich bin. Im Ernst, anfangs wollten sie ihm vielleicht wirklich wehtun, aber dann wurde es langweilig, so langweilig wie das Hämmern und Meißeln für uns. Es ist kaum zu fassen. Für sie war es einfach nur Arbeit, und eine lästige, langweilige noch dazu.

Lass uns schlafen.

Harte, schweißtreibende Arbeit. Wie wenn man einen Graben aushebt. Einer hat kurz mal Pause gemacht. Und ich dachte schon, ja, das war's jetzt, Gott sei Dank. Er hat sich an die Stirn gefasst, den Schweiß weggewischt und geschnauft. Einfach so. Und dann hat er weiter auf Darky eingeprügelt. Es hat nichts bedeutet, damals nicht und heute nicht, aber so etwas kann man doch nicht aufschreiben, oder?

Aber du hast es aufgeschrieben.

Teilweise. Ja.

Und du warst ehrlich.

Nein.

Du warst nicht ehrlich?

Ich war akkurat.

Draußen in der Nacht stieß ein zurücksetzender Lastwagen sein unglückliches Piepen aus, als würde er etwas suchen, das für immer verloren war.

Ich weiß gar nicht, warum ausgerechnet dieses Detail so besonders für dich ist.

Ist es nicht.

Wirklich. Waren da nicht noch viele andere, denen es genauso ergangen ist?

Ja.

Dorrigo musste ihr recht geben.

Warum ist dann diese Sache so besonders?

Er schwieg.

Warum?

Als er im Hotelbett in Parramatta lag, beschlich ihn das Gefühl, dass er viel öfter an das Gute da draußen in der Welt hätte denken sollen, an den blauen Himmel, der sich in wenigen Stunden zeigen würde, diesen weiten, blauen Himmel, der ihn für immer an die verlorene Freiheit seiner Kindertage erinnern würde. Und doch konnte sein Verstand nicht anders, als immer wieder auf den schwarz geschlierten Himmel über dem Camp zurückzukehren.

Erzähl es mir, sagte sie.

Immer schon hatte ihn dieser Himmel an schmutzige, vollgesogene Lumpen in einer Ölwanne erinnert.

Ich möchte es hören, sagte sie.

Nein. Willst du nicht.

Sie ist tot, nicht wahr? Eifersüchtig bin ich nur auf die Lebenden.

Eine Frau am Strand,
die Dämmerung ergießt sich
aufs Meer am Abend.

Kobayashi Issa

1

Den unerbittlich heißen Spätsommer des Jahres 1940 verbrachte Dorrigo Evans in Adelaide, wo er im Armeecamp von Warradale seine Ausbildung zum Sanitätsoffizier der 7. Infanteriedivision beendete. Danach würde er nach sonst wohin einschiffen. Er bekam einen halben Tag Ausgang – zu wenig, um tatsächlich irgendetwas zu unternehmen. Tom hatte aus Sydney ein Telegramm geschickt: Ihr Onkel Keith, der in der Nähe von Adelaide ein Strandhotel besaß, wolle Dorrigo unbedingt sehen und ihn fürstlich bewirten. Dorrigo hatte Keith Mulvaney nie kennengelernt. Eigentlich wusste er über den Mann nur, dass er mit der jüngsten Schwester von Toms und Dorrigos Vater verheiratet gewesen war, die vor einigen Jahren bei einem Autounfall ihr Leben verloren hatte. Keith hatte wieder geheiratet, den Kontakt zur Familie seiner verstorbenen Frau jedoch immer aufrechterhalten, hauptsächlich durch Weihnachtskarten an Tom, der ihn auf Dorrigos Stationierung in Adelaide aufmerksam gemacht hatte. Dorrigo hatte am Tag seines Ausgangs den unbekannten Onkel besuchen wollen, doch dann hatte das Auto, das er sich für den Ausflug borgen wollte, eine Panne. So besuchte er stattdessen mit Medizinerkollegen aus seiner Division den Rotkreuzball in der Stadt.

Es war der Tag des Melbourne Cup, nach dem Rennen hing immer noch eine matte Aufgekratztheit in der Luft. Um die Zeit bis zum Ball totzuschlagen, ging Dorrigo ziellos spazieren, bis er in der Rundle Street eine altmodische Buchhandlung entdeckte. Dort fand gerade ein Empfang statt, offenbar wurde ein neues Magazin vorgestellt. Ein selbstbewusster junger Mann mit wilder Frisur und locker gebundener Krawatte las aus einer Zeitschrift vor.

Gegens Verzweifeltsein gibt es für Säufer
Kein Mittel, zornig, Pinguine unter Sternen,
So hocken wir im Nebel auf dem Pflaster
Und binden einen Schuh im Licht der Laternen.

Dorrigo Evans wusste nicht so recht, was er davon halten sollte. Sein literarischer Geschmack begann schon jetzt zu verknöchern, ein Schicksal, das fast alle Leser ereilt, die sich im jugendlichen Alter weit in die Klassiker hineingewagt haben und danach kaum noch auf Erkundungsreise gegangen sind. Das Zeitgenössische irritierte ihn; er zog die literarischen Moden vergangener Jahrhunderte vor, ganz besonders die viktorianischen Dichter und die Autoren der Antike.

Weil er in der Menge nicht bis an die Bücherregale vordringen konnte, stieg er eine schmale Holzstiege im hinteren Teil des Ladens hinauf; er hoffte, dort oben mehr Glück zu haben. Im ersten Stock befanden sich zwei kleine, unbesetzte Büros und ein großer, ebenfalls menschenleerer Raum mit Bodendielen aus ungeschliffenem Holz. Die Erkerfenster im hinteren Teil gingen auf die Straße, die gegenüberliegende Wand war von deckenhohen Regalen bedeckt. Und überall sah Dorrigo Bücher, in denen er ungestört blättern konnte; Bücher auf wackeligen Stapeln, Bücher in Kisten, gebrauchte Bücher, die schief aneinandergelehnt standen wie undisziplinierte Soldaten.

Die Luft war warm, dennoch fand er sie weniger stickig als bei der Gedichtlesung unten. Während er hier und da ein Buch herauszog, wurde er immer wieder von schrägen Streifen aus Sonnenlicht abgelenkt, das sich durch die Erkerfenster ins Zimmer wälzte. Ringsum stiegen und fielen die Staubpartikel, sie schimmerten und bebten in Schächten aus gelbem Licht. Er entdeckte Regale mit antiquarischen Ausgaben klassischer Dichter und fing zu stöbern an, immer in der Hoffnung, eine preisgünstige Ausgabe von Vergils *Aeneis* zu finden, ein Buch, das er nie selbst besessen hatte. Dabei war es nicht unbedingt die große antike Dichtung, nach der Dorrigo Evans sich sehnte, sondern die Aura, die diese alten Bücher umgab – eine Aura, die sowohl nach außen abstrahlte als auch nach innen führte und ihn in eine andere Welt einzuladen schien, eine Welt, die ihm versicherte, dass er nicht ganz allein war.

Manchmal wurde er von dem Gedanken der großen Verbundenheit geradezu überwältigt. In solchen Momenten hatte er das Gefühl, dass es im ganzen Universum nur ein Buch gab, und alle Bücher waren Portale zu diesem einen großen, fortlaufenden Werk – zu einer unerschöpflichen, wunderschönen Welt, die keine geträumte war, sondern die einzig wirkliche, ein Buch ohne Anfang und ohne Ende.

Lärm drang die Treppe herauf, gefolgt von mehreren lauten Männern und zwei Frauen, einer Rothaarigen mit dunkler Kappe und einer kleinen Blondine, die sich eine purpurrote Blume hinters Ohr gesteckt hatte. Immer wieder brachen die Leute in einen Singsang aus, halb Lied, halb Beschwörungsformel: *Roll on, Old Rowley, roll on!*

Die Männer, eine Gruppe von Soldaten in Uniform – Luftwaffe, Marine und Imperial Force –, waren ganz offensichtlich leicht beschwipst, und sie alle buhlten auf die eine oder andere Weise um die Aufmerksamkeit der Blondine, die sich für keinen von ihnen zu interessieren schien. Sie wirkte distanziert, und wie sehr ihr die Soldaten auch näherzukommen versuchten, es gelang keinem von ihnen, eine Hand auf ihren Arm zu legen oder gar mit dem Oberschenkel den ihren zu streifen.

Dorrigo Evans hatte das alles auf einen Blick erfasst, und die Frau und ihre Begleiter ödeten ihn an. Sie schmückte sich mit ihnen, und er verachtete diese Männer dafür, im Bann einer Frau zu stehen, die sie offensichtlich niemals haben könnten. Er mochte nicht, dass sie über die Macht verfügte, diese Männer in, wie er es sah, sabbernde Hunde zu verwandeln, und in der Konsequenz mochte er auch sie als Person nicht.

Er drehte sich um und ließ den Blick wieder über die Regalreihen schweifen. Er dachte angestrengt an Ella, die er während des Medizinstudiums in Melbourne kennengelernt hatte. Ellas Vater war ein prominenter Anwalt, ihre Mutter stammte aus einer bekannten Großgrundbesitzerfamilie, und ihr Großvater hatte am Entwurf der australischen Verfassung mitgearbeitet. Sie selbst war Lehrerin. Manchmal konnte sie ein bisschen einfältig sein, doch Dorrigo brannte lichterloh für ihre Welt – und für ihre äußere Erscheinung. Ihre Sätze waren voller auswendig gelernter Gemeinplätze, sodass er sich manchmal fragte, was sie wirklich dachte; aber sie war herzensgut und ihm zugetan. Und sie hatte Dorrigo in eine Welt eingeführt, die ihm sicher, zeitlos, selbstbewusst und unveränderlich erschien, eine Welt, in der man Salons und Klubs mit schwerem, dunklem Mobiliar besuchte, eine Welt, in der Sherry und Single Malt Whisky in Kristalldekantern gereicht wurden und die von dem satten, leicht berauschenden, leicht erstickenden Mief der Politur durchzogen war. Ellas Familie war liberal genug, einen jungen, aber vielversprechenden Mann aus den niederen Schichten in dieser Welt willkommen zu heißen, und sie war konservativ genug, um vorauszusetzen, dass dieses Willkommen ausschließlich zu ihren Bedingungen stattfand.

Der junge Dorrigo Evans enttäuschte nicht. Er war jetzt Chirurg und fest davon überzeugt, dass er Ella heiraten würde, und obwohl sie nie darüber gesprochen hatten, wusste er, dass sie genauso dachte. Für ihn war die Heirat mit Ella eine weitere Stufe, so wie das Medizinstudium und die Approbation es gewesen waren, eine weitere Sprosse auf der Leiter, auf der es unaufhaltsam immer weiter aufwärtsging. So hatte sein Leben sich entwickelt, seit er in Toms Höhle die Macht des Wortes kennengelernt hatte.

Er zog ein Buch aus dem Regal, und als er es vor sich auf Brusthöhe hielt, wechselte es vom Schatten ins Licht. Er hielt ganz still, betrachtete das Buch, das Licht, den Staub. Es war, als gäbe es zwei Welten, diese Welt und eine geheime, die von den schrägen Lichtstreifen als die reale entlarvt wurde – eine Welt voll schwebender Partikel, die sich schimmernd drehten, willkürlich aneinanderstießen und in neue Richtungen davontrieben. Als er da in der Sonne des späten Nachmittags stand, schien ihm unvorstellbar, dass es mit ihm nicht immer weiter aufwärtsgehen könnte. Er dachte nicht über das Wo oder Was nach, er fragte sich nicht, warum etwas geschah oder was geschehen würde, wenn er, anstatt stetig aufzusteigen, mit einem Hindernis kollidieren und abdriften würde wie die Staubpartikel im Sonnenlicht.

Die kleine Gruppe am Kopf der Treppe setzte sich erneut in Bewegung, diesmal in seine Richtung. Wie ein Schwarm aus Fischen oder Vögeln schob sie sich durchs Halblicht. Weil er kein Bedürfnis verspürte, diesen Leuten nahezukommen, trat Dorrigo ans Fenster. Ganz nach der Art von Vögeln oder Fischen geriet der Schwarm auf einmal ins Stocken und hielt in neuer Formation inne, einige Schritte von Dorrigo entfernt. Weil er spürte, dass er gemustert wurde, konzentrierte er sich noch intensiver auf sein Buch.

Und als er den Kopf wieder hob, verstand er, warum der Schwarm so unruhig war. Die Frau mit der roten Blüte im Haar war auf ihn zugekommen und stand nun direkt vor ihm, gestreift von Licht und Schatten.

2

Ihre Augen leuchteten so blau wie kleine Gasflammen. Ihr Blick war übermütig. Für einige Sekunden waren diese Augen alles, was er von ihr sah. Sie fixierten ihn, doch da war nichts *darin.* Es war, als nehme sie ihn lediglich auf. Versuchte sie, ihn einzuschätzen? Zu beurteilen? Er wusste es nicht. Ihre selbstsichere Art ließ ihn unwirsch und unsicher werden. Vielleicht handelte es sich um einen raffinierten Scherz, vielleicht würde sie jeden Moment in Gelächter ausbrechen, in das die Männer in ihrer Begleitung einfallen würden. Dorrigo wich einen Schritt zurück, stieß ans Bücherregal und konnte nicht weiter. Er blieb stehen, schob eine Hand zwischen Rücken und Regal und verdrehte den Oberkörper leicht.

Ich habe Sie reinkommen sehen, sagte sie lächelnd.

Hätte man ihn kurz darauf nach ihrem Aussehen gefragt, er wäre um die Antwort verlegen gewesen. Es lag an der Blüte, sagte er sich später, an der Verwegenheit, sich eine so große rote Blume ins Haar zu stecken. Wobei die Blüte, wie er ahnte, in Wahrheit kaum etwas über sie verriet.

Ihre Augen, sagte sie.

Er schwieg. Ehrlich gesagt wusste er nicht, was er sagen sollte. Etwas Lächerlicheres hatte noch nie jemand zu ihm gesagt. Seine Augen? Unwillkürlich starrte er zurück, musterte sie aufmerksam, nahm sie in sich auf, wie sie ihn aufgenommen hatte. Es schien sie nicht zu stören. Er nahm eine seltsame, verstörende Intimität wahr, ein rätselhaftes Einverständnis, das ihn erschrecken ließ – er konnte diese Frau ungeniert anstarren, und ihr war es egal, solange *er* es war, der sie anstarrte.

Das Gefühl war ebenso atemberaubend wie verwirrend. Die Frau war ein Sammelsurium von kleinen Schönheitsfehlern, am auffälligsten erschien ihm das Muttermal rechts über ihrer Lippe. Und er begriff, dass die Summe dieser Makel ihre Schönheit ausmachte und dass diese Schönheit Macht verlieh, und diese Macht war ihr bewusst und unbewusst zugleich. Vielleicht glaubte sie, dass eine schöne Frau alles bekommen würde, was sie wollte. Nun, ihn würde sie nicht bekommen.

So schwarz, sagte sie und lächelte wieder. Aber sicher hören Sie das ständig.

Nein, sagte er.

Das stimmte nicht ganz, allerdings hatte es ihm noch nie jemand auf diese Art gesagt. Er war unfähig, sich ihr und ihrem seltsamen Gerede zu entziehen, sie einfach stehen zu lassen. Er sah die Männer, die im Halbkreis vor den Bücherregalen warteten. Auf einmal beschlich ihn das beunruhigende Gefühl, sie könnte es ernst, könnte tatsächlich *ihn* meinen.

Ihre Blume, sagte Dorrigo Evans. Sie ist ...

Er wusste nicht, was die Blume war.

Geklaut, sagte sie.

Offenbar hatte sie alle Zeit der Welt, um ihn zu begutachten, und offenbar gefiel ihr, was sie sah; sie lachte, als hätte sie zwischen allen Schätzen der Welt den interessantesten entdeckt. Als wären ihre Schönheit, ihr Blick und alles, was bezaubernd an ihr war, nun plötzlich auch ein Teil von ihm.

Gefällt sie Ihnen?, fragte sie.

Sehr.

Eine Kamelie, sagte sie und lachte wieder. Und dann hörte ihr Lachen – eher ein Gackern, abrupt und kehlig und irgendwie unerhört vertraulich – einfach auf. Sie beugte sich vor. Sie roch nach Parfum. Und nach Alkohol. Sie schien seine Befangenheit nicht zu spüren, schien es nicht auf einen Annäherungsversuch angelegt zu haben. Oder gar auf einen Flirt. Und obwohl er es nicht wollte und ganz sicher keinen Einfluss darauf hatte, spürte er, wie etwas zwischen ihnen hin und her ging, etwas, das nicht zu verleugnen war.

Er ließ die Hand hinter seinem Rücken sinken und richtete sich auf. Ein Schacht aus Licht trennte sie, Staub stieg darin empor, und auf einmal sah er sie wie durch die Gitterstäbe einer Zelle. Er lächelte, sagte etwas, ohne nachzudenken. Er sah wieder zu den Männern hinüber, die im Schatten aufgereiht standen wie eine römische Garde; er hoffte, einer von ihnen werde seine Notlage erkennen, einschreiten und sie in die Gruppe zurückholen.

Zu welchem Regiment gehören Sie?, fragte sie.

Zu keinem von Bedeutung.

Mit der Buchecke tippte er sich an das braune Dreieck mit dem grünen Kreis, das auf seinen Waffenrock genäht war.

Sanitätsoffizier der 7. Division. Ich bin Arzt.

Er fühlte eine Mischung aus schwachem Widerwillen und leichter Nervosität. Was hatte diese Schönheit mit ihm zu tun? Ihr Gesicht, ihre Stimme, ihre Kleidung und der ganze Rest verrieten sie als Frau von Stand, und obwohl er selbst mittlerweile Arzt und Offizier war, hatte er sich noch nicht weit genug von seiner Herkunft gelöst, um das Gefälle nicht deutlich zu spüren.

Ich fürchte, ich habe mich hier eingeschlichen.

Auf den Empfang hier von der Zeitschrift?

Oh, nein. Die heißen jeden willkommen, der bis drei zählen kann. Oder nicht mal das. Meine Freundin Tippy – sie winkte ihrer Freundin zu –, Tippy sagt, der junge Dichter, der eben gelesen hat, werde die australische Lyrik revolutionieren.

Ein mutiger Mann. Ich bin lediglich bei der Armee, um es mit Hitler aufzunehmen.

Haben Sie ein Wort davon verstanden?, fragte sie mit bohrendem, neugierigem Blick.

Wir sind Pinguine?

Sie lächelte breit, als hätten sie das erste, gefährliche Stück Weg hinter sich gebracht.

Mir haben die Laternen besser gefallen, sagte sie.

Einer der Männer aus dem Bewundererschwarm fing an, wie Paul Robeson zu singen: *Old horse Rowley, he just keep on rolling.*

Tippy hat uns hergeschleppt, sagte sie in einem neuen, vertraulichen Tonfall, so als wären sie seit Jahren befreundet. Mich, ihren Bruder und ein paar seiner Freunde. Sie studiert dasselbe wie der Dichter da unten. Wir waren im Offiziersklub und haben das Rennen verfolgt, und dann wollte sie unbedingt herkommen, um Max lesen zu hören.

Wer ist Max?, fragte Dorrigo.

Der Dichter. Aber das ist nicht wichtig.

Wer ist Rowley?

Ein Pferd. Auch das ist nicht wichtig.

Er verstummte, wusste nichts zu sagen, ihre Worte ergaben

keinen Sinn, hatten nichts zu tun mit dem, was zwischen ihnen vorging. Was war denn wichtig, wenn das Pferd und der Dichter unwichtig waren? Ihre Art – direkt? intensiv? unverfroren? – irritierte ihn außerordentlich. Was wollte sie von ihm? Was wollte sie ihm sagen? Er wünschte sich, sie würde verschwinden.

Dorrigo hörte eine Männerstimme und sah, dass einer der Männer – er trug die hellblaue Uniform eines Offiziers der Luftwaffe – sich aus dem Schwarm löste, an sie herantrat und mit affektiertem englischen Akzent verkündete, sie müsse nun zurückkommen und sich *an der Debatte über die Aufteilung des Wettgewinns* beteiligen. Als sie die blaue Uniform sah, veränderte sich ihre Miene schlagartig, als wäre sie plötzlich eine andere Frau, und ihre Augen, die eben noch so lebendig auf Dorrigo gerichtet gewesen waren, wirkten plötzlich tot.

Der Mann in der blauen Uniform wollte die Niederlage überspielen, indem er sich Dorrigo zuwandte.

Sie müssen wissen, es war ihre Idee, auf ihn zu setzen, sagte er.

Auf wen?

Old Rowley. Hundert zu eins. Die höchste Gewinnquote in der Geschichte des Melbourne Cup. Und sie hat es gewusst. Sie hat verdammt noch mal gewusst, auf welches Pferdchen wir setzen müssen. Harry da drüben hat zwanzig Pfund abkassiert.

Noch bevor Dorrigo antworten konnte, wandte die Frau sich in einem freundlichen, gefühllosen Tonfall an den Luftwaffenoffizier.

Ich habe noch eine letzte Frage an meinen Freund hier, sagte sie mit Blick auf Dorrigo. Ich komme gleich, dann erledigen wir die Buchhaltung.

Und nachdem das gesagt war, drehte sie sich wieder zu Dorrigo um und zeigte dem Mann in der blauen Uniform so gründlich die kalte Schulter, dass er ohne Zögern zu den anderen zurückging.

3

Was für eine Frage?

Ich weiß nicht, was Sie meinen, sagte sie.

Er fürchtete, sie könnte ihn auf den Arm nehmen. Sein Instinkt drängte ihn zur Flucht, und gleichzeitig hielt ihn etwas fest.

Was ist das für ein Buch?, fragte sie und zeigte auf seine Hand.

Catull.

Wirklich? Wieder lächelte sie.

Dorrigo Evans wollte sich von ihr befreien, was jedoch unmöglich war. Diese Augen, die rote Blüte. Wie sie, auch wenn er es nicht glauben konnte, *ihn* zu meinen schien. Er legte eine Hand ans Bücherregal, trommelte mit den Fingern gegen die Buchrücken, Lukrez und Herodot und Ovid, doch die Herren gaben keine Antwort.

Ein römischer Dichter, sagte er.

Lesen Sie mir ein Gedicht von ihm vor.

Er schlug das Buch auf, senkte den Blick, hob ihn wieder.

Sicher?

Natürlich.

Es ist ziemlich trocken.

So wie das Wetter in Adelaide.

Er senkte wieder den Blick und las –

Streck nach dem Essen satt mich hin,
durchstoße Tunika und Mantel.

Er klappte das Buch zu.

Dorrigo Evans hatte sie mit dem Gedicht beleidigen wollen und merkte jetzt, dass es ihm nicht gelungen war. Sie lächelte weiter. Irgendwie gelang es ihr, sogar eine Beleidigung noch als Flirtversuch aufzufassen, und dann fragte er sich plötzlich, ob sie recht hatte, ob er mit ihr flirten wollte.

Er blickte ratlos aus dem Fenster, konnte nirgends Hilfe entdecken.

Lesen Sie weiter, sagte sie.

Hastig blätterte er weiter, hielt inne, blätterte weiter, hielt inne, las.

Leben wollen wir und uns lieben
Und das Gebrabbel alter Zausel
Sei uns keinen Penny wert!
Geht die Sonne unter, kann sie wieder erstehen,
Unser Lichtlein aber, ist's erst erloschen –

Er spürte Ärger in sich aufsteigen. Warum ausgerechnet dieses Gedicht? Warum nicht ein anderes, eins, an dem sie Anstoß nehmen konnte? Doch er hatte die Kontrolle abgegeben, fühlte sich geführt, las mit leiser, fester Stimme weiter –

Nacht bleibt uns dann und ewiger Schlaf.

Sie fasste sich mit Daumen und Zeigefinger an den Blusenausschnitt und zog den Stoff hinauf, ohne Dorrigo aus den Augen zu lassen, und ihr Blick sagte ihm, dass sie den Stoff eigentlich lieber heruntergezogen hätte.

Er klappte das Buch abermals zu. Er wusste nicht, was er sagen sollte. Viele Gedanken kamen ihm in den Sinn, ablenkende, harmlose, brutale, sie zogen ihn vom Bücherregal fort, fort von ihr und ihren gasflammenblauen Augen, und von allen denkbaren Dummheiten hörte er sich ausgerechnet sagen –

Ihre Augen sind …

Eben haben wir darüber geredet, was für ein Unsinn die Liebe doch ist, sagte eine fremde Männerstimme.

Dorrigo drehte sich um und sah, dass einer der aussichtslosen Freier sich aus dem Halbkreis gelöst und ihnen genähert hatte, vermutlich um die blauen Augen zurückzuholen. Aus reiner Höflichkeit lächelte er auch Dorrigo an, womöglich wollte er in Erfahrung bringen, wer Dorrigo Evans war und wie sich sein Verhältnis zu der Frau gestaltete.

Die meisten Menschen leben ohne Liebe, sagte der Freund. Meinen Sie nicht auch?

Ich weiß nicht, antwortete Dorrigo.

Der aussichtslose Freier lächelte, ein Zucken der Mundwinkel für Dorrigo und ein leichtes Öffnen der Lippen für sie, eine verschwörerische Aufforderung, wieder in die Gruppe zurückzukehren, in seine Welt, den Drohnenschwarm. Sie ignorierte den Mann, wandte sich ab und sagte, sie komme gleich; sie machte ihm unmissverständlich klar, dass er verschwinden und sie mit Dorrigo allein lassen sollte.

Und dieses ganze Gerede über die Liebe, sagte der Freier, ist Unsinn. Niemand braucht Liebe. Für eine gute Ehe ist lediglich wichtig, dass man es miteinander aushält. Die Wissenschaft hat bewiesen, dass wir alle elektromagnetische Felder erzeugen. Wenn man einem Menschen begegnet, der Ionen mit gegensätzlicher Ladung aussendet, fühlt man sich automatisch zu ihm hingezogen. Aber das ist dann noch lange keine Liebe.

Was ist es denn?, fragte Dorrigo.

Magnetismus, sagte der Bewerber.

4

Major Nakamura war ein schlechter Kartenspieler, und doch hatte er mit dem letzten Blatt gewonnen. Sowohl seine Untergebenen als auch die Kriegsgefangenenoffiziere wussten, dass es ratsamer war, ihn nicht verlieren zu lassen. Durch seinen Übersetzer, Leutnant Fukuhara, bedankte Nakamura sich beim Colonel und beim Major für den Abend. Nakamura stand auf, taumelte, fiel beinahe hin, fing sich noch einmal. Dafür, dass er beinahe eine Bauchlandung hingelegt hatte, wirkte der Mann seltsam beschwingt.

Der Mekhong-Whisky, den er mitgebracht hatte, zeigte auch bei den beiden australischen Offizieren Wirkung, und Dorrigo Evans erhob sich langsam und vorsichtig. Er wusste, dass er jetzt in die Rolle des Big Fella schlüpfen musste. Er hatte sich den ganzen Abend zurückgehalten, aber nun war es an der Zeit, um zu handeln.

Major, wir arbeiten nun seit siebenunddreißig Tagen im Akkord, fing er an. Nakamura betrachtete ihn lächelnd. Dorrigo Evans lächelte zurück. Um die Wünsche des Kaisers erfüllen zu können, sollten wir mit unseren Kräften haushalten. Um die Eisenbahn bauen zu können, sollten wir die Männer ruhen lassen. Wir dürfen sie nicht zugrunde richten. Ein Ruhetag wäre enorm hilfreich, um nicht nur die Arbeitskraft der Männer zu erhalten, sondern die Männer selbst.

Er hatte sich voll und ganz auf einen Wutausbruch Nakamuras eingestellt, auf Schläge und Drohungen, oder wenigstens darauf, angebrüllt und beschimpft zu werden. Doch der japanische Kommandeur lachte, während Leutnant Fukuhara übersetzte. Er stieß eine kurze Bemerkung aus und torkelte hinaus, noch während Fukuhara seine Antwort wiedergab.

Major Nakamura sagt, Gefangene haben Glück. Wiederherstellen Ehre, wenn sterben für Kaiser.

Nakamura hielt inne, drehte sich um und sagte noch etwas.

Es ist wahr, dieser Krieg sehr grausam, übersetzte Leutnant Fukuhara. Welcher Krieg nicht? Doch Krieg ist Mensch. Krieg ist, was wir sind. Krieg ist, was wir tun. Eisenbahn tötet vielleicht Menschen, aber ich nicht bauen Mensch. Ich baue Eisenbahn. Fortschritt will nicht Freiheit. Major Nakamura sagt, Fortschritt kommt aus anderem Grund. Sie, Arzt, nennen es Un-Freiheit. Wir nennen es Seele, Nation, Kaiser. Sie, Arzt, nennen es grausam. Wir nennen es Schicksal. Mit uns oder ohne uns. Es ist Zukunft.

Dorrigo Evans verneigte sich. Squizzy Taylor, ein Major und Dorrigos Stellvertreter, tat es ihm gleich.

Doch Major Nakamura war noch nicht fertig. Er sprach weiter, und Fukuhara übersetzte –

Ihr Britisches Empire, sagt Major Nakamura. Er sagt: Sie glauben, es braucht nicht Un-Freiheit, Colonel? Auch Empire wurde gebaut, Bahnschwelle für Bahnschwelle aus Un-Freiheit, Brücke für Brücke aus Un-Freiheit.

Major Nakamura wandte sich um und ging. Dorrigo Evans schleppte sich in seine Offiziershütte und legte sich auf das zu kurze Schlaflager. Das Feldbett war ein absurdes Privileg, das er gern genoss, weil es keins war. Er sah auf die Uhr. 00:40. Er stöhnte. Um seine zu langen Beine ausstrecken zu können, hatte er ein Gestell aus Bambus gebaut, auf dem ein mit noch mehr Bambus verstärkter, platt gedrückter Blechkanister lag. Wenn er sich im Schlaf bewegte, kippte das Ding oft um.

Er zündete den Kerzenstumpen neben seinem Lager an und streckte sich aus. Er griff zu einem Buch – ein seltener Luxus im Camp –, es handelte sich um einen eselsohrigen Roman, in dem er vor dem Einschlafen las, um auf andere Gedanken zu kommen. Er war fast am Ende angelangt. Heute fühlte er sich allerdings zu betrunken, erschöpft und krank, er wollte weder lesen noch sich bewegen; er spürte, wie der Schlaf ihn übermannte. Er legte das Buch wieder weg und blies die Kerzenflamme aus.

5

Der alte Mann träumte, er wäre ein junger Mann, der im Kriegsgefangenenlager liegt und schläft. Inzwischen erschien Dorrigo Evans nichts so real wie seine Träume. Wie ein sinkender Stern hatte er das Wissen bis in die abgelegensten Winkel des menschlichen Denkens verfolgt.

Er setzte sich auf.

Wie spät ist es?

Fast schon drei.

Ich muss los.

Er vermied Ellas Namen, genauso wie er die Wörter *Ehefrau* oder *nach Hause* vermied.

Wo ist der Kilt?

Du hast wieder an sie gedacht, oder?

Mein Kilt.

Weißt du, es verletzt mich.

Dieser gottverdammte Kilt.

Er war im Kilt zum jährlichen Dinner der Parramatta Burns Society erschienen, der er seit 1974 angehörte, als seine Arbeit ihn nach Sydney geführt hatte. Dass er bis heute nicht ausgetreten war, konnte er sich nur mit seiner öffentlichen Schwäche für Whisky und seiner nicht öffentlichen Schwäche für Frauen erklären. Und nun hatte er seinen Kilt verloren.

Es ist nicht Ella, die mich verletzt, sagte sie, denn das mit Ella und dir, das ist keine Liebe.

Er dachte an seine Frau. In seiner Ehe hatte er erfahren, was tiefe Einsamkeit war. Er verstand nicht, warum er verheiratet war, warum es als falsch galt, mit mehreren Frauen zu schlafen, warum ihm das alles immer weniger bedeutete. Genauso wenig konnte er sich den zunehmenden Schmerz in der Magengegend erklären oder warum er so erpicht darauf war, an Lynette Maisons Rücken zu schnuppern. Warum seine Träume das einzig Reale in seinem Leben waren.

Er öffnete die Minibar, holte die letzte Miniaturflasche Glenfiddich heraus und quittierte die neue Touchpadtechnik, die die Entfernung der Flasche aus dem Kühlschrank sofort elektronisch registrierte und weitergab, mit einem Kopfschütteln. Er spürte den Beginn einer neuen, sauberen Welt, einer gezähmten Welt, einer Welt der Grenzen und der Dauerüberwachung, in der alles allen bekannt war und die Menschen nichts mehr selbst erleben mussten. Er ahnte, dass sein öffentliches Ich – dasjenige, welches Münzen und Briefmarken zierte – sich wunderbar in diese Welt einfügen würde, wohingegen sein anderes, privates Ich immer fremdartiger und abstoßender wirkte; sicher würden die anderen bemüht sein, es vor den öffentlichen Blicken zu verstecken.

Es passte nicht mehr in dieses neue Zeitalter der Konformität, die in allen Dingen steckte, sogar in den Gefühlen, und es verblüffte ihn, dass die Leute einander hemmungslos berührten und offen über ihre Probleme sprachen, gerade so, als ließe sich das Rätsel des Lebens entschlüsseln, allein indem man alles benannte. Er spürte ein allgemeines Dahinwelken, jedes Risiko wurde evaluiert, nach Möglichkeit ausgeschaltet und durch etwas Nichtssagendes ersetzt. So entstand eine Welt, in der die Menschen sich von einer Kochsendung im Fernsehen tiefer beeindrucken ließen als von einem Gedicht; in der es für Freude sorgte, freiwillig Geld zu bezahlen für eine Suppe aus Wildgras. Im Lager hatte er Suppe aus Gras gekostet; echtes Essen war ihm lieber. Das Australien in seinem Kopf setzte sich aus den Geschichten der Toten zusammen, doch das Australien der Lebenden fand er noch befremdlicher.

Dorrigo Evans war zu einer Zeit groß geworden, als sich das Leben noch in Gedichten führen und denken ließ. Die Erfindung des Fernsehens und die daraus resultierende Flut von Prominenten – eigentlich doch alles Leute, dachte Dorrigo, die man im richtigen Leben gar nicht kennenlernen wollte – hatten dieser Zeit ein Ende gemacht; dennoch bediente die neue Unterhaltungsform sich gern aus dem alten Fundus und nahm jene wenigen Menschen, die noch im Einklang mit den eleganten Mysterien der Lyrik lebten, als willkommenen Anlass zur Erzeugung von Bildern, die sich gedankenlos konsumieren ließen.

Ein Dokumentarfilm über Dorrigos Besuch der *Death Railway* am Kriegsgedenktag ANZAC Day hatte ihn 1972 erstmals auf die nationale Bühne geschoben; seine Bekanntheit steigerte sich dann infolge seiner Auftritte in diversen Talkshows, in denen er den konservativen Humanisten gab, eine weitere Maske.

Er fühlte sich zu jung für sein Alter, und in seinem ewigen Streben nach mehr Waghalsigkeit schraubte er die kleine Whiskyflasche auf. Er trank einen Schluck und fühlte den Stoff des Kilts an seinen Zehenspitzen. Er stieg in den Kilt und drehte sich zum Bett um. Lynette schien im seltsam grünlichen Schein des Digitalweckers und der Rauchmelder wie unter Wasser zu liegen. Sie hatte sich einen Arm über die Augen gelegt. Er hob ihn an. Sie weinte. Stumm, ohne sich zu bewegen.

Lynette?

Ist schon okay, sagte sie. Geh nur.

Er wollte nicht fragen, konnte sich aber nicht zurückhalten.

Was hast du?

Nichts.

Er beugte sich hinunter und küsste ihre moosgrüne Stirn. Er schmeckte Puder. Der erstickende Duft von Jasmin, der in ihm immer einen Fluchtreflex auslöste.

Es ist nicht leicht, sagte sie, wenn man sich etwas wünscht, das man nicht haben kann.

Er griff sich die Autoschlüssel. Ihn erwartete das große Vergnügen, betrunken auf Schleichwegen zu fahren. Die Ampeln, die Angst vor dem Erwischtwerden, die Hoffnung, es wieder einmal zu schaffen. Er zog sich hastig an, kippte den letzten Rest vom Whisky, suchte fünf frustrierende Minuten lang nach seiner Felltasche, die er schließlich unter dem Buch mit japanischen Todesgedichten fand, und ging. Das Buch vergaß er.

6

In der darauffolgenden Woche bekam Dorrigo achtundvierzig Stunden Ausgang. Er ließ sich von einem Militärflugzeug nach Melbourne mitnehmen, und während zweier Tage und einer Nacht mit Ella versuchte er, immer in Bewegung zu bleiben, aus Angst vor der Stille und der Leere. Gleichzeitig sehnte er sich nach der Leere, wie ein Mann, der totgetreten wird, sich an den Schlamm klammern möchte.

Er setzte mehrfach dazu an, Ella von der Begegnung mit der Frau im Buchladen zu erzählen. Doch was gab es da zu erzählen? Nichts war passiert. Er tanzte mit Ella. Sie tranken. Was war passiert? Nichts.

Er hielt sich an Ella fest wie an einem Rettungsring. Er sehnte sich danach, mit ihr ins Bett zu gehen, sie und sich selbst neu zu entdecken, doch zu seiner Erleichterung lehnte sie ab. Alles andere wäre ihm plötzlich und unerklärlicherweise wie Betrug erschienen. Ihr schwarzes Haar, die dunklen Augen, die Rundungen – sie war schön, und doch empfand er nichts.

Was war geschehen? Er erinnerte sich nicht an Haare oder Augen, sondern an ein Gefühl, so verwirrend wie eine Million tanzender, bedeutungsloser Staubpartikel. Das schlechte Gewissen bedrückte ihn. Was hatte er denn getan? Nichts. Er hatte sich höchstens ein paar Minuten unterhalten, dann hatte er sich umgedreht und die Buchhandlung verlassen. Er wusste nicht einmal ihren Namen. Was hatte er von ihr gewollt? Was hatte sie gesagt? Nichts! Nichts! Er wusste nicht einmal ihren Namen.

Ellas Welt, die ihm bis dahin tröstlich, sicher, behaglich und vor allem erstrebenswert erschienen war, kam Dorrigo plötzlich blass und blutleer vor. Er schien nicht mehr zur Gelassenheit zurückfinden, den untilgbaren Duft von Macht und Privileg nicht mehr genießen zu können – schlimmer noch, er fühlte sich abgestoßen.

Ella und die anderen behandelten Dorrigos neue Verstocktheit mit dem großen Allheilmittel jener Zeit: dem Krieg. Der Krieg drängte, der Krieg verstörte, der Krieg löste auf und entschuldigte. Dorrigo für seinen Teil konnte es gar nicht erwarten, in den Krieg zu ziehen, wenn das die Alternative war.

Schließlich erzählte er es Ella doch. Es war nur eine merkwürdige Begegnung, und doch klang es, als wäre er untreu gewesen. Er schämte sich unsäglich. Warum konnte er Ella nicht begehren? Und während er die Fremde als aufdringliche, unmögliche Frau hinstellte, hatte er auf einmal das Gefühl, einen Verrat zu begehen, Verrat an der Fremden und Verrat an sich selbst.

War sie hübsch?, wollte Ella wissen.

Unscheinbar, sagte er. Und weil er das Gefühl hatte, noch mehr preisgeben zu müssen, sagte er, die Frau habe hübsche – er suchte nach einem Aspekt von ihr, den er vergessen hatte, der in keinem Fall unanständig war – *Zähne* gehabt. Sie hatte hübsche Zähne, sagte er. Das war's eigentlich, sagte er.

Du meinst wohl Reißzähne, sagte Ella mit etwas zu hoher Stimme. Eine rote Kamelie im Haar? Also wirklich. Klingt nach einem Ungeheuer.

Was sie nicht gewesen war. Sie hatte nur dagestanden, und etwas war passiert zwischen ihnen, und er wünschte sich, es wäre anders gewesen. Denn auf einmal sah er Ella durch die Augen eines Fremden. Ihr Geplapper, das er immer unbedarft gefunden hatte, war jetzt naiv und aufgesetzt, das Parfum, das sie ihm zuliebe benutzte, stank, und am liebsten hätte er sie verletzt, um verlassen zu werden.

Muss ich eifersüchtig sein?, fragte Ella.

Auf wen?, sagte er. Ich kann dir gar nicht sagen, wie froh ich war, aus dem verdammten Laden herauszukommen.

Eine Sekunde später küsste er sie. Ella war nett, redete er sich ein. Tief in seinem Herzen tat sie ihm leid, und noch tiefer begriff er, dass sie beide leiden würden. Er verabscheute ihre Nettigkeit und fürchtete sein Mitleid, am liebsten wäre er dem Ganzen entkommen. Und je mehr er verabscheute und fürchtete und zu entkommen versuchte, desto heftiger küsste er sie, und während die Umarmung leidenschaftlich wurde und ein Moment, ein Tag in den nächsten überging, während das Leben gelebt wurde, schwand Dorrigos Bedrückung, und irgendwann dachte er nicht mehr an die junge Frau mit der roten Kamelie.

Er amüsierte sich, der Urlaub verstrich viel zu schnell, eine endlose Abfolge von Partys, zufälligen Begegnungen und neuen Bekanntschaften. Alle wollten Ellas zukünftigen Mann kennenlernen, ihre Freunde und die Freunde ihrer Eltern. Auf diese Weise traf er einen guten Teil der besseren Gesellschaft von Melbourne und sah sich durch ihre Augen, als jungen Mann, der nach dem Krieg Großes vollbringen würde. Alles fügte sich nahtlos zusammen, er und Ella und Ellas Familie; bald würde ihr Platz in der Welt auch seiner sein. Was ihm bei der Ankunft so mühsam erschienen war, fiel ihm am Ende unerwartet leicht. Nichts stand zwischen ihnen, alles war wie immer, vielleicht sogar noch ein bisschen besser.

Nach der Rückkehr nach Adelaide warf er sich auf die Büroarbeiten, die ihm sonst so verhasst waren. Vor der Nissenhütte im Verwaltungsblock des Camp Warradale, in dem die Büros des medizinischen Personals untergebracht waren, trieb der Wind den Staub über den Exerzierplatz, drinnen saß Dorrigo und versuchte, sich in der Gluthitze auf die Einschiffung vorzubereiten. Vorräte und Ausrüstung waren entweder nicht ausreichend vorhanden oder bei der Bestellung ganz vergessen worden, dazu häuften sich verwirrende Formulare, deren Zweck oder Nutzen er nur selten erkennen konnte.

Er bekam eine Postkarte von Keith Mulvaney, der ihn abermals aufforderte, ihn im King of Cornwall zu besuchen. Die Postkarte war eine handkolorierte Fotografie des Hotels, ein prachtvolles, vierstöckiges Herrenhaus mit umlaufenden Veranden auf allen Etagen und Blick auf einen langen, menschenleeren Strand. Laut Bildunterschrift war es im Jahr 1886 erbaut worden, und von den Strohhüten und Schnauzbärten der Männer vor dem Haus zu schließen, war das Foto selbst nur wenig jünger. Dorrigo ließ es in einem der Papierstapel verschwinden.

Alles und alle versanken in tiefe Frustration, als die Nachrichten vom Blitzkrieg in London sie erreichten und die ersten Augenzeugenberichte der Australier, die in Libyen gegen die Italiener kämpften; und doch mussten sie in Adelaide ausharren. Gerüchte über eine baldige Einschiffung und mögliche Einsatzgebiete – Griechenland, Großbritannien, Nordafrika, eine Invasion Norwegens – kamen und gingen.

Dorrigo stürzte sich ins Leben und in die Arbeit, er besuchte unzählige Partys und feierte frenetisch, alles andere ging unter. Eines späten Nachmittags stieß er unter einem Stapel aus Formularen zur Bestellung von Krankentragen auf Keith Mulvaneys Postkarte. Weil er am kommenden Wochenende zwölf Stunden Ausgang und nichts Besseres zu tun hatte, lieh Dorrigo Evans sich vom Bruder seines Offiziersburschen einen uralten Studebaker und fuhr die Küste hinunter.

In der Abenddämmerung erreichte er eine kleine Siedlung, die von den Stadtbewohnern als Feriendorf genutzt wurde. In der Meeresbrise, im Rauschen der Wellen wurde die Hitze plötzlich nicht nur erträglich, sondern zur sinnlichen, angenehmen Erfahrung. Der Strand war so atemberaubend wie auf der Postkarte, das King of Cornwall selbst noch prächtiger und heruntergekommener, als die Fotografie es hatte vermitteln können. Es verströmte die magische Aura des Alten, das bessere Zeiten erlebt hat.

Drinnen fand sich eine lang gezogene, dunkle Bar im südaustralischen Stil; hohe Decken und gedimmtes Licht boten eine angenehme Zuflucht vor dem unbarmherzigen australischen Sommer. Die Schattierungen der gebeizten Hölzer und das Graubraun der Einrichtung waren nach der grellen Welt da draußen Balsam für Dorrigos Augen. Das rhythmische Summen der Deckenventilatoren mischte sich in die Gespräche der Gäste. Dorrigo trat an die Bar, hinter der eine Angestellte gerade die Flaschen im Regal abstaubte. Sie kehrte ihm den Rücken zu, als er sie ansprach und fragte, wo er Keith Mulvaney finden könne.

Ich bin sein Neffe, fügte er hinzu.

Dann bist du Dorrigo, sagte die Bardame und drehte sich

um. Ihr blondes Haar war zu einem tiefen Knoten zurückfrisiert. Ich bin –

Im Lichtkegel der trüben Elektrolampe, die über dem Tresen hing, glühten die Augen der Frau fahlblau. Einen Moment lang war da etwas, und dann nicht mehr.

Ich bin seine Frau, sagte sie.

7

Sein Blick schoss hin und her, über die Regale mit Flaschen voller Rum und Whisky, zu den anderen Gästen, zu der Matte auf dem Tresen, die mit dem eingewebten Schriftzug KING OF CORNWALL versehen war. Darauf eine Frauenhand, die ein Geschirrtuch hielt. Schlanke Finger und burgunderrot lackierte Nägel. Dorrigo wurde von dem heftigen Verlangen gepackt, diese Finger in seinem Mund zu spüren. Er fürchtete, er könnte hier vor ihren Augen zu taumeln beginnen.

Sag Keith, dass ich …

Ja.

Dass mein Urlaub verkürzt wurde. Und ich nicht bleiben kann.

Und du bist …

Sein Neffe …

Dorry?

Er hatte seinen Namen vergessen, doch es klang korrekt.

Du bist Dorry? Dorrigo? So wirst du doch genannt, oder?

Nun, ja.

Das ist sehr … *ungewöhnlich.*

Mein Großvater ist in der Stadt zur Welt gekommen. Angeblich ist er mit Ben Hall geritten.

Ben Hall?

Dem Buschräuber:

Wie in jenen Tagen
Von Turpin und Duval
War'n die Freunde des Volkes Banditen,
Banditen wie Ben Hall.

Sprichst du immer in Zitaten?, fragte sie.

Dorrigo ist mein zweiter Vorname, aber irgendwie …

… hat er sich durchgesetzt?

Ja.

Keith ist nicht da. Er wird sehr enttäuscht sein, dich verpasst zu haben.

Der Krieg.

Ach, ja. Dieser Hitler.

Ich komme ein andermal wieder.

Mach das, Dorry. Er wird traurig sein, dass du nicht bleiben konntest.

Dorrigo wandte sich zum Gehen. In seinem Herzen tobte ein Tumult, er fühlte sich aufgewühlt und hintergangen, als gehörte er zu ihr und sie hätte ihn verlassen, als gehörte sie zu ihm und er müsste sie zurückerobern. An der Tür drehte er sich noch einmal um, trat zwei Schritte zurück in den Raum.

Haben wir uns nicht …?, fragte er.

Sie nahm den Blusenkragen zwischen Daumen und Zeigefinger – zwei bunt lackierte Nägel legten sich zu einem Marienkäfer aneinander, der die Flügel spreizt – und zog ihn aufwärts.

In der Buchhandlung?

Ja, sagte sie.

Er kehrte an die Bar zurück.

Ich dachte, sagte er, die …

Wer?

Er spürte etwas, es ging um ihn und sie, aber er wusste nicht, was es war. Er konnte nichts dagegen tun. Er konnte es nicht verstehen, nur fühlen.

Diese Männer. Ich dachte, sie wären …

Was?

Deine Begleiter. Deine …

Ja?

Verehrer.

Sei nicht albern. Das waren nur die Freunde eines Freundes aus dem Offiziersklub, den ich lange nicht gesehen hatte. Dann bist du also der gescheite junge Arzt?

Na ja, ich bin jung. Wie du.

Noch. Ich sage Keith, dass du hier warst.

Sie machte sich daran, den Tresen abzuwischen. Einer der Gäste hob ein leeres Glas mit einem Rest von Schaum darin und nickte ihr zu.

Komme gleich, sagte sie.

Er verließ das Hotel, fuhr in die Stadt zurück, ging in die nächste Bar und betrank sich bis zur Besinnungslosigkeit. Er vergaß, wo er den Studebaker geparkt hatte. Auch nach dem Aufwachen ließ sich die Erinnerung an sie nicht löschen. Für seine pochenden Schläfen, für die Schmerzen, die er bei jeder Bewegung und jedem Gedanken verspürte, schien sie gleichermaßen der Grund und die Medizin zu sein, sie allein und sie allein und sie allein.

In den folgenden Wochen versuchte er sich abzulenken, indem er eine Infanteriekompanie auf endlose Trainingsmärsche begleitete; bis zu zwanzig Meilen legten sie am Tag zurück. Sie marschierten durch Weinberge, wo sie ihre Feldflaschen mit Muskat und Rotwein füllten, sie marschierten bis an die sandige Küste, sprangen ins Wasser, marschierten zurück und dann wieder los, und die ganze Zeit quälte sie die Hitze wie ein Feind. Dorrigo half, die Ausrüstung jener Männer zu tragen, die vor Erschöpfung zusammenbrachen, er trieb sich an bis zur Ohnmacht. Zuletzt befahl ihm der Kommandeur der Kompanie, sich zurückzunehmen und vor den Männern nicht zum Narren zu machen.

Abends schrieb er lange Briefe an Ella, um sich in den Formeln und Klängen der Liebe, wie er sie aus der Literatur kannte, zu verlieren. Die Briefe waren langatmig, dröge und verlogen. Von den Gedanken und Gefühlen, die ihn so quälten, hatte er nirgends gelesen. Folglich konnten sie für ihn kein Symptom der Liebe sein. Der Hass und die Gier, die Keith' Frau geweckt hatte, waren wie ein Strudel. Er verzehrte sich nach ihrem Körper. Er wollte sie niemals wiedersehen. Er verachtete sie und fühlte sich ihr fremd, dann spürte er die Komplizenschaft: Er wusste, was er nicht wissen durfte, und seltsamerweise war er überzeugt, dass auch sie es wusste. Er redete sich ein, dass er, sobald sein Korps eingeschifft und auf dem Weg nach Übersee war, nie wieder an sie denken müsste, zum Glück.

Er aß wenig, verlor an Gewicht und wirkte so sonderbar bedrückt, dass der Kommandant der Kompanie, von Dorrigos außerordentlichem Fleiß ebenso beeindruckt wie beunruhigt, ihm einen vierundzwanzigstündigen Sonderurlaub gewährte. Ella hatte gesagt, sie wolle ihn liebend gern in Adelaide besuchen, falls sein nächster Ausgang kurz ausfiel und er nicht die Zeit hätte, nach Melbourne zu kommen. Und obwohl er absolut vorhatte, die freie Zeit mit ihr zu verbringen, sogar schon ein Restaurant ausgewählt hatte, das er ihr zeigen wollte, hatte er es in den vielen Briefen und Karten an Ella aus unerfindlichem Grund noch nicht geschafft, den Sonderurlaub zu erwähnen. Als das Datum näher rückte, fand er es irgendwie unfair, es ihr so kurzfristig mitzuteilen, da ihr keine Zeit zur Reisevorbereitung bleiben würde, was sie fürchterlich enttäuscht hätte. Nachdem er sich auf diesen Kurs festgelegt und sich im Stillen geschworen hatte, nie wieder ins King of Cornwall zu fahren, rief er seinen Onkel Keith an, der ihn als Gast zur Übernachtung einlud und sagte, »seine Amy«, wie er sie nannte, werde über den Besuch mindestens so erfreut sein wie er, Keith, selbst.

Meine Amy, dachte Dorrigo und legte den Hörer auf die Gabel. Meine Amy.

8

Nach dem Kartenspiel mit den australischen Offizieren war Major Nakamura in einen tiefen Alkoholschlaf gefallen. In absurden Träumen irrte er durch einen dunklen Raum und ertastete ein Elefantenbein, und er fragte sich, welches Gebäude von derartigen Stützpfeilern getragen würde. Ein riesiger Schlund aus Ranken und dichtem Laub legte sich auf seine Augen, sodass er nichts mehr sehen konnte. Überall ringsum spürte er das Leben, doch dieses Leben blieb unverständlich. Alles hier war suspekt und unzivilisiert – sei es der endlose Dschungel, seien es die halb nackten Australier, die ihn umgaben wie eine Armee aus riesigen, haarigen, gefährlichen Affen.

Was war dieser Raum? Wie konnte er entkommen? Die grüne Augenbinde legte sich nun um seinen Hals und würgte ihn. Sein Herz pochte. Er schmeckte einen Kupferlöffel in seinem ausgetrockneten Mund, eine Schmierschicht aus kaltem Schweiß bedeckte seinen Rücken und ließ ihn zittern, er fühlte einen Juckreiz auf den Rippen und hatte seinen eigenen, ranzigen Körpergeruch in der Nase. Er bebte und erschauderte, und dann merkte er, dass er wach gerüttelt wurde.

Was?, rief Nakamura.

Er schlief schlecht in diesen Tagen; so unsanft mitten in der Nacht gestört zu werden und ohne jede Orientierung aufzuwachen machte ihn wütend. Er roch den Monsunregen, noch bevor er die ersten Tropfen auf den Boden vor der Hütte klatschen hörte, vermischt mit der lästigen Stimme von Leutnant Fukuhara, der seinen Namen sagte.

Was ist denn?, rief Nakamura noch einmal.

Er schlug die Augen auf, sah zuckende Schatten und Flecken aus Licht und begann sofort, sich zu kratzen. Ein nasses Gummicape stand wie ein schwarz glänzender Kegel im Raum, und oben heraus ragte der Kopf von Fukuhara, gepflegt wie immer, sogar unter Umständen wie diesen, das Haar kurz geschoren,

Tropfen auf Hornbrille und Schnauzbart. Hinter ihm stand Tomokawa, er hielt eine Kerosinlaterne in der Hand und trug einen durchweichten Hut mit Nackenschutz, unter dem sein weißes Korporalsgesicht glänzte wie ein Daikon-Rettich.

Corporal Tomokawa hat heute Wachdienst, Sir, sagte Fukuhara, er meldet, dass ein Fahrer und ein Colonel des 9. Eisenbahnregiments das Camp zu Fuß erreicht haben.

Nakamura rieb sich die Augen und kratzte sich am Ellenbogen, bis der Grind sich löste und die Wunde zu bluten anfing. Er konnte sie zwar nicht sehen, wusste aber, dass er am ganzen Leib von Zecken befallen war. Von saugenden Zecken. Die Zecken steckten unter seinen Armen, an Rücken und Rippen, im Schritt, überall. Er versuchte, sie abzukratzen, woraufhin die Zecken sich nur noch tiefer eingruben. Sie waren sehr klein. Sie waren so klein, dass sie es irgendwie schafften, unter die Haut zu kriechen und dort weiterzusaugen.

Tomokawa!, rief er. Können Sie sie sehen? Können Sie?

Er reckte einen Arm in die Höhe.

Tomokawa warf einen scheuen Blick auf Fukuhara, trat vor, hob die Laterne an und inspizierte Nakamuras Arm. Er trat zurück.

Nein, Sir.

Zecken!

Nein, Sir.

Sie waren so klein, dass kein anderer sie sehen konnte. Das war Teil ihres höllischen Wesens. Er wusste nicht genau, wie sie unter seine Haut gekommen waren, vermutete aber, dass sie Eier in seine Poren legten und unter der Haut ausgebrütet wurden, um dort zu schlüpfen, zu wachsen und zu sterben. Man musste sie herauskratzen. Siamesische Zecken, der Forschung unbekannt.

Schon zuvor hatte Corporal Tomokawa ihn mit der Lupe absuchen müssen, der Einfaltspinsel hatte tatsächlich behauptet, nichts zu sehen. Nakamura wusste, dass er log. Fukuhara sagte, es gebe die Zecken nicht, der Juckreiz sei eine Nebenwirkung des Philopons. Woher zum Teufel wollte er das wissen? In diesem Dschungel gab es so vieles, das kein Mensch je gesehen oder gefühlt hatte. Eines Tages würde die Wissenschaft die Zecken entdecken und benennen, doch fürs Erste musste er sie ertragen, so wie den ganzen Rest.

Colonel Kota bringt Ihnen neue Befehle von der Eisenbahnkommandogruppe, sagte Fukuhara. Er sitzt im Kasino und wird verköstigt. Er hat die Order, Sie so bald wie möglich zu instruieren, damit wir ohne weitere Verzögerung zum Drei-Pagoden-Pass vorrücken können.

Nakamura richtete einen zitternden Zeigefinger auf den niedrigen Klapptisch neben seinem Feldbett.

Shabu, murmelte er.

Tomokawa schwang die Kerosinlaterne aus dem Gesicht des Kommandeurs, rußschwarze Schatten zuckten über die technischen Zeichnungen, Berichte und Arbeitspläne, die auf dem Tischchen lagen. Auf vielen davon blühte dunkler Schimmel.

Fukuhara, der beflissene, junge, tölpelhafte Fukuhara, dessen Diensteifer Nakamura zunehmend auf die Nerven ging, redete pausenlos weiter. Dies sei der erste Transport seit zehn Tagen, der Fahrer habe es über den praktisch unpassierbaren Zufahrtsweg geschafft, doch angesichts des Regens werde es wohl der letzte sein für –

Ja, ja, sagte Nakamura. Shabu!

Der Laster steckt drei Meilen von hier fest, und Colonel Kota macht sich Sorgen, die Einheimischen könnten ihn plündern und die Vorräte stehlen, schloss Leutnant Fukuhara.

Shabu!, zischte Nakamura. *Shabu!*

Tomokawa entdeckte das Philopon auf einem Stuhl neben dem Tischchen. Er gab es Nakamura, der sich seit Tagen von kaum etwas anderem als den Methamphetaminen ernährte, die ihnen von der Armee zur Verfügung gestellt wurden. Nakamura drehte das Fläschchen auf den Kopf und schüttelte es. Nichts kam heraus. Nakamura setzte sich auf dem Feldbett auf und starrte die leere Flasche in seiner Hand an.

Zur Stärkung des Kampfgeistes, las Nakamura lallend vom Etikett des Philoponfläschchens ab. Nakamura wusste, mehr als alles andere brauchte er Schlaf, und er wusste auch, dass daran nun nicht mehr zu denken war, dass er die Nacht hindurch wach bleiben musste, um mit Kota zu sprechen, die Bergung des Lastwagens zu organisieren und dann seinen Abschnitt der Bahnstrecke in der unmöglichen, vom Hauptquartier vorgegebenen Zeit fertig zu bauen. Er brauchte Shabu.

In einer abrupten, aggressiven Bewegung schleuderte er die Philoponflasche zur geöffneten Tür hinaus, wo sie wie alles andere lautlos in der großen Leere aus Schlamm und Dschungel und endloser Nacht verschwand.

Corporal Tomokawa!

Sir!, sagte der Corporal, und dann eilte er, von kleiner Statur und leicht hinkend, ohne ein weiteres Wort hinaus in die Dunkelheit. Nakamura rieb sich die Stirn.

Er dachte an die Willenskraft, die er jeden Tag aufbringen musste, um die Vorgaben zu erfüllen. Anfangs, als das Oberkommando die Eisenbahnverbindung zwischen Siam und Burma angeordnet hatte, war alles anders gewesen. Nakamura, ein Offizier des 5. Eisenbahnregiments der Kaiserlich Japanischen Armee, hatte sich auf die Aufgabe gefreut. Vor dem Krieg hatten sowohl Engländer als auch Amerikaner den Bau einer solchen Eisenbahnlinie erwogen und als undurchführbar verworfen. Das japanische Oberkommando hatte den Bau in kürzestmöglicher Zeit angeordnet. Nakamuras Freude, eine kleine, doch bedeutende Rolle in dieser historischen Mission zu spielen, sein Stolz darauf, sein Leben in den Dienst des nationalen und imperialen Schicksals zu stellen, war immens gewesen.

Aber als er im März 1943 ins Herz dieses rätselhaften Landes gereist war, fand er sich zum ersten Mal fernab der Menschenmassen und Stadtsilhouetten wieder, die sein Leben geprägt hatten, fernab der stillschweigenden Konformität, in der die

Menschen in seiner Heimat zusammenlebten. Sie waren Ingenieure und Soldaten und Aufseher, sie waren der Kodex ihrer Armee, sie waren japanischer Kampfgeist in Gestalt der Pläne und Träume und Vorhaben ihres Kaisers. Sie waren Japan. Aber sie waren sehr wenige, die Lastenträger und Kriegsgefangenen hingegen sehr viele, und jeden Tag rückte der Dschungel aus allen Richtungen ein kleines bisschen näher.

Fernab der Menge musste Nakamura feststellen, dass sein Leben zunehmend von einem seltsamen und unerwarteten Gefühl der Einsamkeit bestimmt wurde, und diese Einsamkeit belastete ihn. Um dem unangenehmen Gefühl ein Ende zu machen, stürzte er sich in die Arbeit. Doch je mehr er arbeitete, desto weniger ging die Rechnung auf. Nun, da der Monsun eingesetzt hatte, trat der Fluss über die Ufer – die Stromschnellen waren voller Baumstämme und zu gefährlich, es war unmöglich, jetzt noch schwere Lasten flussaufwärts zu transportieren –, während die Wege, Colonel Kota hatte es mit eigenen Augen gesehen, unpassierbar wurden und ihre Vorräte dahinschwanden. Sie hatten keine Maschinen, nur Hände und einfaches Werkzeug. Schon zu Beginn hatte die Zahl der Kriegsgefangenen nicht ausgereicht und mittlerweile waren alle Arbeiter, die noch nicht gestorben waren oder im Sterben lagen, in schlechter Verfassung. Um dem Ganzen die Krone aufzusetzen, war vor einer Woche die Cholera ausgebrochen. Selbst die Entsorgung der Leichen geriet zum Problem, da sie die einsatzfähigen Männer von der Arbeit an der Strecke abhielt. Es gab immer weniger zu essen und kaum noch Medikamente, und trotzdem erwartete die Eisenbahnkommandogruppe ständig mehr von ihm.

Nakamura benutzte japanische Landkarten, japanische Pläne, japanische Tabellen und japanische Entwürfe, um dem sinnlosen, ziellosen Dschungel japanische Ordnung und japanische Bedeutung aufzudrücken, und auch um den kranken und sterbenden Kriegsgefangenen die japanische Kultur beizubringen, doch das Leben im Lager war eine Abwärtsspirale ohne Ursache und Wirkung, ein anschwellender grüner Mahlstrom, der sich immer schneller drehte. Und in den Mahlstrom wanderten Befehle hinein und drangen wieder hinaus, Massen von Zwangsarbeitern und Kriegsgefangenen kamen und gingen, für ihn so undurchschaubar und fremd wie der Kwai oder die Cholera. Gelegentlich kam ein japanischer Offizier zu Besuch und blieb über Nacht, dann tranken sie und tauschten Gerüchte und letzte Neuigkeiten aus und stärkten einander mit Erzählungen von japanischer Ehre, dem unbezwingbaren japanischen Kampfgeist und dem bevorstehenden japanischen Sieg. Aber dann verschwanden auch die Offiziere wieder, kehrten zurück auf ihren eigenen Höllenabschnitt des wachsenden Wahnsinns der Eisenbahn.

Eine nasse Windbö fuhr durch die Hütte und in den raschelnden Stapel aus feuchtem Papier. Nakamura warf einen Blick auf die phosphoreszierenden Zeiger seiner Armbanduhr. 03:00, noch zweieinhalb Stunden bis zum Wecken. Er wurde nervös, die Zecken quälten ihn, er begann, seine Brust in wilder Ungeduld zu kratzen, während Fukuhara neben ihm stand und auf einen Befehl wartete. Nakamura sagte nichts, bis Corporal Tomokawa mit derselben kriecherischen Ehrfurcht, mit der er alle Aufträge seiner Vorgesetzten ausführte, in die Hütte zurückkam, sich verbeugte und ihm eine gefüllte Philoponflasche darbot.

Nakamura griff gierig danach und schluckte vier Tabletten. Nach dem zweiten Malariaschub, als er noch entkräftet war und trotzdem seine Arbeit machen musste, hatte er etwas Shabu genommen, um durchzuhalten. Inzwischen war es ihm wichtiger als feste Nahrung. Eine solche Eisenbahn zu bauen – ohne Maschinen und mitten durch die Wildnis – war eine übermenschliche Aufgabe. Aufgepeitscht vom Shabu stellte er sich dieser Aufgabe, Tag für lähmenden Tag, mit verdoppelter Inbrunst. Er ließ die Flasche sinken, hob den Kopf und merkte, dass beide Männer ihn beobachteten.

Philopon hilft gegen das Fieber, sagte Nakamura, der sich

plötzlich schämte. Es ist sehr gut. Und es hält die verfluchten Zecken vom Blutsaugen ab.

Wie durch Magie wich die Benommenheit der frühen Morgenstunden einer erneuerten Wachsamkeit und Schaffenskraft. Nakamura starrte zurück, bis beide Männer die Augen niederschlugen.

Philopon ist alles andere als ein Opiat, stellte Nakamura klar. Nur unterlegene Rassen wie Chinesen, Europäer und Inder werden von Opiaten süchtig.

Fukuhara pflichtete ihm bei. Fukuhara war ein dermaßener Langweiler.

Wir haben das Philopon erfunden, sagte Fukuhara.

Ja, sagte Nakamura.

Das Philopon ist Ausdruck des japanischen Geistes.

Ja, sagte Nakamura.

Er stand auf und merkte, dass er sich beim Schlafengehen nicht die Mühe gemacht hatte, seine Kleider abzulegen. Selbst die verschlammten Wickelgamaschen saßen noch an seinen Unterschenkeln, nur an einem Bein hatte die Schnürung sich gelöst. Die Kaiserlich Japanische Armee versorgt uns mit Shabu, um uns die Arbeit am Werk des Kaisers zu erleichtern, fügte Tomokawa hinzu.

Ja, ja, sagte Nakamura. Er wandte sich an Fukuhara: Nehmen Sie zwanzig Gefangene mit und bergen Sie den Lastwagen.

Jetzt?

Selbstverständlich jetzt, sagte Nakamura. Wenn es sein muss, schieben Sie ihn den ganzen Weg bis zum Camp.

Und danach?, fragte Fukuhara. Geben wir ihnen danach für den Rest des Tages frei?

Danach gehen die Gefangenen und erledigen ihr Tagessoll auf der Eisenbahnstrecke, sagte Nakamura. Sie sind wach, ich bin wach, es geht weiter.

Der Juckreiz ließ nach. Nakamura spürte, wie sein Schwanz hart wurde. Es war ein angenehmes Gefühl der Stärke. Fukuhara wollte schon gehen, als Nakamura ihn zurückrief.

Sie sind Ingenieur, sagte Nakamura. Sie wissen, dass man alle Männer wie Maschinen im Dienst des Kaisers behandeln muss.

Nakamura spürte, wie das Shabu seine Sinne schärfte, seine Schwäche durch Kraft ersetzte und seine regelmäßig wiederkehrenden Zweifel durch Gewissheit. Shabu löschte die Angst aus. Es verschaffte ihm den nötigen Abstand zu seinen Handlungen. Es machte wach und gnadenlos.

Und wenn die Maschinen Rost ansetzen, sagte Nakamura, wenn sie nur noch unter Anwendung von großem Druck arbeiten – nun, dann müssen wir diesen Druck anwenden.

Die Zecken, er spürte es, hatten endlich zu saugen aufgehört.

9

Der Mann kam ihm entgegen als ein riesiger Umriss, als leere Silhouette, der Dorrigo Evans nun die Hand zum Gruß entgegenhielt.

Du musst Onkel Keith sein.

Der wuchtige Körper des Mannes blockte die pralle Mittagssonne ab, die Krempe seines Outback-Hutes warf einen pechschwarzen Schatten auf sein Gesicht. Er war vielleicht Anfang vierzig und nicht wenig Furcht einflößend. Sein Äußeres erinnerte an einen schwankenden Telefonmast. Aber nichts war, wie es schien, und alles schien wie durch eine alte Fensterscheibe betrachtet – verzerrt, verzogen durch die flimmernde Hitze, die den Straßenasphalt und den Zement des Bordsteins in Wellen legte, ebenso den Staub auf dem Exerzierplatz von Warradale und die blecherne Nissenhütte, vor der Dorrigo Evans gewartet hatte.

Sobald sie im Auto saßen, einem recht neuen Ford-Cabriolet, konnte Dorrigo Evans sehen, wie groß sein Onkel Keith tatsächlich war und dass sein Gesicht eher zu einem Fünfzigjährigen passte. Er hatte einen kleinen Hund dabei, einen Jack-Russell-Terrier namens Miss Beatrice, angeschafft vermutlich allein zu dem Zweck, Keith Mulvaney noch massiger erscheinen zu lassen – den breiten Rücken, die ausladenden Schenkel und die riesigen Füße, hinter denen der hechelnde Hund lag wie ein dahingeworfenes Fensterleder.

Es war zu warm, um zu rauchen, Onkel Keith rauchte seine Pfeife dennoch. Der Qualm umkränzte sein Lächeln, das, Dorrigo merkte es erst später, unveränderlich war, so als hätte Keith beschlossen, die Welt als heiteren Ort wahrzunehmen, auch wenn sie ständig nur das Gegenteil bewies. Seine ganze Erscheinung wäre imposant gewesen, hätte er nicht mit einer unpassend hohen Stimme gesprochen, die Dorrigo an einen Teenager denken ließ. Und so wie die unerträgliche Hitze in Adelaide fand auch diese Stimme kein Ende. Er redete und redete. Dorrigo merkte schnell, dass Keith Mulvaney in seiner eigenen, abgeschlossenen Welt lebte, und in dieser Welt gab es drei Sonnen: sein Hotel, seinen Sitz im Stadtrat und seine Frau.

Unterwegs klagte er über das Hotelgeschäft, wie alle Leute übers Geschäft klagen, die sich mit Leib und Seele der Arbeit verschrieben haben. *Die Automobilisten*, seufzte er mit leicht zischendem *s*, sind ein Fluch und ein Segen. *Die Automobilisssten* mit ihrem Genörgel über das Essen und die Toiletten. An einem Tag kommen sie als achtzig Mann starke Truppe und erwarten, satt zu werden, und am nächsten Sonntag darf man sich glücklich schätzen, wenn man ein paar lächerliche Schokoladenkekse loswird; und ständig beschweren sie sich, die *Automobilisssten*, bei ihren Automobilverbänden und dem verdammten Königlichen Automobilklub, über den Zustand der Toiletten und die alten Seifenstücke. Ständig am Nörgeln, diese Autofahrer. Schlimmer sind nur noch die Handlungsreisenden. Wirklich, heute wollte doch einer von denen tatsächlich ein Zimmer als Büro anmieten, angeblich um Aspirin und Bromid einzulagern, aber ich vermute mal, es hat was mit Sex zu tun.

Mit Sex?

Du weißt schon, die Quacksalber und die Geburtenrate, die Frauen kriegen keine Kinder mehr, und das Land wird von Parisern und den Pamphleten dieser englischen Freidenker überschwemmt … Du weißt schon, was ich meine.

Ja, sagte sein Neffe, doch er klang so skeptisch, dass der Onkel sich zu einer Richtigstellung genötigt fühlte. Ich bin ein toleranter Mensch, sagte Keith Mulvaney, aber ich möchte nicht, dass das King of Cornwall in der Melbourner *Truth* und auf den Gerichtsfluren von Adelaide als *der* Treffpunkt empfohlen wird. Ich bin nicht verklemmt, ich bin nicht wie diese amerikanischen Hotels, wo die Gäste die Tür nicht schließen dürfen, wenn sie Damenbesuch haben und mit der Dame nicht verheiratet sind.

Weißt du, sagte er plötzlich, weil ihm zum Thema Ehebruch und Hotelwesen noch viel mehr einfiel, in Amerika riskieren die Männer sogar, dass in ihrer Heimatstadt plakatiert wird: *Sehr geehrte Damen und Herren, Mr X wurde gebeten, das Hotel Wisteria in Wistonia zu verlassen, weil sich herausstellte, dass die Lady in seinem Zimmer nicht seine Ehefrau war.* Kannst du das glauben? Ich meine, die ermöglichen es den Leuten, sich in ihren Räumlichkeiten zu treffen, und anschließend drohen sie damit, dich auffliegen zu lassen. Die führen ihre Hotels wie Stalin seine verdammte UdSSR.

Er wollte über Dorrigos Familie sprechen, doch sein lückenhaftes Wissen, bezogen zumeist aus Toms Weihnachtskarten, war hoffnungslos veraltet; dass Miss Beatrice fast aus dem Fenster fiel bei dem Versuch, in den Fahrtwind zu beißen, rettete sie über den besonders peinlichen Moment hinweg, in dem sich herausstellte, dass Dorrigos Mutter gestorben war und Keith nichts davon wusste. Keith Mulvaney saß weit vorgebeugt, aufs Lenkrad gelehnt wie ein vom Sturm gefällter Baum; unruhig wanderten seine Hände am Steuer auf und ab, gerade so, als streichele er die Kristallkugel eines Magiers, die ihm helfen sollte, auf den geraden, schier endlosen Straßen von Adelaide eine Illusion zu finden, die ihm das Weiterleben ermöglichte.

Doch es gab kaum Verkehr und nicht viel mehr zu sehen als das weite, platte Land, verzerrt durch die aufsteigenden Hitzewellen. Keith Mulvaney redete pausenlos, als fürchte er sich vor einer Schweigepause, die Unerwartetes bringen könnte, weshalb er Dorrigo vorauseilend ausfragte und die Antworten gleich selbst hinterherschob. Immer wieder kam er auf seinen fortdauernden Zwist mit einem anderen Stadtverordneten zurück, bei dem es um den Bau des vom Bürgermeister angeregten Kanalisationsnetzes ging. Zuletzt starrte Dorrigo aus dem Fenster und hielt seine verschwitzte Handfläche in den Wind, während Keith immer weiterredete, sich selbst Fragen stellte und Antworten gab und jeden Satz mit einem Lächeln beendete, das keinen Widerspruch duldete. Und wie ein eingeschobenes Klarinettensolo tauchte immer wieder Amy auf.

Eine moderne Frau. Sehr modern. Ist viel unterwegs. Sie macht einen tollen Job. Nun ja, der Krieg. Heutzutage ist alles anders. Er ist schuld daran, dieser Krieg, dass alles sich auflöst. So was hat es früher nicht gegeben, was?

Nun ja …

Nein, ich glaube nicht. Nicht nur, dass London im Bombenhagel liegt. Nein. Was vor einem Jahr noch für einen handfesten Skandal gesorgt hätte, nehmen die Leute heute mit einem Achselzucken hin. Ich bin ein moderner Mann. Aber ich bin trotzdem heilfroh, dass meine Familie ein Auge auf sie wirft.

Trotz des fröhlichen Lächelns wirkte er vollkommen unglücklich.

Neulich war sie mit einer Rothaarigen namens Tippy unterwegs. Ich kann sie nicht leiden.

Tippy?

Tippy, ja – du kennst sie?

Nun ja …

Im Ernst – das ist doch ein Name für einen Wellensittich. Und ausgerechnet jetzt muss ich zu dieser verdammten Stadtratssitzung, die den ganzen Abend dauern wird. In Gawler, Stunden von hier. Ausgerechnet heute. Es tut mir so leid, dir keine Gesellschaft leisten zu können. Die Einladung kam völlig unerwartet – der Bürgermeister hat mich gebeten, unseren Standpunkt zu vertreten. Und warum?

Nun, wahrscheinlich will er …

Ich habe keine Ahnung, warum. Wie dem auch sei, Amy wird sich um dich kümmern. Ehrlich gesagt wäre ich froh, wenn *du* dich ein bisschen um *sie* kümmern würdest. Wäre das in Ordnung?

Seine Antworten wurden ohnehin nicht gehört, also gab Dorrigo es auf.

Immerhin kannst du dich jetzt mal ordentlich ausschlafen, sagte Keith Mulvaney. In einem guten Bett, ist doch besser als so eine Armeekoje.

Im King of Cornwall zeigte Keith Dorrigo sein Zimmer im dritten Stock. Auf der breiten Treppe mit den abgewetzten Läufern kam ihnen Amy entgegen, einen Sack mit Schmutzwäsche auf dem Arm. Dorrigo spürte eine eigenartige Euphorie, die zwar vollkommen unangebracht, aber nicht von der Hand zu weisen war. Sie warf ihrem Ehemann einen kurzen Blick zu, in dem Dorrigo all jene Vertrautheiten zu erkennen meinte, die der Welt normalerweise verborgen bleiben – die geteilten Nächte, Gerüche, Geräusche, die liebenswerten und nervigen Angewohnheiten, Freud und Leid im Großen und im Kleinen, der bescheidene Mörtel, der aus zwei eins macht.

Sie hatte sich das Haar zu einem Pferdeschwanz hochgebunden, der im Licht des Atriums rubingold glänzte. Als er ihr vorgestellt wurde, waren sie Komplizen, ohne sich zuvor darauf geeinigt zu haben. Ihr Gesicht glühte unnatürlich, eine Haarsträhne hatte sich gelöst und baumelte vor ihrem rechten Ohr wie ein Angelköder, und Dorrigo begriff, dass sie übereingekommen waren, ihre Begegnung im Buchladen zu verschweigen.

Tja, Amy, sagte Keith, hoffentlich hast du dir für unseren Gast was überlegt?

Magst du Vivien Leigh?, fragte Amy. Im Kino in der Stadt läuft ihr neuer Film *Ihr erster Mann.* Möchtest du …

Kenne ich schon, sagte Dorrigo, obwohl das gar nicht stimmte und er sich plötzlich gemein vorkam. Seine Gedanken überschlugen sich. Hatte er Angst davor, mit ihr allein zu sein? Wollte er beweisen, dass *er* Macht über *sie* hatte?

Schade, sagte Keith. Aber sicher laufen noch andere Filme.

Dorrigo verstand weder sich selbst, noch verstand er, warum er soeben gelogen hatte. Vollkommen unerwartet hörte er sich sagen –

Aber ich schaue ihn mir gern ein zweites Mal an.

Wegstoßen, heranziehen. Das Muster, das sich von nun an wiederholen würde.

Amy zuckte die Achseln, und Dorrigo zwang sich, den Blick von ihr weg und treppabwärts zu richten, bis sie von ganz allein wieder in seinem Blickfeld auftauchte, ein Stockwerk tiefer, die Hand ans lackierte Geländer gelegt. Sein Blick folgte ihrem wippenden Pferdeschwanz, während sie ins Nichts hinabstieg.

10

Dorrigo Evans hegte, was den Abend betraf, alle möglichen Erwartungen, doch nie hätte er damit gerechnet, in einem Nachtklub in der Hindley Street zu landen. Sie sagte, wenn er den Film schon kenne, werde er immer schon vor ihr wissen, was als Nächstes passierte, und das würde ihr alles kaputt machen. Er trug seine Uniform, sie eine orientalische Bluse in Apricot und eine weite, schwarze Seidenhose. Der Stoff schien zu fließen. Ihr Körper zeichnete sich ab, filigran und stark; sie bewegte sich nicht, sie glitt.

Sinn der Sache ist doch, dass man nicht weiß, was geschehen wird, sagte Amy. Findest du nicht?

Er fand nichts. Er wusste nichts. Der Nachtklub war ein kleiner Saal mit heruntergelassenen Verdunklungsstores und spärlicher Beleuchtung, man konnte kaum mehr erkennen als ein paar Schemen und Uniformen. Dorrigo stieg ein hefeartiger Geruch in die Nase, das leicht berauschende Aroma von Unkraut im Frühling. Ein Swingorchester spielte, sie tranken Martinis. Eine seltsame Aufregung hing in der Luft. Nach einer Weile erlosch die Beleuchtung, die Musiker entzündeten die Kerzen auf ihren Notenpulten und die Kellner die auf den Tischen.

Wozu die Kerzen?, fragte Dorrigo.

Wart's ab, sagte Amy.

Sie erzählte von sich. Sie war vierundzwanzig, drei Jahre jünger als er. Sie war vor einigen Jahren aus Sydney nach Adelaide gekommen und hatte einen Job in einem Kaufhaus gefunden. Keith hatte sie während der Arbeit als Bardame im King of Cornwall kennengelernt. Dorrigo erzählte von Ella, obwohl jedes Wort wie eine Abwehr seiner wahren Empfindungen und wie ein Verrat an sich selbst klang. Er verdrängte das Gefühl.

Dorrigo redete sich ein, die Kluft zwischen Amy und ihm sei absolut unüberwindlich. Das Konstrukt ihrer freundschaftlichen Annäherung fußte einerseits auf der abschreckenden Wirkung ihres Ehemanns beziehungsweise seines Onkels, andererseits auf der geplanten Verlobung mit Ella. Was zur Folge hatte, dass Dorrigo sich sicher fühlte und in Amys Gegenwart entspannte, mehr, als unter anderen Umständen vorstellbar gewesen wäre.

Ihre Gegenwart machte ihn unerklärlich glücklich, so glücklich, wie ihn seit langer Zeit nichts mehr gemacht hatte. Der Kerzenschatten tanzte auf ihrem Gesicht, das er immer interessanter fand. Merkwürdig, dass ihr Aussehen ihn bei der Begegnung im Buchladen nicht auf Anhieb beeindruckt hatte.

Jetzt hätte er sich keine schönere Frau vorstellen können. Er genoss ihre Nähe, er genoss sogar die Blicke der anderen Männer, eifersüchtig und gierig, weil sie die Frau irrigerweise für seine hielten. Das war sie natürlich nicht, sagte Dorrigo sich, doch das Gefühl war nicht unangenehm. Er war geschmeichelt.

Sie kamen mit ein paar Marineoffizieren ins Gespräch, die schließlich am anderen Ende des Tisches zusammenrückten und sie in Ruhe ließen. Amy beugte sich vor und legte ihre Hand auf seine. Er schlug die Augen nieder, verstand nicht. Er fühlte sich plötzlich befangen, doch er zog die Hand nicht weg.

Was soll das?, fragte er.

Er merkte, dass auch sie auf ihre Hände starrte.

Nichts, sagte sie.

Die Berührung war elektrisierend, lähmend, und trotz des Lärms und Qualms und Gedränges ringsum nahm er nichts anderes mehr wahr. Das Universum und die Welt, sein Leben und sein Körper reduzierten sich auf einen einzigen, elektrischen Kontaktpunkt. Gemeinsam betrachteten sie ihre Hände. Gleichzeitig nahm er an, es bedeute nichts. Weil es nichts bedeuten durfte. Ihre Hand auf seiner. Seine Hand unter ihrer. Denn etwas anderes zu denken wäre ein Fehler gewesen. Morgen würde er wieder ihr Neffe sein, der kurz vor der Verlobung stand, und sie die Frau seines Onkels. Aber irgendetwas musste es doch bedeuten, er hätte es so gern geglaubt –

Nichts?, hörte er sich wiederholen.

Er versuchte, sich zu beruhigen, doch seine Aufregung wurde stärker. Amy strich jetzt mit dem Zeigefinger über seinen Handrücken.

Ich gehöre Keith, sagte sie.

Gedankenverloren betrachtete sie die Hände.

Ja, sagte er.

Er spürte, wie sie ihn streichelte, und das Gefühl breitete sich auf seinem gesamten Körper aus, bis er an nichts anderes mehr denken konnte.

Und du, sagte sie, du gehörst mir.

Erschrocken hob er den Kopf. Zum zweiten Mal hatte sie ihn kalt erwischt. Und zum zweiten Mal wurde er panisch, denn langsam dämmerte ihm, dass sie weit davon entfernt war, sich über ihn lustig zu machen, dass sie aufrichtig und ehrlich war. Die Konsequenzen jagten ihm Angst ein. Amy betrachtete immer noch ihren Finger, der zwischen den halb leeren Gläsern auf seiner Hand lag und langsame Kreise auf seine Haut zeichnete.

Was?

Da erst sah sie ihn an.

Ich meinte, sagte sie, natürlich gehörst du Ella. Nur nicht heute Abend. Heute Abend gehörst du mir.

Sie lachte leise, als hätte das nichts zu bedeuten.

Als mein Begleiter.

Sie zog ihre Hand weg, hob sie auf Ohrhöhe und bewegte sie in einer abwiegelnden Geste.

Du *weißt* schon.

Doch er wusste nicht. Er hatte überhaupt keine Ahnung. Er war aufgeregt und verschreckt. Es konnte alles bedeuten oder gar nichts. Sie drückte sich unklar aus. Er kam nicht mehr mit.

Die Kellner gingen herum und löschten die Kerzen auf den Tischen, das Orchester spielte »Auld Lang Syne« als Swingwalzer. Hier wurde eine künftige Erinnerung kreiert, die sich aus Begegnung und Abschied zusammensetzte, ein Kreis, der sich schloss, um wieder auseinandergerissen zu werden. Alle paar Takte beugte einer der Musiker sich vor, um die Kerze auf seinem Notenpult auszuhauchen.

Dorrigo hielt Amy im Arm, sie tanzten, und während die Tanzfläche langsam in Dunkelheit versank, lehnte sie ihren Kopf ganz leicht gegen seine Schulter. Sie überließ sich dem sanften, einträchtigen Wiegen. Vorsichtig schmiegte er sich an sie, nicht ohne sich zu ermahnen. Das alles hatte nichts zu bedeuten, es würde zu nichts führen.

Was hast du gesagt?, fragte sie.

Nichts, flüsterte er.

In der Drehbewegung fanden ihre aneinandergelehnten Körper zu einer eigenartigen Ruhe, in der gleichzeitig eine unerträgliche Vorahnung und Spannung lag. Er spürte ihren Atem an seinem Hals.

Die letzte Kerze erlosch, sie standen in einem Block aus Finsternis, und dann wurden die Vorhänge von den Fenstern gezogen – erstauntes Japsen überall –, und Vollmondlicht flutete den Saal. Der Walzer drehte sich auf das Finale hin, und Dorrigo begriff, dass hier die Zukunft inszeniert wurde, um die sie alle bangten, die Vorahnung auf ein Morgen, das noch heute Abend in andere Bahnen gelenkt werden könnte.

In Quecksilberlicht und tintenblauen Schatten lösten sich die Tanzpaare voneinander, es wurde applaudiert. Einen Moment lang sahen sie einander in die Augen. Dorrigo wusste, er könnte sie jetzt küssen, er müsste sich nur ganz leicht in ihren Schatten hinunterbeugen und wäre für immer verloren. Doch dann fiel ihm ein, wer sie waren, und er fragte sie schnell, ob sie noch etwas trinken wolle.

Bring mich nach Hause, sagte sie.

11

Im Hotel zeigte sie ihm die Räume, die sie und Keith bewohnten. Dorrigo ließ sich in einen rostroten Sessel sinken. Die Sofaschoner rochen nach Keith' Brillantine, die Brokatpolster nach seinem Pfeifentabak. Amy kurbelte das Grammofon an, wählte die Platte aus, die er sich anhören sollte, setzte die Nadel vorsichtig in die Rille und nahm auf der Armlehne Platz. Schleppende Klavierklänge, ein Saxofon wehte durch den Raum, zusammen mit dem Meereswind, der die Spitzenvorhänge bewegte. Eine Männerstimme fing zu singen an.

A tinkling piano in the next apartment
Those stumbling words that told you
What my heart meant
A fairground's painted swings
These foolish things
Remind me of you.

Das ist Leslie Hutchinson, sagte sie. Hast du gewusst, dass er angeblich mit den Damen der königlichen Familie *eng befreundet* ist?

Befreundet?

Sie lächelte.

Ja, sagte sie sanft und sah ihn an. *Befreundet.*

Wieder lachte sie, kehlig, er liebte diesen vollmundigen, großherzigen Klang.

Der Song war zu Ende. Dorrigo erhob sich zum Gehen. Amy setzte die Nadel wieder zum Anfang zurück. Dorrigo verabschiedete sich. An der Tür beugte er sich hinunter, küsste sie höflich auf die Wange, und als er sich wieder aufrichten wollte, legte sie ihr Gesicht an seinen Hals. Er wartete darauf, dass er freigegeben wurde.

Du musst gehen, flüsterte sie, ohne sich zu rühren.

Die Grammofonnadel erzeugte ein rhythmisches Knacken, während sich die Platte immer weiterdrehte.

Ja, sagte er.

Er wartete. Nichts passierte.

Die Nadel hing in der Rille fest, kratzte Kreise in die Nachtluft, als wäre sie aus Sand.

Ja, sagte er.

Er wartete, sie rührte sich nicht. Nach einer Weile legte er ihr vorsichtig einen Arm um die Schultern. Sie rührte sich nicht.

Bald, sagte er.

Er hielt den Atem an und spürte, wie sie sich ganz sacht an ihn presste. Er bewegte sich nicht.

Amy?

Ja.

Er wagte nichts zu sagen. Er atmete aus. Er veränderte die Stellung seiner Füße, um mehr Halt zu bekommen. Er wusste nicht, was er sagen sollte, er fürchtete, ein falsches Wort könnte das heikle Gleichgewicht stören. Er ließ eine Hand abwärtssinken, zeichnete die Kurve ihrer Taille nach. Er erwartete, zurückgestoßen zu werden, doch sie flüsterte nur:

Amie. Das ist Französisch für *Freundin.*

Seine andere Hand fuhr die wundersame Rundung ihres Hinterns nach.

Meine Mutter hat mir das verraten, als ich klein war.

Auch die zweite Hand schüttelte sie nicht ab.

Amy, *amie, amour,* hat sie gesagt. Amy, Freundin, Liebe.

Eine Dreierwette, mit der man nicht verlieren kann, sagte Dorrigo.

Sie strich mit den Lippen über seinen Hals. Er spürte ihren Atem auf seiner Haut. Er fühlte ihren Körper an seinem, er wurde hart und merkte beschämt, dass sie es fühlen musste. Er wagte nicht, sich zu bewegen, aus Angst, der Bann könnte brechen. Er wusste nicht genau, was all das zu bedeuten hatte, was von ihm erwartet wurde. Er wagte nicht, sie zu küssen.

12

Eine warme Hand schob sich an seinem Oberschenkel aufwärts, und Dorrigo erwachte mit einem Ruck. Er brauchte einen Moment, um zu begreifen, dass es nur die Morgensonne war, die ihre Strahlen durch das Zimmer schickte. Unter der Tür steckte eine Nachricht von Amy. Sie habe bis zum Nachmittag im Hotel zu tun – am Mittag wurde eine Hochzeitsgesellschaft erwartet – und könne sich deswegen nicht persönlich verabschieden.

Er schlang sich ein Handtuch um die Hüften und trat auf die breite Veranda hinaus, zündete sich eine Zigarette an, setzte sich und schaute durch die viktorianischen Bögen auf den endlos weiten, sanft gewellten Indischen Ozean hinaus.

Es war nichts, hatte sie gesagt, als er gegangen war. Genau so hatte sie es formuliert. Nichts war passiert, außer einer Umarmung. Es stimmte. Im Buchladen war auch nichts passiert. Und was bedeutete schon eine Umarmung? Selbst auf einer Beerdigung kamen die Leute sich näher.

Amy, *amie, amour*, flüsterte er leise.

Nichts war passiert, und doch war alles anders.

Er befand sich im freien Fall.

Er hörte, wie die Wellen auf den Strand schlugen, er sah den glitzernden Sand. Die frühmorgendlichen Schatten waren lang, eine leichte Brise wehte, und Dorrigo fiel und fiel und spürte eine unbändige Freiheit. Das Gefühl war ebenso unergründlich wie Amy.

Er stand auf. Er war aufgekratzt, verwirrt, wild entschlossen. Er warf die Zigarettenkippe fort, ging wieder hinein und zog sich an. Nichts war geschehen, und doch hatte etwas begonnen.

13

Er kehrte ins Militärcamp zurück, in ein Leben voller Ordnung und Disziplin. Leider hatte dieses Leben für Dorrigo jeden Inhalt verloren. Es schien kaum noch real. Leute kamen und gingen, sie redeten und sagten dies und das, und nichts davon interessierte ihn. Sie sprachen über Hitler, Stalin, Nordafrika, den Blitzkrieg. Niemand sprach über Amy. Sie sprachen über Ausrüstung, Strategien, Karten, Zeitpläne, Kampfmoral, Mussolini, Churchill, Himmler. Am liebsten hätte er Amy! gerufen, Amy, *amie, amour*! Er wollte die anderen beim Kragen packen und ihnen erzählen, was passiert war, wie sehr er sie vermisste, welche Gefühle sie in ihm geweckt hatte.

Doch sosehr er sich auch wünschte, allen davon zu erzählen, keiner durfte es wissen. Ihre öden Gespräche, ihre Unkenntnis von Amy und von der Leidenschaft, die Amy für ihn hegte und er für sie, verwendete er als Schutzwall gegen die Indiskretion. Sobald das Gespräch auf ihn und Amy käme, würde aus ihrer privaten Leidenschaft eine öffentliche Tragödie.

Er las. Kein Buch gefiel ihm mehr. Er suchte Amy auf allen Buchseiten. Sie war nicht dort. Er besuchte Partys. Er langweilte sich schrecklich. Er ging spazieren, starrte fremden Leuten ins Gesicht. Nirgendwo Amy. Die Welt mit ihren unendlichen Wundern langweilte ihn zu Tode. Er suchte Amy in jedem Winkel seines Lebens, doch sie war nirgends zu finden. Und dann wurde ihm wieder klar, dass Amy mit seinem Onkel verheiratet war, dass seine Leidenschaft verrückt war und keine Zukunft hatte, dass das Ganze, was immer es war, enden musste. Dass *er* es beenden musste. Wenn er Amy nicht wiedersah, würde er gar nicht erst in Versuchung geführt, einen Fehler zu begehen. Und so beschloss er, sie nie wieder zu besuchen.

Als sein nächster Urlaub näher rückte – sechs Tage am Stück –, fuhr er nicht ins Hotel seines Onkels, sondern stieg in den Nachtzug nach Melbourne, wo er sein gesamtes Geld für Einladungen und Geschenke für Ella ausgab. Er versuchte, sich mit ihr abzulenken und jede Erinnerung an die seltsame Begegnung mit Amy auszumerzen. Ella ihrerseits musterte unablässig sein Gesicht und seine Augen. Mit einer wachsenden Sorge im Herzen, die in manchen Augenblicken zur Panik anschwoll, wurde ihm klar, wie angestrengt sie in seinem Gesicht, in seinen Augen nach Beweisen für sein Verlangen fahndete. Ihr Gesicht, das er zuvor hübsch und exotisch gefunden hatte, kam Dorrigo Evans auf einmal sterbenslangweilig vor. Ihre dunklen Augen, die ihn verhext hatten, wirkten auf einmal arglos, geradezu blöde in ihrer Vertrauensseligkeit, auch wenn er versuchte, sich derlei Gedanken zu verbieten, und sich dafür hasste, sie dennoch zu denken. Mit erneuerter Entschlossenheit warf er sich in ihre Arme, gab sich ihren Plaudereien, Ängsten und Scherzen und Geschichten hin, immer in der Hoffnung, die neu belebte Vertrautheit könnte den Gedanken an Amy Mulvaney endlich ersticken.

Am letzten Abend aßen sie im Klub von Ellas Vater. Sie trafen dort einen Major der australischen Luftwaffe, der Ella mit seinen Witzen und Anekdoten ununterbrochen zum Lachen brachte. Als der Major ankündigte, einen nahe gelegenen Nachtklub besuchen zu wollen, bettelte Ella Dorrigo an, sie mögen den Mann begleiten, denn *er ist so ein Spaßvogel*! Dorrigo spürte eine seltsame Regung, nicht Eifersucht, auch nicht Erleichterung, sondern eine Mischung aus beidem.

Ich liebe es, Menschen um mich zu haben, sagte Ella.

Je mehr Menschen ich um mich habe, dachte Dorrigo, desto einsamer fühle ich mich.

14

Nun begann der Tag, noch bevor die Gefangenen geweckt wurden und die Aufseher und Ingenieure erschienen, viele Stunden vor Sonnenaufgang, und während Nakamura durch den Schlamm stapfte, die kühle Nachtluft seine Albträume verscheuchte und die Methamphetamine sein Herz und seinen Verstand allmählich auf Touren brachten, spürte er eine angenehme Vorfreude. Dieser Tag, dieses Camp und diese Welt wollten von ihm gestaltet werden. Colonel Kota saß, Fukuhara hatte es bereits angekündigt, allein im Kasino an einem langen Tisch aus Bambusholz und aß Dosenfisch.

Der Colonel war ein stattlicher Mann von der Größe eines Australiers, nur dass sein Körperbau, fand Nakamura, in krassem Missverhältnis zu seinem erschlafften Gesicht stand, welches sich rechts und links der Haiflossennase in Falten legte und abwärtssackte.

Kota hielt sich nicht mit Konversation auf und kam gleich auf den Punkt. Er werde das Camp noch am Morgen verlassen, sobald der Transporter wieder fahrtüchtig sei. Aus einer durchweichten Ledermappe zog der Colonel eine in Ölzeug eingeschlagene Akte, aus der er ein Blatt Papier mit maschinengeschriebenen Befehlen und ein paar technische Zeichnungen holte, die meisten davon so klamm, dass sie sich, während Nakamura las, um seine Finger legten. Die Befehle waren ebenso unzweideutig wie unwillkommen.

Die erste Anordnung war technischer Natur: Obwohl die Rodung und Räumung der Bahnstrecke schon weit vorangeschritten war, revidierte die Eisenbahnkommandogruppe den ursprünglichen Plan. Die Strecke sollte nun um ein Drittel breiter ausfallen, um in den folgenden Abschnitten die Arbeit auf den Hängen zu erleichtern. Diese Verbreiterung setzte voraus, dass zusätzlich etwa dreitausend Kubikmeter Gestein abgetragen wurden.

Während Tomokawa Hibiskustee servierte, bückte Nakamura sich und schnürte seine Wickelgamaschen. Sie hatten nicht genug Sägen und Äxte, um den Dschungel zu roden. Die Gefangenen bearbeiteten den Fels mit Hammer und Meißel. Nicht allen konnte er ordentliche Meißel zur Verfügung stellen, und was an Gerät verbogen wurde, konnte aufgrund des Brennkohlemangels vom Schmied nicht instand gesetzt werden. Nakamura setzte sich wieder auf.

Bohrmaschinen mit Kompressor wären hilfreich, sagte er.

Colonel Kota strich sich über die schlaffen Wangen.

Maschinen?

Er ließ das Wort kommentarlos stehen, damit Nakamura sich seinen Teil denken konnte – nämlich dass es keine Maschinen gab, dass es eine Schande war, gebettelt zu haben, und dass man ihn dafür verspotten würde. Nakamura ließ den Kopf sinken. Kota sprach weiter.

Wir haben kein Material zur Verfügung. Es lässt sich nicht ändern.

Nakamura wusste, es war ein Fehler gewesen, den Punkt anzusprechen, doch er war dankbar für Colonel Kotas Verständnis. Er las den zweiten Befehl. Der Übergabetermin für die Bahnlinie war von Dezember auf Oktober vorgezogen worden. Verzweiflung übermannte Nakamura. Die Aufgabe war schlicht unerfüllbar.

Ich weiß, dass Sie es schaffen können, sagte Colonel Kota.

Der April ist lange vorüber, sagte Nakamura und spielte damit auf den Moment an, an dem die Zentrale den ursprünglichen Zeitplan verabschiedet hatte. Wir haben schon August.

Colonel Kota ließ Nakamura nicht aus den Augen.

Wir werden unsere Anstrengungen verdoppeln, räumte der getadelte Nakamura schließlich ein.

Ich kann nicht lügen, sagte Colonel Kota. Ich bezweifle stark, dass die benötigten Maschinen oder Werkzeuge noch geliefert werden. Möglicherweise bekommen Sie mehr Arbeiter. Aber nicht einmal das kann ich versprechen. Eine Viertelmillion Kulis und sechzigtausend Kriegsgefangene arbeiten auf der Strecke. Die Engländer und Australier sind faul, ich weiß. Ich weiß, dass sie sich beschweren und behaupten, zum Arbeiten zu müde oder zu hungrig zu sein. Sie legen nach jedem Spatenstich eine Pause ein. Ein Schlag mit dem Hammer, und sie halten inne. Sie beschweren sich über jede Lappalie, auch über die Schläge. Ein japanischer Soldat erwartet, dass er bestraft wird, wenn er seiner Pflicht nicht nachkommt. Was gibt einem Feigling das Recht, derartige Ansprüche zu stellen? Die burmesischen und chinesischen Kulis, die uns geschickt wurden, laufen weg oder sterben. Für die Tamilen ist es zu weit bis nach Malaysien, trotzdem sterben auch sie, an der Cholera, und obwohl Tausende mehr erwartet werden, reichen die Arbeitskräfte nicht aus. Ich weiß keinen Rat. Es ist nicht zu ändern.

Nakamura las weiter. Der dritte Befehl besagte, dass hundert

Kriegsgefangene in das Lager am Drei-Pagoden-Pass entsandt werden sollten, das einhundertfünfzig Kilometer nördlich der burmesischen Grenze lag.

Ich kann nicht auf hundert Arbeiter verzichten, dachte Nakamura. Um den Abschnitt in der vorgegebenen Zeit zu beenden, brauche ich tausend Arbeiter mehr, nicht hundert weniger. Er sah Colonel Kota an.

Sollen die hundert Männer den Weg zu Fuß machen?

Während des Monsuns gibt es keine andere Möglichkeit. Auch das lässt sich nicht ändern.

Nakamura wusste, viele würden auf dem Weg umkommen. Wahrscheinlich die meisten. Der Kaiser hatte jedoch die Eisenbahn angeordnet, und es war also beschlossen worden, die Eisenbahn zu bauen. Er sah ein, dass es wirklich – in dieser Wirklichkeit aus Träumen und Albträumen – keinen anderen Weg gab, um die Anordnungen des Kaisers umzusetzen. Er ließ dennoch nicht locker.

Verstehen Sie mich, sagte Nakamura. Mein Problem ist praktischer Natur. Wie soll ich die Eisenbahn ohne Werkzeug und mit immer weniger Männern bauen?

Sie werden die Arbeit vollenden, auch wenn die meisten an Erschöpfung sterben, sagte Colonel Kota achselzuckend. Auch wenn alle sterben.

Und Nakamura sah ein, dass der Colonel recht hatte. Was war ein Kriegsgefangener schon wert? Weniger als ein Mensch, er war das Material, das zum Bau der Eisenbahn eingesetzt wurde, wie die Schwellen aus Teak, die Schienen und die Eisennägel.

Bis vor zwei Monaten war ich in Neuguinea, sagte Colonel Kota. Bougainville. Man sagt, Java sei der Himmel und Burma die Hölle, doch aus Neuguinea kehrt niemand mehr zurück.

Der Colonel lächelte, die Wangensäcke hoben und senkten sich und ließen Nakamura an die Terrassen eines Berghanges denken.

Ich bin der lebende Beweis dafür, dass nicht alle Soldatenweisheiten zutreffen. Aber es ist schlimm dort. Die amerikanischen Luftschläge sind unglaublich. Tag für Tag haben ihre Lockheeds uns bombardiert. Tag und Nacht Bomben und Beschuss. Man hat uns eine Wochenration gegeben, mit der wir einen Monat auskommen mussten. Und selbst wenn es im Kampfgebiet nur Salz und Zündhölzer gegeben hätte, wir hätten durchgehalten. Aber diese Amerikaner und Australier? Ich sage Ihnen etwas, sie brüsten sich mit ihrer Ausrüstung, ihren Maschinen und ihrer Technologie. Warten Sie es ab! Wir führen einen Vernichtungskrieg. Jeder Offizier und jeder Soldat unserer Armee brennt darauf, die Amerikaner und Australier zu massakrieren. Wir werden siegen, denn unser Kampfgeist bleibt eisern, wo der ihre schon bröckelt.

Und während der Colonel sprach, schien auf seinem Terrassengesicht die ganze Weisheit des alten Japan zu liegen, alles, was Nakamura an seiner Heimat liebte, an seinem Leben. Der Colonel mit der sanften Stimme erzählte ihm mehr als nur eine Geschichte: Er versicherte Nakamura, dass er die Aufgabe am Ende würde bewältigen können, egal wie widrig die Umstände waren, wie groß der Mangel an Werkzeug und Arbeitern. Die Eisenbahn würde gebaut werden und der Krieg gewonnen, alles aufgrund des unbeugsamen japanischen Kampfgeistes.

Doch was dieser Geist *war*, was genau damit beschrieben wurde, hätte Nakamura nicht erklären können. Der Geist war gut und rein, er war mächtiger als der stachelige Bambus und die hohen Teakbäume, der Regen und der Schlamm und das Gestein und die Bahnschwellen und Eisenschienen, mit denen sie jeden Tag zu kämpfen hatten. Der Kampfgeist erfüllte ihn restlos, und doch ließ er sich nicht in Worte fassen. Wie um seine Gefühle darzulegen, fing Nakamura eine Geschichte an.

Gestern Abend habe ich mich mit einem australischen Arzt unterhalten, sagte er. Der Arzt wollte wissen, warum Japan den Krieg begonnen habe. Ich habe ihm das noble Konzept der universalen Brüderlichkeit erklärt, das uns leitet. Ich habe ihm unser Motto erklärt, *die ganze Welt unter einem Dach.* Ich hatte nicht das Gefühl, dass er mich verstehen konnte. Also habe ich mich einfacher ausgedrückt und gesagt, Asien gehöre den Asiaten und Japan sei naturgemäß die Führungsmacht im asiatischen Block. Ich habe ihm erklärt, dass wir Asien von den europäischen Kolonialherren befreien werden. Es war mühsam. Er hat nicht aufgehört, von Freiheit zu reden.

In Wahrheit hatte Nakamura nicht verstanden, was der Australier ihm hatte sagen wollen. Seine Worte, ja, aber die Vorstellungen des Mannes ergaben keinen Sinn.

Freiheit?, sagte Colonel Kota.

Sie lachten.

Freiheit, sagte Nakamura, und wieder mussten beide kichern.

Nakamuras Gedanken waren ein Dschungel, undurchschaubar und undurchdringlich, selbst für ihn. Abgesehen davon waren ihm seine Gedanken egal. Wichtig war ihm das Gefühl der Gewissheit, der Sicherheit. Kotas Worte waren wie Shabu für seinen geschundenen, kranken Verstand. Wichtig waren die Eisenbahn, die Ehre, der Kaiser und Japan, und Nakamura hielt sich selbst für einen guten und ehrenwerten Offizier. Dennoch versuchte er manchmal, seine Verwirrung zu ergründen.

Ich erinnere mich deutlich an den Anfang, als die Kriegsgefangenen noch Theaterstücke spielten. Einmal habe ich ihnen zugesehen. Der Dschungel, die Lagerfeuer, die singenden Männer. Sie haben »Waltzing Matilda« gespielt. Ich bin sentimental geworden. Es war unmöglich, sich davon nicht rühren zu lassen.

Aber die Eisenbahn, sagte Colonel Kota, ist ein Schlachtfeld, so wie die Front in Burma.

Genau, sagte Nakamura. Man kann zwischen menschlichem und unmenschlichem Verhalten nicht mehr unterscheiden. Man kann nicht mehr mit dem Finger auf die Männer zeigen und sagen: Dieser ist ein Mann und jener ein Teufel.

Wie wahr, sagte Colonel Kota. Wir befinden uns im Krieg, und der Krieg macht derartige Unterscheidungen irrelevant. Die Siam-Burma-Eisenbahn erfüllt einen militärischen Zweck – aber darum geht es gar nicht. Diese Eisenbahn ist das größte Bauwerk unserer Epoche. Ohne europäische Maschinen und in außerordentlich kurzer Zeit werden wir erschaffen, was die Europäer im Laufe vieler Jahre nicht haben zustande bringen können. In dieser Eisenbahn liegt unsere Zukunft als neue Führungsmacht, die der Welt den Fortschritt bringt.

Sie tranken Hibiskustee. Colonel Kota wurde nostalgisch und bedauerte, nicht mehr an der Front kämpfen und für den Kaiser sterben zu dürfen. Sie verfluchten den Dschungel, den Regen und Siam. Nakamura schilderte, wie mühsam es sei, die Australier zur täglichen Arbeit anzutreiben, und dass er weniger brutal mit ihnen umgehen müsste, wenn sie nur endlich ihre schicksalhafte Rolle in diesem Großprojekt akzeptieren könnten. Es liege nicht in seiner Natur, so gnadenlos zu sein. Doch angesichts des australischen Starrsinns bleibe ihm keine Wahl.

Die haben eben keinen Kampfgeist, sagte Colonel Kota. In Neuguinea habe ich es selbst gesehen. Sobald sie angegriffen werden, laufen sie auseinander wie die Kakerlaken.

Wenn sie Kampfgeist hätten, sagte Nakamura, wären sie lieber tot, als die Schande der Kriegsgefangenschaft zu ertragen.

Ich weiß noch, wie ich nach Mandschukuo gekommen bin, gleich nach der Offiziersschule, sagte Colonel Kota und ballte die Hand zur Faust. Als Unterleutnant, grün hinter den Ohren. Das war vor fünf Jahren. Wie lange das jetzt schon her ist! Wir haben uns einem speziellen Kampftraining unterzogen. Eines Tages wurden wir zu einer Mutprobe in ein Gefängnis gebracht. Die chinesischen Häftlinge hatten seit Tagen nichts zu essen bekommen. Sie waren ausgemergelt. Sie wurden gefesselt und mussten mit verbundenen Augen am Rand einer Grube knien. Mein Leutnant zog sein Schwert aus der Scheide. Mit der bloßen Hand schöpfte er Wasser aus einem Eimer und benetzte die Waffe damit. Ich kann immer noch sehen, wie die Tropfen von der Klinge perlen.

Schaut genau zu, sagte er. So köpft man einen Menschen.

15

Der nächste Samstagnachmittag war unerträglich heiß. Nachdem der mittägliche Ansturm überstanden und das Abendessen vorbereitet war, beschloss Amy Mulvaney, sich umzuziehen und schwimmen zu gehen. Der Strand vor dem King of Cornwall war zu beiden Seiten von Menschen belagert, und als sie in Strohhut, blauen Shorts und weißer Batistbluse über den Sand lief, entgingen ihr die Blicke der Männer und Frauen nicht.

Die langen, unglaublich heißen Sommertage, die sinnlichen Nächte, das stickige Schlafzimmer und Keith' Gerüche und Geräusche ließen Amy Mulvaney seltsam unruhig werden. Sie sehnte sich danach zu verschwinden, loszugehen und niemals mehr stehen zu bleiben. Und je lauter die innere Stimme rief, desto klarer wurde Amy, dass sie in diesem Leben, an diesem Ort gefangen war. Amy Mulvaney wünschte sich tausend Leben, und keines davon sollte aussehen wie das eine, das sie führte.

Hin und wieder hatte sie den Krieg und Keith' Gutmütigkeit ausgenutzt und war mal hierhin, mal dorthin ausgegangen. Sie hatte kleine Abenteuer erlebt – einmal hatte sie ein Luftwaffenoffizier nach einem Tanz an die Wand gedrückt, doch zu ihrer großen Enttäuschung und Erleichterung wollte er sie nur stürmisch küssen und ein wenig begrapschen. Einmal war sie mit einem Handlungsreisenden, der regelmäßig in der Hotelbar vorbeischaute und den sie nach einer Kinovorstellung zufällig in der Stadt getroffen hatte, ins Bett gegangen. Ein furchtbares Erlebnis, das sie jedoch, nachdem es einmal begonnen hatte, bis zum Ende hatte durchstehen müssen. Sein Körper war im Gegensatz zu Keith' stark und jung gewesen, der Mann selbst ein aufmerksamer und leidenschaftlicher Liebhaber – viel zu leidenschaftlich. Sobald sie nackt neben ihm im Bett lag, war sie entsetzt: Sie konnte seinen Geruch, seine Berührungen, seine Haut nicht ertragen. Sie wollte nur noch weg.

Sie hatte sich anschließend übergeben müssen und furchtbar leer gefühlt und sich geschworen, so etwas nie wieder zu tun. Der Schwur half ihr, die Schuldgefühle zu bewältigen. Sie redete sich ein, dass ihre Untreue sie, im Nachhinein, auf seltsam verdrehte Weise in ihrer Treue zu Keith bestärkt hatte. Abgesehen davon konnte von Untreue keine Rede sein, da sie in den Handlungsreisenden nicht verliebt gewesen war. Ihre Liebe zu Keith hatte sich nicht verändert, es war noch immer Liebe; Amy mochte ihn, ließ sich von ihm zum Lachen bringen und genoss seine sanfte Art und die kleinen Aufmerksamkeiten. In gewisser Hinsicht waren die Monate nach dem Betrug die schönsten gewesen, die sie miteinander gehabt hatten. Und doch, wenn sie aus tiefem, ruhigem Schlaf in einer heiteren Gemütsverfassung aufwachte und Keith ihr den Tee ans Bett brachte, dann sehnte Amy Mulvaney sich manchmal nach etwas anderem. Was es war, konnte sie nicht sagen. Wenn sie am Tee nippte und seinen breiten Rücken durch die Tür verschwinden sah, fragte sie sich, was es denn nun sei – jenes Verlangen, das ihren Magen zerfraß, das sie manchmal erschaudern ließ, jenes unsichtbare, namenlose, schreckliche Verlangen, von dem sie fürchtete, es könnte den Kern ihrer Persönlichkeit ausmachen.

So hatte sie sich ein Jahr oder länger dahingeschleppt. Sie flirtete, aber nur sehr vorsichtig; sie freundete sich mit den möglicherweise falschen Leuten an, das aber immerhin auf eine Weise, die in ihren und fremden Augen vielleicht nicht ganz anständig, aber auch nicht direkt unanständig war. Aus diesem Grund und mit dem festen Vorsatz, keine Bekanntschaft ausarten zu lassen, fühlte sie sich seltsam ungebunden und seltsam abgesichert zugleich, und so kam es, dass sie manchmal kühn genug war, Männer anzusprechen, darunter auch jenen hochgewachsenen Arzt in der Buchhandlung. Amy konnte sich nicht erklären, warum sie sich, bevor sie zu dem Arzt in der Buchhandlung gegangen war, den Ehering vom Finger gezogen hatte.

Wenn Amy genauer darüber nachdachte, wurde ihr klar, dass ihr das, was sie zu dem Arzt gesagt hatte, bei keinem anderen über die Lippen gekommen war. Sie verstand ihr Verhalten nicht, sie verstand nicht, warum sie im Nachtklub ihre Hand auf seine gelegt oder ihn, als er gehen wollte, umarmt hatte. So eine Dummheit würde ihr garantiert nicht noch einmal passieren. Sie versuchte sich einzureden, dass alles, was sich zwischen ihnen abgespielt hatte, vorbei war. Tief im Herzen befürchtete sie etwas anderes, doch sie war bemüht, dieser Furcht keine Worte oder Gedanken folgen zu lassen.

Sie warf ihr Handtuch in den gleißend hellen Sand und schlüpfte aus den Kleidern, ohne sich den Strohhut abzunehmen. Ihr jugendlicher Körper war voller Kraft. Obwohl sie unwichtig und unbedeutend war, fühlte Amy sich, als wäre sie zumindest für kurze Zeit einmal wichtig und besonders gewesen. Sie rannte ins Wasser. Anders als die meisten Frauen, die im knietiefen Wasser innehielten, stürzte Amy Mulvaney sich in eine der heranrollenden Wellen. Und als sie wieder an die Luft kam, mit Salzgeschmack im Mund und dem unerträglich blauen Himmel über sich, war ihre Verwirrung verschwunden, im Gegenteil, sie hatte das Gefühl, im neuen Zentrum ihres Lebens aufgetaucht zu sein. Einen Moment lang war alles im Gleichgewicht, wartete alles geduldig.

Amy ließ sich treiben. Weit draußen dümpelte eine kleine Jacht auf dem Wasser. Als sie sich wieder zum Strand umdrehte, entdeckte sie einen Mann mittleren Alters in einem altmodischen Badekleid aus Strick, der sie anstarrte. Er war kahlköpfig, seine Haut erinnerte an Geflügel, kurz bevor es in den Ofen geschoben wird. Er wandte hastig den Blick ab.

Sie schwamm noch ein paar Züge weiter hinaus, es war, als wollten das Meer, die Sonne, die Brise sie zu etwas antreiben, zu irgendetwas, egal was. Rechts und links von ihr befanden sich andere Schwimmer auf gleicher Höhe, so viele Menschen mit ihren eigenen Erwartungen und Hoffnungen, auch sie lauerten auf die nächste Welle, um sich von dem Schwall an Land tragen zu lassen. Während sich der Ozean in ihrem Rücken zu einer gewaltigen Wassermauer aufbaute, sah sie silberne, gelbäugige Fische durch den Wellenkamm flitzen.

Offenbar waren alle Fische in diesem Wellengesicht in dieselbe Richtung unterwegs; sie alle versuchten nach Kräften, dem Sog des Wassers zu entkommen, befanden sich aber in der Gewalt des Brechers, er würde sie mitnehmen, wohin er wollte. Die glitzernde Fischkette würde nichts an ihrem Schicksal ändern können. Schon spürte Amy ein Ziehen an den Füßen, sie machte sich steif vor Erwartung und Vorfreude, sie wusste nicht, ob der Ritt gelingen und wohin er sie und die Fische tragen würde.

16

Colonel Kota öffnete die Faust und sagte –

Er spreizte die Beine, hob das Schwert und ließ es mit einem Schrei niedergehen. Dann sprang er zurück. Die Doppelfontäne aus Blut sprudelte noch, als der Erste aus unseren Reihen vortreten musste. Das Atmen fiel uns schwer. Ich hatte Angst, mich lächerlich zu machen. Manche verbargen das Gesicht hinter ihren Händen, und einer schlug so weit daneben, dass eine halbe Lunge herausquoll. Der Kopf saß noch am Körper, und der Leutnant musste die Sauerei richten. Und die ganze Zeit schaute ich hin: was ein guter Schlag war, was ein schlechter, wo man stehen musste und wie man den Gefangenen dazu brachte stillzuhalten. Wenn ich heute daran zurückdenke, wird mir klar, wie viel ich beim Hinschauen gelernt habe. Und zwar nicht nur, wie man einen Menschen köpft.

Als ich an der Reihe war, konnte ich selbst nicht glauben, wie ruhig ich das Schwert führte; denn innerlich war ich entsetzt und aufgewühlt. Ohne zu zittern, zückte ich das Schwert, welches mein Vater mir gegeben hatte, ich benetzte es, wie der Ausbilder es uns gezeigt hatte, und für eine Sekunde sah ich die Wassertropfen zusammenfließen und langsam verrinnen. Sie ahnen ja nicht, wie sehr es mir geholfen hat, das Wasser zu beobachten.

Ich stellte mich hinter den Gefangenen, fand mein Gleichgewicht und musterte aufmerksam seinen Hals – alt und dünn, voll verdreckter Falten; niemals werde ich diesen Hals vergessen. Es war vorüber, noch ehe es begonnen hatte, und ich fragte mich, warum sich das Fett, das plötzlich an meiner Klinge klebte, mit den Papiertüchern, die man mir reichte, nicht abreiben ließe. Mehr dachte ich nicht – ich fragte mich nicht, wie der magere Hals eines mageren Mannes so fettig sein konnte. Sein Hals war schmutzig und grau, so wie die Erde, auf die man pisst. Doch sobald ich ihn durchtrennt hatte, leuchteten die Farben wieder lebendig – das Rot des Bluts, das Weiß des Knochens, das Rosa der Muskeln, das Gelb des Fetts. Das Leben! Diese Farben waren das Leben selbst.

Ich musste daran denken, wie leicht es mir gefallen war, wie schön die Farben geleuchtet hatten, und ich war verblüfft, dass es so schnell gegangen war. Erst als der nächste Kadett vortrat, bemerkte ich, dass aus dem Hals meines Gefangenen immer noch Blut gepumpt wurde, in zwei Fontänen, wie beim Opfer des Leutnants, nur schwächer, was bedeutete, dass ich es erst einige Zeit später bemerkt hatte.

Für den Mann fühlte ich nichts mehr. Ehrlich gesagt verachtete ich ihn dafür, sich so stumm in sein Schicksal ergeben zu haben, und ich fragte mich, warum er sich nicht gewehrt hatte. Doch hätte das etwas geändert? Dennoch, ich war wütend auf ihn, weil er sich hatte schlachten lassen.

Nakamura sah, wie die Schwerthand des Colonels sich während der Erzählung öffnete und schloss, so als probe oder übe sie.

Und das Gefühl, Major Nakamura, das Gefühl in meinem Magen war so groß, dass ich meinte, ein anderer Mensch geworden zu sein. Ich hatte etwas dazugewonnen, so fühlte es sich an. Das Gefühl war groß und furchtbar. Als wäre ich gestorben und wiedergeboren worden.

Davor hatte ich mich oft gefragt, was meine Männer über mich dachten, wenn ich vor ihnen stand. Nach diesem Tag stand ich einfach nur vor ihnen. Das reichte. Ich machte mir keine Sorgen mehr und hatte keine Angst. Ich sah sie an und in sie hinein – ihre Ängste, ihre Sorgen, ihre Lügen, ich sah alles und wusste alles. Deine Augen sind böse, sagte eine Frau einmal zu mir. Ich habe einen Menschen angesehen, und das hat gereicht, ihm Angst zu machen. Leider starb dieses Gefühl nach einer Weile. Ich war so verwirrt wie zuvor. Verloren. Meine Männer fingen wieder an, mir zu widersprechen, wenn auch leise, hinter meinem Rücken. Aber ich wusste Bescheid. Niemand hatte mehr Angst vor mir. Es ist wie mit dem Philopon – wenn man es einmal gekostet hat, man will immer mehr davon, egal, wie schlecht man sich damit fühlt.

Darf ich Ihnen etwas verraten? Es hat immer genug Gefangene gegeben. Sobald einige Wochen verstrichen waren, ohne dass ich jemanden geköpft hatte, machte ich mich auf die Suche nach einem geeigneten Hals. Ich ließ den Mann sein Grab ausheben …

Und während er sich die entsetzliche Geschichte des Colonels anhörte, erkannte Nakamura, dass die Wünsche des Kaisers sich auch in schrecklichen Taten wie diesen niederschlugen und dass es keine andere Möglichkeit gab, diese Wünsche zu erfüllen.

Ach ja, Hälse, sagte Colonel Kota mit einem Blick zum Türrahmen, der einen Ausschnitt regengepeitschter Nacht einfasste. Mehr sehe ich kaum noch, wenn ich die Leute betrachte.

Nur noch ihre Hälse. Dabei ist es falsch, so zu denken, oder? Ich weiß auch nicht. So bin ich jetzt nun einmal. Ich lerne jemanden kennen und achte sofort auf den Hals, ich nehme Maß – mühelos oder schwierig zu durchtrennen? Mehr will ich von den Leuten nicht, nur den Hals, das Sprudeln, das Leben, diese Farben, das Rot, das Weiß, das Gelb.

Wissen Sie, sagte Colonel Kota, auch Ihren Hals habe ich sofort wahrgenommen. Was für ein guter Hals das ist – ich könnte Ihnen genau sagen, wo man das Schwert ansetzen muss. Ein wunderbarer Hals. Ihr Kopf würde meterweit fliegen. Wie es sich gehört. Manche Hälse sind zu dünn oder zu dick, oder sie zittern und zappeln vor Angst – sicher können Sie sich das vorstellen –, und dann beginnt man zu pfuschen, und am Ende hackt man wutentbrannt auf sie ein. Ihr Corporal zum Beispiel, der Eigensinnige mit dem Stiernacken. Da müsste ich mich auf den Schlag sehr konzentrieren, um ihn auf einen Streich zu töten.

Und während der ganzen Zeit ballte Colonel Kota die Hand zur Faust und öffnete sie wieder, und in der Bewegung hob und senkte er den Arm ganz leicht, als hole er mit dem Schwert zu einer weiteren Hinrichtung aus.

Es geht nicht bloß um die Eisenbahn, sagte Colonel Kota, obwohl auch die gebaut werden muss. Oder um den Krieg, obwohl auch der gewonnen werden muss.

Es geht darum, den Europäern zu beweisen, dass sie nicht die überlegene Rasse sind, sagte Nakamura.

Und uns selbst, dass wir es sind, sagte Colonel Kota.

Eine Weile schwiegen beide Männer, und dann rezitierte Colonel Kota:

Bin in Kioto,
doch beim Kuckucksschrei sehn ich
mich nach Kioto.

Im weiteren Verlauf des Gespräches stellte Nakamura entzückt fest, dass Colonel Kota seine Leidenschaft für die traditionelle japanische Literatur teilte. Voller Wehmut sprachen sie über die Weisheit der frühen Issa-Haikus, über den großen Buson, über das Wunder von Bashos großem Haibun *Auf schmalem Pfad durchs Hinterland*, das, wie Colonel Kota sagte, in einem einzigen Buch die japanische Seele zusammenfasse.

Sie schwiegen wieder. Aus keinem bestimmten Grund hellte Nakamuras Laune sich auf. Er dachte an die Eisenbahn, die eine Invasion und damit den Sieg nach Indien tragen würde, und an die Welt unter einem Dach, vereint in der Schönheit von Bashos Dichtung. Und alles, was er dem australischen Colonel nicht hatte erklären können, was inhaltsleer und verworren erschien, strahlte nun in offensichtlicher Klarheit, stellte sich als sinnvoll und gut und weise heraus. Man musste sich nur mit einem so guten und weisen Mann wie Colonel Kota unterhalten.

Auf die Eisenbahn, sagte Colonel Kota und hob seine Teetasse.

Auf Japan, sagte Nakamura und hob seine Teetasse.

Auf den Kaiser!, sagte Colonel Kota.

Auf Basho!, sagte Nakamura.

Issa!

Buson!

Sie tranken den letzten Rest des von Tomokawa zubereiteten Hibiskustees und stellten die Tassen ab. Und weil sie eigentlich zwei Fremde waren und ihnen nichts weiter zu sagen einfiel, empfand Nakamura das sich nun einstellende Schweigen als ein tiefes, gegenseitiges Einverständnis. Der Colonel öffnete ein dunkelblaues Zigarettenetui, auf dem die weiße Sonne der Kuomintang-Partei prangte, und bot dem Offizierskollegen eine Zigarette an. Sie rauchten und entspannten sich.

Sie sagten einander ihre Lieblingshaikus auf und waren zutiefst gerührt, weniger von den Gedichten selbst als von ihrer eigenen Empfänglichkeit für die Dichtung; weniger von der genialen Lyrik als von ihrem eigenen Vermögen, sie zu begreifen und zu deuten; gerührt nicht davon, diese Gedichte auswendig zu können, sondern von dem Wissen, dass sie ihre eigene Erhabenheit sowie die Erhabenheit des japanischen Kampfgeistes verkörperten. Und dieser japanische Kampfgeist würde schon bald auf den von ihnen verlegten Schienen täglich bis nach Burma rollen, und von dort würde er bis nach Indien getragen, und von dort würde der japanische Kampfgeist die Welt erobern.

So gesehen, dachte Nakamura, ist die Eisenbahn der Kampfgeist und der Kampfgeist die Eisenbahn, unser schmaler Pfad durchs Hinterland, auf dem die Schönheit und die Weisheit Bashos in die Welt gelangen werden.

Und dann warf Nakamura einen Blick auf die Uhr.

Colonel, Sie müssen mich entschuldigen. 03:50. Ich muss die Arbeitstrupps noch vor dem Wecken einteilen, wenn wir die neuen Vorgaben erreichen wollen.

Als er gehen wollte, legte ihm der Colonel eine Hand auf die Schulter.

Wie gern hätte ich mich die ganze Nacht mit Ihnen über Lyrik ausgetauscht, sagte der große Mann.

In der dunklen, leeren Hütte spürte Nakamura plötzlich deutlich die Gefühle von Colonel Kota, als der ihm einen Arm um die Schultern schlang und sein Haiflossengesicht hinunterbeugte. Er stank nach Anchovis. Seine Lippen waren leicht geöffnet.

In einer anderen Welt, fing Colonel Kota an, dürfen Männer … dürfen Männer *lieben.*

Er kam nicht weiter. Nakamura machte sich los. Colonel Kota richtete sich auf und hoffte, missverstanden worden zu sein. In Neuguinea hatten sie amerikanische Kriegsgefangene und auch ihre eigenen Leute geschlachtet und gegessen. Sie wären fast verhungert. Er erinnerte sich an die Leichen, die Knochen ragten aus den gehäuteten Oberschenkeln wie abgenagte

Hähnchenschlegel. Und die Farben. Braun, Grün, Schwarz. Er konnte sich an den süßlichen Geschmack erinnern. Er hatte das immer einem anderen Menschen erzählen wollen: dass sie sonst verhungert wären, dass sie keine Wahl gehabt hatten. Jemand musste ihn trösten. Ihn umarmen. Ihn –

Es lässt sich nicht ändern, sagte Nakamura.

Nein, sagte Colonel Kota, wich einen Schritt zurück, klappte das Kuomintang-Etui auf und bot Nakamura eine weitere Zigarette an. Selbstverständlich nicht.

Als der Major sich die Zigarette anzündete, sagte Colonel Kota:

Bin in Mandschukuo,
doch beim Kuckucksschrei sehn ich
mich nach Mandschukuo.

Er ließ das Etui zuschnappen, lächelte, ballte eine Hand zur Faust, drehte sich um und ging hinaus, und mit ihm verschwand sein irres Lachen im rauschenden, schwarzen Monsun.

17

Amy Mulvaney war verwundert darüber, wie leicht ihr die Lügen nun über die Lippen kamen, und die neue Fertigkeit erfüllte sie mit genauso viel Scham wie Stolz. Beim Abendessen hatte Keith zu einer Tirade über die Lokalpolitik angesetzt, als sie ihn unterbrach und darüber informierte, sie werde den nächsten Tag mit einer alten Freundin verbringen. Sie würden an einem entlegenen Strand picknicken und schwimmen gehen, und ob sie sich zu diesem Zweck das Ford-Cabriolet ausleihen dürfe.

Natürlich, sagte Keith und fuhr mit seiner Klage über den

neuen Schriftführer des Stadtrats und dessen altmodische Ansichten zum Thema Kanalisation fort.

Erzähl mir was Richtiges!, hätte Amy am liebsten gerufen. Doch was richtig war und wie das Richtige klang, hätte sie nicht sagen können, und abgesehen davon wünschte sie sich eigentlich gar nicht mehr, von ihm beachtet zu werden. Und je länger Keith über Abflüsse und die dringende Notwendigkeit neuer Gullys und moderner Bauvorschriften salbaderte, über Wasserklosetts für alle und nationale Standards und Gesetzesvorlagen, desto heftiger sehnte sie sich danach, im Dunkeln von Dorrigo Evans' Fingern berührt zu werden.

Am Abend konnte sie nicht einschlafen. Keith wachte zweimal auf und fragte, ob sie sich nicht gut fühle, schlief aber wieder ein, bevor sie Gelegenheit hatte zu antworten, murmelnd und mit einem winzigen Salzsee aus getrockneter Spucke, der sich in seinem Kinngrübchen angesammelt hatte.

Am nächsten Morgen schminkte sie sich zweimal, bevor sie zufrieden war, und sie zog sich mehrfach um, da sie sich lange nicht auf das Outfit festlegen konnte, in dem sie die Fahrt antreten würde: dunkle Shorts und eine helle Baumwollbluse mit Schalkragen, die ihre Vorzüge betonte. Sie zog die Baumwollbluse wieder aus und schlüpfte in eine andere, rote, tief ausgeschnittene, die ihrer Meinung nach haargenau so aussah wie jene, die Olivia de Havilland in *Unter Piratenflagge* getragen hatte. Leider besaß sie keinen passenden Rock dazu. Als sie Dorrigo Evans um kurz nach zehn am Schlagbaum vor den Militärbaracken abholte – Dorrigo Evans, der mit seinem Lächeln und seiner Nase und seinen nun etwas längeren Haaren Errol Flynn nicht unähnlich sah –, trug sie einen eher unbequemen, aber, wie sie fand, sehr kleidsamen hellblauen Rock mit Blumenmuster und dazu eine cremeweiße, ärmellose Bluse.

Sobald Dorrigo neben ihr saß, fand Amy Mulvaney alles, was eben noch öde und fad gewesen war, entzückend und interessant; was gestern noch ein zu kleines Gefängnis gewesen war, dem sie unbedingt entkommen wollte, bildete heute die wunderbare Hintergrundkulisse ihres Lebens. Trotzdem war sie so nervös, dass sie den Motor immer wieder abwürgte und schließlich Dorrigo ans Steuer ließ.

Gott, wie sehr sie ihn begehrte! Sie fand sich selbst infam und unanständig, ihr Herz war böse, die Welt würde sie bestrafen. Doch dieser Gedanke wurde sofort von einem neuen abgelöst. Mein infames, böses Herz, dachte Amy, ist mutiger als die restliche Welt! Für einen Augenblick meinte Amy, dass es in der ganzen Welt nichts gäbe, was sie nicht bezwingen und besiegen könnte. Und obwohl sie wusste, wie albern diese Vorstellung war, wurde sie nun noch aufgeregter und noch kühner.

Der Ford war in schlechtem Zustand. Der Motor röhrte, die Kupplung knirschte laut, wann immer Dorrigo schaltete. Im allgegenwärtigen Lärm konnte sie unbefangen reden, die Worte waren nichts, was sie hingegen andeutete, war alles.

Er ist ein guter Mensch, sagte sie. So nett. Du machst dir keine Vorstellung. Ich meine, ich liebe Keith. Sehr. Wer nicht? Ein so guter Mensch.

Ein Prachtkerl, sagte Dorrigo Evans, und er meinte es gar nicht so ironisch, wie es klang.

Ja, sagte Amy. Ein guter Mensch. Und dieser Schriftführer! Hat von Kanalisation überhaupt keine Ahnung.

Sie wusste, sie plapperte so dahin, dabei wollte sie Dorrigo eigentlich sagen, dass Keith nie aussprach, was er wirklich auf dem Herzen hatte. Jeder Satz war eine neue Maske. Sie sehnte sich danach, dass Keith ihr etwas Richtiges erzählte. Wenigstens ein einziges Mal.

Aber was das sein könnte, wusste Amy wirklich nicht. Sie wusste nur, es hatte nichts mit Wasserklosetts und Gartenstädten und der Notwendigkeit von solide geplanten Abwassernetzen zu tun. Es ging eher ins Gegenteil. Eigentlich wollte sie, dass ihr Mann gar nicht mehr redete; wohingegen Dorrigo Evans ihr alles sagen könnte, es sei denn, er würde den Zauber damit zerstören – schlimmstenfalls fasste er das Ganze als unverbindlichen Ausflug auf und Amy als eine weitere Pflicht, die er sich zufällig aufgebürdet hatte, fernab seines richtigen Zuhauses und seiner Familie. Den Widersprüchen und dem Tumult in ihrem Herzen verlieh sie Ausdruck, indem sie mit dem Mann, mit dem sie nicht verheiratet war, über den Mann, mit dem sie verheiratet war, sagte –

Keith ist Keith.

Als sie den Anfang des Wanderwegs erreicht hatten, der an den Strand hinunterführte, zündete Dorrigo sich eine Zigarette an und hielt sie zwischen den Lippen, während Amy sich bei dem Versuch, mühsam verrenkt über einen niedrigen Stacheldrahtzaun zu steigen, ohne an Rock und Würde Schaden zu nehmen, den Unterschenkel zerkratzte und aufschrie. Sie drehte das Bein auswärts. Eine Kette aus winzigen Blutperlen materialisierte sich langsam an der Innenseite ihres Oberschenkels, drei funkelnd rote Kügelchen.

Dorrigo Evans warf die Zigarette fort und kniete nieder.

Verzeihung, sagte er förmlich und schob den Saum von Amys hellblauem Rock vorsichtig hinauf. Mit seinem Taschentuch tupfte er die Wunde ab, hielt inne, wartete. Die drei Blutperlen zeigten sich erneut.

Er beugte sich vor. Er legte eine Hand an ihr unverletztes Bein, um sich abzustützen. Er roch das Meer. Er blickte auf. Sie sah auf ihn hinunter, ihr Blick war schwer zu deuten. Sein Gesicht war jetzt dicht vor ihrem Oberschenkel. Er hörte eine Möwe schreien. Er betrachtete wieder ihr Bein.

Er presste seine Lippen auf die unterste Blutperle.

Amy ließ die Arme sinken und legte eine Hand an seinen Hinterkopf.

Was tust du da?, fragte sie mit fester, kalter Stimme, doch ihre Finger krochen, seltsamer Widerspruch, durch sein Haar. Er wägte die Anspannung in ihrer Stimme, den sanften Druck ihrer Finger an seinem Hinterkopf sowie den überwältigenden Duft ihres Körpers gegeneinander ab. Ganz langsam, seine

Lippen berührten kaum ihre Haut, küsste er den Blutstropfen weg. Eine rote Schliere blieb auf Amys Schenkel zurück.

Ihre Hand lag an seinem Hinterkopf, ihre Finger steckten in seinem Haar. Er beugte sich ein kleines bisschen weiter vor und schob die Hand an der Rückseite ihres Beines aufwärts.

Dorrigo?

Die Perlen wuchsen immer wieder nach, schon war die erste wieder da. Er wartete darauf, dass sie das Bein zurückzog, ihn von sich stieß, vielleicht sogar nach ihm schlug, und er wagte es nicht, den Kopf zu heben. Er bewunderte die makellos runden Blutblasen, drei Kamelien der Sehnsucht. Er küsste die zweite Blutperle.

Ihre Finger hielten inne. Er leckte die dritte Blutperle auf, seine Zunge jetzt im Schatten ihres Rocks, dort, wo ihr Oberschenkel breiter wurde. Amys Fingerspitzen krallten sich in seinen Kopf. Er küsste noch einmal ihr Bein, diesmal schmeckte es salzig, er schloss die Augen und drückte seinen Mund an ihren Schenkel, roch sie, spürte ihre Körperwärme.

Langsam, zögerlich, ließ er ihr Bein los und kam wieder auf die Füße.

18

Eine Viertelstunde lang und in einer Wolke aus Schweigen folgten sie einem überwucherten Pfad an den Strand hinunter. Der Tag wurde wärmer, sie schwitzten und waren beide dankbar und erleichtert, den menschenleeren Strand zu sehen, das Meer, das unbeirrbar und einsam rauschte. Nachdem sie sich in gebührendem Abstand voneinander in den Dünen umgezogen hatten, rannten sie zusammen in die Wellen.

Amy fühlte sich vom Wasser in ein vollständiges, stärkeres Wesen verwandelt. Was sie gestern noch beschäftigt hatte, löste sich in Banalitäten auf und wurde von ihr abgewaschen: die

Speisekarte der nächsten Woche; die Schwierigkeit, neue Wolldecken für die Gästezimmer aufzutreiben; der Körpergeruch des Barmanns; Keith' leises Schmatzen, wenn er sich abends seine Pfeife ansteckte.

Hinter der Brandung wandten sie sich einander zu, mit nassen Gesichtern und Augen wie Diamanten. Aus der endlosen Ebene des Ozeans ragten nur ihre Köpfe heraus. Sie traten das Wasser, sahen einander an. Er tauchte unter und dicht vor ihr wieder auf; sie spürte seinen Körper an ihrem aufwärtsgleiten.

Später ruhten sie sich in einer Mulde zwischen den Dünen aus, im Schatten von Wind und Brandung. Während sie trockneten, legte sich die Hitze wieder wie ein betäubendes Gewicht auf sie. Amy streckte sich auf dem Bauch aus, Dorrigo tat es ihr gleich. Sie ließ die Wärme in ihren Rücken einsinken, während ihr Gesicht im Schatten des Kopfes auf ihren Unterarmen lag. Nach einer Weile wandte sie sich zur Seite, legte den Kopf auf Dorrigos Bauch. Er zündete sich eine weitere Zigarette an.

Er reckte einen Arm in den Himmel mit den weißen Schlieren und kam zu dem Schluss, dass er etwas so Perfektes nie gesehen hatte. Er kniff ein Auge zu und beobachtete mit dem anderen, wie sein Finger in eine makellose Wolke stieß.

Warum kann man sich an Wolken nicht erinnern?, fragte er.

Weil Wolken nichts zu bedeuten haben.

Dabei bedeuten sie alles, dachte Dorrigo, doch der Gedanke war zu umfangreich und zu absurd, um festgehalten oder verfolgt zu werden, und so ließ er ihn mit der Wolke davonziehen.

Die Zeit verging langsam, oder schnell. Es war schwer zu sagen. Sie rollten sich auf die Seite, sahen einander an.

Dorry?

Hm?

Weißt du, wenn ich mit Keith allein bin, finde ich ihn widerlich und hasse mich dafür, sagte sie. Warum nur?

Dorrigo Evans wusste nicht, warum. Er schnippte die Zigarettenkippe in die Dünen.

Weil ich mit dir zusammen sein will, sagte sie.

Die Zeit spielte keine Rolle mehr, alles stand still.

Deswegen, sagte sie.

Was immer sie getrennt hatte, was immer ihre Körper voneinander ferngehalten hatte, war nicht mehr da. Die Erde hörte auf sich zu drehen, der Wind hielt inne und wartete einen Moment. Dorrigo spürte das federleichte Gewicht ihrer Wimpern auf seinen; er küsste die zarte Furche, die das Gummi ihres Höschens hinterlassen hatte und die um ihre Taille lief wie der Äquator um die Welt. Während sie noch dabei waren, einander zu erforschen, hob in der Ferne ein schrilles Quieken an, das sich zu verzweifeltem Geheul steigerte.

Dorrigo hob den Kopf. Auf dem Kamm der Düne stand ein riesiger Hund. In seinem sabbernden Maul zappelte über den blutverschmierten Lefzen ein Zwergpinguin. Dorrigo hatte das seltsame Gefühl, als sei Amy plötzlich weit entfernt, als schwebe er hoch über ihrem nackten Körper. Seine Gefühle schlugen um. Amy, die ihn eben noch, als er sie roch und ihre Haut und ihre Bewegungen spürte und die süßen Salzkristalle schmeckte, ganz trunken gemacht hatte; Amy, die eben noch ein neuer Teil von ihm gewesen war, Amy schien plötzlich fern und fremd. Ihr Verständnis füreinander war größer gewesen als ihr Verständnis für Gott. Und einen Moment später war es nun vorbei.

Der Hund legte den Kopf schief; der Pinguin erschlaffte. Der Hund machte kehrt und verschwand. In Dorrigos Kopf blieb das Heulen des Pinguins zurück, unheimlich, lang gezogen, mit abruptem Ende.

Sieh mich an, flüsterte Amy. *Nur mich.*

Als er sich ihr wieder zuwandte, hatten sich Amys Augen verändert. Ihre Pupillen waren groß wie Untertassen, sie hatte sich verloren – an ihn. Er spürte die gewaltige Schwerkraft ihres Verlangens, die ihn anzog, die ihn in eine Geschichte hineinzog, die nicht die seine war, und nun, da er alles bekommen sollte, wovon er in der letzten Zeit geträumt hatte, wollte er so schnell wie möglich entkommen. Er fürchtete, sich zu verlieren, seine Freiheit, seine Zukunft. Was ihn eben noch so erregt hatte, kam ihm plötzlich reizlos und gewöhnlich vor, und am liebsten wäre er davongelaufen. Stattdessen schloss er die Augen und drang in sie ein. Als sie zu stöhnen anfing, erkannte er ihre Stimme nicht wieder.

Der Liebesakt war von ungestümer, fast brutaler Heftigkeit und zwang die beiden fremden Körper in die Einheit. Dorrigo vergaß die schrillen, kurzen Schreie, die Qualen der endlosen Einsamkeit, seine Angst vor der namenlosen Zukunft. Amys Körper verwandelte sich abermals. Sie löste kein Verlangen und keinen Widerwillen mehr in ihm aus, sondern etwas anderes, was ihm zutiefst eigen war und ohne das er sich fortan unvollständig fühlen sollte. In ihrer Umarmung spürte er das Wichtigste, das Stärkste. Ohne sie würde sein Leben nicht mehr lebenswert sein.

Und sofort tilgte seine Erinnerung schon das Wesentliche. Später erinnerte er sich nur noch an zwei Körper, die sich im Tosen der Wellen hoben und senkten und gestreichelt wurden von der Meeresbrise, welche die Dünenkuppen kämmte und die Asche verwehte, die von Dorrigos Zigarettenkippe übrig blieb.

19

Die stickige Luft hing müde in den Fluren des King of Cornwall. Das trübe Licht wirkte ebenfalls erschöpft. In der Hotelküche roch es nach Gas, doch kein Leck war je gefunden worden. Durch die höher gelegenen Etagen und die Treppenaufgänge mit den verstaubten Läufern zogen Gerüche, die Amy an Enttäuschung denken ließen, an Wollmäuse und Trockenheit, an die Fettaugen auf den billigen Speisen und die zum Scheitern verurteilten Rendezvous von Handlungsreisenden und gelangweilten oder verzweifelten, gelangweilten *und* verzweifelten

Frauen. Bin ich eine davon?, dachte Amy auf dem Weg ins Obergeschoss. Bin ich eine von ihnen?

Aber sobald sie in dem Eckzimmer stand, das sie nun als das ihre betrachteten – wo die Balkontüren mit den quietschenden Angeln und verrosteten Schlössern auf den Ozean und auf die Dauerbeleuchtung der gegenüberliegenden Straße hinausgingen, wo es nach Salz roch und die Luft zu tanzen schien, wo scheinbar alles möglich war –, wusste sie, dass sie so eine Frau nicht war. Sie hatte ihm Eiswürfel und zwei Bierflaschen hingestellt, doch als sie eintrat, waren beide noch nicht geöffnet, trotz der drückenden Hitze.

Dorrigo Evans zeigte auf die grüne Bakelituhr auf dem Kaminsims. Der Minutenzeiger war irgendwann und unbemerkt vom Ziffernblatt gefallen, nur der Stundenzeiger harrte aus und verriet ihr nun, dass sie drei Stunden später kam, als sie angekündigt hatte.

Ich musste warten, bis das Personal gegangen ist, sagte sie. Bis ich unbemerkt heraufkommen konnte.

Wer ist noch da?

Zwei Bardamen, der Barmann, der Koch. Milly, die Kellnerin. Keiner von denen kommt je herauf.

Hier oben wohnt wohl niemand?

Heute nicht. Ich habe alle Übernachtungsgäste auf den beiden anderen Etagen einquartiert, damit wir hier oben allein sind.

Sie traten auf die riesige Veranda hinaus, setzten sich auf die rostfleckigen Möbel und teilten sich eine Flasche Bier.

Keith glaubt, sagte Dorrigo, du hättest ein Händchen fürs Pferderennen.

Ha, sagte Amy. Sieh dir die Vögel an. Sie zeigte aufs Meer, über dem die Seevögel unvermittelt im Flug innehielten und sich fallen ließen wie plötzlich gestorben. Sie trat an die schmiedeeiserne Balustrade; die Farbe war längst abgeblättert, die Reling von ockerfarbenem Puder bedeckt. Sie fuhr mit der Hand über den körnigen Rost, zum Vorschein kam ein Rot wie von uraltem Gestein.

Keith sagt, wahrscheinlich hast du einen guten Tipp für mich, sagte Dorrigo.

Die Vögel stiegen wieder in die Höhe, Weißfische im Schnabel. Amy zerrieb den sandigen Rost zwischen den Fingerspitzen. Sie blickte auf den Strand hinaus, der sich meilenweit dahinzog und vor einer zerklüfteten Landzunge endete, auf der nichts wuchs als die zähesten aller Büsche. Sie schien an etwas anderes zu denken. Dorrigo trat neben sie, doch sie rückte von ihm ab.

Das hat Keith gesagt?

Er hat gesagt, du kennst dich mit den Jockeys aus, mit den Gewichten, mit den Favoriten.

Ha, sagte sie und widmete sich wieder ihren eigenen Gedanken. Auf der Straße unten kläffte ein Hund, sie zuckte zusammen. Nervös sah sie sich um.

Das ist er, sagte sie mit Panik in der Stimme. Er ist einen Tag früher zurückgekommen. Ich muss gehen, er wird –

Das war ein großer Hund, sagte Dorrigo. Hör doch. Ein großer Hund. Kein kleiner Köter wie Miss Beatrice.

Sie schwieg. Das Kläffen verstummte, eine Männerstimme – nicht die von Keith – redete leise auf das Tier ein, verhallte schließlich. Nach einer Weile ergriff Amy das Wort.

Ich hasse diesen Hund. Obwohl ich Hunde eigentlich mag. Aber er lässt ihn nach dem Essen auf den Tisch springen. Die Zunge hängt dem Köter aus dem Maul wie eine widerliche Schlange.

Dorrigo lachte.

Und er hechelt und sabbert. Ein Hund auf dem Tisch. Es ist überhaupt nicht zu glauben.

Nach jedem Essen?

Darf ich dir etwas anvertrauen? Nur dir allein?

Bitte.

Es geht nicht um Miss Beatrice. Und du darfst es niemandem verraten, niemals.

Natürlich.

Versprochen?

Natürlich.

Versprich es mir!

Ich verspreche es.

Sie trank einen kleinen Schluck Bier, dann einen großen, stellte das Glas ab, blickte zu ihm auf und wieder in das beschlagene Glas.

Ich war schwanger.

Sie betrachtete ihre Fingerspitzen, verrieb den feucht gewordenen Rostsand.

Von Keith.

Du bist seine Frau.

Es ist schon lange her. Wir waren noch nicht verheiratet.

Sie hielt inne, verdrehte den Kopf, als suche sie im breiten Schatten der Veranda nach weiteren Anwesenden. Sie konnte niemanden entdecken, drehte sich abermals um.

Nur aus diesem Grund haben wir geheiratet. Er fand es nicht richtig – Gott, wie schlimm das klingt –, er fand es einfach nicht richtig, ein uneheliches Kind zu bekommen. Kannst du das verstehen?

Eigentlich nicht. Ihr *habt* ja dann geheiratet.

Er ist ein guter Mensch. Wirklich. Aber … als ich schwanger wurde … da wollte er nicht heiraten. Ich schon. Um das Baby zu schützen. Ich habe …

Wieder hielt sie inne.

Ich habe ihn nicht geliebt. Nein. Habe ich nicht. Außerdem.

Außerdem was?

Du wirst mich nicht für böse halten?

Wieso?

Für boshaft? Ich bin nicht boshaft.

Warum sollte ich so etwas denken?

Weil ich allen erzählt habe, ich würde nach Melbourne fahren, zum Cup. Zu meinen alten Freunden, habe ich gesagt. Na ja, ich war noch nicht lange hier, was wussten die schon? Aber …

Du bist gar nicht hingefahren.

Doch. Doch, ich bin hingefahren. Aber …

Ihre Finger bewegten sich etwas schneller, wie um den Rost abzustreifen. Ungeduldig wischte sie sich die Hand am Kleid ab, zurück blieb ein roter Schmierfleck.

Ich war bei einem Mann – bei einem Arzt. Keith hatte den Termin für mich vereinbart. Er hat gesagt, es sei die beste Lösung. Es war November. Der Arzt, nun ja, er hat es weggemacht.

Nicht einmal das Donnern der Wellen konnte die Stille ausfüllen, die sich nun auftat.

Von Pferden hatte ich bis dahin keinen blassen Schimmer, sagte Amy.

Aber du hast auf Old Rowley gesetzt, hundert zu eins, und er hat gewonnen. Ein bisschen Ahnung musst du haben.

Ich habe auf ihn gesetzt, *weil* es hundert zu eins stand. Ich habe gesetzt, um zu verlieren. Ich hatte gehofft, dass er noch in der Startbox eingeschläfert werden müsste. Ich habe auf ihn gesetzt, weil ich den verdammten Melbourne Cup hasse. Einfach alles daran.

Sie stand auf.

Ich will nicht hier draußen darüber reden.

Sie gingen wieder hinein und legten sich aufs Bett. Sie legte den Kopf auf seine Brust, doch es war zu warm, und nach einer Weile rückte sie von ihm ab und streckte sich neben ihm aus. Nur ihre Fingerspitzen berührten sich noch.

Er saß da … ich spreche von Keith. Er saß da und hatte Miss Beatrice auf dem Schoß und sagte mir, er habe einen Termin bei einem Mann in Melbourne gemacht, der sich um mich kümmern werde. Was sollte das überhaupt heißen? Ein Mann?

Die Frage schien sie eine Weile zu beschäftigen, dann redete sie weiter.

Und die ganze Zeit über hat er den Hund gestreichelt. In dem Moment habe ich nichts mehr gehasst als diesen Hund. Mich wollte er nicht mehr anrühren, aber dann saß er da und hat diesen Hund gestreichelt und getätschelt.

Was ist dann passiert?

Nichts. Ich bin zu einem Mann nach Melbourne gefahren. Und Keith hat die ganze Zeit seinen blöden Hund getätschelt.

20

Manchmal wurden Geräusche von der Straße und vom Strand heraufgeweht und von den Rotorenblättern des Deckenventilators in der Zeit verwirbelt. Dorrigo lauschte auf Amys Atemzüge, auf die Wellen, auf das Ticken der Uhr auf dem Kaminsims. Irgendwann merkte er, dass ihr Kopf wieder auf seiner Brust lag und dass sie eingeschlafen war; noch später, dass auch er geschlafen hatte. Der Nachmittag neigte sich dem Ende zu, der Wind wurde stärker und blies die Vorhänge ins Zimmer, die Hitze ließ nach, die Dämmerung zog herein wie eine leichte Brise aus Licht. Als er sich das nächste Mal bewegte, war es dunkel, eine Lampe brannte, Amy war wach und studierte sein Gesicht.

Aber was war danach?, flüsterte er.

Wonach?

Nach dem Mann in Melbourne?

Ach, der. Ja, sagte sie und überlegte. Sie sah zum Deckenventilator auf. Sie wirkte ratlos und resigniert zugleich, als erwarte sie, dass die Welt sich endlich wieder zeigte, da oben an der Zimmerdecke oder noch darüber, in den Sternen. Ja, sagte sie noch einige Male, ohne die Blickrichtung zu verändern. Schließlich sah sie wieder Dorrigo an.

Ich habe so getan, als würde ich zum Pferderennen nach Melbourne fahren. Ich habe mich schlaugemacht, was Pferde und Galopprennen und Wetten angeht. Mag sein, dass ich es am Ende ganz interessant fand. Es hat mich abgelenkt. Und danach war mir alles egal. Es war wie mit den Pferden. Ich habe einfach so getan, als würde mich das alles interessieren. Ich weiß auch nicht. Wie dem auch sei, deswegen wird mir hin und wieder so schwindelig.

Und Keith?

Als ich zurückkam, überschlug er sich fast. Er war so nett. Wahrscheinlich hatte er ein schlechtes Gewissen. Und ich war so wütend auf ihn. Und auf einmal wollte er mich heiraten, obwohl es gar kein Kind mehr gab – vielleicht als Wiedergutmachung. Vielleicht hat er sich noch mehr geschämt als ich. Keine Ahnung.

Und dann hast du dich fallen lassen und dich in ihn verliebt?

Nur fallen lassen. Es war wie ein Schneesturm im Kopf. Kennst du das Gefühl? Man hat ein Bild von der Welt, aber von einem Tag auf den nächsten kann man nicht mehr klar denken. Keith war nett, und ich war aus Schnee. Vielleicht war es die Scham. Vielleicht habe ich mich selbst für den letzten Dreck gehalten. Doch, ich hielt mich für den letzten Dreck. Ich wusste nur, ich wollte nicht als alte Jungfer enden. Vielleicht dachte ich, wir würden es irgendwie hinkriegen. Ein anderes Kind bekommen. Und es dann besser machen. Aber ich habe mich geirrt. Ich habe ihn gehasst dafür, dass er so nett war. Ich habe ihn gehasst, bis er mich zurückgehasst hat. Er hat gesagt, ich hätte ihn reingelegt. Er hat gesagt, ich sei ein furchtbarer Mensch, daher auch die Schwangerschaft. Vielleicht hat er seine Meinung inzwischen geändert. Aber manchmal wird etwas ausgesprochen, das über die Worte hinausgeht. Es offenbart, wie ein Mensch aus tiefstem Herzen über einen anderen denkt, zusammengefasst in einem einzigen Satz. Du hast mich reingelegt, hat er gesagt, nur deswegen sind wir verheiratet. Manchmal kann man reden und reden und reden, und es hat nichts zu bedeuten, und manchmal sagt man nur einen Satz, und dieser Satz bedeutet alles.

Amy rollte sich auf die Seite und starrte aufs Meer hinaus. Eine lange Weile lagen sie schweigend nebeneinander. Mit einem Finger strich er ihr eine Haarsträhne hinters Ohr. Die Form ihrer Ohrmuschel rührte ihn. Er spürte einen starken

Schwindel, als würde er in einen gigantischen Mahlstrom hinabgezogen. Von der grünen Bakelituhr waren der eine Zeiger und die phosphoreszierenden Zahlen zu sehen, eine gespenstische Scheibe, die tickend im Raum schwebte. Amy drehte sich um und schmiegte sich an ihn, er spürte ihren Atem an seiner Brust. Er konnte ihre Augen sehen, die über ihn hinwegstarrten, als gäbe es dort hinten etwas Wichtiges zu sehen.

Später wurde er von ihrer Stimme geweckt.

Hörst du das?, fragte sie.

Durchs geöffnete Fenster hörte er die Wellen rauschen, vier Stockwerke tiefer verließen ein paar Männer die Hotelbar. Sie unterhielten sich über Football. Schritte, gelegentlich ein Auto, das ohne Eile die Strandpromenade entlangfuhr. Eine Frau redete auf ein Kind ein, die Menschen kamen zusammen, weil sie die Freiheit dazu besaßen.

Die Wellen, sagte sie, die Uhr. Die Wellen, die Uhr.

Er lauschte. Nach einer Weile hatte er sich eingehört, Schritte und Unterhaltungen entfernten sich, und er konnte das träge Schwellen und Krachen der Brandung wahrnehmen, das samtige Ticken der Uhr.

Meereszeit, sagte sie in das Krachen einer neuen Welle hinein. Menschenzeit, sagte sie zum Ticken der Uhr. Wir leben nach der Meereszeit, sagte sie und lachte, wenn du mich fragst.

Warum bleibst du bei ihm, wenn er so ein Scheusal ist?

Das ist es ja. Er ist kein Scheusal. Vielleicht liebe ich ihn sogar, auf meine Weise. Aber es ist nicht wie mit uns.

Liebe ist Liebe.

Wirklich? Manchmal denke ich, die Liebe ist ein Fluch. Eine Strafe. Wenn ich mit ihm allein bin, fühle ich mich einsam. Wenn ich ihm gegenübersitze, fühle ich mich einsam. So einsam, wenn ich mitten in der Nacht neben ihm aufwache. Und ich will das nicht. Er liebt mich, und ich kann nicht sagen, ich … Es wäre gemein. Manchmal glaube ich, er hat Mitleid mit mir, aber das wäre kein Grund. Vielleicht habe ich Mitleid mit ihm. Kannst du das verstehen?

Er konnte es nicht verstehen. Genauso wenig konnte er verstehen, dass er sich, obwohl er doch Amy begehrte, auf Ella einließ, und zwar umso mehr, je heftiger er Amy begehrte. Er verstand nicht, wie sie ihr Verhältnis zu Keith Liebe nennen konnte, wenn es sie immer unglücklicher und einsamer werden ließ, und warum diese Verbindung stärker sein sollte als ihre Liebe zu Dorrigo, die sie glücklich machte. Während sie sprach, bekam er den Eindruck, dass sie es nicht selbst in der Hand hatten, dass es noch zu viele andere Menschen und Verpflichtungen auf der Welt gab und dass alles darauf hinarbeitete, sie voneinander zu trennen.

Es gibt nicht nur uns zwei, sagte Dorrigo.

Selbstverständlich gibt es nur uns zwei, andernfalls gäbe es gar nichts, sagte Amy. Was soll das heißen, es gibt nicht nur uns zwei?

Er wusste selbst nicht, was es heißen sollte. In diesem Augenblick hatte er das Gefühl, ausschließlich in den Gedanken und Gefühlen und Worten der anderen zu existieren. Wer er eigentlich war, wusste er nicht. Er hatte keine Worte oder keine Vorstellung davon, wer er und Amy waren und was aus ihnen werden würde. Es war, als gestatte die Welt in ihrer Willkür das eine und bestrafe das andere, ohne einen Grund und ohne Erklärung, ohne Gerechtigkeit oder Hoffnung. Es gab nur das Hier und Jetzt, und es war das Beste, es einfach zu akzeptieren.

Sie hingegen redete immer weiter und versuchte, die rätselhafte Welt zu enträtseln; sie erkundigte sich nach seinen Absichten, Vorstellungen, Wünschen; es war, als wollte sie ihm ein Bekenntnis und einen Plan entlocken, nur um diesen dann empört als unmöglich zurückzuweisen. Es war, als dränge sie ihn zu benennen, was zwischen ihnen war, und als würde er das Unbenannte töten in dem Moment, in dem er es in Worte fasste.

Im Halbdunkel hörte er sie schwören –

Eines Tages gehe ich. Eines Tages werde ich verschwinden, und er wird mich niemals wiederfinden.

Das war schwer zu glauben, doch Dorrigo sagte nichts. Sie schwieg. Er bekam das Gefühl, irgendetwas sagen zu müssen.

Warum erzählst du mir das alles?

Weil ich Keith nicht liebe. Begreifst du das denn nicht?

Eine Weile schwiegen sie. In der absoluten Dunkelheit lösten sich ihre Körper auf, nichts war zu sehen als die grüne Scheibe Zeit, die geduldig vor ihnen schwebte. Dorrigo hatte das Gefühl, sich in eine Million Fragmente aufzuspalten, wären da nicht ihre Arme gewesen, die ihn zusammenhielten.

Hör mal, sagte sie. Wir sind in der Meereszeit.

Aber das Meer hatte sich beruhigt, und sie hörten nichts mehr als das Ticken der einarmigen Bakelituhr. Er wusste, es war eine Lüge; dass sie eingeschlafen war und er ihre Ohrmuschel küsste, dass sie da nebeneinander im Bett lagen und im ganzen Universum nichts so wirklich war wie sie. Zur Ruhe kam er trotzdem nicht.

21

Die Morgenluft war so heiß wie aus dem Backofen, noch bevor die Sonne aufgegangen war. Sie half Dorrigo, das Bett zu machen, damit das Zimmermädchen nichts bemerkte. Sie schaute zu, wie er sich wusch: die nassen Hände zur Schale geformt, das glänzende Gesicht wie ein dampfender Pudding über der Schüssel. Mehr als alles andere nahm sie seine Arme wahr, die dunkle Haut, das Spiel der Muskeln darunter, als er zugriff und die einzelnen Gegenstände anhob, die Wasserkanne, den Rasierpinsel, die Rasierklinge. Mit sanfter Kraft, nicht mit nackter Gewalt. Seine Körperspannung, seine Andersartigkeit.

Er stand vornübergebeugt und tauchte den Kopf in die Schüssel, die Arme seitlich ausgestreckt wie die Hinterläufe eines neugeborenen Lammes. Dabei war er alles andere als ein Lamm – er war eher ein Wolf, dachte sie, während er da stand, im souveränen Gleichgewicht, lauernd, ein schwarzer Wolf mit göttlich schwarzem Pelz unter den Achseln. Seine Brust. Seine Schulterpartie, als er plötzlich den Arm hob, wie um etwas anzuhalten – ein Auto, einen Zug, ihr Herz –, und ihn wieder sinken ließ, als wäre nichts.

Am liebsten hätte sie ihr Gesicht in seiner Achsel vergraben, um ihn zu schmecken, zu beißen, sich anzuschmiegen. Sie wollte stumm ihr Gesicht über seinen ganzen Körper reiben. Sie wünschte, sie würde nicht dieses geblümte Kleid tragen – grün, was für eine unvorteilhafte Farbe, was für ein billiges Kleid, es stand ihr nicht, außerdem wollte sie ihre Brüste hochschieben und präsentieren, anstatt sie hängen zu lassen und zu bedecken. Sie beobachtete ihn, die Muskeln an seinem Rücken waren wie kleine Tiere, die unter der Haut herumkrochen, sie beobachtete seine Bewegungen, wollte seinen Rücken küssen, seine Arme, die Schultern, sie wollte, dass er sich umdrehte und sie sah.

Seine Augen, diese schwarzen Augen.

Sie erfand eine Entschuldigung, wie um seinem Blick zu entkommen, aber dann blieb sie doch. Sie wusste nie, was er dachte. Einmal hatte sie ihn gefragt, und er hatte geantwortet, er wisse es selbst nicht. Später war sie zu dem Schluss gekommen, dass er Angst hatte. Er war attraktiv. Auch das gefiel ihr nicht. Er war zu sehr von sich überzeugt, fand sie, er wusste zu viel – nur einer von vielen Irrtümern, wie sich später herausstellen sollte.

Er in Perfektion.

Als er ihren bohrenden Blick bemerkte, sah er an sich hinunter und errötete.

Sie wollte alles über ihn erfahren, wollte ihm alles über sich erzählen. Aber wer war sie schon? Sie war aus Sydney hergekommen, um eine Freundin zu besuchen, die in Adelaide Verwandte hatte, und am Ende war sie geblieben und hatte Arbeit als Bardame im King of Cornwall gefunden. So hatte sie Keith Mulvaney kennengelernt. Er war ein Langweiler, aber nett, auf seine Weise, es hatte sich so ergeben, und außerdem, wer war sie schon? Die Tochter eines Schildermalers, der für Balmain gearbeitet hatte, er war gestorben, als sie dreizehn war, eines von sieben Geschwistern, die sich mehr schlecht als recht durchs Leben schlugen. Einen Mann wie Dorrigo hatte sie noch nie getroffen.

Findest du den Fußboden interessanter als mich?, fragte sie.

Wieso zum Teufel sagte sie so etwas? Sie war boshaft, es war eine Schande, das wusste sie selbst, und manchmal war ihr egal, wenn die ganze Welt von ihnen erfuhr, sie würde es nicht bereuen, läge sie jetzt auf dem Sterbebett. Sie bereute nichts. Sie reichte Dorrigo sein Hemd.

Nein, sagte er.

Er lächelte. Sein Lächeln, sein Bizeps, der sich unter der Haut verschob wie eine Kugel, während er sich mit dem Handtuch abtrocknete und sein Lächeln darin vergrub.

Und doch fand sie ihn irgendwie unsicher. Alle Männer waren Lügner, und ganz bestimmt war er nicht die große Ausnahme. Sie hatte die Männer kommen und gehen sehen, hatte ihre Erfahrungen gemacht. Wie gern würde sie jetzt seinen wunderschönen Schwanz in den Mund nehmen, unten im Speisesaal, vor allen Leuten, das wäre doch erst das Salz in der Suppe!

Auf einmal wünschte sie, er würde einfach verschwinden. Sie wollte ihn von sich stoßen, dann wiederum fürchtete sie sich davor, ihn zu berühren, weil sie nicht wusste, was dann passieren würde.

Dorry?

Etwas von ihm zu wollen, ihn bitten zu müssen.

Sie fragte sich, ob es sich jemals auflösen würde, dieses Gefühl, dieses Wissen, dieses *wir*.

Dorry?

Ja.

Dorry, würde es dir Angst machen?

Was?

Würde es dir Angst machen, wenn ich dir sage, dass ich dich liebe?

Dorrigo gab keine Antwort und drehte sich wieder um, woraufhin Amy den Blick über die blaue Baumwolltagesdecke schweifen ließ und hier und da einen losen Faden herauszupfte.

Oh, sie war ein böses Weib, sie hatte sich selbst und Keith belogen, doch sie bereute nichts, wenn es am Ende zu dem hier geführt hatte. Sie sehnte sich nicht nach Liebe, sie sehnte sich nach dem *wir*.

Es war erst Morgen, doch sie legten sich wieder auf das frisch gemachte Bett. Sein Unterarm ruhte quer auf ihrer Brust, ihr Kinn lag in seiner Hand wie in einem Nest. Er strich mit der Nasenspitze über ihre Wange, auf und ab. Sie wandte sich ihm zu, mit geöffneten Lippen und leicht geneigtem Kopf.

Nicht, sagte er.

Als er eingeschlafen war, stieg sie aus dem Bett, geriet ins Taumeln, fing sich, reckte sich und trat auf die schattige Veranda hinaus. Weiter strandaufwärts tobten kreischende Kinder im Wasser. Die Hitze war wie eine mütterliche Macht, die sie nötigte, sich hinzusetzen. Sie blieb lange Zeit dort sitzen, lauschte auf das Brechen und Donnern der Wellen. Als der Verandaschatten kürzer wurde und das Licht ihre ausgestreckten Beine erreichte, stand sie auf und kehrte in die drei Etagen tiefer gelegenen Räume zurück, die sie mit ihrem Ehemann bewohnte.

Sie roch nach Dorrigo, überall, selbst nach dem Baden noch. Sein Duft durchtränkte ihre Welt. Sie legte sich ins Ehebett und schlief bis weit in die Abenddämmerung, und als sie aufwachte, roch sie noch immer nach ihm.

22

Halbe Tage, ganze Tage, freie Abende – wann immer Dorrigo Evans Ausgang herausschinden konnte, fuhr er zu Amy. Er genoss die neu gewonnene Mobilität in Gestalt eines Austin 7, mit dem früher ein Bäcker seine Ware ausgeliefert hatte. Ein Kamerad hatte den Wagen beim Kartenspiel gewonnen und überließ ihn gern Dorrigo, wann immer er darum bat. Keith freute sich über Dorrigos Besuche und war überglücklich, dass sein Neffe Amy Gesellschaft leistete, während er seinen zahlreichen Nebenbeschäftigungen nachging. Im Laufe des Sommers blieb er immer häufiger weg.

Dorrigos Leben im King of Cornwall, das, in Stunden gemessen, sich insgesamt auf kaum mehr als ein paar Wochen belief, wurde für ihn bald das einzige, das er je geführt hatte. Amy benutzte Ausdrücke wie *Wenn wir ins richtige Leben zurückkehren* oder *Wenn der Traum zu Ende geht,* dabei erschien ihm allein dieses Leben, die Momente mit ihr real. Alles andere war eine Illusion, über die er hinwegglitt wie ein Schatten, unverbunden, unbesorgt, und er war verärgert, wenn jenes andere Leben, jene andere Welt Ansprüche stellte, ihm abverlangte, dieses oder jenes zu tun oder zu bedenken, obwohl es mit Amy rein gar nichts zu tun hatte.

Sein Leben bei der Armee, das ihn vorher so erfüllt hatte, fand er nicht mehr interessant, geschweige denn spannend. Jeder Patient war wie ein Fenster, durch das er Amy erblickte, sie und niemanden sonst. Jeder Schnitt, jede Wunde, jeder Eingriff und jede Naht erschien ihm ungeschickt, dilettantisch, sinnlos. Er konnte sie sehen, sogar wenn er von ihr getrennt war, er roch ihren moschusduftenden Hals und sah in ihre leuchtenden Augen, hörte das heisere Lachen, ließ seine Fingerspitzen über ihre Oberschenkel wandern und seinen Blick auf dem nachlässig gezogenen Scheitel ruhen; ihre Arme waren von einer zeitlos rätselhaften, femininen Kraft, weder straff noch schlaff; ihre Makel multiplizierten sich bei jedem neuen Blick, er fühlte sich wie ein Entdecker in einem fremden Land, wo alles kopfstand und daher umso wunderbarer schien.

Amy mangelte es an jener Gefälligkeit, die Ella so bewundernswert machte und die die Leute zu Vergleichen mit Hollywoodstars anstiftete. Amy war zu sehr Fleisch und Blut. War er fern von ihr, versuchte er, sich an zusätzliche Makel zu erinnern, die ihn erregten und entzückten, und je länger er nachdachte, desto mehr fielen ihm ein. Das Muttermal oberhalb der Lippe, das bezaubernde, schiefzahnige Lächeln, der leicht unbeholfene Gang – ein nachdenkliches Schreiten, fast schon breitbeinig, als wollte sie etwas Unkontrollierbares kontrollieren, als wollte sie keusch erscheinen und unter allen Umständen verbergen, wie weiblich und animalisch sie war. Immerzu zupfte sie an ihrer Bluse herum, zog sich den Stoff übers Dekolleté, als fürchte sie, ihre Brüste könnten herausrutschen.

Später würde er sich daran erinnern, dass sie, je angestrengter sie versuchte, ihr wahres Wesen zu vertuschen, sich umso ungestümer zeigte. Ihr Lachen war ein Gackern, ihr Gehen ein Schwingen, für ihn roch sie immer nach Moschus und nach den Windböen, die sich auf die Hotelveranda verirrten und sanft an den offenen Balkontüren rüttelten. Manchmal, nachts im Bett, tastete sie ihren Körper ab, starrte verdutzt auf ihre Schenkel oder Hüften: Ihr Körper war ihr selbst so sehr ein unlösbares Rätsel wie ihm. Sie beschrieb sich wie eine Fehlkonstruktion – die Krümmung der Beine, der Umfang der Taille, die Form der Augen.

Was sie für ihn empfand, weigerte er sich zunächst zu glauben. Später tat er es als Lust ab, und noch später, als er es nicht mehr ignorieren konnte, war er verwirrt von so viel Vitalität und Inbrunst. Und obwohl diese Vitalität für einen jungen Mann wie Dorrigo Evans, der eine geringe Meinung von sich selbst hatte, manchmal zu viel und zu kompliziert war, merkte er doch auch, wie unerbittlich, unvermeidlich und überwältigend sie war, und so gab er sich ihr hin.

Das Verlangen ging unablässig mit ihnen durch. Sie wurden leichtsinnig, nutzten jede Gelegenheit, die sich ihnen bot, sie nutzten dunkle Ecken und unbeobachtete Minuten, immer auf die Gefahr hin, vor der ganzen Welt als das enttarnt zu werden, was sie waren – *sie* –, teilweise bewusst, teilweise ersehnt, teilweise heimlich und versteckt, aber immer kosteten sie es aus. Ein Ozean wallte auf und durchbrach die dicken Basaltmauern des King of Cornwall; darin das langsame Verschmelzen zweier Körper, verbunden und von Schweißperlen überzogen. Sie liebten sich am Strand, im Wasser und, unter einigen Schwierigkeiten, im Cabriolet; in der Straße hinter dem King of Cornwall, auf einem Fass Coopers Red im kalten, stillen Bierkeller und einmal, spätabends, in der Restaurantküche. Dem Strudel von Amys Leidenschaft konnte er sich nicht entziehen.

Nach dem Liebesspiel verfolgte ihn die Erinnerung an ihr Gesicht, im Ausdruck leer, so nah und so weit entfernt; wie sie zu ihm aufblickte, durch ihn hindurchsah. In diesen Augenblicken schien sie in eine Art Trance zu fallen. Die definierten, ausgeprägten Augenbrauen; das brennende Blau ihrer Augen, silber im Nachtlicht, nicht auf ihn gerichtet, sondern in ihn hinein; ihre leicht geöffneten Lippen, ernst, das leise, kaum hörbare Keuchen, dem er seine Wange zudrehte, um es als zarte Berührung auf der Haut zu spüren, wie um sich zu vergewissern, dass sie keine Erscheinung war, sondern eine Frau, hier bei ihm im Bett. Was er erfuhr, war kein Gefühl von Freude oder Stolz, sondern reines Staunen. Im abgedunkelten Hotelzimmer glaubte er, noch nie etwas so Schönes gesehen zu haben wie sie.

Einmal, Keith war früh am Morgen zu einer Sitzung in die Stadt gefahren, kam sie in sein Zimmer. Sie plauderten kurz, umarmten einander und fielen, obwohl Amy gerade wieder gehen wollte, aufs Bett und küssten sich. Amys Beine ragten über die Matratzenkante, halb stand, halb kniete er vor ihr, als er in sie eindrang. Als er auf ihr Gesicht hinunterblickte, schien sie nicht mehr da zu sein, ihn vergessen zu haben.

Ihre Augen wurden immer heller, waren dabei jedoch seltsam glasig. Die Lippen hatte sie gerade weit genug geöffnet, um ihr sanftes Keuchen auszustoßen, eine wiederholte Kaskade von Seufzern, eine Verzückung, die ihr allein gehörte. Als verlangte sie von ihm nichts weiter als diese zeitweise Auslöschung. Als wäre er nur das Gefährt, das sie an einen anderen Ort brachte, fern und unbekannt, und in diesen Momenten stieg ein dumpfer Groll in ihm auf. Doch noch während sie ihn packte und gewaltsam an sich zog, begriff er, dass sein Körper dieselbe Reise antreten wollte.

Und so zog er sich dahin, der endlose Sommer, bis er eines Abends ein so jähes Ende nahm wie eine Spritzfahrt, bei der das Auto an einer Mauer zerschellt; bis Keith Amy sagte, er wisse Bescheid, habe von Anfang an Bescheid gewusst.

23

Keith Mulvaney war ganz offensichtlich nicht das Geringste entgangen. Er fuhr noch langsamer als sonst, denn die Verdunklungsgesetze sahen vor, dass keine Straßenlaterne brannte und keine Außenleuchte, nirgendwo, sogar die Scheinwerfer der Autos trugen Scheuklappen.

Ich weiß es, sagte er.

Amy spürte das Zittern des Motors unter ihren Fußsohlen. Sie versuchte, sich ganz auf das Vibrieren zu konzentrieren, sie lauschte in das Bodenblech des Wagens hinein, doch die Vibration schien immer nur zu rufen DORRY – DORRY – DORRY. Sie wagte es nicht, ihren Mann anzusehen, und starrte stattdessen stur geradeaus.

Von Anfang an, sagte er. Als er bei dir in der Bar war und nach mir gefragt hat.

Zwischen den Sätzen schienen Meilen vorbeizufliegen. Das Auto schien in einer endlosen Schwärze zu versinken. Amy bemühte sich nach Kräften, alles auszublenden, doch die Traurigkeit, die Keith ausdünstete, spürte sie trotzdem, eine Traurigkeit, von der die ganze Welt ausgehöhlt wurde. Das Auto bebte und der Motor pulsierte, doch für sie war alles stumm, einsam und unerträglich starr. So hatte sie ihn nur ein einziges Mal erlebt, im Sommer zuvor, als seine geliebte Schwester an Tuberkulose gestorben war.

Vielleicht ist es seine Art zu trauern, dachte sie. Es gibt keine Freude mehr, keine Wunder, kein Lachen, keine Energie und kein Licht, keine Zukunft. Hoffnungen und Träume sind nur noch die kalte Asche eines erstickten Feuers. Nicht notwendig, zu reden oder zu streiten. Denn was gab es in Wahrheit noch zu sagen? Es gab nur den Tod. Den Tod der Liebe, dachte Amy. Er saß vorgebeugt auf dem Fahrersitz, die Verzweiflung ragte aus seinen schlecht sitzenden Kleidern wie Stroh aus einem Sack: braune Oxfordhose, grünes Twillhemd, schlammgraue Wollkrawatte.

Ich fand das ziemlich dreist, sagte Keith.

Amy Mulvaney widersprach, so gut es ging, ohne die ganze Wahrheit sagen zu müssen: dass damals in Wahrheit nichts vorgefallen sei. Damals seien sie Fremde gewesen, die sich zuvor nur einmal zufällig getroffen hatten, im Buchladen – was sie, sie erinnerte Keith daran, ihm durchaus erzählt habe –, und auch dort sei nichts vorgefallen.

Nichts?, fragte Keith Mulvaney. Er lächelte wie immer, sein Lächeln entsetzte und beschämte sie zu gleichen Teilen. Du hattest nicht irgendwie ein flaues Gefühl im Magen?, fragte er. Du warst nicht irgendwie aufgeregt und nervös, als du mit ihm gesprochen hast?

Weil sie nicht lügen wollte, sagte sie nichts, zwar war die Stille verräterisch und quasi ein Geständnis, jedes Wort wäre jedoch noch schlimmer gewesen.

Weißt du, Amy, ich kenne dich. Ich weiß, wie es abgelaufen ist.

Woher?, dachte sie. Wie konnte er ahnen, was sie und Dorry selbst noch nicht gewusst hatten? Und doch war es so.

Wäre er ein anderer gewesen, sie hätte das Ganze für einen Bluff gehalten. Aber Keith Mulvaney war absolut arglos. Er pflegte zur Wahrheit ein unbequemes Verhältnis, ein Verhältnis, das sie selbst, seit sie Dorrigo kannte, aufgegeben hatte. Nie sprach sie den ersten Gedanken aus, der ihr in den Sinn kam, eher den dritten oder vierten, und selbst den überprüfte sie zuvor gründlich auf Fehler und Schwachstellen. Keith hingegen machte den Mund auf und sprach aus, was er dachte. Er wusste es, er hatte es immer gewusst, und er hatte das quälende Wissen mit sich herumgetragen wie so vieles, stumm, geduldig und ohne zu murren, bis zu diesem Abend, als sie von den Robertsons nach Hause fuhren und sich irgendwo in der Dunkelheit vor ihnen eine Lücke aufgetan hatte und er es nicht mehr aushielt.

Den ganzen Sommer über hatten sie harmonisch zusammengelebt – vielleicht, dachte Amy, noch harmonischer als sonst. Die Ehe fühlte sich an wie die Rosshaarmöbel aus der edwardischen Epoche, die zu entsorgen er sich geweigert hatte, trotz all ihrer Bitten; durchgesessen, doch äußerst bequem, solange man sich ein weiches Eckchen suchte und die unbequemen Stellen mied. Keith war selbstlos und gut, nur leider war er nicht Dorrigo. Und ihr fiel es immer schwerer, sich einzureden, dass sie ihn liebte. Sie spürte ihre Ehe welken. Immer wieder kehrte sie zu ihm zurück, in das Ehebett mit der verschlissenen Überdecke aus gelbem Cord, die sie in heißen Nächten zurückschlagen musste. Sie gab sich freundlich und ruhig, aber in ihr rumorte es, es zog sie fort, woandershin.

Zwischendurch hatte sie das starke Verlangen verspürt, auf die Knie zu fallen und ihm alles zu beichten. Tagsüber konnte sie mit der Schuld leben, doch nachts und in den frühen Morgenstunden drückte ihr das schlechte Gewissen auf Magen und Brustkorb, bis sie langsamer atmen musste, um das Gewicht noch ertragen zu können. Amy wollte keine Absolution, sie wollte nur ihr Leben und die Wahrheit wieder in Übereinstimmung bringen, um sich dann zu erheben, umzudrehen und für immer fortzugehen.

24

Obwohl Amy sich während ihrer ersten Monate im King of Cornwall über die Aufmerksamkeit, die Geschenke und die Schmeicheleien des alternden, bärigen Hoteliers gefreut, ihn unbewusst vielleicht sogar dazu ermuntert hatte, hatte sie von Anfang an einen gewissen Widerwillen verspürt. Eines Abends war sie nach Kneipenschluss mit ihm allein. Sie hatte es absichtlich so arrangiert, damit sie endlich eine Gelegenheit hätte, um ihm zu sagen, um Keith zu sagen, dass die dummen Aufmerksamkeiten ein Ende haben mussten, dass zwischen ihnen nichts passieren könnte und würde. Stattdessen fand sie sich in einem Labyrinth aus Zärtlichkeiten wieder. Sie wusste nicht, wann und wie sie ihm entkommen könnte, und letztendlich schien es ratsamer, es geschehen zu lassen und auf eine günstigere Gelegenheit zu warten.

Und wie so oft im Leben führte nicht eins zum anderen, sondern in die Katastrophe.

Nach der Abtreibung, als die Schuldgefühle Keith quälten und an Hochzeit denken ließen, fühlte Amy sich zu aufgelöst und schwach, um Entscheidungen zu treffen, und Keith arbeitete so gründlich daran, sie in seine Welt und ins tägliche Hotelgeschäft einzubinden, dass ihr kaum noch Zeit für anderes blieb. Auf eine verquere Art erschien ihr sein Heiratsantrag – das Versprechen auf Geborgenheit und Anstand – der einzige Ausweg aus dem Schlamassel zu sein. Sie redete sich ein, ihre unübersehbaren Differenzen seien nicht größer oder geringer als die anderer Paare.

Waren sie vielleicht auch nicht. Amy lernte einen sanften, großzügigen, liebevollen Mann kennen. Zum ersten Mal im Leben lebte sie in Sicherheit und relativem Wohlstand. Und wie um dem Altersunterschied – fast siebenundzwanzig Jahre – zu trotzen, gestand Keith ihr ein gewisses Maß an Freiheit zu, sie konnte kommen und gehen, wann sie wollte, und dafür war sie ihm dankbar. Nein, es war nicht die Hölle gewesen.

Sie wusste, vieles an Keith war liebenswert. Er war umgänglich. Er hielt das Hotel gut in Schuss, ernährte sie, sorgte im Winter für Feuerholz in den Kaminen und im Sommer für Eis in der Küche. Er sorgte sich um sie. Doch sie fühlte sich wie das Hotel, sie war ein Teil seines Lebens, dessen Bedürfnisse erfüllt werden wollten, der ihm wichtig war, für den er aber nicht leidenschaftlich brannte. Er hielt die Leere seines Lebens auf Abstand, indem er immerzu beschäftigt war, im Hotel arbeitete und seine wenige Freizeit zwischen dem Vorsitz verschiedener Sportvereine und dem Sitz im Stadtrat aufteilte.

Dabei wünschte Amy sich mehr als Reparaturen, Bequemlichkeit, Feuerholz und gekühlte Milch; mehr als blassgelbe Cordüberwürfe, die nach jahrelangem Zusammenlegen an immer derselben Stelle wie freiwillig in die vorgeprägten Falten fielen. Sie sehnte sich nach Verfall, Abenteuer, Unsicherheit. Nicht nach Bequemlichkeit, sondern nach dem Inferno.

Manchmal lag er nachts hinter ihr und streichelte ihre Hüften, ihre Schenkel. Sie spürte seine Hand auf ihrer Brust und musste an eine fette Spinne denken. Dieselben Finger wanderten zwischen ihre Beine, ihr zum Gefallen. Sie reagierte nie. Wie sich herausstellte, ließ sich seiner Aufmerksamkeit am besten entgehen, indem man nichts tat. Weder wehrte sie sich, noch machte sie mit. Wenn er hier sein Bein verschob, dort in sie eindrang, ließ sie es einfach geschehen, wortlos. Doch immer weigerte sie sich, geküsst zu werden; ihr Mund gehörte ihr allein.

Manchmal machte ihn das wütend, dann packte er sie beim Kinn, drehte ihren Kopf, presste seine Lippen auf ihre und fuhr schlangengleich mit der Zunge über ihre fest zusammengebissenen Zähne – als leckte man, dachte sie, an einem Türschloss –, bis er sie schließlich wieder freigab. Manchmal stöhnte er dabei, es war ein fremdartiges, furchtbares, tierisches Knurren.

Im Laufe der Zeit fand er sich mit dem Verkehr zu ihren

Bedingungen ab. Danach schlug sie die Laken beiseite, stand ohne ein weiteres Wort auf und marschierte in trotziger Wut ins Badezimmer.

Es tat ihr weh, ihm wehzutun, doch irgendwie schien es ebenso ehrlich wie notwendig. Einerseits wollte sie, dass er alles erfuhr, aber genauso hätte sie alles in ihrer Macht Stehende getan, um die Affäre mit Dorrigo geheim zu halten und ihm weiteres Leid zu ersparen. Sie sehnte sich nach einer Krise, die alles zerstörte, gleichzeitig sollte alles beim Alten bleiben; sie wollte ihn provozieren und wünschte sich doch verzweifelt, dass er sich niemals provozieren ließe.

Wenn sie zu ihm zurückkam, vermied sie es, ihn zu berühren oder anzusprechen, und im Bett kehrte sie ihm den Rücken zu. Er beugte sich herüber, um sie wieder und wieder auf die Stirn zu küssen, vielleicht aus Panik, vielleicht, weil er sich ein Zeichen erhoffte, dass er sich irrte und sie ihn liebte, dass sie für ihn dasselbe empfand wie er für sie. Aber das Zeichen kam nicht.

In diesen Momenten spürte Amy seinen atemlosen Körper hinter sich und wusste, Liebe war nicht Güte und auch nicht Glück. Amy war nicht unbedingt unglücklich mit Keith, genauso wenig, wie ihre Gefühle für Dorrigo sie immer und unbedingt glücklich machten. Liebe bedeutete für Amy, das Universum zu berühren, eine Explosion im Inneren einer einzigen Person, die ihrerseits im Universum explodierte. Die Liebe war Auslöschung, Zerstörung der Welten.

Und wenn sie im Bett lag und Keith in ihrem Rücken leise schluchzte, begriff sie, dass die Liebe erst endete, wenn ihr alle Macht restlos ausgetrieben war, durch Elend und Grausamkeit und Vernichtung, durch Güte und Freude. Und jede Nacht, in der sie dort lag, spürte sie die Glasscherben, die sich durch ihren Magen wälzten, die sie zerschnitten und zerschnitten und zerschnitten.

25

Es gab niemanden, mit dem Amy darüber hätte reden können. Die Liebe ist öffentlich, hatte ihre Freundin an diesem Abend gesagt – sie und Keith hatten mit den Robertsons Karten gespielt und waren nun auf dem Nachhauseweg –, ansonsten ist es keine Liebe. Liebe muss mit anderen geteilt werden, andernfalls stirbt sie.

Sie trafen sich an jedem ersten Samstag des Monats mit den Robertsons, und an diesem Abend hatten sie über den jüngsten Skandal diskutiert. Ein bekannter Anwalt hatte seine Frau für eine Arzttochter verlassen. Es schlossen sich mehrere Anekdoten über sensationelle Scheidungen und schändliche Fälle von Ehebruch an. Die Sympathie der Anwesenden galt naturgemäß den Verlassenen. Der untreue Ehepartner wurde zum Objekt von Verachtung, von Spott und Ächtung. Hauptsächlich Ächtung. Man schloss ihn aus.

Amy sehnte sich selbst nach einem dramatischen Finale. Stattdessen blutete die Wunde einfach weiter. Sie blutete und blutete und wollte nicht aufhören zu bluten. Das dramatische Ende würde, sie erkannte es, auf sich warten lassen, stattdessen gab es nur ein langsames Dahinwelken, so wie bei Keith' Schwester, die, ausgemergelt von der Tuberkulose, still dahingesiecht war. Ein langsames Ausbluten.

So vieles, das sie fragen, das sie wissen wollte. Glaubst du das wirklich?, hätte sie die Freundin gern gefragt. Ist eine Liebe im Verborgenen keine wirkliche Liebe? Blutet sie aus, bis sie nicht mehr existiert?

Am liebsten hätte sie den Kartentisch umgestürzt und die Spielkarten in alle Winde verstreut, wäre aufgestanden und hätte von jedem Einzelnen gefordert, dass er ehrlich sagte, was er dachte. Kann nicht auch eine Liebe, die unbenannt bleibt, Liebe sein? Könnte sie nicht vielleicht sogar die große Liebe sein, gerade deswegen? Ich liebe einen anderen, wollte sie den

Robertsons und ihrem Mann zurufen. Die Karten würden zu Boden flattern, der Sinn des Spiels würde als sinnlose Scharade enttarnt, und sie würde ihnen sagen, wie wunderbar dieser andere Mann war und dass sie ihn, selbst wenn sie ihn für die nächsten dreißig Jahre nicht wiedersehen dürfte, immer noch lieben würde, dass sie ihn, selbst wenn er sterben würde, weiterlieben müsste, bis sie selbst gestorben war.

Stattdessen schaute sie zu, wie Harry Robertson den Joker ausspielte und wie er und Keith, sie bildeten immer ein Team, das Spiel gewannen.

Zu betrügen ist ja so einfach, sagte Elaine Robertson, schob die Karten zusammen und mischte sie für die nächste Runde. Es ist erbärmlich. Man lügt und missbraucht das Vertrauen des anderen.

Amy war anderer Ansicht. Zu betrügen war gar nicht so leicht. Es war schwierig, so schwierig. Und es war nicht irgendein Charakterfehler. Es war etwas, das einfach passierte. Und sich selbst gegenüber war man dabei im Grunde sogar ehrlich, und insofern bestand der eigentliche Betrug doch in der Scharade, die man daheim dem Ehemann vorspielte. Und war nicht dieser Betrug genau das, was die Robertsons und der Rest der Welt nun von ihr verlangten?

Sie wartete auf ein Zeichen, eine Erkenntnis, ein Wort von einer anderen Frau, die ihr das Gefühl geben würde, nicht ganz allein zu sein. Doch dieses Zeichen kam nicht. Dorrigo hatte ihr an diesem Nachmittag gesagt, dass sein Schiff am Mittwoch auslaufen werde. Vielleicht würde er sterben, vielleicht würde er überleben und nie zu ihr zurückkehren. Sie erinnerte sich an seine Worte über die Griechen und Trojaner. Sollten die Griechen wieder einmal gewinnen?

Und dann fragte sie sich, ob ihre Liebe am Ende gar keine Liebe war. Warum fühlte sie sich, nachdem sie endlich die Erfahrung gemacht hatte, in der Liebe zu einem anderen Menschen zu leben, so furchtbar allein?

Denn so viel stand fest: Amy war allein.

Nach dem Spieleabend fand Amy ihren Mann ungewöhnlich still. Normalerweise schwatzte er vor sich hin, nur in letzter Zeit war er immer wortkarger, und während des Kartenspiels hatte er kaum ein Wort gesagt. Die Traurigkeit, die Keith ausstrahlte, höhlte die ganze Welt aus. Amy versuchte, sich vom Klappern der Seitenfenster des Cabriolets ablenken zu lassen, vom surrenden Asphalt, vom Schnurren des Motors. Und doch nahm sie kaum etwas anderes wahr als Keith' Versunkenheit, und das Klappern und Surren und Schnurren stießen sie nur noch mehr darauf.

Der Zauber ist weg, sagte er.

Der Stadtrat wird einsehen, was du für richtig hältst, sagte Amy, im Anschluss an ein Gespräch, das sie früher am Abend begonnen hatten.

Der Stadtrat?, fragte Keith und sah sie an, als wäre er ein Gemüsehändler und sie eine Kundin, die den Laden betritt und um einen Sack gesunden Menschenverstand bittet. Der Stadtrat hat nichts damit zu tun, sagte er und richtete den Blick wieder auf die Straße.

Und obwohl sie wusste, dass sie besser nicht nachfragen sollte, sagte sie mit heller Stimme: Wer dann?

Keith drehte kurz den Kopf und sah sie an. In der Dunkelheit konnte sie kaum etwas erkennen, merkte aber trotzdem, dass er weder wütend war, was verständlich gewesen wäre, noch vorwurfsvoll, was ihr einen Anhaltspunkt geboten hätte. Sein Blick war gnadenlos, und diesem Blick konnte sie nicht entkommen – mitleidig, entsetzt, mit einer Verletztheit, die selbst in dieser Finsternis nicht zu übersehen war und die sie, wie sie fürchtete, bis ans Ende ihrer Tage verfolgen würde. Plötzlich wurde ihr angst und bange.

Ich habe es nicht gewusst, weißt du?, sagte er. Nicht so richtig.

Sie konnte ihn nicht lieben, das sagte sie sich. Sie konnte nicht, durfte nicht, würde ihn nicht lieben, niemals.

Er sprach weiter, ohne auch nur einmal die Stimme zu heben: Ich hatte gehofft, ich hätte mich geirrt. Ich dachte, dass du mich für einen schrecklichen, eifersüchtigen alten Mann halten würdest, weil ich so schlecht über dich denke. Dass ich mich schämen müsste dafür, so über dich zu denken. Aber jetzt. Na ja, jetzt weiß ich Bescheid. Alles ist so … *klar*.

Eine Weile schien er ganz in Gedanken, er rechnete, rechnete den Betrug in der Summe aus. Und dann sagte er langsam und zögerlich:

Und wenn du mir etwas erzählst, ist es, als … als …

Er schaute wieder auf die Straße.

Es ist, als würde der Abzug eines Gewehrs gespannt.

Sie wollte ihn umarmen. Eine so große Verletzung wollte sie, würde sie ihm niemals zufügen.

Vielleicht hätte ich was sagen, irgendwie eingreifen müssen, sagte Keith. Aber dann dachte ich, na ja, was gibt es da zu sagen? Er ist in deinem Alter, das habe ich mir gesagt, mehr oder weniger; ich bin ein alter, fetter Tölpel. Ich hatte …

Er überlegte. Waren seine Augen feucht? Sie wusste, er würde nicht weinen. Er war, dachte sie, viel tapferer als sie. Und besser. Nur dass es eben nicht Tugend war, wonach sie sich sehnte. Sie sehnte sich nach Dorrigo.

Ich hatte einen Verdacht. Ja, sagte Keith in einem Tonfall, als spräche er mit Miss Beatrice auf seinem Schoß. Und ich dachte mir, nun, Keith, alter Kerl, verzieh dich einfach, wenn er kommt. Dann können sie zusammen sein, und irgendwann ist der Lack ab, und sie kommt zu dir zurück. Aber das war nur der erste von vielen Irrtümern.

Sie wurden von einem Armeetruck überholt, und in dem flüchtigen, trüben Licht, das das Wageninnere streifte, wagte Amy einen Seitenblick. Doch sein verschattetes, entschlossenes Gesicht und sein starr auf die lange, gerade Straße gerichteter Blick verrieten ihr nichts.

Ich hätte dir erlauben sollen, das Baby zu behalten, sagte er.

Er schaltete herunter, und der Unterboden vibrierte an Amys Sohlen. Die Vibration schien zu rufen, DORRY! – DORRY! – DORRY!

Ich glaube, redete Keith weiter, ich hatte da so eine Vorstellung. Dass du und ich … Seine Zunge geriet ins Torkeln. Jedes Wort war wie ein Universum, unendlich, unverständlich. Dass *wir*, sagte er.

Sie ging in sich und fand ein tiefes Gefühl für ihn. Doch was immer sie auch fühlte, Liebe war es nicht.

Da war nichts, Keith.

Nein, nein, sagte er. Natürlich. Natürlich nicht.

Was soll ich tun?

Tun? Tun? Was gibt es da zu tun?, fragte er. Der Zauber ist weg.

Da war nichts, log sie zum zweiten Mal.

Wir, sagte er und sah sie an. Wir?, fragte er und klang unsicher, geschlagen, so besiegt wie Frankreich. Wir hätten zusammen etwas sein können. Ja, sagte Keith.

Ja, sagte sie.

Aber das können wir nun nicht mehr. Oder, Amy? Ich habe das Baby umgebracht, und uns gleich mit.

26

Am Montagmorgen sollte Dorrigo Evans zu einem Trainingsmarsch in die Adelaide Hills aufbrechen, als er unvermittelt in die Regimentsverwaltung gerufen wurde, um einen wichtigen Anruf von seiner Familie entgegenzunehmen. Das Büro war in einer riesigen, von Rost zerfressenen Nissenhütte untergebracht. Die Stabsoffiziere arbeiteten bei Temperaturen, die sonst nur in Bäckereistuben und Brennöfen herrschten. Die infernalische Hitze, die sich hier angestaut hatte, wurde noch verstärkt durch die Unterteilung der Hütte in unerträglich stickige Arbeitsnischen, die von schmutzig senfgelb gestrichenen Holzfaserplatten voneinander getrennt wurden. Aus reinem Frust rauchten alle ununterbrochen vor sich hin, und nur der

Gestank – eine Mischung aus Zigarettenqualm, Schweiß und dem muffigen Ammoniakaroma zusammengepferchter Tiere – konnte es in seiner Intensität mit dem Nebel aufnehmen, der sie alle pausenlos husten ließ.

Das Telefon, bei dem der Anruf für Dorrigo eingegangen war, hing an einer Wand gegenüber dem Tresen, hinter dem der diensthabende Offizier saß. An ihm vorbei drückte sich der Strom all jener, die unter jedem beliebigen Vorwand ins Freie wollten. Der Mangel an Privatsphäre wurde ausgeglichen durch eine irre Kakofonie aus Schreibmaschinentasten, die unablässig gedrückt wurden, aus Schreibmaschinenschlitten, die zurückgestoßen wurden, aus klingelnden Telefonen, Gebrüll und Husten, aus dem Rauschen und Summen der elektrischen Ventilatoren, welche die unerträgliche Hitze in erträgliche Portionen zerkleinerten.

Dorrigo hielt sich den Bakelithörer ans Ohr, beugte sich zur Sprechmuschel hinunter und hustete, wie um seine Anwesenheit bekannt zu geben. Für einen Moment war nichts zu hören, und dann hörte er ihre Stimme, die drei Wörter sagte.

Er weiß Bescheid.

Er meinte, durch den Weltraum zu fallen. Irgendwo da unten war sein Körper, er hing an einem Hörer, der wiederum an einem Kabel hing, und dieses Kabel setzte sich immer weiter fort bis zu der Stelle, an der Amy Mulvaney in diesem Augenblick im King of Cornwall stand. Von weit oben sah er seinen Körper, wie er den anderen Männern den Rücken zukehrte. Er hustete wieder, diesmal unabsichtlich.

Wie bitte?, fragte Dorrigo. Er legte sich eine Hand hinters Ohr, sowohl um Amy besser hören zu können als auch um zu verhindern, dass irgendwer sonst sie hörte.

Über uns.

Dorrigo schob sich einen Finger zwischen Hals und Kragen. Die Hitze war unerträglich. Er atmete geräuschvoll ein und aus, nur um genug Luft zu bekommen.

Woher?

Das weiß ich nicht, sagte sie. Wie, woher, ich weiß es nicht. Aber Keith weiß alles.

Dorrigo dachte sich, dass Amy als Nächstes ankündigen würde, Keith zu verlassen, wenn er sie nicht schon vor die Tür gesetzt hatte. In jedem Fall würden Amy und er ab jetzt gemeinsam planen. Er hatte verstanden, und er würde zustimmen – ja, er würde mit Ella Lansbury Schluss machen, und ja, er würde alles dafür tun, dass er und Amy offiziell ein Paar sein könnten. Alles schien unvermeidlich und so, wie es sein sollte.

Amy, flüsterte er.

Geh zurück, sagte sie.

Was?

Zu ihr.

Dorrigo stürzte ab, zurück in das ofenheiße Büro. Er wollte überall mit ihr reden, bloß nicht hier – in einer verstaubten Buchhandlung, am Strand, in dem Eckzimmer, das er inzwischen als das seine betrachtete, das Zimmer mit den Balkontüren, von denen die Farbe abblätterte, wo die Meeresbrise wehte und das schmiedeeiserne Verandageländer still vor sich hinrostete.

Geh zurück zu Ella, sagte Amy.

Er antwortete so tonlos und gefühllos, wie er konnte, unterteilte den Satz, damit der diensthabende Offizier in seinem Rücken nichts verstehen konnte.

Wie. Meinst du das. Zurück?

Zu ihr. Das meine ich. Dorry, du musst.

Sie will das gar nicht, dachte er. Es konnte nicht sein. Aber wozu sagte sie es dann? Er hatte keine Ahnung. Sein Gesicht war gerötet. Sein Körper schien plötzlich zu groß und zu warm für die Uniform. Er wurde wütend. Er wollte so viel sagen und konnte es nicht. Er spürte die Holzfaserplatten von allen Seiten heranrücken, das Gewicht des Kakistoffs an seinem Körper, die Disziplin und die Regeln und die Autoritäten ringsum. Er meinte zu ersticken.

Geh zu Ella, befahl sie.

Sein Körper wollte nur der Gluthitze dieser Nissenhütte entkommen, er wollte fliehen, zu –

Amy, sagte er.

Geh, sagte sie.

Ich …

Ich was?, fragte Amy.

Ich dachte, sagte er. Dass …

Dass was?, fragte Amy

Alles stand kopf. Je mehr er sie wollte, desto entschlossener stieß sie ihn fort. Und dann sagte Amy, sie könne Keith hören, es tue ihr leid, sie müsse nun auflegen. Er solle glücklich werden.

Und zu seiner Überraschung verspürte Dorrigo Evans eine unerwartete, unbändige Erleichterung. In wenigen Sekunden könnte er den Hochofen der Regimentsverwaltung verlassen, und dann müsste er nie wieder unter der überwältigenden, an Lähmung grenzenden Verwirrung leiden, die Amy Mulvaney in sein Leben getragen hatte; fortan könnte er wieder zu seinen Bedingungen leben, auf ehrliche, aufrichtige Weise, zusammen mit Ella Lansbury. Er begriff, dass er frei war, er war dem wirbelnden Mahlstrom aus Lüge und Betrug entkommen und könnte sich von ganzem Herzen der Aufgabe widmen, Ella Lansbury zu lieben. Im Nachhinein wusste er nicht, warum er jetzt sagte, was er sagte, er wusste nur, er meinte es ehrlich.

Ich komme zurück, sagte Dorrigo Evans. Wenn alles vorbei ist. Zu dir, Amy. Und dann heiraten wir.

Er wusste, dieser Pfad konnte nur ins Unglück führen, vielleicht sogar ins Verderben. Was vor einem Augenblick noch unvorhergesehen war, schien plötzlich unvermeidlich, und es war ihm, als hätte es anders nicht kommen können – ihre Begegnung im Buchladen mit den fliegenden Staubpartikeln, im Eckzimmer mit der abblätternden Farbe und den Vorhängen, die sich träge im Meerwind wiegten, in dieser Blechhütte, heiß wie eine Räucherkammer. Der Hörer aus Bakelit war so schweißnass, dass er ihm vom Ohr glitt, und erst nach ein paar

Sekunden begriff Dorrigo, dass sie aufgelegt und möglicherweise kein Wort gehört hatte.

Er musste sie sehen, er konnte an nichts anderes mehr denken. An einem der beiden Abende, die ihm hier noch blieben, würde er sich aus der Baracke schleichen und zu ihr fahren, damit sie reden konnten.

Sie sind wohl verrückt, Evans, hörte er jemanden hinter sich sagen. Er drehte sich um und entdeckte einen Stabsoffizier der 7. Division, das Klemmbrett in der Hand.

Dorrigos Gedanken kreisten darum, wie er sich ohne Genehmigung aus Warradale schleichen könnte, wie er an ein Auto käme, wo er sie heimlich treffen könnte.

Die Sanitätsoffiziere der 7. fahren heute Abend mit dem Zug nach Sydney. Nach Ihrer Ankunft wird man Ihnen mitteilen, auf welchem Schiff Sie auslaufen. Den Einsatzort wird man Ihnen irgendwo auf dem gottverdammten Pazifik verraten. Sie haben Anweisung, alle geplanten Termine abzusagen und sich um 17:00 Uhr zur Abfahrt einzufinden.

Dorrigos Gedanken überschlugen sich. Ganz langsam dämmerte ihm, was man ihm da sagte.

Aber … ich dachte, wir schiffen am Mittwoch ein?

Der Stabsoffizier zuckte die Schultern.

Ist doch ein verdammtes Glück, hier rauszukommen, wenn Sie mich fragen. Sie haben noch fünf Stunden. Der Stabsoffizier hob die Hand und warf einen Blick auf seine Uhr. Weniger, sagte er.

Und da wurde Dorrigo klar, dass er Amy vielleicht nie wiedersehen würde. In diesem Wissen würde er arbeiten, funktionieren, einschlafen, wieder aufstehen und leben müssen, er würde gehen müssen, wohin der Krieg ihn schickte, und keine Menschenseele würde je erfahren, was er tief in seinem Herzen trug.

27

Abends schien die Hitze kein Ende nehmen zu wollen. Doch es war nicht wie im Sommer vor zwei Jahren. Der Krieg schleppte sich dahin, die Familien am Strand waren meist vaterlos, an den Bars sah man mehr Uniformen als Anzüge oder Unterhemden, und die Gespräche waren durchsetzt von neuen Namen und Orten, die bis dahin niemandem geläufig gewesen waren, weder an noch hinter der Bar des King of Cornwall – El Alamein, Stalingrad, Guadalcanal. Die Hitzewelle dauerte nun seit elf Tagen an, und in der Bar des King of Cornwall war so viel los wie seit dem letzten Melbourne Cup vor Kriegsbeginn nicht mehr. Ein Mann, der seine Frau mit dem Feuerhaken erschlagen hatte, machte die Hitze für seinen Mord verantwortlich, und Amy war gerade verfrüht von einem abendlichen Strandspaziergang zurückgekehrt, in dessen Verlauf sie sich den Fuß an einer Bierflaschenscherbe aufgeschnitten hatte. Sie spülte die Wunde im Bad aus, verband sie und ging in den Raum zurück, den sie als Wohnzimmer nutzten. Keith Mulvaney stand über das Radio gebeugt, gerade schaltete er es aus.

Das war eine gute Folge heute, sagte er, während das Rauschen verebbte. Hätte dir gefallen.

Ja, früher hätte es Amy gefallen, doch inzwischen ertrug sie die häuslichen Rituale ihres Ehegatten nicht mehr, schon gar nicht dieses eine, das stumme Anhören seiner liebsten Radiosendung, das nur gestört wurde vom Geräusch des Zündholzes, vom Saugen an der Pfeife, vom Sabbern des Hundes. Amy ergriff die Flucht, wann immer es möglich war. Sie hasste das Hörspiel, Keith' Pfeife, seine Altmännergesten; sie hasste die Luft, die sie mit ihm teilen musste, diese stickige, stinkende Luft, in der sie täglich zu ersticken drohte.

Keith setzte sich in seinen Sessel, und Miss Beatrice sprang auf seinen Schoß, sabberte und röchelte, während er sich die Pfeife ansteckte. Alle Fenster standen offen, trotzdem fand Amy es nach dem Strandspaziergang drückend heiß. Sie setzte sich. Ihr Fuß schmerzte. Der Meereswind fand einen Weg herein, schien jedoch nur den Brillantineduft hervorzukitzeln, der sich in den Armlehnen eingenistet hatte, den Gestank von kaltem Pfeifenqualm aus den rostroten Sesseln, den Geruch nach nassem Hundefell, der in Amy immer den Wunsch auslöste, auf der Stelle kehrtzumachen und nie mehr zurückzukommen.

Nach der Stadtratssitzung heute Abend, fing Keith Mulvaney zu erzählen an. Amy ließ den Blick auf die Hundehaare im Teppich sinken und machte sich auf eine weitere öde Anekdote aus dem Stadtrat gefasst.

Der Schriftführer, Ron, sagte Keith Mulvaney. Du erinnerst dich an Ron?

Nein, sagte Amy.

Doch, natürlich erinnerst du dich. Ron Jarvis. Du kennst doch Ron Jarvis.

Nein.

Ron Jarvis hat gesagt, er habe zufällig erfahren, dass es um unsere Jungs in Java nicht zum Besten steht.

Amy hob den Kopf. Keith' starres Lächeln gab nichts preis, sein Ausdruck kam ihr halb träumerisch und halb dement vor. Und doch begriff sie in diesem Moment, dass er weitsichtiger war als vermutet.

Von einem Ron Jarvis habe ich nie gehört, sagte Amy, obwohl sie auf einmal einen kleinen Mann mit Windhundkopf vor Augen hatte. Wollte Keith eine schlimme Nachricht irgendwie verschönern? Er steckte seine Pfeife an, sog daran, bis der Tabak satt glühte, dann beugte er sich vor, ohne dass sein Lächeln sich verzog. Miss Beatrice wurde auf seinem Schoß zusammengequetscht und passte sich winselnd der Rundung von Keith' Bauch an.

Ich habe mich erkundigt, sagte Keith Mulvaney. Nun ja, mehr als das. Ich habe zu Ron gesagt, hör mal, ich habe einen Neffen, Dorrigo Evans – kannst du etwas über ihn oder seine Einheit in Erfahrung bringen? Hab ihm die Details zugesteckt.

Tja, gestern kam er dann zu mir. Die Sache ist die, Amy, die Neuigkeiten sind nicht so gut.

Amy zuckte zusammen, stand auf und humpelte ans Fenster.

Nein, sagte er, gar nicht gut. Eigentlich sogar ziemlich düster. Deswegen ist es streng geheim. Streng geheim.

Sie stand direkt am Fenster, und obwohl die Luft draußen kühler war als drinnen, spürte sie die Hitze als bestialische, bedrohliche Kraft. Sie hörte verstörende Geräusche von Dingen, die vertrockneten, knisterten, brachen – Grashalme, Holz. Gott wusste was. Sie hörte das korrodierende Eisen des Hoteldachs weit oben, das sich nach dem exzessiven Sonnenbad ächzend zusammenzog. Sie verlagerte ihr Gewicht auf den verletzten Fuß, um den Schmerz noch deutlicher zu spüren.

Düster?, fragte Amy Mulvaney. Was ist denn düster? Sie sind Kriegsgefangene, das wissen wir. Und die Japaner sind Tiere. Aber sie sind in Sicherheit.

Den australischen Gefangenen in Deutschland kann man sogar schreiben. Als wären sie im Urlaub. Aber die Kriegsgefangenen in Asien, nun ja, da sieht es schlechter aus. Keine Nachrichten, keine verlässlichen Berichte. Seit der Kapitulation Singapurs haben wir nichts mehr von ihnen gehört. Von seiner Einheit gibt es seit neun Monaten kein Lebenszeichen. Offenbar sind Tausende von ihnen umgekommen.

Vielleicht. Es gibt aber keine Beweise für Dorrigos Tod.

Man sagt …

Wer sagt? Wer? Wer, Keith?

Ich … der Geheimdienst, glaube ich. Ich meine …

Wer, Keith?

Das darf ich nicht verraten. Aber Ron, nun ja, der kennt *Leute.*

Leute?

In hohen Positionen. Im Verteidigungsministerium.

Keith Mulvaney unterbrach sich. Sein maskenhaftes Lächeln schien noch etwas anderes zu signalisieren – Mitleid? Unsicherheit? Zorn? –, und er sprach unerbittlich weiter.

Und angeblich werden nur wenige überleben, die uns irgendwann die Wahrheit erzählen können.

Amy merkte, dass er von seiner Angewohnheit ließ, jede Frage sofort selbst zu beantworten. Er wollte keinen Streit gewinnen. Er wollte ihr etwas mitteilen. Es war, als hätte er längst gewonnen.

Er hat uns geschrieben, sagte Amy, doch ihre Stimme klang schrill.

Die Karte?

Die Karte, ja. Und sein Bruder Tom hat dir geschrieben, dass seine Familie in Tasmanien auch eine Karte bekommen hat, und das war noch später.

Ihre Stimme klang dünn und wenig überzeugend, sie überzeugte nicht einmal Amy selbst.

Amy, die Karte war von Mai 1942, und wir haben sie im November bekommen. Vor drei Monaten. Nun ist fast ein Jahr vergangen, ohne dass wir ein Lebenszeichen bekommen haben. Kein Lebenszeichen …

Ja, sagte Amy Mulvaney. Ja, ja. Sie sagte es schnell, abschließend, als gäben ihr die ausbleibenden Nachrichten recht, anstatt sie zu widerlegen.

Kein Lebenszeichen seither.

Ja, sagte Amy Mulvaney. Obwohl sie sich mit allem Gewicht darauf stützte, tat ihr Fuß gar nicht mehr so weh. Gewohnheiten, Umstände, die Sicherheit der Ehe reichten ihr nicht mehr. Sie würde ihn verlassen. Doch sobald der bittere Gedanke gedacht war, stellte sich Verwirrung ein. Wie? Wohin? Wovon sollte sie leben?

Die Karte, die seine Familie bekommen hat, war vom April.

Ja, Keith, sagte Amy Mulvaney, ja, ja, ja.

Sie schwankte hin und her, sie klammerte sich an die Worte, um das Gleichgewicht zu halten. Sie sagte ihm nicht, dass sie Dorrigo, seit er in Kriegsgefangenschaft geraten war, über hundert Briefe geschrieben hatte. Sicherlich, dachte Amy Mulvaney, war einer davon durchgekommen.

Ron Jarvis sagt auch, es gebe Berichte aus anderen Quellen. Keine guten. Angeblich sind die Männer nur noch Haut und Knochen, weil sie ausgehungert werden.

In der Zeitung stand nichts davon.

Doch. Gräueltaten, Massaker.

Das ist doch nur Propaganda, sagte Amy Mulvaney. Damit wir sie hassen.

Wenn es Propaganda ist, sagte Keith Mulvaney, ist sie schlecht.

Aber es ist Propaganda, sonst nichts.

Wir sind im Krieg, Amy. Schlechte Nachrichten sind keine Nachrichten. Sie verschwinden. Fast ein Fünftel aller australischen Soldaten wird vermisst, nur das Schicksal einiger weniger ist uns bekannt.

Das bedeutet noch lange nicht, dass er tot ist. Es ist, als würdest du es dir wünschen! Er ist nicht tot. Ich weiß es.

Der Wind vom Meer, sie merkte es jetzt erst, hatte sich gelegt. Sogar die Welt da draußen bekam nur noch mühsam Luft. Sie meinte, irgendwo ein trockenes Blatt zerbrechen zu hören. Keith hustete. Er war noch nicht fertig.

Ron Jarvis hat sich mir zuliebe umgehört, sagte er und wischte sich mit einem Taschentuch über die Lippen. Einer der Kriegsgefangenen hat es geschafft zu fliehen. Den Familien haben sie noch nichts gesagt. Wegen der Moral vermutlich. Wahrscheinlich warten sie auf Bestätigung durch andere Kanäle. Durch das Rote Kreuz und so weiter.

Was haben sie den Familien noch nicht gesagt?

Ich wusste, du würdest es wissen wollen, Amy. Ich bringe es einfach nicht übers Herz, seine Familie zu informieren – es steht mir außerdem gar nicht zu. Es wäre ein Vertrauensbruch. Von der nationalen Sicherheit ganz zu schweigen. Es muss unter uns bleiben.

Es gibt niemanden zu informieren, Keith. Wovon redest du?

Der Flüchtling hat bestätigt, dass Dorrigo Evans in einem der Lager gestorben ist.

Amys Gedanken waren fern und fremd. Ihr fiel wieder ein, dass Keith sie liebte, seit Langem hatte sie daran nicht mehr gedacht.

Amy, glaub mir, Dorrigo ist tot. Seit einem halben Jahr.

Keith Mulvaneys Worte, seine jungenhafte Stimme trafen auf die Bodenfliesen, weiße und schwarze Quadrate.

Ich wusste, du würdest es wissen wollen, sagte er.

Seine Worte rannten durch den menschenleeren Flur, über den abgewetzten Kokosläufer, immer auf der Suche nach Amy. Doch Amy hatte das Zimmer bereits verlassen.

Keith Mulvaney fühlte sich wie ein Mann, der töten musste, um essen zu können. Er hatte etwas anderes sagen wollen, etwas, das wahr genug war, die furchtbare Lüge zu rechtfertigen. Ich liebe dich, wollte er sagen. Stattdessen pfiff er Miss Beatrice zu sich auf den Schoß.

Ich glaube, das reicht, sagte Keith Mulvaney und kraulte dem Hund die Ohren. Ja, das wird ihr reichen.

Er tröstete sich damit, nicht gelogen zu haben. Ja, sein Tod war noch nicht bestätigt, doch Ron Jarvis hatte sich unmissverständlich ausgedrückt: Auf der Namensliste der Gefallenen stand ein Major D. Evans. Er dachte, sie könnten glücklich werden. Es war nur eine Frage des Willens und der Zeit.

Bestimmt, sagte er zu Miss Beatrice. Bestimmt.

Später an dem Abend fand er Amy allein vor, sie war dabei, die Tür zum Speisesaal zu putzen. Der Dauergeruch nach Speisen war stärker denn je, doch die feuchten, cremeweißen Kacheln glänzten, und die Stahlarmaturen funkelten im elektrischen Licht. Emotionslos teilte sie ihm mit, sie habe noch zu tun, und dann schrubbte sie weiter, während er im Türrahmen stand und zusah.

Erst nachdem er gegangen war, ließ sie den Putzlappen fallen und brach zusammen. Sie hockte sich hin wie ein Kind. Sie stampfte mit dem Fuß auf den gefliesten Boden, doch sie fühlte nichts. Sie wollte beten, zu wem oder was auch immer. Sie wusste, er war tot, und es gab keine Wunder in dieser Welt,

Menschen starben, und man konnte nichts dagegen tun; Menschen gingen, und man liebte sie noch mehr, und immer noch konnte man nichts dagegen tun.

Als er in seinem rostroten Ohrensessel im Wohnzimmer saß, die letzte Pfeife vor dem Schlafengehen stopfte und den Kopf auf den Polsterschoner sinken ließ, spürte Keith Mulvaney ein Rinnsal aus Schweiß an seiner linken Schläfe. Er bekam weder die Explosion mit noch den anschließenden Brand, der das elegante Hotel auf einen Haufen qualmenden Schutt, einige verkohlte Holzbohlen und ein einsames Stück Fassade reduzierte.

Eine Welt aus Tau
und in jedem Tautropfen
eine aus Mühsal.

Kobayashi Issa

1

Ein Tropfen fiel.

Tiny, flüsterte Darky Gardiner.

Der rauschende Monsunregen peitschte auf das Planendach des länglichen und zu den Seiten hin offenen Unterstandes, sodass Darky Gardiner sich selbst kaum hören konnte. Das Gezeter des Regens machte Nächte wie diese nur noch trister, in mancher Hinsicht waren sie sogar schlimmer als jene Zeiten, in denen es für ihn nur ums Überleben gegangen war, er aber immerhin nicht hatte allein sein müssen. Das Tosen, das in Wellen durch den Dschungel ging, das unablässige Prasseln der Regentropfen, die Schläge und Hiebe der unsichtbaren Wasserströme waren einfach nur bedrückend.

Ein weiterer Tropfen fiel.

Komm schon, Junge, zischte Darky Gardiner. Rutsch rüber.

Darky Gardiner wusste nicht mehr, wie lange sie da draußen unterwegs gewesen waren, um den Laster der Japaner zu bergen; doch als er sich nach seiner Rückkehr zwischen den zwanzig Kriegsgefangenen, die rechts und links des Mittelgangs auf zwei lang gezogenen, von Läusen bevölkerten Bambuspodesten schliefen, nach seinem Schlafplatz umsah, musste er feststellen, dass Tiny Middleton, der sonst rechts von ihm lag, sich im Schlaf herumgerollt und sein Lager in Beschlag genommen hatte. Darky zwängte sich zwischen Tiny und den Nebenmann, er lag auf der Seite und bekam regelmäßig die Wassertropfen ab, die sich direkt über seinem Gesicht am Bambusgestänge sammelten und dann herunterfielen. Tiny fühlte sich so schwer an wie eine eingestürzte Ziegelmauer, dabei wog er keine vierzig Kilo mehr. Tinys Körper war von

Flechtengrind überzogen, Darky ekelte sich davor, ihn anzufassen. Und so zischte er ein weiteres Mal –

Verdammtnochmal, Tiny.

Tiny Middleton hörte ganz offensichtlich nichts. Darky Gardiner hielt sich sein Handgelenk vors Gesicht, um die Uhrzeit abzulesen. Es gab nichts zu sehen: Er hatte seine Armbanduhr vor ein paar Monaten gegen eine Dose portugiesischer Sardinen eingetauscht. Er ließ den Arm wieder sinken. Das Gute war, sagte er sich, dass es noch nicht dämmerte. Er war durchnässt und müde, würde sich aber immerhin für ein paar Stunden ausruhen können. Darky bemühte sich stets, das Gute zu sehen, egal, wie klein es war, und folglich sah er es oft. Jetzt war er wach, doch für die nächsten Stunden würde er nicht aufstehen und auf der Strecke arbeiten müssen, sondern schlafen. Das war gut, er würde den Schlaf genießen, sobald er nur Tiny irgendwie dazu gebracht hätte, sich zu bewegen. Er verdrängte alle Gedanken an den Flechtengrind und schob sich an den Nebenmann heran.

Rutsch rüber, du fettes Arschloch.

Nach einer Weile gab Darky es auf und blieb auf der Seite liegen, den Rücken an Tiny gelehnt und den Kopf eingezogen, um nicht von den Tropfen getroffen zu werden. Er glaubte, nein, er wusste auf eine beschränkte, instinktive Art, dass seine Vorderseite sich eher mit Flechtengrind anstecken würde als sein Rücken. Eingerollt in sein kleines Abteil der Dunkelheit, sicher in dem Wissen, dass keiner es erfahren würde, tastete Darky nach dem Seesack über seinem Kopf und zog ihn sich an die Brust. Nach einigem Wühlen in der Finsternis zog er zwei kleine Wunder heraus: ein hart gekochtes Entenei und eine Dose Kondensmilch.

Er überlegte. Die Milch oder das Ei? Was davon?

Schließlich entschied er, dass die Milch – er hatte sie von einem japanischen Laster gestohlen – beliebig lange haltbar wäre und deswegen aufgespart werden sollte, und sei es nur für ein paar Tage. Rabbit Hendricks hatte ihm das Ei im Tausch gegen einen Pinsel gegeben, geklaut aus der Mappe eines japanischen Offiziers, der auf seinem Weg zu den Schlachtfeldern von Burma im Lager haltgemacht hatte. Darky ging bei seinen Beutezügen schnell und diskret vor; niemals nahm er so viel, dass es Folgen gehabt hätte, immer nur gerade genug, um *sich durchzuboxen.*

Rabbit Hendricks wiederum hatte zwei Enteneier vom japanischen Lagerkommandanten bekommen, nachdem er den Kommandanten und seine Spießgesellen im Postkartenformat gezeichnet hatte. Wahrscheinlich wollten sie ihrer Familie und ihren Freunden in Japan schreiben. Obwohl die Japaner aus Rabbits Talent gelegentlich ihren Nutzen zogen, wäre er vermutlich sofort hingerichtet worden, hätten sie seine Zeichnungen und Aquarelle vom Alltag im Lager gesehen – die unmenschlichen Arbeitsbedingungen, die Schläge, die Folter. Aus diesem Grund hielt Rabbit Hendricks seine Bilder sorgsam versteckt. Sein Lebenswerk war allerdings nahezu vollendet. Am Vorabend, kurz vor dem Schichtende auf der Strecke, war Rabbit von einem entsetzlichen Krampf gepackt worden und hatte sich auf der Stelle erleichtern müssen. Noch bevor er sich erheben konnte, wurde Chum Fahey, der neben ihm gearbeitet hatte, starr vor Schreck. Rabbit Hendricks drehte sich um. Sein Darm hatte sein Schicksal als reiswasserfarbene Scheißpfütze unter ihm auf den Boden geschrieben. Inzwischen fürchteten die Kriegsgefangenen sich noch mehr vor der Krankheit als vor den Japanern. Vor neun Tagen war die Cholera ausgebrochen.

Chum Fahey und zwei andere hatten Darky Gardiner geholfen, Rabbit auf einer improvisierten Trage bergauf, bergab über den Dschungelpfad zu tragen, der die Baustelle mit dem dreieinhalb Meilen entfernten Camp verband – eine quälend langsame Angelegenheit, noch verzögert durch die blinde Suche nach Rabbits Gebiss, das er bei einem heftigen Brechanfall verloren hatte. Mühsam schlugen sie sich durch den nachtdunklen Dschungel, orientierten sich an den Furchen im Schlamm und dem fernen Stöhnen der kranken Gefangenen, die ihnen vorausgingen. Sie erreichten das Camp kurz vor Mitternacht, bedeckt von Schlamm und wässriger Kotze. Rabbit Hendricks verschwand zusammen mit seinem Aquarellkasten, seinem Skizzenbuch und den geheimen Zeichnungen in der vom restlichen Lager isolierten Cholerastation, in die täglich mehr Männer geschickt wurden und aus der nur selten jemand zurückkehrte. Nichts war von ihm geblieben als das schwarz angelaufene Entenei, dessen Schale Darky Gardiner nun geschickt und in drei großen Stücken abpellte.

Wieder ergoss sich ein Regenschwall auf das Lager und trieb eine neue, feuchte Brise vor sich her. Sie fuhr in den jämmerlichen Unterstand hinein, der ihre Baracke war, und spülte den Gestank von Kot und Verfall fort, den die Schlafenden auf den zwei lang gezogenen Bambuspodesten ausdünsteten. Für Darky fühlte der Windstoß sich hoffnungsvoll an, er sagte sich, auch das sei etwas Gutes. Aber dann landeten die Tropfen wieder in seinem Gesicht, und als er sich umdrehen wollte, war Tiny immer noch da; Darky versuchte, ihn von sich zu schieben, doch Tiny schnarchte und blieb unbeweglich.

Kannst du verdammt noch mal rüberrutschen, Tiny?

Halt deine verdammte Klappe, Darky, rief jemand von weiter hinten.

Es gab nichts, was Darky mit Tiny hätte anstellen können. Und dieser Gestank! Der Regen nahm wieder zu, bei diesem Lärm und mit so fiebriger Stirn war manchmal schwer zu sagen, was drinnen im Kopf passierte und was außerhalb. Darky Gardiner musste an seine erste Begegnung mit Tiny denken, ein Stier von einem Mann, der sich ausgezogen und seinen herrlichen Körper zur Schau gestellt hatte, mit angespannten Muskeln, wiehernd, krähend war er umherstolziert. Wie ein Hahn am Sonntagmorgen, hatte Chum Fahey gesagt.

Selbst später, als sie nur noch Hungerrationen bekamen, schien Tinys Gewichtsverlust seinen herrlichen Körper lediglich zu betonen. Der Hunger schien seine Figur eher zu definieren als auszumergeln. Tinys Körper hatte alles besiegt: Malaria, Ruhr, Pellagra und Beriberi. Keine der Krankheiten, die überall lauerten und angefangen hatten, die Männer zu töten, schien ihm etwas anhaben zu können, so als garantiere ihm seine Herrlichkeit die Immunität. Weder hatte das Lager ihn geschwächt, noch hatten die Japaner ihn gebrochen.

Tinys Aufgabe war es, Löcher in den Fels zu hauen. Mit dem Vorschlaghammer trieb er eine Stahlstange langsam und stetig ins Gestein, bis das Loch die gewünschte Tiefe hatte. Wenn genug Löcher geschlagen waren, füllten die japanischen Ingenieure sie mit Sprengstoff und jagten den Felsen in die Luft. Darky war Tinys Assistent, er gab der Stahlstange nach jedem Schlag eine Vierteldrehung, um den Bohreffekt zu verstärken. Tiny arbeitete mit einem für Zwangsarbeiter untypischen Eifer und brüstete sich damit, sein Soll immer als Erster zu erfüllen. Es war sein Triumph über die japanischen Aufseher.

Ich zeige den kleinen gelben Ärschen, was ein richtiger Weißer ist, pflegte er zu sagen.

Offenbar war er blind dafür, dass die Japaner anschließend von allen anderen dieselbe Leistung verlangten.

Soll dieser verdammte Tarzan doch unsere Arbeit gleich mitmachen, sagte Sheephead Morton.

Wenn Tiny wieder einmal einen neuen Rekord aufgestellt hatte – und er legte es regelmäßig darauf an –, setzten die japanischen Ingenieure ihn sofort als das neue Tagessoll fest. Und die Schwächeren hatten noch mehr zu leiden.

Verdammte Scheiße, du musst es ihm endlich stecken, sagte Sheephead Morton zu Darky.

Was soll ich ihm stecken?

Es reicht, verdammte Scheiße noch mal. Es *reicht.*

Du meinst also, es reicht?

Kumpel, sagte Darky später zu Tiny, vielleicht solltest du ein bisschen kürzertreten.

Tiny lächelte.

Nur ein bisschen. Nicht jeder schafft dein Tempo, sagte Darky.

Tiny war strenggläubiger Evangelist und Kirchgänger. Mit einem unheimlichen Lächeln sagte er: Der Herr hat uns diesen Leib gegeben, auf dass wir arbeiten und uns erfreuen.

Na ja, der Herr ist auch so einer von denen, die sich in letzter Zeit nur selten blicken lassen. Aber wenn du nicht langsam kürzertrittst, dann können bald wir ihm einen Besuch abstatten. Denn wenn du so weitermachst, bringst du uns alle um, Tiny.

Der Herr sorgt für die Seinen, so sehe ich das.

Und Tiny, der muskulöse Christ, baute sich auf wie ein Sprinter nach dem Hundertmeterlauf, Hände auf den Hüften, leicht vorgebeugt, den Körper zwischen Anspannung und Entspannung, straff und makellos, und aus dieser Haltung stierte er Darky Gardiner mit einem dünnen, provozierenden Lächeln an.

Langsam fing Darky an, Tiny zu hassen. Jedes neue Arbeitssoll, das die japanischen Ingenieure ihnen aufbrummten, im metrischen System übrigens – erst ein Meter, dann zwei Meter, dann drei Meter –, wurde irgendwann unweigerlich von Tiny übertroffen, und dann mussten alle anderen – die Fieberkranken, die Hungernden, die Sterbenden – das Pensum des Verrückten schaffen. Ein jeder versuchte, langsamer zu machen, weniger zu leisten, sich die letzten Reserven aufzusparen, um für das reine Überleben noch etwas übrig zu haben. Aber nicht Tiny mit den zuckenden Bauchmuskeln, der geschwellten Brust, den angespannten Gorillaarmen. Er ging die Arbeit an wie seinerzeit in Australien das Schafscheren, wie einen dummen Wettbewerb, aus dem er auch an diesem Abend als Sieger hervorgehen würde. Dabei nutzte seine Eitelkeit lediglich den Japanern, für alle anderen war sie tödlich.

Dann wurde der Akkord eingeführt. Mit immer erbarmungsloseren Schlägen und immer weniger Nahrung trieben die Japaner sie an zu immer härterer Arbeit an immer längeren Arbeitstagen. Als die Kriegsgefangenen hinter den Zeitplan der Japaner zurückfielen, übten diese noch mehr Druck aus. Eines Abends, die erschöpften Gefangenen wollten sich gerade auf die Bambuspritschen sinken lassen, erreichte sie der Befehl, unverzüglich auf die Strecke zurückzukehren. Nachtschichten wurden eingeführt.

Sie mussten eine Rinne in den Fels hauen, sechs Meter breit, sieben Meter tief und einen halben Kilometer lang. Im Licht von Bambusfeuern und behelfsmäßig hergestellten Fackeln aus kerosingetränkten Lumpen, die sie in Bambusrohre gestopft hatten, arbeiteten die nackten, verdreckten Sklaven jetzt in einer fremdartigen Höllenwelt voll tanzender Flammen und huschender Schatten. Die Hammerführer mussten sich konzentrieren, die Stahlstangen in dieser Dunkelheit überhaupt noch zu treffen.

An dem Abend war Tiny zum ersten Mal an seine Grenzen gelangt. Er hatte Malaria, er zitterte am ganzen Leib, sein Hammer stieg und fiel nicht mehr anmutig, sondern ließ sich nur noch unter Schmerzen bewegen. Mehr als einmal musste Darky Gardiner beiseitespringen, weil Tiny der Hammer entglitt. Nach nicht einmal einer Stunde, oder nach ein paar Stunden, später wusste Darky es nicht mehr genau, hob Tiny den Arm auf halbe Höhe und ließ den Hammer zu Boden fallen. Vor den Augen des staunenden Darky torkelte Tiny im Halbkreis herum, es sah aus, als tänzele er vor und zurück, und brach schließlich zusammen.

Ein Aufseher, ein kleiner, muskulöser Mensch mit fleckigem Teint, näherte sich: der Waran. Manche behaupteten, der Waran sei nur deshalb so zornig, weil er an der Weißfleckenkrankheit litt, andere fanden ihn einfach so zornig, warum auch immer, und hielten es für das Beste, ihm unter allen Umständen aus dem Weg zu gehen. Manche hielten ihn für den Teufel in Person – unerklärlich, gnadenlos und gelegentlich verwirrend freundlich, als wollte er damit die Folter noch raffinierter machen. Aber weil hier draußen auf der Strecke ohnehin keiner mehr an Gott glauben konnte, fiel an den Teufel zu glauben nicht minder schwer. Der Waran war einfach da, auch wenn viele sich wünschten, er wäre es nicht.

Der Waran sah ihnen eine Weile bei der Arbeit zu und wandte sich in Zeitlupe ab, um woanders hinzusehen, wie tief in Gedanken, und dann drehte er sich ebenso langsam wieder um. Diese eigenartigen, gespreizten Bewegungen gingen jedem Ausbruch von Gewalt voraus. Er hob den Arm und drosch minutenlang mit einem langen, schweren Bambusstab auf Tiny ein, versetzte ihm mehrere planlos wirkende Tritte gegen den Kopf und in den Bauch. Die Prügel des Aufsehers kamen Darky eher normal vor, nicht jedoch Tiny Middletons Reaktion.

Früher hatte er sich angespannt und Tritte und Schläge auf eine geradezu trotzige Art eingesteckt, wie um zu beweisen, dass seine Muskeln stärker waren als die Hiebe, aber nun kullerte er durch die zerhauene Steinschneise wie eine Puppe aus Lumpen und Stroh. Er absorbierte die Schläge und Tritte wie ein Sack, und danach tat Tiny etwas ganz Unglaubliches. Er fing zu schluchzen an.

Der Waran war verblüfft. Er stand neben Darky und staunte. Auf der Strecke wurde nicht geweint. Am Schmerz oder an der Demütigung konnte es eigentlich nicht liegen, dachte Darky, und auch nicht an der Verzweiflung und der Ohnmacht, denn damit hatten sie alle zu leben gelernt.

Tiny schüttelte den Kopf, die Schatten der Fackeln züngelten über seinen schweißverschmierten, verdreckten Körper, und dann schlug und kratzte er sich die Brust, als versuche er sinnloserweise, sich die Schemen vom Leib zu halten. Darky hatte den Eindruck, Tiny klage seinen eigenen Körper an; dieser mächtige Körper hatte immer triumphiert, hatte den schmächtigen Verstand und das winzige Herz weit getragen, nur um ihn jetzt in dieser merkwürdigen, höllischen Halbröhre aus Flammen und Schatten und Schmerzen völlig unerwartet zu verraten. Wenn sein Körper nachgab, wäre Tiny verloren.

Mich!, rief er, während er sich schlug und kratzte. Mich! Mich!

Was er damit sagen wollte, wusste keiner.

Mich!, weinte er immer weiter. Mich! Mich!

Darky half Tiny auf die Beine. Ohne den Waran aus den Augenwinkeln zu lassen, hob er den Hammer auf und drückte Tiny die Stahlstange in die Hand. Tiny hockte sich hin, setzte die Stahlstange in das Loch, das sie gebohrt hatten, und richtete die nassen Augen fest darauf, während Darky den Hammer hob und zuschlug. Als Darky zum zweiten Schlag ausholte, musste er Tiny an die Vierteldrehung erinnern. Der Hammer stieg auf und fiel nieder, Tiny bewegte sich nicht und hielt die Eisenstange umklammert wie einen rettenden Anker, und immer wieder musste Darky ihn ermahnen, die Stange zu drehen. Er bat Tiny so sanft um die Stangendrehung, wie man ein Kleinkind um seine Hand bitten würde, und in diesem Tonfall redete er die ganze Nacht auf Tiny ein – drehen, Kumpel … drehen. Und so machten sie mit der Arbeit weiter, als wäre alles wie immer. Drehen … drehen, Kumpel, beschwor Darky Gardiner ihn, drehen.

Etwas hatte sich verändert.

Darky wusste es. Im Laufe der nächsten Wochen konnte er zusehen, wie Tinys herrlicher Körper verfiel. Auch die Japsen schienen es zu wissen, sie verprügelten Tiny jetzt regelmäßig und mit gesteigerter Boshaftigkeit. Auch das schien Tiny egal zu sein. Selbst die Läuse wussten es. Alle hatten Läuse, aber von jenem Tag an schienen sie sich auf Tiny nur so zu stürzen. Tiny schien nicht zu kümmern, dass er von ihnen praktisch überrannt wurde, er wusch sich nicht mehr und achtete auch nicht mehr darauf, wohin er schiss. Später kam der Flechtengrind dazu. Als würden es selbst die Pilze und die Bakterien spüren, wenn ein Mensch sich aufgibt und sich ihnen anbietet wie ein Leichnam, der im Erdboden verrottet. Und Tiny wusste es auch. Er wusste, dass er dem, was auf ihn zukam, nichts mehr entgegenzusetzen hatte.

Darky wich nicht von Tinys Seite, gleichzeitig fühlte er sich abgestoßen von diesem ehemals so kräftigen, so stolzen Mann, der jetzt nur noch ein scheißendes Skelett war. Ein Teil von Darky konnte nicht anders, als zu denken, dass Tiny aus Bequemlichkeit aufgegeben hatte, dass sein Versagen einem Charakterfehler zuzuschreiben war. So dachte Darky natürlich nur, um sich besser fühlen, um sich einreden zu können, dass er selbst nicht sterben, sondern weiterleben würde, weil er nämlich die Kraft hatte, selbst darüber zu entscheiden. Doch tief in seinem Herzen wusste er, dass er diese Kraft nicht besaß; die Wahrheit schlug ihm mit Tinys fauligem Atem entgegen. Was immer diesen Gestank verursachte, Darky fürchtete, es könnte ansteckend sein, und am liebsten wäre er davongelaufen. Er hielt dennoch zu Tiny. Und niemand fragte ihn, warum, denn alle wussten Bescheid. Er war ein Kamerad. Darky Gardiner konnte Tiny nicht leiden, er hielt ihn für dumm, und doch tat er alles, um ihn am Leben zu erhalten. Denn Mut, Liebe, Überleben – all das existierte nicht in einem Menschen allein. Es existierte in ihnen allen, oder es starb, und dann starben sie alle gleich mit. Inzwischen glaubten sie fest daran: Einen anderen aufzugeben war dasselbe, wie sich selbst aufzugeben.

2

Als das Ei gepellt war, klebte es klamm und wächsern an seinen Fingern. Darky Gardiner konnte die überwältigende Verheißung riechen, leicht widerlich in ihrer Überreife. Er führte sich das Ei an die Lippen, hielt inne, überlegte, seufzte. Er schüttelte den schlafenden Tiny, nicht heftig, aber hartnäckig.

Als Tiny endlich aufwachte, hielt Darky ihm das Ei vor die Nase und bedeutete ihm, still zu sein. Tiny grunzte, Darky halbierte das Ei mit einem Löffel. Tiny wollte keinen Krümel des bröckelnden Eigelbs verlieren und formte mit seinen Handflächen eine Schale, als erwarte er ein Sakrament. Und in Tinys gekrümmte Hände legte Darky noch ein halbes Reisbällchen, das er sich von einem früheren Essen aufgespart und unter seiner Decke versteckt hatte.

In der nassen Dunkelheit, wo keiner sie sehen oder hören konnte, in der schwarzen Einsamkeit, wo keiner sie fragen würde, woher sie die zusätzliche Ration hatten, fingen sie verstohlen zu essen an. Darky aß langsam und genoss jeden Bissen, ihm lief so viel Speichel im Mund zusammen, dass er fürchtete, die anderen könnten das Schmatzen hören. Doch sein Kauen ging in den vielen anderen nassen Geräuschen der Nacht unter.

Er leckte sich rußiges Fett von den Fingern. Ei und Reisbällchen hinterließen ein saures, öliges Brennen in seiner Kehle und schlossen sich in seinem Magen zu einem ranzigen Klumpen zusammen. Er würde nicht sterben. Dass Tiny ihm den Platz wegnahm, war ihm plötzlich egal. Er spürte immer noch den Reis auf der Zunge, schmeckte das herrlich reichhaltige Eigelb und wurde erst benommen, dann müde. Er wusste nicht mehr, ob er ertrank oder in einem Bett lag, das gleichzeitig ein Tisch voller Flusskrebse und Äpfel und Aprikosenkuchen und gerösteter Lammhaxen war, ein trockenes Bett mit frisch gewaschenen Laken und einem Kamin am Fußende, während der Schneeregen sich von außen an das kleine Schlafzimmerfenster warf. Er hatte gegessen und wollte noch mehr, er sank immer tiefer ein, er saß am Tisch, und er war eingeschlafen.

Als er wieder aufwachte, spürte er eine Faust in seinem Bauch. Es war noch dunkel. Er hatte einen seifigen Geschmack im Mund, und ein furchtbarer Schmerz krallte sich in seinen geschrumpften Magen. Er setzte sich auf, halb stöhnend, halb ächzend vor Anstrengung, griff zu der Kerosindose mit Wasser, die er am Fußende seines Lagers aufbewahrte, und machte sich barfuß durch Schlamm und Regen auf zum *benjo*; die Japaner beharrten darauf, dass die Latrine so genannt wurde.

Die Latrine war in einigem Abstand zu den Hütten ausgehoben worden, ein zwanzig Meter langer, zweieinhalb Meter tiefer Graben, an dessen Rand die Männer schwankend auf schmierigen Bambusplanken knieten, wenn sie sich erleichtern mussten. Unten dümpelten die Exkremente vor sich hin, bedeckt von sich windenden Maden – wie Kokosraspel auf Lamingtonküchlein, wie Chum Fahey einmal meinte. Es war ein abscheulicher Horror. Wenn die Gefangenen sich darin übertrafen, Todesarten für die verhassten Aufseher zu erfinden, träumten sie davon, eines Tages den Waran im *benjo* zu ertränken. Selbst für sie war ein schlimmerer Tod kaum vorstellbar.

Die Feuer, die auf Anordnung der Japaner die ganze Nacht brannten, um die Tiger fernzuhalten, waren vom pausenlosen Regen längst erstickt worden. Die Welt war finster, die Monsunwolken verschluckten das Licht von Mond und Sternen, und den spärlichen Rest sog der Dschungel auf. Darky Gardiner bewegte sich mit kurzen, linkischen Hüpfern vorwärts, die freie Hand gegen den Bauch gepresst, denn er fürchtete, seine Gedärme durch zu große oder zu abrupte Bewegungen zu erschüttern und dem Drang zu früh nachgeben zu müssen. Zusammengekrümmt schleppte er sich an den vagen schwarzen Umrissen des Barackencamps vorbei. Aus den wackeligen Bambushütten drang das Stöhnen und Schnarchen und plötzliche Keuchen der anderen Kriegsgefangenen, die unter Schmerzen litten oder ihren Kummer spürten oder sich ans Sterben erinnerten. Oder alles zusammen. Und das unerbittliche Dröhnen des sintflutartigen Regens spülte alle Laute von Erschöpfung und Qual und Hoffung fort, immer hinein in den Schlamm.

Er war mittlerweile hellwach von dem Schmerz in seinem Unterleib und keuchte vor Anstrengung. Er war noch ein gutes Stück vom *benjo* entfernt, als er auf dem glitschigen Wegesrand ausrutschte, in die schlammige Mitte hinunterglitt und bis zu den Knöcheln im Dreck stand. Ganz kurz fühlte er Panik. Die plötzliche, hektische Bewegung, mit der er aus der nassen Rinne zu steigen versuchte, versetzte seine Gedärme in Aufruhr. Er spürte, wie eine extreme Spannung sich unvermittelt löste, und er musste feststellen, dass er sich in einem Sturzbach mitten auf den Hauptweg des Lagers entleert hatte.

Eine furchtbare Erschöpfung überkam ihn, sein Arschloch brannte wie Feuer, sein Kopf drehte sich wie wild, und er wollte sich nur noch in den Schlamm legen und weiterscheißen und für immer schlafen. Er setzte sich tapfer gegen den Impuls zur Wehr, schon krampfte sein Darm sich abermals zusammen wie eine Garrotte, und wieder spürte er, wie ihm ein Schwall stinkender Soße entwich. Er keuchte vor Anstrengung; kaum hatte er sich komplett entleert, fühlte sein Darm sich abermals voll an.

Er wollte sich seinem Körper hingeben, riss sich jedoch zusammen und hasste sich selbst, weil ihm so etwas passiert war, weil er es nicht einmal zum *benjo* geschafft hatte, weil er seinen Dreck hinterließ, wo andere morgen hintreten mussten. Er dachte an die Anordnung des Big Fella, streng auf die Hygiene zu achten; mittlerweile hatten alle eingesehen, dass Reinlichkeit – soweit möglich – wesentlich fürs Überleben war. Obwohl er nichts dafürkonnte, schämte er sich und fühlte sich besiegt.

Es war unmöglich, die Spur aus Kot vom tiefen Matsch zu unterscheiden. Schon prasselte der Regen hinein und verwandelte sie in etwas Neues, in unvermeidliche und tödliche Zersetzung, die alles und alle ergriff und dem Dschungel einverleibte. Nächstes Mal, das schwor er sich, würde er es bis zu diesem verdammten Drecksloch schaffen, unter allen Umständen. Er gab sich einer letzten, unbefriedigenden Darmbewegung hin, die nichts weiter hervorbrachte als ein wenig öligen, von Blut durchzogenen Schleim.

Am Ende richtete Darky sich langsam wieder auf, noch ganz benebelt von der Anstrengung, wankte ein paar Schritte seitwärts und machte sich daran, sich mit dem Wasser aus der Kerosindose zu waschen, so gut es ging. Seine Pobacken fühlten sich wie zwei feste Taue an. Er verbrachte eine längere Weile damit, seinen Anus zu reinigen, der seltsam aus dem ausgemergelten Hintern herauszuragen schien und Darky mit einem tiefen Ekel erfüllte. Auf einmal wurde ihm eiskalt, seine Beine zitterten unkontrolliert, während er sie von oben nach unten abwusch. Er schluckte mühevoll einen Schrei hinunter, als das Wasser über ein teetassengroßes Geschwür an seinem Schenkel lief, und er redete sich ein, dass es etwas Gutes war, die Wunde sauber zu halten. Sie musste sauber gehalten werden. Etwas stimmte mit seinem Verstand nicht – wahrscheinlich die Malaria –, seine Sinne waren geschärft und benebelt zugleich. Aber eines war deutlich und klar zu erkennen, eines wusste er: Aufzugeben war einfach. Aufzugeben war, das konnte sogar Darkys fiebertrüber Verstand noch einsehen, nicht nur schlecht, sondern das Allerschlechteste. Auf dem Pfad zum Überleben blieb nur derjenige, der im Kleinen nicht aufgab. Aufzugeben bedeutete, es nicht zum *benjo* zu schaffen. Nächstes Mal, das schwor er sich, würde er es schaffen, egal, welche Mühen es kostete.

Seine Füße, irgendwo da unten im Schlamm, waren zu einem Leben im Dreck verdammt; nun hatte er sich gereinigt, so gut es ging, und konnte durch Scheiße und Schlamm zum Unterstand und zu seinem Platz auf der Bambuspritsche zurückwaten. Er kroch wieder unter seine schmutzige, stinkende Decke und zog die kotverschmierten Füße an. Sein letzter Gedanke, bevor er von einer verwahrlosten Erschöpfung davongetragen wurde, galt dem Hunger, der sich jetzt schon wieder meldete.

3

Noch während die letzten Töne des Weckrufs aus Jimmy Bigelows Horn in der dunstigen Dämmerung versickerten, schlug Rooster MacNeice die Augen auf. Das graue Licht des anbrechenden Tages tauchte die offene Schlafhütte, den stinkenden Schlamm, den Dreck, das ganze Kriegsgefangenenlager in die deprimierenden Schattierungen von Eisen und Ruß. Die Teakbäume ragten im Hintergrund auf wie eine schwarze Wand.

Noch bevor er ganz aufgewacht war, begann Rooster den Tag, wie er jeden Tag begann, mit einer Übung in Selbstdisziplin nämlich, von der er wusste, dass sie sein Überleben gewährleisten würde, geistig, körperlich und moralisch. Im Flüsterton sagte er sich die am Vorabend auswendig gelernte Seite von *Mein Kampf* auf. Die Stellen, an denen es um Juden ging – weite Teile des Buches –, bereiteten ihm die wenigsten Schwierigkeiten. Der galoppierende Rhythmus machte sie eingängig, das Wort *Jude* war wie ein ständig wiederkehrender Refrain. Momentan plagte er sich mit den bayerischen Anfängen der Nazipartei herum, und er hatte zu kämpfen. Wo sind die Juden, dachte Rooster MacNeice, wenn man sie einmal braucht?

Eine Bombe hat den Buckingham-Palast getroffen, sagte jemand in Roosters Nähe. Es hat den König und Gracie Fields erwischt.

Er stützte sich an der Kante des Bambuspodestes auf, kratzte sich am Oberschenkel und noch heftiger im Schritt. Er fühlte einen winzigen, harten Splitter im Schritt und zerquetschte ihn, dann noch einen und noch einen, und dann spürte er das Kribbeln und Beißen der Läuse, die in den Ritzen der Bambusplanken wohnten, am ganzen Leib.

Eins muss man den Japsen lassen, sagte ein alter Mann, dem Rooster MacNeice' Kratzen aufgefallen war, die machen dich so fertig, dass du schlafen kannst, während die Läuse deine Eier zum Frühstück essen.

Rooster erkannte Sheephead Morton. Er sah aus wie ein hagerer Siebzigjähriger, dabei konnte er kaum älter als dreiundzwanzig oder vierundzwanzig sein.

Ich dachte, irgendwer hätte erzählt, Gracie Fields wäre mit einem Itaker zusammen, sagte Jimmy Bigelow, der mit dem verbeulten Horn in der Hand in den Unterstand trat. Ist sie nicht zu Mussolini übergelaufen?

Das war bloß ein Gerücht, sagte Chum Fahey. Diesmal habe ich die Wahrheit gehört, von ein paar Holländern, die neulich hier durchgekommen sind. So holländisch wie ich, wenn du mich fragst, die meisten von denen waren Itakermischlinge. Die haben gesagt, die Russen hätten Stalingrad verloren, die Amis wären in Sizilien einmarschiert, Mussolini wäre gestürzt worden und die neue Itakerregierung wolle jetzt Frieden schließen.

Rooster MacNeice hatte einen zotteligen rotblonden Bart, und wenn er nachdachte, sog er seine Unterlippe ein und kaute auf den Barthaaren herum. Während er nun an seinem Bart lutschte, fiel ihm ein, dass letzte Woche das Gerücht umgegangen war, die Russen hätten in Stalingrad gesiegt. Ein klarer Fall von Bolschewikenpropaganda, dachte er. Sicher hatte Darky Gardiner sich das ausgedacht. Würde zu ihm passen. Rooster MacNeice hasste alle Bolschewiken, nur Darky Gardiner hasste er noch mehr. Er fand ihn ordinär und dreckig, wie allen Mischlingen war auch ihm nicht zu trauen. Bis der Akkord allem ein Ende gemacht hatte, was nicht Arbeit oder Schlaf war, war Darky Gardiner regelmäßig auf einen Baumstumpf am Rand des Camps geklettert und hatte »Without a Song« gesungen, wenn die Nachtschicht nach getaner Arbeit auf der Strecke vorbeihumpelte. Manche Männer schienen das zu mögen; Rooster MacNeice hatte es gehasst.

Und der Hass war Rooster MacNeice' stärkster Antrieb. Der Hass war wie Nahrung für ihn. Er hasste Spaghettifresser, Zigeuner, Kanaken und Spanaken. Er hasste Schlitzaugen, Japsen, Gelbe überhaupt, und weil er gerecht war, hasste er auch die Engländer und die Amis. Seine eigene Rasse, die Australier, fand er so wenig bewundernswert, dass er manchmal behauptete, sogar sie habe es verdient, unterworfen zu werden. Er fuhr fort, sich *Mein Kampf* im Flüsterton aufzusagen.

Was quatschst du denn schon wieder, Rooster?, fragte Jimmy Bigelow.

Rooster MacNeice drehte sich zu dem Hornisten um, der

erst vor Kurzem in ihren Unterstand verlegt worden war und Roosters Morgenritual nicht kannte. Weil Rooster MacNeice glaubte, Jimmy Bigelow stamme aus Victoria, sagte er ihm ohne Vorbehalte, dass er sich vorgenommen habe, ein ganzes Buch auswendig zu lernen, eine Seite pro Tag, um in diesem Haufen aus kartenspielenden, footballverrückten, pferderennsüchtigen tasmanischen Häftlingsnachkommen – nicht gerade anständige Australier, mit denen er und Jimmy sich einen Unterstand teilen mussten – nicht vollkommen zu verblöden.

Na dann, Mann, sagte Jimmy Bigelow und verschwieg Rooster sicherheitshalber, dass er selbst aus dem Huon Valley stammte und sich zusammen mit Gallipoli von Kessler freiwillig gemeldet hatte.

Ich weiß nicht, ob denen mit ein paar Büchern noch zu helfen wäre, sagte Rooster MacNeice und ließ den Blick über die anderen Hüttenbewohner schweifen. Sie tragen das Kainsmal, sagte er.

Na dann, sagte Jimmy Bigelow, der keine Ahnung hatte, wovon Rooster sprach, und Rooster redete immer weiter; wie sehr er *Mein Kampf* hasse, wie sehr er Hitler hasse und wie sehr er es hasse, jeden Tag eine neue Seite vom Unsinn dieses Wurstfressers auswendig lernen zu müssen. Aber in seinem ersten japanischen Lager, wo er mit der Übung in mentaler Disziplin begonnen hatte, habe er kein anderes Buch auftreiben können; außerdem, sagte er mit spuckeglänzendem Bart, sei es immer gut, die Argumente des Feindes zu kennen, abgesehen davon sei der Inhalt des Gelernten für den Zweck der Übung unerheblich. Er sagte nicht, wie viel von Hitlers Manifest ihm durchaus logisch erschien.

Einer von den Holland-Itakern hatte wirklich Ahnung, das sag ich euch, sagte Chum Fahey. Ich würde ihm glauben. Habe ihm meinen Mantel verkauft.

Rooster MacNeice fragte, wie viel er für den Mantel bekommen habe.

Drei Dollar und etwas Palmzucker. Und ein Buch.

Der Mantel war mindestens zehn wert, sagte Rooster MacNeice, der auch die Holländer hasste. Was für ein Buch?

Ein guter Western.

Rooster MacNeice wurde wütend.

Kann ja sein, dass du nichts lieber magst als *Mord auf der Red Ranch* oder *Sonnenuntergang in der Wagenburg*, platzte er heraus, aber Gott helfe Australien, wenn das die australische Mentalität ist. Der Intellekt! Der Intellekt, Mann!

Chum Fahey wollte wissen, ob Rooster MacNeice *Mein Kampf* gegen einen Western tauschen würde. Er hielt eine ziemlich zerlesene, fleckige Ausgabe von *Sioux-Aufstand bei Sonnenuntergang* in die Höhe.

Nein, sagte Rooster MacNeice. Nein, will ich nicht.

Das Morgenlicht war immer noch fahl, wobei langsam ein befreiendes Indigoblau in die Hütte einzog. Auf einmal verstummte das anschwellende Gemurmel der Gefangenen schlagartig, und alle blickten in dieselbe Richtung, über Rooster MacNeice' Schulter. Stummes Kichern ließ die Planken erbeben, einer nach dem anderen rieb sich die Augen, weil er nicht glauben konnte, was er da sah. Rooster MacNeice drehte den Kopf. Etwas so Befremdliches, Unerwartetes hatte er noch nie gesehen. Er sog seine Barthaare ein.

Viele der Gefangenen machten sich Sorgen, dass ihre Manneskraft dauerhaft Schaden nehmen könnte infolge der körperlichen Schwächung, die mit Hunger und Krankheit einherging. Die Ärzte versicherten ihnen, es sei allein eine Frage der Ernährung; sobald die wieder in Ordnung komme, würden sie sich erholen. Viele fragten sich dennoch, ob sie am Ende dieser Qualen noch ganze Männer sein würden. Keiner konnte sich erinnern, wann er zuletzt eine Erektion gehabt hatte. Manche sorgten sich, sie würden ihre Ehefrauen nicht mehr glücklich machen können, wenn sie wieder zu Hause wären. Gallipoli von Kessler sagte, er habe seit Monaten niemanden mehr mit einem Steifen gesehen, und Sheephead Morton behauptete, er habe seit über einem Jahr keinen Ständer mehr gehabt.

Aus diesem Grund war das, was sich ihnen nun darbot, ein Wunder, ebenso unübersehbar wie erstaunlich.

Der alte Tiny, sagte Gallipoli von Kessler. Seht ihn euch an, kurz vorm Abnibbeln, und dann steht er hier rum wie ein verdammter Bambus im Regen.

Denn aus der Mitte von Tiny Middletons schlummerndem Skelettkörper – der einst so muskulöse Christ lag auf dem Rücken, war sich der allgemeinen Aufmerksamkeit nicht gewahr und schwelgte in sündhaften Träumen; seiner Verderbtheit konnten offenbar nicht einmal Hunger und Krankheit etwas anhaben – ragte eine riesige Erektion auf wie ein Regimentsflaggenmast.

Das gab, darauf einigten sich alle, Anlass zur Hoffnung, egal, wie sehr Tiny Middleton in den letzten Wochen abgebaut hatte. Der Anblick war so wunderlich, dass alle ihre Stimme dämpften, ihren Nebenmann weckten und auf Tiny aufmerksam machten. Im leisen Gelächter, den zotigen Witzen und der allgemeinen Heiterkeit, die der Anblick hervorrief, meldete sich nur ein Bedenkenträger zu Wort.

Mehr habt ihr nicht drauf?, fragte Rooster MacNeice. Einen Mann auslachen, der am Ende ist?

Chum Fahey merkte an, dass Tiny doch einen ziemlich munteren Eindruck mache.

Ihr Männer habt keinen Anstand, murmelte Rooster MacNeice. Keinen Respekt. Ganz im Gegensatz zu unseren australischen Vorfahren.

Ich bedecke ihn gern, wenn du möchtest, sagte Darky Gardiner. Er nahm ein Stück Enteneischale, das neben seinem Bein lag, und setzte es vorsichtig auf Tinys erigierten Penis.

Tiny schlief weiter. Der behütete Schwanz ragte in die Höhe wie ein junger Waldchampignon, der ganz leicht in der Morgenbrise zitterte.

Es ist falsch, sich über einen anderen Menschen lustig zu machen, sagte Rooster MacNeice. Wenn wir das tun, sind wir keinen Deut besser als die lausigen Japsen.

Darky Gardiner zeigte auf die Eierschale, die an eine Bischofsmütze erinnerte.

Sieh mal, Rooster, er ist zum Papst befördert worden, sagte er.

Verdammt sollst du sein, Gardiner, sagte Rooster MacNeice. Lass den armen Kerl in Ruhe. Lass ihm seine Würde.

Er zog sich hoch, stand auf und ging zu Tiny hinüber. Er beugte sich über Tinys gespreizte Beine und streckte die Hand aus, um dem in seinen Augen entwürdigenden Spektakel ein Ende zu machen.

Gerade als seine Finger die Eierschale berührten, wachte Tiny Middleton auf. Ihre Blicke trafen sich, Rooster MacNeice' Hand erstarrte an der Eierschale, zerdrückte sie möglicherweise ein kleines bisschen. Tiny Middleton setzte sich mit einer Empörung und Energie auf, die in krassem Missverhältnis zu seinem siechen Körper stand.

Rooster, du verdammter *Perverser.*

Nachdem er, gedemütigt durch den Hohn und Spott der anderen und ganz besonders durch Darky Gardiners Gelächter, an seinen Platz auf dem Schlafpodest zurückgekehrt war, machte er eine verstörende Entdeckung. Als er in seinem Seesack nach *Mein Kampf* wühlte, um seinen Lernerfolg zu überprüfen, musste er feststellen, dass sein Entenei – vor drei Tagen gekauft und im Seesack versteckt – verschwunden war. Er dachte über das verlorene Ei nach und über die Schale, die Darky Gardiner auf Tiny Middleton gesetzt hatte, und er wusste, der Schwarze Prinz hatte ihm sein Ei gestohlen.

Daran ließ sich natürlich nichts mehr ändern – Gardiner würde den Diebstahl abstreiten, die anderen würden noch mehr lachen, sich über das Verbrechen vielleicht sogar freuen. Doch in diesem Moment hasste er Gardiner – den Mann, der ihn bestohlen und das Diebesgut auch noch verwendet hatte, um ihn zu demütigen – mit einer wilden Heftigkeit, die den Hass, den er auf die Japaner fühlte, noch übertraf. Und sein Hass bedeutete Rooster MacNeice einfach alles.

4

Darky Gardiner zog sich an, und weil er nichts weiter besaß als den Schlapphut auf seinem Kopf und den Lendenschurz, den er Tag und Nacht trug – ein verdreckter Tanga, der seinen Penis bedeckte und nicht viel mehr –, brauchte er dafür nicht sonderlich lange. Er machte sein Bett, und auch das hatte er sofort erledigt; er faltete seine Decke, wie die Regeln der Kaiserlich Japanischen Armee es vorsahen, und legte sie dort ab, wo die Kaiserlich Japanische Armee es ihm vorschrieb, am Fußende seines Schlafplatzes auf dem Bambuspodest. Der Regen hatte aufgehört. Die Geräusche des tropfnassen Dschungels wichen dem gurgelnden Trillern der Dschungelvögel.

Er griff zu einem seiner acht verbliebenen Besitztümer, dem Kochgeschirr – zwei ineinandergestellten Blechnäpfen, die als Teller, Becher und Transportgefäß dienten –, und klemmte sich gerade den Drahtgriff an den Lumpenschurz, als der Warnruf seiner Mitgefangenen ihn erreichte. Ein paar Aufseher waren zu ihrem Unterstand unterwegs, um eine spontane Inspektion durchzuführen. In verzweifelter Hektik wurden Decken gefaltet, Seesäcke eingerollt und zusammengeschoben, und alle Schmuggelware wurde so gut wie möglich versteckt.

Zwei vom Waran angeführte Aufseher schritten den Mittelgang der Hütte ab, während die Gefangenen zu ihrer Rechten und Linken an den Schlaflagern strammstanden. Der Waran entleerte einen Seesack draußen im Schlamm, schlug einen Gefangenen aus keinem bestimmten Grund und blieb schließlich vor Darky Gardiner stehen.

Der Waran nahm sich das Gewehr von der Schulter, und in einer langsamen, trägen Bewegung schob er den Gewehrlauf unter Darky Gardiners Decke und ließ sie auf den matschigen Boden fallen. Er betrachtete die schmutzige Decke, dann Gardiners Gesicht. Er stieß einen Schrei aus und schlug den Gewehrkolben mit voller Kraft seitlich an Gardiners Kopf.

Der Gefangene ging zu Boden, hob die Arme zu langsam, um den Tritt des Aufsehers abzuwehren. Er schaffte es, sich seitlich unter das schützende Bambuspodest zu schieben, doch nicht, bevor der Waran ihn noch einmal gegen den Kopf getreten hatte. Und dann war es vorbei, so unvorhergesehen, wie es begonnen hatte.

Der Waran stolzierte auf seine eigenartige, gespreizte Art durch die Hütte, schlug Chum Fahey aus keinem ersichtlichen Grund und verschwand samt Entourage durch den hinteren Ausgang. Darky Gardiner kam auf die Beine, wenn auch unsicher, seine Gedanken wirr, sein Mund voll salzigem Blut, sein Körper mit dem stinkenden Matsch beschmiert, auf dem die Plattform stand.

Die Deckenfalte, sagte Jimmy Bigelow.

So schlimm ist es auch wieder nicht gewesen, sagte Darky.

Er meinte die Prügel. Er spuckte einen Blutklumpen aus, zu salzig und reichhaltig für einen so ausgemergelten Körper wie seinen. Ihm war schwindelig. Er tastete in seinem Mund herum und befühlte den Backenzahn, der die Tritte abbekommen hatte. Er wackelte, aber mit ein bisschen Glück würde er halten. Irgendetwas stimmte mit seinem Kopf nicht.

Du hast vergessen, sie zu falten, sagte Sheephead Morton.

Ich habe das verdammte Drecksding gefaltet, sagte Darky Gardiner.

Jimmy Bigelow zeigte mit der qualmenden Zigarettenkippe, die er sich eben angezündet hatte und die er nun zwischen Daumen und Zeigefinger hielt, auf seine eigene Decke.

Sieh mal, sagte er.

Der Knick von Jimmys Decke zeigte nach vorn.

Dein Knick hat nach hinten gezeigt, sagte Sheephead Morton. Das ist ein Verstoß gegen die Japsenregeln. Das weißt du doch.

Der Waran hat gedacht, du willst ihn verarschen, sagte Jimmy Bigelow und nahm einen weiteren Zug. Hier. Er hielt Darky den feuchten Zigarettenstummel hin.

Jimmy Bigelows Hand war schuppig, aufgeplatzt und übel

entzündet, überall rote und gelbe Stippen. Vor Krankheiten hatte Darky Gardiner höllische Angst. Wenn die Krankheit einen Mann einmal erwischt hatte, ließ sie ihn nicht mehr los.

Hier, sagte Jimmy Bigelow. Nimm.

Darky Gardiner rührte sich nicht.

Hier ist nur der Tod ansteckend, und den hab ich nicht, oder?, sagte Jimmy Bigelow.

Darky Gardiner nahm die Kippe und hielt sie sich in den geöffneten Mund, ohne sie mit den Lippen zu berühren.

Noch nicht, sagte Jimmy Bigelow.

Darky nahm einen Zug. Er sah vier Männer, die mit einer Bambustrage auf das Lazarett zustolperten.

Ich glaube, das ist Gyppo Nolan, sagte Chum Fahey.

Der Qualm floss durch Darkys Mundhöhle. Er war säuerlich und scharf und gut.

Das wär's dann wohl mit unserer Spielrunde für heute Morgen, sagte Sheephead Morton. Er drehte sich zu Rooster MacNeice um. Willst du für ihn einspringen?

Was?, fragte Rooster MacNeice, der sich immer noch nicht von der Demütigung erholt hatte.

Gyppo. Er ist … Er ist. Nun ja. Er ist nicht mehr. Und er hat die Karten geliebt. Sicher hätte er nicht gewollt, dass –

Dass er stirbt?

Nun ja. Das auch. Ich meine, der Typ konnte manchmal ein Idiot sein, aber mit den Karten kannte er sich aus. Das war der Gyppo, an den ich mich erinnern möchte. Und sicher hätte er gewollt, dass wir weitermachen.

Darky Gardiner zog ein zweites Mal langsam und kraftvoll an der Kippe, sog den Qualm tief ein und hielt ihn fest in der Lunge. Für einen Augenblick wurde die Welt still und ruhig. Der dichte, ölige Qualm brachte Frieden, es fühlte sich an, als hielte die Welt inne und würde sich erst weiterbewegen, wenn Darky den Qualm wieder freigab. Er schloss die Augen, und während er die Hand ausstreckte, um Jimmy Bigelow die Zigarette zurückzugeben, überließ er sich dem Nichts, das sein Inneres erfüllte wie der dichte Qualm. Aber irgendetwas stimmte mit seinem Kopf nicht.

Ich hasse Kartenspiele, sagte Rooster MacNeice.

Es regnete wieder. Das Geräusch war trostlos. Es strich nicht durch Teak und Bambus, es seufzte nicht, brachte kein andächtiges Schweigen. Es klatschte gegen den dornigen Bambus, und in Darky Gardiners Ohren klang es, als würde etwas zerbrechen. Der Regen war so laut, dass man sich nicht mehr unterhalten konnte.

Er ging hinaus und stellte sich in den Sturm, um sich abwaschen zu lassen. Zu seinen Füßen bildeten sich dreckige kleine Sturzbäche, der Regen grub sich Furchen und Wege durch das Lager. Ein Kochgeschirr trieb an der Hütte vorbei, einen Moment später humpelte ein einbeiniger Westaustralier auf Krücken hinterher.

Und irgendetwas stimmte mit seinem Kopf nicht.

5

Dorrigo Evans rasiert sich jeden Morgen, weil er überzeugt ist, ihnen zuliebe den Schein wahren zu müssen. Denn wozu sollen sie sich noch Mühe geben, wenn sie den Eindruck bekommen, dass er sich keine Mühe mehr gibt? Und wenn er in den kleinen Armeespiegel blickt, sieht er das verschwommene Bild eines Mannes, in dem er sich selbst nicht erkennt: älter, dünner, knochiger, verhärtet auf eine Weise, wie Dorrigo es nie gewesen ist, abgehoben und abhängig von ein paar jämmerlichen Requisiten: der Offiziersmütze, schief wie die eines Trickbetrügers; dem roten Tuch, das er sich locker um den Hals gewickelt hat und das ihm einen Hauch von Zigeunertum verleiht, mehr sich selbst als ihnen zuliebe.

Vor drei Monaten, auf einem Fußmarsch zu einem flussabwärts gelegenen Lager, aus dem er Medikamente abholen sollte, war er einem tamilischen Arbeiter begegnet, der in einem zerschlissenen roten Sarong am Ufer saß und auf den Tod wartete. Der alte Mann interessierte sich nicht für Dorrigo Evans' Hilfsangebot. Er wartete auf den Tod wie ein Reisender auf den Bus. Als Dorrigo vor einem Monat noch einmal auf demselben Pfad unterwegs war, traf er den alten Mann zum zweiten Mal, doch nun als Skelett, saubergepickt von den Tieren und Insekten. Er nahm dem Skelett den roten Sarong ab, wusch ihn, zerriss ihn und band sich das größere Stück um den Hals. Wenn der Tod ihn nun holen kommt, will er ihm so entgegentreten wie der tamilische Zwangsarbeiter, auch wenn er seine Zweifel hat, ob ihm das gelingen wird. Er kann im Leben keine Autoritäten akzeptieren und so auch nicht, denkt er, den Tod.

Ihm ist aufgefallen, dass auch sie, seine Männer, jetzt schon viel älter sind, als sie es jemals sein werden, falls sie das hier überleben. Ist ihnen bewusst, dass sie unendlich viel Leid ertragen müssen, ohne anderen Leid zufügen zu können? Er weiß, dass der Kult um Christus das Leiden zu einer Tugend erhoben hat. Er hatte mit Pater Bob darüber diskutiert, doch zustimmen kann er diesem Prinzip nicht, auf keinen Fall. Er ist Arzt. Leid ist Leid. Leid ist weder Tugend, noch fördert es Tugend, noch führt es unweigerlich zur Tugend. Pater Bob hat geschrien, als er starb, vor Angst, vor Schmerzen, vor Hoffnungslosigkeit; sein Pfleger war ein Mann, von dem Dorrigo Evans weiß, dass er vor dem Krieg als Geldeintreiber für eine brutale Gang in Darlinghurst gearbeitet hat. Tugend ist Tugend, und so wie das Leid lässt sie sich nicht erklären, reduzieren oder begreifen. In der Nacht, als Pater Bob starb, träumte Dorrigo Evans, er säße mit Gott in einer Grube, sie beide wären kahl und stritten sich um eine Perücke.

Dorrigo Evans ist nicht blind für die menschlichen Qualitäten der Gefangenen. Sie lügen und betrügen und stehlen, und alles mit Genuss. Die einen schützen Krankheit vor, die anderen Gesundheit. Noble Gesten sind ihnen fremd. Am Vortag hat er einen kranken Mann entdeckt, der am Fuße des Felsens, an dem der Dschungelpfad endet, bäuchlings im Schlamm lag, die Nase gerade noch so aus dem Matsch gedreht; er war nicht einmal mehr in der Lage, die letzten paar Hundert Meter zum Lager zurückzulegen. Zwei Männer schleppten sich vorbei, zu erschöpft, um zu helfen, bedacht darauf, ihre wenigen verbliebenen Energien für das eigene Überleben aufzusparen. Er musste ihnen befehlen, den nackten Mann aufzurichten und ins Lazarett zu tragen.

Und doch hilft er ihnen jeden Tag, er pflegt sie, hält sie, schneidet sie auf und näht sie wieder zu, spielt Karten um ihre Seelen, oder nimmt es mit dem Tod auf, um die Leben der anderen zu retten. Auch er selbst lügt und betrügt und stiehlt, aber er tut es für sie, immer nur für sie. Denn er hat sie ins Herz geschlossen, und jeden Tag hat er das Gefühl, seiner Liebe nicht gerecht zu werden. Jeden Tag sterben mehr und mehr von ihnen.

An Frauen denkt er schon lange nicht mehr; nur an sie denkt er noch immer. Die Welt jenseits des Camps ist auf sie zusammengeschrumpft. Er denkt nicht an Ella, er denkt an sie. An ihre Stimme, ihr Lächeln, ihr kehliges Lachen, an ihren Geruch, wenn sie schläft. Im Kopf führt er Unterhaltungen mit ihr. Fühlt er so, weil er sie nicht haben kann? Er kann sie nicht haben. Er findet keine Antwort. Er kann nicht.

Dorrigo Evans ist kein typischer Australier, ebenso wenig sind es seine Männer, Freiwillige aus den entlegenen Gegenden, den Slums und Schattenreichen des riesigen Heimatkontinents: Viehtreiber, Fallensteller, Hafenarbeiter, Känguru-jäger, Dingofänger, Bürohengste und Schafscherer. Es sind Bankangestellte und Lehrer, Verkäufer, Träumer, Schnäppchenjäger, Lebenskünstler, Risikomenschen, Rowdys, Halbstarke, Dienstboten, Kriminelle, Einfaltspinsel und harte Kerle, aufgewachsen während einer Wirtschaftsdepression, in deren Folge sie in Hütten und Baracken ohne Elektrizität zurechtkommen mussten; ihre Väter sind im Ersten Weltkrieg umgekommen oder verkrüppelt oder verrückt geworden, ihre Mütter halten sich mit Tabletten und falscher Hoffnung über Wasser, mit Schmerzensgeldzahlungen und Rabattmarken; sie haben in Slums und Wellblechsiedlungen gelebt, in einer Lebenswelt wie aus dem neunzehnten Jahrhundert, die ins zwanzigste hinübergetorkelt ist.

Obwohl jeder Tote ihre Zahl dezimiert, sind die tausend Kriegsgefangenen, die Changi als Evans' J Force verlassen haben – eine Mischung aus Tasmaniern und Westaustraliern, die sich in Java den Japanern ergeben haben, aus Südaustraliern, die sich in Singapur ergeben haben, aus Überlebenden der Havarie des Zerstörers *HMAS Newcastle*, dazu einige andere gestrandete Männer aus Victoria und New South Wales und ein paar Piloten der Air Force –, sind diese Männer bis heute die Evans' J Force geblieben. Sie waren es bei ihrer Ankunft, sie werden es bis zum Abschied sein – Evans' J Force, tausend Seelen stark, und wenn am Ende nur ein Einziger übrig bleibt, der das Camp lebend verlässt, er wird zu dieser Einheit gehören. Sie haben düstere, magere Jahrzehnte hinter sich, von denen ihnen nichts geblieben ist als das Minimum, das sich nicht weiter reduzieren lässt: der Glaube an den Kameraden, noch weiter verstärkt durch den drohenden Tod. Denn wenn die Lebenden die Toten loslassen, zählt das Leben nichts mehr. Das Überleben jedes Einzelnen hängt davon ab, dass sie eins sind, jetzt und für immer.

6

Der im Sumpf stecken gebliebene Laster hatte tatsächlich einen Sack Briefe aus Australien geladen. Es war eine seltene und unerwartete Freude. Den Kriegsgefangenen war bewusst, dass die Japaner fast die ganze Post abfingen, und die Aufregung war nun so groß, dass der Sack noch während des Frühstücks geöffnet und der Inhalt verteilt wurde. Dorrigo freute sich über den ersten Brief seit acht Monaten. Noch bevor er einen Blick auf den Absender werfen konnte, merkte er am steifen Umschlag, dass er von Ella stammte. Er beschloss, ihn nicht vor dem Abend zu öffnen, um sich das angenehme Wohlgefühl aufzusparen, das mit der Gewissheit einherging, dass anderswo eine bessere Welt existierte, eine Welt, in der er einen Platz hatte und in die er eines Tages zurückkehren würde. Doch fast im selben Moment rebellierte sein Verstand, und er riss den Umschlag auf und faltete die beiden Seiten so hastig auseinander, dass sie einrissen. Mit gieriger Inbrunst begann er zu lesen.

Im zweiten Drittel der ersten Briefseite hielt er inne. Er konnte nicht weiterlesen. Es war, als wäre er in ein Auto gesprungen und mit Vollgas gegen die erstbeste Mauer gefahren. Die Buchstaben in Ellas eleganter Copperplate-Handschrift verrutschten und stiegen vom Papier auf wie Staubpartikel, immer mehr Staubflusen stießen zusammen, bis er zuletzt Schwierigkeiten hatte, ihr Gesicht vor sich zu sehen. Es schien ihm zu wirklich und zu unwirklich zugleich.

Er wusste nicht, ob es an dem Malariaschub lag, von dem er sich immer noch nicht erholt hatte, oder an der Erschöpfung oder an dem Schrecken darüber, einen Brief erhalten zu haben, den ersten seit mehr als einem halben Jahr. Er las noch einmal, verlor sich aber wieder in seinen überdeutlichen und zugleich undeutlichen Erinnerungen, der Staub schimmerte immer heller, das nachmittägliche Sonnenlicht blendete ihn mehr denn je, er konnte ihr Gesicht nicht erkennen. Er dachte: Die Welt. Sie *existiert.* Einfach so.

Er konnte sich daran erinnern, im Austin 7 des Bäckers gesessen zu haben und an die Küste gefahren zu sein, er spürte die stechende Hitze von Adelaide, in der er sich regelmäßig aufmachte, den Onkel zu besuchen, der Magen unruhig vor Nervosität, der Mund ausgetrocknet, das Hemd zu eng, das Herzklopfen ein Wummern. Er hatte das Hotel vor Augen, als stünde er wieder davor: die tiefen, schattigen Veranden; das filigrane Eisen der Balkongeländer, mit Rostflocken besprenkelt; die vom Wind gekräuselte See mit den topasgrünen Flecken; die ferne, knackende Stimme von Leslie Hutchinson, der »These Foolish Things« sang, gerade so, als surfe er da draußen auf einer flachen Welle. Nur an Amys Gesicht konnte er sich nicht erinnern.

Woher, das fragte er sich, stammte dieser Wunsch, mit ihr zusammen zu sein, mit ihr allein, Tag und Nacht, sich mit Freude selbst die langatmigsten Erzählungen anzuhören, und wie sie immerzu das Offensichtliche kommentierte; mit der Nase über ihren Rücken zu streichen, von ihren Beinen umschlungen zu werden, sie seinen Namen stöhnen zu hören, dieses Verlangen, das stärker war als alles andere in seinem Leben? Wie die Sehnsucht nach ihr benennen, die in seinem Magen brannte, die Beklemmung in der Brust, den überwältigenden Schwindel? Und wie ihr sagen – auf originelle Weise sagen –, dass er nur noch einen einzigen Gedanken hatte, der ihm zum Instinkt geworden war: dass er bei ihr sein musste, mit ihr zusammen, mit ihr allein.

Sie verzehrte sich nach Zeichen der Zuneigung. Das billigste Geschenk rührte sie, versicherte es ihr doch, dass seine Gefühle für sie nicht erkaltet waren. Für sie waren die Geschenke, die Bekundungen notwendig. Was sonst hätte ihr bewiesen, dass es sie gab? Ohne die Möglichkeit, als Paar auftreten zu können, war dies der einzige Beweis für sie, jetzt und später, dass sie diese Freuden erlebt hatte. Vielleicht war Amy, tief in ihrem Herzen und anders als Dorrigo, eine Realistin. Dachte er zumindest. Und so hatte er, als sie einmal zusammen in der Stadt waren, fast seine gesamten Ersparnisse abgehoben, um ihr ein Geschenk zu kaufen. Eine einzelne Perle, kunstvoll eingefasst und an einer Silberkette. Die Kette erinnerte ihn daran, wie er über ihren Bauch hinweg den Mond gesehen hatte, den Pfad auf dem Meer. Sie hatte ihn für seinen Leichtsinn getadelt, zweimal hatte sie ihm befohlen, die Kette zurückzubringen, aber ihr Entzücken konnte sie nicht verhehlen. Denn sie hatte bekommen, was sie sich wünschte, auch wenn sie ihn nie öffentlich würde ausstellen können: einen Beweis für *sie beide*. Jetzt noch konnte er die Halskette sehen. Aber nicht ihr Gesicht.

Als du mich zum ersten Mal in der Buchhandlung gesehen hast, sagte er, als er die dreieckige Schließe öffnete und Amy auf den Nacken küsste. Weißt du noch?

Natürlich, sagte sie und legte einen Finger an die Perle.

Manchmal frage ich mich, ob du uns in dem Moment zusammengebracht hast.

Wie meinst du das?

Leider hatte er nicht gewusst, wie er das meinte, und er fürchtete sich, den Gedanken zu Ende zu denken. Denn wäre es so, wie er sagte, hätte er dann nicht zu wenig Einfluss auf sein eigenes Leben? Er konnte sich daran erinnern, wie er an einem Morgen schwimmen gegangen war. Er hatte darauf gewartet, dass sie aus der Stadt zurückkam. Eine Unterströmung erfasste ihn und zog ihn mehrere Hundert Meter weit mit, bevor er sich befreien und an Land schwimmen konnte.

Die Unterströmung, hatte er gesagt. Wir.

Sie hatte gelacht. Was für eine schöne Kette, hatte sie gesagt.

Selbst jetzt noch konnte er den Miniaturmond an der Silberkette im künstlichen Licht des Juwelierladens schimmern sehen; er sah die dreieckige Schließe an ihrem Nacken, darum ein betörender Hauch von Flaum. Doch auf einmal waren die Staubpartikel überall, das Tosen des Regens schwoll an, und er konnte ihr Gesicht nicht mehr sehen, ihre Stimme nicht mehr hören, Bonox Baker saß neben ihm und sagte, es sei an der Zeit für den *tenko*, und Amy war nicht da.

Wenn wir jetzt nicht gehen, sagte Bonox Baker, kommen wir zu spät, und Gott weiß, welche armen Schweine sie dann auf die Strecke schicken.

Für einen kurzen Moment war Dorrigo Evans verdutzt, sich an diesem Ort wiederzufinden. Er konnte es nicht ganz glauben, legte den Brief beiseite und trat in den Regen hinaus.

Und dachte: Die Welt. Sie existiert. Einfach so.

7

Rooster MacNeice schloss sich in letzter Sekunde dem hundemüden Treck an, der sich durch den Regen und das verschlammte Camp zur Feldküche schleppte. Abgesehen von den Lendenschurzlumpen und den Schlapphüten der Imperial Force waren sie nackt, und je weniger Kleider sie trugen, desto erbärmlicher und verhärmter wirkten sie. Es war, als trügen sie ihre Schlapphüte aus Übermut, als erwarte sie ein Abend mit Bier und Bordellbesuchen in Palästina. Aber die Männer machten eine deutlich weniger gute Figur als damals.

Der Geruch von Holzfeuer, das kleine Heiligtum aus trockenem, warmem Staub rund um die kruden tönernen Gefäße, die Gelassenheit von Männern kurz vor dem Essen, das leise Summen der Unterhaltungen, all das machte die Küche meist zu einem heimeligen, einladenden Zufluchtsort in einer fremden und feindseligen Welt. Doch an diesem Morgen ergoss sich der Regen sogar in die Feldküche. Mehrere Rinnsale strömten von den Dächern, die aus Mangrovenpalmwedeln gebunden waren; das Wasser verwandelte sich in zischenden Qualm, sobald es die Feuerschalen traf. Den Reis in den riesigen, schmiedeeisernen Pfannen garnierten die Wassertropfen mit dem Rost, der von den geschwärzten Deckenbalken gespült wurde. Der Fußboden stand gute fünf Zentimeter unter Wasser.

Rooster MacNeice watete voran, löste sein Kochgeschirr vom Schurz, und als er an der Reihe war, hielt er beide Näpfe hin. In einem landete eine kleine Kelle wässrigen Reisbreis, der das Frühstück war, im anderen ein schmutziger Reisball, der das Mittagessen sein würde.

Geht's weiter, oder was?, sagte jemand hinter ihm.

Rooster MacNeice drückte den Rücken durch. Er schlurfte durch das Wasser, hinaus in den Monsunregen. Nun hatte er die Wahl, sich mit dem Reiswasser auf den glitschigen Hang zu wagen, an dessen Ende der relativ sichere Unterstand wartete, sich dort zu setzen und in Ruhe zu frühstücken oder, wie viele Gefangene es taten, im Regen stehen zu bleiben und das Essen so hastig zu verschlingen wie möglich.

Er sah Darky Gardiner, der auf dem Weg zur Schlafhütte war. Darky Gardiner war einer jener Männer, die jede Mahlzeit feierten, als hätte er nicht ein paar Löffel fauligen Reisbreis vor sich, sondern einen Sonntagsbraten. Rooster MacNeice hingegen versagte jedes Mal kläglich bei dem Versuch, den Fraß nicht zu schlingen. Er verstand, warum es angebracht sein könnte, eine oder zwei Minuten abzuwarten – die Gewissheit, dass es jetzt etwas zu essen gab, die Vorfreude, die sich ebenso auskosten ließ wie die Mahlzeit an sich; man konnte langsam essen und die abgezählten Bissen genießen, sie sogar vermehren, indem man sie mit dem Löffel unterteilte, anstatt sie in drei, vier Ladungen hineinzuschaufeln. Aber es gelang ihm nie.

Und Rooster MacNeice hasste es, wenn er, nachdem er seinen Reisbrei gekippt hatte, Männer wie Darky Gardiner sah, die immer noch aßen, langsam und freudig, sie aßen und hatten immer noch etwas übrig. In diesen Momenten versuchte Rooster MacNeice, nicht zu glotzen, den Neid zu ignorieren, der seinen leeren Magen aufblähte, die Wut zu leugnen, die an seinem Verstand zerrte. Er schwor sich, beim nächsten Mal selbst langsamer zu essen, langsam und achtsam; beim nächsten Mal würden sich alle elenden Knochenschädel und hageren Schnauzen mit ihren glasigen Augen nach ihm, Rooster MacNeice, umdrehen und ihn neidvoll beobachten. Beim nächsten Mal wäre auch er einer jener Männer mit der eigenartigen Würde, die aus dem Essen einen Akt des Mutes, ja des Widerstandes machten.

Aber es gelang ihm nie.

Sein Hunger war wie ein wildes Tier. Sein Hunger war verzweifelt, irre, er befahl ihm zu verschlingen, was immer er an Essbarem vor sich hatte, so bald und so schnell wie möglich; iss einfach, kreischte der Hunger – iss! Iss! Iss! Und die ganze Zeit wusste er, der Hunger fraß in Wahrheit ihn auf.

Er hörte einen Schrei. Rooster MacNeice hob den Kopf und sah Darky Gardiner im Schlamm ausrutschen und den Reisbrei nach allen Richtungen davonfliegen. Er blieb für eine Sekunde länger, als er sich gewünscht hätte, an Darky Gardiners bestürztem Gesicht hängen, schlug dann die Augen nieder und sah, wie der Starkregen den Reisfraß auf dem braunen Matsch jetzt schon zu glänzenden grauen Schlieren auflöste.

Rooster MacNeice drehte sich um, kehrte Darky den Rücken zu und verschlang den Rest seiner Portion. Sie war blitzschnell verschwunden. Es war nicht genug, dachte er. Ein richtiger Mann hätte zum Frühstück zehnmal so viel gebraucht.

Diese widerlichen gelben Schweine lassen uns verhungern, sagte er zu niemand Bestimmtem.

Nun, da er fertig war, drehte er sich wieder um und sah, wie Tiny Middleton – eine grotesk dürre Gestalt, deren Hüftschaufeln seitlich abstanden wie Elefantenohren – Darky Gardiner umständlich auf die Beine half. Während Rooster MacNeice sein Kochgeschirr ausleckte, klaubte das Skelett Darky Gardiners Blechnapf auf, löffelte die Hälfte seines Fraßes hinein und gab ihm den Napf zurück.

Rooster MacNeice ließ sein Kochgeschirr zuschnappen, darin der Reisball für die Mittagspause, und befestigte es an seinem Lendenschurz. Er begriff nicht, wie ein gedemütigter Mann seinen Folterknecht auch noch unterstützte, indem er sein Essen mit ihm teilte. Diese Männer, dachte er, kannten weder Scham noch Selbstachtung. Er verspürte eine merkwürdige, an Triumph grenzende Erleichterung darüber, dass er sein Frühstück nicht hatte teilen müssen; er ging zu dem Paar hinüber und legte Darky Gardiner eine Hand auf die schlammverschmierte Schulter.

Brauchst du Hilfe, Gardiner?

Ist schon gut, Rooster.

Als er sah, dass die anderen schon auf dem Weg zum Morgenappell waren, schloss Rooster MacNeice sich eilig der lumpigen Prozession zum Westrand des Lagers an. Dort befand sich die Verwaltungszentrale der japanischen Ingenieure, eine Stelzenhütte mit zwei Räumen, Bambuswänden und Mangrovenpalmendach und davor eine morastige Fläche, die ihnen als Exerzierplatz diente. Hier wurde der Morgen-*tenko* abgehalten, hier wurden sie gezählt und in Arbeitstrupps eingeteilt.

Rooster MacNeice sah die Männer aus allen Richtungen heranströmen, viele humpelten, andere wurden von ihren Kameraden gestützt oder Huckepack getragen, manche krochen. Er fand sich neben Jimmy Bigelow wieder, der Gott und die Welt verfluchte.

Wie schön, sagte Rooster MacNeice in der Überzeugung, nur seine vornehmsten Gedanken äußern zu dürfen. Vornehme Gedanken, das hatte er gemerkt, hatten oft einen demotivierenden Effekt auf jene, die direkt neben ihm standen. Andere Gefangene stützten sich auf ihre Hüttengenossen. Doch von derlei Kameraderie hielt Rooster MacNeice selbst an guten Tagen – und heute war ganz bestimmt kein guter Tag – nicht viel und nach der demütigenden Erfahrung von heute Morgen noch weniger.

Eine Kathedrale von Mutter Natur, sagte Rooster MacNeice und zeigte auf ein Wäldchen aus hohem Bambus.

Jimmy Bigelow verdrehte die eingesunkenen Augen himmelwärts, sah nichts als den dunklen Morgenhimmel und die schwarzen Dschungelzacken darunter.

Na dann, sagte er.

Sieh mal, wie sie aneinanderlehnen und diese herrlichen gotischen Bögen formen, sagte Rooster MacNeice. Und dahinter erheben sich die Teakbäume in filigranen Linien wie aus Bleiglas.

Jimmy Bigelow starrte in die halbdunkle Baumreihe. Er fragte, ob Rooster es so meine wie bei *King Kong*. Er klang verunsichert.

In der Schönheit stecken Vitamine, das meine ich, sagte Rooster MacNeice.

Jimmy Bigelow sagte, er habe immer gedacht, dass Vitamine vor allem in Vitaminen steckten.

In Schönheit, glaub mir, sagte Rooster MacNeice.

Er glaubte selbst nicht daran, hatte seinerseits aber gehört, wie Rabbit Hendricks diesen Quatsch erzählt hatte. Die erhabenen Gefühle mochte er von anderen gestohlen haben, doch die Tatsache, erhaben zu sein, nahm er als Beweis für seinen empfindsamen Charakter, der ihn von den niederen Kasten unterschied und sein Überleben garantieren würde.

Eine schwarze Regenwolke zog in irrsinnigem Tempo am Himmel auf. Das Licht, das eben noch durch den Bambus gesickert war, verblasste abrupt, und die Äste der Teakbäume lösten sich abermals in Grau auf; zunächst fielen nur ein paar wenige dicke Tropfen gen Erde, aber schon kurz darauf ging eine Sintflut nieder. Der Dschungel schloss sich zu einer erdrückenden Einheit zusammen. Schwere Wasserstürze fielen aus den Baumkronen und prallten vom Boden neben dem Exerzierplatz ab, als hätte selbst die Erde vom Regen genug und wiese ihn zurück. Doch der Regen gab nicht nach. Es war, als wollte der Regen die absolute Alleinherrschaft über alles erringen. Er fiel immer heftiger; heftiger, härter und so ohrenbetäubend, dass die Männer nicht einmal mehr versuchten, dagegen anzubrüllen, sondern abwarteten, bis es vorbei war.

Immer neue Gefangene kamen hinzu. Es gab mehr Kranke denn je. Wer nicht mehr stehen konnte, setzte sich hin oder streckte sich vor dem Teakbaumstamm neben dem Platz aus, den alle die Klagemauer nannten. Durch den Regenschleier sah Rooster MacNeice einen australischen Soldaten auf den Paradeplatz zukriechen. Ein zweiter Soldat ging neben ihm her, wie um ihm Gesellschaft zu leisten, gerade so, als wären sie auf dem Weg zum Pferderennen. Der Kriechende schien sich jede Hilfe zu verbitten, und der Mann daneben schien ihm keine anbieten zu wollen. Und doch bekam Rooster MacNeice, während der Sturzbach sie verschwimmen ließ, das Gefühl, als eine sie etwas.

Als sie näher herankamen, erkannte er den kriechenden Tiny Middleton und dann Darky Gardiner, der neben Tiny herging, als wäre es das Normalste von der Welt. Zweimal bot Gardiner dem Kameraden Hilfe an, doch Middleton schien fest entschlossen, es ganz allein zu schaffen.

Und der Anblick der beiden, die er aus tiefstem Herzen verachtete, der Anblick des Krüppels und des Freundes, der den Krüppel verspotten, aber niemals im Stich lassen würde, der Anblick dessen, was selbst die niedersten Kreaturen noch zu besitzen schienen und was Rooster MacNeice, er sah es ein, nicht besaß, ergab für ihn einfach keinen Sinn und erfüllte ihn mit abgrundtiefem Hass. Rooster MacNeice wandte sich zu dem Bambuswäldchen um und versuchte noch einmal, die gotischen Bögen und das Gefängnis als Kathedrale zu sehen, er versuchte noch einmal, sein Herz mit Schönheit zu füllen.

8

Während die Gefangenen sich im strömenden Regen hinter Dorrigo Evans versammelten, warteten die Japaner in der Verwaltungshütte auf das Ende des Schauers, um dann erst hinauszutreten. Zu Dorrigo Evans' Überraschung war Nakamura dabei. Normalerweise beaufsichtigte Leutnant Fukuhara die Einteilung. Anders als Fukuhara, der es immer schaffte, herausgeputzt vor die Kriegsgefangenen zu treten, war Nakamuras Offiziersuniform zerknittert, sein Hemd von dunklen Stockflecken besetzt. Er blieb stehen, um eine seiner Wickelgamaschen zu befestigen, die er durch den Schlamm hinter sich hergezogen hatte.

Während des Wartens spannte Dorrigo Evans seinen ganzen Körper an wie damals auf dem Footballfeld, wenn er sich bereit für den nächsten Angriff seiner Mannschaft machte. Die

Gefangenen wurden durchgezählt, eine mühsame Prozedur, in deren Verlauf ein jeder seine japanische Nummer brüllen musste. In seiner Funktion als Kommandeur und Sanitätsoffizier erstattete Dorrigo Evans Major Nakamura Bericht: Am Vortag waren vier Männer gestorben, zwei weitere in der Nacht, somit blieben noch achthundertachtunddreißig Kriegsgefangene. Von diesen achthundertachtunddreißig hatten siebenundsechzig die Cholera und befanden sich im Choleracamp, hundertneunundsiebzig lagen mit schweren Erkrankungen im Lazarett. Weitere hundertsiebenundsechzig waren zu schwach, um irgendwelchen Arbeiten außer den einfachsten, leichtesten nachzugehen. Er zeigte auf die Gefangenen, die an den Baumstamm gelehnt saßen, und sagte, weitere zweiundsechzig hätten sich heute Morgen krank gemeldet.

Verbleiben dreihundertdreiundsechzig Männer für die Arbeit auf der Strecke, sagte Dorrigo Evans.

Fukuhara übersetzte.

Go hyaku, sagte Nakamura.

Major Nakamura sagt, er braucht fünfhundert Männer, sagte Fukuhara.

Wir haben keine fünfhundert einsatzbereiten Männer, sagte Dorrigo Evans. Die Cholera bringt uns um. Wir –

Australier sollen sich waschen wie japanischer Soldat. Jeden Tag heißes Bad, sagte Fukuhara. Sauber sein. Dann keine Cholera.

Es gab keine Badewannen. Und selbst wenn, hätten sie keine Möglichkeit gehabt, das Wasser zu heizen. Evans empfand Fukuharas Kommentar als bitteren Zynismus.

Go hyaku!, schrie Nakamura.

Damit hatte Dorrigo Evans nicht gerechnet. Vergangene Woche hatten vierhundert Männer antreten sollen, und nach dem üblichen Theater hatte man sich auf dreihundertachtzig geeinigt. Jeden Tag gab es mehr Kranke und Tote und weniger Männer, die noch arbeiten konnten. Und nun war die Cholera ausgebrochen. Er wich jedoch nicht von seiner ursprünglichen

Aussage ab und wiederholte, dreihundertdreiundsechzig Männer seien einsatzbereit.

Major sagen, holen Sie mehr Körper aus dem Lazarett, sagte Fukuhara.

Diese Männer sind krank, sagte Dorrigo Evans. Wenn sie arbeiten müssen, werden sie sterben.

Go hyaku, wiederholte Nakamura, ohne auf die Übersetzung zu warten.

Dreihundertdreiundsechzig Männer, sagte Dorrigo Evans.

Go hyaku!

Dreihundertachtzig, sagte Dorrigo Evans in der Hoffnung, eine Einigung zu erzielen.

San hachi, übersetzte Fukuhara.

Yon hyaku kyu ju go, sagte Nakamura.

Vierhundertfünfundneunzig, übersetzte Fukuhara.

Eine Einigung würden sie so bald nicht erzielen.

Sie feilschten weiter. Nach zehn oder mehr Minuten des Diskutierens beschloss Dorrigo Evans, dass er, wenn er schon Kranke zur Arbeit auswählen musste, sich bei der Entscheidung von seinem medizinischen Wissen leiten lassen wollte und nicht von Nakamuras irrsinnigen Forderungen. Er bot vierhundert Männer an, nannte noch einmal die Zahl der Kranken, zählte ihre vielfältigen Leiden auf. Doch in seinem Herzen wusste Dorrigo Evans, dass sein medizinisches Wissen kein Argument und kein Schutzschild war. Er fühlte eine schreckliche Hilflosigkeit, so groß wie der Hunger, der ihn von innen zerfraß, und er bemühte sich, nicht an das Steak zu denken, das er so leichtsinnig zurückgewiesen hatte.

Es können nicht mehr als vierhundert Männer für den Kaiser arbeiten, schloss er. Es werden sonst Männer sterben, die von Nutzen sein können, sobald sie sich erholt haben. Vierhundert ist das Äußerste, mehr haben wir nicht.

Noch bevor Fukuhara übersetzen konnte, brüllte Nakamura nach dem Corporal. Ein weißer Stuhl aus Biegeholz wurde hastig aus der Verwaltungshütte getragen. Nakamura stellte sich darauf und sprach die Kriegsgefangenen auf Japanisch an. Es war eine kurze Rede, und nachdem er fertig war, kletterte er vom Stuhl herunter und überließ Fukuhara seinen Platz.

Major Nakamura hat das Vergnügen, Sie auf Eisenbahnbau zu führen, sagte Fukuhara. Mit Bedauern sieht er den Ernst in Gesundheitslage. Seiner Ansicht nach fehlt japanischer Glaube: Gesundheit folgt Wille! In japanischer Armee wird mit Schande gesehen, wer wegen Mangel an Gesundheit versagt. Anstrengung bis zum Tod ist gut!

Fukuhara kletterte vom Stuhl herunter, und Major Nakamura kletterte wieder hinauf und sprach weiter. Diesmal blieb er, als er geendet hatte, dort oben stehen und ließ den Blick über die Reihen der Gefangenen schweifen.

Verstehen japanischen Geist, rief Fukuhara, und sein Tölpelhals vibrierte, als würgte er Fische aus. Nippon ist bereit für Arbeit, sagt Major Nakamura, nun müssen Australier arbeiten. Nippon essen wenig, Australier essen wenig. Nippon tut sehr leid, sagt Major Nakamura. Viele Männer müssen sterben.

Nakamura kletterte vom Stuhl.

Glückliches Schwein, flüsterte Sheephead Morton Jimmy Bigelow zu.

Ein Klatschen auf den Matsch. Keiner rührte sich. Keiner sagte ein Wort.

In der ersten Reihe war ein Gefangener zusammengebrochen. Nakamura setzte sich in Bewegung, schritt die Häftlinge der Reihe nach ab, bis er den Bewusstlosen erreicht hatte.

Kurra!, schrie Nakamura.

Als auf diesen ersten und auch den zweiten Schrei keine Reaktion erfolgte, begann der japanische Major, dem Mann in den Bauch zu treten. Der Gefangene rappelte sich auf, fiel wieder um. Nakamura trat wieder zu, fester diesmal. Wieder rappelte der Gefangene sich auf, und wieder stürzte er. Seine riesigen, gelblichen Augen quollen aus den Höhlen wie Golfbälle – eigenartige Dinger aus einer anderen Welt –, und er bewegte sich nicht mehr, da konnte Nakamura schreien und treten, so viel er wollte. Das hagere Gesicht und die eingefallenen Wangen ließen den Kiefer des Gefangenen übergroß erscheinen, wie die Schnauze eines Wildschweins.

Mangelernährung, dachte Dorrigo Evans, der Major Nakamura gefolgt war und nun zwischen ihm und dem Gefangenen niederkniete. Der Mann lag reglos im Schlamm. Sein Körper war nur noch ein Gerippe und von Wunden, Geschwüren und sich abschälender Haut bedeckt. Pellagra, Beriberi, Gott weiß, was noch, dachte Dorrigo. Die Pobacken des Mannes waren zwei jämmerliche Stränge, zwischen denen der Anus herausstand wie ein schmutziger Affenfaustknoten. Stinkender, olivgrüner Schleim floss ihm über die Schenkel. Amöbenruhr. Dorrigo Evans nahm den kotverschmierten Menschenhaufen mit beiden Armen auf, erhob sich und wandte sich an Nakamura, den Kranken auf dem Arm wie ein nasses Bündel zerbrochener Stöcke.

Dreihundertneunundneunzig Männer, sagte er.

Für einen japanischen Soldaten war Nakamura groß, knapp einen Meter achtzig, und von kräftiger Statur. Fukuhara fing zu übersetzen an, doch Nakamura hob die Hand und brachte ihn zum Schweigen. Er drehte sich zu Dorrigo Evans um und schlug ihm mit dem Handrücken ins Gesicht.

Dieser Mann ist zu krank, um für Nippon zu arbeiten, Major.

Nakamura schlug wieder zu. Und während Nakamura weiterschlug, konzentrierte Evans sich darauf, den Kranken nicht fallen zu lassen. Mit seinen eins neunzig war Dorrigo Evans selbst für australische Verhältnisse groß. Der Größenunterschied half ihm zunächst, die Schläge einzustecken, doch nach einer Weile zeigten sie Wirkung. Er konzentrierte sich darauf, das Gewicht auf beide Füße zu verteilen, er konzentrierte sich auf den nächsten Schlag, auf seine Balance, darauf, sich nichts anmerken zu lassen, als wäre das Ganze ein Spiel. Aber es war kein Spiel, es war alles andere als ein Spiel, das wusste er. Und in gewisser Hinsicht fand er es nur gerecht, bestraft zu werden.

Denn er hatte gelogen.

Denn dreihundertdreiundsechzig war nicht die richtige Zahl. Auch nicht dreihundertneunundneunzig. Die richtige Zahl, dachte Dorrigo Evans, war null. Keiner der Gefangenen konnte leisten, was die Japaner verlangten. Sie alle befanden sich in unterschiedlichen Stadien des Verfalls. Und Dorrigo Evans wusste, es wurde noch eine andere Zahl von ihm verlangt, die ebenfalls nicht die richtige war, eine andere Zahl als null, und diese Zahl musste er nun errechnen, er musste jene, die nicht sofort sterben würden, den dreihundertzweiundsechzig leicht Erkrankten zuschlagen. Jeden Tag plagte er sich mit dieser verdammten Arithmetik herum.

Er keuchte. Während Nakamuras Schläge ihn trafen, konzentrierte er sich auf die Neueingänge in der Krankenstation, auf die Genesenden, auf die kaum Belastbaren; während Nakamura ihn mal auf die eine, mal auf die andere Wange schlug, zählte er noch einmal jene Kranken im Lazarett durch, die, wenn man es behutsam anging, mit leichten Aufgaben betraut werden konnten – an die vierzig –, was bedeutete, dass dieselbe Anzahl jener, die bis heute die leichteren Arbeiten erledigt hatten, den Arbeitstrupps zur Verfügung stünden. Insgesamt kam er so auf vierhundertsechs. Ja, dachte er, das ist das Maximum für heute, vierhundertsechs Männer. Und gleichzeitig wusste er, während Nakamura ihn schlug, dass es nicht reichen würde. Er würde noch mehr Männer an Nakamura verlieren.

So unvermittelt, wie er angefangen hatte, hörte Nakamura auf, Dorrigo zu schlagen, und trat einen Schritt zurück. Nakamura kratzte sich den rasierten Schädel und blickte zu dem Australier auf. Er starrte ihm lange und gründlich in die Augen, der Australier hielt seinem Blick stand, und in diesem Blick tauschten sie alles aus, was Fukuhara nicht übersetzen konnte. Nakamura versicherte, er werde siegen, komme, was da wolle, und Dorrigo Evans sagte ihm, er sei ihm ebenbürtig und werde sich nicht unterwerfen. Und erst, nachdem diese stumme Unterhaltung endlich erledigt war, ging das Feilschen auf dem seltsamen Basar von Leben und Tod weiter.

Nakamura nannte die Zahl von vierhundertdreißig Männern und bewegte sich um keinen Millimeter mehr. Evans tobte, gab nicht nach, tobte noch mehr. Nakamura kratzte sich energisch am Ellbogen und hob nun die Stimme.

Der Kaiser verlangt es, übersetzte Fukuhara.

Ich weiß, sagte Dorrigo Evans.

Fukuhara schwieg.

Vierhundertneunundzwanzig, sagte Dorrigo Evans und verbeugte sich.

Und so war der Handel geschlossen, und das Tagwerk konnte beginnen. Dorrigo Evans fragte sich kurz, ob er gewonnen oder verloren hatte. Er hatte gespielt, so gut er konnte, doch jeden Tag verlor er ein kleines bisschen mehr, ein Verlust, der sich in Menschenleben berechnen ließ.

Er trat an die Klagemauer und legte den Kranken in die Reihe der anderen Kranken am Baumstamm. Er wollte zum Lazarett eilen und mit der Selektion beginnen, doch ihn beschlich das Gefühl, etwas verloren oder verlegt zu haben.

Er drehte sich noch einmal um.

So, wie er über den Baumstamm, die Schwellen, den umgeknickten Bambus, die Eisenschienen und alle anderen unbelebten Objekte rann, schlängelte der Regen sich nun über Tiny Middletons Leichnam. Der Regen wollte einfach nicht nachlassen.

9

Deiner, oder?, fragte Sheephead Morton und hielt Darky Gardiner im Magazin, wo das Werkzeug der Gefangenen lagerte, einen Vorschlaghammer hin. Sheepheads Hände waren so groß wie Schraubzwingen und sein Gesicht, wie er selbst sagte, löchriger als die Ausfallstraße von Rosebery. Seinen Namen, *Schafskopf*, hatte er nicht seinem Aussehen zu verdanken, sondern seiner Kindheit in Queenstown, einem abgelegenen Kupferminendorf an der tasmanischen Westküste, das zu gleichen Teilen aus Regenwald und Märchenwelt bestand und wo seine Familie eine Zeit lang so arm gewesen war, dass sie sich von Schafsköpfen ernähren musste. In nüchternem Zustand war er lammfromm, was er durch einen Hang zur Gewalt im Alkoholrausch ausglich. Er liebte es, sich zu prügeln, einmal hatte er in angetrunkenem Zustand eine ganze Busladung Soldaten herausgefordert, die in Kairo auf dem Rückweg nach dem abendlichen Ausgang waren. Als die anderen ihm damals sagten, er solle die Klappe halten und sich hinsetzen, hatte er sich zu Jimmy Bigelow umgedreht, angewidert den Kopf geschüttelt und seine grenzenlose Verachtung in acht Wörtern zusammengefasst: Aus Mäusen kann man keine Ratten machen, Jimmy.

Das ist Tinys Hammer, sagte Gardiner.

Tiny hatte den besten Hammer des Lagerbestandes mit einem kleinen T markiert, oben am Griff, damit er und Darky ihn morgens wiederfinden konnten.

Es ist der beste Hammer hier, sagte Sheephead Morton, der auf derlei Kleinigkeiten achtete. Der Griff ist ein bisschen abgesplittert, aber der Kopf ist ein gutes Pfund schwerer als alle anderen.

Als Tiny noch bei Kräften war und sie einander zugearbeitet hatten, war es tatsächlich der beste Hammer gewesen. Jeder Schlag hatte das zusätzliche Gewicht übertragen und die Stange schneller und tiefer ins Gestein getrieben, weshalb Tiny und Darky ihr Soll vor der Zeit hatten erledigen können. Man musste allerdings fit und stark wie Tiny sein, um so einen Hammer hochwuchten und präzise fallen lassen zu können.

Sheephead Morton wartete, dass Darky Gardiner sich den Hammer nahm.

Dabei ging es inzwischen nicht mehr darum, das Soll zu

erfüllen, sondern überhaupt den Tag zu überstehen. Darky Gardiner war zu schwach, um stundenlang einen schweren Hammer zu heben und ihn so kontrolliert fallen zu lassen, dass er die Stange sauber traf, Schlag für Schlag. Er bevorzugte die leichteren Hämmer, die ineffektiven, mit denen er auf der Stange herumklopfte, immer in dem Bemühen, weder sich selbst zu verletzen noch den Mann, der die Stange hielt. Er versuchte, sich etwas Kraft für den nächsten Schlag aufzusparen, für den nächsten Tag.

Hat ihn ins Grab gebracht, sagte Darky Gardiner und griff zu einem Hammer mit lose sitzendem Kopf.

Ein jeder suchte sich ein Werkzeug heraus, das möglichst leicht zu tragen war, leicht anzuheben, ein Werkzeug, das sein Leben um einen Tag verlängern würde. Den Kopf könnte er mit einem Bambussplitter fixieren, überlegte Darky Gardiner. Am Ende des Tages wäre er ein kleines bisschen weniger erschöpft. Er lehnte sich den Hammergriff ans Schlüsselbein, um das Gewicht bequem auf der Schulter zu tragen. Als er spürte, wie leicht der Hammer tatsächlich war, wurde er beinahe fröhlich. Hätte sich bloß sein Kopf nicht so schwer angefühlt, schwerer denn je.

Ein leises Raunen ging durch die Kriegsgefangenen wie eine leichte Brise, dann verhallte es wieder. Denn im Ernst, was gab es noch zu sagen? Sie schlurften hinaus und machten sich auf den Weg zum Dschungelpfad, zur Bahnstrecke. Sie liefen im Gänsemarsch, zwei Aufseher gingen voran und ein paar andere bildeten die Nachhut. Diejenigen, die nur leicht erkrankt waren, gingen vorn, gefolgt von den Gefangenen mit den sieben Tragen, auf denen jene lagen, die zu krank zum Gehen waren, von den Japanern aber dennoch als arbeitsfähig betrachtet wurden; sie besetzten auf der Baustelle Positionen, wo sie sich nützlich machen konnten, ohne alle anderen aufzuhalten. Ihnen folgten Gefangene in verschiedenen Stadien der Erschöpfung, das Schlusslicht bildeten Männer auf provisorischen Krücken.

Verdammter Festumzug, murmelte jemand in Darky Gardiners Rücken.

Er konzentrierte sich auf die Beine seines Vordermanns. Sie waren schmutzig und skelettdürr, die Muskeln zogen sich wie Sehnen über die Schenkel und mündeten dort, wo der Hintern sein sollte, im Nichts.

Noch bevor die groteske Karawane die Felswand am äußersten Rand des Lagers erreichte, wo die Gefangenen eine Leiter aus Bambus und Draht emporklettern mussten – eine heikle Angelegenheit, die Stabilität war nie garantiert, und jede Sprosse wollte einzeln geprüft werden –, hätte Darky Gardiner sich am liebsten hingelegt, um für immer zu schlafen. Oberhalb der Leiter fand sich eine Reihe von Kerben, gefüllt mit Regenwasser und stinkigem, schleimigem Kot, weil die körperliche Anstrengung am frühen Morgen den halb nackten Gefangenen auf die Gedärme schlug.

Sie arbeiteten zusammen, beförderten das Werkzeug in einer Menschenkette hinauf und zogen zuletzt auch noch die Allerschwächsten hoch, und irgendwie schafften sie es, die Tragen ohne ein Unglück aufwärtszuhieven. Der starke Gemeinschaftssinn ihrer Gruppe führte dazu, dass Darky Gardiner sich, wenn er oben angekommen war, ein kleines bisschen weniger schwach, ein kleines bisschen kräftiger fühlte. Und er brauchte seine ganze Kraft, denn heute war er der Sergeant von sechzig Männern.

Es dämmerte schon; sobald sie den Felsen jedoch hinter sich gelassen und den Dschungelpfad betreten hatten, schloss die Finsternis sie erneut ein. Der Pfad war dunkler und schlechter zu erkennen, als Darky Gardiner ihn in Erinnerung hatte. Darky Gardiner gab alles, um ein guter Anführer zu sein, er mied die Aufseher, so gut es ging, fand immer einen Weg, das Soll zu drücken, und nutzte jede sich bietende Gelegenheit, etwas Wertvolles zu stehlen, solange er sichergehen konnte, dass der Diebstahl nicht entdeckt würde; er versuchte, die Schläge auf ein Minimum zu reduzieren und den Männern seiner Truppe durch einen weiteren Tag zu helfen. Er litt an heftigem Fieber – Dengue, japanisches Flussfieber, Malaria, Letztere vielleicht sogar schon im Gehirn –, schwer zu sagen, was es war, es war ohnehin egal, er konzentrierte sich einfach nur darauf, für seine Leute da zu sein. Er nahm dem jungen Chum Fahey, dessen Schienbein von Geschwüren zersetzt war, ein schweres Bündel nasser Seile ab. Chum hatte sich mit der Geburtsurkunde seines Cousins freiwillig gemeldet, er war nun seit drei Jahren bei der Armee und immer noch keine achtzehn. Darky hatte Jungen wie Chum zerbrechen sehen wie Stöcke, sobald das Leben sich gegen sie kehrte. Er warf sich die eingerollten Taue über die linke Schulter und versuchte, das Gewicht des Hammers auf der rechten auszubalancieren.

Während sie pfadaufwärts stiegen, konzentrierte sich Darky Gardiner mit seinem ganzen Verstand auf die Beschaffenheit des Weges, er zwang seinen erschöpften Körper, einen Fuß oder ein Bein hierhin zu bewegen und nicht dorthin, um jede Verletzung zu vermeiden. Er war immer schon geschickt gewesen. Wenn er kurz davor war zu fallen, gelang es ihm selbst im geschwächten Zustand, sich zu fangen. Er hatte immer noch genug Kraft in seinen Unterschenkeln und Oberschenkeln, um mit einer Drehung oder einem eleganten Hüpfer einem Hindernis auszuweichen – einem Stein, einem Baumstamm – und so den energieraubenden Pfützen oder einem umgestürzten Stachelbambus zu entgehen.

Und wieder versuchte er, sich einzureden, dass der Tag gut sei und er sich glücklich schätzen dürfte; er war noch stark genug, um seine Kräfte zu schonen. Denn Darky Gardiner wusste, dass Schwäche zu nur noch größerer Schwäche führte, dass jeder Fehltritt tausend weitere nach sich zog, dass es jedes Mal, wenn er auf einem unebenen Brocken Sandstein balancierte, darauf ankam, mit dem nächsten Schritt den nächsten Sandstein zu erreichen, den nächsten glitschigen Baumstamm. Es kam darauf an, nicht zu fallen und sich nicht zu verletzen, um morgen und an allen folgenden Tagen dasselbe tun zu können. Doch anders als Tiny Middleton glaubte er nicht daran, dass sein Körper ihn retten würde. Er wollte nicht auf dem Boden enden, sich die Brust zerkratzen und *Mich!* brüllen. Überhaupt hielt Darky Gardiner nicht an vielen Überzeugungen fest. Weder glaubte er ans Schicksal, noch fand er sich einzigartig. Tief in seinem Herzen wusste er, dass derlei Glaube Unsinn war und dass der Tod ihn jeden Augenblick holen konnte, so wie er auch viele andere holte. Im Leben ging es nicht um Glaube, man brauchte immer auch ein bisschen Glück. Eigentlich war das Leben ein gut durchgemischter Kartenstapel. Es kam immer nur darauf an, beim nächsten Schritt keinen Fehler zu machen.

Die Gefangenen hörten einen Fluch, der Gänsemarsch kam zum Stillstand. Als sie sich umdrehten, konnten sie sehen, dass Darky Gardiner mit dem Stiefel in einer Sandsteinspalte stecken geblieben war. Er verdrehte das Bein, zog schließlich den Fuß heraus. Alle lachten. Der Stiefel hing noch an Darkys Knöchel, doch die Sohle hatte sich komplett gelöst. Die ausgebesserten Nähte waren gerissen, und die Sohle steckte in der Ritze.

Darky bückte sich und zerrte daran, bis sie in zwei Stücke zerriss. Er ließ den Fetzen fallen und die Schultern hängen, vielleicht fluchte er, vielleicht auch nicht. Ein jeder war zu sehr mit sich beschäftigt, um darauf zu achten, sie mussten sich wieder in Bewegung setzen. Auch Darky stolperte weiter, er erschauderte, der Stiefelrest flatterte an seinem Fußgelenk. Dann schrie er vor Schmerzen auf, zog ruckartig das Knie an, stürzte und kam nicht mehr hoch.

Der ist hinüber, sagte Chum Fahey.

Zumindest sein Stiefel ist hinüber, sagte Sheephead Morton.

Ist doch dasselbe, sagte Chum Fahey.

Ohne Stiefel oder Schuhe hielten die Männer nicht lange durch. Ohne Stiefel oder Schuhe war es nur eine Frage von Tagen oder Stunden, bis man sich in den Fuß schnitt oder am Bambus verletzte, an den Felsen oder an einem der scharfen Steinsplitter, die den Grund der Rinne bedeckten. Mancher fing sich eine Verletzung ein, die innerhalb weniger Stunden entzündet war und nach wenigen Wochen zu einem Geschwür wurde. Die Geschwüre brachten vielen Männern den Tod. Denen, die ihr ganzes Leben im Busch verbracht hatten, schien es nicht so viel auszumachen, sie überlebten, einige von ihnen gingen sogar freiwillig barfuß. Doch Darky Gardiner war kein westaustralischer Schweinezüchter wie Bull Herbert und auch kein Aborigine wie Ronnie Owen. Er war ein Hafenarbeiter aus Hobart und hatte weiche, empfindliche Füße.

Die Kolonne hielt an, wartete, freute sich über die Pause. Darky Gardiner dachte an eine Pastete, die er einmal gegessen hatte, Steak und Bohnen und saftiges Chutney in einer mürben Kruste; Hauptsache, er musste nicht an diesen Dschungel denken. Der Speichel lief ihm im Mund zusammen; im Chutney waren Aprikosen gewesen, in der Soße Pfeffer. Er keuchte und konnte sich nicht wieder beruhigen.

Kumpel?, sagte Sheephead Morton.

Ja, Kumpel, sagte Darky Gardiner.

Geht es schon besser, Kumpel?

Klar.

Es muss, Kumpel.

Ja, klar, sagte Darky Gardiner.

Er keuchte und prustete noch eine halbe Minute länger, und während er um Atem rang, entdeckte er einen Affen. Der Affe saß auf den untersten Ästen eines Baumes, nur wenige Meter abseits des Pfades. Er zitterte, sein Fell war durchnässt.

Sieh dir den armen kleinen Kerl an, sagte Darky Gardiner.

Der ist wenigstens frei, du Idiot, sagte Sheephead Morton, strich sich mit Wurstfingern die ebenfalls durchnässten Haare aus der Stirn und setzte sich den Schlapphut wieder auf. Wenn ich frei bin, gehe ich zurück nach Queenstown, dann besaufe ich mich und höre erst wieder auf, wenn ich hundert Jahre alt bin.

Klar, Kumpel.

Warst du schon mal in Queenstown?

Es regnete wieder. Eine Weile sprach keiner von ihnen. Darky Gardiners Atem ging pfeifend.

Komm, Kumpel.

In Queenstown gibt es einen Berg, sagte Sheephead Morton. Ein richtiger Berg ist das, auf der einen Seite liegt Queenie und auf der anderen Gormanston. Mitten im Nirgendwo zwei Bergarbeitersiedlungen. Früher gab es da einen Regenwald. Ist dem Bergbau zum Opfer gefallen. Weit und breit nicht mal ein Farn, mit dem man sich den Hintern abwischen könnte. Sieht aus wie eine verdammte Mondlandschaft. Am Samstagabend kann man sich betrinken, über den Berg fahren, sich in Gormie mit irgendwem prügeln und dann wieder nach Hause gehen. Wirklich der beste Ort auf der Welt.

10

Während sie warteten, sprachen sie kaum, denn eigentlich gab es nichts zu besprechen. Jeder versuchte, sich ein wenig auszuruhen, seinem Körper eine möglichst lange Verschnaufpause zu gönnen, bevor die Arbeit losging. Die Gefangenen hatten weder Kraftreserven noch einen Rest von Tatendrang, der das Ganze erträglicher gemacht hätte. Sheephead Morton drehte sich eine Zigarette aus etwas einheimischem Tabak und einem Fetzen Papier, den er aus dem japanischen Armeehandbuch ausgerissen hatte, zündete sie an, nahm einen tiefen Zug und gab sie weiter.

Was rauchen wir?

Das *Kamasutra*.

Das ist chinesisch.

Na und?

Was macht sein Fuß?, fragte einer von weiter hinten.

Sieht nicht gut aus, sagte Sheephead Morton, hob Darkys Fuß an, schnippte einen Klumpen Dreck von der Sohle. Er bewegte den Fuß vor seinem Gesicht hin und her wie ein Navigator sein Ortungsinstrument.

Die Haut zwischen großem Zeh und dem daneben ist eingerissen. Sieht übel aus.

Jemand schlug vor, abends im Camp eine neue Sohle für den Stiefelrest zu basteln.

Das Gute ist, sagte Darky Gardiner, dass ich den restlichen Stiefel noch habe, was?

Keiner sagte etwas.

Ich muss bloß irgendwo eine neue Sohle auftreiben, und schon bin ich wieder im Geschäft.

Kann sein, sagte Chum Fahey.

Alle wussten, dass es im Camp kein Leder oder Gummi gab, das den Namen verdient hätte und sich zu einer Sohle umarbeiten ließe, die auch nur den Marsch zur Baustelle überstehen würde, geschweige denn einen Arbeitstag.

Wenn man lange genug nachdenkt, findet man immer etwas Gutes, sagte Darky Gardiner.

Worauf du dich verlassen kannst, sagte Sheephead Morton, öffnete das Kochgeschirr, zerteilte seinen Reisball und schob sich die eine Hälfte in den Mund.

Das war's. Sie konnten nichts tun und würden sich bald wieder auf den Weg machen müssen. Während er am Boden lag, bohrte sich Darky Gardiners Kochgeschirr in seine Seite, was ihn daran erinnerte, wie hungrig er war und dass in dem kleinen Blechnapf ein Golfball aus Reis lag, den er jetzt essen könnte. Der Reis hatte beim Sturz etwas Schlamm abbekommen, war aber immer noch essbar. Und im Camp wartete die Kondensmilch auf ihn, die er, er hatte es soeben beschlossen, an diesem Abend trinken würde. Und auch das war gut.

Er zwang sich, sich aufzusetzen. So viel Gutes, dachte Darky Gardiner. Wenn nur der Schmerz in seinem Fuß nicht wäre, das Dröhnen in seinem Kopf und die Tatsache, dass er umso hungriger wurde, je mehr er ans Essen dachte; wenn das alles nicht wäre, könnte er sich glücklich schätzen, insgesamt.

Er hörte Sheephead Morton schlucken. Ein paar andere waren Sheepheads Beispiel gefolgt. Manche zupften nur ein paar Körnchen vom Reisball, andere schluckten das ganze Ding am Stück.

Wie spät ist es?, fragte Darky Gardiner Lizard Brancussi, der es irgendwie geschafft hatte, seine Uhr zu behalten.

Zehn vor acht, sagte Lizard Brancussi.

Wenn er seinen Reisball jetzt äße, dachte Darky Gardiner, würde er für die nächsten zwölf Stunden nichts mehr bekommen. Wenn er ihn aufsparte, würde er ihn in fünf Stunden essen können, in der kurzen Mittagspause. Dann würde er sich fünf Stunden lang auf das Essen freuen können. Wenn er den Reisball jetzt aß, hätte er weder das Essen in der Mittagspause noch die Vorfreude bis dahin.

Es war, als existierten zwei Personen in seinem Kopf. Die eine ermahnte ihn zu Vernunft, Vorsicht, Hoffnung, während die andere sich Gier und Verzweiflung hingeben wollte. Denn wären da nicht, selbst wenn er bis zur Mittagspause wartete, anschließend noch sieben weitere Stunden ohne Essen? Und war es nicht egal, ob man für sieben oder für zwölf Stunden hungerte? Und würde der Reisball, wenn er ihn jetzt aß, nicht seine Chancen steigern, diesen Tag zu überleben, den Schlägen der Aufseher zu entgehen, einen weiteren Fehltritt oder Fehlschlag zu vermeiden, der zu einer potenziell tödlichen Verletzung führte?

Der Dämon der Gier wurde immer stärker, schon streckte Darky Gardiner die Hand nach dem Kochgeschirr aus, das an seinem Lendenschurz hing, als Sheephead Morton ihn auf die Beine zog. Alle standen auf, Lizard Brancussi schulterte Darkys Hammer, nicht aus Mitleid, sondern weil sie alle ein seltsames Lebewesen bildeten, einen einzigen Organismus, als der sie zu überleben versuchten. Darky Gardiner war wütend darüber, so unsanft vom Essen abgehalten zu werden, gleichzeitig war er erleichtert, noch einen Reisball für die Mittagspause zu haben. Und in dieser seltsamen Mischung aus Wut und Erleichterung schleppte er sich voran.

Dann stürzte Darky Gardiner zum zweiten Mal.

Wartet mal kurz, sagte er, als die anderen ihn hochziehen wollten.

Sie hielten inne. Einige legten das Werkzeug ab, andere gingen in die Hocke, ein paar setzten sich.

Wisst ihr, sagte Darky Gardiner vom feuchten Dschungelboden aus, ich muss immer wieder an diese blöden armen Fische denken.

Was ist denn jetzt schon wieder, Darky?, fragte Sheephead Morton.

Nikitaris' Fischladen. In Hobart. Wie er seine Edie nach dem Kino am Samstagabend dort zum Essen ausgeführt hat. Makrele mit Chips, sagte Darky. Hai ist gut, aber Makrele ist noch süßlicher. Die hatten da ein riesiges Aquarium, in dem die Fische rumgeschwommen sind. Keine Goldfische – echte Fische, Meeräschen und Australische Lachse und Flundern –, solche Fische haben wir da gegessen. Wir haben sie beobachtet, wie sie hinter dem Glas herumschwammen, und damals schon fand Edie, dass es doch traurig sein müsse, aus dem Meer gezogen zu werden und in diesem furchtbaren Aquarium zu landen, wo man auf die Fritteuse wartet.

Immer dieses Gerede über Nikitaris' Fischrestaurant, sagte Lizard Brancussi.

Ich habe das Aquarium damals nie als Fischgefängnis gesehen, sagte Darky Gardiner. Als Fischlager. Aber wenn ich heute an diese armen verdammten Fische bei Nikitaris denke, wird mir schlecht.

Sheephead Morton sagte zu Darky, er habe wohl nicht mehr alle Tassen im Schrank.

Darky Gardiner sagte zu ihnen, sie sollten weitergehen, sonst würde der Waran sie erwischen. Er sagte, er würde schon irgendwie nachkommen.

Niemand rührte sich.

Los, Leute, geht schon, sagte er.

Niemand rührte sich.

Er sagte, er wolle nur noch ein paar Minuten liegen bleiben und an Edies Brüste denken, wunderschön seien die gewesen, er wolle jetzt mit ihnen allein sein.

Sie sagten ihm, sie würden ihn nicht zurücklassen.

Er sagte, er sei hier der Unteroffizier und befehle ihnen zu gehen.

Geht!, schrie er. Das ist ein verdammter Befehl! Geht!

Ein *verdammter* Befehl?, fragte Sheephead Morton. Oder nur ein einfacher Befehl?

Ja, sehr lustig, sagte Darky Gardiner. So lustig wie Rooster MacNeice, wenn er *Mein Kampf* zitiert. Geht jetzt. Verpisst euch.

Wer saß, stand auf, wer stand, drückte den Rücken durch, und dann gingen sie zögerlich voran. Darky war fast sofort aus den Augen und dann aus dem Sinn. Der Pfad war sumpfig und tückisch, er führte über schleimige Löcher im ausgehöhlten Sandstein, hier konnte man sich leicht die Füße aufschlitzen. Die Abstände im Gänsemarsch vergrößerten sich schnell, ein jeder nahm den Platz ein, den seine Krankheit ihm zuwies. Eine kleine Gruppe, kaum ein Dutzend Männer, die wie durch ein Wunder noch bei Kräften waren, lief voran, am hinteren Ende befanden sich jene, die immer wieder taumelten und stürzten, manchmal krochen, und dazwischen gingen jene, die abwechselnd die Krankentragen trugen. Und überall dazwischen gab es Männer, die selbst noch fit waren, aber ihre Kameraden nicht allein ließen, die ihnen halfen und sie stützten und niemals aufgeben wollten.

Und so schob sich die glücklose Kolonne weiter, über den schmalen Pfad, den sie selbst geschlagen hatten, durch Teakwald und dornigen Bambus und Dschungel. Sie torkelten und fielen, sie stolperten und rutschten und fluchten und dachten dabei an das Essen, das sie nicht hatten, oder sie dachten an gar nichts, sie krochen und schissen und hofften immer weiter, sie hofften und hofften, dabei hatte der Tag noch nicht einmal begonnen.

11

Dantes Vorhölle, dachte Dorrigo Evans, als er die Geschwürstation verließ, durch den Bach watete und sich auf den abschüssigen Weg zur Morgenvisite im Choleralager machte, einer abgelegenen Ansammlung von offenen, mit löchriger Plane bedeckten Unterständen. Hier wurden die Cholerapatienten isoliert, hier starben sie. Dorrigo hatte für das ganze Elend des Lagers literarische Namen gefunden. Der Dschungelpfad zur Strecke hieß Via Dolorosa, was die Gefangenen aufgegriffen und zu Dolly Rose vereinfacht hatten, bis der Weg irgendwann nur noch Dolly hieß. Mit seinen Füßen pflügte Dorrigo barfuß den Schlamm, wie früher als Kind, er ließ den Kopf hängen wie früher als Kind und interessierte sich so wie ein Kind weder für sein Ziel noch für das, was ihn erwartete, nur für die Furche, die sein Fuß hinterließ und die einen Moment später verschwunden war.

Aber er war kein Kind mehr. Er riss den Kopf hoch, ging aufrecht weiter. Er musste Entschlossenheit und Gewissheit ausstrahlen, selbst wenn er keine besaß. Manche wurden gerettet, ja, dachte er bei sich, wie um sich selbst davon zu überzeugen, dass er mehr war als ein durchschnittlicher Arzt. Manche können wir retten. Ja, ja, dachte er. Und indem wir sie isolieren, retten wir die anderen. Ja! Ja! Ja! Oder wenigstens einige. Alles war relativ. Er könnte sich für einen König halten – doch er war kein König, und er hielt sich für nichts, er befand sich nordnordwestlich von keinem Süden, das sind alles nur unsinnige Wörter, dachte er, nicht einmal seine Gedanken, handgesägte Holzausschnitte von flüchtigen Vögeln, gehörten ihm noch. In Wahrheit wusste er nicht mehr, was er denken sollte, er bewohnte ein Irrenhaus jenseits aller feinsinnigen Anspielungen, wo es keine Vernunft und kein Denken mehr gab. Er konnte nur noch handeln.

Am Rand des Cholerageländes, das nur die unglücklichen

Infizierten und die Sanitäter betreten durften, wartete Bonox Baker mit einer Nachricht auf ihn. Zwei Hilfskräfte hatten sich mit Cholera angesteckt. Zum Sanitätsdienst eingeteilt zu werden kam einem Todesurteil gleich. Obwohl Dorrigo das Risiko für sich persönlich hinnahm, schließlich gehörte es zu seinem Beruf, konnte er nie verstehen, wie man sich freiwillig in dieses Schicksal begeben konnte – so wie Bonox Baker.

Seit wann sind Sie hier, Corporal?

Seit drei Wochen, Colonel.

Bonox Bakers Knabenkörper steckte in zwei absurd großen, ramponierten Herrenschuhen. Er hatte sie sich zugelegt, als er in der Werft von Singapur für die Japaner gearbeitet hatte, zusammen mit einem Karton Bonox-Brühepulver, der innerhalb eines Tages verschwunden war, ihm jedoch einen Spitznamen eingetragen hatte, der ihm ein Leben lang erhalten bleiben würde. Während alle anderen in Jahrzehntschüben alterten und Sechzehnjährige sich in Siebzigjährige verwandelten, entwickelte Bonox Baker sich in die entgegengesetzte Richtung. Er war siebenundzwanzig und sah aus wie neunzehn.

Bonox Baker schrieb seine fortschreitende Verjüngung dem Scheitern der japanischen Militärführung zu. Obwohl es in diesem Camp tief im siamesischen Dschungel für keinen anderen Kriegsgefangenen offensichtlich war, betrachtete Bonox Baker das Scheitern der japanischen Armee als feststehende Tatsache. Für ihn war der Krieg eine riesige, gegen ihn gerichtete Kampagne der Deutschen und Japaner, angestrengt allein zu dem Zweck, ihn zu töten und solange er am Leben blieb, hatte er gewonnen. Das Kriegsgefangenenlager war eine unbedeutende Kuriosität. Dorrigo Evans wunderte sich oft über Bonox Baker.

Seit dem Ausbruch der Cholera?, fragte er.

Ja, Sir.

Sie gingen zum ersten Unterstand, in dem die Neuzugänge untergebracht waren. Die wenigsten schafften es bis in die zweite Hütte, wo die Überlebenden sich erholten, so gut es ging.

Die meisten Neuankömmlinge starben binnen weniger Stunden. Für Evans war der erste Unterstand der allerschlimmste, dennoch hatte er hier seine eigentliche Arbeit zu verrichten. Er wandte sich an Bonox Baker.

Sie können gehen, Bonox.

Bonox Baker schwieg.

Zurück ins Lager. Sie haben Ihre Pflicht getan. Mehr als das.

Ich würde lieber hierbleiben.

Bonox Baker hielt am Eingang inne, Dorrigo Evans blieb neben ihm stehen.

Sir.

Dorrigo Evans bemerkte, dass Bonox den Kopf gehoben hatte und ihn zum ersten Mal direkt ansah.

Würde ich lieber.

Warum, Bonox?

Irgendeiner muss doch bleiben.

Er zog die löchrige Plane beiseite, und Dorrigo Evans folgte ihm hinein in die Hütte, in den Gestank, der an Anchovispaste und Kot erinnerte und so beißend war, dass er in der Kehle brannte. Die zuckende Flamme einer Kerosinlaterne ließ die Dunkelheit sich biegen und winden wie in einem fremdartigen Tanz, als wäre die Cholera ein Tier, in dessen Eingeweiden sie lebten und herumgingen. Am hinteren Ende der Hütte setzte sich ein besonders abgehärmtes Skelett auf und lächelte.

Ich geh zurück in den Eukalyptuswald, Leute.

Sein Lächeln war breit und freundlich und ließ sein Affengesicht noch grotesker aussehen.

Endlich mal wieder meine Lieben besuchen, sagte der Junge, wedelte mit den blumenstängeldürren Armen und riss den von gelb blühenden Geschwüren überwucherten Mund auf. Na so was! Die werden lachen, wenn sie sehen, dass ihr Lenny nach Hause gekommen ist!

Der Junge ist als halbe Portion ausgezogen und hat es nicht mal zum Halbstarken gebracht, sagte Bonox Baker zu Dorrigo Evans.

Lachen und weinen werden die!

Niemand antwortete dem affengesichtigen Eukalyptusjungen mit dem mondigen Lächeln, und wenn doch, war es nur ein leises Stöhnen und mattes Ächzen.

Die in Victoria haben einfach jeden genommen, sagte Bonox Baker.

Der Junge aus dem Eukalyptuswald legte sich so glücklich wieder hin, als würde er von seiner Mutter zu Bett gebracht.

Nächsten Monat wird er sechzehn, sagte Bonox Baker.

Mitten in Schlamm und Kot stand ein lang gezogenes Bambuspodest, auf dem achtundvierzig weitere Männer lagen und verschiedene Höllenqualen durchlitten. Wenigstens schien es so. Dorrigo Evans untersuchte der Reihe nach die seltsam gealterten, runzligen Hüllen aus abgeschälter, schlammfarbener, schwarzfleckiger Haut, in denen die verdrehten Knochen der Männer steckten. Leiber wie Mangrovenwurzeln, dachte Dorrigo Evans. Für einen Moment geriet das Cholerazelt im Schein der Kerosinlaterne ins Schwimmen. Er sah nichts mehr als einen stinkenden Mangrovensumpf voller sich windender, stöhnender Mangrovenwurzeln, die versuchten, sich tief in den Schlamm einzubohren. Dorrigo Evans blinzelte einmal, zweimal, fürchtete, es könnte sich um eine Halluzination handeln, um die ersten Anzeichen des Denguefiebers. Er wischte sich die Nase mit dem Handrücken ab und machte weiter.

Der erste Patient schien auf dem Weg der Besserung; der zweite war tot. Sie rollten ihn in seine verdreckte Decke ein; der Bestattungstrupp würde ihn abholen und verbrennen. Der dritte, Ray Hale, hatte sich so weit erholt, dass Dorrigo ihm sagte, er dürfe noch heute Abend umziehen und ab dem nächsten Morgen als Pfleger aushelfen. Den vierten und fünften erklärte Dorrigo wieder für tot, woraufhin er und Bonox Baker jeweils den Leichnam in seine stinkende Decke einschlugen. Der Tod zählte hier nichts. Der Tod, dachte Dorrigo – und wehrte das Gefühl sogleich als verräterisches Mitleid ab –, brachte eine gewisse Erleichterung. Zu leben bedeutete, in

Angst und Schmerzen dahinzuvegetieren. Auch diesen Gedanken rang Dorrigo sofort nieder und ermahnte sich, dass man leben *musste.*

Um sich davon zu überzeugen, dass es auch hier keinen Puls mehr zu fühlen gab, griff er nach dem Handgelenk des nächsten Skeletts, eines reglos zusammengekrümmten, von offenen Wunden überzogenen Knochenhaufens. Doch im selben Moment ging ein Ruck durch das Skelett, der Kadaverkopf drehte sich um. Merkwürdig halb blinde Augen, die glasig aus dem Schädel quollen, richteten sich auf Dorrigo Evans. Die Stimme war leise und gleichzeitig schrill, es war die Stimme eines Jungen aus dem Körper eines sterbenden Greises.

Sorry, Doc. Nicht heute. Tut mir leid, Sie enttäuschen zu müssen.

Dorrigo Evans legte das Handgelenk vorsichtig auf den fleckigen Brustkorb zurück. Die eingesunkene Haut zwischen den Rippen erinnerte ihn an Entwässerungsgräben.

Richtig so, Corporal, sagte er sanft.

Dorrigo hatte kurz aufgeblickt, und Bonox Baker hatte sein Gesicht sehen können. In den Augen des furchtlosen Vorgesetzten meinte der Sanitäter eine seltsame, an Furcht grenzende Hilflosigkeit zu sehen. Schnell senkte Evans den Blick.

Niemals dem Tod die Hand geben, sagte er zu dem Sterbenden.

Das Skelett drehte den Kopf wieder ein und kehrte in seine reglose Haltung zurück. Die wenigen Worte hatten es erschöpft. Mit Fingerspitzen strich Dorrigo Evans über die dünnen, nassen Haarsträhnen an der faltigen Stirn, kämmte sie beiseite.

Und so schob das hagere Paar sich weiter durch den Unterstand, der hochgewachsene Doktor und sein kleiner Assistent. Beide waren nur spärlich bekleidet, der Pfleger mit absurd großen Herrenschuhen und einem Armeehut, dessen Krempe unerhört breit über das eingefallene Gesicht hinausragte, der Arzt mit kurzen Hosen, einem speckigen roten Halstuch und keck schief sitzender Offizierskappe, als wäre er auf Freiersfüßen unterwegs in die Stadt. Alles an dieser Visite fühlte sich für Dorrigo wie ein Schmierentheater an, und er spielte die grausamste Rolle: den Mann, der Hoffnung schenkte, wo es keine Hoffnung mehr gab, in einem Lazarett, das kein Lazarett war, sondern ein undichter Unterstand aus Lumpen über einem Bambusgerüst. Die Betten waren keine Betten, sondern parasitenbefallene Bambusmatten, der Fußboden war aus Dreck, und er, der Arzt, hatte nichts von dem, was ein Arzt brauchte, um seine Patienten zu heilen. Ein speckiges rotes Halstuch, eine Offiziersmütze und seine zweifelhafte Autorität, das waren seine Instrumente.

Wie aus dem Nichts hatte er plötzlich den kränkelnden Jack Rainbow vor Augen, der in der Rolle der Vivien Leigh nach lebenslanger Trennung auf einer Brücke seinen Geliebten wiedersah. Er dachte daran, wie sehr die Aufführungen, die die Männer seinerzeit auf die Beine gestellt hatten – mit großem Einfallsreichtum hatten sie Bühnenbilder und Kostüme aus Bambus und alten Reissäcken gebastelt, dem schönen Schein zuliebe –, nicht halb so absurd gewesen waren wie das Lazarett und seine Arbeit. Und doch war alles hier real, so wie damals im Theater. Wie damals die Theateraufführung motivierte ihn nun das Lazarett. Und manchmal gab es tatsächlich einen Patienten, der überlebte. Er weigerte sich aufzugeben. Er war kein guter Chirurg, er war kein guter Arzt; im Grunde, er wusste es, war er nicht einmal ein guter Mensch. Aber er weigerte sich aufzugeben.

Einer der Sanitäter mühte sich damit ab, einen Tropf zu legen, einen kruden Katheter aus grünem Bambus an einem Stück Gummischlauch, das Darky Gardiner in der Nacht zuvor aus dem verunfallten japanischen Laster hatte mitgehen lassen. Der Schlauch steckte in einer alten Flasche mit Salzlösung. Das Wasser hatten sie in Destillationsblasen aus Kerosinkanistern und Bambus sterilisiert. Der Sanitäter hieß Major John Menadue, streng genommen war er der dritthöchste Kommandant der Kriegsgefangenen. Er hatte das Aussehen eines Filmstars und das Kommunikationstalent eines Trappistenmönchs, und wenn er doch einmal sprechen musste, stammelte er meistens hilflos vor sich hin. Am glücklichsten war er als Pfleger, wenn er die Weisungen anderer ausführen konnte.

Die Japaner mit ihrem Respekt vor Hierarchien zwangen alle niederen Ränge zur Arbeit, nicht jedoch die Offiziere, die im Camp blieben und bizarrerweise einen winzigen Sold der Kaiserlich Japanischen Armee bezogen. Evans hielt nichts von Hierarchien, es sei denn sie brachten einen praktischen Nutzen. Abgesehen davon, dass er einen Teil des Offizierssoldes einbehielt, nötigte er die Offiziere dazu, im Camp auszuhelfen, Kranke zu pflegen und sich um das Abwassersystem zu kümmern, neue Latrinen, Drainagen und eine Wasserzufuhr zu bauen und damit das Lager zumindest notdürftig instand zu halten.

John Menadue versuchte gerade, eine Vene am Fußgelenk des Kranken zu finden und den Bambuskatheter zu setzen. Als Skalpell diente ihm ein geschärftes Joseph-Rodgers-Taschenmesser. Der Fuß bestand hauptsächlich aus Knochen, und der Sanitäter schnitt auf der gespannten Haut hin und her.

Sie brauchen keine Angst zu haben, ihm wehzutun, sagte Dorrigo Evans. Hier.

Er nahm das Messer und deutete einen präzisen, entschlossenen Schnitt an, wiederholte die Bewegung geschickt, zerteilte das Fleisch oberhalb des Knöchels und öffnete die Vene. Rasch führte er den selbst gemachten Katheter ein. Der Cholerapatient zuckte zusammen, doch Dorrigo war so sicher und schnell vorgegangen, dass es fast schon vorbei war, bevor es begonnen hatte.

Jetzt muss er durchhalten, sagte Dorrigo Evans.

Abgesehen von seinem Beharren auf strenger Hygiene war die Rehydratation sein größter Erfolg. Allein in den letzten zwei Tagen hatte er auf diese Weise mehrere Leben gerettet, ein paar Männer würden das Choleracamp lebend verlassen, anstatt auf dem Scheiterhaufen zu landen. Das, dachte Dorrigo, machte allen Hoffnung.

Hier muss man sterben oder durchhalten, wisperte ein anderer Soldat.

Ich bin nicht tot, verdammt, krächzte der Mann, der jetzt am Tropf hing.

Die Cholerakranken starben ihnen unter den Händen weg, noch während sie die Schlafplattform abschritten und jeden Einzelnen untersuchten, Flüssigkeitsspiegel überprüften, den Tropf justierten und ganz selten einmal einen Glücklichen in die viel kleinere Hütte der Genesenden hinüberschicken konnten. Wenn Dorrigo Evans sich den Kranken näherte, schienen sie keine vollständigen Menschen mehr zu sein, zu viel hatte die Cholera, die binnen Stunden zuschlug und oft binnen Stunden tötete, ihren Leibern entzogen. Manche stöhnten vor Schmerzen, weil die Krämpfe sie von innen auflösten und zerfraßen, andere bettelten leise und monoton um Wasser, manche starrten aus eingesunkenen und verschatteten Augenhöhlen vor sich hin. Als sie zu dem Jungen mit dem Affengesicht kamen, der nach Hause zu seiner Mum und seinem Dad wollte, war er gestorben.

Manchmal geht das so, sagte Bonox Baker, sie werden ganz euphorisch und wollen mit dem Bus nach Hause fahren und ihre Mutter besuchen. Da weiß man dann, gleich ist es vorbei.

Warten Sie, ich helfe Ihnen, sagte Dorrigo Evans zu einem älteren Pfleger, der ihnen allen nur als Shugs bekannt war – weithin berühmt dafür, eine arg mitgenommene, inzwischen angeschimmelte Ausgabe von Mrs Beetons Kochbuch ins Herz des siamesischen Dschungels geschleppt zu haben – und der schon mit der Trage wartete. Bei der Trage handelte es sich um eine Behelfskonstruktion aus zwei langen Bambusrohren, zwischen die alte Reissäcke gespannt waren.

Nun, da die Visite beendet war, konnte Dorrigo Evans Shugs und Bonox Baker mit Lennys verwelktem Leichnam helfen. Der Junge schien kaum mehr zu wiegen als ein toter Vogel.

Dorrigo hatte dennoch das Gefühl, mit anpacken, etwas tun zu müssen. Die Reissäcke reichten nicht ganz bis ans Ende der Trage – Wovon hatten sie hier überhaupt genug?, dachte Dorrigo Evans –, und Lennys Beine schleiften über den Boden.

Während sie sich vom Ort der Verdammnis entfernten, rutschte Lennys Leichnam immer wieder von der Trage. Um ihn zu sichern, drehten sie ihn schließlich auf den Bauch und legten die Füße rechts und links über die Bambusgriffe. Die Pobacken des Toten waren so abgemagert, dass der Anus obszön herausragte.

Hoffentlich lässt Lenny nicht auf den letzten Drücker noch einen fahren, sagte Shugs, der hinten ging.

12

Seit dem Ausbruch der Cholera wurde Jimmy Bigelow zum Arbeitsdienst im Camp eingeteilt, damit er bei den mittlerweile täglichen Bestattungen das Horn spielen konnte. Er war bereits gerufen worden und wartete am Rand des Choleralagers, als sie mit den Tragen herankamen. An der letzten Trage sah er Dorrigo Evans, schiefe Mütze und rotes Halstuch, und Bonox Baker mit den lächerlichen Schuhen, die Jimmy Bigelow immer an Mickey Mouse denken ließen. Das andere Ende hielt Shugs, den Kopf seltsam nach hinten verdreht.

Jimmy folgte dem jämmerlichen Leichenzug durch den dunklen, tropfenden Dschungel. Das Horn baumelte an einem zusammengeknoteten Lumpenstreifen an seiner Schulter. Jimmy hing sehr an seinem Horn, denn von allen Dingen im Dschungel – Bambus, Stoff, Leder, Lebensmittel, Fleisch – schien allein das Horn vor dem Verfall und der Fäulnis gefeit. Er war ein nüchterner Mensch, fühlte aber dennoch das Unsterbliche in diesem schlichten Messinginstrument, das schon so viele seiner Besitzer überdauert hatte.

Die für den Scheiterhaufen zuständigen Kriegsgefangenen erwarteten sie auf einer feuchten Lichtung. Sie hatten mühsam herausfinden müssen, wie kompliziert es war, einen Menschen zu verbrennen. Der Scheiterhaufen war ein rechteckiger, brusthoher Stoß aus Bambusholz. Davor lag bereits der erste Choleratote neben seinen wenigen Habseligkeiten und seiner Decke. Jimmy Bigelow erkannte Rabbit Hendricks wieder. Überrascht stellte er fest, wie wenig das in ihm auslöste.

Was immer ein Cholerapatient berührt hatte, durfte von keinem anderen mehr angefasst werden – höchstens von den Bestattern –, und alles, was ein Cholerapatient besessen hatte, musste man, um Ansteckungen zu vermeiden, mit dem Toten zusammen verbrennen. Während sein Trupp die drei Leichen und deren Sachen auf den Haufen hievte, trat einer der Bestatter an Dorrigo Evans heran. Er hielt Rabbit Hendricks' Skizzenbuch in der Hand.

Verbrennen, winkte Dorrigo Evans ab.

Der Bestatter hustete.

Wir waren uns nicht sicher, Sir.

Warum nicht?

Es ist ein Bericht, sagte Bonox Baker. Sein Bericht. Damit die Leute es in der Zukunft, na ja, *erfahren*. Sich daran erinnern. Das hat Rabbit gewollt. Dass die Leute sich später mal daran *erinnern*, was hier passiert ist. Mit uns.

Sie sollen sich erinnern?

Ja, Sir.

Am Ende wird immer alles vergessen, Bonox. Es ist besser, im Hier und Jetzt zu leben.

Bonox Baker wirkte wenig überzeugt.

Auf dass wir niemals vergessen, sagte Bonox Baker. Ist es nicht so, Sir?

Ja, Bonox Baker. So heißt die Gedichtzeile.

Dann sollten wir das Buch aufbewahren. Damit es nicht vergessen wird.

Kennen Sie das Gedicht eigentlich, Bonox? Es ist von Kipling. Es handelt nicht vom Erinnern. Es handelt vom Vergessen – davon, wie alles irgendwann vergessen wird.

In fremden Meeren schmelzen die Flotten;
Auf Düne und Festland fällt Feuerschnee.
Seht doch, all unser Prunk muss verrotten
Wie der von Tyros und Ninive!
Richter der Nationen, lass deine Gnade uns ermessen,
Auf dass wir nicht vergessen – auf dass wir nicht vergessen!

Dorrigo Evans nickte dem Bestatter zu, der den Scheiterhaufen in Brand steckte.

Ninive, Tyros, eine gottverlassene Eisenbahn in Siam, sagte Dorrigo Evans, während die züngelnden Flammen Tigerstreifen auf sein Gesicht malten. Wie wollen wir uns überhaupt an irgendwas erinnern, wenn wir uns nicht einmal merken können, dass es in Kiplings Gedicht ums Vergessen geht?

Ein Gedicht ist kein Gesetz, Sir. Es ist bestimmt nicht unser Schicksal, Sir.

Nein, sagte Dorrigo Evans und erschrak, denn im selben Moment wurde ihm klar, dass es für ihn mehr oder weniger diese Bedeutung hatte.

Die Bilder, sagte Bonox Baker. Die Bilder, Sir.

Was ist damit, Bonox?

Rabbit Hendricks war überzeugt, dass seine Bilder überleben würden, egal, was mit ihm selbst geschieht, sagte Bonox Baker. Und dass die Welt es erfahren würde.

Wirklich?

Die Erinnerung bedeutet wahre Gerechtigkeit, Sir.

Oder sie ist der Schöpfer neuer Höllenqualen. Bonox, die Erinnerung ähnelt der Gerechtigkeit nur, weil auch sie ein Irrglaube ist. Ein Irrglaube, der den Leuten das gute Gefühl gibt, im Recht zu sein.

Bonox Baker bat den Bestatter, das Skizzenbuch aufzuschlagen. Die Tuschezeichnung zeigte eine Szene aus dem japanisch besetzten Singapur: eine Reihe von aufgespießten chinesischen Köpfen.

Da sind alle Gräuel festgehalten, sehen Sie?

Dorrigo Evans drehte sich zu Bonox Baker um. Er konnte jedoch nicht viel mehr erkennen als Rauch und Flammen. Er konnte ihr Gesicht nicht sehen. Die abgetrennten Köpfe wirkten im dichten Qualm lebendig, dabei waren sie längst tot. Das Feuer stieg hinter ihnen empor, lebendig waren hier nur die Flammen, und er musste an ihren Kopf und ihr Gesicht und ihren Körper denken, an die rote Kamelie in ihrem Haar. Aber sosehr er sich bemühte, er konnte ihr Gesicht nicht sehen.

Nichts ist von Dauer. Verstehen Sie das nicht, Bonox? So hat Kipling das gemeint. Kein Empire und keine Erinnerung. Wir erinnern uns an nichts. Für ein oder zwei Jahre vielleicht. Vielleicht ein Leben lang, falls wir leben. Vielleicht. Aber eines Tages werden wir sterben, und wer sollte das hier jemals begreifen? Und am wenigsten werden wir uns vermutlich dann erinnern können, wenn wir uns die Hand aufs Herz legen und immerzu vom Erinnern reden.

Da sind auch die Folterungen, sehen Sie?, sagte Bonox Baker.

Er blätterte zu einer Tuscheskizze, die zeigte, wie ein Australier von zwei Aufsehern geschlagen wurde. Er blätterte zu einem Aquarell aus der Geschwürstation. Zu einer Bleistiftzeichnung eines skelettdünnen Mannes bei der Arbeit, der Steine in der Felsenrinne zerklopfte. Dorrigo Evans wurde zunehmend gereizt.

Besser als ein Fotoapparat von Kodak, unser guter alter Rabbit, sagte Bonox Baker lächelnd. Ich frage mich bis heute, wie er an die Stifte gekommen ist.

Wer kann schon wissen, was diese Bilder eines Tages bedeuten werden?, fragte Dorrigo Evans unwirsch. Wer wird wissen, was sie zeigen? Der eine interpretiert sie als Beweis für die Sklaverei, der andere als Propaganda. Wie viel verraten uns die Hieroglyphen über das Leben unter der Knute, das die Pyramidenarbeiter geführt haben müssen? Reden wir je darüber? Jemals? Nein, wir reden über die Größe und Erhabenheit der Ägypter. Der Römer. Wir reden über Sankt Petersburg, nicht über die Knochen der hunderttausend Sklaven, auf denen es erbaut worden ist. Vielleicht wird man eines Tages genauso über die Japsen denken. Am Ende werden diese Bilder nur einem Zweck dienen: die Größe dieser Monster zu beweisen.

Selbst wenn wir sterben, sagte Bonox Baker, werden die Bilder zeigen, was mit uns geschehen ist.

Dann werden Sie wohl weiterleben müssen, sagte Dorrigo Evans.

Jetzt war er verärgert, und am meisten ärgerte er sich darüber, dass seine Männer sahen, wie er die Beherrschung verlor. Während die Flammen des Scheiterhaufens in die Höhe wuchsen, wurde ihm klar, dass er sie jetzt schon vergaß, dass er sich jetzt schon ihr Gesicht nicht mehr in Erinnerung rufen konnte, ihr Haar, das Muttermal über der Lippe. Er erinnerte Fragmente, glühende Kohlen, tanzende Funken, aber nicht sie – ihr Lachen, ihre Ohrläppchen, ihr Lächeln neben der roten Kamelie –

Kommen Sie, sagte Dorrigo Evans, aufs Feuer mit ihm, bevor die Flamme zu heiß wird.

13

Sie hoben Rabbit Hendricks in seiner verdreckten, kotverschmierten Decke an und legten ihn zu den anderen Toten. Seinen Seesack, in dem sich nur noch ein Kochgeschirr, ein Löffel, drei Pinsel, einige Bleistifte, ein Wasserfarbkasten für Kinder, ein Gebiss und einige vertrocknete Tabakkrümel befanden, warfen sie hinterher, sowie das Skizzenbuch. Die Cholerapatienten waren auf unheimliche Weise gewichtslos. Seit Pater Bob gestorben war, führte eigentlich Lindsay Tuffin die

Bestattungszeremonie durch, ein ehemaliger Anglikanerpastor, der nach einem nicht näher bezeichneten moralischen Fehltritt aus dem Priesteramt verstoßen worden war. Doch er war nirgends zu sehen. Und schon waren die Flammen dabei, die Toten zu versengen.

Colonel?, sagte Shugs.

Weil die Zeit drängte und die Pflicht rief und sein Rang ihn dazu verpflichtete, hielt Dorrigo Evans eine kurze, improvisierte Trauerrede. An die offiziellen Ansprachen konnte er sich nicht erinnern, sie hatten ihn immer gelangweilt, und so versuchte er es mit einem Schauspiel, das den Zweck hoffentlich erfüllte. Doch bevor er beginnen konnte, musste er sich nach den Namen der Verstorbenen erkundigen.

Mick Green, Kanonier. Aus Westaustralien, sagte Shugs. Jackie Mirorski. Heizer auf der *Newcastle.*

Dorrigo Evans verschloss die Namen in eine Erinnerung, aus der er sie nur zweimal hervorholen würde, zu den beiden entscheidenden Gelegenheiten: für die Trauerfeier, die er jetzt leiten musste, und in einem Tagtraum viele Jahre später, vor seinem eigenen Tod. Er endete seine Rede mit den Worten, dass diese vier redlichen Männer nun auf dem Weg zu Gott seien. Was Gott mit der Sache zu tun hatte, wusste er selbst nicht so genau. Von Gott sprach hier kaum noch jemand, nicht einmal Lindsay Tuffin.

Während Dorrigo Evans den Kopf beugte und von den Flammen zurücktrat, machte sich Jimmy Bigelow bereit. Er schüttelte aus dem Horn heraus, was sich an Skorpionen und Tausendfüßlern darin verkrochen hatte, und hob es an die Lippen. Sein Mund war kaputt, das Fleisch löste sich vom Gaumen. Auch seine Lippen waren geschwollen, und seine Zunge – so dick und so wund, dass sich jedes Reiskorn wie eine Schrotkugel anfühlte – versagte den Dienst und lag ihm im Mund wie ein Holzstück. Der Big Fella hatte ihm erklärt, er leide an Pellagra, weil im Essen nicht genug Vitamine steckten. Jimmy Bigelow verstand nur, dass seine Zunge die Luft blockierte, die der Blasebalg seiner Wangen ins Horn stoßen wollte.

Und trotzdem verlor er sich in der fremdartigen Melodie, als er das Horn nun ansetzte und das Lied spielte, das er inzwischen nur allzu gut kannte. Die ersten, langsamen Noten gelangen ihm. Dann zog das Tempo an; für den Punkt, an dem »The Last Post« seine größte Wucht entfalten sollte, brauchte es vollen Körpereinsatz und eine fast übermenschliche Anstrengung, um die nötigen kurzen Töne zu spielen, mit denen die Melodie sich aufbaute, bevor sie dann verklang. Beim Spielen hatte Jimmy Bigelow das Gefühl, seine Zunge wäre nicht mehr vorhanden und er tippte stattdessen mit einem Holzstab an das Mundstück, immer in der verzweifelten Hoffnung, die Töne halten und die Melodie zusammenstückeln, den Zauber wirken lassen zu können.

Wie alle in dieser dunklen, tristen Dschungelwelt musste auch Jimmy Bigelow improvisieren, seine Zunge überlisten, seinen Atem an dem walförmigen Klumpen vorbeimanövrieren. Er ignorierte seine kreischenden Nervenenden und konzentrierte sich ganz darauf, die Töne zu treffen, auch dieses Mal bis zum Schluss durchzuhalten, all jenen zuliebe, die im Dschungel bleiben mussten und nie wieder nach Hause konnten. Am Ende, beschämt über seine Tränen, die nicht der Trauer geschuldet waren – er fühlte nicht mehr als bei den fünf Bestattungen gestern oder bei denen davor –, sondern dem körperlichen Schmerz. Hastig wandte er sich ab, damit niemand merkte, welche Mühe er mit einer simplen Melodie hatte, damit niemand ihn für total verweichlicht hielt.

Und obwohl sein ganzer Körper während der Totenmusik in Flammen stand, spielte er weiter und hörte alles wie zum ersten Mal; er konnte nicht ertragen, dass sie gestorben waren und dass er das verhassteste aller Stücke immer wieder spielen musste, doch er war fest entschlossen, nicht aufzuhören. Anders, als man ihm hatte weismachen wollen, bedeutete das Stück keinesfalls, dass der Soldat nun in Frieden ruhen konnte, dass er seine Pflicht getan hatte. Welche Pflicht? Warum? Wer sollte hier in Frieden ruhen? Das waren die Fragen, die er auf dem Horn spielte, er sollte sie für den Rest seines Lebens hinausposaunen, bei Veteranentreffen, bei offiziellen Empfängen, manchmal auch zu Hause, am späten Abend, wenn die Erinnerung ihn einholte. Jeder Atemstoß von Jimmy wurde durch die Messingspirale verstärkt und in den kollektiven Traum von der menschlichen Erhabenheit hinausgeblasen, die mit jeder Note aufs Neue starb, immer außer Reichweite blieb, sich im nächsten Ton, dem nächsten Satz, dem nächsten Mal versteckte …

Unmittelbar nach dem Krieg war es, als hätte es den Krieg nie gegeben, nur manchmal meldete er sich kurz zurück wie die kaputte Sprungfeder in der Matratze, die seine Nachtruhe störte und eine unangenehme Klarsicht hervorrief. Schließlich hatte es, wie Shugs später sagte, gar nicht so verdammt lange gedauert, es hatte sich einfach nur so verdammt endlos angefühlt. Und als es dann doch endete, war es eine Zeit lang gar nicht so einfach, sich überhaupt daran zu erinnern. Die anderen hatten viel Unglaublicheres zu berichten – von den Schlachten um El Alamein und Tobruk, aus Borneo, vom Nordseekonvoi. Abgesehen davon gab es wieder ein Leben zu leben. Der Krieg hatte die richtige Welt und das richtige Leben nur kurz unterbrochen. Jobs, Frauen, Häuser, neue Freunde, alte Verwandte, neues Leben, Kinder, Beförderungen, Entlassungen, Krankheiten, Todesfälle, Rente – irgendwann konnte Jimmy Bigelow sich nicht mehr erinnern, ob er vor oder nach den Camps und dem Eisenbahnbau in Hobart gewesen war, ob vor oder nach dem Krieg. Es fiel ihm schwer zu glauben, dass ihm all das tatsächlich zugestoßen war, dass er all das tatsächlich gesehen hatte. Manchmal konnte er kaum glauben, überhaupt im Krieg gewesen zu sein.

Gute Jahre kamen, Enkelkinder, danach das Älterwerden, und dann auf einmal kehrte der Krieg Stück für Stück zurück und ließ die anderen neunzig Lebensjahre langsam verblassen.

Am Ende sprach und dachte er an wenig anderes – weil, wie er meinte, im Grunde nur wenig anderes passiert war. Eine Zeit lang konnte er »The Last Post« so spielen, wie er es im Krieg gespielt hatte, mit dem Gefühl, nicht wirklich involviert zu sein, nur seine Pflicht zu tun, seinen Dienst. Dann spielte er es jahre- und jahrzehntelang gar nicht mehr, bis er zweiundneunzig geworden war und nach dem dritten Schlaganfall im Krankenhaus im Sterben lag, sich mit dem beweglichen Arm das Horn an die Lippen setzte und noch einmal den Rauch sah und das versengte Fleisch roch, und auf einmal wusste er: Ihm war nie etwas anderes passiert.

Mit Gott habe ich kein Problem, sagte Dorrigo Evans zu Bonox Baker, während sie im Scheiterhaufen stocherten, damit die Flammen nicht von den Leichen abließen. Ich habe bloß keine Lust, mich mit anderen über seine Existenz zu streiten. Nicht auf Gott bin ich wütend, sondern auf mich selbst.

Warum?

Weil ich noch immer von Gott rede. Gott hier und Gott da.

Gott soll verflucht sein, das hatte er eigentlich sagen wollen. Verflucht dafür, diese Welt erschaffen zu haben, verflucht sei Sein Name, jetzt und in alle verfluchte Ewigkeit, verflucht soll Gott sein für dieses Leben, dafür, dass Er uns nicht gerettet hat, verflucht soll Gott sein dafür, dass Er verflucht noch mal nicht hier ist und verflucht noch mal die Männer nicht gerettet hat, die da auf dem verfluchten Bambus verbrennen.

Aber weil er ein Mann war und darüber hinaus der Angepassteste unter den Unangepassten, hatte er während seiner Trauerrede von Gott, Gott, Gott geschwafelt, wann immer ihm nichts Besseres eingefallen war; und zu dem verfrühten, sinnlosen Tod dieser Männer fiel ihm in der Tat nichts Besseres ein. Die anderen wirkten zufrieden, doch Dorrigo Evans konnte die Kröte nicht herunterschlucken, die nach der Rede in seinem Mund hockte. Er wollte keinen Gott, er wollte diese Feuer nicht, er wollte Amy, und trotzdem konnte er nichts erkennen als die Flammen.

Glauben Sie noch an Gott, Bonox?

Keine Ahnung, Colonel. In letzter Zeit frage ich mich eher, ob ich noch an die Menschen glauben soll.

Die verbrennenden Leichen knackten und zischten. Eine hob den Arm, als die Hitze die Sehnen zusammenzog.

Einer der Bestatter winkte zurück.

Mach's gut, Jackie. Jetzt hast du es hinter dir, Kumpel.

Für Sie war es vielleicht nicht so wichtig, sagte Bonox Baker. Von Gott gesprochen zu haben. Aber für die Männer schon. Glaube ich.

Tatsächlich?, fragte Dorrigo Evans.

Er erinnerte sich an einen Witz, den er einmal in einem Café in Kairo gehört hatte. Mitten in der Wüste erklärt ein Prophet einem verdurstenden Reisenden, dass er lediglich Wasser brauche. Es gibt kein Wasser, antwortet der Reisende. Ja, gibt der Prophet ihm recht, aber wenn es welches gäbe, hättest du keinen Durst und müsstest nicht sterben. Dann muss ich jetzt wohl sterben, sagt der Reisende. Nicht, wenn du etwas trinkst, antwortet der Prophet.

Während die Flammen emporschlugen und Qualm und fliegende Funken die Luft erfüllten, trat Dorrigo Evans einen Schritt zurück. Der Geruch war süßlich, widerlich. Zu seinem eigenen Entsetzen bemerkte er, wie ihm der Mund wässrig wurde.

Rabbit Hendricks setzte sich auf und hob beide Hände, wie um die Flammen zu umarmen, die nun sein Gesicht verkokelten, und dann platzte etwas in seinem Innern mit solcher Wucht, dass alle zurückspringen mussten, um nicht von umherfliegendem Bambus und Glutspritzern getroffen zu werden. Der Scheiterhaufen verwandelte sich in eine Feuersbrunst, Rabbit Hendricks kippte seitwärts um und verschwand in den Flammen. Ein zweiter Leichnam explodierte mit lautem Knall, alle duckten sich.

Der Big Fella richtete sich auf, griff zu einem Bambusstab und half den Bestattern, die Leichen in die Mitte des Feuers zurückzuschieben, wo es am heißesten war und sie am schnellsten verbrennen würden. Sie arbeiteten gemeinsam, stocherten und schoben und schippten den Bambus zurück, um den Brand zu nähren, sie schwitzten und keuchten und ließen nicht nach, wollten nicht nachlassen, wollten sich eine kleine Weile länger in der sengenden Hitze vergessen.

Als sie fertig waren und schon gehen wollten, sah Dorrigo Evans etwas im Schlamm liegen. Rabbit Hendricks' Skizzenbuch, an den Rändern leicht verkohlt, ansonsten unversehrt. Vermutlich war es bei der kleinen Explosion aus dem Feuer geschleudert worden. Das Deckblatt aus Karton fehlte sowie die ersten Seiten. Die Vorderansicht zeigte nun Darky Gardiner, der auf der Hauptstraße eines zerstörten syrischen Dorfes in einem opulenten, mit kleinen Fischen bestickten Ohrensessel sitzt und Kaffee trinkt, umgeben von ein paar Kameraden, darunter auch Yabby Burrows mit seinem Kochgeschirr. Dorrigo wurde klar, dass Rabbit Hendricks Yabby hineingezeichnet haben musste, nach dessen Tod. Von Yabby war nichts mehr übrig als diese Zeichnung.

Dorrigo Evans hob das Skizzenbuch auf, um es wieder ins Feuer zu werfen. Und dann änderte er in der letzten Sekunde seine Meinung.

14

Immer mehr Männer überholten Darky Gardiner, formlose, leere Vogelscheuchen mit verzerrtem oder geöffnetem Mund und staubtrockenen Augen, die sich nicht länger fließend bewegten, sondern ruckartig und sporadisch; er fiel immer weiter in der Reihe zurück. Alles hatte ihn verlassen. Was noch übrig war, es war ihm bewusst, was noch stark in ihm war und in Kopf und Muskeln brannte, war seine Krankheit. Seine offenen Unterschenkel brauchten ein Blatt nur leicht zu streifen, und schon schoss der Schmerz durch sein Bein und versetzte seinen Körper in seltsame Schwingungen aus reinem Schmerz.

Darky Gardiner schätzte sich trotzdem glücklich: Er hatte noch seine Stiefel, sagte er sich, zwar fehlte an einem vorübergehend die Sohle, doch ließe sich das am Abend reparieren. Kein Zweifel, dachte Darky Gardiner, sie wurden von den Japanern gequält, aber es war gut, Stiefel zu haben. Von seinem Glück bestärkt, zog er sich die Rolle aus klammem Tau abermals über die Schulter, beförderte sie mit einem Schulterzucken Richtung Hals, damit sie nicht hinunterrutschte, und setzte sich wieder in Bewegung.

Und obwohl er immer weiter zurückfiel, drang er tiefer und tiefer in den Dschungel vor. Dieser Tag war für ihn eine Aneinanderreihung unüberwindlicher Hindernisse, die er dennoch überwinden würde. Er würde die Strecke erreichen, auf der Strecke bis zur Pause arbeiten, und nach der Pause würde er ebenfalls arbeiten – und so weiter. Jedes Hindernis schrumpfte auf den nächsten unmöglichen Schritt zusammen, der ihm irgendwie gelingen würde.

Er stürzte in ein Gestrüpp aus dornigem Bambus und schlitzte sich bei dem Versuch, den Sturz abzufangen, die Hand auf. Als er wieder aufrecht stand, hatte er nicht mehr die Beweglichkeit und Kraft, von einem Stein zum nächsten zu springen oder über jeden einzelnen hinwegzusteigen. Auf einmal ging alles schief. Er geriet wiederholt ins Stolpern. Er taumelte und verbrauchte seine letzten Energien damit, sein Gleichgewicht zu halten. Er stürzte wieder und wieder. Und jedes Mal wurde es schwieriger, wieder auf die Beine zu kommen.

Als er beim nächsten Mal den Kopf hob, sah er nichts als die grüne Einöde und begriff, dass er allein war. Die Männer vor ihm waren hinter einer Kuppe verschwunden, wer immer hinter ihm ging, war weit entfernt. Das Hanfseil auf seiner Schulter war nun vollgesogen und wurde immer schwerer. Es entrollte sich ständig, hing in unregelmäßigen Schlingen herab, die sich an Wurzeln verfingen und ihn stolpern ließen. Je öfter er stehen blieb, das Seil neu aufrollte und sich die Rolle über die Schulter schob, desto schwerer und unhandlicher wurde sie.

Er torkelte weiter. Er fühlte sich entsetzlich schwach, und sein Kopf war schwer und irgendwie schief. Wieder verrutschte das Seil, er stolperte und fiel bäuchlings in den Schlamm, rollte sich langsam auf die Seite und blieb so liegen. Er sagte sich, er müsse nur für eine oder zwei Minuten ruhen, dann ginge es schon wieder. Fast im selben Moment verlor er das Bewusstsein.

Als er wieder zu sich kam, lag er in einem dunklen Dschungel, neben sich ein Haufen Tau. Er rappelte sich auf, hielt sich mit dem Finger ein Nasenloch zu, schnäuzte Schlamm und Schnodder aus und schüttelte den Kopf wie ein Betrunkener. Beim nächsten wackeligen Schritt stieß er gegen einen herausragenden Fels, woraufhin sich vom Abhang darüber etwas Sandstein löste, der ihm auf die Schulter schlug.

Ich muss weiter, dachte er oder meinte er zu denken, denn sein zersplitterter Verstand fühlte sich nur noch wie ein Fremdkörper an, eine Last, ein Stein; sicher wusste er nur, dass er allmählich panisch wurde und kurz ohnmächtig gewesen war.

Er fand sein Gleichgewicht wieder, und erbost über den Fels, die Welt und sein Leben, bückte er sich und las einen Sandsteinbrocken auf, und mit der letzten Kraft seines fiebernden Körpers schleuderte er ihn gegen den Dschungel.

Ein dumpfer Schlag, im selben Moment ein Fluch. Darky erstarrte am ganzen Leib.

Fick dich, Gardiner, zischte eine vertraute Stimme.

Darky Gardiner sah sich um. Rooster MacNeice trat aus einem Bambuswäldchen, eine Hand am Kopf.

Kommst du jetzt mit, oder willst du uns auffliegen lassen?

Und hinter Rooster MacNeice erschienen sechs weitere Gestalten, die er nicht erkennen konnte, und dahinter Gallipoli von Kessler, der Darky seinen üblichen saloppen Hitlergruß zukommen ließ.

Wir dachten, du hättest uns erwischt, sagte Kes.

Wobei?, fragte Darky Gardiner.

Wir dachten, du wüsstest Bescheid und wärest auf der Hut, wir dachten, du tust nur so, als würdest du ein kleines Nickerchen machen, sagte Rooster MacNeice.

Bescheid worüber?

Über unseren Ruhetag. Die Japsen geben uns keinen, also nehmen wir ihn uns.

Darky Gardiner sah sich auf dem Pfad um.

Heute Morgen sind wir gezählt worden, und die Japsen zählen uns erst wieder beim Einzug ins Lager, fuhr Rooster MacNeice fort. Auf der Strecke zählen sie nie und merken nichts. Wir verstecken uns und ruhen uns aus und schließen uns den anderen einfach wieder an, wenn sie auf dem Rückweg sind. Anschließen, zählen lassen, und Onkel Tojo ist zufrieden.

Du kannst nicht von den anderen erwarten, dass sie deine Arbeit machen, sagte Darky Gardiner. Das wird nicht funktionieren.

Es hat letzte Woche funktioniert, und die schlitzäugigen Penner haben nicht mit der Wimper gezuckt. Und heute machen wir es wieder.

Aber heute seid ihr in meinem Trupp, sagte Darky Gardiner.

Na und?, sagte Rooster MacNeice.

Ist das fair, den anderen gegenüber?

Kes sagte, sie hätten eine halbe Meile weiter einen überhängenden Felsen entdeckt, der Schutz vor dem Regen biete. Dort würde niemand sie hören oder sehen, sie hätten ein Kartenspiel dabei, bei dem lediglich der Karobube fehle. Ob er Bridge spiele?

Die peitschen euch die Haut vom Leib, sagte Darky Gardiner.

Wie sollen sie es erfahren?, fragte Rooster MacNeice.

Es wird auffliegen, und dann werden sie euch auspeitschen.

Du wirst dichthalten, sagte Rooster MacNeice. Du bist heute

unser Sergeant. Micky hat letzte Woche auch mitgemacht. Hat den Mund gehalten. Hat die Männer ein bisschen umverteilt, sodass alle Posten besetzt waren. In jeder Gruppe hat nur einer gefehlt.

Kes sagte, ohne den Karobuben sei Bridge sogar noch interessanter, weil –

Darum geht es hier nicht, fiel ihm Rooster MacNeice ins Wort. Überhaupt nicht. Es geht darum, die Japsen im Krieg nicht auch noch zu unterstützen. Irgendwann, irgendwo muss man doch Widerstand leisten, und das machen wir jetzt.

Darky Gardiner dachte darüber nach, aber nicht lange.

Ich kann Bridge nicht ausstehen, sagte er.

Kes sagte, dass es ehrlich gesagt nicht viel anderes zu tun gebe. Bridge spielen oder schlafen. Patience vielleicht, aber wer sah darin schon einen Sinn?

Scheiß drauf, sagte Darky Gardiner, dessen Kopf wieder pochte und dem die Aussicht auf Schlaf verlockend erschien. Ich bin zu kaputt, um mich zu streiten. Das ist ein Befehl. Ihr könnt meinetwegen schwänzen, so viel ihr wollt, aber nicht, wenn andere dafür bezahlen müssen.

Niemand muss dafür bezahlen, sagte Rooster MacNeice.

Doch, ihr, falls ihr nicht gehorcht, sagte Darky. Los jetzt.

Aber als er nach dem Seil griff, es einrollte und schulterte und sich abermals auf den glücklosen Weg zur Abbruchstelle machte, folgte ihm nur Gallipoli von Kessler.

Gardiner ist ein feiger Sergeant, der wird nichts verraten, sagte Rooster MacNeice zu den übrigen Männern. Sie drehten sich um und schlugen sich in den Dschungel. Er ist, sagte Rooster MacNeice, kein geborener Führer.

15

Colonel Kota war wenig überrascht zu erfahren, dass seine Befürchtungen sich bewahrheitet hatten. Den Thais in der Masse war nicht zu trauen. Der Thai als Individuum war ein Dieb. Während der vier Nachtstunden zwischen der Panne, wegen der er und sein Fahrer den Transport hatten zurücklassen müssen, und der Ankunft der Kriegsgefangenen, die den Laster bis ins Camp schoben, hatten irgendwelche Thai-Banditen mehrere Schläuche aus dem Motorraum gestohlen. Nun war das Fahrzeug nicht mehr fahrtüchtig, und der Colonel musste im Camp ausharren, bis ein Aufseher neue Schläuche aus dem nächstgelegenen Lager geholt hatte. Der Aufseher wurde nicht vor dem Abend zurückerwartet.

Nun, da seine Abreise sich um einen Tag verzögerte, beschloss Colonel Kota, die Arbeiten auf der Eisenbahnstrecke zu begutachten. Er war zu Fuß auf dem Weg dorthin, der Waran begleitete ihn als sein Führer, als er mitten auf dem Pfad zwei Kriegsgefangene entdeckte. Einer saß, einer lag im Schlamm. Der Sitzende sprang sofort auf, der Liegende blieb reglos liegen. Er schien nichts mehr mitzubekommen. Sie hielten ihn für tot, doch als der Waran ihn mit dem Fuß anstieß, bemerkten sie ihren Irrtum und begannen, ihn anzubrüllen. Als das nichts nützte, trat der Waran kräftig zu, woraufhin der Mann nur stöhnte. Sie sahen, dass er jenseits von Tritten und Schlägen war.

Colonel Kota wäre am liebsten verzweifelt. Wie sollen wir die Eisenbahn bauen, dachte er, wenn sie es nicht einmal bis zur Baustelle schaffen? Und dann fiel sein Blick auf Darky Gardiners Hals.

Colonel Kota befahl dem Waran, Darky Gardiner in eine kniende, gebeugte Haltung zu bringen. Er inspizierte den Nacken des Australiers aus der Nähe. Er war mager, in den Hautfalten klebte Dreck.

Ja, dachte Colonel Kota. Schmutzig und grau, so wie die Erde, auf die man pisst. Ja, ja, dachte Colonel Kota. Etwas an den seltsam reptilienhaft anmutenden Falten und Flecken kitzelte eine Erinnerung wach, die auf Wiederholung drängte. Ja! Ja! Colonel Kota wusste sich in den Fängen einer geistesgestörten, unmenschlichen Macht, die eine Spur aus blutenden Stümpfen durch Asien zog. Und je länger er tötete, so beiläufig und so freudig, desto bewusster wurde ihm, dass irgendwann die eine außer Kontrolle geratene Hinrichtung sein Ende bedeuten würde. Bis dahin jedoch kontrollierte er das Ende der anderen – wann, wo, durch den geschickten Streich, den sauberen Schlag. Und auf seltsame Weise hatte er beim Töten das Gefühl, er könne die Kontrolle gewinnen über das, was von seinem Leben noch übrig war.

Jedenfalls, sagte Colonel Kota sich, würde es die kostbaren Kräfte des zweiten Gefangenen schonen, wenn dieser den kranken Mann nicht bis ins Lager zurücktragen müsste, und der Kranke würde keine kostbaren Essensrationen mehr verbrauchen, bevor er dann vermutlich ohnehin starb.

Er zückte sein Schwert und bedeutete dem Waran, ihm die Wasserflasche zu reichen. Colonel Kota sah seine Hände zittern, was eigenartig war, denn er spürte weder Angst noch sein Gewissen.

Nur der Mond und ich,
wir beide auf der Brücke,
allein und frierend.

Zweimal rezitierte Colonel Kota Kikusha-nis Haiku. Doch er musste seine Hände beruhigen. Er nahm die Kappe von der Wasserflasche, und während er sie zitternd hielt, ergoss sich das Wasser auf seine Klinge. Er schaute zu, wie die Tropfen auf der glänzenden Oberfläche zu nassen Peitschennattern zusammenliefen, die sich davonschlängelten. Die Schönheit des Anblicks beruhigte ihn.

Er hob den Kopf und konzentrierte sich auf seine langsame Atmung, bevor er das Schwert vorsichtig an Darkys Nacken setzte. Er hielt inne, um seine Absicht kundzutun und sich selbst bereit zu machen.

Auge zu!, brüllte der Waran Darky Gardiner an. Auge zu!

Er zündete sich eine Zigarette an und blinzelte zweimal, wie um sich verständlich zu machen.

Colonel Kota spreizte die Beine, richtete sich auf, hob mit einem Schrei das Schwert in die Höhe und hielt inne, um sich Kikusha-nis Gedicht ein letztes Mal aufzusagen. Doch dann kam er mit dem Mittelvers durcheinander. In seinem Kopf verhaspelte sich etwas.

Alle warteten – Colonel Kota mit dem Schwert hoch über dem Gefangenen, der Waran mit der Zigarette im Mund, Gallipoli von Kessler, der wie hypnotisiert danebenstand. Allein Darky Gardiner sah nichts, nahm nur die schwüle Hitze wahr, die ihn einhüllte wie eine Decke, und den Schweiß auf seinen geschlossenen Augenlidern. Sein zerschundener, vor Angst verdrehter Lumpenkörper fühlte das Schwert zwischen sich und der Sonne.

Er wagte nicht zu schlucken.

Er konnte Colonel Kota riechen, seinen überwältigenden Gestank nach fauligem Fisch. Er fühlte die Gier der Klinge über sich. Er hörte Blut. Seins. Das ihre. Es wurde immer lauter.

Und Colonel Kota, der an die Symmetrie und Ordnung aller Dinge glaubte, wurde immer verwirrter, während sein Verstand sich gegen die eigene Schwäche anstemmte. Er war entsetzt. Die Kontrolle über die Reihenfolge war ihm entglitten, und damit auch über dieses Ende und, in einer seltsamen Logik, die ihm absolut folgerichtig erschien, über sein eigenes Leben. Das durfte er nicht zulassen.

Darky Gardiners Nacken schien zu schreien. Er sehnte sich nach dem Schlag, damit es endlich vorbei wäre. Er fragte sich, ob das Schwert bereits fiel, ob sein Kopf möglicherweise längst schon –

Er ist weg, hörte er Kes sagen.

Schritte entfernten sich, Stille, dieselben Schritte kehrten zurück.

Der hat sich verdünnisiert, sagte Kes. Ich habe nachgesehen. Du kannst die Augen wieder aufmachen, Darky.

Und Darky Gardiner machte die Augen auf.

Kota und sein Schwert waren verschwunden. Der Waran war verschwunden. Nur Kes war noch da und starrte aus Apfelkernaugen auf ihn hinunter. Darky hob den Blick zu den schwarzen Bambusstreifen auf dem nahe gelegenen Felsen.

Mannomann, sagte Kes, sieh dir die Spanner an.

Darky hörte das Kreischen der Affen.

Er roch den fauligen Sumpfgestank des Dschungels.

Und bei so viel Leben ringsum bekam Darky Gardiner zum ersten Mal eine Ahnung von seinem eigenen Tod. Er begriff, dass all das fortbestehen, von ihm selbst hingegen nichts übrig bleiben würde, nicht einmal eine Erinnerung, die, vielleicht noch hochgehalten für ein paar Jahre oder Jahrzehnte von ein paar Verwandten oder Freunden, auch nur so viel bedeuten würde wie ein umgeknickter Bambusstrauch oder der allgegenwärtige Schlamm. Als Darky Gardiner den Blick pfadauf, pfadab schweifen ließ und an die nackten Sklaven dachte, die nur eine Meile von hier schufteten, wurde er von einem unfassbaren Zorn gepackt. All das würde immer weitergehen, nur er wäre nicht mehr da. Wohin er auch blickte, sah er nichts als pulsierendes Leben, das nicht auf ihn angewiesen war, das sein Verschwinden nicht einmal zur Kenntnis nehmen, geschweige denn sich an ihn erinnern würde. Die Welt würde sich ohne ihn weiterdrehen.

Alles in Ordnung, Kumpel?, fragte Kes.

Darky Gardiners Blick wanderte umher, konnte aber nichts entdecken als die Welt, der er nichts bedeutete und die ihn nicht brauchte. Man würde ihn in ein Bambusfeuer werfen, ein paar Worte sagen oder auch nicht, Jimmy Bigelow würde »The Last Post« spielen, und in zehn Jahren oder vielleicht zwanzig würden alle Überlebenden in einem neuen japanischen Großreich als Sklaven arbeiten. Und nach weiteren fünfzig oder hundert Jahren würde jedermann die neue Weltordnung als gegeben hinnehmen, nichts hätte sich im Vergleich zu heute verbessert oder verschlechtert, der einzige Unterschied würde darin bestehen, dass er nicht mehr dabei war. Auf einmal brauchte er Schlaf. Er musste jetzt schlafen. Er ließ sich auf den Rücken fallen. Es fühlte sich an, als würde sein Körper sich selbst zu Erde verwandeln.

Wir müssen weiter, sagte Kes. Wenn du hier liegen bleibst, werden sie dich umbringen.

Er bückte sich, um Darky Gardiner auf die Beine zu ziehen, und dann hörte er einen gutturalen Schrei und sah zu seinem Entsetzen den Waran mit großen Schritten auf sich zueilen. Der Aufseher stieß Kes beiseite, versetzte Gardiner einen Tritt, schrie wieder und wieder: *byoki*-Haus, *byoki*-Haus, zeigte zurück zum Camp. Selbst in seinem Delirium konnte der Gefangene es nicht fassen.

Byoki-Haus?, keuchte Darky Gardiner ungläubig. *Byoki*-Haus war das japanische Kauderwelschwort für Lazarett.

Byoki-Haus!, brüllte der Waran noch einmal und gab ihm einen letzten Tritt, um der Anweisung Nachdruck zu verleihen.

Mit der letzten verbliebenen Kraft ging Darky Gardiner auf Knie und Hände, wendete wie ein müder Hund und kroch los, bevor der Aufseher seine Meinung ändern würde. Kes machte sich eilig auf in die entgegengesetzte Richtung, zur Abbruchstelle. Der Waran sprintete an ihm vorbei, um den hohen Gast einzuholen. Sobald er außer Sicht war, blieb Kes stehen.

Verwundert sah er zu, wie sein linkes Bein völlig grundlos von einem heftigen Krampfanfall geschüttelt wurde. Es zuckte auf und nieder, als hinge es an einer Stromleitung. Und dann bebte sein ganzer Körper unkontrolliert, minutenlang schüttelte er sich heftig. Irgendwann ließ es nach, und Kes konnte seinen Marsch zur Eisenbahnstrecke fortsetzen.

16

Es war kurz nach Mittag, Shugs hatte seinen schmierigen grauen Reisball gegessen und war auf dem Weg zur Küche, um einen neuen Kerosinkocher für den kaputten Destillator abzustauben. Er hoffte zudem, einer der Köche würde ihm ein paar Gemüseschalen oder ausgekratzte Reisreste überlassen.

Shugs war viel älter als die meisten, vielleicht sogar fast schon dreißig; seine Augen, die alle anderen an überquellende Aschenbecher erinnerten, und seine kauzige, wortkarge Art erregten in manchen die Vermutung, er sei nicht ganz richtig im Kopf. Vor dem Krieg war er Trapper gewesen, ein Nomade auf dem tasmanischen Hochland, und er besaß nichts, nicht einmal einen Seesack. Eine Unterhose hatte er zum ersten Mal im Leben getragen, nachdem er sich zum Armeedienst gemeldet und man ihm zwei Garnituren ausgehändigt hatte, als Teil der Uniform. Nie hatte er über den Luxus in der Armee zu staunen aufgehört, über die Exotik des Ganzen, perfekt zusammengefasst in dem Kochbuch, das er beim Kartenspiel in Java gewonnen hatte. Shugs erzählte, er habe gerade von Mrs Beetons Rezept für Schweinerouladen geträumt, als er Darky Gardiner entdeckte, der zusammengebrochen im Matsch des Exerzierplatzes lag.

Gott weiß, wie er den Rückweg ins Lager geschafft hat, erzählte er den anderen Kriegsgefangenen. Aber er hat's geschafft.

Sie fragten sich, wie Darky Gardiner den ganzen Weg auf Händen und Knien hatte zurücklegen können, über Steine und Wurzeln, durch den Schlamm und die Pfützen und die Felswand hinunter. Sie schützten Erstaunen vor, doch in Wahrheit hatten sie Angst, denn schon in der nächsten Woche, am nächsten Tag könnte es einen von ihnen treffen, und dann wären sie auf ein Durchhaltevermögen angewiesen, wie es zumindest in Darky Gardiner ganz offensichtlich steckte.

Sein Darm hat ihn einfach im Stich gelassen, er war von oben bis unten voller Scheiße, der arme Kerl, erzählte Shugs. Ich glaube, der ist den verdammten Pfad langgekrochen und hat seine Scheiße einfach hinten rausspritzen lassen.

Shugs genoss die allgemeine Aufmerksamkeit.

Der gottverdammte arme Kerl, ihr würdet ja nicht glauben, wie lange er da schon rumlag. Das Fieber hat ihn herumgewirbelt wie der Wind ein wurmstichiges Blatt. Ich dachte, er wäre tot. Er sah verdammt schlimm aus. Dann habe ich gesehen, dass er atmet. Ich dachte mir, schaff ihn bloß schnell den Japsen aus den Augen, denn wenn man nicht auf der verdammten Krankenliste steht, gilt man für die als Drückeberger, da kann man noch so tot sein. Ich ziehe ihn also hoch, das vollgeschissene Skelett, er stützt sich auf mich und ich auf ihn, und dann habe ich Darky wie einen verdreckten, angeknacksten Besen zu den Duschen rübergeschleift. Hab mir einen Lappen besorgt, hab mir Wasser besorgt und ihn abgewaschen und sauber gemacht, ich hab ihm das Gesicht gewaschen und seinen schmierigen Hintern.

Sie konnten praktisch sehen, wie Shugs sich in den Bambusduschen über Darky beugte. Sie wussten, wie peinlich das gewesen sein musste, zwei nackte Männer, die wie entwurzelte Bäume aneinanderlehnten. Sie konnten das Rinnsal aus der Bambusröhre sehen, die vom Bach gespeist wurde, und sie hörten Shugs sagen, ist doch schöner, wenn man sauber ist, Junge. Sie sahen, wie Darkys Gliedmaßen immer wieder aus Shugs' Griff rutschten. Sie konnten sehen, wie das Wasser in den Mulden auf Darkys Schultern zusammenlief, auf der gerippten Hühnerbrust, als Shugs sagte, jetzt holen wir mal den ganzen Dreck von dir runter und aus dir raus. Und ein jeder fragte sich, ob er selbst auch nur halb so anständig sei wie der halb verrückte, großmäulige Shugs.

Shugs schilderte, wie Darky halbwegs zu sich gekommen war und dem Stellvertreter des Big Fella, Squizzy Taylor – sanft wie ein Lamm, aber aussehen tut er wie ein Mafiaboss –, erzählt hatte, wie der Japsenoffizier ihn hatte köpfen wollen und es dann doch gelassen hatte und wie der Waran ihn zurück ins Lager geschickt hatte.

Beständigkeit kann man den Japsen wirklich nicht vorwerfen, hatte Squizzy Taylor gesagt und seinen großen Gangsterschädel geschüttelt, und dann streckte er seine Gangsterhände aus und fing an, Darky zu untersuchen. Darky hat nur noch wirres Zeug geredet, erzählte Shugs, er brabbelte vor sich hin, wie er vor dem Krieg mit seiner Misses in Nikitaris' Fischladen in North Hobart immer Fish and Chips gegessen habe. Erzählte irgendwas davon, wie er nicht habe aufhören können, an die Fische in dem großen Aquarium im Schaufenster zu denken. Flachköpfe und Meeräschen und Australischer Lachs. Ganz normale Fische, sagte Darky, als Squizzy ihn ein bisschen piekste, sein Augenlid hochzog, ihm die Brust abklopfte, die übliche Prozedur.

Nur Fische?, fragte Squizzy.

Ja, sagte Darky, nur Fische. Die armen Dinger, schwimmen da in dem Glaskasten rum und gucken raus.

Zunge rausstrecken, sagte Squizzy.

Nach der Matinee im Avalon, sagte Darky weiter. Immer in Nikitaris' Fischladen. Zweimal Makrele – Chips – frittierte Muscheln – Brot und Butter.

Zuerst schicken sie alle zur Arbeit, das reinste Todeskommando, sagte Squizzy, und diesen armen Kerl schicken sie einfach so zurück. Zunge rausstrecken, Darky.

Und Darky erzählte immer weiter, wie gut Edie das gefallen habe, damals vor dem Krieg in Hobart. Erst ins Kino, und dann Fisch essen.

Und dann, wollte ich ihn fragen, was passierte dann?, sagte Shugs. Aber Darky erzählte immer weiter von den vielen Fischen, an die er denken müsse und die in Nikitaris' Aquarium rumgeschwommen seien. Dass das wider die Natur sei. Dass auch die Fische Kriegsgefangene seien. Und dass er, wenn er wieder zu Hause ist, direkt zu Nikitaris' Fischladen gehen wird, um die ganzen Fische aus dem Wasser zu holen und an die Kaimauer zu tragen und freizulassen. Mir doch egal, wie der alte Nikitaris das findet, sagte Darky. Ich werde sie kaufen. Ich werde den verdammten Laden überfallen, ich werde tun, was nötig ist, um die Fische da rauszuholen und wieder ins Meer zu werfen, wo sie hingehören.

Squizzy sagte ihm, er solle sich nicht so aufregen, er habe alle möglichen Krankheiten und müsse für unbestimmte Zeit ins Lazarett, und später dann, wenn er gesund sei, dann könne er mit den Fischen und seiner Misses machen, was er wolle.

Darky hat gezittert wie ein Grashalm, sagte Shugs, schwer zu sagen, was er sich gedacht hat, ob er überhaupt wusste, wo er war. Vielleicht dachte er tatsächlich, er wär mit Edie da in diesem Laden, nach einem Abend im Avalon, sagte Shugs, vielleicht hat er die Fische im Aquarium ausgelacht. Vielleicht hat er sie gar nicht bemerkt, vielleicht guckte er nur auf Edies Brüste, und Edie sagte ihm, er solle nicht immer nur auf die Fische achten, sondern auch mal auf sie. Vielleicht auch nicht. Vielleicht ist Darky ganz schüchtern geworden und hat gedacht, er wär auch so ein Fisch und würde in dem Aquarium schwimmen, er wär ein nackter Kriegsgefangener im Dschungel, der seinen Arm um mich gelegt hat. Squizzy Taylor sagte mir also, ich solle ihn ins Lazarett bringen.

Die sollen ihm geben, was sie an Chinin noch zusammenkratzen können, hat er gesagt, und etwas gegen den Durchfall. Er dreht sich zu mir um und sieht mich mit seinen Ganovenaugen an und murmelt, wir haben kein Chinin und nichts gegen den Durchfall, und kaum noch Lebensmittel, aber im Lazarett kann er sich wenigstens ausruhen.

Und da, sagte Shugs, ihr werdet es mir nicht glauben, aber da hat Darky zu lachen angefangen, es war, als wäre er gar nicht mehr hier bei uns im verdammten Dschungel sondern wieder in Nikitaris' Fischladen, vor dem Krieg. Zweimal Makrele, ein Dutzend frittierte Muscheln und Brot mit Butter. Squizzy fragte mich, was er gesagt habe, und ich sagte, zweimal Makrele, ein Dutzend frittierte Muscheln und Brot mit Butter, verdammt, Sir.

Und da fängt Squizzy zu lachen an, sagte Shugs. Und ich auch. Und Darky lacht. Er kann gar nicht mehr aufhören. Zweimal Makrele, sagt er, ein Dutzend frittierte Muscheln und Brot mit Butter. Wir haben uns aneinander festgeklammert, da draußen im verdammten Schlamm, und uns totgelacht. Ich hab ja keine Ahnung, wie Schweinerouladen schmecken, aber so einen heißen, salzigen, fettigen Fisch? Den vergisst man nicht.

17

Als sie sich der Geschwürstation näherten, schlug Dorrigo der Gestank von verfaulendem Fleisch entgegen. Der Kadavergeruch war so überwältigend, dass Jimmy Bigelow, der Evans auf der Visite außerhalb des Choleralagers begleitete, sich mehrfach entschuldigen, hinausgehen und sich übergeben musste.

Im Innern der Hütte war der Gestank noch stärker. Dorrigo Evans schlug sich eine Hand vor die Nase, nahm sie rasch wieder hinunter, um die Männer, die hier lagen und schon so viel ertragen mussten, nicht noch zusätzlich zu kränken. Er durchschritt den Gang zwischen den Bambuspodesten, auf denen seine Geschwürkranken lagen. Abermals veränderte sich der Geruch, wurde intensiver und stechender und so beißend, dass Dorrigos Augen tränten. Wie Stabheuschrecken, die in einer großen Gruppe verendeten, lagen die Männer nicht nebeneinander, sondern seltsam ineinander verkeilt auf dem Bambusgeflecht. Die Masse aus Zikadenhüllen mit stumpfen, leeren, weit aufgerissenen Insektenaugen hob und senkte sich gleichförmig, das sanfte Anschwellen der gerippten Brustkörbe war das einzige Lebenszeichen. Gelegentlich meinte Dorrigo, in ihren Augen noch etwas erkennen zu können, wobei dieses

Etwas immer furchtbar war – Neid, ein erschreckender Fatalismus, eine lähmende Angst, in der sie tiefer und tiefer versanken. Hinzusehen war schwierig, nicht hinzusehen noch schwieriger. Manche waren selbstvergessen, die meisten beachteten ihn nicht weiter; einige schwiegen; andere befanden sich im Delirium und warfen den Kopf hin und her; manche murmelten und zischelten; wieder andere stöhnten unaufhörlich, weil der Schmerz unablässig durch sie hindurchsickerte wie der Regen durch den Bambus.

Dorrigo Evans schritt zwischen den Podesten hindurch und gab sich so gesprächig wie ein Mann, der am Samstagnachmittag seine alten Freunde im Pub trifft; doch seine gute Laune verflog und sein Magen krampfte sich zusammen, als zwei Sanitäter Jack Rainbow hereintrugen. Ein Sanitäter presste verdreckte Lumpen auf den kurzen Stumpen, der von Jack Rainbows rechtem Bein geblieben war, um eine Blutung zu stoppen. Dorrigo Evans hatte Jack bereits zweimal operiert, beim ersten Mal hatte er das Bein unterhalb des Knies amputiert, wo sich das Geschwür durch Schienbein und Sprungbein gefressen hatte. Beim zweiten Mal musste er den Oberschenkel amputieren, weil der Wundbrand den Stumpen befallen hatte. Das war drei Wochen her, und nun war Jack schon wieder hier. Die Sanitäter hievten ihn auf den Bambustisch, auf dem die Geschwüre mit scharfkantigen Löffeln ausgeschabt wurden. Dorrigo Evans kam herüber, um sich das Bein anzusehen.

Er konnte es riechen, noch bevor er es sah.

Fast unmöglich, sich nicht zu übergeben.

Es war wieder passiert; dort, wo die abheilende Wunde hätte sein sollen, fand sich nichts als schwarze, entzündete Fäule, und aus dem kurzen, stockdürren Stumpen sickerte das Blut. Dorrigo Evans sah, dass der Faden, mit dem er die Oberschenkelarterie zugenäht hatte, sich gelöst haben musste.

Wundbrand, sagte er zu niemand Bestimmtem; jeder mit einer Nase wusste es ohnehin schon. Aderpresse, sagte er.

Niemand reagierte.

Aderpresse? Oh, verdammt, nein, sagte Dorrigo Evans, als ihm klar wurde, dass sie bei den Geschwüren waren, wo es keine Aderpressen oder ähnliche Instrumente gab. Hastig öffnete er seinen Gürtel, zog ihn aus den Schlaufen und wickelte ihn um die Überreste von Jack Rainbows Oberschenkel. Der Oberschenkel, kaum dicker als ein Wasserrohr, sah jetzt aus wie ein mit fauligem Asphalt gefüllter Becher. Sanft zog Dorrigo den Gürtel zu. Jack Rainbow stöhnte leise. Die Blutung wurde schwächer.

Setzen Sie ihn auf.

Die Sanitäter beförderten Jack Rainbow in eine sitzende Position und hielten ihn umarmt. Einer bot ihm Wasser in einer Blechdose an, doch Jack erwischte mit seinen zittrigen Lippen die Kante nicht und vergoss das Wasser.

Wir bringen Sie in den Operationssaal, Corporal Rainbow, sagte Dorrigo Evans. Und als einer der Pfleger innehielt, um sich an der Nase zu kratzen, fügte er leise hinzu: Schnell.

Die Sanitäter wussten, je leiser Dorrigos Stimme, desto wichtiger und dringlicher der Befehl. Sie eilten mit Jack auf der Trage davon, Evans drehte sich zu einem dritten Sanitäter um.

Suchen Sie Major Taylor. Sagen Sie ihm, ich brauche ihn im OP, sofort. Und könnten Sie mir ein Tau oder ein Seil für meine Hose besorgen?

Der Colonel und seine Begleitung liefen zum Operationssaal. Jimmy Bigelow gab sein Bestes, um mit Dorrigo Schritt zu halten. Der war kaum langsamer als sonst, obwohl er sich mit einer Hand die Hose festhalten musste, während seine langen Beine den Schlamm durchpflügten.

Der OP war eine kleine Hütte. Ihr größter Vorteil war ihre Lage: Sie lag auf halber Strecke zwischen Lazarett und Geschwürstation und damit fernab der Kranken und der praktisch unlösbaren Hygieneprobleme, die diese mit sich brachten. Das Dach war mit Palmwedeln gedeckt, nicht mit Baumwollplane, was bedeutete, dass es im Innern mehr oder weniger trocken war. Die vorhandenen Instrumente schienen der

Fantasie eines Kindes entsprungen zu sein, das sich einen altertümlichen Operationssaal zusammenträumt. Verbogene Blechdosen mit davorgestellten Kerzen dienten als Reflektoren, der Sterilisator war ein ehemaliger Benzinkanister, der Operationstisch war aus Bambus und das OP-Besteck aus verbogenem Stahl, den sie aus Lkw-Motoren gestohlen hatten und in einem Koffer auf dem Tisch aufbewahrten, damit keine Ratte und keine Maus und auch sonst nichts darin herumkriechen konnte.

Während er die Instrumente zur Sterilisation vorbereitete, fragte Dorrigo sich, was jetzt zu tun wäre. Er wusste keine Antwort. Was zum Teufel hast du dir dabei gedacht?, hatte Squizzy Taylor ihn einmal gefragt, als er mit Nakamura Karten gespielt und als Einsatz einen Häftling vorgeschlagen hatte, den Nakamura bestrafen wollte. Ich denke, gab Dorrigo zu, immer nur daran, Fortschritte zu machen und gegen die Windmühlen anzukämpfen. Taylor hatte gelacht, aber Dorrigo hatte es ernst gemeint. Nur unser Glaube an die Illusionen macht, dass wir weiterleben können, hatte er erklärt, und näher war er der Beschreibung seines eigenen Charakters nie gekommen. Der Glaube an die Realität ist es, der uns das Genick bricht.

Er legte sich das Leben jeden Tag neu zurecht, und je mehr er sich auf seine Fantasie verließ, desto besser schien es zu funktionieren. Aber was hieß es, Fortschritte zu machen? Im hinteren Teil der Hütte, abseits des OP-Tischs, schrubbte er sich die Hände sauber, wusch sich Schmutz und Blut in dem wenigen Wasser ab, das aus einer Bambusröhre herauslief; die Röhre war Teil einer improvisierten Sanitäranlage, die die Männer errichtet hatten, um Wasser aus dem nahe gelegenen Bach heranzuschaffen. Mittlerweile hegte Dorrigo den Verdacht, dass die Cholera mit diesem Wasser gekommen war. Alles schien vergiftet, und jede Anstrengung, die Lage zu verbessern, machte alles nur noch schlimmer. Dorrigo Evans rief Jimmy Bigelow zu sich, der ihm kostbares destilliertes Wasser aus einem Kerosinkanister über die Hände gießen sollte.

Während der Waschung versuchte Dorrigo Evans, sich zu fassen, Körper und Geist zu beruhigen.

Er wurde panisch. Er spürte es, versuchte, sich zu fangen und auf die vorbereitenden Handgriffe zu konzentrieren. Jeder Finger musste einzeln gesäubert werden. Das konnte er schaffen, redete er sich ein. Die Fingernägel – immer darauf achten, dass nichts unter den Fingernägeln zurückbleibt. Er glaubte nicht daran, es schaffen zu können, aber die anderen glaubten es. Und wenn er an ihren Glauben glaubte, könnte er sich vielleicht, so wie sie, an sich selbst festhalten. Handgelenke – die Handgelenke nicht vergessen. Das alles war lächerlich, und doch setzte das Überleben einen lächerlichen Glauben an die eigene Lebensfähigkeit voraus.

Die Sanitäter brachten Jack Rainbow herein, der jetzt ganz still war. Als sie ihn auf den Operationstisch legten, betrat Squizzy Taylor die Hütte, gefolgt von dem dritten Sanitäter, der ein paar bunte Lumpen zu einem groben Strick zusammengeknotet hatte. Er bot ihn dem Colonel an.

Das ist mein Gürtel?

Ein Sari. Angeblich. Früher mal.

Der Colonel lächelte.

Nun, ist doch gut, wenn meine Hose ausnahmsweise nicht mehr rutscht. Hier, sagte er und wies mit dem Ellenbogen auf seine Shorts, ohne die Hände aus dem Wasser zu nehmen.

Der Sanitäter zog den provisorischen Strick durch die Gürtelschlaufen und verknotete ihn seitlich. Nun sah der hochgewachsene Arzt mit den schmalen Hüften wie ein Freibeuter aus.

Der ohnehin schlanke Squizzy Taylor – nach einem berühmten Melbourner Gangster benannt aufgrund seines Nachnamens und seines finsteren Charmes, der noch verstärkt wurde durch seine feuchten, ebenso hellwachen wie scheuen Beuteltieraugen und einen schmalen Schnauzbart – war inzwischen sehr dünn geworden, und die neue Figur verlieh ihm etwas Schurkisches, das er früher nicht ausgestrahlt hatte und das erst recht zu seinem Spitznamen passte. Seine Herkunft, er hatte in einem Vorort von Adelaide als Hausarzt gearbeitet, war ebenso bieder wie sein Aussehen exotisch. Bevor er Evans als Assistent zur Seite gestellt worden war, hatte sich sein chirurgisches Wissen auf sein Studium und die Anekdoten seiner Kollegen beschränkt.

Colonel?

Amputation, sagte Dorrigo Evans, ohne den Blick von den Händen zu heben. Noch einmal.

Dorrigo, sagte Squizzy Taylor, haben Sie sich den Stumpen angesehen?

Ich weiß.

Da ist nichts mehr, was es zu amputieren gäbe.

Dorrigo spürte, wie seine eine Hand die andere zerquetschte. Seine Hände mussten unbedingt sauber werden.

Ich weiß. Man kann – Dorrigo Evans wollte etwas sagen, unterbrach sich.

Er drückte noch fester zu. Konnte man wirklich?

Um Gottes willen, Jimmy, fuhr er seinen Begleiter an, dieses verfluchte Wasser ist kostbarer als Single Malt. Sie sollen hier kein Feld bewässern. Immer schön langsam gießen, habe ich gesagt.

Er wird am Schock sterben, Dorrigo.

Und er wird sterben, wenn wir nichts tun. Er hat Wundbrand. Er hat … er hat eine Chance, wenn wir die Hüfte amputieren.

Im Ernst?, fragte Squizzy Taylor. Bei der Exartikulation sterben die Patienten sogar in den modernsten Krankenhäusern. Der Eingriff geht einfach zu weit. Hier draußen ist er sinnlos.

Wie viel Narkosemittel haben wir noch?

Genug.

Ich habe einmal bei einer Hüftexartikulation assistiert, sagte Dorrigo. In Sydney, neunzehnhundertsechsunddreißig. Der alte Angus MacNamee war der Operateur. Er war der Beste.

Hat der Patient überlebt?

Sie. Eine Aborigine. Einen Tag. Zwei vielleicht. Ich weiß es nicht mehr.

Warum versuchen wir es nicht mit einer sehr hoch angesetzten Oberschenkelamputation? Dann hat er eine Chance.

Der Wundbrand geht zu tief.

Ich bin kein Chirurg. Aber so tief scheint er mir nicht zu sitzen. Amputieren Sie das Bein dort, wo die Aderpresse sitzt.

Ob wir am Beinansatz oder an der Hüfte operieren, ist einerlei, denn wir können so oder so keine Aderpresse mehr setzen. Von dem verfluchten Bein ist nichts mehr übrig, Squizzy, das ist unser Problem.

Wenn ich mit einem stumpfen, festen Gegenstand zudrücke, genau hier, sagte Taylor und bohrte in seiner eigenen Lende herum, wie um die Arterien zu ertasten. Hier, sagte er und drückte sich zwei Finger in die Leistenbeuge. *Hier* – genau auf die Oberschenkelarterie. Das könnte die Blutung hinreichend stoppen.

Oder auch nicht.

Oder auch nicht.

Mit so etwas wie einem umgebogenen Löffelgriff? Das könnte vielleicht klappen.

Vielleicht.

Vielleicht.

Ein umgebogener Löffel wäre geeignet. Damit könnte ich den Blutfluss im Idealfall so weit reduzieren, dass Sie operieren können. Er wird trotzdem bluten. Aber Sie können den Stumpen abnehmen, die Arterien zuklammern und vernähen. Er wird bluten, aber er wird nicht verbluten.

Es müsste sehr schnell gehen.

Sie sind doch ein Mann der Tat.

Jack Rainbows spindeldürrer Körper fing ganz leicht zu zittern an. Aus seinem Mund drang ein leises Pfeifen.

Okay, sagte Dorrigo Evans und schüttelte sich das Wasser von den Händen. Er schickte Jimmy Bigelow los, einen Löffel zu holen, und stellte sich wieder an den Bambustisch.

Wir werden das Bein noch ein kleines bisschen kürzer machen, Jack, wir müssen den stinkenden Wundbrand wegschneiden und –

Mir ist kalt, sagte Jack Rainbow.

18

Dorrigo Evans blickte in das eingefallene Gesicht, grau wie Fleischsaft, mit den weißen, drahtigen Bartstoppeln, den großen Possumaugen, der Stupsnase und den schmutzig braunen Sommersprossen.

Holen Sie eine Decke, sagte er.

Haben Sie eine Pall Mall, Doc?

Leider nicht, Jack. Aber später werde ich dafür sorgen, dass Sie was Ordentliches zu rauchen bekommen.

Nichts wärmt besser als eine Pall Mall, Doc.

Jack lachte, hustete, zitterte weiter.

Van Der Woude brachte das selbst angemischte Narkosemittel. Jimmy Bigelow kehrte mit einem Löffel und, nur für alle Fälle, einer Suppenkelle aus der Feldküche zurück. Alle Kerzen und zwei Kerosinlaternen wurden angezündet, was das Innere der Hütte umso düsterer erscheinen ließ. Einer der Sanitäter schaltete die Taschenlampe ein.

Noch nicht, sagte Dorrigo Evans. Wir müssen Batterien sparen. Warten Sie auf mein Kommando.

Er bedeutete Jimmy Bigelow und Squizzy Taylor, sich an den Tisch zu stellen und ihre Hände unter Jack Rainbow zu schieben.

Auf drei, Gentlemen.

Sie drehten Jack Rainbow um. Als Squizzy Taylor die Nadel in Jacks Rückenmark stach, stieß Jack ein saugendes Geräusch aus, wie ein Abfluss, der sich plötzlich entleerte. Sie verabreichten das Narkosemittel über einen Tropf. Wat Cooney, ein Koch von unfassbar kleiner Statur und mit Ohren wie Rosenkohlblätter, brachte die Knochensäge aus der Küche.

Van Der Woudes Gebräu war gut, schwankte jedoch in der Wirksamkeit. Jack Rainbow verlor schnell jedes Gefühl, sie konnten die Amputation vorbereiten, die Säge und das spärliche OP-Besteck abkochen. Als alles bereit war, gab Dorrigo Evans das Startsignal. Der Tropf wurde entfernt, Jack Rainbow wieder auf den Rücken gerollt.

Wir machen es so schnell wie möglich, sagte Dorrigo Evans. Übliche Vorgehensweise. Das A und O ist, den Blutverlust auf ein Minimum zu reduzieren. Halten Sie ihn fest, sagte er zu Jimmy Bigelow und Wat Cooney, und dann fragte er Squizzy Taylor: Löffel bereit? Taylor hob den verbogenen Löffel wie zum Salut.

Kampf den Windmühlen!, sagte Dorrigo Evans.

Er holte tief Luft, und Taylor versenkte die Löffelschale mit sanftem, aber zunehmendem Druck in Jack Rainbows eingefallenem Unterleib.

Taschenlampe, sagte Dorrigo Evans. Jimmy Bigelow trat vor und richtete den Lichtkegel auf den Beinstumpf.

Die Geräusche aus den benachbarten Lazaretthütten gingen fast augenblicklich in Jack Rainbows Geschrei unter. Dorrigo Evans machte sich daran, den Beinstumpf abzutrennen. Der Gestank des abgestorbenen Fleisches war so stark, dass die Umstehenden kurz davor waren, sich zu übergeben. Doch Jack Rainbows Schreie bewiesen Dorrigo Evans, dass er das Notwendige tat: Er schnitt in lebendes Fleisch.

Ein Sanitäter stürzte herein.

Was wollen Sie?, fragte Dorrigo Evans, ohne den Kopf zu heben.

Der Waran hat Darky Gardiner aus dem Lazarett geholt.

Was?

Wir konnten ihn nicht aufhalten. Sie haben ihn an den Armen rausgeschleift. Angeblich haben auf der Strecke mehrere Arbeiter gefehlt. Es gibt einen *tenko*. Sie werden ihn bestrafen.

Später, sagte Dorrigo Evans, dessen Gesicht sich inzwischen auf gleicher Höhe mit Jack Rainbows stinkendem Beinstumpf befand. Er musste sich auf seine Aufgabe konzentrieren.

Major Menadue hat gesagt, nur Sie können sie aufhalten.

Später.

Er durchtrennte die Beinschlagader. Es blutete, aber nicht zu stark.

Klammer, sagte Dorrigo Evans. Ich kann da jetzt nichts machen. Diese verfluchten gelben Schweine. Klammer? Schweine. Klammer!

Er klammerte die Arterie zu, doch das Gewebe gab einfach nach, und aus dem fleischigen Schlauch ergoss sich das Blut in einer pumpenden Bewegung auf den OP-Tisch.

Drücken Sie fester zu, sagte er zu Squizzy Taylor. Er dachte daran, dass er jetzt eigentlich woanders sein müsste, um eine Gewalttat zu verhindern. Er dachte an den kaputten Destillator und dass sie mehr Narkosemittel von den Thai-Händlern kaufen sollten und dass er in Zukunft beim Amputieren so niedrig wie möglich ansetzen müsste, um einen Handlungsspielraum für Horrorszenarien wie dieses zu lassen.

Er klammerte die Beinarterie ein zweites Mal, zum zweiten Mal fiel die Klammer ab. Er drückte sie zurück in das tote, stinkende Fleisch. Er hielt inne, wartete. Die Klammer hielt.

Okay, sagte er, okay.

Er schnitt weiter. Binnen einer Minute hatte er das abgestorbene Gewebe entfernt. Es blutete, aber Taylor hatte recht, es blutete nicht zu stark, vom linken Bein war noch genug übrig, gerade genug, um es zu amputieren. Zum ersten Mal seit einer Stunde entspannte er sich ein wenig.

Löffel weg?, fragte Taylor.

Noch nicht, sagte Dorrigo Evans. Er zeigte auf das verfaulte Fleisch auf dem Tisch und sagte zu Jimmy Bigelow: Schaffen Sie das raus, um Gottes willen.

Nun löste Evans Haut ab, um die Wunde abdecken zu können. Sauber trennte er den lebenden Muskel vom Knochen, um den Knochen zu verkürzen. Die Muskeln würden über der neuen Schnittstelle hoffentlich zu einem neuen Stumpen zusammenwachsen.

Säge, sagte er.

Ein Sanitäter reichte ihm die Knochensäge. Sie war nicht besonders scharf, Dorrigo musste mit schnellen, sanften Bewegungen arbeiten, wenn er den Oberschenkelknochen durchtrennen wollte, ohne dass sich Splitter bildeten oder das umliegende Gewebe Schaden nahm. Bald darauf fiel ein fingerlanges Knochenstück herunter.

Die drei Männer waren jetzt hoch konzentriert. Dorrigo Evans machte sich daran, die Beinschlagader mit einem Faden zu vernähen, den Van Der Woude aus Schweinedarm hergestellt hatte. Die Darmhäute wurden gesäubert, ausgekocht und in dünne Streifen zerteilt; die Streifen wurden später ein zweites Mal gesäubert und ausgekocht und kurz vor der Operation ein drittes Mal. Im Vergleich zu richtigen Chirurgenfäden waren sie grob, aber sie hielten. Nur dass Dorrigo diesmal ein Nichts nähte, einen nassen Matsch aus Gewebe und Blut. Die Taschenlampe wurde schwächer, er konzentrierte sich mit aller Macht darauf, die Stiche richtig zu platzieren.

Und dann hörte die Blutung auf.

Er hatte es geschafft. Er hatte es geschafft, die Arterie zu schließen, Jack Rainbow würde leben. Jetzt erst merkte er, wie schwer er atmete. Er musste lächeln. Er legte die Muskelreste und den Hautlappen über den Knochenstumpf, um sie zu vernähen.

Der Löffel kann weg, Major. Ganz langsam.

Squizzy Taylor hob den Löffel an. Dorrigo Evans arbeitete weiter, noch langsamer, noch sorgfältiger. Jack würde leben. Er hatte das Leben dieses Mannes gerettet. Er würde natürlich noch die Wundheilungsphase überstehen müssen, er durfte sich nicht noch einmal infizieren. Aber seine Chancen standen gut. Vielleicht nicht sehr gut, aber immerhin gut. Dorrigo konzentrierte sich darauf, eine Höchstleistung abzuliefern, er stellte sich Jack Rainbow im mittleren Alter vor, mit Kindern, den Beinstumpf auf einem Kissen. Lebendig. Geliebt. Und da wusste Dorrigo: Was er tat, war nicht sinnlos, nicht grundlos; er hatte nicht versagt.

Taschenlampe aus, sagte er.

Er war fertig.

Er richtete sich auf, rieb sich den Rücken, zwinkerte Jimmy Bigelow zu und warf einen Blick auf den Stumpf. Die Naht sah erstaunlich sauber aus. Dorrigo Evans war stolz auf seine Handwerkskunst. Er bemerkte einen Blutstropfen am Ende der Naht, den der Sanitäter, der die Wunde reinigte, vorsichtig abtupfte.

Dorrigo zündete sich eine Zigarette an, atmete den herrlichen Qualm tief ein, lachte.

Mit einem Löffel, sagte er.

Mit einem verbogenen Löffel, verdammt, sagte Squizzy.

Als Dorrigo wieder auf Jack hinuntersah, entdeckte er neue Blutstropfen auf der Naht.

Warum säubern und verbinden Sie den Stumpf nicht?, fragte er Wat Cooney, der das Blut zum zweiten Mal abtupfte.

Als wäre es eine Antwort, erschien das Blut augenblicklich wieder. Die zusammengenähten Hautlappen beulten sich aus, aus den Tropfen wurde ein Rinnsal, und auf einmal sickerte Blut aus der gesamten Wunde. Wat Cooney sah Dorrigo entsetzt an.

Wahrscheinlich hat die Naht an der Beinschlagader nachgegeben, sagte Squizzy Taylor und fasste damit einen Gedanken in Worte, den Dorrigo nicht denken wollte. Für eine Sekunde war er wie erstarrt.

Löffel!, schrie er unvermittelt.

Was?, sagte Jimmy Bigelow, der im hinteren Teil der Hütte stand.

Die Naht an der Beinarterie hat sich gelöst. Wir müssen ihn noch mal aufschneiden.

Squizzy Taylor griff zum Löffel.

Taschenlampe! Jimmy, Taschenlampe! Wir haben eine halbe Minute.

Denn in einer halben Minute, das wusste er, würde Jack Rainbows Herz alles Blut aus dem Körper gepumpt haben. Noch bevor Squizzy Taylor den Löffel ansetzen konnte, zuckte Jack Rainbow heftig zusammen.

Löffel!

Jack Rainbow hatte einen Krampfanfall.

Löffel!, schrie Dorrigo Evans.

Squizzy Taylor drückte den Löffel nieder, kam aber gegen den sich aufbäumenden Körper nicht an. Jimmy Bigelow schaltete die Taschenlampe ein und bezog seine Position, doch das Licht wurde schwächer und schwächer und erlosch.

Taschenlampe!, rief Dorrigo Evans. Wo bleibt das verdammte Licht?

Der Körper zuckte unkontrolliert.

Festhalten! Halten Sie ihn fest! Fester. Löffel! Fester! Halten Sie den Irren fest!

Ich drücke schon so fest zu, wie ich kann, aber der Dreckskerl hält verdammt noch mal nicht still, rief Squizzy Taylor.

Das Blut war überall, da war Blut auf dem Bambus, Blut an ihren Armen, Blut in den Schlammschlieren unter dem OP-Tisch. Jimmy Bigelow und Wat Cooney brauchten ein paar Sekunden, um Jack Rainbow zu fassen zu kriegen, und immer noch bäumte sich der winzige, abgemagerte Körper auf, als würde er von Stromschlägen durchzuckt. Die Hände der Sanitäter rutschten in dem Blut ab, das jetzt überall war und alles mit einer schleimigen Schicht überzog.

Das Bein, sagte Dorrigo Evans. Halten Sie das Bein fest!

Aber da gab es kein Bein mehr festzuhalten, bloß ein zappelndes, wildes Ding, das scheinbar einfach nur seine Ruhe wollte. Der blutige Oberschenkelrest war jetzt so glitschig, dass er sich kaum noch greifen ließ, und in dem trüben Licht und vor lauter Blut hatte Dorrigo Evans Schwierigkeiten, überhaupt etwas zu erkennen. Der Krampf ließ nach, hörte dann ganz auf. Dorrigo fand die Naht, die die Hautlappen zusammenhielt, doch als er sie auftrennte, um an die Beinschlagader zu kommen, fing Jack Rainbow wieder zu zappeln an. Squizzys Löffel rutschte im Schleim ab, das Blut schoss in einem hohen Bogen bis auf den Fuß von Jack Rainbows verbliebenem Bein.

Fieberhaft tastete Dorrigo in Jacks weichem Beinstumpen nach einer Öffnung, die er schließen könnte, doch er stieß nur auf den herausrutschenden Brei, da war nichts, nichts, das sich hätte zusammennähen lassen, *nichts*, das den Faden gehalten hätte. Die Gefäßwände gaben nach wie nasses Löschpapier. In aufsteigender Panik, während das Blut herausgepumpt und Jack Rainbows Körper von heftigen Krämpfen geschüttelt wurde, erkannte Dorrigo Evans, dass es nichts gab, was er tun konnte. Doch es muss etwas geben!, sagte er sich. Denk nach! Denk! Sieh dich um!

Mit jedem Zucken spritzte eine kleine Blutfontäne heraus. Es war, als wollte Jack Rainbows Körper sich willentlich entleeren. Dorrigo Evans versuchte, die Arterie erneut zu schließen, so weit es ging, doch das Blut quoll ungebremst heraus, Squizzy Taylor war nicht in der Lage, den Guss aufzuhalten, das Blut war überall, und Dorrigo fragte sich verzweifelt, wie sie Zeit schinden könnten, aber da gab es nichts. Er nähte, das Blut pulsierte, es gab kein Licht, die Nähte platzten auf, nichts hielt.

Fester zudrücken, rief er Squizzy Taylor zu. Stoppen Sie die verdammte Blutung!

Aber egal, wie fest Squizzy Taylor zudrückte, das Blut lief weiter heraus, über Dorrigo Evans' Hände und Arme, hinab in den asiatischen Schlamm und den asiatischen Morast, dem niemand entkam, in die asiatische Hölle, die sie alle verschlingen würde.

Aus dem Krampf wurde ein Beben. Dorrigo Evans schob seine Finger tiefer in den Beinstumpf hinein, Muskeln rissen und gaben nach, während er weiternähte; irgendwann traf die Nadel auf Knochen. Er versuchte zu denken, eine Lösung zu finden, die Hoffnung nicht aufzugeben, als er Jacks laute Stimme hörte, eigentlich nur ein Schnappen nach Luft und hechelnder Atem –

Big Fella?

Jack?

Muss ich sterben?

Ich glaube, ja.

Kalt, sagte er. So scheißkalt.

Dorrigo Evans bearbeitete Jacks Beinstumpf stoisch weiter, seine nackten Füße waren knöcheltief in den Schlamm unter dem provisorischen OP-Tisch eingesunken, seine äußerliche Ruhe eine befremdliche, vertraute Reaktion auf den inneren Aufruhr. Er suchte immer noch nach etwas, das sich greifen ließe, nach dem Arterienende, und ohne dass er es merkte, krallten seine Zehen sich in den Schlamm.

Und dann fand er es schließlich, er arbeitete mit äußerster Sorgfalt und Vorsicht, um sicherzustellen, dass die Naht halten und Jack leben würde, und als er fertig war und den Kopf hob, erkannte er, Jack war seit mehreren Minuten tot, und die anderen hatten nicht gewusst, wie sie es ihm beibringen sollten.

19

Colonel Kota ärgerte sich zunehmend über den Sergeanten. Dieser Aufseher schien weder besonders vertrauenswürdig noch zuverlässig zu sein. Selbst sein affektierter Gang und seine aufreizend langsamen Bewegungen wirkten irgendwie falsch. Als er den Blick über das Durcheinander aus Eisenbahnschwellen, Steinen, Dreck, Schienenstücken und nackten Sklaven schweifen ließ, die herumwuselten wie die Kakerlaken, begriff Colonel Kota wieder einmal, warum die koreanischen Soldaten niemals an vorderster Front eingesetzt wurden.

Während er die Baustelle besichtigte – den Bahndamm und

die Gleise, die breite, in den Fels gehauene Schneise, die grauen Sandsteinklippen und die schwarzen Wolken darüber, die prächtige Pfahlbrücke, die über eine Dschungelschlucht führte und sich wie ein Regenbogen durch den sintflutartigen Monsun spannte –, konnte er an nichts anderes denken als an den Gefangenen, den er auf dem Pfad nicht geköpft hatte, und an den koreanischen Sergeanten, der Zeuge seines merkwürdigen Versagens geworden war. Und noch immer konnte er sich nicht an die exakte Abfolge der Haikusilben erinnern. Der koreanische Sergeant ärgerte ihn über die Maßen – wie er sich mit seinem affektierten Lächeln einzuschmeicheln versuchte, mit seiner eifrigen Zustimmung zu jedem Kommentar Kotas, mit seiner Prahlerei über den enormen Fortschritt der Bauarbeiten. Colonel Kota vermutete hinter jeder Schmeichelei Verachtung, hinter jeder Zustimmung Spott, hinter der Prahlerei trotzigen Ungehorsam. In der leisen Ahnung, dass er den Koreaner bloßstellen und möglicherweise sogar kränken könnte, ordnete er an, die Gefangenen durchzählen zu lassen, einfach nur, weil er es konnte.

Zur Verwunderung der Aufseher fehlten neun Arbeiter – neun Gefangene wurden vermisst. Die Übeltäter wurden gewarnt und waren bei der nächsten Zählung eine halbe Stunde später mysteriöserweise wieder da, alle bis auf einen. Kota verlangte von den acht Deserteuren, dass sie sich offenbarten und sich bestrafen ließen und dass sie die Identität und den Aufenthaltsort des neunten preisgaben.

Als keiner vortrat, verlangte er, dass der verantwortliche Sergeant ausfindig gemacht und hart bestraft werde, man solle ein Exempel an ihm statuieren. Nach einigem Durcheinander stellte sich heraus, dass der Sergeant der neunte Mann war und dass er sich nicht auf der Strecke befand, sondern im Camp.

Nach seiner Rückkehr ins Lager am späten Nachmittag stauchte Colonel Kota – zusätzlich angestachelt von der Schmach des entfallenen Haikus, das die Enthauptung eines Gefangenen vereitelt hatte, und alles vor den Augen eines koreanischen Aufsehers – Nakamura zusammen. Der zutiefst beschämte japanische Major wiederum ließ den koreanischen Sergeanten rufen, dessen Namen er immer wieder vergaß, schlug ihm mehrmals ins Gesicht, ließ sich den Namen des Mannes sagen, der sich angeblich – ausgerechnet! – im Lazarett versteckte, und ordnete einen Appell an, um den Mann vor den Augen aller Kriegsgefangenen zu bestrafen.

Der Waran seinerseits nahm die Schläge ungerührt hin, der Befehl hingegen verstörte ihn sehr; er machte mit dem Gefangenen Gardiner gute Geschäfte. Zwar irritierte Gardiner ihn manchmal mit seiner Art, zu pfeifen und zu singen, doch dann und wann erwies er sich als nützlich. Noch vor wenigen Tagen hatte der Waran von Gardiner frisches Rindfleisch für all seine Unteroffiziere bekommen. Aber so ging es eben. Es war eine Schande, andererseits würde Gardiner nach den Prügeln wieder auf ihn angewiesen sein, und er auf Gardiner. So ging es immer, es hörte niemals auf. Man konnte der Welt den Krieg erklären, aber die Welt würde immer gewinnen. Was sollte er machen?

Und so wurde Gardiner dort gefunden, wohin ihn der Waran geschickt hatte, im Lazarett. Weil er nicht mehr laufen konnte, befahl der Waran den beiden Aufsehern, die ihn begleiteten, den Gefangenen zu seiner Bestrafung auf den Exerzierplatz zu schleifen.

20

Der Tag verstrich, kühlte sich ab, und die Männer konnten nur an das eine denken: daran, dass sie endlich nicht mehr arbeiten mussten. Für ein paar Minuten – wer wusste schon, wie lange es dauern würde – durften sie sich ausruhen, und das war immer gut, das Beste überhaupt im Leben, abgesehen vom Essen. Trotzdem wollte keiner dort sein, wo sie nun waren.

Sie standen in der Mitte des Exerzierplatzes, etwa hundert Männer, die zu leichteren Arbeiten eingeteilt und an diesem frühen Abend in den Monsunregen bestellt worden waren, um mitanzusehen, wie Darky Gardiner, der Mann, der Mitleid mit durchnässten Affen empfand, vom Waran für ein Vergehen bestraft wurde, das er nicht begangen hatte. Die Anzahl der Gefangenen wuchs langsam und stetig, weil die Aufseher alle zurückkehrenden Arbeiter direkt auf den Exerzierplatz schickten.

Als der Waran müde wurde, traten zwei andere Aufseher vor, um sein Werk fortzuführen. Ganz kurz wehte ein fruchtiger, feuchter Duft aus dem Dschungel herüber, der einige der Gefangenen an Sherry erinnerte, sodass sie an Weihnachten mit ihren Familien denken mussten und an das Trifle, das ihre Mütter zubereiteten. Während der eine Aufseher Darky Ohrfeigen von rechts und links verpasste und der zweite auf seinen Oberkörper einschlug, versuchten sie, sich mit glücklichen Gedanken an gerösteten Kürbis und Lammbraten und Plumpudding abzulenken. Sie dachten an das Bier, mit dem sie das Essen hinunterspülen könnten. Und obwohl sie die Erinnerung an Darkys Bestrafung mit ins Grab nehmen würden, sechs Tage oder siebzig Jahre später, schien das Ereignis in dem Augenblick wenig mit ihnen zu tun zu haben; es nahm in ihrem Bewusstsein nicht mehr Raum ein als ein fallender Stein oder ein aufziehender Sturm. Es passierte eben, und am besten ließe sich damit umgehen, indem man an etwas anderes dachte.

Sheephead Morton bohrte langsam und vorsichtig, wie um keine Aufmerksamkeit auf die verbotene Bewegung zu ziehen, die Zehen in den Schlamm und war wieder dabei, ein Hausfundament zu legen, so wie als Tagelöhner vor dem Krieg. Jimmy Bigelow ließ die Daumenspitze seitlich über den Zeigefinger wandern, und die zarte Berührung transportierte ihn in ein Bett, wo die Finger einer Frau über seine Hüften strichen. Er erinnerte sich, wie er über ihren kaum sichtbaren Damenbart gestaunt hatte, als sie sich herunterbeugte, um ihn zu küssen.

Nach weiteren zehn Minuten ließ der Waran, der sich ausgeruht hatte und möglicherweise spürte, dass das Publikum nicht ganz bei der Sache war, alle Gefangenen sechs Schritte vortreten. Nun konnten sie das stumpfe Geräusch der Schläge und Hiebe geradezu körperlich spüren. Nun gab es keine Möglichkeit mehr, *nicht* den fast nackten Mann anzusehen, der von den uniformierten Aufsehern malträtiert wurde. Sein nasses, geschwollenes Gesicht nahm jedes Mal einen seltsam verwunderten Ausdruck an, wenn ein Bambusstock oder die Faust eines Aufsehers ihn traf.

Hilfe!, stöhnte Darky Gardiner. Helft mir!

Oder vielleicht meinten sie auch nur, es aus seinen matten, abgehackten Schreien herauszuhören. Die angestrengten Atemzüge von Darky, halb Pfeifen, halb blutiges Gurgeln, das gelegentliche Grunzen, weil sein Körper Schwerstarbeit leistete, um die Schläge zu verarbeiten – kein Geräusch ließ sich jetzt noch ausblenden. Und doch blendeten sie es irgendwie aus.

Lizard Brancussi versuchte, das Gesicht seiner Maisie zu sehen. Jeden Tag sah er sich voller Liebe Rabbit Hendricks' Bleistiftzeichnung an, doch wann immer er darüber hinauszusehen versuchte, verschwamm das Bild. Die Vorstellung von Mae West wurde immer deutlicher, und Maisie, wie sie wirklich war, verblasste. Dennoch, während die Bestrafung sich hinzog, versuchte er es immer weiter, denn er wusste, dass sein Leben jetzt in diesem Moment auch von seiner Fähigkeit abhing, an etwas anderes zu glauben als an das, was sich hier vor seinen Augen abspielte.

So sahen sie es, ohne es zu sehen; sie hörten, ohne zu hören; und sie wussten, alle wussten, was gerade geschah, und zugleich versuchten sie, es nicht zu wissen. Manchmal jedoch wurden die Gefangenen von irgendeiner Überraschung in den Moment zurückgeholt, wenn zum Beispiel der Waran ein kleines Holzscheit entdeckte und Darky Gardiner an den Kopf warf oder wenn er mit einem Bambusstock, so dick wie sein Arm, auf Darky Gardiner eindrosch, als wäre der ein besonders verstaubter Teppich. Schlag für Schlag, und auf dem Gesicht des Monsters eine Monstermaske.

Die Gefangenen hungerten, und ihre Gedanken richteten sich zunehmend auf das Abendessen, das zwar karg, aber real sein würde und auf sie wartete; die Prügel hielten sie davon ab, mit dem Essen zu beginnen. Den ganzen Tag hatten sie gearbeitet und nichts weiter bekommen als einen kleinen, klebrigen Reisball. Sie hatten in Hitze und Regen geschuftet. Sie hatten Steine zerklopft, Erdhügel verschoben, riesigen Bambus und Teakbäume gefällt und weggeschleppt. Zur Arbeit und zurück waren sie sieben Meilen zu Fuß gegangen. Und jetzt bekamen sie nichts zu essen, bis die Bestrafung vorbei oder Darky gestorben war, und heimlich hofften sie, das eine oder das andere möge eintreten, Hauptsache bald.

Immer mehr Gefangene schleppten sich heran, ihre Zahl wuchs auf zweihundert, dann dreihundert. Sie mussten im Schlamm stehen und zusehen, wie drei Männer einen der Ihren brachen, und keiner von ihnen konnte etwas sagen oder tun, um das Unabwendbare abzuwenden.

Sie wollten sich auf die Aufseher stürzen, auf den Waran und die beiden anderen, und sie ins Koma prügeln, ihnen die Köpfe einschlagen, bis wässrig graue Masse heraustropfte, sie an einen Baum binden und ihnen die eigenen Bajonette wieder und wieder in den Bauch stoßen, ihnen Halsketten aus blauroten Eingeweiden umlegen, noch während sie am Leben waren, damit sie endlich einen kleinen Eindruck vom Hass ihrer Gefangenen bekämen. Das dachten die Männer, und dann dachten sie, dass sie so etwas besser nicht dachten. Ihre leeren, eingefallenen Gesichter wurden leerer und fielen noch weiter ein, während die Schläge andauerten. Und dann hörten die Männer, die keine Männer mehr waren, nur noch Menschen ohne die Fähigkeit, menschlich zu sein, eine vertraute Stimme rufen –

Byoki!

Und für einen kurzen Moment hob sich ihre Stimmung, denn als sie sich umdrehten, sahen sie Dorrigo Evans heranlaufen. Sein offener Knöchel streifte ein gekapptes Bambusbüschel, und Dorrigo Evans schrie nur noch lauter –

Byoki! Byoki!

Doch der Waran ignorierte den australischen Kommandanten komplett. Ein Aufseher schubste Dorrigo in die erste Reihe, und dann kam Major Nakamura mit großen Schritten über den Exerzierplatz geeilt, Leutnant Fukuhara im Schlepptau, um die Bestrafung zu überwachen.

Dorrigo Evans trat vor und flehte die japanischen Offiziere an, die Folter zu beenden. Ein paar Männer bemerkten, wie Nakamura sich andeutungsweise verbeugte, um dem übergeordneten Rang des Colonels seinen Respekt zu zollen, und wie der Colonel, zur Empörung der Japaner, die Geste nicht erwiderte.

Sie hörten ihn sagen: Dieser Mann ist schwer krank. Er braucht Ruhe und Medizin, keine Schläge.

Hinter seinem Rücken gingen die Schläge weiter.

21

Beim Zuhören wiegte Nakamura sich auf den Fersen vor und zurück. Seine Haut juckte, sein Mund war ausgetrocknet, er war ärgerlich und erregt. Er brauchte Shabu, nur eine einzige Tablette. Die Bestrafung des Gefangenen zu sehen bereitete ihm kein Vergnügen. Aber was sollte man mit solchen Leuten auch machen? Was? Gute und sanftmütige Eltern hatten ihn zu einem guten und sanftmütigen Menschen erzogen. Und der Schmerz, den er empfand, wenn er einen anderen leiden sah, auf sein Kommando hin, bewies ihm nur, wie zutiefst gut und sanftmütig er war. Denn würde er andernfalls den Schmerz spüren? Gerade weil er ein guter Mensch war, der mit Güte auch Gehorsam, Ehrfurcht und schmerzliche Pflichterfüllung verband, hatte er die Bestrafung anordnen können.

Die Prügel dienten einem höheren Zweck. Über Nacht war der Anspruch an sie, ihren Abschnitt der Eisenbahnstrecke zu vollenden, ins Unermessliche gestiegen. Und weil die Gefangenen heute besonders schwierig gewesen waren und die Aufseher das spürten und ihrerseits nervös wurden, bot die Bestrafung eines Gefangenen den Aufsehern eine Möglichkeit, ihre Autorität erneut geltend zu machen und alle Gefangenen an ihre heilige Pflicht zu erinnern.

Und dann war da noch der Umstand, dass ausgerechnet Colonel Kota das Fehlen einiger Kriegsgefangener aufgedeckt und somit ihn, Nakamura, zutiefst beschämt hatte, und alle Ingenieure und Aufseher unter seinem Kommando noch dazu. Bei dieser Bestrafung ging es nicht um Schuld, sondern um Ehre. Es blieb keine Wahl: Man existierte für den Kaiser und für die Eisenbahn – die schließlich den Willen des Kaisers verkörperte –, oder man hatte keinen Grund zu leben, nicht einmal zu sterben.

Fukuhara sagte ihm, der australische Colonel fange schon wieder von der Medizin an. Welche Medizin?, dachte Nakamura. Das Zentralkommando schickte ihnen nichts mehr – keine Maschinen, keinen Proviant, schon gar keine Medikamente, höchstens ein paar kaputte alte Handwerkzeuge und den unmöglichen Befehl, in dieser grünen Wüste ein Wunder zu schaffen. Und sie schickten Koreaner. Unfähige Koreaner. Kein Wunder, dass die nicht an der Front eingesetzt wurden. Außerdem brauchte er selbst Medizin; er brauchte Shabu. Denn wenn es ihm nicht gelang, seinen Streckenabschnitt rechtzeitig fertig zu bauen, würde er sich aus Scham umbringen müssen. Er wollte sich nicht umbringen, doch er konnte nicht auf seine Heimatinsel zurück, wenn er den Kaiser enttäuschte. Das wäre unter seiner Würde. Um zu erreichen, was in den nächsten Stunden erreicht werden musste, brauchte er Shabu.

Während die Bestrafung andauerte, fiel Nakamura auf, dass der koreanische Sergeant immer weniger Kraft in seine Schläge zu legen schien. Das zeugte von einem Mangel an Entschlossenheit, der Nakamura über alle Maßen verärgerte. Die Koreaner waren, nun ja, Koreaner, aber dieser hier machte schlicht und ergreifend seine Arbeit nicht. Möglicherweise war er müde, aber das war keine Ausrede. Nakamura hatte die Bestrafung angeordnet, die Bestrafung war notwendig und gerechtfertigt, und dennoch schien der Aufseher die Aufgabe nicht ganz ernst zu nehmen.

Während Fukuhara die Bitten des australischen Colonels übersetzte – der Gefangene habe sich nichts zuschulden kommen lassen, er sei aus Krankheitsgründen von einem Aufseher ins Lazarett geschickt worden –, stand Nakamura da, spürte den Juckreiz überall, vergeudete seine Zeit und schaute zu, wie der Koreaner den Gefangenen wie mit einem Staubwedel bearbeitete. Der Gefangene wirkte erledigt, schien aber die schwachen Schläge des Aufsehers immer noch einstecken zu können. Wenn er hin und her schwankte, bekam Nakamura den Eindruck, er passe sich bloß den Bewegungen des Bambusstabs an, und der Aufseher tat offensichtlich nichts, um dieser Farce ein Ende zu machen. Der Gefangene machte sich über seine Bestrafung lustig. Das brachte Nakamura zur Weißglut, der Juckreiz wurde immer stärker – er brauchte unbedingt etwas Shabu, doch wie lange sollte das hier noch dauern, angesichts solcher Unfähigkeit und Dummheit?

Der australische Colonel hatte seine Taktik geändert und versuchte es nun mit einem Hinweis auf verletzte Befugnisse, um die Bestrafung zu stoppen. Fukuhara sagte Nakamura, der australische Colonel behaupte, der koreanische Sergeant habe ihn, einen Colonel und ranghöheren Offizier, komplett ignoriert und damit seinen Rang und seine Ehre missachtet.

Nakamura fuhr zu Fukuhara herum. Er würde die Bestrafung nun beenden, dann hätten sie es hinter sich. Die Vorstellung war jämmerlich gewesen, aber sie hatte ihren Zweck erfüllt. Doch in der Bewegung trat Nakamura mit dem linken Fuß auf seine ewig rutschende Wickelgamasche, der rechte Stiefel löste sich in der Drehung, und irgendwie, als er den linken Fuß wieder anheben wollte, blieb er am rechten Stiefel hängen und landete bäuchlings im Dreck.

Niemand sagte etwas. Die Schläge setzten kurzzeitig aus, gingen hastig weiter, als der japanische Major sich aufrappelte. Das eine Hosenbein war seitlich mit Schlamm beschmiert, das Hemd verdreckt.

Als er in die Gesichter von Freund und Feind blickte, wurde Nakamura schmerzlich bewusst, dass wirklich jeder den demütigenden Sturz gesehen hatte. Gefangene. Koreaner. Seine japanischen Offiziere. Er hatte genug. Er war müde. Er war seit drei Uhr morgens auf den Beinen. Er hatte noch so viel zu erledigen, doch schon neigte der Tag sich dem Ende zu, und mit der Eisenbahn lagen sie im Zeitplan so weit zurück wie nie. Nakamura – gedemütigt, erbost, verdreckt – entdeckte einen Haufen Werkzeug, das die Gefangenen abgelegt hatten. Sein Verstand klarte sich abrupt auf. Er hatte Verständnis für die unerträgliche Lage des australischen Colonels, der sich beleidigt fühlte. Und er erkannte, wie er sein Problem und das des australischen Colonels lösen konnte.

Er ging zum Werkzeug hinüber, wählte einen Axtstiel, wog ihn in den Händen und packte ihn wie einen Baseballschläger, marschierte am australischen Colonel vorbei bis zu dem koreanischen Sergeanten, der auf den Kriegsgefangenen eindrosch. Er rief den Aufseher zur Ordnung. Nakamura baute sich breitbeinig auf, holte mit dem Stiel aus wie mit einem Samuraischwert und hieb ihn dem Aufseher mit aller Kraft in die linke Niere.

Der Koreaner grunzte, schwankte und fiel beinahe um. Nur unter Mühen konnte er sich wieder aufrichten und Haltung annehmen. Nakamura hob sich den Stiel über den Kopf und ließ ihn mit einem kraftvollen Schwung an den Hals des Koreaners krachen. Zuletzt führte er einen Rückhandstreich gegen die Schläfe aus, der Waran ging auf ein Knie. Nakamura brüllte ihn auf Japanisch an, warf ihm den Axtstiel an den Kopf, trat vor Dorrigo Evans und verbeugte sich. Dorrigo Evans verbeugte sich ebenfalls, ohne es zu wollen.

Nakamura sprach mit leiser Stimme. Fukuhara übersetzte für den australischen Colonel, der Aufseher sei nun für seinen Ungehorsam gemaßregelt worden und die Bestrafung des Kriegsgefangenen könne fortgesetzt werden.

Der Waran rappelte sich auf, packte den Stiel, torkelte ein paar Schritte auf Darky Gardiner zu, hielt kurz inne, hob den Stiel in die Höhe und ließ ihn mit frischer Energie auf den Rücken des Gefangenen krachen. Darky Gardiner fiel auf die Knie, versuchte gerade, wieder aufzustehen, als der Waran ihm mit voller Wucht ins Gesicht trat.

Der australische Colonel fing wieder zu protestieren an, doch Nakamura entließ den Übersetzer mit einem knappen Winken.

Es geht hier nicht um Schuld, sagte er matt.

Darky Gardiners Bewegungen waren nicht mehr anmutig, als sein magerer, nackter Körper versuchte, sich zu sammeln, sich zu koordinieren und den nächsten Schlag rechtzeitig abzuwehren. Sein Timing war aus dem Takt. Als er wieder aufstand, traf ihn der Bambusstock eines Aufsehers an der linken Wange. Sein Kopf schnappte seitwärts um, er keuchte und ruderte in der Rückwärtsbewegung mit den Armen, um nicht zu fallen, doch sein Körper war jetzt zu ungeschickt. Er stolperte und fiel zu Boden.

Während die Aufseher sich damit abwechselten, Gardiner zu treten, murmelte Nakamura ein Haiku von Basho. Fukuhara sah ihn fragend an.

Ja, sagte Nakamura. Sagen Sie es ihm.

Fukuhara starrte ihn an.

Er mag Gedichte, sagte Nakamura.

Auf Japanisch ist es sehr schön, antwortete Fukuhara.

Sagen Sie es ihm.

In seiner Sprache klingt es nicht so gut.

Übersetzen Sie.

Fukuhara strich sich mit beiden Händen die Hosennähte glatt und drehte sich zu dem Australier um. Er drückte den Rücken durch, sodass sein Hals noch länger wirkte, und rezitierte in eigener Übersetzung:

Eine Welt aus Schmerz –
Wenn der Kirschbaum blüht,
blüht er.

22

Dorrigo Evans sah Nakamura an, der sich heftig am Oberschenkel kratzte. Und Dorrigo Evans verstand: Damit es die Eisenbahn geben konnte, jene Eisenbahn, die in diesem Augenblick der einzige Grund für das unendliche Leid von Hunderttausenden von Menschen war – diese sinnlose Strecke aus Dämmen und Rinnen und Leichen, aus aufgerissener Erde und angehäuftem Dreck und zersprengtem Fels und noch mehr Leichen, aus Bambusgerüsten und schwankenden Brücken und Teakholzschwellen und aus weiteren Leichen, aus unzähligen Eisennägeln und endlosen Eisenschienen, aus Leichen, Leichen, Leichen –, damit es jene Eisenbahn geben konnte, musste Darky Gardiner bestraft werden. In diesem Moment bewunderte Dorrigo Nakamuras schreckliche Willenskraft – noch mehr sogar, als ihn Darky Gardiners Misshandlung entsetzte –, seine grimmige Stärke, die redliche Unterwerfung unter einen Ehrenkodex, der keinen Zweifel duldete. Denn in sich selbst fand Dorrigo Evans keinen entsprechenden Antrieb, der es damit hätte aufnehmen können.

Mit seinem starren Gesicht, dem zerschlissenen Hemd des Asketen, mit seiner Wut auf den Waran und seinen gebellten

Befehlen erschien Nakamura Dorrigo Evans plötzlich nicht mehr als der fremde Offizier, mit dem er gestern Abend noch Karten gespielt hatte, nicht mehr als der strenge, aber praktisch denkende Kommandeur, mit dem er heute Morgen um Menschenleben gefeilscht hatte, sondern als eine erschreckende Macht, von der Individuen, Gruppen, Nationen ergriffen und wider ihre Natur verbogen und verzerrt wurden, eine Macht, die das Urteilsvermögen der Menschen aushebelte und alle Geschichte in rücksichtslosen Fatalismus verwandelte.

Der Waran bückte sich, zog Darky Gardiner hoch, warf ihn sich über die Schulter, beugte sich vor und stellte ihn aufrecht hin. Er legte eine kurze Pause ein, es schien, als wären die Schläge nun vorbei, doch sobald Darky sein Gleichgewicht wiederhatte, schlugen die drei Aufseher erneut mit Bambus und Axtstiel auf ihn ein, bis er umkippte. Und so kam ein Kreislauf aus Schlägen, Sturz, Tritten, Hochziehen, neuen Schlägen in Gang.

Bei diesem Anblick – der Waran hatte Darky Gardiner soeben wieder aufgerichtet und versetzte ihm in schneller Abfolge zwei Ohrfeigen mit dem Handrücken – bekam Dorrigo Evans das Gefühl, als würde die Erde zu beben anfangen, als könnten sie alle nicht anders, als sich dem Geräusch der Schläge auszuliefern. Und dieses ominöse Geräusch war die Wahrheit des Lebens.

Das muss aufhören, sagte Dorrigo Evans. Es ist falsch. Er ist krank. Er ist ein schwer kranker Mann.

Es kam jedoch keine Diskussion zustande, Nakamura hob nur knapp die Hand und übertönte ihn in einem neuen, freundlichen Tonfall.

Major Nakamura sagt, er hat mehr Chinin, übersetzte Fukuhara. Um Kranken mit Arbeit zu helfen. Der Wille des Kaisers verlangt es, die Eisenbahn braucht es.

Das Geräusch der Schläge wurde immer lauter.

Dorrigo Evans verstand, dass Nakamura ihm helfen wollte, dass er jedoch den einmal ausgegebenen Befehl nicht zurücknehmen konnte. Das Chinin würde anderen zugutekommen.

Nakamura würde helfen, wem er helfen konnte, und das Chinin würde Dorrigo helfen, den anderen zu helfen. Doch gegen die Schläge war er machtlos. Er konnte Darky Gardiner nicht helfen. Die Eisenbahn verbot es. Nakamura konnte das verstehen, Dorrigo Evans musste es akzeptieren. Auch er war Teil der Eisenbahn. So wie Nakamura. Darky Gardiner war Teil der Eisenbahn, seine Rolle war es, brutal geschlagen zu werden, und sie alle würden mit dem Anblick der Schläge fertigwerden müssen, ein jeder auf seine Weise.

Die ruckartigen Bewegungen von Darky Gardiners Armen und Beinen, mit denen er sich zu schützen versuchte, waren für die Aufseher jetzt natürliche Hindernisse, nichts anderes als der Regen und der Bambus und der Fels, man musste sie ignorieren und knicken und brechen. Erst, als er keinen Widerstand mehr leistete, richteten sie ihn nicht mehr auf, seine Schreie waren nur noch pfeifender, langsamer Atem wie aus einem aufgerissenen Blasebalg. Ihre triste Arbeit verlangsamte sich auf ein moderates Tempo und wurde zur mühseligen Plackerei.

Während er hinschaute, passierte etwas mit Dorrigo Evans. Da standen dreihundert Männer und schauten drei Männern dabei zu, wie sie einen der Ihren zugrunde richteten, und keiner von ihnen schritt ein. Sie würden immer weiter zuschauen und nie einschreiten. Auf unerklärliche Weise hatten sie dem, was hier geschah, ihr Einverständnis gegeben, sich den Schlägen hingegeben, und Dorrigo war der Erste unter ihnen, derjenige, der zu spät gekommen war und zu wenig getan hatte und der nun ebenfalls einverstanden war. Er begriff nicht, wie es dazu hatte kommen können, doch es war passiert.

Sekundenlang hatte er gemeint, die Wahrheit der schrecklichen Welt erfasst zu haben, in der es kein Entkommen vor dem Entsetzen gab, in der die Gewalt ewig fortdauerte als die einzige, große Wahrhaftigkeit, größer als die Zivilisationen, die sie schuf, größer als jeder Gott, den die Menschheit anbetete, denn der einzige Gott war die Gewalt. Es war, als lebe der

Mensch allein, um Gewalt auszuüben und damit die Ewigkeit ihrer Herrschaft zu sichern. Die Welt würde sich nicht verändern, die Gewalt war immer schon da gewesen und würde sich niemals auslöschen lassen, Männer würden sterben durch die Stiefel und Fäuste und Gräueltaten anderer Männer, bis ans Ende der Zeit, und die gesamte Geschichte der Menschheit war eine Geschichte der Gewalt.

Aber der Gedanke war zu fremdartig und zu intensiv, um festgehalten zu werden, er dümpelte eine Weile in Dorrigo Evans' Verstand herum und verzog sich dann. Nakamura wandte sich ab und ging davon. Die Gedanken des japanischen Offiziers waren ebenfalls zu wirr und verstörend, um verstanden, geschweige denn festgehalten zu werden. Sie wurden verdrängt durch andere, beruhigende, tröstliche Gedanken an Pflicht und den Kaiser und die japanische Nation, durch die drängenden, praktischen Probleme, die der morgige Arbeitstag bringen würde, und wie der Hamster in sein Rad kehrte Nakamura gehorsam in seine Rolle zurück, um die ihm auferlegte Pflicht zu erfüllen.

Keine zehn Minuten später hatte er die Schläge komplett vergessen, und erst eine Stunde danach, als er am Exerzierplatz vorbeikam und die Gefangenen immer noch strammstehen sah, wurde ihm klar, dass es noch nicht vorbei war. Zwei zusätzliche Aufseher hielten Sturmleuchten, weil es Nacht geworden war, der Gefangene hatte seine letzten Lumpen verloren und war jetzt nackt, die Uniformen der drei Aufseher, die die Bestrafung durchführten, waren von Regen, Matsch und Blut durchtränkt. Der Gefangene versuchte nicht mehr, die Schläge abzuwehren oder ihnen auszuweichen, sondern fing sie auf wie ein Strohsack. Wenn die Aufseher nicht mit Bambus auf ihn eindroschen, traten sie ihn im Kreis herum wie einen kaputten Ball.

Nakamura hätte es lieber gesehen, wenn die Schlägerei schon vor einer ganzen Weile aufgehört hätte, doch es erschien ihm das Beste, nicht einzugreifen. Er hatte sich mit drei Shabupillen gestärkt und war nun auf der Suche nach Corporal Tomokawa, um ihn ins Camp am Fluss zu schicken. Der Corporal sollte bei einem der fliegenden Thai-Händler eine Flasche Mekhong-Whisky kaufen. Etwas Shabu und Whisky, das war es, was Nakamura brauchte.

Die Prügel dauerten an, und als die anderen Aufseher schon erschöpft aufgegeben hatten, machte der Waran immer weiter; pflichteifrig, gehorsam, rhythmisch schlug er Darky Gardiner mit dem Axtstiel.

Und dieses Schlagen konnte nur ein Ende nehmen.

23

Darky Gardiner öffnete die Augen und blinzelte. Regentropfen fielen auf sein Gesicht. Er presste seine Hände in den Schlamm, spürte kaum einen Widerstand. Er schwamm in Scheiße. Er versuchte aufzustehen. Es war unmöglich. Er schwamm in Scheiße. Er versuchte, sich aufzusetzen. Es nützte nichts, er rutschte immer wieder in das stinkende Loch zurück. Wenn er die Augen schloss, war er sofort wieder auf dem Exerzierplatz und wurde geschlagen. Wenn er die Augen öffnete, schwamm er in Scheiße, versuchte, nicht unterzugehen, herauszuklettern. Aber alles war so glitschig und so dunkel, er fand keinen Halt, und wenn er einen gefunden hatte, fand er nicht die Kraft, sich hochzuziehen. Sein Körper konnte ihm nicht mehr helfen. Er reagierte noch immer auf die Schläge und Tritte, die ihn trafen, wo immer sie wollten. Er wusste nicht, wie lange er schon hier unten lag. Seit einer Ewigkeit, so kam es ihm vor. Und dann wieder schien die Zeit sehr kurz zu sein. Einmal hörte er seine Mutter rufen. Er bekam nur noch schlecht Luft. Er spürte weitere sanfte Regentropfen, sah hellrotes Feuer vor braunem Schlamm, hörte wieder seine Mutter, doch konnte er nicht verstehen, was sie rief, rief sie ihn, oder war es die See? Da war die Welt, und dort war er, und die Verbindung dazwischen wurde weiter und weiter gedehnt, ein dünner Faden, er versuchte, sich an dem Faden hochzuziehen, sich nach Hause zu hangeln, wo seine Mutter war und ihn rief. Er versuchte, ihr zu antworten, doch seine Gedanken flossen ihm als langer, langer Fluss aus dem Mund, dem Meer entgegen. Er blinzelte abermals. Ein Affe schrie, seine Zähne waren weiß. Über der Kante der lächelnde Mond. Kein Halt mehr, und er versank. Er hörte das Meer. Nein, sagte er, oder dachte es nur. Nein, nicht ins Meer! Nein! Nein!

24

Sie fanden ihn spät in der Nacht. Er trieb kopfüber im *benjo*, dem langen, tiefen, mit vom Regen aufgewühlter Scheiße gefüllten Graben, der ihnen als Gemeinschaftslatrine diente. Irgendwie hatte er es geschafft, sich aus dem Lazarett, in das sie seinen zerschlagenen Körper getragen hatten, nachdem die Folter endlich zu Ende war, dorthin zu schleppen. Vermutlich hatte er sich hingehockt, das Gleichgewicht verloren und war hineingefallen. Und weil er nicht die Kraft gehabt hatte herauszuklettern, war er ertrunken.

Immer rein in die Scheiße, sagte Jimmy Bigelow, der sich freiwillig gemeldet hatte und nun an einem Seil in das Loch voll wässriger Ausscheidungen hinabgelassen wurde, um den Leichnam zu bergen. Na dann, rief er den Männern am oberen Ende des Seils zu, als er bis zu den Oberschenkeln im Dreck stand. Na dann!

Während er das zweite Seil um den Leichnam knotete, redete er leise auf ihn ein.

Ach Darky, du verdammter Idiot. Hättest du nicht einfach dein Bett vollscheißen können wie jeder andere Penner hier? Hättest du nicht einfach die verfluchte Decke an der richtigen Stelle falten können?

Als Darky Gardiners Leichnam hinaufgezogen wurde, sah Jimmy Bigelow ihn im Licht der Kerosinlaterne. Überzogen von Maden, eigenartig verletzt, eingeschlagen, verschmiert, so dreckig und kaputt, und ganz kurz konnte Jimmy nicht glauben, dass das Darky sein sollte.

Sie trugen den Leichnam ins Lazarett. Mit Wasser aus einem Kerosinkanister und seinen Bergarbeiterhänden, so grob, so zart, wusch Sheephead Morton den Dreck von dem Leichnam und bereitete ihn auf die Bestattung am nächsten Tag vor.

Es war ein Tag zum Sterben gewesen, nicht, weil er besonders war, sondern weil er es nicht war; mittlerweile war jeder Tag ein Tag zum Sterben, und auf die drängende Frage, wer von ihnen der Nächste sein würde, hatten sie eine Antwort bekommen. Und die Dankbarkeit, dass es einen anderen getroffen hatte, nagte an ihren Eingeweiden, zusammen mit dem Hunger und der Angst und der Einsamkeit, bis die Frage sich wieder stellte, aufgefrischt, erneuert, unausweichlich. Sie fanden immer nur eine Antwort: Sie hatten nur noch einander. Für sie und für alle Ewigkeit konnte es kein Ich und kein Mich mehr geben, nur noch Wir und Uns.

25

Am nächsten Morgen wühlte Rooster MacNeice in den Untiefen seines Seesacks nach *Mein Kampf*, um das zehnminütige Gedächtnistraining zu beginnen. Er war mitten in der Nacht aufgewacht und hatte nur einen Gedanken gehabt: Wenn er sich gemeldet und zugegeben hätte, dass es seine Idee gewesen war, sich zu verstecken, wäre Gardiner nicht gestorben. Dann wiederum, sagte er sich, hätte es vielleicht ihn getroffen. Oder auch nicht. Oder vielleicht wären sie jetzt beide tot. Er sagte sich, dass man bei den Japanern nie wissen konnte, woran man war. Er redete sich ein, Gardiner sei so oder so zum Tod verdammt gewesen als Sergeant des Trupps, als Schwerkranker.

Als Rooster MacNeice einen Tag zuvor in der Felsenrinne gestanden hatte und die Japaner die Schuldigen aufgefordert hatten, sich zu erkennen zu geben, hatte er nicht das Gebrüll der Offiziere gehört, sondern Gardiners Gelächter über Roosters Hand an der Eierschale. In dem Moment, als Rooster vortreten sollte, dachte er an nichts anderes als das schwarzfleckige Entenei, das Gardiner ihm gestohlen hatte und mit dessen Schale er ihn zum Gespött gemacht hatte. Die Demütigung durch Gardiner sollte ihm schmerzlicher in Erinnerung bleiben als Gardiners qualvolles Ende. Nein, dachte Rooster MacNeice, so einem Mann würde er nicht helfen. Aber dass er starb, hatte er nicht gewollt.

Nein, das habe ich nicht gewollt, murmelte er. Nein, auf keinen Fall.

Er kaute auf seinem rotblonden Bart herum, stieß mit den Fingerspitzen an sein Kochgeschirr, dann an den klammen, aufgebogenen Pappeinband von *Mein Kampf*. Als er das Buch gerade herausziehen wollte, spürte er den Stoff des Armeehemds, das er auf seiner Odyssee behalten hatte. Es war immer ordentlich platt gefaltet, nur heute beulte es sich aus. Er ließ das Buch los, tastete im Seesack, zog ein Entenei heraus. Sein rotblonder Bart rutschte ihm aus den Zähnen. Die Erleichterung darüber, das Ei gefunden zu haben, wich fast augenblicklich einem namenlosen Entsetzen. Schnell legte er das Ei in den Seesack zurück, als wäre es die größte Schande, die es nun schnell zu verbergen galt, und holte *Mein Kampf* heraus.

Sosehr er sich auch bemühte, er konnte sich keinen einzigen Satz merken.

26

Jahrzehnte später beharrte Jimmy Bigelow darauf, dass seine Kinder ihre Wäsche stets ordentlich zusammenlegten, mit der Kante nach vorn. Er öffnete die Schubladen im Kinderzimmer des holzverschindelten Vorstadthauses in Hobart und überzeugte sich davon, dass die Kleider richtig gefaltet und sie alle in Sicherheit waren. Er schlug sie nicht, gab ihnen nicht einmal einen Klaps, wenn sie ihre Kleider nicht richtig gefaltet hatten. Er bettelte und flehte, er befahl und verlangte, und am Ende gab er es auf und machte sich daran, ihre Kleider selbst neu zu falten und einzusortieren, während alle nervös um ihn herumstanden und warteten. Er spürte eine unsägliche Angst, die er nicht erklären konnte, eine Verwirrung, die er ihnen mit auf den Lebensweg geben würde, eine Mischung aus Liebe und Furcht, die weit über das enttäuschte Murmeln des Vaters hinausging. Er wusste, sie verstanden ihn nicht. Dabei war doch so offensichtlich, was er ihnen begreiflich machen wollte. Man konnte nie wissen, wann die Dinge sich änderten – eine Stimmung, eine Richtung, eine Decke, die verkehrt herum gefaltet wurde.

Ein Leben, das verwirkt war.

Sie wussten nichts davon. Sie wussten nur, dass er ihnen niemals wehtun würde, egal, was sie anstellten. Im allerschlimmsten Fall legte er sie übers Knie, hob die Hand und hielt inne, über dem Hintern. Manchmal spürten sie dabei das Zittern seiner Knie und Beine. Sie riskierten einen verstohlenen Blick hinauf und sahen seine bebende Hand, die nassen Augen. Wie sollten sie verstehen, dass ihr Vater verzweifelt versuchte, sie vor dem überraschenden Schlag des Gewehrkolbens in die weiche Kinderwange zu schützen, sie vor dem Grauen zu warnen, das diese Welt für die Ahnungslosen bereithielt, für diejenigen, die unvorsichtig und unvorbereitet waren? Dass er sie auf Dinge vorbereiten wollte, auf die kein Mensch je vorbereitet war? Sie wussten nur eins: Er hätte ihnen niemals wehgetan.

Während sein bebender Körper durch die Zeit reiste, wussten sie, was er meinte, wenn er sie von den Knien hob und auf die Füße stellte und wenn er dann sagte: Na dann. Er mied ihren Blick und scheuchte sie mit ausgestrecktem Arm davon.

Also gut. Na dann. Aber. Aber der Knick muss nächstes Mal nach vorn zeigen. Nach vorn. Immer. Okay?

Und dann rannten sie raus in die Sonne.

Vielleicht, dachte er manchmal, nahm er sich für die Liebe nicht genug Zeit oder Raum. Vielleicht zog er unbewusst – warum, konnte er nicht sagen – die vorhersehbare Routine der Arbeit den unkontrollierbaren Kreisen der Liebe vor, er faltete lieber seine Kleider zusammen, als dass er seine Arme in Zuneigung öffnete.

Manchmal war sie einfach da, wenn er aus dem geöffneten Fenster die kleine Jodie sah, die den Kopf hob und ihm lachend zuwinkte; dann erschrak er, weil die Liebe in einem Garten mit braunem Gras unter dem funkelnden Schauer des Rasensprengers herumtollte, weil er das Glück gehabt hatte, zu überleben und im vollen Bewusstsein dieses Glücks zu lieben und geliebt zu werden. Und er schaute seinen Kindern zu, die in der Sonne spielten. Und er schämte sich. Und staunte. Die Sonne schien immerzu.

27

Und was wurde aus der Bahnstrecke? Als der Traum vom japanischen Weltreich zu radioaktivem Staub zerfiel, hatte die Eisenbahn keinen Zweck und keine Befürworter mehr. Die japanischen Ingenieure und Aufseher, die für die Eisenbahn verantwortlich gewesen waren, wurden eingesperrt oder nach Hause geschickt, die Sklaven, die geblieben waren, um die Strecke instand zu halten, wurden befreit. Binnen Wochen nach Kriegsende sah die Strecke ihrem eigenen Ende entgegen. Die Thais gaben sie auf, die Engländer bauten sie ab, die Ureinwohner zerlegten und verkauften sie.

Noch etwas später begannen die Überreste der Strecke sich zu verbiegen und zu verformen. Die Böschungen sackten ab, die Dämme und Brücken wurden fortgespült und die Rinnen verschüttet. Die Stilllegung brachte die Metamorphose. Wo früher der Tod gelauert hatte, wuchs neues Leben.

Die Eisenbahnstrecke hieß Regen und Sonnenschein willkommen. Samen keimten auf Massengräbern, zwischen Schädeln und Oberschenkelknochen und zerbrochenen Axtstielen, Ranken wucherten über Eisennägeln und Schlüsselbeinen, wanden sich um Teakholzschwellen und Schienbeine, Schulterblätter, Rückenwirbel und Wadenbeine.

Die Eisenbahnstrecke freute sich über Termiten in ihren eingestürzten Brückenpfeilern, die die Sklaven geschlagen und geschleppt und aufgerichtet hatten, über den Rost auf den Eisenschienen, die die Sklaven in einer langen Reihe geschultert hatten.

Am Ende blieb nichts als die Hitze und die Regenwolken, Insekten und Vögel und Tiere und Pflanzen, die nicht wussten, was geschehen war, und die auch kein Interesse daran hatten. Der Mensch ist nur eine von vielen Lebensformen, alle Lebensformen wollen leben, und das höchste Gut des Lebens ist die Freiheit: wenn ein Mensch ein Mensch sein kann, eine Wolke eine Wolke, der Bambus ein Bambus.

Jahrzehnte vergingen. Einige wenige Streckenabschnitte wurden freigelegt von Leuten, die glaubten, man müsse die Erinnerung bewahren. Die Zeit verwandelte sie in seltsam wiederbelebte, rumpflose Beine: in Sehenswürdigkeiten, Heiligtümer, Nationaldenkmäler.

Denn die Strecke zerfiel, so wie alles zerfällt; alles war umsonst, nichts ist geblieben. Die Menschen sehnen sich weiterhin nach Sinn und Hoffnung, aber im Buch der Vergangenheit steht nur eine einzige, schlammige, chaotische Geschichte.

Und über dieser kolossalen Ruine, grenzenlos und verschüttet, erstreckte sich der einsame Dschungel. Von den kaiserlichen Träumen und den toten Männern blieb nichts als hohes Gras.

Diese Welt aus Tau
ist nur eine Welt aus Tau –
und doch …

Kobayashi Issa

1

Die Krähen, die eben noch verstreut wie Sesamkörner auf dem zerklüfteten Dach des Rashomon von Shinjuku gehockt hatten, wurden von einem Steinwurf erschreckt. Sie stiegen in die Luft über einem Tokio auf, das sich noch nicht aus der Asche der Vergangenheit erhoben hatte. Die Stadt weit unter den schlagenden Flügeln existierte kaum mehr. Vor Kurzem noch hatten sich dieselben Krähen an den schwarzen Leichen gütlich getan, die in der von Brandbomben zerstörten Stadt allgegenwärtig gewesen waren. Nun überflogen sie eine weite, verkohlte, zerpflügte Brache, in deren krummen Gängen und Labyrinthen die Witwen und Waisen herumirrten, die gebrochenen und verkrüppelten Soldaten, die Verrückten und die Todgeweihten und die Hoffnungslosen. Dann und wann kreuzte der Jeep eines amerikanischen GI ihren Weg. Im bitteren Winter des Jahres 1946 war vom Wiederaufbau noch nicht mehr zu sehen als ein paar Zelte und schräge Wellblechhütten, in denen die Glücklichsten herumsaßen; alle anderen mussten sich mit Gleistunneln und Bahnhöfen sowie mit den Hohlräumen begnügen, die sie in den Trümmern entdeckt hatten.

Der Mann, der den Stein geworfen hatte, war Tenji Nakamura, ehemaliger Major im 2. Eisenbahnregiment der Kaiserlich Japanischen Armee. Er hatte in diesem brüchigen Torbogen aus kollabierten Deckenbalken und von Brandbomben zerstörten Häusern Schutz vor dem eisigen Regen gesucht. Nach der Zerstörung und infolge der emsigen Grabungsarbeiten führte jetzt ein schmaler Tunnel durch das Geröll, von den Ortsansässigen, die es auf ihrem Weg in den zerstörten Vergnügungsbezirk Shinjuku jeden Tag durchqueren mussten, *shinjuku rashomon* genannt, das Stadttor zum Shinjuku, gerade so, als wäre dieser Haufen Schutt ein herrliches Portal zu einer prächtigen Stadt. Füchse, Ratten, Huren und Diebe suchten in seinen Nischen, Hohlräumen und halb eingestürzten Räumen Zuflucht. Der Fuji, den Nakamura vom maroden Durchgang aus erkennen konnte, thronte über ihnen, genau wie der große Hokusai ihn vor eineinhalb Jahrhunderten auf seinen Farbholzschnitten gezeigt hatte. Der Blick auf den wechselhaften, unveränderlichen, stillen, unsterblichen Berg war erneut unverbaut.

Die Welt, über welche der Fuji sich erhob, war jedoch grausam und sterblich. Jeden Tag kamen Menschen um, und doch musste das Leben irgendwie weitergehen. Die Leute auf den überfüllten Straßen hatten sich mit *kasutori*, dem billigen, lebensgefährlichen Lieblingsschnaps der Unglücklichen und der Hungerleider, halb besinnungslos getrunken, oder sie hatten aus Armeelagern entwendetes Shabu genommen, oder beides. Nakamura selbst hatte in seiner Armut vom Shabu lassen müssen; er war fest entschlossen, nie wieder damit anzufangen. Hungrige Hunde streiften in riesigen, bedrohlichen Rudeln über die eingesackten Pfade, die früher einmal Straßen gewesen waren, und überall trieben sich hungernde Kinder herum, die sich als Taschendiebe oder Bettler oder Zuhälter verdingten.

Wölfe allesamt, dachte Nakamura.

Ihre trägen Blicke und hektischen Bewegungen fand Nakamura gruselig, diese Kinder waren schwach und gefährlich zugleich. Sie sahen wie verhungerte Sechs- oder Siebenjährige aus, dabei waren sie oft schon im Teenageralter. An jeder Straßenecke verkauften sich die Frauen, einige davon nahmen für das ehrenhafte Gefühl, sich den amerikanischen Teufeln zu verweigern, finanzielle Einbußen in Kauf. Die meisten jedoch genossen den Wohlstand, den ein Leben als *pan pan girl* ihnen bot. Eines Nachts war Nakamura mit einer mitgegangen, und danach hatte er seiner Wut über ihr Geschäft Luft gemacht und sie gefragt, warum sie gemeinsame Sache mit den Amerikanern mache. Sie hatte sich eine frisch angezündete Lucky Strike zwischen die Lippen gesteckt und gesagt –

Sind wir nicht alle *pan pan girls*?

Seit die Armee vor zweieinhalb Monaten aufgelöst worden war, lebte Nakamura zwischen diesen menschlichen und baulichen Ruinen, hier zählte er nichts, und er war froh darüber. Er war mit einem Brecheisen bewaffnet, das ihn einerseits notdürftig ernährte und ihm andererseits zur Selbstverteidigung diente. An der Kante des Eisens zerknackte er alle paar Minuten eine Laus, die er sich von seinem juckenden Körper zupfte. Mit dem Eisen stemmte er zerbrochene Holzbalken aus zerstörten Gebäuden und aus dem Schlick und dem Schlamm und der Asche, die früher einmal Tokio gewesen waren. Er zerkleinerte das Holz, so gut es ging, und verkaufte es an einen Köhler. Und während er in den Überresten der einst so prächtigen Hauptstadt des Kaiserreichs wühlte, war er in Gedanken immerzu mit der Frage beschäftigt, wo sich die nächste Misosuppe oder eine Schüssel Reis auftreiben ließe. Manchmal machte er einen glücklichen Zufallsfund. Am Vortag hatte er tief in den Trümmern ein paar uralte Eicheln ausgegraben, die selbst die Ratten übersehen hatten. Seither hatte er nichts mehr gegessen.

Um sich vom Hunger abzulenken, klaubte er eine zertrampelte Zeitung vom Boden auf. Sie war schon ein paar Tage alt. Nakamura las einige Artikel, ohne den Inhalt wirklich wahrzunehmen, aber dann stieß er auf einen, der ihn hellhörig werden ließ. Hoch konzentriert, panisch las er weiter. In dem Artikel stand, die Amerikaner hätten im Zuge ihrer Fahndung nach Kriegsverbrechern weitere Haftbefehle ausgegeben. Sie hatten es auf die ehemaligen Kommandeure und Aufseher der Kriegsgefangenenlager abgesehen. Der Artikel schloss mit einer Namensliste der Gesuchten, und auf halber Höhe der Spalte sah Nakamura bestätigt, was er so lange befürchtet hatte – sein Name fand sich auf der Liste von Kriegsverbrechern der Kategorie B.

Der Juckreiz breitete sich über seinen ganzen Körper aus. Er war kein Kriegsverbrecher, und doch würden die Amerikaner, die wahren Kriegsverbrecher, sein Leben zu einer Lüge machen und ihn hinrichten. Wut stieg in ihm hoch, und unter der Wut schwelte die dumpfe, immer präsente Angst des Tieres, das sein Ende herannahen fühlt. Im täglichen Überlebenskampf kreisten seine Gedanken immer wieder um diese Angst. Denn Nakamura sah, wie die Amerikaner, diese riesigen, grölenden Gestalten, nun praktisch überall auftauchten und erbarmungslos Jagd auf alle machten, die in ihren Augen Kriegsverbrecher waren. Und ganz oben auf ihrer Liste standen jene, die in direktem Kontakt zu den ausländischen Kriegsgefangenen gestanden hatten. Er war entschlossen zu leben, sich nicht erwischen und hinrichten zu lassen, denn seine Ehre verlangte danach. Der Juckreiz wurde immer intensiver, er schob sich eine Hand in die Hose und kratzte sich im Schritt. Er zog einen schorfigen Klumpen aus Haut, Haaren und Läusen heraus und schleuderte ihn zu Boden.

Während er darauf wartete, dass der Regen nachließ, dachte Nakamura über seine Lage nach; vom Holzsammeln allein konnte er nicht leben, an der Forke seiner Brechstange fehlte ein halber Zahn, und an seiner Wange klaffte eine offene, pulsierende Wunde, weil er vor zwei Tagen auf seinem Beutezug von einem zersplitterten Balken gestreift worden war. Die furchtbare, unentrinnbare Kälte steigerte das Hungergefühl zusätzlich, und nun waren auch noch die Amerikaner hinter ihm her. Abermals las er seinen Namen auf der Liste, und mit Grausen wurde ihm klar, dass die Zeitung bereits einige Tage alt war. Methodisch verfolgten die Amerikaner Spuren, sortierten falsche Hinweise aus, nahmen Zeugen ins Visier und kamen ihm mit jeder verstreichenden Stunde näher. Ihm drohte der Tod durch den Strick. Um zu überleben, das sah Nakamura ein, musste er handeln, was bedeutete, dass er seine Strategie des Nichthandelns aufgeben musste. Doch schon bald wich sein Trotz einer grenzenlosen Hoffnungslosigkeit und Niedergeschlagenheit. Was sollte er tun? Was? Das Ehrenvollste wäre, es so zu machen wie die vielen anderen, die den Freitod gewählt hatten.

Und just in dem Moment, in dem er beschlossen hatte, sein Schicksal selbst in die Hand zu nehmen und ehrenvoll zu sterben, hörte Nakamura einen gedämpften Schrei. Seine Neugier war geweckt, er war dankbar für die Ablenkung von seinem elenden Schicksal.

Er trat aus seinem Versteck in den Regen hinaus, drehte langsam den Kopf und lauschte angestrengt. Er hörte eine zischende Frauenstimme. Das Geräusch kam von oben, aus dem Trümmerhaufen, der die linke Flanke des Rashomon bildete.

So lautlos, wie es ihm auf dem Schutt möglich war, erklomm Nakamura den Hügel aus eingeknickten Balken und Gebäudetrümmern. Er hielt seine Brechstange fest umklammert. Im Geröll entdeckte er ein kleines, kaum faustgroßes Loch. Er spähte hinein und sah ein zerbombtes Zimmer mit einem fenstergroßen Loch oben in der Rückwand, durch das spärliches Tageslicht einfiel. Früher mochte es hier einmal sauber und nett gewesen sein, doch inzwischen war die Chrysanthementapete unter der dicken Schicht aus Staub und Ruß kaum noch zu erkennen; Nakamura hatte den Eindruck, in einen Tierstall zu blicken. Aus ein paar Kissen und den Überresten einer Tatamimatte hatte jemand sich ein Bett gebaut, und auf dem dreibeinigen Tisch daneben – das vierte Bein war durch gestapelte Ziegel ersetzt – stand ein blinder Spiegel.

Wieder zischte die Frauenstimme, aus nächster Nähe diesmal. Nakamura verdrehte den Kopf, um die Geräuschquelle zu finden. In einer Zimmernische entdeckte er ein *pan pan girl* und einen Jungen, sechzehn oder siebzehn Jahre alt, der ein langes Küchenmesser in der Hand hielt. Zwischen den beiden lag ein amerikanischer Soldat in Uniform auf dem Boden, seine Kehle war vor so kurzer Zeit durchtrennt worden, dass das Blut noch herausquoll. Die Prostituierte schimpfte mit dem Jungen, sie wollte wissen, warum er den Amerikaner umgebracht habe, wobei sie kein bisschen traurig klang, nur verärgert.

Nakamura nahm die ganze Szene auf. Sein Blick blieb nicht an dem Toten hängen, der ihm gleichgültiger nicht hätte sein können, sondern an dem, was auf der provisorischen Schminkkommode lag: zwei Teigtaschen und eine Tafel amerikanischer Schokolade.

2

Behutsam schob Nakamura sich zurück, stieg auf das Dach des Rashomon und an der Rückseite wieder hinunter, bis er die fenstergroße Maueröffnung erreicht hatte. Langsam hob er den Kopf über ein loses Dachblech und sah, wie das Mädchen die Taschen des Toten durchsuchte. Als sie den Amerikaner auf die Seite rollte, stöhnte er leise auf. Erschreckt wich sie zurück, doch dann begriff sie, dass nur ein wenig Luft aus seiner Lunge entwichen war. Wieder machte sie sich daran, ihn abzutasten. Aus der Gesäßtasche seiner Hose zog sie ein Bündel aufgerollter amerikanischer Dollarscheine.

Nakamura hatte nur Augen für die Teigtaschen. Er erinnerte sich an die Teigtaschen in der Kaserne von Mandschukuo und für wie fade er sie damals gehalten hatte. Bei der Erinnerung und bei der Aussicht, jetzt so eine Teigtasche haben zu können, lief ihm das Wasser im Mund zusammen.

Nakamura konnte an nichts anderes mehr denken als an die Teigtaschen, er sammelte seine Kraft und wälzte sich durch das Loch. Er ließ sich abrollen, sprang auf und hob die Brechstange in die Höhe. Für eine Sekunde standen sie zu dritt vor dem Leichnam des Amerikaners und starrten einander an – die Prostituierte in einer kostbaren, mit Blumen bedruckten Bluse, einer weiten Hose und schwarz glänzenden Geta-Sandalen, eine Geldrolle in der Hand, der Junge mit seinem Messer und Nakamura mit seiner Eisenstange.

Der Junge brüllte los und stürzte sich auf Nakamura, der in einem Zustand gesteigerter Klarheit, die zugleich Todesangst und erfahrene Gelassenheit war, ganz leicht in die Knie ging, um einen festeren Stand zu haben. Er schwang das Eisen wie ein Schwert, es beschrieb einen hohen Bogen und landete mit einem weichen, schmatzenden Geräusch auf dem Schädel des Jungen. Das Geräusch – gleich einem Hammer, der auf eine Wassermelone trifft – blieb für eine lange Weile in Nakamuras Ohren hängen. Und für dieselbe Ewigkeit, die eigentlich nur einen kurzen Moment andauerte, hielt der Junge wie versteinert in der abrupten Vorwärtsbewegung inne. Nach diesem eigenartigen Stocken der Zeit fiel er geräuschlos zu Boden.

Nakamura und das Mädchen schwiegen. Der Körper des Jungen zuckte unkontrolliert, doch sie wussten beide, er war tot. Während das Blut aus seinem Kopf zu sickern begann und die Krämpfe erst schwächer wurden und dann ganz nachließen, sah Nakamura die Läuse wie in plötzlicher Panik durch das lange, verfilzte Haar des Jungen kriechen. Auf einmal nahm er den Modergeruch von klammem Staub wahr, der im Zimmer hing.

Das Mädchen fing zu winseln an. Nakamura trat mit drei großen Schritten an den dreibeinigen Tisch und stopfte sich die Teigtaschen in den Mund. Er schluckte sie mühsam herunter, ohne das Mädchen aus den Augen zu lassen. Er hatte einen neuen Einfall.

Er machte sich mittels der Eisenstange verständlich, zeigte auf die Dollarscheine. Mit zitternder Hand übergab das Mädchen das Geldbündel. Er steckte es ein, schob das Eisen unter den Saum der geblümten Bluse und hob den Stoff an. Das Mädchen ließ den Blick über die Eisenstange bis in Nakamuras Gesicht wandern, verbeugte sich und trat einen Schritt zurück. Sie fing an, sich auszuziehen.

Als sie nackt war, konnte er ihre O-Beine sehen. Ihre unangenehm dünnen Schenkel waren von kleinen offenen Wunden übersät, die butterblumengelb leuchteten. Ihr seidiges Schamhaar bildete einen krassen Kontrast zu der schuppigen, bleichen Haut darunter. Ihre Brüste waren eher Knospen, ihre Hautfarbe kränklich. Jetzt konnte Nakamura sie riechen, sie stank ungewaschen und verschwitzt, wie eine Kuh, die den langen Winter im Stall verbracht hat.

Sie ging am dreibeinigen Tisch vorbei, legte sich auf den verschmutzten Tatami und streckte die Füße in Nakamuras Richtung aus. Er konnte sie atmen hören, flach und schnell. Sie verachtete ihn, sie verkaufte sich an die amerikanischen Teufel und bot ihm nun ihren verdreckten, besudelten Körper an. Er nahm die Kleider des Mädchens an sich, steckte die Schokolade ein und trat an die Maueröffnung, um hinauszuklettern. Er drehte sich noch einmal um, betrachtete die beiden Leichen.

Der Amerikaner war jetzt schon ein Nichts. Das Gesicht des japanischen Jungen war von schlimmer Akne überzogen. Das Töten wird überbewertet, dachte Nakamura. Vielleicht sollte man Schuld und Reue dabei fühlen, und anfangs hatte er das auch, in Mandschukuo. Doch die Toten hatten bald schon keine Gesichter mehr gehabt. Er hatte Mühe, sich überhaupt an sie zu erinnern. Die Toten sind tot, mehr nicht, dachte er. Dennoch, zwei Leichen, und eine davon die eines Amerikaners … wenn er nicht aufpasste, würde er Schwierigkeiten bekommen, er stand jetzt schon auf der Fahndungsliste.

Nakamura ging noch einmal zurück, trat vorsichtig um die dunkelrote Blutlache herum und kniete neben dem Amerikaner nieder. Der Soldat roch nach dem DDT, mit dem sie auch Nakamura bei seiner Entlassung entlaust hatten. Der Amerikaner schien einer anderen Spezies anzugehören, so groß und andersartig sah er aus. Die Australier im Dschungel hatten kein bisschen so gewirkt wie dieser riesige, allzu tote Amerikaner.

Ohne den Leichnam zu berühren, bohrte Nakamura den Griff der Brechstange in die geschlossene Faust und legte sie ihm auf die Brust. Er überlegte es sich anders, zog das Eisen durch die Hand des Toten, presste es kraftvoll gegen seine Fingerspitzen und legte es dann in die Blutlache. Solange die Prostituierte den Mund hielt, würden die Amerikaner und die japanische Polizei zum selben Schluss kommen: Der Zuhälter hatte versucht, den Amerikaner übers Ohr zu hauen, und es war zu einem Streit gekommen, der beide das Leben gekostet hatte.

Damit wandte Nakamura sich ab, trat an die brusthohe Öffnung, die der einzige Zimmereingang war, und zog sich hinauf. Er hörte die Prostituierte aufspringen, beachtete sie jedoch nicht weiter, bis er auf einmal ihre Hände an seinen Knöcheln spürte. Um freizukommen, trat er zweimal kräftig zu, woraufhin sie rückwärtsflog und auf dem toten Amerikaner landete.

Als er sich den Geröllhang hinunterrutschen ließ, hob oben ein Geschrei an. Er drehte sich um und sah das Mädchen, sie hatte sich einen Arm über die kleinen, blutverschmierten Brüste gelegt, beugte sich aus der Öffnung und rief, der Amerikaner habe sie vergewaltigt, ihr Bruder sei dazugekommen und habe nur versucht, sie zu beschützen. Nakamura machte sich nicht die Mühe, ihrer Geschichte zu folgen. Er krabbelte wieder hinauf, packte sie bei der Schulter und hielt ihr einen Ziegelstein vors Gesicht. Sie fiepte.

Vergiss es, sagte er. Vergiss ihn, vergiss deinen Bruder, vergiss mich.

Die Prostituierte heulte laut. Er drückte ihr den Ziegelstein an den Mund.

Du lebst nur weiter, wenn du es vergisst, sagte er böse.

Er stieß sie ins Zimmer zurück, stieg vom Shinjuku Rashomon herunter und eilte in die Stadt.

Von den fünfzig amerikanischen Dollar, die er dem Mädchen gestohlen hatte, kaufte er sich falsche Ausweispapiere. Ihre Kleider verkaufte er an ein anderes *pan pan girl*, und vom Erlös erstand er ein Zugticket nach Kobe. In einem Dritte-Klasse-Waggon mit herausgebombten Fensterscheiben reiste er durch die bitterkalte Winternacht, ließ seine Vergangenheit als Exeisenbahnregimentsmajor Tenji Nakamura hinter sich und sah einer Zukunft als Yoshio Kimura, ehemaliger Gefreiter der Kaiserlich Japanischen Armee, entgegen.

In Kobe war die Lage nicht besser als in Tokio. Auch diese Stadt bestand nur noch aus Kratern und Schlamm, aus Bergen von Trümmern und verbogenen Stahlträgern, zwischen denen die Menschen herumkrochen wie Kakerlaken im Abfall. Nakamura hatte dennoch das Gefühl, einen ausreichend großen Sicherheitsabstand zwischen sich, den toten Amerikaner und den toten Jungen gebracht zu haben. Ein paar Monate lang lebte er von der Hand in den Mund und schlug sich als Taschendieb und Hehler durch. Sicher fühlte er sich nie. Einmal meinte er, von Weitem einen großen australischen Offizier zu sehen, den er aus dem Kriegsgefangenenlager kannte. Nakamuras Angst war so groß, dass er sich eine Woche lang nur noch bei Dunkelheit aus dem Haus wagte.

Die Kriegsverbrecherprozesse verfolgte er aufmerksam. Er las, dass ein japanischer Soldat, der einen Gefangenen nach dessen Fluchtversuch verprügelt hatte, als Kriegsverbrecher verurteilt und gehängt worden war. Nakamura konnte es nicht fassen.

Für *eine* Tracht Prügel?

Er war in der japanischen Armee ständig geschlagen worden, und es war seine Pflicht gewesen, andere Soldaten zu schlagen. Wirklich, während seiner Ausbildung war er zweimal bewusstlos geprügelt worden, einmal war sogar sein Trommelfell geplatzt. Er hatte Schläge auf den Hintern bekommen, mit dem Baseballschläger, weil er, als er die Unterwäsche seines Vorgesetzten wusch, »mangelnden Enthusiasmus« gezeigt hatte. Als Rekrut war er von drei Offizieren bis zur Besinnungslosigkeit verprügelt worden, weil er einen Befehl missverstanden hatte. Einmal hatte er einen ganzen Tag auf dem Exerzierplatz strammstehen müssen, und als er zusammenbrach, stürzten sie sich auf ihn und traten ihn für den Ungehorsam, bis er ohnmächtig wurde.

Wie konnte es also sein, dass ein Mann als Kriegsverbrecher bestraft wurde, weil er einen Kriegsgefangenen geschlagen hatte? Und was war überhaupt ein Kriegsgefangener? Hatte es im Soldatenhandbuch nicht ausdrücklich geheißen, jeder gefangen genommene Offizier habe sich umzubringen? Was war ein Kriegsgefangener? Ein Nichts, das war er. Ein Mann ohne Scham und ohne Ehre. Ein Nichtmensch.

Eine Tracht Prügel?

Nakamura war ein guter Offizier gewesen, andere Offiziere hatten ihn dafür getadelt, dass er Verstöße gegen die Truppendisziplin meistens nur mit ein paar Ohrfeigen ahndete.

Ihr Herz ist zu weich, hatte Colonel Kota zu ihm gesagt, nachdem er Corporal Tomokawa für ein leichteres Vergehen geohrfeigt hatte. Nur eine Ohrfeige für den Mann? Ich hätte ihm eine Tracht Prügel verpasst, die er nie vergisst.

Am liebsten hätte Nakamura seine Frage in den Himmel über Kobe hinausgebrüllt. Was war denn ein Kriegsgefangener? Was?

3

Choi Sang-min saß im Dunkeln auf einem Bambushocker – eine Annehmlichkeit, die man ihm, dem zum Tode Verurteilten, nun gönnte. Er hatte gehört, ein paar Kriegsgefangene hätten Kim Lee in einem Bordell in Bangkok aufgespürt und vom Dach des Gebäudes gestürzt. Das fand er logisch und verständlich. Hoffentlich hatte Kim Lee sie angespuckt, bevor sie ihn in den Tod stießen. Kim Lee war so wie er Aufseher gewesen, auch er hatte Kriegsgefangene getötet, und nun, da der Krieg vorbei war, hatten sie im Gegenzug ihn getötet. Das war vollkommen nachvollziehbar. Anders als Choi Sang-mins Lage, die alles andere als nachvollziehbar war. Er verachtete die Australier für ihre Heuchelei; sie tarnten ihre Rache mit den Ritualen der

Justiz. Er wusste genau, dass sie ihn ebenfalls töten würden, wozu also das ganze Theater?

Er besaß keine Uhr mehr. Er musste sich allein auf sein Gefühl verlassen, um zu beurteilen, wie lange die Nacht noch dauern würde. Bloß, dass sein Gefühl ihn im Stich ließ. Die Nacht schien unendlich lang, gleichzeitig raste sie davon. Im Changi-Gefängnis herrschte seit etwa zwei Stunden Nachtruhe. Hätte er nachgedacht, wäre er vielleicht darauf gekommen, dass es ungefähr Mitternacht sein musste. Aber er dachte nicht mehr nach, er dachte an gar nichts. Choi Sang-min war verloren und jenseits von allem Denken. Sein Verstand maß die Zeit in zwei sich abwechselnden Gefühlseinheiten. Die eine war die Panik, die ihn wie ein wilder, bellender Husten überfiel und in seiner Gefängniszelle umhertigern und nach einem Ausweg suchen ließ. Er kam jedes Mal zu dem Schluss, dass es kein Entkommen gab, nicht aus der Zelle und nicht vor dem bevorstehenden Tod.

Und dann schlug sein Gefühl in Wut um, Wut nicht auf das Schicksal oder die ausbruchssichere Zelle, sondern infolge einer einzigen, quälenden Vorstellung. Zum Zeitpunkt seiner Verhaftung hatte ihm sein Arbeitgeber, die japanische Armee, noch seinen Sold geschuldet: fünfzig Yen pro Monat. Nun war der Krieg schon fast zwei Jahre vorüber, und er hatte noch immer nichts von dem Geld gesehen. Seine Wut speiste sich nicht aus Pedanterie oder Geldgier, sondern aus einer Tatsache, die sein Gerechtigkeitsempfinden berührte: Die fünfzig Yen pro Monat waren ganz allein der Grund, warum er hier einsaß. Warum also zahlte man sie ihm nicht aus?

Und weil er wusste, dass er nie wieder im Leben Geld entgegennehmen würde, weil er wusste, dass der Betrag von fünfzig Yen für sich genommen eine Absurdität war und er sich in der Summe dennoch betrogen fühlte, stellte sich sofort wieder die Panik ein, und er begann noch einmal, unruhig durch die Zelle zu laufen, mit den Fingerspitzen über die Wände zu streichen, die Gitterstäbe vor dem Fenster zu packen, zu rütteln, abzutasten, nach einem Ausweg zu suchen, bis er abermals realisierte, dass die Flucht unmöglich war, und dann kippten seine Gefühle, und er ärgerte sich wieder über die fünfzig Yen.

Sein Prozess vor einem australischen Militärgericht hatte zwei Tage gedauert. Abgesehen vom direkten Verhör waren alle Formalitäten auf Englisch abgehandelt worden, er hatte so gut wie nichts verstanden. Am Ende hatte der Richter – ein Mann mit einem Gesicht wie eine windgepeitschte Wachskerze und mit der Stimme eines Totengräbers – Choi Sang-min zum ersten Mal direkt angesehen und angesprochen. Der Übersetzer hielt den Blick resolut auf die Lippen des Vorsitzenden gerichtet und flüsterte Choi Sang-min japanische Satzfetzen ins Ohr.

Aufgrund der widersprüchlichen Beweislage, wisperte der Übersetzer – in Form schriftlicher Zeugenaussagen – die Anklage wegen Beihilfe zum Mord – Sergeant Frank Gardiner von der Australian Imperial Force – ist hiermit geschlossen. Der Übersetzer schlug einen weniger formellen Ton an und fügte hinzu, das sei eine sehr gute Nachricht, sehr gut.

Und dann setzte er die fragmentarische Übersetzung fort. Die Anklage – die Ermordung des Gefreiten Wat Cooney angeordnet zu haben – wird hiermit bestätigt – ebenso andere, weniger schwerwiegende Vorwürfe von Misshandlung, darunter die Vorenthaltung von Lebensmitteln und medizinischen Verbrauchsgütern, was zu vermeidbarem Leid und Todesfällen geführt habe. Als – als Kriegsverbrecher der Kategorie B – werden Sie – werden Sie – zum Tod durch den Strick verurteilt.

Diesmal fügte der Übersetzer keine persönliche Fußnote an.

Es wurde noch weitergeredet, doch Choi Sang-min hörte nichts mehr. Als er vor Gericht aussagen musste, hatte er zu erklären versucht, dass er als koreanischer Sergeant niemals die Tötung eines Kriegsgefangenen hätte anordnen können; die australischen Anwälte hatten jedoch aus den Verhörprotokollen eines japanischen Colonels namens Kota zitiert, dem zufolge er genau das getan habe. Kotas Aussagen hatten bereits zur Verurteilung mehrerer Aufseher aus Korea und Formosa geführt; wie Choi Sang-min erfahren hatte, war Kota später ohne Verfahren freigekommen. Choi Sang-min wies das Gericht darauf hin, Cooney habe sich nicht mehr im Lager aufgehalten, als der vermeintliche Exekutionsbefehl ausgegeben wurde, doch seine Aussage ließ sich durch die unvollständige und chaotische Buchführung der Lagerverwaltung nicht belegen.

Nach dem Urteilsspruch schlug ihm sein australischer Verteidiger, ein schwabbeliger Mann mit feuchten, blitzenden Augen, die ihn an Skalpellklingen erinnerten, vor, ein Gnadengesuch einzureichen. Choi Sang-min hatte sich damit abgefunden, in einem fremden Land sterben zu müssen, und sah keinen Sinn darin, sein Leid hinauszuzögern. Weder Choi Sang-min noch den anderen Häftlingen aus Korea und Formosa, die als Kriegsverbrecher der Kategorie B und C in Changi einsaßen, war entgangen, dass die alliierten Sieger bevorzugt Offiziere mit Kontakten ins japanische Königshaus laufen ließen, während andere, rangniedere Häftlinge wie sie selbst als Sündenböcke herhalten mussten und gehängt wurden. Choi Sang-min dachte an Major Nakamura, der nicht verhaftet worden war und vermutlich auch nie verhaftet werden würde; an Colonel Kota, der wieder in Freiheit war. Wahrscheinlich standen sie jetzt beide im Dienst der Amerikaner.

Mir ist das gleich, sagte Choi Sang-min.

Wie bitte?, fragte der Anwalt, und seine feuchten Augen schnitten hin und her.

Mir ist das gleich, wiederholte Choi Sang-min, um seine fatalistische Lebenseinstellung zu bekräftigen; der Anwalt jedoch fasste den Kommentar als Zustimmung zu seinem Vorschlag auf, einen Antrag auf Umwandlung der Todesstrafe in eine Haftstrafe zu stellen. Der Anwalt reichte das Gnadengesuch ein, und Choi Sang-mins Leben und Leiden verlängerten sich um weitere vier Monate.

Choi Sang-min nahm wahr, wie unterschiedlich jeder Insasse von Changi sein Schicksal aufnahm und seine Vergangenheit deutete. Einige hatten die Vorwürfe rundheraus bestritten, wurden aber trotzdem zum Tod durch den Strick oder zu langen Haftstrafen verurteilt. Manche erkannten ihre Schuld an, nicht aber die Autorität des australischen Militärgerichts. Auch sie endeten am Strick oder in der Haft. Andere stritten jede Verantwortung ab und verwiesen darauf, dass ein rangniederer Aufseher oder Gefreiter keine Möglichkeit gehabt habe, das japanische Militärsystem zu hinterfragen, geschweige denn sich dem Willen des Kaisers zu widersetzen. Insgeheim stellten sich alle dieselbe Frage: Warum war der Kaiser, wo doch all ihre Taten einfach nur Ausdruck des kaiserlichen Willens gewesen waren, immer noch auf freiem Fuß? Warum verschonten die Amerikaner den Kaiser und hängten stattdessen sie, die sie lediglich ein Werkzeug des Kaisers gewesen waren?

Doch eigentlich wussten sie, dass der Kaiser, im Gegensatz zu ihnen, niemals hängen würde. So gewiss, wie sie für den Kaiser geschlagen und gefoltert und gemordet hatten, würden sie nun für den Kaiser hängen, auch jene, die ihre Verantwortung bestritten. Sie ließen sich so gut oder schlecht hängen wie jene, die ihre Beteiligung einräumten, oder jene, die ihre Unschuld beteuerten; denn wenn sie einer nach dem anderen über der Falltür zappelten, zuckten ihre Beine ohne Unterschied, entleerten sich ihre Därme ohne Unterschied, verspritzten ihre plötzlich erigierten Penisse ohne Unterschied Pisse und Samen.

Während seiner Verhandlung wurde Choi Sang-min einiges klar, von dem er bis dahin nur eine undeutliche Vorstellung gehabt hatte – die Genfer Konventionen, die Befehlskette, die Struktur des japanischen Militärs. Er musste einsehen, dass die gefürchteten und verhassten australischen Lagerinsassen ihn für etwas Besonderes gehalten hatten: für ein Monster mit dem Namen Waran. Choi Sang-min war beinahe geschmeichelt, als er erfuhr, dass er in ihren Gedanken eine so tragende Rolle spielte.

Denn er spürte, dass die Australier ihm dieselbe Verachtung

entgegenbrachten wie seinerzeit die Japaner. Wieder einmal war er ein Niemand, er fühlte sich an seine Kindheit in Korea erinnert, als er im Klassenraum in der Ecke stehen musste, weil er etwas auf Koreanisch gemurmelt hatte, obwohl sie nur Japanisch reden durften; an seine Zeit als Dienstbote einer japanischen Familie, wo er in der Hackordnung noch unter dem Haustier gestanden hatte; an seine Ausbildung in der japanischen Armee, wo er nichts als ein Aufseher gewesen war, weniger noch als der niedrigste japanische Gefreite. Selbst Kim Lee war besser dran gewesen als er. Und gleichzeitig wurden Männer verschont, von denen er genau wusste, dass sie Schlimmeres verbrochen hatten als er oder Kim Lee. Wieso? Warum? Das alles ergab keinen Sinn.

Die Australier zu verprügeln hatte hingegen sehr wohl Sinn ergeben. Wenn er die australischen Soldaten schlug, die so viel größer gewesen waren als er selbst, hatte er für einen kurzen Moment das Gefühl gehabt, jemand zu sein. Er wusste, er durfte sie schlagen, wie es ihm gefiel, mit Fäusten und Stöcken und Stielen und Eisenstangen. Die Australier machten ihn zu etwas, zu jemandem, und sei es nur für so lange, wie sie sich stöhnend am Boden wälzten. Er ahnte, dass mehr als einer dieser Männer nach den Misshandlungen gestorben war, doch vermutlich wären sie ohnehin gestorben. Der Ort und die Zeit hatten es so vorgeschrieben; er konnte darüber nachdenken, so viel er wollte, es hätte nichts geändert. Er bereute höchstens, nicht noch mehr von ihnen getötet zu haben. Er wünschte sich, er hätte das Morden bewusster genossen und das Leben, das ein so großer Teil des Mordens war.

Wenn sich die Australier unterhielten, dämmerte Choi Sang-min, dass der Prozess über die reine Rache weit hinausging. Die Ausländer strahlten eine Lebensgewissheit aus, die er selbst nie besessen hatte, wohl aber die Japaner, unter denen er gedient hatte. Als man ihm die Entscheidung über das Leben und Sterben der Australier überlassen hatte, hatte er sie geschlagen, erstens, weil er von den Japanern dazu erzogen worden war, und zweitens, weil er nichts dabei fand, einen Mann zu schlagen, der zu langsam arbeitete oder sich vor der Arbeit drücken wollte.

In Pusan hatte er sich derselben harten Grundausbildung unterziehen müssen wie jeder Gefreite der Kaiserlich Japanischen Armee. Außer, dass er und die anderen keine Japaner waren, sie waren Koreaner und würden es nie zum Soldaten bringen; ihre Aufgabe würde es sein, feindliche Soldaten zu bewachen, die zu feige waren, sich in der Kriegsgefangenschaft umzubringen. Neben dem Marschieren und Schießen und dem Umgang mit dem Bajonett hatte er *binta* gelernt, die Ohrfeigentechnik, mit der die Japaner selbst den geringsten Schnitzer bestraften. Wenn auch nur einer einen Fehler machte, kassierte der ganze Trupp Schläge ins Gesicht. Jeden Tag mussten sich die koreanischen Rekruten in zwei parallelen Reihen aufstellen, und dann musste jeder sein Gegenüber schlagen, rechte Hand auf die linke Wange, linke Hand auf die rechte Wange, immer abwechselnd, bis das Gesicht des Geschlagenen deutlich angeschwollen war. Jeder Befehl verlangte unbedingten Gehorsam. *Binta* und Befehle, daraus hatte Choi Sang-mins Leben bestanden – rechte Hand auf die linke Wange, linke Hand auf die rechte Wange. Am liebsten wäre er desertiert und nach Hause gelaufen, aber er hatte gewusst, dann hätte seine Familie Ärger mit den japanischen Behörden bekommen. Abgesehen davon winkte ihm ein Sold von fünfzig Yen im Monat.

Er wusste noch, wie er seinem Gegenüber einmal zugeraunt hatte, er werde zurückhaltender schlagen, wenn der Kamerad ihm denselben Gefallen erweise. Der japanische Offizier kam ihnen schnell auf die Schliche. Der Offizier war ein gut aussehender Mann, von allen Rekruten bewundert. Choi Sang-min imitierte seinen Gang und seine langsame, konzentrierte Art, sich umzudrehen, wenn er angesprochen wurde. Dieser Offizier brüllte jetzt in Choi Sang-mins Ohr.

Du willst nur so tun?, schrie er. Dann tu so, als würde das hier nicht wehtun.

Und mit einem kurzen Stahltau hieb er ihm von rechts und links so fest in die Nieren, dass Choi Sang-min noch tagelang Blut urinierte. Am nächsten Morgen, als die Rekruten sich abermals voreinander aufstellen mussten, schlug Choi Sang-min sein Gegenüber mit einer Wut, die er nie wieder loswurde, rechte Hand auf die linke Wange, linke Hand auf die rechte Wange.

Als man ihn, einen schmalen, schmächtigen Jungen von sechzehn Jahren, in den fremden Dschungel schickte, hatte er sich zunächst vor den größeren, muskulöseren und älteren Australiern gefürchtet. Sie waren Orang-Utans mit breiten Schultern, dicken Oberarmen und behaarten Beinen. Ständig pfiffen oder sangen sie. Seiner Erfahrung nach taten das weder Koreaner noch Japaner in der Öffentlichkeit, er verabscheute diese fremdartige Fröhlichkeit. Und so ging er bei den Bestrafungen manchmal weiter, als nötig gewesen wäre – um ihnen einzubläuen, dass er männlicher war als sie, und um ihrer Fröhlichkeit ein Ende zu machen. Und nach einer Weile begannen die Männer tatsächlich zu schrumpfen und zu welken, ihre Arme wurden dünn, und ihre Beinmuskeln schwanden, sie pfiffen weniger und sangen kaum noch.

In Wahrheit bekamen sie nur, was sie verdienten. Sie versuchten, sich vor der Arbeit zu drücken, und wenn das nicht möglich war, arbeiteten sie schlecht und langsam. Sie stahlen alles, was nicht niet- und nagelfest war – Proviant, Werkzeug und Geld. Und wenn sie schlechte Arbeit geleistet hatten, betrachteten sie das als Sieg. Sie waren nur noch Haut und Knochen, manchmal gaben sie einfach während der Arbeit auf und starben auf der Bahnstrecke. Sie starben auf dem Weg zur Bahnstrecke und auf dem Rückweg ins Lager. Sie starben im Schlaf und während sie auf das Essen warteten. Und manchmal starben sie eben, wenn man sie schlug.

Wenn sie starben, wurde Choi Sang-min wütend auf sie und die Welt. Er wurde wütend, weil es nicht seine Schuld war, dass sie kein Essen und keine Medikamente bekamen. Es war nicht seine Schuld, wenn sie sich mit Malaria und Cholera ansteckten. Es war nicht seine Schuld, dass sie Sklaven waren. Es war das Schicksal, es war ihr Schicksal und auch seins, dort an jenem Ort zu sein. Ihr Schicksal war es gewesen, dort im Dschungel zu sterben, seines war es, hier in Changi zu sterben. Er hatte einfach nur jeden Morgen die von den japanischen Ingenieuren angeforderten Arbeitskräfte bereitstellen müssen, er musste sie zur Arbeit bringen und musste überwachen, dass sie taten, was die Ingenieure verlangten. Er machte seinen Job. Es gab keine Nahrung und keine Medikamente, die Eisenbahnlinie musste gebaut werden, und er musste seinen Job machen, und alles würde so enden, wie es ihm und ihnen vorherbestimmt war. Er hatte seinen Teil erfüllt, er hatte seinen Job gemacht, und der Streckenabschnitt war gebaut worden. Auf diese Leistung war Choi Sang-min stolz, es war die einzige Leistung seines kurzen Lebens. Er hatte es getan, und es hatte sich gut angefühlt.

Die Momente, in denen er die Beherrschung verloren hatte, waren ihm als die berauschendsten von allen in Erinnerung geblieben. In der dunklen Welt der Ignoranz fühlte er sich frei – mehr noch, er fühlte sich zum ersten Mal im Leben lebendig. Sein Hass und seine Angst, seine Wut und sein Stolz, seine Pracht und Herrlichkeit erreichten einen Höhepunkt, wenn er einen anderen Menschen quälte, so empfand er es jedenfalls im Nachhinein; für eine kurze Zeit hatte sein Leben etwas bedeutet.

Obwohl die Ingenieure ihm Druck gemacht hatten, weil die Eisenbahn schnell gebaut werden sollte, hatte er zufrieden und mit einer gewissen Neugier beobachtet, wie die Männlichkeit der Gefangenen dahinschwand, je heftiger er sie schlug, wie selten sie noch sangen und pfiffen, wie männlich er sich auf einmal fühlte. Solange er sie trat und schlug, fühlte er sich befreit. Er hatte die Gerüchte von den japanischen Soldaten gehört, die in Neuguinea Australier und Amerikaner gegessen hatten, und er verstand intuitiv, dass es dabei nicht nur ums

Überleben gegangen war. Doch nichts davon konnte er zu seiner Verteidigung vorbringen, die Australier würden es nicht verstehen, weder der Verteidiger mit den Rasiermesseraugen noch der Richter mit dem Kerzenwachsgesicht. Denn während seiner Zeit als Aufseher hatte er wie ein Tier gelebt, er hatte sich wie ein Tier verhalten, wie ein Tier gefühlt und wie ein Tier gedacht. Und nur als dieses Tier hatte er ein Mensch sein dürfen, zum einzigen Mal im Leben.

Für die Erkenntnis, dass seine Menschlichkeit im Tiersein bestand, schämte er sich nicht, er wunderte sich nur darüber, wohin ihn diese Eigenart geführt hatte. Als man ihm das Todesurteil übersetzte, nahm er es auf wie ein Tier – ohne zu begreifen und mit einer dumpfen Ahnung, dass er nicht mehr frei war und sein Ende bevorstand.

Die Kerzendochtaugen des Richters hatten auf ihn hinuntergeblickt, eine Flamme hatte darin gezuckt, wohingegen seine eigenen Augen längst erloschen waren. Er hatte den Kopf vor- und zurückgerissen und gespürt, wie etwas Großes, Furchtbares auf ihn niederkam. Er hatte nach seinen monatlichen fünfzig Yen fragen wollen, doch er hatte geschwiegen, und nun tigerte er wieder durch seine Zelle und suchte nach einer Möglichkeit zu entkommen. Es gab keine, es hatte nie eine gegeben.

4

Sie starben unerwartet schnell und auf ungewöhnliche Weise, bei Autounfällen oder durch Selbstmord oder infolge einer schleichenden Krankheit. Ihre Kinder schienen mit Problemen und Makeln auf die Welt zu kommen, behindert, sonderbar, mit den Füßen zuerst. Ihre Ehen scheiterten oder waren unglücklich, und wenn sie doch hielten, war es eher den gesellschaftlichen Sitten jener Zeit geschuldet, als dass sie hätten richtigstellen können, was falsch war. Was falsch war, war für die meisten einfach zu groß. Sie gingen allein in den Busch; sie blieben, tranken aber zu viel; sie wurden ein bisschen verrückt, wie Bull Herbert, der seinen Führerschein verlor und fortan auf einem Pferd in die Stadt ritt, wenn er einen Drink brauchte, und einen Drink brauchte er ständig, seit er einen Selbstmordpakt mit seiner Frau geschlossen und zusammen mit ihr Gift genommen hatte und später neben ihrem Leichnam aufgewacht war. Sie verstummten ganz, oder sie redeten zu viel, wie Rooster MacNeice, der Fett angesetzt hatte und überall seine Blinddarmnarbe vorzeigte und behauptete, die Japsen hätten ihn mit dem Bajonett traktiert. Red keinen Scheiß, sagte Gallipoli von Kessler, als er einmal in den Veteranenklub kam und mitten in Roosters Vorstellung platzte.

Hört nicht auf den, sagte Rooster MacNeice, das ist bloß Kes. Er war immer schon ein Roter, aber er ist in Ordnung. Übrigens, der Aufseher mit dem Bajonett nannte sich Berglöwe, ich habe nach dem Krieg gegen das Schwein ausgesagt.

Und sie tranken. Sie tranken und tranken und wurden nie betrunken, egal, wie viel sie in sich hineinschütteten. Bei ihrer Entlassung rieten die Quacksalber von der Armee ihnen, nicht mit ihrer Familie über ihre Erlebnisse zu reden, das Reden täte ihnen nicht gut. Außerdem hätten sie ohnehin keine Heldensagen zu berichten gehabt. Sie waren nicht in Kokoda gewesen und hatten auch keine Lancaster-Bomben auf die Staudämme im Ruhrtal abgeworfen. Sie hatten weder die *Tirpitz* versenkt, noch waren sie in Colditz oder Tobruk gewesen. Was hatten sie schon erlebt? Sie waren Sklaven des Gelben Mannes gewesen. So drückte Chum Fahey es aus, als sie sich im Hope and Anchor trafen.

Nicht gerade eine Geschichte, mit der man prahlen kann, sagte Sheephead Morton.

Manche wurden kauzig. Manche verschwanden. Ronnie Owen heiratete eine Italienerin, die später mit Sheephead Mortons Frau Sally sprach und ihr anvertraute, sie habe erst zwei

Jahre nach der Hochzeit erfahren, dass Ronnie im Krieg gewesen war. So konnte es gehen.

Bonox Baker sagte gar nichts mehr, jahrelang. Und dann eines Tages hat er plötzlich eine Schrotflinte geholt und den Ofen zerschossen, sagte Jimmy Bigelow. Hat das Ding kurz und klein geballert, hinterher sah es aus wie eine verdammte Käsereibe. Und dann hat er wieder geschwiegen. Auch das konnte passieren.

Der arme alte Lizard Brancussi, sagte Sheephead Morton. Seine Geschichte war zu traurig, um erzählt zu werden. Er hatte das Porträt seiner Frau durch alle Lager gerettet und bis auf das Höllenschiff nach Japan, er hatte es sogar noch, als die Mitsubishi-Werft in Nagasaki, wo er als Zwangsarbeiter schuften musste, von der A-Bombe pulverisiert wurde und er auch dieses Inferno irgendwie überlebte. Er konnte sich in die Berge retten, lief vorbei an den Toten, die im Fluss trieben wie Treibholz, und an den Lebenden, denen sich die Haut in langen Streifen vom Leib schälte, die wie Algen aussahen; er stolperte immer weiter, vorbei an den Karbonskulpturen gehender, rennender, Rad fahrender Menschen; vorbei an all den Japanern, die in dieser Hölle aus blauem Feuer und schwarzem Regen Todesqualen litten. So wie die Kriegsgefangenen im Lager riefen sie nach ihrer Mutter, bevor sie starben. Und die ganze Zeit versuchte er, Maisie zu sehen, wie Rabbit Hendricks sie an jenem Morgen in dem syrischen Dorf gezeichnet hatte.

Er versuchte, sie als das eine in der Welt zu sehen, das nicht *die Hölle* war, und solange es sie gab, würde er nicht sterben und auch nicht den Verstand verlieren. Solange es sie gab, war die Welt gut. Auf dem Flugzeugträger, der ihn nach Manila brachte, zeigte er ihr Bild herum, und alle Kameraden fanden, dass er sich glücklich schätzen konnte. Er gelangte auf ein Schiff nach Melbourne, das einen Zwischenstopp im Hafen von Fremantle einlegte, und von dort rief er zu Hause an.

Dave und Maisie, sagte eine Männerstimme. Hier spricht Dave.

Lizard Brancussi legte auf. Sein Schiff lief wieder aus, und in der ersten Nacht sah jemand, wie Lizard sich über die Reling fallen ließ. Er wurde nie gefunden.

Auf einmal war das Bier wie Öl aufs Feuer. Sie tranken, um sich so zu fühlen, wie man sich nüchtern fühlen sollte, so, wie sie sich vor dem Krieg gefühlt hatten. Dann waren sie wild und stark und noch nicht ganz kaputt, und sie lachten über alles, was ihnen zugestoßen war. Wenn sie lachten, war der Krieg nichts, und wer gestorben war, lebte in ihnen weiter, die Vergangenheit schrumpfte zu einem vibrierenden Ding in ihrer Brust zusammen, es klopfte so heftig, dass sie schnell einen weiteren Drink kippen mussten, um sich zu beruhigen.

An diesem Abend lebte auch Lizard Brancussi in ihnen weiter, und der kleine Wat Cooney, und Yabby Burrows und Jack Rainbow und Tiny Middleton, die vielen Toten lebten in ihnen weiter, und Sheephead Morton erklärte, dass er manchmal wehmütig an das dreckige, elende Schwein namens Rooster MacNeice zurückdachte, das eigentlich hätte sterben sollen. Gallipoli von Kessler – er war in einer Kammgarnhose erschienen, die an den Säumen so zerschlissen war, als hätte er sie einer Vogelscheuche abgekauft – erwähnte Darky Gardiner, und da stimmte Jimmy Bigelow das Mantra an –

Es geht mir rundum besser jeden Tag, ein kleines bisschen besser!

Sie standen mit dem Rücken zum Kaminfeuer des Hope and Anchor, bis ihre Hintern so warm wurden, dass sie zur Abkühlung schnell ein weiteres Bier brauchten. Das war im Jahr 1948 oder vielleicht 1947. Wann immer es war, der Abend war trist, und es war gut, drinnen in der Wärme zu sein. Seit der Entlassung aus der Armee hatten sie sich nicht wiedergesehen. Jimmy Bigelow redete kaum. Die Ehe, in die er zurückgekehrt war, hatte nicht mehr viel mit der Ehe gemein, die er vor dem Krieg geführt hatte. Oder vielleicht hatte auch er sich verändert.

Ich gebe mir Mühe, sagte er.

Er hatte Kinder. Am Ende wurden es vier, alle nannten ihn

einen Familienmenschen. Was er nicht war. Er war einfach nur ein Mensch mit vier Kindern. Niemand sprach mehr von Darky Gardiner, außer Gallipoli von Kessler, der sagte: Nikitaris.

Ja, sagte Sheephead Morton, Nikitaris' verfluchtes Fischrestaurant. Er konnte einfach nicht aufhören damit, was?

5

Jimmy Bigelow schwieg. Er gab sich Mühe, sicher kam es nur darauf an, dass er sich Mühe gab? Doch er schwieg. Seine Hoffnung, Musiker zu werden, irgendjemand, irgendetwas, hatte sich nicht erfüllt, und nun arbeitete er als Lagerist im Zinkwerk. Seine geliebte Big-Band-Musik war nicht mehr in Mode. Die neue Musik, Bebop und Modern Jazz, war in seinen Ohren keine Musik mehr, sondern zerhackter Lärm. Als wollte man aus einem Verkehrsstau einen Song machen. Zu so etwas konnte man weder tanzen noch sich verlieben, dachte Jimmy. Es gab eben keinen Al Bowlly, keinen Benny Goodman, keinen Duke mehr. Es war das Ende der Musik, was für einen Menschen wie Jimmy Bigelow dem Ende der Hoffnung gleichkam. Die Big Bands, die es überhaupt noch gab, lösten sich auf.

Alles, woran er glaubte, ging über den Jordan, verloren, verschütt. Alles, zu dem er hatte zurückkehren wollen. Alles, was er werden oder aus seinem Leben hätte machen wollen. Wie sich herausstellte, waren seine Ideale keinen Penny mehr wert. Er schien nicht mehr so recht in sein Leben hineinzupassen, sein Leben schien zu zerfallen, und alles, was ihm noch entsprach – sein Job, seine Familie –, war von Auflösung bedroht. Er wollte es richtig angehen, die Ehe mit Dulcie, sein Leben, den Bebop und den Swing, doch es war zu spät. Er wollte es wiedergutmachen, aber das schien unmöglich.

Doch nicht aus diesem Grund verließen sie irgendwann den

Pub, um zu Nikitaris' Fischladen in der Elizabeth Street zu gehen. Sie wollten nichts wiedergutmachen. Sie gingen, weil es fast Mitternacht war, lange nach Kneipenschluss, weil man sie vor die Tür gesetzt hatte und sie betrunken waren und nichts Besseres zu tun hatten.

Es war eine typische Frühlingsnacht in Hobart, kalt wie die Karitas; von den Bergen wehte Schnee herüber, der Hafen lag da wie eingeschäumt, und der Schneeregen klatschte und kratzte an Fenstern und Blechdächern wie ein Betrunkener, der sich ausgesperrt hatte und nun in Rage war.

Sie stapften durch die Elizabeth Street bis zu Nikitaris' Fischladen, immer der zerschlissenen Hose von Gallipoli von Kessler nach, der sie anführte. Außer ihnen war niemand draußen, man hätte eine Granate werfen können, ohne jemanden zu verletzen. Der Fischladen sah nicht aus, wie sie ihn sich im Lager vorgestellt hatten: voller Leute und Dampf und dem Duft frittierter Speisen. Darkys Freundin saß nicht da und wartete, dass sie taten, was getan werden musste. Nein, es war ganz anders.

So zu wie ein Nonnenarsch, sagte Sheephead Morton, als sie davorstanden.

Nikitaris hatte geschlossen – alle Türen waren verriegelt und das Ladeninnere unbelebt, keine Lampen brannten außer jener kleinen, die das lang gezogene Aquarium im Schaufenster erhellte. Die Fische schwammen im Fenster hin und her. Ein paar Flachköpfe, ein Trompetenfisch, zwei Stachelmakrelen und ein Feilenfisch. Abgesehen von den Männern, die ins Aquarium hineinstarrten, war die Straße menschenleer und wie von der Nacht erstickt.

Na ja, meinte Sheephead Morton, besonders unglücklich wirken sie nicht.

Haben wir im Lager vielleicht auch nicht, nicht immer, sagte Jimmy Bigelow.

Sie standen herum, hatten die Hände in die Hosentaschen vergraben, zogen in der Kälte die Schultern hoch und traten von einem Bein aufs andere, als warteten sie auf die Ankunft eines Nachtzuges. Oder auf seine Abfahrt.

Gibt doch nichts so Planloses wie einen Haufen von Betrunkenen, sagte Gallipoli von Kessler. Da hat ja ein Brathähnchen mehr Energie.

Jimmy Bigelow fühlte sich wie eine Hülle mit nichts darin. Er hätte gern mehr gefühlt, aber Gefühle waren nun einmal nicht auf Wunsch zu haben. Er hob einen Stein auf, rollte ihn zwischen den Handflächen. Er betrachtete das Schaufenster, ein riesiges Spiegelscheibending mit hübscher Aufschrift, NIKITARIS' FISCHLADEN, sehr extravagant und mondän. Er holte weit aus und schleuderte den Stein ohne Vorwarnung und mit aller Kraft gegen die Scheibe.

Sie hörten das Glas knacken. Es zerbrach nicht sofort, aber so wie die Zeit setzte der Sprung sich langsam und seufzend immer weiter fort. Jimmy Bigelow lächelte so breit, als hätte man seine Mundwinkel aufgeschlitzt.

Dann warfen sie alle einen Stein, die Fensterscheibe zerbrach und fiel heraus, sie kletterten hinein. Mit dem Improvisationstalent des Obstbauern schnappte sich Gallipoli von Kessler den Drahteinsatz einer Fritteuse, um die Tiere herauszufischen. Nach einigen Fehlschlägen waren die Fische auf zwei Putzeimer verteilt. Die Männer machten sich auf den Weg zum Hafen, immer bemüht, unterwegs kein Wasser zu verschütten.

Ein paar Makrelenboote und Flusskrebskutter wurden von den Wellen durchgeschüttelt, die bis in den hintersten Winkel des Hafenbeckens reichten. Der Wind an den Rändern der Bucht war schneidend kalt. Sie standen am Ende des Constitution Dock, Sheephead Morton steckte den Kopf in einen Eimer, rief –

Ihr seid jetzt verdammt noch mal frei!

Und dann trat er den Eimer um.

Die Fische stürzten in das Tosen hinab.

6

Beim nächsten Mal im Hope and Anchor erzählten sie sich die Geschichte noch einmal mit Genuss, und mit einer gewissen Scham. Schließlich sagte Jimmy Bigelow, sie sollten zu Nikitaris gehen und ihm das Fenster ersetzen.

Es war noch früh am Abend, im Restaurant brannten alle Lichter. Die Fensterscheibe war bereits ausgetauscht, aber noch nicht neu beschriftet.

Drinnen standen ein paar ältere Frauen an den Fritteusen, im Ladenteil schrubbte ein Junge die Auslagen. Sheephead Morton fragte nach Mr Nikitaris. Der Junge verschwand im hinteren Teil des Ladens und kehrte mit einem kleinen, alten Mann zurück. Der runzlige Körper des Alten hatte sich die gelassene Entschlossenheit des Steinmetzes bewahrt, der er als junger Mann gewesen war. Sein Haar war silbergrau und seine Haut von der Farbe eines Flecks, den man vergeblich mit Bleiche behandelt hatte. Seine dunklen Augen wirkten feucht und leer. Er roch nach Tabak und Anis.

Mr Nikitaris, sagte Jimmy Bigelow.

Was wollt ihr?, fragte der alte Mann. Er sprach mit schwerem Akzent. Er klang müde und gereizt. Ich hatte einen schlimmen Tag. Was wollt ihr?

Mr Nikitaris, sagte Jimmy Bigelow, wir …

Bestellungen nimmt die Dame da drüben entgegen.

Wir …

Mrs Pafitis, sagte der alte Mann und zeigte mit dem knorrigen Finger auf eine der Frauen. Sie kümmert sich um euch.

Wir wollten uns bei Ihnen entschuldigen, sagte Jimmy Bigelow.

Wir hatten einen Kameraden, fing Sheephead Morton an. Und diesmal sagte der alte Grieche nichts. Er stand so gebeugt, dass sie seine Augen kaum sehen konnten. Während Sheephead Morton ihr Anliegen schilderte, starrte der Alte auf den schwarz-weiß gekachelten Boden.

Als Sheephead Morton fertig war, fügte Jimmy Bigelow an, sie wollten die zerbrochene Scheibe bezahlen und auch die Fische und den sonstigen Schaden.

Für die Antwort brauchte der alte Grieche eine ganze Weile. Sein Blick wanderte aufwärts, er drehte den Kopf, um jeden einzelnen Mann in Augenschein zu nehmen, und dann nickte er zögerlich.

Und er war ein *Kamerad*?

Wie alle Einwanderer schien er einen untrüglichen Instinkt für die ältesten, wahrsten aller Wörter zu besitzen, selbst in der neuen Sprache.

So, wie er es aussprach, klang es frei von jeder trügerischen Heuchelei, die mit der Kameradschaft einhergehen konnte.

War er, sagte Sheephead Morton. *Unser* Kamerad.

Sheephead Morton zog seine Geldbörse heraus. Was sind wir Ihnen schuldig, Mr Nikitaris?

Ich heiße Markos, sagte er. Nennt mich Marco.

Mr Nikitaris. Es war Ihre Fensterscheibe, und wir haben sie zerbrochen.

Er streckte eine zittrige, alte Hand aus und winkte ab.

Nein, sagte er, steck das ein.

Er fragte, ob sie hungrig seien, und ohne die Antwort abzuwarten, fügte er hinzu, sie müssten etwas essen, als seine Gäste.

Setzt euch und esst, sagte der alte Grieche. Es ist immer gut, wenn man isst, Jungs.

Die Männer sahen einander an, waren unsicher, was sie jetzt tun sollten.

Ihr seid meine Gäste, sagte der Alte, zog einen Stuhl heraus und legte eine Hand auf Jimmy Bigelows Schulter. Bitte, sagte er. Setzt euch. Ihr müsst essen.

Sie gehorchten und setzten sich.

Mögt ihr Wein? Ich habe Rotwein da, der wird euch schmecken. Ich darf ihn eigentlich nicht ausschenken, prahlt also nicht damit herum, aber ihr könnt davon trinken, so viel ihr wollt, Jungs.

Er ging hinüber zu den Fritteusen, füllte einen Einsatz mit Kartoffelschnitzen, kam zurück.

Mögt ihr Hai oder lieber Makrele? Manche Leute bevorzugen den Hai, aber glaubt mir: Die Makrele hat Gräten, mag sein, aber sie ist süßer. So süß. Ihr müsst essen, sagte er. Es ist immer gut, wenn man isst.

Er servierte Fisch und Kartoffeln, füllte hinter dem Tresen ein paar Wassergläser mit Rotwein und trug sie an den Tisch. Er setzte sich zu ihnen. Sie aßen und erzählten, er hörte zu. Als ihnen die Luft ausging, sagte er, so ein Winter künde einen schönen Sommer mit einer guten Aprikosenernte an, ja. Dann erzählte er aus seinem Leben, von der Insel Lipsos, die seine Heimat war, von dem harten, aber schönen Leben dort, von seiner verstorbenen Frau. Er sagte, sie als junge Männer hätten noch das ganze Leben vor sich. Ein erfülltes Leben. Ein gutes Leben. Ja. Und dass manche Leute behaupteten, in seinen Laden zu kommen mache sie glücklich. Er hoffte, dass es stimmte.

Das hoffe ich wirklich, sagte er. Das ist das Leben.

Haben Sie Kinder?, fragte Jimmy Bigelow.

Drei Töchter, antwortete der alte Mann. Gute Mädchen. Mit eigenen Familien. Und einen Sohn. Ein guter Junge. Gut …

Der alte Grieche fing zu stammeln an, wurde unverständlich, und dann verrutschte sein Gesicht auf einer seltsam schiefen Achse. Er schlug sich mit einer Hand davor, deren knorrige Finger aussahen wie zitternde Aprikosenzweige. Es war, als wollte er sich das Gesicht zurechtschieben, wieder ein Bild der Entschlossenheit abgeben.

Er ist neunzehnhundertdreiundvierzig in Neuguinea gefallen, sagte er. In Bougainville.

Das Restaurant leerte sich langsam, die Angestellten räumten auf, packten ihre Sachen und gingen, die Straße fiel in eine Totenstille, abgesehen vom gelegentlichen Zischen der Autoreifen in den Pfützen. Sie blieben sitzen und redeten mit dem alten Griechen über vieles, bis es irgendwann so spät war, dass alle Pubs längst geschlossen hatten. Es war ihnen egal. Sie blieben sitzen. Sie redeten über die Fischerei, über das Essen, den Wind und die Steinmetzarbeit, über Tomatenzucht und Geflügelhaltung und die Zubereitung von Lammfleisch, über das Fangen von Flusskrebsen und Jakobsmuscheln; sie erzählten Anekdoten und Witze, die Worte waren nichts und ihre Bedeutung alles; ein spröder, schöner Traum.

Unmöglich zu beschreiben, wie gut sich der frittierte Fisch und die Chips und der billige Wein im Magen anfühlten. Alles schmeckte, wie es schmecken sollte, richtig. Der alte Grieche kochte Kaffee für sie – schwarz, süß und sämig, in winzigen Tassen – und servierte ihnen Walnusspasteten, die seine Tochter zubereitet hatte. Alles war fremdartig und einladend zugleich. Auf den schlichten Holzstühlen saß es sich bequem, der ganze Ort fühlte sich richtig an, sie fühlten sich gut, und solange der Abend andauerte, dachte Jimmy Bigelow, wollte er nirgendwo anders sein, nirgendwo sonst auf der Welt.

7

Als er im Herbst 1948 auf einer Rollbahn in Sydney aus der Douglas DC-3 stieg, war Dorrigo Evans gleichermaßen schockiert und beeindruckt zu sehen, dass sie ihn schon erwartete. Die Japaner und die Deutschen mochten 1945 kapituliert haben, nicht jedoch Dorrigo Evans. Beherzt hatte er versucht, den Krieg am Laufen zu halten, er hatte sich in jede Widrigkeit, jede Intrige, jeden Diplomatenstreit und jedes Abenteuer gestürzt, das sich ihm geboten hatte. Naturgemäß wurden die Gelegenheiten weniger. Selbst viele Jahre später noch fiel es ihm schwer zuzugeben, dass er sich trotz seiner dreieinhalbjährigen Gefangenschaft nur im Krieg absolut frei gefühlt hatte.

Dorrigo versuchte seine Heimkehr so lange wie möglich

hinauszuzögern. Doch nachdem er neunzehn Monate in ganz Südostasien für die verschiedensten Armeeorgane gearbeitet hatte – er hatte sich um alles Mögliche gekümmert, Rückführung, Kriegsgräber, Wiederaufbau –, waren ihm die Ausreden ausgegangen. Er musste sich zwischen einer Laufbahn beim Militär und einem Leben als Zivilist entscheiden. Von Letzterem hatte er keine Vorstellung, dennoch erschien es ihm plötzlich erstrebenswert. Das Leben bei der Armee war langweilig geworden, keine wilden Wechsel zwischen Niederlage und Sieg mehr, vergessen der Triumph der Überlebenden, die ständig das soeben Aufgebaute wieder in Schutt und Asche legten. Und gleichzeitig schien alles, wozu er es später als Zivilist brachte – Wohlstand, Ruhm, Erfolg, Bewunderung –, das Gefühl der Sinnlosigkeit nur zu verstärken. Dorrigo wollte nicht zugeben, dass nichts seinem Leben so viel Sinn gegeben hatte wie der Tod.

Erst, wenn wir auf Widerstände treffen, können wir zeigen, was in uns steckt, sagte der untersetzte Offizier von der Kriegsgräberkommission, der neben Dorrigo saß, als die DC-3 im Landeanflug auf Sydney von einer Bö durchgeschüttelt wurde. Der Alltag, das ist es, was uns den Rest gibt.

Als Dorrigo Evans über die Rollbahn auf die kleine Gruppe der Wartenden zuging, nahm er sich vor, das neue Leben als Zivilist so anzugehen, wie er allen Schwierigkeiten begegnet war, mit denen er seit ihrem Abschied vor sieben Jahren zu kämpfen hatte – nämlich charmant, unverzagt und in dem Wissen, dass die Zeit alle früheren Dummheiten fortspülen würde, so wie sie alles fortspülte, oder zumindest hatte er das Gefühl, dass sie das tat.

Immer vorwärts, murmelte er und verzog sein Gesicht zu einem hoffentlich gewinnenden Lächeln. Kampf den Windmühlen!

Eine Frau, sie trug Handschuhe und war hübsch auf eine konventionelle Art, hob den Arm zu einer konventionellen Geste, um ihm eine hehre Mischung aus konventionellen Empfindungen zu signalisieren: Freude, Begeisterung, Erleichterung; *Liebe*, wie er vermutete, und auch, er hatte es befürchtet, wahre Treue. Es bedeutete ihm kaum etwas, hatte nichts mit ihm zu tun. Ihre Stimme erkannte er auf Anhieb wieder, aber die australische Sommerluft fühlte sich nach dem exotischen Dunst Asiens irgendwie fad und leer und unbefriedigend an, und selbst nach dem ersten Kuss konnte er sich nicht an ihren Namen erinnern. Ihre Lippen waren trocken, was ihn enttäuschte, es war, als küsste er Staub, und dann endlich fiel ihm ihr Name wieder ein, zum Glück.

Ella, sagte er.

Ja, dachte er, das war's. Der Name fühlte sich an wie etwas, das seit Langem eingerostet war.

Oh … Ella.

Oh, Ella, sagte er leiser und in der Hoffnung, dass sich noch andere Wörter auf seine Zunge verirren würden, wenn er ihren Namen nur oft genug wiederholte, Wörter, die mit ihrem Namen und mit ihm und ihnen beiden zu tun hatten. Doch nichts passierte. Ella Lansbury lächelte ihn an.

Sag jetzt nichts, Liebling, sagte sie. Sag jetzt nichts Falsches. Ich kann Schwindler nicht ausstehen.

Aber ich bin ein Schwindler, sagte er. Ich bin nie etwas anderes gewesen.

Sie lächelte wieder ihr einfältiges, allwissendes, nichts ahnendes Lächeln, das er unangenehmer denn je fand; ihre überraschend trockenen Lippen verkündeten, alles sei vorbereitet, er brauche sich um nichts zu kümmern. Plötzlich fiel ihm wieder ein, dass er 1941 ihre Brüste geküsst und ihr einen Heiratsantrag gemacht hatte. Soweit er sich erinnern konnte, war das an seinem letzten freien Abend vor der Einschiffung gewesen; er hatte die ganze Zeit an Amy gedacht. Um Ellas ständiger Nachfragerei zu entgehen, warum er ihr immer noch keinen Antrag gemacht habe, um den ständigen Gedanken an Amy und seinem schlechten Gewissen zu entkommen, flüchtete er sich in einen Irrgarten, der in Ellas Dekolleté mündete und ihn zwang, die ultimative Frage zu stellen: Ella, willst du mich heiraten?

Hatte sie denn nicht gespürt, was er wirklich dachte? Hatte sie es übersehen?

An ihrem Busen hatte er keine Ablenkung gefunden. Alles an Ella erinnerte ihn umso schmerzlicher an Amy. Schon damals hatte er sich geschämt, und jetzt war es noch schlimmer.

Dafür liebe ich dich, Alwyn, sagte sie.

Alwyn? Eine Sekunde lang verstand er nicht, was sie meinte.

Und dann merkte er, dass er gemeint war. Auch dieser Name war seit Langem eingerostet.

Ich liebe dich, weil du alles andere als ein Schwindler bist.

Und dann umarmte sie ihn auf eine erdrückende, unentrinnbare Art, und alle Leute, denen er in den nächsten Tagen begegnete, gingen mit derselben Selbstverständlichkeit davon aus, dass er sie heiraten würde, dass kein Zweifel bestehen konnte. In den vergangenen Jahren hatte er mehrere Leben geführt, wohingegen ihr Leben, den Eindruck hatte Dorrigo Evans, einzig und allein auf eine Vorstellung von ihm ausgerichtet gewesen war, in der er sich kaum wiedererkannte. Manchmal fühlte er so etwas wie Ärger und Trotz, aber er war auf eine ungekannte Weise erschöpft, irgendwie erschien es ihm einfacher, sein Leben nach den Vorgaben seines Umfelds auszurichten, als es seinen persönlichen, irrationalen und sicherlich unangebrachten Ängsten zu überlassen. Er wollte dem Ganzen nicht mehr Bedeutung zumessen, als unbedingt notwendig war. Er traf Leute wieder, die angesichts der bevorstehenden Hochzeit ganz aus dem Häuschen waren, sie waren im Gegensatz zu ihm bei Sinnen, und so vertraute er sich ihrer Vernunft und ihrer Nüchternheit an und wandte sich von seinen immer bizarreren Gedanken ab in der Hoffnung, bald an einem neuen, besseren Ort aufzuwachen. Auf eine kindische Art, die einen wesentlichen Teil seines Charakters ausmachte, fühlte er sich zu allem hingezogen, was neu und unbekannt war, im Idealfall vielleicht sogar beängstigend. Und weil ihm nichts mehr Angst einjagte als die Vorstellung, Ella zu heiraten, heiratete er sie genau drei Wochen später, im Alkoholrausch und in einem neuen Anzug, den sie ausgesucht hatte und den er bis in alle Zeiten genauso albern finden sollte wie die gesamte Zeremonie in der Saint Paul's Cathedral.

Vor dem Kuss vergaß er wieder einmal seinen Namen – der Geruch von Ellas Puder vernebelte ihm den Verstand –, dann fiel er ihm wieder ein. Alwyn, ja, das war es. Ich, Alwyn, sagte er. Er sah auf sie herab, sie war stark geschminkt und eingerahmt von weißer Spitze und Orangenblüten, und er konnte kaum mehr erkennen als ihr schmales Gesicht und die eigenartige Nase, die ihn immer schon leicht abgestoßen hatte. Er konnte nichts Anziehendes an ihr finden. Nehme ich dich, Ella, sprach er leise nach, und Ella Lansbury, zukünftige Evans, lächelte mit leicht geöffnetem Mund und schwieg.

Ich bin nicht Alwyn, wollte er beim Empfang sagen, außerdem bin ich ein Schwindler. Doch er log und sprach von seiner Liebe, die sieben Jahre Trennung überlebt habe, eine mythische Zeitspanne, wie sie einem Odysseus angemessen sei. Obwohl er, wenn es um klassische Mythologie gehe, höchstens dem Schafbock ähnlich sehe – großes Gelächter –, sei Ella in der Tat seine Penelope, und er sei froh, sein Ithaka endlich erreicht zu haben – Applaus von allen Seiten.

Für den Rest seines Lebens beugte er sich den Umständen und Erwartungen seines Umfelds, und nach einer Weile entwickelte er ein Pflichtgefühl gegenüber der seltsamen Bürde seines Alltags. Je größer sein schlechtes Gewissen in der Ehe wurde – infolge seines Versagens erst als Ehemann und dann als Vater –, desto angestrengter versuchte er, im Berufsleben alles richtig zu machen. Das zu tun, was andere von ihm erwarteten, das war die Ausflucht, vor der es keine Ausflüchte gab. Schlecht und böse war nur er allein, dachte er, als er zum ersten Mal mit einer anderen schlief, Ellas bester Freundin Joan Newstead, einer Frau mit faszinierend feuchten Lippen und einem durchtriebenen Lächeln. Das war einen Monat nach den Flitterwochen. Sie waren in einem Häuschen in Sorrento, es war früher Nachmittag, alle anderen waren praktischerweise irgendwo anders.

Und alle Erfahrung ist nur ein Tor, hinter dem
Die unbereiste Welt aufscheint …

flüsterte er ihr ins Ohr und ließ die Finger über das Moskitonetz wandern, bevor er sich wieder zu ihr umwandte, den Kopf beugte, ihre dunkle Brustwarze zwischen seine Lippen nahm und weiter Tennyson rezitierte, als sanften Hauch auf ihrer Brust:

… deren Rand verblasst,
Sobald ich mich bewege.

Am Abend mussten sie grillen, weil das in den Eisschrank gehängte Fleisch in der Hitze zu verderben drohte. Obwohl Fleisch nicht mehr rationiert wurde, behagte ihnen der Gedanke nicht, etwas wegwerfen zu müssen. Vielleicht trank er zu viel, vielleicht auch zu wenig, jedenfalls drehte sich ihm der Kopf, und sein Magen war voller Nägel. Er fühlte sich aufgedunsen und bis zum Platzen gefüllt mit etwas, das sich zwischen ihn und Ella geschoben hatte, Ella, vor der er doch eigentlich nichts mehr hatte verbergen wollen. Joan Newstead wurde eifersüchtig, weil er ihrer besten Freundin, seiner Frau, seine ganze Aufmerksamkeit schenkte. Was tat er da? Hoffte er, dass sie ihn erwischte?

Die Porterhouse-Steaks wurden über einem glühenden Bett aus Eukalyptuskohlen gegrillt, doch als Dorrigo seins anschnitt, war es noch nicht gar, und auf einmal war er wieder dort, er lief durch das Lager und war auf dem Weg zur zweiten Tagesvisite, im Monsun und im Akkord. Als er sich der Hütte der

Geschwürpatienten näherte, schlug ihm der Geruch von verwesendem Fleisch entgegen. Er erinnerte sich, dass Jimmy Bigelow den Gestank nicht ertragen konnte und manchmal hinausgegangen war, um sich zu übergeben.

8

Nach seiner Verurteilung wurde Choi Sang-min in den P-Trakt von Changi verlegt, wo alle Todeskandidaten gleich behandelt wurden, egal, ob sie aus Japan, Korea oder Formosa stammten. Man gab ihm eine schmutzig braune Uniform mit englischem Kennzeichen, »CD«. Die Abkürzung, erklärte man ihm, weise ihn als zum Tode Verurteilten aus. Choi Sang-min sah, wie bemüht die Todeskandidaten waren, sich irgendwie zu beschäftigen, aber keiner der Männer schien deprimiert zu sein oder sich allzu viele Gedanken um die Zukunft zu machen. Und auch er fühlte sich erleichtert, und gleichzeitig umfing ihn etwas Neues, als wäre sein lebenslanges Gefühl von Angst und Unterlegenheit verpufft. Nichts davon war noch von Bedeutung. Denn nun war er an der Reihe, getötet zu werden.

Jeden Morgen wurden sie aus den Zellen geholt, zum Waschraum gebracht und in das geschäftige Nichtstun des Tages entlassen. Mit nacktem Oberkörper saßen sie auf dem Galeriegang vor ihren Zellen, spielten in der Hitze Go oder Shogi, lasen zum x-ten Mal eines der wenigen verfügbaren Bücher oder blieben für sich. Alle paar Wochen brachte ein indischer Captain mit Nickelbrille, hinter der seine Kaulquappenaugen träge hin und her schwammen, die Exekutionsliste. Die Häftlinge warteten still, starr vor Angst, und jeder war erleichtert, wenn es nicht ihn traf, sondern seinen Nebenmann.

Als der Captain zum dritten Mal kam, ahnte Choi Sangmin, dass er sterben würde. Es war nicht sein Gefühl, das es ihm verraten hatte, denn Gefühl schien er keins mehr zu haben, und auch der Zettel, den man ihm in die Hand drückte, sagte ihm nichts. Er starrte darauf, ohne den Text mit sich oder seinem Leben in Verbindung bringen zu können.

Er hob den Kopf und sah sich im P-Trakt um. Der Zettel war aus Papier, ein Nichts, er hingegen ein Mensch. Und ein Mensch, dachte Choi Sang-min bei sich, war etwas. Ein Mensch, wollte Choi Sang-min sagen, steckte voller Ideen und Veränderungen. Ein Mensch, gut oder schlecht, war etwas Herrliches. Undenkbar, dass ein Zettel, der nichts war und sich nie verändern würde, all das beenden konnte, was in ihm steckte, was sich regte und ständig veränderte – das Gute, das Schlechte, das Herrliche.

Und doch war es so.

Die furchtbare Erleichterung der anderen, die er auf der Haut spüren konnte wie eine heiße Flamme, machte ihm klar, dass er am nächsten Morgen hingerichtet werden würde.

Den vier Todeskandidaten wurden Zigaretten und japanisches Essen gebracht. Ein buddhistischer Mönch kam zu Besuch. Choi Sang-min, der sich nie viele Gedanken über Religion gemacht hatte, erinnerte sich an seinen Vater, über den er sich ebenfalls nie viele Gedanken gemacht hatte und der einmal gesagt hatte, er sei ein Chongdoist. Choi Sang-min ärgerte sich über die Anwesenheit des Mönchs.

Choi Sang-min betrachtete den Reis, die Misosuppe und die Tempura. Er sehnte sich nach dem scharfen Kimchi seiner Mutter, das fade japanische Essen verabscheute er. Aber Ärger und Abscheu halfen ihm auch nicht mehr weiter. Er durfte seine Henkersmahlzeit nicht essen, denn dann wäre sie seine Henkersmahlzeit. Wenn er sie nicht aß, würde er nicht sterben, denn er hatte sie nicht gegessen. Möglicherweise würde man ihm noch andere Speisen vorsetzen, bis er sich mit einer einverstanden erklärte. Doch er würde sich mit keiner einverstanden erklären. Eine Henkersmahlzeit anzunehmen würde bedeuten, mit der Zwangsläufigkeit des Todes einverstanden zu sein. Und mit seinem Tod war er überhaupt nicht einverstanden.

Er rauchte schweigend seine Zigaretten, während die anderen über ihre Lieben sprachen. Er war mit ihrem Gerede nicht einverstanden und auch nicht mit dem Zettel. Im Vergleich zu diesem Zettel war sein Leben eine kosmische Urgewalt.

Er schwieg, als die Aufseher nach dem Essen die Waage hereintrugen und ihn aufforderten, sich daraufzustellen. Sie wogen Choi Sang-min. Sie vermaßen ihn. Er wusste, warum, die anderen hatten es ihm erzählt. Woher sie es wussten, war ihm ein Rätsel. Sie redeten darüber, als hätten sie ihr Wissen über die Hinrichtung mit der Muttermilch aufgenommen.

Der Henker, sagten sie, würde einen Hanfstrick wählen, der zu einem Mann von Choi Sang-mins Größe und Gewicht passte, damit beim Öffnen der Falltür eine maximale Kraft ausgeübt würde und der Nacken auf Anhieb brach. Der Henker würde einen Sack mit Sand befüllen, bis dieser genauso viel wog wie Choi Sang-min, ihn an den Hanfstrick knüpfen und über Nacht hängen lassen, damit das Seil sich dehnte und am Morgen, wenn Choi Sang-min durch die Falltür fiel, nicht mehr elastisch war. Wenn das Seil nicht mehr elastisch war, brach der Nacken sofort.

Er erinnerte sich an einen japanischen Offizier, der am Vorabend seiner Hinrichtung eine vorbildliche Haltung gezeigt hatte. Als die Aufseher ihn wogen, erklärte er ihnen in gebrochenem Englisch, dass er für Japan sterben wolle, er schäme sich nicht dafür, die Kriegsgefangenen im Namen des Kaisers zur Arbeit gezwungen zu haben, außerdem sei ihm als Soldaten bekannt, dass er nur sterben müsse, weil sein Land den Krieg verloren habe.

Choi Sang-min sehnte sich nach derlei Klarheit und Gewissheit. Die Japaner besaßen diese Klarheit, wenigstens hatte er immer den Eindruck gehabt. Und es war diese Klarheit, die er den Kriegsgefangenen mit Fäusten und Stiefeln hatte austreiben wollen. Auch die Australier hatten sie. Jeder hatte sie, jeder in der Welt, anscheinend nur er nicht.

Der Galgen stand abseits der Galerie, auf der Choi Sang-min und die drei anderen nun auf ihren letzten Einschluss warteten. An den Exekutionstagen verhielten die anderen Todeskandidaten, die ihren Zettel noch nicht bekommen hatten und weiterhin warten mussten, sich mucksmäuschenstill, um die Schritte des Gefangenen zu hören, seine letzten Worte. Der japanische Offizier hatte »Lang lebe der Kaiser!« gerufen, bevor die Falltür nachgab und fast im selben Moment ein dumpfer Schlag zu hören war.

Aber was sollte er, ein Koreaner, mit so einer Haltung? Er hatte nichts für sein Land getan und sein Land nichts für ihn. Er glaubte an nichts. Er musste an seine Eltern denken und wie sehr sie unter der Nachricht von seinem Tod leiden würden, und er merkte, dass er ihnen für sein Ende keine bessere Erklärung liefern könnte als die fünfzig Yen im Monat.

Während sie im Vorzimmer des Todes warteten, sang ein verurteilter Aufseher namens Kenji Mogami vor sich hin. Für kurze Zeit hatten sie im selben Lager gearbeitet. Er wurde der Berglöwe genannt. Er hatte niemandem etwas zuleide getan und musste trotzdem sterben. Choi Sang-min erinnerte sich daran, wie er die Australier vom Singen abgehalten hatte, nur gegen Kenji Mogamis Gesang war er machtlos gewesen. Ein japanischer Offizier tanzte Walzer mit sich selbst. Dann wurden sie in ihre Zellen geschickt und eingeschlossen.

Er konnte nicht schlafen. Er fühlte sich wach und lebendig und wollte auf einmal jede verbleibende Sekunde seines Lebens auskosten. Um sich von der Panik über die ausbruchssichere Zelle und dem Ärger über die fünfzig Yen abzulenken, rief er sich in Erinnerung, wie die anderen in den Tod gegangen waren.

Ein Hurra auf das große koreanische Land!, hatte ein Koreaner gerufen, als er die verhängnisvollen dreizehn Stufen erklomm.

Welches große koreanische Land?, fragte sich Choi Sangmin. Was ist mit meinen fünfzig Yen? Ich bin kein Koreaner, dachte er. Ich bin kein Japaner. Ich stamme aus einer Kolonie. Wo sind meine fünfzig Yen? Wann kriege ich mein Geld?

Sein Vater, ein Bauer, hatte immer gewollt, dass er eine Ausbildung abschließen könnte, aber die Zeiten waren hart gewesen, und nach drei Jahren Grundschule, in denen er etwas über japanische Mythologie und Geschichte gelernt hatte, musste er in einer koreanischen Familie als Dienstbote anfangen. Er bekam Kost und Logis, zwei Yen im Monat und jede Menge Schläge. Da war er acht gewesen. Im Alter von zwölf Jahren kam er in eine japanische Familie, wo er Kost und Logis, sechs Yen im Monat und regelmäßig Prügel bekam. Im Alter von fünfzehn Jahren hörte er, die Japaner würden Aufseher für ihre Kriegsgefangenenlager im Reich suchen. Der Sold betrug fünfzig Yen im Monat. Seine dreizehnjährige Schwester war ins japanische Militär eingetreten und nach Mandschukuo geschickt worden, um für eine ähnlich hohe Summe als Trostfrau zu arbeiten. Sie erzählte ihm, sie würde Soldaten im Krankenhaus betreuen, beide waren ganz aufgeregt. Weil sie weder lesen noch schreiben konnte, hatte er nie wieder von ihr gehört, und nun, da er wusste, was Trostfrauen machten, wollte er nicht mehr an sie denken, und wenn er doch einmal an sie dachte, hoffte er, dass sie tot war.

Obwohl er viele Namen hatte – einen koreanischen, Choi Sang-min; einen japanischen, auf den er hören musste, als er in Pusan war, Akira Sanya; einen australischen, mit dem die Aufseher ihn nun riefen, Waran –, wusste er immer noch nicht, wer er eigentlich war. Die anderen Verurteilten hatten ihre Vorstellungen von Korea und Japan, vom Krieg, von Geschichte, Religion und Gerechtigkeit. Choi Sang-min musste feststellen, dass er gar keine Vorstellungen hatte. Dann wiederum erschienen ihm die Anschauungen der anderen kein bisschen besser als seine Nichtanschauung. Denn eigentlich handelte es sich nicht um ihre eigenen Anschauungen, sondern um Parolen aus dem Radio, aus Ansprachen und Armeehandbüchern, die man ihnen während der Ausbildung in der japanischen Armee zusammen mit den Schlägen eingebläut hatte. In Pusan war er dafür geschlagen worden, dass seine Stimme zu leise war und seine Haltung zu schlecht und er selbst so koreanisch, dass man ihm kaum hatte beibringen können, andere mit Überzeugung zu schlagen. Choi Sang-min hatte es gehasst, er hatte desertieren wollen, aber dann hätte man ihn und, schlimmer noch, seine Familie bestraft. Sie behaupteten, sie schlügen ihn nur, um einen starken japanischen Soldaten aus ihm zu machen, dabei wusste er, dass er niemals ein japanischer Soldat sein würde. Er würde ein Aufseher sein, der auf Männer aufpasste, die keine Männer mehr waren, weil sie die Kapitulation dem Tod vorgezogen hatten.

Während er in der Todeszelle saß, sehnte Choi Sang-min sich verzweifelt nach einer eigenen Anschauung. In der endlos langen Nacht wartete er darauf, dass sie sich einstellte und ihn seinen Frieden finden ließ. Er wollte sein wie der japanische Offizier, der an den Kaiser glaubte, oder wie der koreanische Aufseher, der an Korea glaubte. Vielleicht hätte er mehr verlangen sollen als fünfzig Yen. Aber keine Anschauung kam zu ihm, stattdessen dämmerte der Morgen.

Während es in der Zelle heller wurde, sehnte er sich nach Seelenfrieden, nach dem Gefühl, das er anfangs in der japanischen Familie gehabt hatte. Der Vater war Ingenieur gewesen, er hatte in Schottland studiert und trug Tweed. Wie alle Briten besaß er einen Schoßhund, der vom Tisch aus mit Häppchen gefüttert wurde und mehr zu essen bekam als Choi Sang-min. Die Familie liebte diesen Hund, und Choi Sang-mins Aufgabe war es gewesen, ihn täglich auszuführen. Der Hund hatte riesige Augen und zuckte mit dem Kopf, er sah Choi Sang-min an und wartete darauf, dass er das Stöckchen warf. Einmal sollte Choi Sang-min mit dem Hund auf den Markt gehen. Choi Sang-min wählte eine Abkürzung durch die Hintergassen und stieß sich den Zeh an einem alten Ziegelstein, der ihm im Weg lag. Wütend hob er den Stein auf, der Hund sah ihn aufmerksam an, arglos und voller Vertrauen legte er den Kopf schief und wartete, dass Choi Sang-min den Stein warf wie einen Ball oder ein Stöckchen. Und Choi Sang-min schlug dem Hund den Stein auf den Kopf, wieder und wieder, bis seine Hände dunkel und klebrig vom Blut waren.

Er verkaufte den toten Hund für zehn Yen an einen Schlachter und ging zu seiner japanischen Familie zurück. Die Luft roch süßlich, der kühle Wind fühlte sich gut an auf seinem Gesicht, alle Menschen schienen ihn anzulächeln, er fühlte eine überwältigende Ruhe und Erfüllung. Wie sehnte er sich jetzt nach diesem Gefühl, nach dem erhabenen Gefühl von Macht und Freiheit, das sich beim Töten eines anderen Wesens eingestellt hatte. Aber hier in der Zelle gab es nichts zu töten, im Gegenteil, bald würden andere sich an seinem Tod erfreuen, so wie er sich am Tod des kleinen japanischen Hundes erfreut hatte. Während es in der Zelle immer heller wurde – deutlich konnte er seine Hände, wenig später auch Oberschenkel und Füße erkennen –, sammelte sich in seiner Magengrube eine entsetzliche Angst. Denn Choi Sang-min wurde klar, dass er sich niemals wieder im Licht des Morgens sehen würde.

Als die Aufseher kamen, um ihn abzuholen, wehrte er sich. Er entdeckte eine Kakerlake und wollte sie töten, doch dafür war jetzt keine Zeit. Man fesselte ihm die Hände auf dem Rücken, ein Arzt wurde gerufen, und der Übersetzer fragte Choi Sang-min, ob er ein Beruhigungsmittel wolle. Choi Sang-min fing zu schreien an. Er konnte die Kakerlake sehen. Er bekam vier Phenobarbitaltabletten, damit er sich beruhigte, doch sein Körper war zu aufgeregt und würgte die Tabletten sofort wieder aus. Bevor der Arzt ihm Morphium spritzte, schaffte Choi Sang-min es, die Kakerlake unter seinem Stiefelabsatz zu zerquetschen. Ihm war übel und schwindlig, als man ihn durch den P-Trakt zum Galgen führte, zwei Soldaten mussten ihn stützen. Jetzt ging alles sehr schnell. Als sie in den Hof traten, entdeckte er zwei Sandsäcke an der Wand. Mindestens zwölf Männer hielten sich hier auf, sechs standen oben auf dem Podest, die anderen darunter. Man führte ihn über eine strohgedeckte Rampe zum Galgen hinauf. Er war überrascht zu sehen, wie dick der Strick tatsächlich war. Er erinnerte Choi Sangmin an ein Schiffstau. Angesichts des großen, mächtigen Knotens wurde er von einer unmenschlichen Freude gepackt. Ich habe verstanden, wollte er zu dem Strick sagen. Du sehnst dich nach mir. Er war ruhig, beinahe zufrieden, nur sein Gesicht zuckte. So viele Männer, und keiner sagte ein Wort, und sein Gesicht hörte nicht zu zucken auf. Neben ihm, vielleicht fünf Meter weiter, befand sich eine zweite Falltür, sie war geöffnet, und ein straff gespanntes Seil ragte heraus. Er konnte nichts sehen, doch er wusste, dass Kenji Mogami daran baumelte.

Man fragte ihn, ob er noch etwas sagen wolle. Er hob den Blick. Irgendwo schlug eine Glocke die Stunde. Er wollte sagen, er habe nun eine eigene Anschauung. Jemand lachte leise. Er senkte den Blick auf die Soldaten und Zeitungsreporter. Er hatte keine Anschauung. Man hatte ihm fünfzig Yen im Monat bezahlt, und fünfzig Yen waren wenig. Fünfzig Yen waren nichts. Eine eigene Anschauung waren sie ganz sicher nicht. Auf der Falltür vor sich entdeckte er zwei Markierungen, er wusste, dass er seine Füße daraufstellen musste. Fünfzig Yen!, wollte er sagen. Die Soldaten hielten ihn immer noch bei den Armen. Die Kreideumrisse erinnerten ihn an weiße Felsen. Ihm wurde eine Kapuze über den Kopf gezogen. Er kniff die Augen zu, öffnete sie wieder. Nachdem monatelang nichts passiert war, ging jetzt alles zu schnell. Er spürte den Baumwollstoff auf seinem Gesicht, die Dunkelheit unter der Kapuze war aus unbestimmtem Grund noch unerträglicher als die unter seinen Lidern, deswegen machte er die Augen schnell wieder zu. Der Morgen war jetzt schon warm. Die Luft unter der Kapuze war stickig. Er spürte, wie ihm die Schlinge über den Kopf gezogen wurde, gleichzeitig band ihm jemand die Knöchel zusammen. Er wollte die Männer bitten, etwas langsamer zu machen, zu warten, aber schon spürte er, wie sich die Schlinge mit einem festen, entschlossenen Ruck um seinen Hals festzog, und nichts kam ihm über die Lippen als ein unfreiwilliges Keuchen. Er bekam kaum noch Luft. Sein Gesicht zuckte wie wild. Er konnte sie nicht einmal anspucken, wie Kim Lee es hoffentlich getan hatte, bevor er starb. Die Soldaten, die seine Arme hielten, schleiften ihn zwei Schritte vor, er wusste, dass er jetzt auf der Kreidemarkierung der Falltür stand. Sein letzter Gedanke war, dass er sich an der Nase kratzen wollte, und dann war der Boden unter seinen Füßen plötzlich weg, und er hörte die Falltür herunterkrachen. Halt!, wollte er rufen. Was ist mit meinen fünfzig –

9

Jahre verstrichen. Er lernte eine junge Krankenschwester namens Ikuko Kawabata kennen, ihre Eltern waren in den letzten Kriegsmonaten bei einem Brandbombenangriff auf Kobe ums Leben gekommen. Nach dem Krieg war ihr Bruder verhungert. Die Stadt war eine Einöde aus Trümmern und Ruinen, doch Ikukos Geschichte war so gewöhnlich, dass sie es wie die meisten für das Beste hielt, nicht darüber zu reden.

Ikuko hatte schimmernde Haut und ein großes Muttermal auf der rechten Wange, und beides rührte Nakamura unerklärlicherweise mehr, als er zugeben wollte. Sie hatte ein träges Lächeln, das er erotisch und irritierend fand. Mit diesem Lächeln versuchte sie, jeden Streit zu schlichten, was er einerseits ganz angenehm fand, was andererseits in seinen Augen jedoch auch Dummheit und eine gewisse Charakterschwäche verriet.

Durch Ikuko fand Nakamura Arbeit in einem Krankenhaus, zunächst als Pfleger und dann als Magazinverwalter. Leichten Herzens trennte er sich von seinen Schwarzmarktgeschäften, die weder besonders lukrativ noch risikolos gewesen waren. Die ganze Zeit über hatte er außerdem in der Sorge gelebt, bloßgestellt und an die Amerikaner übergeben zu werden. Auch bei der neuen Arbeit mied er andere Menschen. Allerdings war er nicht der Einzige, dem es so erging, und nach einer Weile begriff Nakamura, dass jeder Verständnis hatte, dass viele Leute nicht erkannt und durchschaut werden wollten. Er zog bei Ikuko ein, um seine Ruhe vor dem Rest der Welt zu haben und gleichzeitig nicht ganz allein zu sein. Sie war gesund und eine gute Hausfrau, und er war dankbar, eine Frau mit diesen Vorzügen gefunden zu haben.

Trotz seines Einzelgängertums spielte er manchmal Go, mit einem Krankenhausarzt namens Kameya Sato. Im Laufe der Zeit erwuchs aus dem Spiel eine gewisse Vertrautheit und aus der Vertrautheit eine stille Freundschaft. Sato stammte aus Oita, er war ein aufopferungsvoller Arzt, ruhig und bescheiden, und im Gegensatz zu den anderen Ärzten trug er seltsamerweise keinen weißen Kittel. Sato war ein ungleich besserer Go-Spieler als Nakamura, und eines Abends fragte der Exsoldat den Chirurgen, worin das Geheimnis einer erfolgreichen Go-Strategie liege.

Mr Kimura, es verhält sich folgendermaßen, sagte Sato. Alle Dinge unterliegen einem Muster und einer Struktur. Nur dass wir sie nicht sehen können. Unsere Aufgabe ist es, Muster und Strukturen zu erkennen und uns der Ordnung zu unterwerfen, ein Teil davon zu werden.

Ganz offensichtlich war diese Erklärung für den alten Soldaten unverständlich. Und so drückte der Arzt sanft zwei Finger in Nakamuras Bauch und fuhr fort –

Wenn ich einen Blinddarm operieren muss, setze ich hier an und zerschneide die Muskeln so, wie ich es in Kyushu gelernt habe. So kann ich den entzündeten Blinddarm für den Patienten vergleichsweise gefahrlos und stressfrei entfernen.

Sie kamen auf Kyushu zu sprechen, eine der größten medizinischen Universitäten Japans. Nakamura erinnerte sich, in der Zeitung von mehreren japanischen Ärzten gelesen zu haben, denen von den Amerikanern der Prozess gemacht worden war. Angeblich hatten sie amerikanische Piloten viviseziert, ohne Narkose. Seinerzeit hatte Nakamura sich über die

Berichte und die Verurteilungen geärgert, und jetzt sagte er erbost –

Amerikanische Lügen!

Sato hob den Blick vom Go-Brett, schaute wieder nach unten, legte einen schwarzen Stein.

Mr Kimura, ich war dort, sagte er.

Nakamura starrte Sato an, bis der Chirurg abermals die Augen hob und eindringlich zurückstarrte.

Gegen Kriegsende war ich Assistenzarzt unter Professor Fukujori Ishiyama. Eines Tages wurde mir aufgetragen, einen amerikanischen Piloten von der Station abzuholen, auf der er unter Bewachung lag. Er war sehr groß, hatte rote Locken und eine sehr schmale Nase. Bei seiner Festnahme hatte er eine Kugel abbekommen, doch mir vertraute er. Ich zeigte auf die Trage, und er legte sich darauf. Ich hatte den Auftrag, ihn nicht in den OP zu bringen, sondern in den Seziersaal der Anatomie.

Nakamura war fasziniert.

Und dann?

Der Amerikaner hat mir weiterhin vertraut. Ich zeigte auf den Seziertisch. Viele andere Ärzte standen im Saal herum, Krankenschwestern und Praktikanten und auch ein paar Armeeoffiziere. Professor Ishiyama war noch nicht da. Der Amerikaner stand tatsächlich auf und legte sich auf den Seziertisch. Er zwinkerte mir zu. Sie wissen ja, wie die Amerikaner zwinkern. Er hat gezwinkert und gelächelt, als wüssten nur wir zwei über einen lustigen Witz Bescheid.

Und dann, sagte Nakamura, bekam er eine Narkose, und Professor Ishiyama hat die Kugel herausoperiert.

Sato hielt einen weiteren Stein in der Hand, strich mit dem Daumen über die glatte, glänzende, abgeflachte Oberfläche, als wollte er ein blindes, schwarzes Auge massieren.

Nein, sagte Sato. Zwei Pfleger haben seine Arme und Beine, seinen Kopf und den Torso mit Ledergurten auf dem Tisch fixiert. Während sie das getan haben, trat Professor Ishiyama ein und wandte sich an die Anwesenden. Er sagte, die Sezierung von lebenden Individuen liefere ihnen wichtige wissenschaftliche Daten, die unseren Soldaten in kommenden Schlachten von großem Nutzen sein würden. Derlei Arbeit sei niemals einfach, doch verlangten alle wissenschaftlichen Fortschritte ein persönliches Opfer. Auf diese Weise könnten sie als Ärzte und Wissenschaftler sich als ehrenwerte Diener des Kaisers erweisen.

Nakamura starrte auf das Go-Brett, doch seine Gedanken waren nicht mehr beim Spiel.

Ich weiß noch, wie stolz ich war, dabei zu sein, sagte Sato.

Für Nakamura ergab alles, was Sato erzählte, einen Sinn. Schließlich hatte dasselbe Argument, jeweils den veränderten Umständen angepasst, sein gesamtes Erwachsenenleben bestimmt. Immer war es darum gegangen, den Willen des Kaisers zu erfüllen. Das vertraute Muster und der Rhythmus von Satos Schilderung versicherten Nakamura, dass Professor Ishiyama zwar kein Narkosemittel verabreicht, sich aber dennoch korrekt und ethisch verhalten hatte.

Der Amerikaner hat sich immer noch nicht gewehrt, fuhr Sato fort. Er hätte sich nie träumen lassen, was ihn erwartete. Bevor Professor Ishiyama anfing, verbeugten wir alle uns vor dem Patienten, so wie vor jeder Operation. Vielleicht flößte ihm auch das Vertrauen ein. Professor Ishiyama schnitt zunächst seinen Bauch auf und entfernte die Leber, dann vernähte er die Wunde. Danach nahm er die Gallenblase und einen Teil des Magens heraus. Der Amerikaner, der anfangs noch den Eindruck eines kräftigen, aufgeweckten jungen Mannes gemacht hatte, sah auf einmal alt und schwach aus. Man hatte ihn geknebelt, doch er war ohnehin bald jenseits aller Schreie. Zuletzt entfernte Professor Ishiyama das Herz. Es schlug noch. Als er es auf die Waagschale legte, zuckte die ganze Waage.

Satos Schilderung floss über Nakamura hinweg wie Wasser über einen Felsvorsprung. In seinem Innern regte sich nichts. Und obwohl die Geschichte bedeutete, dass die Amerikaner die Wahrheit gesagt hatten und er, Nakamura, sich geirrt hatte, konnte er die Motive des Professors nachvollziehen. Es erschien ihm kein bisschen ungewöhnlich, einen Menschen bei vollem Bewusstsein zu zerteilen.

Es fühlte sich eigenartig an, doch zunächst habe ich nicht weiter darüber nachgedacht, fuhr Sato fort. Immerhin herrschte Krieg. In den folgenden Tagen wurden noch andere Piloten operiert – bei einem wurde der Mittelfellraum geöffnet, bei einem anderen alle Gesichtsnerven durchtrennt. Als ich zum letzten Mal dabei war, wurden einem Piloten vier Löcher in die Schädeldecke gebohrt, und dann steckte der Professor ein Skalpell hinein, um zu erfahren, was passieren würde.

Beim Go-Spielen saßen sie in einem kleinen Garten, der nur für das Krankenhauspersonal zugänglich war. Es war Frühling, und wann immer Sato schwieg, konnte Nakamura den ersten Abendgesang der Vögel hören. Der Ahornbaum zerteilte die letzten langen Sonnenstrahlen in schimmernde Fäden aus Licht und Dunkel.

Nach dem Krieg hat Professor Ishiyama sich in seiner Gefängniszelle erhängt, sagte Sato. Sie haben auch noch andere erwischt, zum Tode verurteilt, die Todesurteile in Haftstrafen umgewandelt und zuletzt alle laufen lassen. Auch ich habe eine Zeit lang befürchtet, vor Gericht gestellt zu werden, doch diese Zeiten sind vorbei. Die Amerikaner wollen, dass es vergessen wird, so wie wir.

Sato schob Nakamura eine Zeitung hin.

Sehen Sie sich das an, sagte er.

Er zeigte auf einen kleinen Artikel unter einem Foto. Es ging um die wohltätige Arbeit eines Ryoichi Naito, des Gründers der Japanischen Blutbank, eines erfolgreichen Unternehmens, das Blut kaufte und verkaufte.

Einige meiner Kollegen haben in Mandschukuo mit Naito zusammengearbeitet. Er hat dort ein Team der besten Chirurgen geleitet. Vivisektion und vieles mehr. Erprobung von biologischen Kampfstoffen an Gefangenen. Milzbrand, auch Beulenpest, wie ich damals gehört habe. Sie haben Granaten und Flammenwerfer an den Gefangenen getestet. Eine groß angelegte Operation, die auf allerhöchster Ebene angeordnet wurde. Heute ist Naito ein allseits respektierter Mann. Und warum? Weil weder unsere Regierung noch die Amerikaner in der Vergangenheit wühlen wollen. Die Amerikaner interessieren sich für die Ergebnisse unserer Kampfmittelerprobung; sie wollen sich damit auf den Krieg gegen die Sowjets vorbereiten. Wir haben die Waffen an den Chinesen erprobt, nun werden sie von den Amerikanern gegen die Koreaner eingesetzt. Ich meine, gehängt wurde nur, wer Pech hatte oder zu unwichtig war. Und natürlich die Koreaner. Aber jetzt wollen die Amerikaner Geschäfte mit uns machen.

Auch wir sind Opfer dieses Krieges, sagte Nakamura.

Sato schwieg. Nakamura spürte tief in seinem Inneren, dass er, so wie das japanische Volk, zu Unrecht beschuldigt wurde und ein ehrenwerter, guter Mann war. Sie waren Opfer – er, Ikuko, seine hingerichteten Kameraden, ganz Japan. In dieser Einstellung fand alles zusammen, was ihn gequält hatte, sie verlieh seinem erbärmlichen Leben eine gewisse Größe, dem Versteckspiel und den falschen Papieren, seiner sozialen Isolation. Satos Geschichte erregte ihn. Irgendwo hinter dieser Geschichte lockte ihn in der Ferne die Aussicht auf Vergebung.

Kennen Sie das seltsame Geräusch, wenn ein Erdbeben zu Ende geht?, fragte Sato. Im sterbenden Licht war sein müdes Gesicht immer schlechter zu erkennen. Wenn alles Rütteln und Schütteln vorbei ist, sagte Sato, wenn alle Gegenstände – Bilder und Spiegel an der Wand, Fensterrahmen, die Schlüssel am Haken – ein letztes Mal erzittern und man nicht weiß, ob die Welt draußen vor der Tür noch existiert?

Selbstverständlich, sagte Nakamura.

Als würde die ganze Welt einen Seufzer ausstoßen?

Ja, sagte Nakamura.

Dieses Geräusch habe ich gehört, als das Herz des Amerikaners in der Edelstahlschale die Waage im Seziersaal zittern ließ. Als würde die ganze Welt beben.

Sato verzog das Gesicht zu einem eigenartigen Lächeln.

Wissen Sie, warum er mir vertraut hat?

Professor Ishiyama?

Nein, der amerikanische Pilot.

Nein.

Weil mein weißer Kittel ihn hat glauben lassen, dass ich ihm helfen würde.

10

Nakamura und Sato sprachen nie wieder über Satos Vergangenheit, doch die Geschichte hing Nakamura auf eigenartige Weise nach. Im Laufe der folgenden Monate trafen sie sich immer seltener zum Go. Nakamura fand den Chirurgen, in dem er immer einen interessanten und gleichwertigen Gesellschafter gesehen hatte, zunehmend öde und langweilig. Irgendwann empfand er gar keine Freude mehr, und das Spiel wurde ihm zu einer Bürde, die er tragen musste. Er spürte auf unerklärliche Weise, dass das Gefühl auf Gegenseitigkeit beruhte. Sato kam nicht mehr im Magazin vorbei, um eine Zigarette mit Nakamura zu rauchen, und Nakamura mied jene Trakte des Krankenhauses, in denen er Sato zufällig hätte treffen können. Zum Schluss spielten sie gar nicht mehr.

Doch während er sich von Sato entfremdete, kam Nakamura den anderen wieder näher, fand in sich die Kraft, als Mensch irgendwie aufrichtiger zu sein. Er begriff, dass es viele wie ihn gab – stolze, gute Männer, die ihre Pflicht erfüllt hatten und fest entschlossen waren, sich nicht dafür zu schämen –, Männer, die sich als Kriegsopfer betrachteten. Und irgendwann merkte er, dass die Zeiten vorüber waren, in denen niemand seinen echten Namen angab, als keiner der war, der er zu sein behauptete, und alle sich prinzipiell nur an das erinnerten, worüber zu sprechen erlaubt war. Als die letzten Kriegsverbrecher aus der Haft entlassen wurden, gab Nakamura alle Täuschungsmanöver auf und beschloss, ein ehrenvolles Leben zu führen und zur Wahrheit zu stehen. Er nahm seinen alten Namen wieder an und heiratete Ikuko im darauffolgenden Jahr.

Sie bekamen zwei Töchter, gesunde Kinder, die ihren sanftmütigen Vater über alles liebten. Als sein jüngeres Kind Fuyuko sechs Jahre alt war, wurde es von einem Schulbus angefahren und wäre fast gestorben. Später konnte Fuyuko sich hauptsächlich an ihren Vater erinnern, der Tag und Nacht und mit gesenktem Kopf an ihrem Bett gesessen hatte. Seinen Kindern erschien er wie ein Wesen aus einer anderen Welt, das Hemden schief knöpfte, ständig den Gürtel vergaß und darauf bedacht war, keine Spinnen zu verletzen – er fing sie und trug sie hinaus.

Er allein spürte, wie wunderlich diese tief greifende Verwandlung in einen guten Menschen war. War er ein Heuchler? Spürte er Zerknirschung? Schuld? Scham? Tat er all das freiwillig oder unbewusst? War es eine Lüge, oder war es die Wahrheit? Immerhin waren viele Menschen unter seinem Kommando gestorben, manchmal war er sogar, und das fand er kein bisschen widersprüchlich, stolz darauf gewesen, unmittelbar zu ihrem Tod beigetragen zu haben. Doch er fühlte sich nicht verantwortlich, und im Laufe der Zeit erodierte die Erinnerung an seine Verbrechen, und sein Verstand entwarf stattdessen das Bild seiner eigenen Güte. Als die Jahre verstrichen, wurde er allenfalls noch davon gequält, dass er so wenig von seinen Erinnerungen gequält wurde.

Im Frühling des Jahres 1959 bewarb Nakamura sich bei der Japanischen Blutbank, eher aus Neugier denn aus Optimismus. Zu seiner großen Überraschung wurde er zum Vorstellungsgespräch eingeladen. Am frühen Morgen fuhr er mit dem Zug nach Osaka. In der Zentrale der Japanischen Blutbank ließ man ihn fast bis zum Mittag warten, bevor man ihn nicht, wie er erwartet hätte, in einen Konferenzraum führte, sondern in das große Büro eines Geschäftsführers. Wieder bat man ihn, sich zu setzen und zu warten. Niemand kam. Nach einer Viertelstunde öffnete sich die Tür in seinem Rücken. Er wurde angewiesen, sich nicht umzudrehen und genau so sitzen zu bleiben. Er spürte, wie ein Finger über seinen Nacken strich. Und dann fing der Mann hinter seinem Rücken zu rezitieren an:

Über das Meer, Leichen im Wasser
Über die Berge, Leichen im Gras …

Selbstverständlich kannte Nakamura »Umi Yukaba«, das alte Gedicht, das während des Krieges so populär gewesen war. Die Radioberichte von den Schlachten – oft wurde betont, dass die japanischen Soldaten ehrenvoll in den Tod gegangen waren, anstatt schändlich zu kapitulieren – wurden unweigerlich damit eingeleitet. Nakamura wiederholte die letzten beiden Verse wie ein Passwort:

Wir sterben an der Seite des Kaisers,
Wir blicken nie zurück.

Wieder spürte er die Finger in seinem Nacken.

Was für ein guter Hals, ein prächtiger Hals, sagte der Mann in seinem Rücken.

Nakamura drehte sich um und blickte auf. Das Haar war jetzt weiß und strähnig, der Körper untersetzt, aber aus dem Gesicht, nun zu einem Lächeln verzogen, ragte immer noch die Haifischflosse.

Ich musste zunächst Ihren Nacken sehen. Ich wollte mich vergewissern, dass Sie es sind. Wissen Sie, ich vergesse nichts.

Als er Nakamuras fragenden Blick bemerkte, erklärte er sich.

Ein paar alte Kameraden aus Mandschukuo waren der Ansicht, ich könnte hier gute Arbeit leisten.

Der Rest des Bewerbungsgesprächs war reine Formsache, als wäre alles längst besiegelt. Als Nakamura sich verabschiedete, beglückwünschte Kota ihn zur neuen Stelle. Als Nakamura am selben Abend Ikuko schilderte, was passiert war, schluchzte er fast.

Wie, fragte er sie, soll man sich auf so viel Güte vorbereiten?

Viele Jahrzehnte später bemühte sich Taro Ootomo, ein junger Nationalist und Journalist, um ein Interview mit dem hochdekorierten Veteranen Shiro Kota. Ootomo wollte endlich die vielen Missverständnisse bezüglich Japans Rolle im Zweiten Weltkrieg ausräumen. Ootomo hatte Kotas Artikel über die spirituelle Basis des japanischen *bushido* gelesen, die in den späten 1950er-Jahren in verschiedenen Zen-Magazinen erschienen waren. Kota hatte darin die Ansicht vertreten, die Japaner seien trotz des Materialmangels eine so beeindruckende Militärmacht gewesen, weil sie, inspiriert vom Zen, erkannt hatten, dass es letztendlich keinen Unterschied gab zwischen Leben und Tod. Doch als Ootomo in Begleitung des Hausmeisters und einiger TV-Reporter vom Lokalsender vor Kotas Wohnung stand, um ihm zum Geburtstag zu gratulieren, war niemand zu Hause.

Taro Ootomo war jung und ehrgeizig, er ließ nicht locker und besuchte sogar Kotas alte und gebrechliche Tochter Ryoko, um sie von seinen redlichen Absichten zu überzeugen und über sie einen Kontakt zu dem alten Veteranen herzustellen. Aber Ryoko konnte Taro Ootomo nur wenig Mut machen. Sie sagte, ihr Vater wolle nicht mit Fremden sprechen, schon gar nicht über den Krieg und seinen Militärdienst; immer werde alles zu seinen Ungunsten missinterpretiert. Sie sagte Taro Ootomo, ihr Vater versuche, in seinem hohen Alter zu leben wie Buddha.

Ootomo hatte schnell durchschaut, dass Ryoko sich nicht sonderlich für ihren Vater interessierte. Es war das Beste, sie zu ignorieren; er machte sich daran, zusammen mit einigen nationalistischen Freunden eine Feier zu Kotas hundertfünftem Geburtstag zu organisieren. Das wäre respektvoll und seiner würdig, außerdem eine ideale Gelegenheit, auch alle anderen Kriegsveteranen zu ehren und die missverstandenen spirituellen Grundlagen der japanischen Kriege im zwanzigsten Jahrhundert einem breiten Publikum näherzubringen. Aber jedes Mal, wenn Ootomo Kota besuchen wollte, war er nicht anzutreffen.

Ryokos abweisende Art und Kotas seltsame Verweigerungshaltung erregten Taro Ootomos Misstrauen. Er fasste den Gedanken in Worte, als er mit seinem guten Freund, dem Polizeileutnant Takeshi Hashimoto, bei einem Drink zusammensaß.

Hashimoto roch den Braten. Unter einigen Schwierigkeiten verschaffte er sich Akteneinsicht und erfuhr, dass Ryoko die Angelegenheiten ihres Vaters als Bevollmächtigte regelte. Acht Wochen zuvor waren zwei Millionen Yen von Kotas Konto abgehoben worden. Hashimoto besorgte sich einen Durchsuchungsbeschluss für Kotas Wohnung. Sie lag im ehemals schicksten Teil der Stadt, doch in den letzten Jahren waren die Wohnblocks, die früher in Mode gewesen waren, stark vernachlässigt worden. Auf den an die Hausmauern angebrachten Gitterkäfigen, in denen ein Gewirr aus Kabeln steckte, sammelte sich herabfallender Putz. Die Aufzugtüren funktionierten nicht mehr, weshalb Hashimoto und seine Männer über die Treppe in den siebten Stock hinaufsteigen mussten.

Im Schlafzimmer des Apartments, dessen Wände von Regalen voller Gedichtbände bedeckt waren, fand Hashimoto die mumifizierte Leiche eines älteren Mannes. Es roch nach gar nichts. Der Mann musste vor Jahren, wenn nicht gar Jahrzehnten verstorben sein. Takeshi Hashimoto streckte die linke Hand aus und hob ganz vorsichtig die geblümte Bettdecke an. Die Körperflüssigkeiten des zersetzten Leichnams hatten einen riesigen, dunklen Fleck auf dem Laken hinterlassen. In der Mitte dieses seltsamen Glorienscheins lag Shiro Kota, die pergamentdünne Haut straff über die Knochen gespannt.

Auf dem Nachttisch des modernen, inzwischen verstorbenen Buddha lag Bashos berühmtes Reisetagebuch *Auf schmalem Pfad durchs Hinterland.* Hashimoto schlug es dort auf, wo ein getrockneter Grashalm zwischen den Buchseiten steckte.

Tage und Monate sind Reisende in der Ewigkeit, las er. *Wie auch die Jahre, die vorüberziehen.*

11

Eigentlich wäre es die Aufgabe des kommandierenden Offiziers John Menadue gewesen, aber John Menadue hatte nicht die Nerven dazu; er hatte nie die Nerven gehabt, nicht auf der Eisenbahnstrecke, nicht in Australien. Dorrigo Evans hatte einen Brief von Bonox Baker erhalten. Bonox schrieb, niemand kümmere sich um Jack Rainbows Witwe; John Menadue hätte ihr eigentlich Jacks Orden noch überbringen müssen, doch sei Menadue nie dazu gekommen. Und so bestieg Dorrigo Evans, der ein paar Monate nach den Flitterwochen eingesehen hatte, was seine Ehe tatsächlich war und was nicht und wie wenig er diese Verbindung in Wahrheit wollte, eine Maschine der ANA und flog nach Hobart. John Menadue wartete in einem Pub auf ihn, zwei Hauseingänge von Nikitaris' Fischladen entfernt.

Im Dschungel hatte John Menadue festgestellt, wie wenig ausgeprägt seine Führungsqualitäten waren. Manchen Leuten, dachte er, fielen sie ganz natürlich zu, Leuten wie dem Big Fella. Aber nicht ihm, was seltsam war, hatte ihm doch sein Vater immer eingeredet, John sei der geborene Anführer und die Menschenführung allein eine Frage des Charakters. In der Hutchins School hatte man ihn einen Anführer genannt, weil die Hutchins nur Führungspersönlichkeiten aufnahm. Zu führen, sagte man ihm, sei ihm vorherbestimmt, ihm und den anderen geborenen Anführern, also allen Schülern der Hutchins. Die Welt hatte nicht aufgehört, es ihm einzureden, und so war

John Menadue – aufgrund seiner Schulbildung und seiner Beziehungen, aufgrund seines herausragenden Charakters und weil es ihm vorherbestimmt war – direkt auf die Offiziersschule gegangen. John Menadue hatte alles für wahr gehalten, was man ihm erzählt hatte, und sich selbst für einen Anführer – bis er zur Eisenbahnstrecke kam. Dort musste er erkennen, dass es ihm in erster Linie nicht darauf ankam, anderen zu helfen, sondern sein eigenes Leben zu retten, und dass sein Vater, was die charakterliche Disposition zur Menschenführung betraf, recht gehabt, sich jedoch in seinem Sohn getäuscht hatte.

John Menadue hatte ein Gespür für Autorität. Und als er zwei Häuser neben Nikitaris' Fischladen saß, ein Pfund Makrele im Bauch, das attraktive Äußere unbeschädigt, wurde ihm wieder einmal klar, wie wenig Autorität er selbst ausstrahlte. Er verstand jedoch nicht, warum ausgerechnet ein Mann wie Dorrigo Evans so viel davon besaß – ein verachtungswürdiger, geradezu hässlicher Schürzenjäger, ein einsamer Wolf, der sich in der Menge versteckte, ein Mann, der jede Autorität ignorierte, nur die eigene nicht, die Gott ihm unverständlicherweise gewährt hatte. Dorrigo Evans besaß sogar die Autorität, den Gefallen, den er John Menadue tun würde, wie eine Bagatelle aussehen zu lassen.

Es tut mir leid, sagte John Menadue zu Dorrigo Evans. Ich war schon bei Mrs Les Whittle. Ich schaffe das kein zweites Mal. Du erinnerst dich an Les?

Ja. Er war ein wunderbarer Robert Taylor in *Ihr erster Mann.* An der Seite von Jack Rainbow, ausgerechnet, war es nicht so?

Das weiß ich nicht mehr. Hast du gehört, wie er gestorben ist?

Nein.

Er ist in einem Lager in Japan gelandet. Als Zwangsarbeiter in einem Kohlebergwerk unter dem Binnenmeer. Die haben alle Hunger gelitten. Als der Krieg vorbei war, haben die Yankees Vorräte an Fallschirmen über den japanischen Kriegsgefangenenlagern abgeworfen. Der Bomber, eine Consolidated

B-24, wirft Hundertsiebzig-Liter-Blechkisten voller Essen ab. Sie segeln runter, langsam wie Löwenzahnsamen im Sommerwind, hat einer erzählt. Alle flippen aus und freuen sich. Und dann landen die Kisten, durchschlagen die Dächer und zermatschen alles, was sie treffen. Und eine Kiste voller Hershey-Schokolade landet auf Les und quetscht ihn tot.

Er schob Dorrigo Evans einen Schuhkarton mit ein paar Ripsbändern und Orden zu. Auf dem Deckel klebte ein Zettel mit dem Namen und der Adresse von Jack Rainbows Witwe.

Was für ein absurder Tod, sagte John Menadue, ohne die Augen vom Schuhkarton zu nehmen. Ein Verhungernder, der von Essen erschlagen wird. Das unsere Jungs abgeworfen haben. Von Schokoriegeln. Um Gottes willen, Dorrigo, von verdammten Hershey-Riegeln. Was sagt man dazu.

Was hast du ihr gesagt?

Das Richtige. Ich habe gelogen. Eine feine Person, seine Witwe, ein kleines, stämmiges Ding. Aber voller Würde. Sie hat sich meine Lügen angehört, und dann hat sie eine ganze Weile gar nichts gesagt. Und dann meinte sie nur, wissen Sie, eigentlich habe ich ihn gar nicht richtig gekannt, das ist das Traurigste daran, ich hätte ihn so gern besser kennengelernt.

Mrs Jack Rainbow lebte in der Nähe von Neika, einem kleinen Dorf in den bewaldeten Berghängen oberhalb von Hobart. Als der Barmann aufschnappte, dass Dorrigo Evans sich nach dem Weg erkundigte, machte er ihn mit einem kleinen Mann bekannt, der Fahrer bei der Cascade-Brauerei war und der sich mit einer Lieferung auf den Weg ins Gebirge machen würde. Er bot Dorrigo an, ihn in Neika abzusetzen und zwei Stunden später wieder einzusammeln.

Kurz hinter Hobart fing es zu schneien an. Der Brauereilaster besaß einen einzigen, zitternden Scheibenwischer, der einen kleinen Sichtkegel in die Winterlandschaft schnitt. Eukalyptusbäume und mannshohe Farne neigten sich, vom Schnee beschwert, über die Fahrbahn. Der Rest wurde vom Weiß verschluckt, ebenso wie Dorrigo Evans' Gedanken. Er streckte eine Hand aus und stocherte in der Luft herum und fragte sich, ob er die Blutung aus der Beinschlagader auf irgendeine Weise hätte stoppen können. Seine Finger bewegten sich durch die Luft, Kälte, ein weißes Nichts.

Ganz schön kalt, was?, fragte der Fahrer, als er Dorrigos Bewegungen sah. Darum trage ich immer die hier, sagte er und hob eine Hand vom Lenkrad. Sie steckte in einem Wollhandschuh. Ansonsten würde ich an den verfluchten Frostbeulen sterben. Wie Scott in der verfluchten Antarktis, das sag ich Ihnen!

Sie fuhren immer weiter bergan, vorbei an Baumfarnen und an dem Dörfchen Neika. Als sie die Bergkuppe hinter sich gebracht hatten, hielt der Brauereifahrer an, und Dorrigo stieg aus. Zwei Holzpflöcke mit Flechtenbärten markierten die Zufahrt zu einer Hopfenfarm, daneben lag ein kaputtes Eisentor im Schnee. Das Farmhaus selbst schien zu verfallen; unter der Schneedecke und in der Stille, die der Schnee brachte, wirkte es unbewohnt. Die Holzpfähle und Kletterhilfen waren schief, manche ganz umgefallen. Die Scheune wirkte müde, das Dach des hölzernen Trockenschuppens war eingesackt.

Er entdeckte die Frau in der kleinen Molkerei, wo sie Butter stampfte. Sie trug einen mit roten Hibiskusblüten bedruckten Baumwollrock und einen alten, offenbar selbst gestrickten Wollpullover, der sich an den Ärmeln auflöste. Ihre nackten Beine waren unrasiert und zerschrammt. Ihr Gesicht sprach von nichts als zerstörter Hoffnung, ihre schmalen, zittrigen Lippen liefen zu beiden Seiten hin in feinen Fältchen aus.

Er nannte seinen Namen und seine Regimentsnummer, und noch bevor er mehr sagen konnte, führte sie ihn durch die angrenzende Küche, in deren Mitte ein knisternder Brennofen stand, ins kalte, dunkle Wohnzimmer. Sie nannte ihn *Sir*. Als er sagte, das sei nicht nötig, nannte sie ihn Mr Evans. Er nahm auf einem weich gepolsterten Lehnsessel Platz. Die Sitzfläche war klamm.

Durch den Flur und eine geöffnete Tür konnte Dorrigo eine Wand mit deckenhoher, cremeweiß lackierter Holzvertäfelung sehen, davor ein schmiedeeisernes Bettgestell. Hoffentlich hatte sie mit Jack ihren Spaß gehabt. Er stellte sich die beiden an einem Wintertag wie heute vor, in einigen Stunden würde der Abend anbrechen, sie lagen im warmen Bett und schauten in den Kamin im Schlafzimmer, wo die letzten Kohlen glühten, und Jack zog genüsslich an einer Pall Mall.

12

Wir haben fünf Kinder, sagte sie. Zwei Jungs und drei Mädchen. Die kleine Gwennie ist ihrem Vater wie aus dem Gesicht geschnitten. Terry ist der Jüngste, er kam zur Welt, als Jack schon fort war, er hat seinen Vater nie gesehen.

Sie schwiegen. In seiner Praxis hatte Dorrigo Evans gelernt zu warten, bis die Leute aussprachen, was sie auf dem Herzen hatten.

Ich habe das Alleinsein nicht ausgehalten, sagte sie schließlich. Ich habe eine schreckliche Angst vorm Alleinsein. Als er im Krieg war, habe ich alle Kinder zu mir ins Bett geholt. Bei der Erinnerung musste sie lächeln. Wir alle zu sechst in einem Bett. Lächerlich, was?

Der Teekessel pfiff, sie verschwand in der Küche. Er bereute, ihr seinen Mantel gegeben zu haben. Sie kam mit einer verbeulten Teekanne aus grüner Emaille und den Überresten einer großen Sahnetorte zurück.

Es ist so still, sagte sie und meinte den Schnee draußen. Wie eine große, weiße Decke. Ich mag es lieber, wenn die Kinder da sind. Aber die Kleinen sind heute bei Jacks Schwester und die Großen in der Schule. Sie hielt inne. Jack liebte den Schnee, aber meine Güte, mir macht er manchmal zu schaffen.

Sie bot ihm ein Stück Torte an, er lehnte ab. Sie stellte die Torte auf ein Tischchen, schob die Krümel mit dem Zeigefinger in die Tellermitte und sagte dann, ohne den Blick zu heben –

Glauben Sie an die Liebe, Mr Evans?

Das war eine überraschende Frage. Er wusste, er brauchte nicht zu antworten.

Weil ich glaube, dass man sich die Liebe erst machen muss. Man bekommt sie nicht geschenkt.

Sie hielt inne, wartete vielleicht auf einen Kommentar oder ein Urteil, aber Dorrigos Schweigen ermunterte sie weiterzusprechen.

Das ist, was ich glaube, Mr Evans.

Bitte, nennen Sie mich Dorrigo.

Dorrigo. Es ist wirklich, was ich glaube, Dorrigo. Und ich habe immer gedacht, dass Jack und ich genau das hinbekommen würden.

Sie setzte sich und fragte, ob es ihn störe, wenn sie rauche. Früher, als Jack noch da gewesen sei und alles vollgequalmt habe wie eine Dampflokomotive, habe sie selbst nicht geraucht, aber jetzt, nun, es erinnere sie an ihn, und es helfe. Wo er doch nicht mehr da sei.

Pall Mall, hm?, sagte sie und zog eine Zigarette aus der leuchtend roten Packung. Woodbines mochte er nicht. Er brauchte was Feineres, als Ausgleich für die ständige Flucherei. Immer am Rauchen, mein Jack. Rauchen und trinken und eine liederliche Frau im Arm, hat er immer gesagt, welcher Narr wär da nicht zufrieden?

Sie zog an der Zigarette, legte sie auf dem Aschenbecherrand ab und betrachtete sie. Ohne den Blick zu heben, fragte sie: Aber glauben Sie an die Liebe, Mr Evans?

Sie rollte die Zigarette auf dem Rand hin und her.

Sie?

Da draußen, dachte er, hinter der verschneiten Bergkuppe, gibt es eine Welt mit Abermillionen von Menschen. Er konnte sie sehen, in den Städten, in der Hitze, im Sonnenlicht. Und dann sah er dieses Haus, so abgelegen und isoliert, so weit weg von allem, und dann dachte er sich, dass es ihr und Jack, wenn auch nur für kurze Zeit, wie der Mittelpunkt des Universums erschienen sein musste. Und für einen kurzen Moment war er wieder im King of Cornwall bei Amy, oben in dem Zimmer, das sich anfühlte, als wäre es *ihr* Zimmer, das Zimmer mit dem Meerblick und den schattigen Nischen, mit den Balkontüren, von denen die Farbe abblätterte, mit der Brise am späten Nachmittag und dem Geräusch der Wellen in der Nacht. Das Zimmer war ihm wie das Zentrum des Universums erschienen.

Nein, sagte sie. Nein. Das Wort ist zu klein, finden Sie nicht auch, Mr Evans? Ich habe eine Freundin in Fern Tree, sie ist Klavierlehrerin. Sehr musikalisch. Ich selbst habe ja leider kein musikalisches Gehör. Aber einmal hat sie mir erzählt, jedes Zimmer habe einen eigenen Ton. Man müsse ihn nur finden. Und dann hat sie einfach losgeträllert, immer rauf und runter auf der Tonleiter, und auf einmal war der Ton da, er ist von den Wänden abgeprallt und vom Fußboden aufgestiegen, und ein wunderschönes Summen hat das ganze Zimmer erfüllt. Was für ein schöner Ton. Als würde man eine Pflaume werfen und einen ganzen Pflaumenbaum zurückbekommen. Sie hätten es nicht geglaubt, Mr Evans. Zwei völlig unterschiedliche Sachen, ein Ton und ein Zimmer, und dann auf einmal haben sie zusammengefunden. Es hat sich so … *richtig* angehört. Klingt das albern? Meinen Sie, das ist es, was wir Liebe nennen, Mr Evans? Der Ton, der zurückkommt? Den man hört, selbst wenn man gar nicht will? Ein Mensch, dem man begegnet, und dann hört man alles, was ihn ausmacht, so wie ein durchdringendes Summen? Das wäre doch passend. Das wäre schön. Ich kann das nicht so gut erklären, oder?, fragte sie. Ich kann mich nicht so gut ausdrücken. Aber so war es für uns, für Jack und mich. Eigentlich haben wir uns gar nicht so gut gekannt. Ich bin mir nicht mal sicher, dass mir alles an ihm gefallen hat. Wahrscheinlich hat er sich manchmal über mich geärgert. Aber ich war das Zimmer und er der Ton, und jetzt ist er nicht mehr da. Und alles ist so still.

Ich war bei Jack, fing Dorrigo an. Als er starb. Er wollte unbedingt eine Pall Mall.

13

Die Matratze war klumpig und hatte einen Krater in der Mitte, unzulänglich ausgestopft mit einem North-Hobart-Football-Pullover. Er rollte sich auf die Seite, wälzte sich über die Konturen, die Schluchten und Ebenen, die Hänge und Mulden und Rinnen. Er passte sich der Form der Matratze an und beugte sich zu ihr hinunter, schob seine Knie in ihre Kniekehlen, seine Oberschenkel an ihre, legte den Arm über ihre Hüfte und zog sie an sich und hielt sie fest. Es schien ihnen beiden eine tiefe Erleichterung, dass sie sich über die schrecklichen Dinge austauschen konnten, die sie beide bedrückten, ohne dabei ein Wort zu sprechen. Sie ertrug das Alleinsein nicht. Vielleicht rückten sie zusammen, um sich vor der Kälte zu schützen. Oder vor der Stille. Vielleicht hofften sie beide auf jenen Ton. Sie wussten, er würde nicht noch einmal erklingen, wussten, dass auch der andere nicht damit rechnete. Er hörte den Schneeregen über das Blechdach streichen. Es war genug, mit ihr in der Wärme zu liegen. Vielleicht konnte man nicht mehr erwarten. Er fühlte sich uralt, im Juli würde er seinen vierunddreißigsten Geburtstag feiern. Sie hielten einander wortlos fest, bis er den Brauereilaster am Ende der Einfahrt hupen hörte.

Nachdem er gegangen war, kippte sie den Inhalt des Schuhkartons in den Ofen. Ein paar Tage später kehrte sie die Asche heraus, verstreute sie im Hühnerhof und wunderte sich ganz kurz, woher die Schlacke unten im Aschekasten stammte. Neunzehn Jahre später wälzte sich der große Brand von 67 über den Berg und verschlang alles, was in seinem Weg lag. Die Hopfenfarm, die mittlerweile von ihrem Sohn bewirtschaftet wurde, das Holzhaus und der neuere Ziegelbau, die Fotos von ihr und Jack, alles ging in Flammen auf. Und auf das ehemalige Hühnergehege, in dem sie die Schlacke der ehemaligen Orden verscharrt hatte, legte sich eine neue Ascheschicht. Noch viel später wuchsen hier Algenfarne und Hartriegel und Myrte, bis der Traum von Jacks Leben zu einem Wald geworden war, aus dem Laub und Rinde und Zweige herabfielen, und irgendwann verschwand die Asche unter vielen Schichten aus faulendem Holz und Torf und neuem Leben.

Sie heiratete einen jüngeren Mann, der gut zu ihr war, und sie war gut zu ihm, aber es war nicht dasselbe wie mit Jack Rainbow. Auch ihren zweiten Mann überlebte sie, er kam bei einem Traktorunfall um.

Gegen Ende ihres Lebens bemerkte sie, dass sie sich nicht mehr an Jacks Aussehen erinnern konnte. Auch nicht an seine Stimme und seinen Geruch oder wie er sie umarmt und gestreichelt hatte, wie er an seiner Pall Mall gezogen hatte, während draußen der Schnee fiel. Manchmal, beim Einschlafen, meinte sie, den Qualm der Zigarette zu riechen. Manchmal erinnerte sie sich an das summende Zimmer. Aber sie konnte weder ihre Gedanken noch den Geruch oder den Ton festhalten, der Schlaf entführte sie, weit, weit weg. Sie stemmte sich dagegen an, aber sie konnte sich nur noch an eins erinnern: Für eine Zeit, eine ganz kurze Zeit, hatte sie sich nicht einsam gefühlt und nicht gefroren.

Während der Laster auf dem Weg bergab war, unterhielt Dorrigo Evans sich mit dem Fahrer, wie man sich mit einem Fremden unterhält. Er versuchte, den Grund seines Besuchs zu erklären.

Sie hatten etwas, sagte er. Er ist tot, und ich bin am Leben, aber er hatte etwas, das ich nie hatte.

Was denn?

Er war Teil eines Teams.

Ein Team, sagte der Fahrer. Meine Mum und mein Dad, die waren ein Team. Ich und meine Misses, nun ja, bei uns ist D-Day, jeden Tag.

Er schaltete zwei Gänge auf einmal herunter und stemmte sich auf die Bremse, um den Laster im Schneckentempo um eine der vielen Haarnadelkurven zu bringen, aus denen die gewundene Waldstraße bestand. Als die Straße sich begradigte, schaltete er in den zweiten Gang hoch und sprach weiter.

Aber ein Team? Nein, nicht so richtig. Sie ist eine gute Frau. Aber Liebe?

Liebe, wiederholte Dorrigo Evans. Ja, das meinte ich.

Der Brauereifahrer dachte für einige Meilen nach, dann sagte er –

Vielleicht finden viele Leute niemals heraus, was Liebe ist.

Dieser Gedanke war Dorrigo Evans noch nie gekommen.

Vielleicht.

Vielleicht kriegen wir alles einfach so in die Wiege gelegt. Wir bekommen ein Gesicht, ein Leben, unser Schicksal, unser Glück und Unglück. Manche kriegen viel, manche gucken in die Röhre. Und mit der Liebe ist es genauso. Es ist wie mit verschieden großen Biergläsern. Einer kriegt viel, der andere kriegt kaum was, man trinkt aus, und es ist weg. Man hatte es, und dann hat man nichts mehr. Vielleicht haben wir es nicht in der Hand. Die Liebe erwischt einen wie eine Erkältung. Sie macht einen unglücklich, und dann geht sie vorbei. Alles andere zu behaupten führt direkt in die Katastrophe.

Daran glauben Sie?

Daran glaube ich, sagte der Fahrer. Wo, haben Sie gesagt, kommen Sie her?

Vom Festland.

Dachte ich mir doch, sagte der Fahrer, für den diese viel zu persönliche Unterhaltung damit ebenso begründet wie beendet war.

Am Nachmittag, als das Flugzeug nach dem Start eine Schleife gezogen und sich wieder gerade ausgerichtet hatte, konnte Dorrigo Evans durch das Fenster den schneebedeckten Berg vor strahlend blauem Himmel erkennen. Die Welt, sie existiert, dachte er, einfach so. Dann wurde die Aussicht von einer weißen Wolke verschluckt, ebenso wie Dorrigos Gedanken. Er hob die Hand und stocherte in der Luft herum, als könnte er die Beinschlagader doch noch rechtzeitig finden.

Hier zieht es ganz schön, sagte eine freundliche Stimme in dem Kokon der Vertraulichkeit, der sich zuweilen im ohrenbetäubenden Lärm einer Propellermaschine bildet. Dorrigo Evans drehte den Kopf und nahm überrascht wahr, dass eine attraktive Frau neben ihm saß. Der Ausschnitt ihrer kornblumenblauen Jacquardbluse enthüllte knapp die Ansätze ihrer sehr weißen Brüste.

Und wie, sagte er.

Wo fliegen Sie hin?, fragte sie.

Er lächelte.

Haben Sie kalte Hände?, fragte sie.

So ist es, sagte er und wurde sich plötzlich seiner ausgestreckten Finger bewusst, die in der Luft, der Kälte, einem weißen Nichts herumstocherten.

Unsere Welt. Wir
stehen auf dem Höllendach,
betrachten Blumen.

Kobayashi Issa

1

Tenji Nakamura war schon seit Wochen ungewöhnlich heiser, als er sich nach einem langen Gespräch – er hatte sich um den Posten des stellvertretenden Leiters der Buchhaltung beworben – den Hals massierte und eine Schwellung bemerkte. Er beachtete sie nicht weiter, er konnte es sich gar nicht leisten, sie weiter zu beachten, weil es in der Personalabteilung mehr denn je zu tun gab. Er hatte sich um eine leitende Position beworben, und es war ganz sicher der falsche Moment, um einem leichten Krankheitsgefühl nachzugeben.

Die Halsschmerzen wurden schlimmer. Weil er beim Essen kaum noch schlucken konnte, aß er nur noch wenig und ernährte sich hauptsächlich von Misosuppe. Erst, als er Blut spuckte, knickte er ein und ging zum Arzt. Die Diagnose war eindeutig: Nakamura litt an Kehlkopfkrebs.

Der Tumor wurde entfernt, und obwohl seine Stimme sich nach der Operation nicht wieder erholte, nahm Nakamura den Schicksalsschlag würdevoll hin. Er betrachtete sich als Überlebenden und seine neue dünne, heisere Stimme als Ehrenabzeichen. Er war unendlich dankbar. Aber als er sich drei Monate später mit dem Finger über den Hals fuhr, entdeckte er einen neuen Knoten, eigenartig hart. Er verdrängte seine Entdeckung. Der Knoten wuchs, Nakamura wurde abermals operiert und musste sich einer Strahlentherapie unterziehen, die ihn schwächte und vorzeitig altern ließ. Seine Speicheldrüsen wurden verbrannt, in der Folge konnte er nur noch breiige Nahrung zu sich nehmen, und auch die nur unter Mühen. Auf seinem Leidensweg erkannte er, was für eine außergewöhnliche Frau Ikuko war. Sie widmete sich ganz seiner Pflege, war immer heiter und sanft und schien sich vor seinem vertrockneten, stinkenden Körper nie zu ekeln. Als er sich von den Strapazen der Chemotherapie erholte, bemerkte er, wie frisch und angenehm sie roch, wie sehr ihre Haut noch schimmerte, als wäre ihr Körper die fleischgewordene Güte. Manchmal war er von der Gesundheit, die sie ausstrahlte und die am deutlichsten in ihrem trägen Lächeln zum Ausdruck kam, ganz überwältigt.

Jeden Morgen vor der Arbeit stand sie zwei Stunden früher auf, um all seine Bedürfnisse zu erfüllen. Er bewunderte sie für ihren Pragmatismus, doch am allermeisten sehnte er sich nach ihrer Gegenwart und ihren Berührungen. Nach einer Weile hätte er alles getan, nur damit sie an seinem Bett saß und ihm mit den Fingerrücken sanft über die Wange strich. Obwohl sie der Meinung war, dass dieses Nichtstun – wie sie es nannte – reine Zeitverschwendung sei, wurde Ikukos Nichtstun bald das Wichtigste in Nakamuras Leben. In ihrer Gegenwart fühlte er keine Angst, seine Schmerzen wurden erträglich, und er fragte sich, wie er die Güte seiner Frau so lange hatte übersehen können.

Und mehr noch: Die Güte seiner Frau kehrte alles hervor, was gut in ihm selbst war. Er ertrug seine Krankheit stoisch und humorvoll. Er nahm sich die Zeit, andere zu besuchen, die noch schwerer erkrankt waren als er, er unterstützte sogar einen wohltätigen Verband, der Essen an alte Leute auslieferte. Seiner Familie, seinen Freunden, seinen Nachbarn und auch Fremden gegenüber wurde er immer freundlicher und rücksichtsvoller. Tenji Nakamura war sprachlos, so viel Gutes in sich zu finden. Ich bin, schlussfolgerte er, ein guter Mensch. Und dieser Gedanke spendete ihm so viel Trost und weckte eine Seelenruhe in ihm, die alle erstaunte.

2

Zu jener Zeit, als Nakamura noch gebrechlich, aber auf dem Weg der Besserung war, als er erkannte, wie gesegnet er war, erhielt er einen Brief von Aki Tomokawa, der beim Eisenbahnbau unter ihm gedient hatte. Der Corporal hatte seinen ehemaligen Kommandanten jahrelang gesucht und schrieb, er hoffe sehr, dass der Brief sein Ziel erreiche.

Früher hatte Nakamura sich über Tomokawas Engstirnigkeit und Unterwürfigkeit geärgert, doch nun sah er seinen alten Corporal in einem völlig neuen Licht – als einen edlen, guten Mann, mit dem er viel geteilt hatte. Nakamura war von Tomokawas Loyalität gerührt, er meinte sogar, die Güte seiner Frau darin gespiegelt zu sehen, die Freundlichkeit seiner Töchter, die ihm jeden Abend Gesellschaft leisteten. Er fühlte sich genötigt, ebenso gut zu sein. An dem Tag im Shinjuku Rashomon, als er seinen Namen auf der Kriegsverbrecherliste entdeckt hatte, hatte Nakamura sich geschworen, jeden Kontakt zu seinen alten Kameraden zu meiden, und er hatte sich, abgesehen von der zufälligen Arbeitsbeziehung mit Kota, an diesen Vorsatz gehalten.

Aber nun kam er sich egoistisch und albern vor. Die Zeit, in der die Alliierten Rache genommen hatten, war vorbei. Tomokawa, der auf der nördlichen Insel Hokkaido lebte, hatte viele der alten Kameraden ausfindig gemacht und schien über ihr Schicksal gut informiert zu sein. Mehr noch, eine kleine Gruppe ehemaliger Eisenbahningenieure war nach Thailand, wie Siam nun hieß, gereist und hatte die rostige Lokomotive ausfindig gemacht, die 1944 als Erste die gesamte Strecke von Siam nach Burma zurückgelegt hatte. Sie waren dabei, die Lok instand zu setzen, denn sie hatten sich vorgenommen, sie nach Japan zu holen, vor dem Yasukuni-Schrein auszustellen und damit die heldenhafte Leistung des Bahnstreckenbaus zu würdigen.

Als er von diesem wunderbaren Plan erfuhr, begriff Tenji Nakamura, dass er, der mit so viel Gutem gesegnet war, sich nicht einmal mehr fürchten musste. Und nun, da er sich nicht mehr fürchtete, wünschte er sich, stolz sein zu können und am Stolz der anderen teilzuhaben. Tomokawas Brief bedeutete einen Wendepunkt, es war der Moment, in dem er das Joch der Angst abwarf, das er seit dem Tag am Shinjuku Rashomon mit sich herumgeschleppt hatte. Nakamura beschloss, trotz seiner Krankheit ins eisige, im hohen Norden gelegene Sapporo zu reisen, um seinen alten Kameraden wiederzusehen.

Er kam mitten im tiefsten Winter dort an, die Vorbereitungen auf das jährliche Schneefest waren in vollem Gange. Aus dem Fernsehen hatte Nakamura erfahren, dass man sich diesmal jene Monster zum Motto genommen hatte, die im japanischen Kino und Fernsehen so beliebt waren. Als er im Taxi saß und vom Flughafen zu Tomokawas Wohnung fuhr, sah er Soldaten der japanischen Selbstverteidigungsstreitkräfte an den riesigen Eisskulpturen arbeiten.

Der Fahrer bestand darauf, sie im Vorbeifahren beim Namen zu nennen: Gamera, die Feuer spuckende Schildkröte, Godzilla, Giant Robo, die Rote Kobra mit dem breiten Schädel und den vorstehenden Fangzähnen, Mothra, die riesige Motte, und Emperor Guillotine mit dem gigantischen Tentakelkopf. Nakamura konnte mit keinem der Namen etwas anfangen, doch er bewunderte die japanische Handwerkskunst und den unbeugsamen japanischen Willen, der derlei Projekte überhaupt erst ermöglichte.

Tomokawa wohnte in einem staatseigenen Hochhausblock, in dem Nakamura sich zunächst verlief. Als er die richtige Wohnung endlich gefunden hatte, zitterte er vor Kälte und weil die Suche so anstrengend gewesen war. Aber dennoch – Tomokawa! Wie gut es war, ihn wiederzusehen! Er war dicker und, wie Nakamura fand, noch kleiner als damals, aber er war immer noch der alte rübenköpfige Tomokawa – auch wenn die weiße und kahle Rübe inzwischen von unzähligen Leberflecken überzogen war, die Nakamura vage an ein Reptil denken ließen. Tomokawa war noch genauso kriecherisch wie früher, aber eben auch so offenkundig und unverhohlen entzückt, seinen ehemaligen Kommandanten wiederzusehen, dass Nakamura sich vornahm, alles, was er früher ärgerlich gefunden hatte, ab sofort liebenswert und charmant zu finden.

Tomokawas Frau war noch kleiner als ihr Mann und litt unglücklicherweise an einem starken Unterbiss, weshalb man, wenn sie sprach, den Eindruck bekam, sie kaue auf den Worten herum. Trotzdem oder gerade deswegen war sie eine selbstbewusste Frau, ein bisschen zu selbstbewusst für Nakamuras Geschmack; doch dann beschloss er, ihre Vertraulichkeit als Herzenswärme und Freundlichkeit aufzufassen, Eigenschaften, die Frau Tomokawa zu etwas Besonderem machten.

Was für ein vielseitig begabter Mann Sie sind, sagte Frau Tomokawa und führte ihn ins Wohnzimmer, das im westlichen Stil eingerichtet war, inklusive zweier großer, weich gepolsterter Ohrensessel. Ein Soldat, ein Geschäftsmann und ein Hokusai noch dazu!

Tenji Nakamura verbarg seine Verwirrung hinter einem Lächeln und fragte sich, ob sie auf den unsterblichen Künstler angespielt oder nur ein halbes Wort zerkaut hatte. Nichts von beidem traf zu.

Zeichnen Sie immer noch?

Sie zeigte Nakamura eine Postkarte von der Armee. Auf der Rückseite war Tomokawa abgebildet, wie er 1943 beim Bau der Eisenbahn ausgesehen hatte. Ganz offensichtlich glaubte Frau Tomokawa, Nakamura hätte ihn gezeichnet, fanden sich doch auf derselben Karte ein Gruß von Nakamura und die kurze Nachricht, Tomokawa erfreue sich bester Gesundheit.

Der Tag draußen war schwarz, der Himmel von Schneewolken bedeckt.

Verzeihung, sagte Nakamura, aber ich muss mich kurz ausruhen.

Er bat darum, sich setzen zu dürfen. Den Polstersessel fand er in spiritueller Hinsicht grobschlächtig und in praktischer unbequem; darin zu sitzen fühlte sich an, wie von einem Monster umfangen und zerquetscht zu werden. Die Reise war anstrengender gewesen, als er je für möglich gehalten hätte, und das Morphium, das er extra herunterdosiert hatte, um auf seiner Reise bei klarem Verstand zu sein, schien ihn noch mehr zu beeinträchtigen als sonst.

Er spürte einen seltsamen Sog, eine Entfremdung, die nicht unangenehm war, und gleichzeitig wurde ihm jedes Geräusch im Zimmer überdeutlich bewusst, jeder Geruch und sogar die Bewegungen der Luft. Die Möbel erwachten zum Leben, auch der elende Sessel, und auf einmal bekam er das Gefühl, alles zu verstehen. Wann immer er dieses Gefühl jedoch in Worte fassen wollte, löste der Gedanke sich auf. Auf einmal wollte er nur noch nach Hause, er wusste aber, das war erst möglich, wenn er den Besuch bei den Tomokawas in aller Förmlichkeit hinter sich gebracht hätte. Er hielt die Augen geschlossen und wurde sich verwundert der Tatsache bewusst, dass die Welt ringsum belebt war; und gerade, als er sich der Freude darüber hingeben wollte, merkte er, dass er nun zu sterben begann.

3

Als Dorrigo Evans seine mittleren Jahre erreichte, wirkte alles an ihm übergroß und überspannt, als wäre er in jeder Hinsicht überzeichnet und überladen; als hätte man, wie Ella zu sagen pflegte, die Lautstärke auf Anschlag gedreht. Er war unglaublich präsent, blieb dabei jedoch seltsam distanziert und betrachtete alles mit kritischem Blick. Für seine Bewunderer war das ein Zeichen von Charme und Eleganz. Für seine Kritiker belegte es einmal mehr seine ärgerliche Abgehobenheit. Dorrigo hatte sich eine männliche Entschlossenheit bewahrt, die im Zusammenspiel mit seiner Körpergröße und der stets leicht vorgebeugten Haltung von vielen Leuten mit Würde verwechselt wurde. Er war nicht undankbar für die Verwechslung, die sich als eine weitere Maske nutzen ließ.

In den Jahrzehnten nach dem Krieg spürte er zunehmend, wie seine Lebensgeister sich zur Ruhe legten. Obwohl er immer wieder versuchte, sie durch zahllose, manchmal sogar parallel laufende Affären, durch Wutausbrüche, zielloses Mitgefühl und waghalsige Operationen aufzuwecken, gelang es ihm nicht. Seine Lebensgeister schlummerten weiter. Als Arzt bewunderte er die Wirklichkeit und versuchte, in ihr zu leben. Doch in Wahrheit bezweifelte er ihre Existenz. Er war in einem pharaonischen System versklavt gewesen, an dessen Spitze zudem ein Sonnengott gethront hatte, und insofern war die Einbildung für Dorrigo die größte Kraft im Leben. Die Gegenwart erschien ihm wie eine monumental große Erfindung, in der alles Unwichtige – beruflicher Ehrgeiz, das persönliche Streben nach Status, die Farbe der Tapete, die Größe eines Büros, der reservierte Parkplatz – die höchste Beachtung fand, wohingegen das Wichtige – Vergnügen, Freude, Freundschaft, Liebe – als nebensächlich abgetan wurde. Was ihn meistens langweilte und ganz generell misstrauisch machte.

Er fürchtete sich nicht mehr vor beengten Räumen, Menschenmengen, Straßenbahnen, Zügen, vor allem also, was ihn einwärtsdrängte und ihm das Licht abschnitt, doch er entwickelte einen Blick für die vielen anderen Dinge, die zwischen ihm und dem Licht standen. Er hatte zu viel gesehen, um sich vor jenem Alltagsbalast, der Abende, Tage, Jahre und manchmal auch den Großteil des Lebens verstopfte, wirklich zu fürchten. Aber er langweilte sich.

Er langweilte sich auf Gedenkfeiern, Spendensammelmatineen, Wohltätigkeitsveranstaltungen, Cocktailpartys und angesichts des schwindelerregenden Horrors sämtlicher Dinnerpartys, die er besuchte. Später langweilte er sich bei Zusammenkünften des Krankenhaus- oder Collegevorstands, auf

Charity-Veranstaltungen oder auf sonstigen Gesellschaften, zu denen er als Schirmherr eingeladen war.

Das alles langweilte ihn. Ella langweilte ihn. Ellas Freunde langweilten ihn. Zu Hause bekam er Kopfschmerzen. Er war von sich selbst gelangweilt. Die zunehmenden Routineeingriffe langweilten ihn, obwohl er wusste, dass ein verantwortlicher Chirurg nach genau dieser Routine zu streben hatte; denn in der Nichtroutine kam es zu Komplikationen, alles lief schief, das Leben der Patienten wurde ruiniert und zu selten gerettet. Ihn langweilte der Sex mit seinen Affären, vermutlich verfolgte er sie nur deswegen umso inbrünstiger. Irgendwo musste es doch jemanden geben, der seine Erstarrung aufbrechen und seine Lebensgeister wecken könnte. Gelegentlich verstand eine der Frauen ihn falsch und begann, von einer gemeinsamen Zukunft zu träumen. Von derlei krankhafter Romantik heilte er die jeweilige Dame dann schnell. Woraufhin sie glaubte, er interessiere sich nur für das Körperliche, wo ihn in Wahrheit nichts weniger interessierte.

Er musste an die Bestrafungsmethoden der alten Griechen denken, die den Verurteilten kurz vor dem heiß ersehnten Ziel scheitern ließen. Sisyphos wälzte seinen Stein auf den Berg, nur damit er wieder herunterrollte, er musste an den Fuß des Berges hinuntersteigen und die Übung am nächsten Tag wiederholen. Der bis in alle Ewigkeit hungernde, dürstende Tantalus musste in einem Teich stehen und zusehen, wie das Wasser zurückwich, wann immer er sich danach bückte, er musste sehen, wie die Zweige über seinem Kopf vom Wind angehoben wurden, sobald er eine Frucht pflücken wollte. Vielleicht sah so die Hölle aus, dachte Dorrigo Evans, eine ewige Wiederholung des persönlichen Scheiterns. Vielleicht war er schon mittendrin. So wie Sokrates die unsterbliche Seele entdeckte, als er vom Schierlingsbecher trank, entdeckte Dorrigo die wahre Liebe in der Abwesenheit des geliebten Objekts: in allen Frauen also, die nicht Amy waren.

Als seine Manneskraft nachließ, verlegte er sich auf eine

theatralische Sinnlichkeit, die er noch öder fand als den eigentlichen Akt. Es war lächerlich und komisch, doch bei den Treffen der besseren Melbourner Gesellschaft, die nun sein Milieu war, konnte er natürlich nicht darüber sprechen. Gern hätte er zusammen mit den anderen über sich selbst gelacht, aber das war unmöglich.

Tief in ihm, er wusste es genau, schlummerte ein großer, unerklärlicher Aufruhr, an den er nicht herankommen konnte, dieser Aufruhr war ein Vakuum und zugleich sein Sammelplatz für Unerledigtes. Er trank – warum auch nicht? Morgens im Tee einen Schluck Whisky, ein paar Gläser Wein zum Mittagessen, vor dem Dinner den einen oder anderen Negroni (eine Angewohnheit, die er während der Besatzung Kobes von einem amerikanischen Major übernommen hatte), zum Essen selbst noch mehr Wein und danach Weinbrand und Whisky, gefolgt von mehr und noch mehr Whisky. Immer unvorhersehbarer und unkontrollierbarer wurden seine Launen, manchmal wurde er richtiggehend giftig. Wie ein Löwe im Winter verletzte er Ella durch seine Kommentare und seine allumfassende Gleichgültigkeit, und ihre Zuneigung und ihre Geschäftigkeit brachten ihn auf. Nach der Beerdigung ihres Vaters hatte er sie ohne jeden Grund angeschrien. Er wollte sie lieben, er wünschte sich, er könnte sie lieben; manchmal fürchtete er, dass er sie liebte, aber nicht so, wie ein Mann seine Frau lieben sollte. Er wollte sie gewaltsam zu derselben Erkenntnis bringen, sie davon überzeugen, dass er nicht der Richtige für sie war, sie zu einer Reaktion zwingen, die ihn aus dem Tiefschlaf holen würde. Er wartete auf eine Erlösung, die niemals kam. Ellas Verletztheit, ihr Leid, ihre Tränen und ihre Traurigkeit beendeten den Winterschlaf seiner Seele nicht, sie vertieften ihn nur.

4

Ein Leben ohne Liebe wäre für Ella unvorstellbar gewesen. Sie war von ihren Eltern geliebt worden und hatte sie heftig zurückgeliebt. Ella war grundsätzlich auf der Suche nach jemandem, den sie mit ihrer Liebe übergießen konnte. Sie hörte sich Dorrigos Probleme mit seiner Arbeit im Krankenhaus an, sie trauerte mit ihm, wenn er einen Patienten verloren hatte. Sie stand ihm bei seinen Auseinandersetzungen mit den idiotischen Bürokraten zur Seite, die seiner Ansicht nach nicht nur sein Ende, sondern das Ende des australischen Gesundheitswesens im Allgemeinen bedeuteten. Sie ärgerte sich mit ihm gemeinsam über die Chirurgen, die seine Methoden kritisierten.

Sie war zu einer atemberaubend schönen Frau herangereift; das rabenschwarze Haar war noch auffälliger, jetzt, da sie es färbte. Ihr Teint war dunkel, andere Frauen bewunderten sie für ihren Stil und ihre Eleganz, für ihre Sensibilität und ihr angenehmes Wesen. Ob es nun an ihrer kurvigen Figur lag oder an ihrem strahlenden Teint – es ging eine Lebendigkeit von ihr aus, die ihr Alter Lügen strafte. Die Männer mochten ihr Aussehen, ihre Art, sich zu bewegen, den Anblick ihrer gebräunten Beine im Sommer, das aufmerksame Lächeln, mit dem sie ihnen zuhörte. Ihr einziger Makel war eine sanft aufwärtsgerichtete Nasenspitze, die sie aus bestimmten Winkeln wie eine Karikatur ihrer selbst erscheinen ließ. Die meisten Leute übersahen das. Im Laufe der Jahre sah Dorrigo es hingegen immer deutlicher, bis er irgendwann – morgens nach dem Aufwachen oder wenn er von der Arbeit nach Hause kam – nichts anderes mehr sah.

Sie glaubte so fest an Dorrigo und an Dorrigos Leben, dass sie seine Meinung nachplapperte, als wäre es ihre eigene, und wann immer sie das tat, war er zutiefst frustriert. Diese gottverdammten Bürokraten, sagte sie dann, die bringen nicht nur den Patienten den Tod. Manchmal erging sie sich detailliert über die medizinische Unwissenheit irgendeines dummen Chirurgen.

Wenn er sie so reden hörte, sah er nichts als ihre Nasenspitze, die ihr vormals so hübsches Gesicht in seinen Augen lächerlich aussehen ließ, und dann dachte er bei sich, dass sie eigentlich gar nicht hübsch war, sondern irgendwie seltsam aussah. Und wann immer sie etwas wiederholte, das er selbst vor einem Monat oder einer Woche gesagt hatte, wunderte er sich gleichermaßen über die Banalität seiner Aussage und über die Loyalität, mit der Ella seine offensichtlich dummen und abgedroschenen Worte wiederholte. Hätte sie jedoch gewagt, eine seiner Aussagen als banal oder abgedroschen zu kritisieren, wäre er wütend geworden. Er wollte ihre Zustimmung, aber sobald er ihren bedingungslosen Zuspruch erfuhr, verachtete er sie dafür.

Mit den Kindern stimmte sie ebenfalls in allem überein, was Dorrigo zusätzlich reizte.

Unser Job ist es, die Kinder zu erziehen, sagte er, und der Job der Kinder ist es zu leben.

Nachdem er das ausgesprochen hatte, versuchte er, seine Gereiztheit zu verbergen. Er musste den Blick abwenden, um nicht an Ellas Nasenspitze hängen zu bleiben.

Da bin ich deiner Meinung, sagte sie. Ich bin ganz und gar deiner Meinung. Wozu sind wir als Eltern da, wenn nicht dazu, sie zu erziehen?

Dorrigo, die Kinder, ihre Freunde und ihre große Familie – sie alle existierten nur, um die Welt für sie zu deuten. Ohne sie wäre die Welt nur halb so interessant und groß gewesen. Falls sie sich von Dorrigo Liebe ersehnt hatte und falls ihre Hoffnung enttäuscht worden war, nahm sie das nicht zum Anlass, ihn weniger zu lieben. Das Problem war ja gerade, dass sie ihn liebte. Ihre Liebe war unvernünftig und würde sich keiner Vernunft beugen. Ihre Liebe sehnte sich danach, erwidert zu werden, doch sie setzte es nicht voraus.

Nur wenn er nachts nicht nach Hause kam, lag sie wach

und konnte nicht schlafen. Wenn sie dann an ihre Beziehung dachte, wurde sie von Trauer überwältigt. Sie mochte eine vertrauensselige Person sein, aber sie war nicht dumm. Sie wiederholte seine Worte und übernahm seine Ansichten nicht, weil sie keine eigenen gehabt hätte, sondern weil es ihre Natur war, in der Liebe zu anderen zu leben. Was war die Welt ohne Liebe? Ohne Liebe gäbe es nur Objekte, Sachen, Licht, Dunkelheit.

Diese verdammten Bürokraten. Blöde Chirurgen. Ach wirklich, dieser arme, arme Mann, sagte sie. Immer wieder. Und dann weinte sie, bis keine Tränen mehr kamen.

5

Ein paar Minuten lang sagte Tenji Nakamura gar nichts. Er versuchte, sich an das Japan zu erinnern, an das er vor dem Krieg geglaubt hatte; ein schönes, vornehmes Japan, stark und heiter, ein Japan, dem er aus tiefstem Herzen und mit reiner Seele dienen wollte. Doch etwas belastete ihn, wenn er an jenen Tag zurückdachte, an dem der Kriegsgefangene ihn und seine Leute in Siam porträtiert hatte. Was es war, konnte er nicht sagen; seine schwache Erinnerung und das Morphium sorgten dafür, dass er jeden neuen Gedanken sofort wieder vergaß. Er musste an die Monster aus Eis und Schnee denken, die sich da draußen über die Stadt erhoben, gefrorene Monster, an denen er auf dem Weg zu Tomokawa vorbeigefahren war, Eismonster, an denen er auf dem Rückweg zum Flughafen noch einmal vorbeimüsste. Er merkte, dass Tomokawa mit ihm sprach, er versuchte, sich zu konzentrieren, aber mittlerweile waren die Monster überall, sogar hier in diesem Zimmer.

Wissen Sie, sagte Tomokawa, der auf einmal wie das Monster Gamera aussah, anfangs hatte ich fürchterliche Angst, als Kriegsverbrecher verhaftet zu werden. Und gleichzeitig habe ich mir gedacht: Es ist ein Witz! Weil für die Alliierten allein das zählte, was wir den Gefangenen angetan haben.

Nakamura konnte Tomokawas Stimme hören, sah jedoch eine Schildkröte, aus deren Maul Flammen schlugen.

Und wenn ich daran zurückdenke, was wir mit den Chinesen in Mandschukuo gemacht haben, sagte die Schildkröte, während Asche auf die Möbel regnete. Und welchen Spaß wir mit ihren Frauen hatten!

Nakamura wurde hellhörig und sah sich betreten um, doch Frau Tomokawa war in der Küche und außer Hörweite.

Nun, ich bin mir sicher, Sie können sich an alles erinnern, sagte die riesige Schildkröte, die, Nakamura erinnerte sich, eigentlich Tomokawa war. Also, diese Kriegsgefangenen hatten es vergleichsweise gut, sie sollten stolz sein auf das, was wir zusammen für die Eisenbahn geleistet haben. Und uns dafür dann zu hängen, aber die Verbrechen an den Chinesen zu ignorieren? Wirklich, das widerspricht doch jeder Logik. Das ist jedenfalls meine Meinung.

Frau Tomokawa kam mit dem Essen ins Wohnzimmer zurück, und Tomokawa, der auf einmal wieder menschlich aussah, wechselte das Thema. Nakamura musste jedoch die ganze Zeit an Tomokawas Worte denken und wie viel gesunder Menschenverstand daraus sprach. Sie hatten in fünfzehn Monaten eine Eisenbahnlinie gebaut, von der die Engländer behauptet hatten, sie werde sich in einem fünfmal so langen Zeitraum nicht bauen lassen. Er rieb sich den Hals, der neue Knoten war heute gewachsen, wenigstens kam es Nakamura so vor, er meinte, das Knotenwachstum zu spüren, Stunde um Stunde und Minute um Minute fraß es ihn auf. Wenn er sich anstrengte, gelang es ihm tatsächlich, an etwas anderes zu denken – an den Krieg, der ebenfalls in ihm wucherte.

Sie hatten den Hunger, die Krankheit und die Luftangriffe der Alliierten überlebt. Es war nicht einfach, kranke Menschen zur Arbeit zu zwingen, aber hätten sie die Eisenbahn allein mit der Hilfe der wenigen Gesunden bauen sollen? Nakamura wusste, dass man ihm seinerzeit den Tod von etwa dreihundert Kriegsgefangenen und Zwangsarbeitern vorgeworfen hatte. Wie viele waren es tatsächlich gewesen? Er hatte keine Ahnung.

Trotzdem hatte er in einem endlosen Dschungel, in dem die Transportmöglichkeiten beschränkt und Krankheit und Tod ihre täglichen Begleiter gewesen waren, selbstlos und ehrenvoll seinen Dienst geleistet. Die Eisenbahn war ein Triumph des japanischen Volkswillens gewesen. Der Wille hatte in einem Kampf gesiegt, dem die Europäer sich trotz ihrer ganzen Technologie nicht gestellt hatten. Da sie seinerzeit nicht in der Lage gewesen waren, die Eisenschienen selbst herzustellen, hatten sie Schienen auf strategisch unbedeutenden Strecken überall im Kaiserreich abmontiert – in Java, Singapur und Malaya – und nach Siam gebracht. Weil ihnen schwere Baumaschinen fehlten, hatten sie sich auf das besonnen, was der menschliche Körper unter Zwang zu leisten vermochte. Es hatte nicht in Nakamuras Macht gelegen, das Sterben zu verhindern, denn die Eisenbahn des Kaisers musste gebaut werden und hatte auf keine andere Weise gebaut werden können. Traurig und auch mit einem Gefühl der Erhabenheit dachte er an all die Kameraden zurück, die er und Tomokawa verloren hatten, all jene, die im Dschungel gestorben waren, und jene, die später von den Amerikanern gehängt wurden.

Seine Gedanken rasten dahin und katapultierten ihn zurück in seine Jugend, und auf einmal fand er sich an der Seite eines Kindes wieder, das in völligem Einklang mit der unausgesprochenen natürlichen Ordnung lebte. Gleichzeitig wusste er, dass er nicht mehr dieses Kind war, er hatte irgendwie, irgendwann mit dem Weltverständnis des Kindes gebrochen. Wieder hörte er Ikukos Stimme, sah ihr aufreizend träges Lächeln und wurde von einer Beschämung ergriffen, die auch Angst war. Alles, was er für wahr und richtig gehalten hatte, erwies sich als falsch und unwahr, er selbst eingeschlossen. Wie war das möglich? Wie hatte sein Leben diese Wendung nehmen können? Auf einmal fürchtete er sich vor dem bevorstehenden Tod, nicht, weil es dann vorüber wäre, sondern weil er nie so gelebt hatte, wie er hatte leben wollen. Tenji Nakamura konnte nicht verstehen, wie es dazu gekommen war.

Er verstand nur, dass die Güte, die seine Töchter und seine Frau ihm unterstellten, die Güte, die einer Spinne das Leben gerettet hatte, dieselbe unerschütterliche Güte war, aus der heraus er sein Leben trotz aller Leiden und Bedenken dem Kaiserreich und dem Kaiser gewidmet hatte. Und diese Güte hatte nichts mit Ikukos geduldiger Pflege zu tun, nichts damit, zwei Stunden früher aufzustehen und ihre Finger an seine Wange zu legen. Es war eine andere Güte, und der Kaiser verkörperte sie, jetzt und in Zukunft. Für das Reich und den Kaiser hatte Nakamura das Blut anderer Menschen vergossen, er hätte sich ohne Zögern selbst geopfert. Er sagte sich, dass er im Licht dieser kosmischen Güte nicht ein einzelner Mann war, sondern viele; dass er in der Lage war, schreckliche Dinge zu tun, Dinge, die er als böse verurteilen würde, hätte er nicht gewusst, dass sie im Dienst der ultimativen Güte geschehen waren. Er liebte die Lyrik mehr als alles andere, und der Kaiser war ein Gedicht in einem einzigen Wort – vielleicht, dachte er, das größte aller Gedichte –, ein Gedicht, das das ganze Universum einschloss und jede Moral und jedes Leid überstieg. Wie alle große Kunst war dieses Gedicht jenseits von Gut und Böse.

Und doch. Obwohl er die Einsicht zu verdrängen versuchte, stand das Gedicht für Entsetzen, Monster und Leichen. In sich selbst hatte er eine unerschöpfliche Fähigkeit entdeckt, Mitleid im Keim zu ersticken und spielerisch grausam zu sein, was ihm, ehrlich gesagt, sogar gefiel, denn kein Menschenleben reichte in seinem Wert an diese kosmische Güte heran. Doch ganz kurz, während Tomokawas Sessel ihn verschlang, fragte er sich: Was, wenn das alles nur die Maske des unvorstellbar Bösen gewesen war?

Die Vorstellung war zu entsetzlich, um nicht sofort verdrängt zu werden. In einem seiner letzten hellen Momente erkannte Nakamura, dass die entscheidende Schlacht seines Körpers nicht zwischen Leben und Tod stattfand, sondern zwischen seinem Traum von sich als gutem Menschen und dem Albtraum aus Eismonstern und lebenden Leichen. Er mobilisierte denselben eisernen Willen, der ihm im Dschungel von Siam, in den Ruinen von Shinjuku und in der Japanischen Blutbank so gute Dienste erwiesen hatte, und beschloss, sein Lebenswerk fortan als das eines guten Mannes zu betrachten.

Er wurde heiter. Er hatte all seine Kräfte für das Kaiserreich und den Kaiser eingesetzt. Er wollte seinen Kindern sagen, dass er in Frieden gehen, bereitwillig ins Land der Toten eintreten würde, wo seine Eltern und seine Kameraden ihn erwarteten. Dennoch fiel es ihm zunehmend schwer, an der Vorstellung seiner Güte festzuhalten. Fast schon wäre sie zusammengebrochen, aber da berührte ihn Ikuko, ihre Haut war für ihr Alter noch glatt, ihr Lächeln so einfältig wie immer, und instinktiv begriff er, dass er nichts von ihrer Güte in sich hatte. Er versuchte, an das Gute in seinem Leben zu denken – abseits vom Willen des Kaisers, von Befehlen und Autoritäten –, aus dem sich eine neue Vorstellung von Güte zusammensetzen ließe, zum Beweis eines guten Lebens. Er konnte sich daran erinnern, dass er angesichts einer Bestrafung verzweifelt gewesen war und außerdem einem australischen Arzt Chinin angeboten hatte. Doch diese Erinnerungen wichen einer allumfassenden Hoffnungslosigkeit, Bilder von Skeletten zogen auf, die durch Regen und Schlamm robbten, und auf einmal tauchten die kriechenden Wesen überall im Zimmer auf, zwischen den Monstern, in unablässigem Regen und flackerndem Höllenfeuer. Tenji Nakamura wusste, dass die Männer in diesen schrecklich zugerichteten Körpern sich den Tod ebenso wenig herbeigewünscht hatten wie jetzt er.

Erinnern Sie sich an diesen Maler, den es im Lager gegeben hat?, fragte Tomokawa. Ich habe ihr schon oft gesagt, dass nicht Sie die Karte gezeichnet haben, aber sie hört einfach nicht zu. Der Mann war Australier. Er war ständig mit diesem

Sergeanten zusammen. Dem, der abends immer gesungen hat. Diese Horrorgeschichten, die sie über uns verbreiten! Die Gefangenen haben gesungen, so schlimm kann es nicht gewesen sein.

Wie wir gelebt haben, dachte Nakamura.

Das war die glücklichste Zeit meines Lebens, sagte Tomokawa.

In Nakamuras Gedanken fegte schwerer Schnee durch die Welt, ein endloser Schneefall, der alles auslöschen würde. Bald würde er sterben, alles Gute und Böse würde nicht mehr zählen. Die Monster würden schmelzen und in den schwarzen Ozean fließen. Für einen kurzen Augenblick meinte er, DDT zu riechen, und dann sah er viele Bilder: Sato am Go-Brett, wie er den Kopf hebt und etwas sagen will, Läuse, die aus den Haaren eines toten Jungen fliehen, ein Mann, weniger als ein Mann, zusammengerollt im Matsch auf einer Lichtung im Dschungel. Ihn beschlich das Gefühl, das Schicksal sein ganzes Leben lang getäuscht zu haben. Sein Körper zuckte, er wachte auf. Er wusste nicht, wie lange er geschlafen hatte.

Etwas Karpfensushi, Kommandant?, fragte Frau Tomokawa auf ihre eigentümliche Art, halb sprechend, halb kauend.

Nakamura war ohne jedes Gefühl, doch sein Körper zitterte, wie die Krankenhauswaage unter dem Herz des Amerikaners gezittert haben musste.

Ich habe ihn auf dem Markt gekauft. Er ist ziemlich salzig, aber wir mögen unser Karpfensushi salzig.

Nakamura schüttelte den Kopf.

Im darauffolgenden Frühjahr erhielten die Tomokawas eine Karte von Frau Nakamura. Ihr Mann war gestorben. Sie schrieb nichts von seinen Wutausbrüchen, als es dem Ende zuging, von seiner Kleinlichkeit und schlechten Laune, von den heimtückischen Angriffen auf sie und die beiden Töchter, die ihn gepflegt hatten. Er hatte es nicht mehr geduldet, dass man ihm über die Wange strich oder ihn anlächelte. Stattdessen schrieb sie, dass er sich am Vorabend seines Todes – er spürte das Ende herannahen – darangemacht hatte, ein Todesgedicht zu schreiben, denn er war ein Amateurdichter gewesen und hatte der Tradition Genüge tun wollen.

Er sei bescheiden geblieben bis zum Schluss, schrieb Frau Nakamura. Er plagte sich stundenlang herum, aber dann meinte er, er sei zu geschwächt durch die Krankheit und außerstande, das Todesgedicht von Hyakka zu übertreffen. Jenes Todesgedicht bringe alles zum Ausdruck, was er fühle, nur auf schönere Weise. Frau Nakamura fügte hinzu, sie habe den Eindruck, ihr Mann habe sich zuletzt von seiner winterlichen Reise nach Sapporo inspirieren lassen; aus diesem Grund schicke sie den Tomokawas eine Kopie. Als er starb, sei seine Familie bei ihm gewesen, schloss Frau Nakamura. Er sei ein sanftmütiger Mann gewesen, dem selbst das Leid der Tiere nahegegangen sei. Er sei in dem Wissen gestorben, ein glückliches und erfülltes Leben geführt zu haben.

Frau Tomokawa nahm das zweite Blatt, auf dem das Todesgedicht stand, und las ihrem Mann vor:

Das Eis des Winters
zerschmilzt zu klarem Wasser –
klar ist auch mein Herz.

6

Manchmal denke ich, er ist der einsamste Mensch auf der Welt, sagte Ella Evans bei der Dinnerparty für das Präsidium des Chirurgenkollegs. Alle lachten. Der gute alte Dorry?, dachten sie wahrscheinlich. Der beste Freund von allen? Der heimliche Schwarm aller Frauen?

Und er begriff, dass sie Bescheid wusste. Er war einsam in seiner Ehe, er war einsam mit den Kindern, einsam stand er im OP, und einsam saß er in den Vorständen der zahlreichen medizinischen, sportlichen und wohltätigen Vereine und Veteranenverbände. Er war sogar einsam, wenn er vor tausend ehemaligen Kriegsgefangenen eine Rede hielt. Eine abgekämpfte Leere umhüllte diesen für seine Geselligkeit berüchtigten Menschen. Es war, als lebte er bereits in einer anderen Welt, in der er ständig aus einem Traum erwachte und wieder darin versank – oder in einem Albtraum, wer wusste das schon. Er war ein Leuchtturm, dessen Feuer sich nicht neu entfachen ließ. Im Traum hörte er seine Mutter aus der Küche rufen: Junge, komm her, Junge. Aber wenn er hinüberging, war alles kalt und dunkel, die Küche bestand aus verkohlten Holzbohlen und Asche, ein Gasgeruch hing in der Luft, niemand war zu Hause.

Doch seine Ehe war für Dorrigo Evans keine Einöde. Ganz im Gegenteil. Zum einen gestattete er sich nicht, seine Ehe vor sich selbst für gescheitert zu erklären oder zu denken, dass er Ella niemals geliebt hätte. Zum anderen war es so wie in allen arrangierten Ehen, auch wenn sie die ihre zugegebenermaßen selbst arrangiert hatten: Sie arbeiteten an ihrer Liebe. Als er Ella kennengelernt hatte, waren alle vom Heiraten besessen gewesen, weshalb er sie nur durch das Prisma der potenziellen Ehefrau gesehen hatte. In seiner jugendlichen Vorstellung war die Liebe mehr oder weniger dasselbe gewesen wie die Ehe, zusätzlich ausgeschmückt mit dem Samtbrokat von Gedichtversen. Und als Frau eines Mannes, der es einmal weit bringen würde, war Ella ihm perfekt erschienen: liebevoll, zugewandt, noch mehr an seinem Aufstieg interessiert als er selbst. Ella hielt sich an die Konventionen und passte sich der Literatur an. Genau das hielt er für Liebe. Schon bald nach der Hochzeit hatte sich das geändert, es war ihm nur noch sehr wenig vorgekommen, aber er hatte sich damit abfinden können.

Eine Zeit lang, als Ellas Körper sich während der Schwangerschaften in immer ausladenderen Kreisen vergrößerte, erschienen ihm ihre vollen Brüste und dunklen Brustwarzen wundersam, ihre Gedanken unerwartet, ihre Aura seltsam und ganz und gar nicht langweilig, und da hatte er sie sehr geliebt. Bevor die Summe seiner Ehebrüche dazu führte, dass sie es nicht mehr ertrug, das Bett mit ihm zu teilen, genoss er es, an ihren Rücken heranzukriechen, sie zu riechen und eine Ruhe zu finden, die er nirgendwo sonst fand. Er machte sich nicht die Mühe, ihr zu erklären, dass Sex in seinen Augen keine Untreue war, neben jemandem einzuschlafen hingegen schon. Er schlief kein einziges Mal neben einer anderen Frau ein.

Seine drei Kinder – Jessica, Mary und Stewart – liebte er umso mehr, je weiter er von ihnen entfernt war. Seine Haltung war eine von wohlmeinender Vernachlässigung; er hatte nicht damit gerechnet, dass sie seine Beziehung zu Ella untereinander nachspielen würden. Die Feindseligkeit und Kälte zwischen den Geschwistern konnte er manchmal kaum ertragen; es brach ihm das Herz, er hoffte, dass es vorüberginge, er flehte sie an, nicht so grausam und gedankenlos zu sein, wenn sie die Grausamkeit und Gedankenlosigkeit imitierten, die er Ella gegenüber an den Tag legte. Er sah ein, dass er ein unfähiger Vater war, doch er blieb auf seinem Kurs, so wie in allen anderen Angelegenheiten. Er fragte sich manchmal, ob er es darauf anlegte, sich selbst zu verletzen.

Am besten kamen er und Ella miteinander aus, wenn sie in Gesellschaft waren, bei diesen Gelegenheiten fanden sie den anderen bewundernswert – oder sogar, wie er Ella einmal bei einer Dinnerparty sagen hörte, anbetungswürdig. Anbetungswürdig! Er bewunderte und bemitleidete sie dafür, an seiner Seite zu stehen. Einmal hörte er sie zu ihren Freundinnen allen Ernstes sagen, dass der Krieg und die Gefangenschaft ihn nicht losließen. Anscheinend wollte sie eine tragische Figur aus ihm machen, und er, der wahre Tragödien gesehen hatte, ärgerte sich über ihre Naivität und ihre Theatralik. Er wünschte sich, sie würde ihn einfach als das beschimpfen, was er war – ein Schwein. Aber das wäre zu direkt für Ella gewesen, außerdem liebte sie ihn auf ihre Weise, sie weigerte sich, ihn aufzugeben, lange nachdem er sich selbst aufgegeben hatte. Sie ließ sich die

Haare schneiden wie Françoise Hardy und rauchte lila Sobranies in dem Versuch, schick und fremd und möglicherweise verführerisch auf ihn zu wirken. Ihre Zerbrechlichkeit, in seinen Augen ihre interessanteste Eigenschaft, legte sie trotz allem nicht ab, sondern verbarg sie hinter einer parfümierten Rauchwolke, die er einfach nur scheußlich fand.

Was willst du?, fragte Ella und nahm sich die Sobranie aus dem Mund, und auf diese Frage hatte er keine Antwort. Und wenn er dann log und sagte, *nichts*, oder wenn er sagte, *Klarheit*, oder *dich* oder *uns*, antwortete sie: Aber was willst du wirklich, Alwyn? Sag, es mir, was? Was?

Ja, was denn eigentlich?

Ist es das Körperliche, der Sex, ist es deswegen?, fragte sie, und ihre Abgeklärtheit verletzte ihn mehr, als jede Wut ihn hätte verletzen können. Willst du dir die Hörner abstoßen? Ist es das, was du willst?, fragte sie.

Ihre Ruhe, ihre giftige Unverblümtheit, ihre unermessliche Trauer – hatte er sie so weit gebracht?

Geht es dir immer nur um das eine?, fragte Ella und atmete noch mehr Sobranie-Qualm aus. Ist es das?

Wie sehr er diesen Qualm hasste. Er fürchtete, sie derb gemacht zu haben, sie, die alles andere als derb gewesen war. Er dachte an die Mechanismen der Welt, in der alles so geregelt war, dass die Zivilisationen kollektiv Verbrechen begehen durften, für die ein einzelnes Individuum lebenslang ins Gefängnis gegangen wäre. Er dachte daran, dass die Leute diese spezielle Ungerechtigkeit ignorierten, indem sie sie entweder hinnahmen und zum Tagesgeschäft erklärten oder sich in einen von der Zivilisation unberührten Raum zurückzogen, den sie ihr Privatleben nannten. Und je stärker sie in der Verborgenheit ihres Privatlebens gegen die Regeln der Zivilisation verstießen, desto freier fühlten sie sich. Doch es funktionierte nicht; niemand konnte sich von der Welt lossagen. Geteiltes Leben ist geteilte Schuld. Nichts konnte ihn von dem reinwaschen, was er fühlte. Er sah Ella an.

Ist es das?, fragte sie.

Nein, das ist es nicht, sagte er.

Seine Antwort klang gestelzt und unglaubwürdig, für beide; schlimmer noch, sie klang schwach. Ella schüttelte nur den Kopf. Egal, was sie behauptete, sie zog eine starke Lüge immer der schwachen Wahrheit vor.

Neben der neuen Unverblümtheit hatte sich Ella im mittleren Alter angewöhnt, schweres Parfum zu benutzen. Vermischt mit dem Mief der Sobranies entstand ein Aroma, das er exotisch, manchmal sogar erotisch fand, aber meistens – und immer öfter – nur abgestanden und bedrückend. Der Geruch erinnerte ihn an einen Schrank voller alter Sachen, die auf die Altkleidersammlung warteten. Wie sehr wünschte er sich, sie hätte dieses Parfum nicht benutzt, keine Sobranies geraucht und die Haare anders getragen als Françoise Hardy. Denn er begriff, dass sie sich hinter ihrer Tapferkeit, ihrem Stolz und ihrem Kummer, der so intensiv war, dass er durch das ganze Haus wehte, nur versteckte. Wenn er sich eines hätte wünschen können, dann wäre sie nicht seinetwegen so verhärtet gewesen.

7

Während der ersten Jahre mit Ella dachte er oft an Amy. Er fragte sich, was er und Amy gehabt hatten. Er wusste es nicht. Ihre Anziehung schien eine Macht jenseits der Liebe gewesen zu sein. Die erste Begegnung erinnerte er als wenig beeindruckend. Im tanzenden Staub war ihm das Muttermal über ihrer Lippe aufgefallen, aber nicht, weil er sie hübsch gefunden hätte, sondern weil der Anblick – eine Frau im staubigen Licht – so atemberaubend gewesen war. Er dachte an ihre merkwürdige Unterhaltung zurück, nicht, weil er sie geistreich gefunden hätte, sondern weil sie ihn amüsiert hatte. Er wusste noch, wie er am folgenden Tag wieder in die Buchhandlung gegangen war, um den Catull zu kaufen; an das Buch hatte er dabei mehr gedacht als an sie. Die Zufallsbegegnung zwischen ihm und der jungen Frau mit der roten Kamelie im Haar war nur eine von vielen, und er würde sie bald wieder vergessen. So hatte er damals gedacht.

In den ersten Jahren nach dem Krieg hatte er sie noch nicht ganz vergessen gehabt, eine Zeit lang war Amy immerhin sein einziger Grund zu leben gewesen; später begann sie, aus seinen Gedanken zu verschwinden. Bei dem Versuch, das Nachlassen der Erinnerung irgendwie zu verhindern, musste er betrübt feststellen, dass das Festhalten an der Vergangenheit den Verlust der noch verbliebenen Bilder nur beschleunigte. Eine Geste, einen Duft, ein Lächeln festhalten zu wollen – das bedeutete, es in eine Form zu pressen, eine Totenmaske aus Gips zu formen, die bei der ersten Berührung zu Staub zerfiel. Und während die Erinnerung im Laufe der Jahre pulverisiert wurde, entwickelte sich Ella zu seiner engsten Freundin und wertvollsten Ratgeberin. Sie besänftigte ihn, wenn er wütend war, ermutigte ihn, wenn er einem Hindernis begegnete, und ganz langsam, Ereignis für Ereignis, wurde die Erinnerung an Amy überdeckt, bis er irgendwann Schwierigkeiten hatte, sich überhaupt an sie zu erinnern. Ganze Wochen verstrichen, ohne dass er auch nur einmal an sie dachte, aus den Wochen wurden Monate. Parallel dazu sah er sich in jene unerklärliche, alles sich einverleibende Komplizenschaft des Alltags innerhalb der Ehe verstrickt – Essen, Handtücher, Tassen und Besteck, die deckungsgleichen Ziele gemeinsam verbrachter Lebenszeit.

Zwischen ihm und Ella entwickelte sich eine verschworene Nähe, als erzeugten das gemeinsame Großziehen der Kinder, die gegenseitige Unterstützung in praktischer und körperlicher Hinsicht, die Jahre und Jahrzehnte aus vertraulichen Gesprächen und intimen Gesten – der Geruch des anderen beim Aufwachen, sein unruhiger Schlaf, wenn es einem der Kinder nicht gut ging, die Krankheiten, Kummer und Sorgen, die ungebetene, unerwartete Zärtlichkeit –, als erzeuge all das eine starke

Bindung, wichtiger und herausragender als die Liebe, was immer die Liebe nun eigentlich war. Er hatte sich an Ella gebunden. Und gleichzeitig sah Dorrigo Evans sich in eine komplette und unüberwindliche Einsamkeit abgeschoben, in eine Isolation, deren klingelnde Stille er wieder und wieder durch neue Frauenbekanntschaften zu zerreißen versuchte. Selbst als seine Vitalität nachließ, ging er seinen aberwitzigen Flirts noch nach. Je halbherziger er es anging, je riskanter es war, desto größer wurde für ihn der Reiz. Aber die schmerzende Einsamkeit ließ sich dadurch nie dämpfen, nur verstärken.

So, wie aus einem Meteoriteneinschlag sehr viel später ein großer See entstehen kann, wurde Dorrigos Leben von Amys Abwesenheit geformt, sogar – oder gerade – wenn er nicht an sie dachte. Er weigerte sich strikt, Adelaide zu besuchen, selbst wenn dort wichtige Professoren- oder Veteranentreffen stattfanden. Sein Interesse an der Gartenarbeit, die er ansonsten Ella und dem Gärtner überließ, beschränkte sich darauf, nach dem Umzug in das neue Haus eine sehr große und sehr schöne Kamelie herausreißen zu lassen, zu Ellas großer Verärgerung. Seine unablässige Untreue war in gewisser Hinsicht eine Treue zu Amy, so als ehrte er Amy, indem er Ella erniedrigte. Er hätte es nie so gesehen und es entsetzt abgestritten, wenn es ihm jemand gesagt hätte, aber keine der Frauen, die er während jener Zeit kennenlernte, bedeutete ihm etwas.

Die Frauen kamen und verschwanden wieder – wütend, verwundert, verletzt. Seine Ehe ging weiter. Er setzte seine Arbeit fort, und seine Reputation wuchs. Er leitete Fakultäten, Kommissionen, nationale Gesundheitsprogramme. Er musste entdecken, dass das Wohlwollen mancher Leute in umgekehrtem Verhältnis zu ihrer Position stand, und er war verdutzt, als ein Laudator bei einem Galadinner seine verschwendeten Jahre als *schillernde Karriere* bezeichnete.

Er musste viel reisen, erlebte lange Zeiten des Überdrusses und des Wartens, unterbrochen von überflüssigen Treffen mit Leuten, die so wie er unter den Anforderungen ihres Arbeitsalltags litten. Während seiner schlaflosen Nächte in den hermetisch abgeschlossenen Hotelzimmern, die unangenehm und unvermeidlich nach Chemie rochen, fragte er sich, warum er sich immer weniger für andere Menschen interessierte. Seine Reputation wuchs weiterhin, unerklärlicherweise. Es gab Porträts in Zeitungen, Fernsehinterviews, Symposien, Gremien, unbeschreiblich langweilige gesellschaftliche Events, *bei denen er nicht fehlen durfte* und die so platt und endlos waren, dass er fürchtete, am Horizont die Erdkrümmung erkennen zu können, wenn er nur genau hinsah.

Eines späten Abends wurde er ins Krankenhaus gerufen, um eine Blinddarmoperation durchzuführen. Die junge Patientin hieß Amy Gascoigne.

Amie, amante, amour, murmelte er, als er sich die Hände schrubbte.

Die Oberschwester am Nachbarwaschbecken, die die Rezitationen des Chirurgen gewohnt war, lachte und fragte, um welches Gedicht es sich handele. Als sie den OP betraten, wurde Dorrigo Evans bewusst, dass er zum ersten Mal seit mehreren Jahren an Amy gedacht hatte.

Welches Gedicht? Das habe ich vergessen.

Er hatte Sonnenlicht gestohlen und war auf die Erde zurückgefallen. Er musste sich kurz umdrehen, seine Kollegen sollten nicht sehen, wie das Skalpell in seiner Hand zitterte.

8

In jenen Jahren näherte Dorrigo Evans sich wieder seinem Bruder Tom an. Die Beziehung wirkte als Balsam gegen die Einsamkeit, die er insbesondere zu Hause mit Ella und den Kindern empfand. Sie telefonierten einmal im Monat, und Dorrigo machte es sich zur Gewohnheit, einmal im Jahr nach Sydney zu reisen, im Winter; später hielt er sich aus beruflichen Gründen ohnehin oft dort auf. Wenn er Zeit mit Tom verbrachte, spürte er die alte geschwisterliche Nähe. Eine ungezwungene Nähe, die das meiste ungesagt bleiben ließ, in der Unbeholfenheit und Fehler nicht zählten und in der die seltsame Ahnung einer Seelenverwandtschaft durchschlug, die sich manchmal in der Form von oberflächlichstem Small Talk zeigte. Außer der Tatsache, dass sie eben Brüder waren, hatten sie fast nichts gemein, trotzdem hatte Dorrigo in der Gegenwart seines Bruders immer noch das Gefühl, Teil eines größeren Ganzen zu sein, dessen ergänzende Komponente Tom war. Ihre Treffen dienten weniger der Bestätigung ihrer selbst denn einer willkommenen Auflösung im anderen.

Ihr Vater hatte ihre Mutter nur um wenige Jahre überlebt und war 1936 an einem Herzinfarkt gestorben. Als jüngstes von sieben Kindern hatte Dorrigo mit seinen Geschwistern, die sich in den Jahren vor der Depression auf der Suche nach Arbeit über ganz Australien verstreut hatten, kaum noch Kontakt. Vier seiner Schwestern waren in die Wollspinnereien im westlichen Victoria gegangen, er hatte sie kaum kennengelernt, besuchte aber während der 1950er-Jahre sukzessive ihre Beerdigungen. Ihre Kinder und Ehemänner waren wie Fremde für ihn, dennoch half er jedem, der ihn um Hilfe bat. Als letzte Schwester starb Marcy in Melbourne an einem nicht erkannten Krebsleiden. Das war im Jahr 1962. Sie war zugleich die Älteste gewesen, und Dorrigo hatte sie ein Jahrzehnt lang finanziell unterstützt. Sein ältester Bruder Albert, der als Zuckerrohrschneider im Norden von Queensland gearbeitet hatte, war 1956 bei einer Explosion in der Zuckerraffinerie umgekommen. Tom lebte in kinderloser Ehe in Sydney und arbeitete im riesigen Eisenbahndepot von Redfern. Später als Rentner verbrachte er die Tage in seinem Gemüsegarten in Balmain und die Abende im Pub, wo er Darts spielte.

Im Februar 1967 plante Ella einen einwöchigen Urlaub in Tasmanien. Sie wollte ihre Schwester besuchen, die kürzlich mit ihrem Mann dort hingezogen war. Diese Urlaube, geplant und gebucht ohne Dorrigos Beteiligung und unter dem Vorwand, dem gemeinsamen Alltag einen Höhepunkt hinzuzufügen, bildeten den kärglichen Überrest ihres Familienlebens. Ella plante den Urlaub, Dorrigo erklärte sich einverstanden mit dem Urlaub, alle hassten den Urlaub – eine Disziplinierungsmaßnahme, die sich *Familienzeit* nannte.

Deswegen nahm Dorrigo den Anruf, der ihn am Samstag kurz vor ihrem Abflug nach Hobart erreichte, mit gemischten Gefühlen entgegen. Tom hatte einen Herzinfarkt erlitten. Einerseits machte Dorrigo sich Sorgen; andererseits war er dankbar für die Gelegenheit, sich vor den ersten Urlaubstagen in Tasmanien drücken zu können. Er flog noch am selben Abend nach Sydney, aber Tom stand selbst am Sonntag noch zu sehr unter dem Einfluss der Medikamente, als dass er sich hätte verständlich machen können. Erst am Montag bekam Dorrigo eine Gelegenheit, sich ausführlicher mit ihm zu unterhalten.

Tom erzählte, der Herzinfarkt habe ihn im Kent Hotel ereilt, er habe gerade ein Bull's Eye werfen wollen.

Ein Bull's Eye?

So gut wie sicher, sagte Tom. Das Ganze war allerdings verdammt peinlich. Da in einer Pinkelpfütze auf dem Boden zu liegen, den Pfeil in der Hand ... Mir wäre lieber gewesen, wenn es irgendwo anders passiert wäre, daheim im Tomatenbeet zum Beispiel.

Sein Bruder war ungewöhnlich gesprächig, und schon bald plauderten sie über ihre Kindheit in Tasmanien. Tom verfügte über einen endlosen Vorrat an Cleveland-Anekdoten. Dorrigo kannte ein paar, viele hatte er nie gehört. Doughy Yates' Name fiel, und Tom erzählte, wie Doughy immer damit geprahlt hatte, er könne schneller rennen als die Eisenbahn. Als er herausgefordert wurde, zog er sich bis auf die lange Unterhose aus und rannte neben dem Expresszug her, der von Launceston nach Hobart fuhr, durch den Busch aus Eukalyptusbäumen und Silberakazien. Erst als der Zug vor der Conara Junction pfeifend um eine Biegung verschwand, brach Doughy erschöpft zusammen und räumte seine Niederlage ein.

Er hat nichts ausgelassen, der alte Doughy, sagte Dorrigo.

Fünfundachtzig und immer noch Single, sagte Tom. Zuletzt hat er Leyland-Oldtimer gesammelt. Von solchen Autos trennt man sich nicht. Er hat sich auf dem Bauch beerdigen lassen, damit wir ihn für immer am Arsch lecken können. Wenn ich an ihn denke, sehe ich ihn in seiner langen weißen Unterhose durch den Busch rennen. Wie im richtigen Leben, oder? Man hält sich für clever, man denkt, man könnte mithalten, aber am Ende steht man da wie ein begossener Pudel. Das Leben macht dich fertig, es lässt dich am Boden liegen und rauscht pfeifend davon.

Sie lachten.

Wusstest du, dass Doughy ein Cousin von Jackie Maguire war?, sagte Tom.

Das wusste Dorrigo nicht. Wehmütig erzählte er davon, wie er Tom und Jackie Gedichte vorgelesen hatte, außerdem Aunty Roses Ratgeberkolumne.

Der alte Jackie, sagte Tom. Guter Mann. Ein guter Kerl. Kannte sich im Busch aus. Seine Frau war eine Aborigine, hast du das gewusst?

Für einen Moment konnte Dorrigo sich überhaupt nicht an Jackie Maguires Frau erinnern. Und dann schob sich eine tief vergrabene Erinnerung, eine Erinnerung, die ihn mehr belastet und geprägt hatte, als er ahnte, in sein Bewusstsein. Er hatte vage Gerüchte von spanischem Aristokratenblut gehört, es war eine der beliebtesten Ausreden in Tasmanien, doch dass sie eine Aborigine war, hatte er nicht gewusst. Das brachte ihn zu einer Frage, die er Tom immer schon hatte stellen wollen.

Damals, vor all den Jahren. Bevor sie verschwunden ist. Ich habe euch zusammen gesehen.

Mich und die Frau von Jackie Maguire?

Du hast sie geküsst.

Ich? Wo?

Am Hühnerhaus hinter dem St Andrews Inn.

Ich habe sie nie geküsst.

Ich habe euch gesehen. Sie hat dich umarmt.

Ich bin von der Hasenjagd gekommen. Sie hat gerade Wäsche aufgehängt. Ich hatte nichts Besseres zu tun, und da habe ich ihr geholfen. Im Nachhinein denke ich mir, dass sie es nicht leicht hatte. Aber damals kam es mir anders vor. Wir haben nur geredet. Über die Familie. Über andere Leute. Und dann habe ich irgendwie angefangen, ihr Sachen zu erzählen, die ich nie jemandem erzählt hatte. Was ich gesehen hatte. Im Krieg. Und dann wurde mir alles zu viel. Das weiß ich noch. Ich habe nach Luft geschnappt und konnte nicht mehr reden. Ich war völlig am Ende. Sie hat mich umarmt wie ein Kind. Das war alles, mehr oder weniger.

Deine Lippen waren an ihrem Hals.

Ich habe geweint, Dorrigo. Geweint, um Himmels willen.

Was ist mit ihr passiert, Tom? Warum ist sie verschwunden? Ich habe mich immer gefragt, was aus ihr geworden ist.

Dem alten Jackie ist immer mal wieder die Hand ausgerutscht. Er hat sie geliebt, aber sie war zwanzig Jahre jünger als er, sie war unglücklich, und er wusste es. Tja, was soll man da machen? Da konnte auch Aunty Rose nicht helfen. Jackie war in Ordnung, aber dann fing er wieder zu trinken an, und sie musste es ausbaden. Mehr weiß ich auch nicht. Ich wusste nicht, wo sie hingegangen ist. Jahrelang nicht. Irgendwann habe ich dann hier in Sydney einen Brief von ihr bekommen. Sie ist nach Melbourne gegangen und später nach Neuseeland. Hat drüben in Otago einen Maurer geheiratet. Mehr hat sie nicht geschrieben. Eigentlich stand in dem Brief nur das. Und ein Zettel von ihrer Tochter war dabei, auf dem stand, ihre Mutter habe sie gebeten, den Brief nach ihrem Tod abzuschicken. Das ist alles. Ich glaube, sie hat nichts über Jackie und ihre Familie in Tasmanien geschrieben, weil sie nicht wollte, dass die es lesen.

Das Gespräch kam auf Footballspiele, die sie in Cleveland

ausgetragen hatten, auf Joe Pike und seine Kutsche, auf den Tag, als einer von Colonel Camerons Männern mit einem Gewehr in der Küche stand und behauptete, Toms Hund habe die Schafe des Colonels gerissen, und wie Tom mit seinem Gewehr aus dem Schlafzimmer gekommen war und gesagt hatte: Erschieß meinen Hund, dann erschieße ich dich.

Tom wurde müde. Dorrigo verabschiedete sich, stopfte Tom ein Kissen in den Rücken, versicherte ihm, er sei in guten Händen, und ging. Er trat auf den Flur hinaus, als er hinter sich eine alte, heisere Stimme hörte.

Ruth!

Dorrigo Evans hielt inne und drehte sich um. In der arsengrünen Beleuchtung des Krankenzimmers sah sein Bruder, der sich in den Kissen hochstemmte, plötzlich gar nicht mehr wie Tom aus – der in der Vorstellung des jüngeren Dorrigo noch immer ein Sinnbild jugendlicher Stärke und Vitalität war –, sondern wie ein sehr alter, kranker Mann.

Ihr Name war Ruth.

Dorrigo Evans stand da und starrte den Fremden an, der sein Bruder war. Er verstand nicht, was Tom meinte. Er ging ins Zimmer zurück und setzte sich an Toms Bett. Tom befeuchtete sich die Lippen, wollte weitersprechen. Dorrigo wartete. Tom richtete seinen zusammengesackten Körper auf und erzählte. Er sah nicht seinen Bruder an, sondern die gegenüberliegende Wand.

Mrs Jackie Maguire. Ihr Name war Ruth, Dorry. Ruth. Und Ruth bekam ein Baby.

Er hielt inne. Dorrigo sagte nichts. Tom stemmte sich aus den Kissen, grunzte und hustete.

Ja, ein Baby. Im Juli neunzehnhundertzwanzig. Ihr drittes. Ich weiß auch nicht, wie sie es geheim halten konnte. Aber sie hat es geschafft. Jackie war nicht da, er hat sich auf dem Festland nach Arbeit umgeschaut. Ich glaube, er hatte irgendwo am Diamantina was gefunden, er kannte Leute da. Jackie hat von dem Kind nichts gewusst. Niemand in Cleveland hat was gewusst. Sie hat immer diese weiten Kleider getragen, so wie – na, du weißt schon, es war ja nicht gerade Paris, wir haben ja praktisch im Mittelalter gelebt, da konnte man aussehen, wie man wollte. Sie hat es gut gemacht. Sie hat das Baby in Launceston bekommen, einen Jungen. Er wurde nach Hobart vermittelt. An dem Tag, na ja, an dem Tag habe ich irgendwie die Nerven verloren wegen des Kriegs, und da hat sie mich in den Arm genommen, wie ich schon sagte. Und dann hat sie mir von ihrem Baby erzählt. Sie hatte gerade erfahren, was mit ihm passiert war.

Aber warum, Tom?

Toms wässrige Augen wurden klar, sein hagerer Körper spannte sich an, und Dorrigo spürte, dass etwas von dem, was er als Kind so bewundert hatte, immer noch in Tom steckte.

Weil ich der verdammte Vater war, deswegen.

Und endlich sah Tom seinen Bruder an. Sein Blick bohrte sich in Dorrigos Augen, die Pupillen waren seltsam klein und leer, sie sahen aus wie Löcher, die man mit einem glühenden Streichholz in eine alte Zeitung gebohrt hat.

Eine Familie namens Gardiner hat meinen Jungen großgezogen. Anständige Leute. Deswegen war sie so aufgebracht, und ich natürlich auch. Aber was sollten wir machen? Es wurde für ihn gesorgt, aber es waren eben nicht wir, die ihn versorgen durften. Wir hatten nicht vor, ihn ausfindig zu machen und da rauszureißen und alle unglücklich zu machen – ihn, sie, diese Leute, mich, Jackie. Nein. Keiner hatte das vor. Es war so, und wir mussten damit leben. Nach dem Krieg bin ich in Hobart einem Kerl über den Weg gelaufen, der die Familie kannte. Angeblich haben sie den Jungen Frank genannt. Er ist im Krieg umgekommen. Mein einziger Sohn, und ich habe ihn nie kennengelernt. Er ist in einem von diesen schrecklichen Kriegsgefangenenlagern gestorben, wo du auch warst, irgendwo in Thailand.

9

Sydney war voller amerikanischer GIs, die in Vietnam stationiert und jetzt auf Diensturlaub waren. Es war spät am Nachmittag, in der Stadt war es drückend heiß. Um der Hitze und den GIs zu entkommen und um das, was Tom ihm gerade offenbart hatte, zu verarbeiten, beschloss Dorrigo Evans, der seinen Patienten Spaziergänge stets als die beste Medizin empfahl, einen Spaziergang zu machen.

Er lief vom Krankenhaus zum Circular Quay, dort löste er sich aus dem Schieben und Drängen der Menschenmasse und lief auf die Sydney Harbour Bridge. Er hatte sich überlegt, einen befreundeten Chirurgen in Kirribilli zu besuchen. Es war angenehm, sich zwischen den bummelnden Touristen zu verlieren, der Fußweg auf der Brücke war breit und der Blick auf Sydney endlos und beruhigend.

In der Mitte blieb er stehen. Von Osten wehte eine leichte, kühle Meeresbrise heran, und Dorrigo starrte auf die Wasserfläche hinunter, die weiße und blaue Wellen aushustete. Gegenüber standen die Baukräne wie Wächter vor den gigantischen nackten Segeln des neuen Opernhauses, dessen komplexe Skelettstruktur Dorrigo an die feinen Adern getrockneter Eukalyptusblätter erinnerte. Dahinter zerteilte das Licht der untergehenden Sonne die Stadt in kontrastreiche Streifen aus Licht und Schatten. Als Dorrigo sich vom Geländer löste und seinen Weg fortsetzen wollte, entdeckte er sie in der Ferne, sie trat gerade aus einem schrägen Schattenstreifen ins Licht.

Kurz darauf sah er sie wieder, sie kam ihm entgegen, eingerahmt von zwei Sandsteinpfeilern, die am nördlichen Ende der Brücke von einem Bogen überspannt wurden. Ihr Kopf tanzte wie Treibholz auf der wogenden Passantenflut. Er stand am äußersten Rand des breiten Fußwegs, im Schatten der mächtigen Eisenstruktur. Sein ganzes Sein war auf die Fremde ausgerichtet, die ihm entgegenkam, ein Geist im Sonnenlicht, und dann verschwand sie wieder aus seinem Blickfeld.

Als er sie zum dritten Mal in der Menge ausmachen konnte, war sie noch näher herangekommen. Sie trug eine modische Sonnenbrille und ein ärmelloses dunkelblaues Kleid mit weißem Band um die Hüfte. Sie hatte zwei Kinder dabei, zwei kleine Mädchen, eines an jeder Hand. Dorrigo wurde umtost von dem Verkehrslärm, der aus dem stählernen, zusammengenieteten Brustkorb der Brücke aufstieg, er sah die Kinder lachen und plaudern und die Mutter, die ihnen antwortete. Er konnte sie zwar nicht hören, aber er wusste: Sie war kein Geist.

Er hatte sie für tot gehalten, aber da war sie, sie kam ihm entgegen, sichtlich gealtert, auch wenn die Zeit sie in seinen Augen schöner gemacht hatte. Als hätte überhaupt das Alter erst ihr wahres Aussehen enthüllt.

Amy.

Der Abgrund der Jahre – die historischen Kriege, die gefeierten Innovationen, die unzähligen Schrecken und rätselhaften Wunder –, das alles war, wie er nun erkannte, bedeutungslos. Die Bombe, der Kalte Krieg, Kuba und das Transistorradio kamen nicht gegen ihren eigenwilligen Gang und ihre Makel an, gegen ihre Brüste, gegen ihre niedergeschlagenen Augen. Das hellere, offensichtlich gebleichte Haar stand ihr noch besser als ihre natürliche Farbe; ihr Körper war allenfalls ein wenig schlanker, was sie umso geheimnisvoller erscheinen ließ; ihr Gesicht, schmal und mit deutlich erkennbaren Falten, deutete eine Selbstbeherrschung an, die sie sich im Laufe der Jahre mühsam verdient haben musste.

Ein Vierteljahrhundert nachdem er sie zum ersten Mal im staubigen Licht der Buchhandlung in Adelaide gesehen hatte, stellte er erschrocken fest, wie wenig die Veränderungen ihm bedeuteten. Die Gefühle, die er für immer verloren geglaubt hatte, kehrten mit unverminderter Wucht zurück.

Sollte er stehen bleiben oder weitergehen? Sollte er etwas rufen oder schweigen? Er musste sich entscheiden. Ihm blieben nur wenige Augenblicke, um die bekannten und unbekannten Leben gegeneinander abzuwägen; sein Leben jetzt, ihr Leben damals, ihr Leben heute, das er sich nicht vorstellen konnte. Die Kinder konnte er gut genug sehen, um ihre, wie er meinte, unverwechselbaren Züge zu erkennen. Und noch etwas erkannte er, es hatte nichts mit ihr zu tun und verletzte ihn überraschenderweise sehr. Vielleicht war sie glücklich verheiratet. Dorrigo bekam nur noch schlecht Luft. Tausend verwirrende Gedanken flogen ihm durch den Kopf, als er sich ihr näherte. Er sagte sich, dass er nicht einfach so in ihr Leben hineinplatzen und es durcheinanderbringen dürfe; er sagte sich, dass es seine Pflicht sei, sie anzusprechen, dass noch nicht alles verloren sei, dass sie von vorn anfangen könnten.

Sie kam näher. Während seine Gedanken rasten, versuchte er, seinen Schritt zu verlangsamen. Sein Magen krampfte sich zusammen, er fürchtete, das Gleichgewicht zu verlieren. Nun war er dicht genug herangekommen, um das kleine Muttermal über ihrer Lippe zu erkennen. Er dachte nicht mehr, dass sie schön war oder schöner denn je, er wusste nur noch, dass er sie wollte. Sie trug eine Halskette, der Anblick löste unkontrolliert Erinnerungen aus. Hatte sie ihn gesehen? Er würde ihren Namen rufen. Sofort! Und dann, während das Sonnenlicht sie von hinten traf, raffte sie sich mit Daumen und Zeigefinger den Ausschnitt zusammen und zog den Stoff in die Höhe. Eine Sekunde lang glaubte er, sie werde in diesem gleißenden Licht ihre Arme öffnen, um ihn in ihrem Leben willkommen zu heißen.

Aber das Licht ist immer nur am Anfang.

Als er den Mund aufmachen wollte, war sie schon wortlos an ihm vorübergegangen. Er setzte seinen Weg durch den Schatten fort, starrte geradeaus. Er hatte sich getäuscht. Er, Amy, sie beide, ihre Liebe – ganz besonders ihre Liebe –, er hatte sich in allem getäuscht. Er hatte sich in der Zeit getäuscht. Er konnte es nicht fassen, und doch war es so. Ihr Tod, sein Leben, sie beide, in allem, *in allem* hatte er sich getäuscht. Der Irrtum war so gewaltig, so überwältigend, dass Dorrigo es nicht über sich brachte, kehrtzumachen, nach ihr zu rufen, zu rennen. Erst, als er das Ende der Brücke erreicht hatte, fand er die Kraft, sich noch einmal umzudrehen.

Amy war nirgendwo zu sehen.

Er stand in der Mitte des Fußweges, rechts und links strömten die Leute vorbei, als wäre er nur eines von vielen städtischen Hindernissen, ein Poller, eine Tonne. Er dachte an die Frau von Lot und was für eine Lüge diese Geschichte war. Zur Salzsäule wurde man, wenn man sich nicht umdrehte und zurücksah. Er begriff, dass er sie hätte ansprechen müssen, aber nun war es zu spät. Er hätte nicht weitergehen dürfen und war doch weitergegangen.

Hatte er sich entschieden? Oder sie? Hatten sie jemals die Wahl gehabt? Oder trieb das Leben die Menschen einfach vor sich her?

Neben ihm, hinter ihm und vor ihm bewegten sich die Menschen in alle möglichen Richtungen. Taumelnde Partikel im Sonnenlicht, vor langer Zeit verloren, so wie alles verloren war, das wusste er jetzt, verloren im Meer und im Sonnenlicht und in der Hitze, die unter dem wolkenlosen blauen Himmel und vor dem Stahl und dem Sandstein flimmerte, verloren in den ockerbraunen Baukränen und der donnernden Schnellstraße.

Er blieb noch eine Weile im Verkehrslärm stehen, eine unbedeutende Gestalt an einem blauen Tag vor dem glitzernden Wasser. Und er dachte: Wie leer die Welt ist, wenn man seine Liebe verliert.

Er wandte sich ab und ging weiter, verloren auf allen Wegen. Er hatte sie immer für tot gehalten, aber jetzt begriff er: Sie hatte gelebt, und er war gestorben.

10

Nachdem sie die Brücke überquert hatten, kaufte Amy ihren Nichten am Circular Quay ein Eis, und dann bestiegen sie die Fähre nach Manley, wo Amys Schwester lebte. Jahrelang hatte sie ihn für tot gehalten. Dass er den Krieg überlebt hatte, war ihr erst in der jüngsten Zeit bewusst geworden, als er immer berühmter wurde. Warum, warum nur, dachte sie wieder einmal, als sie am Heck der rostigen Fähre stand und ins aufgeschäumte Wasser blickte, warum war er, wenn er überlebt hatte, nicht zu ihr zurückgekommen? Warum?, fragte sie sich, als sie das Haus ihrer Schwester betrat. Warum?, als sie sich müde ins Bett legte. Dass er sein Versprechen gebrochen hatte, konnte sie ihm nicht vergeben.

Ihr kam nicht in den Sinn, dass er gedacht haben könnte, sie sei bei der Gasexplosion ums Leben gekommen, anstatt die Verwüstung – und so war es gewesen – am nächsten Morgen entdeckt zu haben. Sie war im Cabriolet von dem Strand zurückgekehrt, den sie und Dorrigo zusammen besucht hatten. Sie war, nachdem Keith ihr die Todesnachricht überbracht hatte, dorthin geflüchtet, um ungestört an Dorrigo zu denken, und dort war sie auch eingeschlafen, vor Kummer wie von Sinnen, und erst am Morgen wieder aufgewacht.

In den letzten Jahren hatte sie öfter den leichtsinnigen Wunsch verspürt, Dorrigo ausfindig zu machen. Ein paarmal war sie kurz davor gewesen, sie hatte sogar seine Nummer herausgesucht und aufgeschrieben, aber dann hatte sie es sich anders überlegt. Wann immer sie daran dachte, ihn anzurufen, war sie wie gelähmt. Was wollte sie von ihm? Was sollte er von ihr wollen? Manchmal fragte sie sich, ob er sich überhaupt an sie erinnern würde. Und außerdem, was sollte sie sagen? Dass sie ihn für tot gehalten hatte?

Wie sollte sie ihm von dem großzügigen Erbe erzählen, das sie nach Keith' Tod angetreten hatte? Von ihrer zweiten Ehe, lange nach dem Krieg, mit einem lustigen, netten Buchmacher, der einen Großteil ihres Vermögens verprasst und sich dann, wie man munkelte, nach Amerika abgesetzt hatte? Mehr war kaum passiert. Sie hatte noch den einen oder anderen Mann kennengelernt, aber diese Beziehungen waren über kurz oder lang im Sande verlaufen. Eher über kurz. Wie sollte sie ihm sagen, dass sie keinen dieser Männer geliebt hatte, nicht einmal den Buchmacher? Sie hatte sich nach ein wenig Leichtigkeit gesehnt – einem Hut, einem Kleid, einer Wolke. Aber wer erinnerte sich schon an eine Wolke?

Wann immer sie kurz davor war, ihm zu schreiben oder ihn anzurufen, baute sich wieder das eine große Hindernis vor ihr auf. Er hatte sie zurückgewiesen, war nach dem Krieg nicht zu ihr zurückgekommen, obwohl er es versprochen hatte. Ihre Positionen hatten sich umgekehrt: Er war der berühmte Dorrigo Evans, ein aufsteigender Stern, und sie ein Niemand auf dem absteigenden Ast. Und zum Schluss hatte sie die Diagnose bekommen. Wie hätte sie ihm das erzählen sollen?

Ihre Schwester rief, zum zweiten Mal.

Ja, sagte sie. Komme gleich.

Sie fühlte sich so müde. Sie hatte vieles vergessen, aber sie hatte ihn eindeutig erkannt. Er war genauso wenig tot wie sie. Es reichte. Sie nahm die Halskette ab und rollte die Perle zwischen Daumen und Zeigefinger hin und her. Sie fühlte viele verschiedene Dinge zugleich. Dann legte sie die Kette hin. Er war jetzt jemand, mehr noch, sie hatte sehen können, dass er sich in etwas verwandelt hatte, das über einen Menschen hinausging.

Sie hingegen würde bald nichts mehr sein. Sie war in Behandlung, was furchtbar anstrengend und, wie der Onkologe ihr verraten hatte, im Grunde zwecklos war. Sie hatte sich mit zwei Putzstellen mühsam über Wasser gehalten, bis sie aufgeben und sich von ihrer Schwester pflegen lassen musste.

Inzwischen erfreute sie sich an Sonnenuntergängen und an ihren Freunden, es waren nur wenige, die ihr umso wichtiger waren. Sie erfreute sich an der Schönheit der Stadt – der Wärme am frühen Morgen, dem Geruch von Asphalt und Mauerwerk nach einem Regenschauer, dem täglichen Sommerspektakel an den Stränden, der Aussicht von der Brücke an einem sonnigen Nachmittag, den Fremden, denen sie begegnete. Sie hatte Freude daran, ihre Nichten zu verwöhnen und in angenehmen Erinnerungen zu schwelgen, wenn sie an einem Sommerabend wie diesem allein war.

Gelegentlich erinnerte sie sich an das Zimmer am Meer, an den Mond und an ihn, an den grünen Uhrzeiger, der in der Finsternis zu schweben schien, an das Krachen der Wellen und an ein Gefühl, das sie nie zuvor und nie wieder danach erlebt hatte.

Sie würde sich nicht bei ihm melden. Sie hatte ihr Leben, er hatte seins; von einer Vereinigung zu träumen war aussichtslos. Und was sich nicht träumen ließ, ließ sich erst recht nicht verwirklichen.

Achtzehn Monate darauf – sechs Monate später, als die Ärzte prognostiziert hatten – lag sie auf einem Vorstadtfriedhof in einem unscheinbaren Grab zwischen vielen anderen unscheinbaren Gräbern. Irgendwann begannen die Erinnerungen ihrer Nichten an sie zu verblassen, bis eines Tages auch diese Erinnerungen verschwunden waren und nichts mehr von ihr existierte. Übrig blieb nur eine Halskette mit einer Perle, die schimmernd in der langen Nacht unter der Erde lag. Amy hatte sich gewünscht, damit beerdigt zu werden.

11

Am selben Abend flog Dorrigo Evans nach Melbourne und am nächsten Morgen weiter nach Hobart. Das ohrenbetäubende Motorendröhnen der 707 und die seltsame Unkonzentriertheit, die das Dröhnen verursachte, versetzten ihn in einen erholsamen Schwebezustand. Der Anflug auf Hobart wurde durch starke Winde erschwert, von den Buschfeuern im Süden der Insel stieg dichter Qualm auf. Das Flugzeug schwankte und zuckte wie eine Erbse in kochendem Wasser. Beim Aussteigen schlug der Wind den Passagieren die Hitze und den Geruch von Asche ins Gesicht.

Dorrigo wurde von Freddy Seymour abgeholt, einem umstrittenen Kollegen, der den tasmanischen Ableger des College of Surgeons leitete. Er fuhr einen recht exzentrischen alten grünen Ford Mercury Baujahr 1948, den er, wie sich selbst auch, in Verleugnung seines Alters in einem Zustand tadelloser Gepflegtheit hielt. Das College gab Dorrigo zu Ehren ein Mittagessen in einem Hotel in Hobart. Danach würde er sich auf den Weg zu seiner Familie in Fern Tree machen, einem Ort vor den Toren Hobarts, wo Ellas Schwester in einem pittoresken Bergwald lebte. Er rief Ella von einem Münzfernsprecher vor dem Flughafengebäude an; ihre Schwester war bis zum Nachmittag unterwegs und hatte das Auto mitgenommen. Aber es gab bei dieser Hitze ohnehin nichts anderes zu tun, als mit den Kindern im Garten ihrer Schwester auszuharren. Ella sagte, im Schatten der großen Eukalyptusbäume sei es angenehm kühl, sie könne sich keinen besseren Ort vorstellen.

Das Mittagessen war erträglicher, als Dorrigo gedacht hatte; immerhin bot es ihm Ablenkung von den Gedanken, die auf ihn eindrängten. Sie waren gerade bei Sherry und Zigarren angelangt, als die Nachricht von der Ausbreitung des Buschfeuers die Runde machte. Die Lage hatte sich verschlimmert, und alle südlich gelegenen Ortschaften, darunter auch Fern Tree, wurden von einer Feuerwalze bedroht.

Dorrigo Evans fand im Hotel ein Telefon und wählte die Nummer von Ellas Schwester, doch die Leitung war tot. Die Dame von der Verbindung klärte ihn darüber auf, dass selbiges für fast alle Telefonanschlüsse in der Bergregion galt. Dorrigo Evans wandte sich an Freddy Seymour, der sich gerade eine Zigarre angesteckt hatte und dessen eingesunkene, korallenrote Wangen bei jedem hastigen, kurzen Zug erzitterten. Dorrigo fragte, ob er sich Freddys Autoschlüssel borgen dürfe.

Evans, ich liebe Sie wie einen Sohn, sagte der alte Chirurg in einer Qualmwolke. Wie einen Sohn. Wie ein Sohn werden Sie mir das Auto nicht in dem Zustand zurückbringen, in dem es sich befindet, und wie ein Vater werde ich Ihnen vergeben.

Fern Tree lag zwanzig Autominuten von der Stadt entfernt. Der Wind war jetzt stürmisch, die körnige Hitze beklemmend. Als Dorrigo in den Ford Mercury stieg und einen Blick in den Rückspiegel warf, erschrak er. Sein Gesicht war mit der Asche beschmiert, die draußen durch die heiße Luft gewirbelt wurde wie schwarzer Schnee.

Der Ford Mercury fuhr sich wie ein Blecheimer mit nur losem Bodenkontakt, doch der V8-Motor blubberte beruhigend. Der Berg, normalerweise ein majestätischer Anblick, war unsichtbar und in ein Leichentuch aus Qualm gehüllt, und schon nach ein paar Minuten konnte Dorrigo nur noch wenige Meter weit sehen. Er schaltete das Abblendlicht ein. Gelegentlich tauchte ein anderes Auto aus der Dunkelheit auf, alle waren auf der Flucht in die Stadt. Die Leute in den Autos sahen wie die syrischen Dorfbewohner aus, die seinerzeit vor dem Krieg geflohen waren. Einige der Autos waren rußgeschwärzt, eines fuhr unglaublicherweise ohne Windschutzscheibe, bei einem anderen löste sich die Lackierung in großen, schwarzen Blasen. Dorrigo ließ die Vororte von Hobart hinter sich und fuhr in einen dichten, hohen Wald hinein, den die Straße durchschnitt wie ein tiefer, gewundener Graben.

Hinter der nächsten Biegung entdeckte er einen Streifenwagen, der alle Autos an der Durchfahrt hinderte. Ein Polizist steckte den Kopf ins Innere des 1948er Ford Mercury und erklärte Dorrigo, er müsse umkehren.

Da oben ist die Todeszone, Mann, sagte er und zeigte mit dem Daumen in Richtung Fern Tree.

Dorrigo beschrieb Ella und die Kinder und fragte, ob sie die Absperrung passiert hätten. Der junge Polizist, er war seit zwei

Stunden im Dienst, hatte niemanden gesehen, auf den die Beschreibung gepasst hätte. Vielleicht hatten sie sich schon früher in Sicherheit gebracht.

Dorrigo Evans rechnete sich aus, dass Ella und die Kinder, sofern sie aufgebrochen waren, dies in den eineinhalb Stunden nach ihrem Telefonat hätten tun müssen. Dass sie es getan hatten, war unwahrscheinlich, der Ort war zunächst nicht bedroht gewesen, außerdem hatten sie kein Auto. Dorrigo Evans hoffte, dass sie entkommen waren, doch er musste so handeln, als wären sie es nicht.

Das Feuer kommt vom Huon herauf, sagte der Polizist, und aus östlicher Richtung. Ich habe verrückte Geschichten gehört, angeblich regnete es noch zwanzig Meilen vom Brandherd entfernt glühende Kohlen. Und während er das sagte, landete ein glühendes Kohlenstück auf seiner Kappe, wie um das Gerücht zu bestätigen.

Sie müssen verrückt sein, wenn Sie da raufwollen, sagte er.

Meine Familie ist dort oben, sagte Dorrigo und legte die Lenkradschaltung um. Ich müsste verrückt sein, nicht da raufzuwollen.

Er bat den Polizisten höflich, beiseitezutreten. Als der Polizist sich weigerte, nahm Dorrigo den Fuß von der Kupplung, durchbrach die Straßensperre und murmelte die erste Entschuldigung für Freddy Seymour.

Eine halbe Meile weiter oben war er von Flammen umgeben, die ihm aber nicht hoch genug erschienen, als dass es sich um die Feuerfront hätte handeln können. Allerdings wusste Dorrigo Evans nicht, wie eine Feuerfront aussah. Genauso wenig wusste er, wo Ellas Schwester wohnte, er hatte sie nie besucht, zwar kannte er die Adresse, aber er konnte keine Straßenschilder erkennen. Genauso wenig wie die Straße, auf der er brennende Äste sah, gelegentlich auch ein ausgebranntes Auto, es regnete Asche, und der Rauch wurde dichter. Auf derselben Straße, die er fast zwanzig Jahre zuvor in einem Laster der Cascade-Brauerei hinaufgefahren war, kam er jetzt nur noch im Schritttempo voran. Damals hatte er in einem Schneesturm der wahren Liebe nachgespürt, jetzt suchte er im dichten Rauch verzweifelt seine Familie. Er behielt Einfahrten, Abstellstreifen und Unterstände im Blick und drückte währenddessen pausenlos auf die Hupe. Aber da war niemand. Wahrscheinlich waren alle geflohen oder verbrannt. Es gab keinen Himmel mehr, nur dann und wann erhaschte er einen flüchtigen Blick auf schwarzblaue Wolken, deren bauchige Unterseiten von einem höllischen roten Glühen angestrahlt wurden. Er fuhr immer weiter, konzentrierte sich auf die Suche, hielt das Ohr an die Seitenscheibe, die er gerade weit genug heruntergekurbelt hatte, um jemanden, etwas, irgendetwas zu hören.

Und plötzlich meinte er, tatsächlich etwas gehört zu haben. Er schob es auf das Tosen ringsum, auf den Saft der zerplatzenden Bäume, der mit lautem Zischen entwich. Er hörte es noch einmal, leiser, anders. Er hielt an und stieg aus.

12

Als fünf Häuser weiter ein Gebäude explodierte, machte Ella Evans sich auf die Suche nach den Kindern. Jess, Mary und der kleine Stewie sprangen unter den letzten Spritzern des Rasensprengers herum. Sie sagte den Kindern, dass sie alle jetzt nach Hobart gehen müssten, zu Fuß.

Nach Hobart? Wie weit ist das?, fragte Jessie.

Ella hatte keine Ahnung. Sieben Meilen? Zehn? Sie bekam Angst.

Wir müssen sofort los, sagte sie.

Die Mädchen trugen nur ihre Badekleidung und Plastiksandalen, Stewie war in Unterwäsche. Überall flammten Feuer auf; Ella hatte nicht die Nerven, sich mit Jess zu streiten, die unbedingt ihren 45er-Plattenspieler mitnehmen wollte. Sie hatte ihn gerade erst zu Weihnachten bekommen. Zu dem Plattenspieler gehörte einzigartigerweise auch eine Haartrockenhaube mit Schlauch, die Jessie tragen wollte, um ihre Haare vor den Funken zu schützen. Außerdem hatte sie ihre einzige Schallplatte dabei, eine alte Gene-Pitney-Single, die ihre Tante ihr geschenkt hatte.

Sie eilten die Straße entlang, wischten sich verkohltes Laub und Farnwedel aus dem Gesicht und aus den Haaren. Ohne zu staunen oder sich zu wundern, sahen sie den Asphalt an den Rändern zerfließen und die rote Glut wie Schmetterlinge durch die Luft tanzen, die im Wind mal stärker, mal weniger stark leuchteten. Sie sahen die alte Klavierlehrerin Mrs Hugh, deren Lattenzaun lichterloh brannte, und sie schrien ihr zu, sie solle mitkommen, doch Mrs Hugh schwang ihre Axt und fällte den Zaun, damit das Feuer nicht auf ihr Haus übergriff, sie war zu beschäftigt, um zu hören.

Zunächst schien alles auf magische Weise aufregend, und die Todesangst der Mutter sorgte dafür, dass die Kinder sich besser fühlten, sogar überlegen. Sie waren jetzt voll und ganz in einer neuen Welt – der Welt der Erwachsenen, wo alles ein anderes Gewicht hatte, wo die Leute sagten, was sie meinten, wo jede Handlung eine Konsequenz nach sich zog und wo das eigene, bislang unbedeutende Leben plötzlich wichtig wurde, für die anderen wie für sie selbst. Es war ihr erster Vorgeschmack auf den Tod, und sie würden ihn nie vergessen.

Nachdem sie eine gute Meile bergab gelaufen waren, verebbte die Aufregung und wich der Angst. Das Zentrum des Brandes, das eben, als sie das Haus verlassen hatten, noch weit entfernt schien, hatte sich ihnen genähert. Stewie weinte, weil die Glut auf seiner nackten Haut brannte. Er beschwerte sich, nicht grundlos angesichts der Flammen, die bis in den Himmel schlugen und die Luft fraßen, über die *Ohneendigkeit* des Feuers. Sie kamen an ein Backsteinhaus, das sicher und solide wirkte, anders als die Holzhäuser, die sie auf dem Weg gesehen hatten und aus deren Dachstühlen schon kleine Flammen züngelten, lange bevor der eigentliche Brand sie erreicht hatte.

Ella lief an die Tür und drückte auf den Klingelknopf. Von drinnen war ein drolliges Glockenspiel zu hören. Die Tür wurde gerade so weit geöffnet, dass man ein Gespräch führen konnte. Durch den dünnen Spalt sah Ella eine ältere Dame in einem schwarz abgesetzten Wollkostüm, sie sah aus, als wollte sie zu einem Wohltätigkeitslunch. Ella, die nichts trug als ein grünes, bedrucktes Baumwollkleid und einen Slip, war von oben bis unten mit rußigem Schweiß bedeckt. Ganz offensichtlich hielt die ältere Dame Ella für eine Vertreterin einer anderen gesellschaftlichen Klasse, und den verdreckten, halb nackten Nachwuchs betrachtete sie als Straßenkinder. Ella hatte eigentlich um Zuflucht bitten wollen, aber nun öffnete sie den Mund und hörte sich um etwas Trinkwasser für die Kinder bitten. Sie musste zweimal darum bitten. Die Frau öffnete wortlos die Tür und führte sie in eine hübsche Küche im hinteren Teil des Hauses. Sie nahm eine alte Plastiktasse aus dem Schrank.

Hier, sagte sie und hielt ihnen die Tasse entgegen, den ausgefransten Rand zwischen die krummen Finger geklemmt. Der Wasserhahn ist dort drüben.

Die Kinder wollten nur weiter; sie merkten, dass die alte Frau sie aus dem Haus haben wollte, und ihre Abneigung gegen die Frau und das Haus war noch größer als die Angst vor dem Feuer. Ella hingegen fühlte sich durch den Snobismus der Alten erst recht angestachelt, sie wollte bleiben. Stewie weinte, die Brandwunden schmerzten. Ella fragte die Frau, ob sie alte Kinderkleidung übrig habe, mit der sie ihren Sohn vor den Funken und der Glut schützen könnte.

Die Frau öffnete einen Schrank, in dessen Fächern sich saubere, ordentlich gebügelte Kinderkleidung stapelte. Gut erhaltene Kleidung. Ella roch Kampfer, was sie immer schon mit einer gewissen Zeitlosigkeit assoziiert hatte, es war der beruhigende Geruch von Orten und Dingen, die sich niemals änderten. Die alte Frau drehte sich um und reichte Ella ein gefaltetes Kleidungsstück. Ella schnappte es mit einem Schwenk aus dem Handgelenk auf.

Ein rotes, abgetragenes Kleid.

Ich danke Ihnen, sagte Ella.

Die kaltherzige Demütigung ließ sich nicht mit dem Gedanken an einen sicheren Unterschlupf vereinbaren. Ella steckte ihren Sohn in das schäbige rote Kleidchen und scheuchte ihre Familie wieder auf die Straße hinaus. Was sie tat, davon war sie überzeugt, war nicht nur richtig, sondern das Klügste.

Als sie wieder draußen standen, hielt der Brand sich an keine Gesetzmäßigkeiten mehr. Der Wind kam plötzlich von hinten und von vorn, das Feuer war überall, und die Böen drehten sich zu Windhosen voll wirbelnder Glut auf, zu magisch glühenden Kegeln, die alles, was sie berührten, in Flammen aufgehen ließen. Sie waren vor den Flammen davongelaufen, aber nun näherten sich die Flammen von allen Seiten.

Wir sind umzingelt, sagte Stewie und fing wieder zu weinen an.

Es reicht, sagte Ella und packte ihn beim Arm. Wir müssen jetzt nach Hobart laufen. Bleibt hinter mir, haltet euch aneinander fest, und was auch immer passiert, lasst nicht los.

So verbunden zogen sie als dünne Kette aus Hoffnung und Todesangst in den Wind und den Rauch und die Flammen hinaus. Mary jammerte, sie habe Blasen an den Füßen.

Um deine Füße kümmern wir uns, wenn wir in Hobart sind, sagte Ella.

Rechts und links brannten Bäume und Häuser, auch hinter und vor ihnen, und Ella trieb sie zur Eile an. Sie trug Stewie jetzt, Mary lief hinter ihr und hielt sich mit einer Hand am Saum ihres Kleids fest und mit der anderen an Jess. Alle hatten schreckliche Angst vor dem, was passieren würde, wenn sie einander losließen. Durch das Rauschen der Flammen und des Windes hörten sie einen Knall, und dann fiel direkt vor ihnen ein Baum als Feuerball auf die Fahrbahn. Ella fand einen Weg herum, sie liefen weiter, daran vorbei, vorbei an einem ausgebrannten Auto und einem umgekippten, brennenden Telefonmast, dessen Kabel sich verheddert hatten wie Strickgarn. Vor ihnen schien das Feuer noch schlimmer zu wüten als hinter ihnen, Mary hatte schlimme Blasen an den Füßen, die Hitze war unglaublich. Ella blieb stehen und drehte sich zu den Kindern um.

Wir müssen umkehren, Kinder. Schnell, sagte sie. Ich will jetzt kein verdammtes Wort hören.

Normalerweise fluchte sie nie. Die Kinder spürten, dass etwas anders war.

Schnell, sagte sie. Schnell!

Aber was ist mit Hobart?, fragte Jess. Sie hatte länger nicht gesprochen. In Hobart sind wir in Sicherheit. Wir müssen weiter!, keuchte sie.

Und damit stiefelte sie los, immer auf die Flammen zu. Ella hielt sie fest und schlug ihr ins Gesicht.

Wenn wir weitergehen, werden wir gegrillt. Wir müssen uns eine Zuflucht vor dem Feuer suchen.

Jess fing zu kreischen an, und Ella schlug ein zweites Mal zu. Jess brach in Tränen aus und ließ den Plattenspieler los, der auf die Straße fiel und zerbrach. Der Teerdunst brannte ihnen in der Kehle, sie bekamen kaum noch Luft, ihre Augen tränten, und ihnen lief der Rotz aus der Nase. Es war unmöglich, mehr als ein paar Meter zu sehen, orientieren konnten sie sich nur noch an den Hauseinfahrten, einer Kurve, einem Verkehrsschild, das manchmal aus dem Qualm auftauchte.

Sie erreichten ein Haus ohne Vorgarten, auf dem abgestorbenen Gras standen nur ein Apfelbaum und ein Schuppen aus Holzfaserplatten. Hier gab es nichts zu verbrennen, doch das Feuer brandete hinter ihnen auf und warf kleine Flammenzungen auf den toten Rasen. Es gab nichts zu verbrennen, und es brannte doch.

Hier, sagte Ella, stieß die Tür zum Gartenschuppen auf und dachte, *Hier? Hier sollen wir sterben?*

Sie zwängten sich hinein, hielten einander trotz der sengenden Hitze fest umklammert, bekamen kaum Luft. Das Feuer schien allen Sauerstoff zu verschlingen. Sie hörten einen Düsenjet über den Gartenschuppen hinweggehen, und eine obszöne Flammenzunge, einen guten Meter lang, schob sich unter der Tür durch wie ein hungriges Tier. Jess sprang mit einem Schrei zurück und fiel gegen ein Flaschenregal.

Jess!, schrie Ella.

Sie tat einen Satz nach vorn und stemmte sich gegen das Regal. Die Glasflaschen waren mit Alkohol oder Terpentin gefüllt, in dem Pflanzenproben schwebten. Ella stemmte sich gegen das Regal und befahl den Kindern, sich nicht zu rühren.

Egal, was ihr tut, kommt mir und dem Regal nicht näher, sagte sie. Seht euch Gene an, sagte sie.

Und Jess, die immer noch ihre Haartrockenhaube trug, Funken und Kohlen hatten kleine schwarze Löcher hineingebrannt, hob im Halbdunkel die Gene-Pitney-Single in die Höhe, die sie so weit getragen hatte. In der Hitze hatte sie sich zu einer Puddingschüssel verformt.

Seht euch Gene an, sagte Ella. Immer schön Gene ansehen.

Minuten später war es heißer denn je, aber der Lärm war verebbt, und die Flammen krochen nicht mehr unter der Tür durch. Sie hörten ein seltsames Geräusch. Langsam öffnete Ella die Tür. Sie hielten ganz still und spähten hinaus.

Es ergab keinen Sinn. Das Haus war nicht mehr da. Neben der qualmenden Ruine erhob sich der Apfelbaum, ein bisschen angesengt, aber ansonsten unbeschädigt, wohingegen der Wald jenseits der Straße in Flammen stand.

Wieder hörten sie das seltsame Geräusch, es war eine Autohupe. Sie wurde leiser, das Auto entfernte sich. Ella nahm Stewie auf den Arm, sie und ihre Töchter rannten hinaus, alle schrien gegen die Flammen an, aber das Auto war schon vorbei und würde jeden Moment in der Rauchwand verschwinden. Sie schrien noch lauter.

Das Auto, ein 1948er Ford Mercury mit grüner Lackierung

und Weißwandreifen, hielt an. Keines der Kinder sollte dieses Auto jemals vergessen. Die Fahrertür öffnete sich, ein Mann stieg aus. Er drehte sich um, und es war ihr Vater. Er war gekommen, sie zu retten.

Sie rannten ihm entgegen und er ihnen, durch den Rauch und die Hitze und die Flammen. Als er sie erreicht hatte, schnappte Dorrigo sich Stewie und setzte ihn sich auf die Hüfte. Er streckte den Arm aus, spreizte die Finger und zog Ellas Kopf an sein Gesicht. Er drückte sie an sich, dazwischen die Mädchen, deren Beine aus der Umarmung herausragten wie die Wurzeln, die einen verfaulten Baum stützen. Er ließ sie los, sie flüchteten sich ins Auto. Nie hatte ihr Vater ihnen mehr Zuneigung gezeigt als in diesem Moment.

13

Sie überlegten sich, dass sie die größten Überlebenschancen hätten, wenn sie, anstatt sich mit dem Feuer in Richtung Hobart zu bewegen, in den Teil des Waldes hineinfuhren, der bereits abgebrannt war. Dorrigo fuhr die Straße hinauf, die seine Familie heruntergekommen war. Ein paar Bäume und Häuser hatten es überstanden, aber vom Haus der alten Frau, die ihre Jungsklamotten für andere Besucher aufgespart hatte, war nichts übrig als geschmolzenes Blech und Asche und ein einsamer Schornstein. Wo Mrs Hugh den Zaun umgehackt hatte, um das Haus zu retten, war im dichten Rauch keins von beidem mehr zu sehen.

Sie fuhren in eine seltsame Abendszene hinein. Hinter der nächsten Biegung ging der schwarze Himmel in eine riesige rote Feuerwalze über, die etwa eine halbe Meile entfernt war und aus deren Kuppe Flammen schlugen. Dies war ein neues Feuer, es kam aus einer anderen Richtung heran, anscheinend sammelten sich viele kleinere Brände zu einem großen Inferno. Der Lärm war ohrenbetäubend. Sie fuhren weiter, starrten schweigend hinein, bis Ella den Bann brach.

Das ist die Feuerfront, sagte sie.

Dorrigo bremste, riss den Ford Mercury in einem wilden Rückwärtsschwung herum, warf den ersten Gang ein und fuhr denselben Weg zurück, den sie gekommen waren. Wie ein Besessener raste er an umgekippten Kabelmasten und brennenden Autowracks vorbei. Die Feuerfront hatte sie binnen Minuten eingeholt, er musste das Auto zwischen zwei Feuerwällen hindurchlenken und herabstürzenden Ästen ausweichen. Sie rasten an explodierenden Häusern vorbei, Dorrigo trat aufs Gaspedal, wenn die Straße gerade war, und bremste und manövrierte, wo es nicht anders ging. Ein Feuerball von der Größe eines Kleinbusses und der Farbe eines Gaslichts erschien wie durch Zauberei vor ihnen auf der Straße und rollte auf sie zu. Dorrigo riss das Lenkrad herum, und als sie wieder auf der Straße waren, beschloss er, die herumfliegenden brennenden Trümmer – Stöcke, Äste, Holzlatten – zu ignorieren. Manche trafen das Auto, prallten mit einem Knallen ab. Grunzend wechselte er die Gänge, riss das riesige Lenkrad nach rechts und links, ließ die Weißwandreifen auf dem blubbernden bleischwarzen Asphalt kreischen. Das Reifenquietschen ging in der Kakofonie aus tosenden Flammen und brausendem Wind unter, im eigenartigen Maschinengewehrknacken der Äste, die über ihnen explodierten.

Sie fuhren über eine Kuppe und sahen etwa hundert Meter vor sich einen hohen Baum umstürzen. Der Baumstamm landete federnd auf der Fahrbahn, Flammen schlugen heraus, während die brennende Baumkrone in einen gepflegten Vorgarten krachte und ein riesiges Feuer entfachte, das sich sofort auf das Wohnhaus warf. Dorrigo suchte mit einem Knie Halt an der Fahrertür und stellte sich aufs Bremspedal. Der Ford Mercury rutschte auf allen Reifen voran, geriet ins Schleudern, schlitterte auf den Baum zu und kam wenige Meter davor zum Stehen.

Keiner sagte ein Wort.

Dorrigo umklammerte das Lenkrad mit schweißnassen Händen, er wägte ihre Optionen ab. Das Feuer schnitt ihnen in beiden Richtungen den Weg ab. Vor ihnen der brennende Baum, hinter ihnen die Feuerwalze. Er wischte sich die Hände an Hemd und Hose ab. Sie saßen in der Falle. Er drehte sich zu den Kindern auf der Rückbank um. Ihm wurde übel. Die Kinder hatten sich aneinander festgeklammert, ihre Augen in den rußschwarzen Gesichtern waren groß und weiß.

Festhalten, sagte er.

Er legte den Rückwärtsgang ein, fuhr ein paar Meter in Richtung des Feuers, schaltete wieder, gab Vollgas. Er war schnell genug, um den Gartenzaun zu zerbrechen, hinter dem die brennende Baumkrone lag. Sie fuhren geradewegs ins Feuer hinein. Er brüllte, sie sollten sich ducken, schaltete in den ersten Gang hinunter, ließ die Kupplung los und trat das Gaspedal durch.

Kampf den Windmühlen!

Der V8 erhob sich mit einem Röhren und mit klappernden Ventilen und bohrte sich in den brennenden Busch hinein, der direkt vor der Hauswand lag. Die Flammen schlugen hier am höchsten, aber Dorrigo hatte alles auf eine Karte gesetzt: An dieser Stelle würden die Äste am dünnsten sein. Einen Moment lang war alles Lärm und Feuer. Der Motor heulte wütend auf, eine unfassbare Hitze schlug durch Glas und Stahl, sodass jeder Atemzug schmerzte, alles war in ein dumpfes Rot getaucht; die Flammen knackten, Zweige schnappten, das Metall ächzte und klagte, als die Bleche verbogen und verzogen wurden, die Reifen den Bodenkontakt verloren und wiedergewannen. Eine Rückscheibe zerbrach. Funken, Glut und ein paar brennende Zweige fielen herein, Ella schrie, die heulenden Kinder rutschten ans andere Ende der Rückbank. Eine beängstigende Sekunde lang schien das Auto festzuhängen, irgendetwas hatte sich unter der Karosserie verfangen. Und auf einmal war das Feuer hinter ihnen, und sie rasten auf einen weiteren schiefen Zaun zu. Dorrigo fuhr hindurch, der Zaun zerplatzte zu einem Hagelsturm aus Holzsplittern. Die Windschutzscheibe verwandelte sich in eine weiße Teilchenwolke, Dorrigo schrie Ella zu, sie solle die Scheibe heraustreten, und als die Scherben fielen, sahen sie, dass sie wieder auf der Straße waren, sie hatten den brennenden Baum hinter sich gelassen und rasten auf Hobart zu. Mit der einen Hand hielt Dorrigo das Lenkrad fest, mit der anderen fegte er brennende Zweige von der Rückbank, mit seiner Chirurgenhand, die zu schonen ihm immer so wichtig gewesen war, und warf sie aus dem Fenster.

Als der 1948er Ford Mercury mit quietschenden Reifen den brennenden Berg hinunterschlitterte und die grüne Lackierung schwarze Blasen schlug, sah Ella Dorrigo an. Jetzt schon war seine linke Hand angeschwollen, auf den Fingern bildeten sich ballongroße Blasen. Seine Verbrennungen waren so schwer, dass er später Hauttransplantate benötigen würde. Ein Rätsel von einem Mann, dachte sie, ein Rätsel. Sie erkannte, dass sie nichts über ihn wusste, dass ihre Ehe vorbei gewesen war, noch bevor sie begonnen hatte, und dass keiner von ihnen beiden etwas dafürkonnte. Auf drei Reifen und einer zerbeulten Felge rutschte der Ford Mercury um eine Biegung, und in der Ferne, hinter der Rauchwolke, erkannten sie die rettende Straßensperrung.

Ich glaube, Freddy Seymour wird dich nie wieder zum Lunch einladen, sagte Ella Evans.

Auf der Rückbank saßen die stummen, rußverschmierten Kinder und nahmen alles auf – den erstickenden Teergestank, das Brüllen von Wind und Flammen, das Rütteln des überstrapazierten Autos, die Hitze, die freigelegten Gefühle, so wund und nackt wie bloßgelegtes Fleisch; die gequälten, hoffnungslosen Seelen zweier Erwachsener, die in so etwas wie Liebe zusammenlebten, nur ohne Liebe; die ihre ungeteilten Leben teilten; eine Verschwörung aus Zuneigung, Krankheiten, Tragödien, Witzen und Mühen; eine Ehe – die seltsame, schreckliche *Ohneendigkeit* von Menschen.

Sie waren eine Familie.

14

Die Alten sind immer voller Reue, hatte Jodie Bigelows Vater einmal gesagt. Ihr Vater. Jodie hatte ihren Vater so gut wie nie Dad genannt. Er war abwesend, nicht nur in ihrem Leben, sondern auch in seinem eigenen. Er sortierte die Post, das war sein Job, und darüber hinaus schien ihn kaum etwas zu interessieren. Während der Highschool hatte sie ein Referat zum Thema ANZAC Day halten müssen, sie hatte ihren Vater gefragt, wie er den Krieg erlebt habe. Er sagte, da gebe es eigentlich nicht viel zu erzählen. Dieses und jenes. Als sie nachhakte, ging er ins Schlafzimmer und kam mit einem verbeulten Horn zurück. Er wischte das Mundstück sauber und blies hinein, um eine Art Furzgeräusch zu erzeugen, was sie zum Lachen brachte. Dann spielte er ein paar Töne. Er ließ das Horn sinken, hustete, richtete sich auf, hob das Kinn zu einer kriegerischen Pose, die seiner Tochter absolut fremd war, und spielte »The Last Post«.

Das ist alles?

Mehr weiß ich nicht vom Krieg, sagte er. Mehr braucht man darüber nicht zu wissen.

Das reicht nicht für mein Referat, Dad.

Nein.

Es klingt irgendwie einsam, sagte Jodie.

Darüber musste Jimmy Bigelow nachdenken, und dann sagte er, ja, das könne sein, er habe es allerdings nie so empfunden. Ganz im Gegenteil.

Jodie hatte sich ein paar Bücher über die Kriegsgefangenen besorgt.

Es muss schlimm gewesen sein, sagte sie.

Schlimm?, fragte er. Eigentlich nicht. Wir haben bloß gelitten, wir hatten Glück.

Was hat das Lied zu bedeuten?, fragte sie.

Es ist ein Rätsel, sagte er nach einer Weile. Je größer das Rätsel, desto mehr hat es zu bedeuten.

Jodies Mutter starb an Leukämie, als Jodie neunzehn war. Jimmy Bigelow überlebte seine Frau um achtundzwanzig Jahre. Er nahm sich selbst nicht ernst und fand die ganze Welt im Grunde komisch. Er war gern in Gesellschaft und fand in seinem Leben – oder infolge seiner Einstellung zum Leben – vieles, worüber er und andere staunen konnten. Um ihn herum blühte die Erinnerungsindustrie, nur er selbst erinnerte sich an immer weniger. Ein paar Witze, ein paar Anekdoten, der Geschmack eines Enteneis, das Darky Gardiner ihm gegeben hatte, die Hoffnung. Die Güte. Er wusste noch, wie sie den kleinen Wat Cooney bestattet hatten. Er erinnerte sich daran, dass Wat alle geliebt hatte, wie er in der Feldküche gewartet hatte, bis auch der letzte Mann vorbeigekommen war, egal, wie spät. Egal, wie wenig sie hatten, Wat sorgte dafür, dass jeder etwas bekam. Als sie an seinem Grab standen, wollte keiner die erste Schaufel Erde auf ihn werfen. Jimmy erinnerte sich nicht mehr daran, dass Wat auf dem Marsch zum Drei-Pagoden-Pass gestorben war, und auch nicht an die Grausamkeit des Marsches. Solche Details waren seiner Meinung nach nicht entscheidend für die Wahrheit der Geschichte.

Seine Söhne versuchten immer öfter, seine Erinnerungen zu korrigieren. Was zum Teufel wussten sie schon? Offenbar mehr als er. Historiker, Journalisten, Dokumentarfilmer, selbst seine eigene Familie wies ihn auf Fehler hin, auf Ungereimtheiten, Lücken und offene Widersprüche in seinen zahlreichen Schilderungen. Für was hielten sie ihn denn, für die verdammte Encyclopædia Britannica? Er war dabei gewesen. Mehr nicht. Wenn er »Without a Song« auf seinem Kassettenrekorder hörte, war auch das ein Wunder, dann sah er für einen Moment einen singenden Mann auf einem Baumstumpf stehen und fühlte, was er sich sonst nicht zu fühlen erlaubte, dann begriff er, was er sonst nicht begriff. Die ganze Vergangenheit steckte in ihm. Konnten sie das nicht sehen? Konnten sie ihn nicht einfach in Ruhe lassen?

Langsam destillierte sein Verstand aus den Erinnerungen

an das Lager das Schöne heraus. Als könnte er die Demütigung, ein Sklave gewesen zu ein, aus der Erinnerung herauspressen, als könnte er sie dann Tropfen für Tropfen fortwischen. Zuerst vergaß er das Entsetzen, später dann die Gewalt, die ihnen von den Japaner angetan worden war. Im hohen Alter konnte er ehrlich behaupten, sich an keine Gräueltaten mehr erinnern zu können. Er mied, was immer ihm etwas anderes hätte in Erinnerung rufen können – Bücher, Dokumentarfilme, Historiker. Zuletzt verabschiedete sich auch die Erinnerung an die Krankheiten, an Cholera und Beriberi und Pellagra; sogar der Schlamm verschwand, und irgendwann auch die Erinnerung an den Hunger und das elende Sterben. Und schließlich eines Nachmittags merkte er, dass er sich gar nicht mehr an seine Kriegsgefangenschaft erinnern konnte. Sein Verstand funktionierte tadellos, er wusste, dass er ein Kriegsgefangener gewesen war, so wie er wusste, dass er ein Fötus gewesen war. Aber von der Erfahrung war ihm nichts geblieben außer einem unerschütterlichen Glauben an die menschliche Güte. Mit vierundneunzig war er endlich ein freier Mann.

Fortan freute er sich sehr über den Wind, über das Geräusch des Regens. Er staunte über das Dämmerungsgefühl an einem heißen Tag. Er war entzückt über das Lächeln fremder Leute. Er bemühte sich um Gewohnheiten und Freundschaften. Er hielt sich einen Schwarm aus Rosellasittichen in leuchtendem Grün, Blau und Rot, die in seinen Garten kamen, wenn er Futter und Wasser hinausstellte. Später kamen die Zaunkönige und die frechen Honigfresser dazu, die Prachtfinken und gelegentlich auch ein Rotkehlchen, Prachtstaffelschwänze mit ihrem sandfarbenen Familienanhang, schimmernde Graufächerschwänze und Stachelbürzler und Brillenvögel und zwitschernde Panthervögel. Manchmal saß er stundenlang auf seiner Bank auf der Veranda und beobachtete die Vögel, wie sie pickten, badeten, ruhten, sich putzten und spielten. In ihrer rätselhaften Schönheit, ihrem Flug, ihrem unerklärlichen Auftauchen und Verschwinden meinte er, sein eigenes Leben wiederzuerkennen.

Nach seinem Tod im Altersheim, wo er beim Vogelfüttern die Treppe hinuntergestürzt war, entdeckte Jodie das Horn ihres Vaters im Kleiderschrank. Es war alt und verdreckt und schlimm verbeult. Statt an einem richtigen Gurt hing es an einem roten Stofflumpen. Sie verkaufte es auf dem Flohmarkt.

Manchmal hatte sie unvermittelt sein Lachen im Ohr, wenn sie im Supermarkt vor den Waschmitteln stand oder wenn sie beim Zahnarzt im Wartezimmer in einem Magazin blätterte. Dann fiel ihr wieder ein, dass er sie niemals hätte schlagen können, sie sah seine zitternde Hand über sich und hörte ihn sagen –

Mehr weiß ich nicht über den Krieg. Mehr braucht man darüber nicht zu wissen.

Dann fragte sie sich wieder, was die Musik zu bedeuten hatte.

Die Welt ringsum, der Gang zwischen den Regalen im Supermarkt, das Wartezimmer des Zahnarztes mit den Cocktailsesseln, der Flohmarkt und die Habseligkeiten ihres Vaters auf zwei Tapeziertischen und eine Stimme, die fragte: Für einen Fünfer?, und sie reichte wortlos das verbeulte Horn hinüber, das in ihrer Hand zitterte.

Na dann, schien es zu sagen, als es in die Hände des Fremden überging. Oder war sie es, die da sprach? Na dann.

15

Dorrigo Evans fuhr um drei Uhr morgens über eine Kreuzung in Parramatta – Uhrzeit und Ort wurden nie öffentlich erwähnt, auch nicht das Ergebnis des Alkoholtests –, als er sich plötzlich hoch in der Luft wiederfand. Er kehrte nie wieder auf die Erde zurück. Eine Autoladung betrunkener Teenager war in einem gestohlenen Subaru Impreza auf der Flucht vor der Polizei über eine rote Ampel gefahren, direkt hinein in Dorrigos alten Bentley, es kam zum doppelten Totalschaden, zwei Jugendliche starben, und einer der größten Kriegshelden der Nation flog durch die Windschutzscheibe und wurde schwer verletzt.

Zum Sterben brauchte er drei Tage, während deren er von den außergewöhnlichsten Träumen seines Lebens heimgesucht wurde. Das Sonnenlicht flutete einen Kirchensaal, in dem er neben Amy saß. Gleißend helles Licht, er wankte vor und zurück, hinein in das übersinnliche Willkommen und wieder hinaus, in die Arme der Frauen. Er flog, er konnte Amys nackten Rücken riechen, er stieg noch höher. Während die Nation sich auf die Trauer einstellte und gleichzeitig über die verrohte Jugend debattierte, indem sie das noble Heldentum der einen Generation mit der mörderischen Kriminalität der anderen verglich, stellte Dorrigo zu seinem großen Erstaunen fest, dass sein Leben gerade erst angefangen hatte; und in einem fernen, längst gerodeten Teakdschungel, in einem Land namens Siam, das nicht mehr existierte, fiel der Mann, der nicht mehr lebte, endlich in einen tiefen Schlaf.

16

Dorrigo Evans schreckte aus einem furchtbaren Todestraum hoch. Er war so erschöpft, dass er eingedöst war, während die Männer sich zum Appell versammelten. Es war fast schon Mitternacht. Er drehte sich zu den siebenhundert Männern um und erklärte, er müsse nun hundert von ihnen auswählen für den Marsch in ein anderes Lager, das hundert Meilen tiefer im Dschungel von Siam lag. Sie würden gleich nach dem Morgenappell aufbrechen.

Die Männer wurden gezählt und abermals gezählt, aber irgendwie stimmte die Zahl nie. Mehr Männer torkelten von der Arbeit auf der Bahnstrecke heran, was zusätzliche Verwirrung stiftete. Die Sergeanten versuchten zu klären, wer anwesend war und wer nicht und warum nicht. Es kam zu einer hitzigen Diskussion zwischen Fukuhara – in tadelloser Uniform, selbst zu so später Stunde – und den Aufsehern, einer der australischen Sergeanten bekam Schläge, und nach einer kurzen Verwirrung zählten sie abermals.

Major Nakamura war vor einer Stunde in Begleitung von Fukuhara zu ihm gekommen und hatte ihm mitgeteilt, er solle hundert Männer für den Marsch zum Lager am Drei-Pagoden-Pass auswählen.

Das kann man keinem dieser Männer abverlangen, sagte Dorrigo Evans. Kein einziger Gefangener in diesem Lager wäre zu so einem Marsch fähig.

Major Nakamura bestand darauf, dass er hundert benannte.

Wenn Sie die Gefangenen nicht anders behandeln, werden alle sterben, sagte Dorrigo Evans.

Major Nakamura deutete an, dass er, falls der australische Colonel sich weigerte, die Auswahl selbst treffen würde.

Alle werden sterben, sagte Dorrigo Evans.

Leutnant Fukuhara übersetzte, Major Nakamura hörte zu. Dann sprach er.

Major Nakamura sagt, das ist sehr gute Sache, übersetzte Fukuhara. Dann spart japanische Armee viel Reis.

Evans begriff, dass Nakamura bei der Auswahl willkürlich vorgehen und auch Schwerkranke herauspicken würde – vielleicht sogar besonders die Schwerkranken, denn die waren Nakamura am wenigsten von Nutzen – und dass alle sterben würden. Falls andererseits er, Dorrigo, die Auswahl traf, könnte er die Kräftigsten auswählen, die mit der größten Überlebenschance. Dennoch würden die meisten umkommen. So sah seine Wahl also aus. Er konnte sich weigern, dem Stellvertreter des Todes zu helfen, oder er konnte zu seinem Handlanger werden.

Als die Arbeiter aus dem Lager, die Köche und die Kranken aus dem Lazarett zusammengetrieben wurden, als sie krank und halb verhungert vor Dorrigo standen, als der eine oder andere vor Erschöpfung zusammenbrach und zum Sterben im Schlamm liegen gelassen wurde, sahen die Gefangenen eine lange Schlange von japanischen Soldaten heranmarschieren. Sie kamen über den unebenen Pfad, der hinter dem Exerzierplatz verlief und der ihnen, wenn der Monsun ihn nicht gerade unpassierbar machte, als Versorgungsweg zur Eisenbahnstrecke diente.

Die japanischen Soldaten waren auf dem Weg zur Front in Burma, die Hunderte Kilometer von hier im dichten Dschungel lag. Sie sahen müde und verdreckt aus, doch sie eilten voran in die Nacht, grunzten und stöhnten, zogen und zerrten die bis zu den Achsen eingesunkenen Artilleriegeschütze durch den Schlamm. Einige wirkten krank, viele waren so jung wie Schüler, und alle sahen unglücklich aus.

Dorrigo Evans hatte seit Monaten keine japanischen Soldaten aus der Nähe gesehen. In Java hatte er sie kennen- und schätzen gelernt, nicht als die kurzsichtigen Clowns, von denen die australischen Nachrichtenoffiziere stets geredet hatten, sondern als beeindruckende Soldaten. Aber diese Soldaten hier, die offensichtlich den ganzen Tag und bis in die Nacht marschiert waren, immer dem Schrecken einer neuen Front entgegen, schienen ebenso Opfer des Krieges zu sein wie die Gefangenen im Lager, so gebrochen, durchnässt und erschöpft waren sie. Dorrigo blickte in die Augen eines Soldaten, der eine Sturmlaterne trug. Sie waren riesengroß in seinem Kindergesicht, wirkten sanft und verletzlich. Der Junge konnte kaum älter als siebzehn sein. Was er in dem australischen Offizier sah, hätte Dorrigo Evans nicht sagen können, aber sicher nicht den Teufel. Er geriet ins Stolpern, hielt inne, starrte den Australier an. Vielleicht hatte er etwas entdeckt, vielleicht war er zu müde, um irgendetwas zu sehen. Dorrigo Evans spürte das überwältigende Verlangen, den Jungen in den Arm zu nehmen.

Auf einmal kam ein japanischer Sergeant heran, dem der gaffende Soldat aufgefallen war, und zog dem Jungen einen Bambusstock durchs Gesicht. Der Soldat richtete sich auf, bellte eine Entschuldigung und richtete den Blick in den Dschungel, der vor ihm lag. Für Dorrigo Evans war klar, dass der Soldat den Sinn der Prügel ebenso wenig verstehen konnte wie die Kriegsgefangenen ihr elendes Schicksal. Wie weit war er von seinem Zuhause entfernt? Kam er von einer Farm? Aus einer Stadt? Irgendein Ort, irgendein Tal, irgendeine Straße, ein Weg, eine Gasse, von der er jetzt vielleicht träumte, ein Ort mit Sonne und Wind, der ihn auf der Haut streichelte, mit Regen, der ihn erfrischte, mit Menschen, denen er nicht gleichgültig war und die mit ihm lachten, weit weg von diesem Ort voll stinkender Fäulnis und erdrückender Vegetation, voller Schmerz und Brutalität, ein Ort, der voll war von Leuten, die hassten und Hass lehrten und die ganze Welt hassen machten. Als der Kindersoldat sich davonschleppte, konnte Dorrigo die blutende Platzwunde in seinem Gesicht sehen, die schlichte, verschlissene, stockfleckige Uniform, Dorrigo sah, dass der Junge nicht bereit war für das, was ihm bevorstand. Und doch würde auch er, der sanftäugige Junge mit der Laterne, brutal töten oder sich töten lassen, sobald man ihn dazu aufforderte.

Der japanische Sergeant, der ihn so erbarmungslos geschlagen hatte, legte eine Pause ein. Er sah, wie die Schlange im schwarzen Dschungel verschwand, zündete sich eine Zigarette an und zog daran. Ein weiterer Offizier der Kaiserlich Japanischen Armee trat an ihn heran, er reichte ihm die Zigarette mit einem Lächeln und einem Scherz. Während die Schlange aus Kindern von der Dunkelheit verschluckt wurde, hatte Dorrigo Evans den Eindruck, den ganzen Krieg an sich vorbeiziehen zu sehen.

Als die Kolonne im Dschungel verschwunden war, ging der nächste Regenguss nieder. Der Himmel war schwarz; abgesehen von den Kerosinlaternen und den Taschenlampen der Aufseher gab es kein Licht mehr. Nichts war zu hören als der Regen, der in Schwällen von den nahen Teakbäumen herunterfloss und vom Wind herumgeblasen wurde, bis er sich für Dorrigo Evans wie ein greifbares, lebendiges Ding anfühlte; der Regen und der große Teakdschungel, in dem das Lager auf einer kleinen Lichtung stand, schienen ein Gefängnis zu bilden, das sie alle töten würde, endlos, grundlos und langsam.

Irgendwann waren die Gefangenen vollzählig. Dorrigo Evans hob seine Laterne und seinen Blick, machte sich Sorgen, er könne niedergeschlagen wirken, gebrochen von allem, was sie erlitten hatten. Das konnte er ihnen nicht antun. Er musste ihnen etwas viel Schlimmeres antun. Er betrachtete die siebenhundert Mann, die er gehalten, gepflegt, überredet, angefleht und hintergangen hatte, nur damit sie überlebten, deren Bedürfnisse er immer über seine eigenen Bedürfnisse gestellt hatte. Die meisten trugen nur den Schurz oder die desolaten Lumpen, die hier als Shorts durchgingen, er erschrak über ihre skelettdürren Körper im trüben, flackernden Laternenlicht. Viele wurden von Malaria geschüttelt, manche schissen sich im Stehen ein, und seine Aufgabe war es nun, hundert auszuwählen, die hundert Meilen durch den Dschungel laufen sollten, ins Ungewisse, in den Tod.

Dorrigo Evans senkte den Blick. Er konnte kaum etwas erkennen, erinnerte sich aber daran, dass einige von ihnen den Schlüssel zum Überleben besaßen – Stiefel. Er hielt die Laterne auf Knöchelhöhe, schritt langsam die erste Reihe ab und musterte die nackten Füße, manche waren übel entzündet, manche von der Beriberikrankheit geschwollen, manche von Geschwüren zersetzt, die so groß und bösartig waren, dass sie sich wie Krater ins Fleisch gefressen hatten, fast bis auf den Knochen. Vor einem blieb er stehen: ein schweres, unbehandeltes Geschwür, das nur noch einen schmalen Streifen Haut am Unterschenkel gelassen hatte, der Rest des Beins war eine einzige Wunde, aus der stinkender grauer Eiter tropfte. Abgelöste Sehnen und Bindegewebe lagen frei, zwischen den löchrigen Muskeln klafften Hohlräume, in einem entdeckte Dorrigo ein

Stück nacktes Schienbein, es sah aus wie von einem Hund abgenagt. Der Knochen war schon dabei, sich zu zersetzen und abzublättern. Dorrigo hob die Laterne und blickte in ein bleiches, hageres Kindergesicht. Nein, Chum Fahey würde hierbleiben müssen.

Melden Sie sich nach dem Appell im Lazarett, sagte Dorrigo Evans.

Der Nächste war Harry Dowling. Dorrigo hatte ihm vor drei Monaten erfolgreich den Blinddarm entfernt, unter diesen Umständen ein Triumph, auf den er stolz war. Und jetzt schien Dowling nicht in der schlechtesten Verfassung zu sein. Er hatte Schuhe, seine Geschwüre waren klein. Dorrigo musterte ihn von oben bis unten, legte ihm eine Hand auf die Schulter.

Harry, sagte er so sanft wie möglich, als wollte er ein Kind wecken.

Ein grauser Leichnam soll ich sein.

Der Nächste in der Reihe war Ray Hale, den sie durch die Cholera gebracht hatten. Auch seine Schulter berührte Dorrigo.

Ray, sagte er.

Zu einem Fest des Todes kommst du nun.

Ray, sagte er.

Charon, grässlich schmutziger Fährmann.

Und so machte Dorrigo immer weiter, schritt die Reihen der Männer ab, die er zu retten versucht hatte und die er nun auswählen, berühren, benennen, ins Verderben schicken musste, jene, deren Überlebenschancen am größten waren und die wahrscheinlich dennoch sterben würden.

Zum Schluss trat Dorrigo Evans zurück und senkte beschämt den Kopf. Er dachte an Jack Rainbow, dem er solche Schmerzen zugefügt hatte, und an Darky Gardiner, dessen langsames Sterben er mitangesehen hatte. Und jetzt diese hundert.

Als er den Kopf hob, fand er sich im Kreis der Verurteilten

wieder. Er rechnete damit, dass sie ihn beschimpften, dass sie sich abwandten und ihn verfluchten, denn jeder hatte verstanden, dass es ein Todesmarsch werden würde. Jimmy Bigelow trat vor.

Passen Sie auf sich auf, Colonel, sagte er und streckte Dorrigo die Hand entgegen. Vielen Dank für alles.

Sie auch, Jimmy, sagte Dorrigo Evans.

Und einer nach dem anderen schüttelten die hundert Männer ihm die Hand und dankten ihm.

Als es vorbei war, ging er in den Dschungel neben dem Exerzierplatz und weinte.

17

Wir wissen nicht, wie viel er mitbekommt, sagte die Krankenschwester. Sie hatte seine schwarzen Hundeaugen im Neonlicht der Intensivstation glänzen sehen, das Eigenleben darin. Ich glaube aber schon, dass er mich hört, fügte sie an. Ja.

Er war übel zugerichtet, konnte aber dennoch erkennen, dass er ausgezeichnet untergebracht war, sein Fenster ging auf einen gigantischen Feigenbaum mit Luftwurzeln und üppigem Blattwerk hinaus. Er fühlte sich trotzdem nicht heimisch. Das war nicht sein Zuhause. Das war nicht seine Heimatinsel. Die Vogelrufe in der Dämmerung waren anders, er hörte die krächzenden, fröhlichen Schreie grüner Papageien und Helmkakadus. Sie hatten nichts mit dem zarten, filigranen Zwitschern der Singvögel seiner Heimatinsel zu tun. Die Schreie der Finken und Honigfresser und Brillenvögel waren nicht so betörend wie der Ruf des Joe Witty. Mit diesen Vögeln wollte er fliegen und singen. Da war kein Pfad aus Licht auf einer zinngrauen See, der hinter der kurvigen Taille einer Frau auf den Mond zulief.

Denn meine Bestimmung ist es, flüsterte er,
hinter den Sonnenuntergang zu segeln und das Bad
aller Sterne des Westens, bis zu meinem Tod.

Was hat er da gesagt?, fragte eine Krankenschwester.

Er ist im Delirium, sagte eine andere. Hol lieber den Arzt. Es ist entweder das Morphium oder das Ende oder beides. Manche sagen nichts, manche hören einfach zu atmen auf, andere delirieren.

Während Politiker, Journalisten und Radiomoderatoren sich in Lobpreisungen des Mannes, den sie nie verstanden hatten, zu überbieten versuchten, träumte Dorrigo von einem einzigen Tag: von Darky Gardiner und Jack Rainbow, von Tiny Middleton. Mick Green. Jackie Mirorski und Gyppo Nolan. Vom kleinen Lenny, der zu seiner Mutter in den Eukalyptuswald zurückkehren wollte. Von hundert Männern, die ihm die Hand schüttelten. Von tausend anderen mit vergessenen oder erinnerten Namen, ein Meer aus Gesichtern. *Amie, amante, amour.*

Leben auf Leben geschichtet, murmelte er, jedes Wort kam ihm jetzt wie eine Offenbarung vor, als wäre es nur für ihn geschrieben worden, ein Gedicht war sein Leben und sein Leben ein Gedicht.

Von einem bleibt mir wenig, doch jede Stunde, gerettet,
vor jener ewigen Stille, ist etwas mehr …

… etwas mehr … etwas mehr … er hatte einige Verse vergessen und wusste nicht mehr, worum es in dem Gedicht ging und wer es geschrieben hatte, so sehr war er jetzt zu diesem Gedicht geworden. Dieser graue Geist, dachte er verzagt, oder erinnerte er sich doch? Ja, das war es –

Wo sich doch dieser graue Geist nach dem Verlangen sehnt,
der Weisheit zu folgen wie ein sinkender Stern,
über die äußerste Grenze menschlichen Denkens hinaus.

Er fühlte Scham und Verlust, und dass sein ganzes Leben immer nur Scham und Verlust gewesen war, es war, als verließe ihn das Licht jetzt, seine Mutter rief: Junge! Junge! Doch er konnte sie nicht finden, er musste in die Hölle zurück, und aus dieser Hölle gab es kein Entkommen.

Er erinnerte sich an das Gesicht der schlafenden Lynette Maison, an die Miniaturflaschen mit Glenfiddich, die er vor dem Gehen geleert hatte, an Rabbit Hendricks' Zeichnung von Darky Gardiner, der in einem opulenten Polstersessel saß, kleine Fische schwimmen darin herum, der Sessel steht in einem syrischen Dorf, und Yabby Burrows und seine Stachelhaare werden sich gleich in syrischen Staub verwandeln. Es ergab keinen Sinn, dass dieses Bild überdauert hatte und nun endlos reproduziert werden würde, wo doch Yabby Burrows nicht mehr da war und niemand seinem Leben eine Zukunft oder eine Bedeutung schenken konnte. Ein Mann in einer blauen Uniform beugte sich über ihn. Dorrigo wollte sagen, wie leid ihm alles tat, aber als er den Mund öffnete, kam nur Speichel heraus.

Er fühlte sich von einem wirbelnden Mahlstrom aus Menschen, Orten, Dingen mitgerissen, schneller und tiefer und tiefer versank er in dem anschwellenden, traurigen, tanzenden Orkan aus vergessenen oder halb erinnerten Szenen, Geschichten, Gedichten, Gesichtern, missverstandenen Gesten, verschmähter Liebe, einer roten Kamelie, ein Mann weint, eine Kirche aus Holz, Frauen, das der Sonne gestohlene Licht –

Er erinnerte sich an ein anderes Gedicht, er konnte es in seiner Gänze sehen, doch er wollte es nicht sehen oder verstehen; Charon starrte ihn aus glühenden Augen an, doch er wollte Charon nicht sehen, er spürte, wie man ihm mit Gewalt den Obolus unter die Zunge schob, er spürte, wie er sich in ein Vakuum verwandelte –

– und da endlich erfasste er die Bedeutung.

Seine letzten Worte, die die Krankenschwester hörte –
Vorwärts, Gentlemen. Kampf den Windmühlen!

Er spürte, wie sich eine Schlinge um seinen Hals zog; er keuchte und schob ein Bein aus dem Bett, es zuckte sekundenlang, schlug gegen das Bettgestell aus Metall und blieb still.

18

Die lange Nacht zog sich hin, der Viertelmond stieg gemächlich die schwarzen Sprossen hoch, die Dunkelheit vibrierte im Stöhnen und Schnarchen der Männer. Bonox Baker kam ins Offizierszelt und überbrachte die Nachricht von Darky Gardiners Tod. Im Licht der Kerosinlaterne trug Dorrigo Evans die Todesursache in sein Tagebuch ein: Mord. Das Wort schien unzulänglich. So wie alles hier. Im kleinen Rasierspiegel, der neben dem Tagebuch lag, sah er sein verschrecktes Gesicht, das speckige Tuch um seinen Hals, das Haar ergraut und ungekämmt, die grimmigen Augen glühten. War er selbst der Fährmann? Er drehte den Spiegel um. Es war fast schon Mitternacht, er musste versuchen, ein paar Stunden zu schlafen, um Kraft für den nächsten Tag zu sammeln. Er wollte beim Morgenappell der Erste sein, um die hundert Männer zu verabschieden und ihnen alles Gute zu wünschen.

Am Morgen war mit dem Laster ein Sack Briefe gekommen, der erste seit neun Monaten. Wie immer wurde die Korrespondenz ungleichmäßig verteilt. Einige bekamen mehrere Briefe, viele keinen einzigen. Dorrigo Evans erhielt einen, von Ella. Er hatte sich die Lektüre bis zum Abend aufsparen wollen, um beim Einschlafen seine Träume um das Gelesene zu spinnen, aber als man ihm den Brief am Morgen überreicht hatte, verspürte er ein solches Heimweh, dass er ihn an Ort und Stelle aufriss. Er konnte die Nachricht nicht glauben. Den ganzen

Tag hatte sie ihn gequält. Jetzt, am Abend, las er sie noch einmal und konnte es immer noch nicht fassen.

Der Brief war sechs Monate alt. Er war mehrere Seiten lang. Ella schrieb, zwar habe sie seit über einem Jahr nichts von Dorrigo gehört, und auch nicht von seiner Einheit, doch wisse sie, dass er am Leben sei. Sie schrieb aus ihrer Welt, schilderte das Leben in Melbourne in seinen banalen Einzelheiten. Das alles glaubte er. Doch anders als die meisten Männer, die ihre Briefe und Karten von zu Hause Satz für Satz aufsogen, blieb bei Dorrigo Evans nur ein Detail hängen. Ella hatte einen Zeitungsausschnitt beigelegt, die Schlagzeile lautete: TRAGÖDIE IN ADELAIDE. In dem Artikel stand, das King of Cornwall sei nach einer Gasexplosion in der Hotelküche komplett abgebrannt. Der Unfall habe vier Menschenleben gekostet, auch das des hoch angesehenen Gemeinderats Keith Mulvaney. Drei weitere Personen wurden noch vermisst, darunter zwei Hotelgäste und Mrs Mulvaney, die Frau des Inhabers.

Dorrigo Evans las den Zeitungsausschnitt ein drittes und schließlich ein viertes Mal. Draußen hatte es wieder zu regnen angefangen. Ihm war kalt. Er wickelte sich enger in die Armeedecke ein, las Ellas Brief im Licht der Kerosinlaterne ein weiteres Mal.

Einer von Daddys einflussreichen Freunden hat sich bei der Rechtsmedizin in Adelaide erkundigt, schrieb Ella. Sie mussten sie anhand der Zähne identifizieren. Kannst du dir das vorstellen? Die arme Mrs Keith Mulvaney ist unter den Opfern. Es tut mir so leid, Dorry. Ich weiß, wie sehr du deinen Onkel und deine Tante gemocht hast. Tragödien wie diese zeigen mir einmal mehr, wie glücklich ich mich schätzen kann.

Mrs Keith Mulvaney?

Eine Zeit lang ergab der Name so wenig Sinn wie der ganze Artikel.

Für ihn war sie immer nur Amy gewesen. Er wusste nicht, dass es eine Lüge war, die einzige Lüge, die Ella ihm je erzählt hatte.

Er löschte die Laterne, um Brennstoff zu sparen, und zündete einen Kerzenstumpen an. Lange Zeit sah er der Flamme zu, die sich weigerte zu sterben. Der Rauch verklebte zu winzigen Rußflocken, die im pulsierenden Lichthof der Kerzenflamme auf und nieder tanzten. Er betrachtete die Flamme, die Flocken. Es war, als gäbe es zwei Welten, diese Welt und eine geheime, die von den schrägen Lichtstreifen als die reale entlarvt wurde – eine Welt voll schwebender Partikel, die sich schimmernd drehten, willkürlich aneinanderstießen und in neue Richtungen davontrieben. Die Gefühle eines Mannes stimmen nicht immer mit dem Leben überein. Er starrte in die Flamme.

Amy, *amante, amour*, flüsterte er, als wären die Worte selbst steigende, fallende Ascheflocken, als wäre die Kerze sein Leben und Amy die Flamme.

Er streckte sich auf seinem zerwühlten Lager aus.

Nach einer Weile griff er sich das Buch, das er gerade las, er rechnete mit einem Happy End; es handelte sich um eine Liebesgeschichte, er wünschte sich, dass der Held und die Heldin die Liebe fanden, Frieden und Freude und Erlösung und Verständnis.

Die Liebe, das sind zwei Körper mit einer Seele, las er und blätterte um.

Da war nichts. Jemand hatte die letzte Seite ausgerissen und als Klopapier benutzt oder als Zigarettenpapier, es gab weder Hoffnung noch Freude. Es gab keine letzte Seite. Die Geschichte seines Lebens riss einfach ab. Es gab nur den schlammigen Boden unter ihm und oben den schmutzig grauen Himmel. Es würde keinen Frieden geben und keine Hoffnung. Und Dorrigo Evans begriff, dass seine Liebesgeschichte für immer weitergehen würde.

Er würde in der Hölle leben müssen, denn auch das war die Liebe.

Die Liebe war eine unendliche Welt für sich.

Er legte das Buch weg. Er konnte nicht einschlafen, stand auf und trat an den Eingang des Unterstandes. Draußen rauschte der Regen. Der Mond war nicht mehr zu sehen. Dorrigo zündete die Kerosinlaterne wieder an und machte sich auf den Weg zum Bambusurinal am anderen Ende des Camps; er erleichterte sich und trat den Rückweg an. Am Rand des matschigen Pfades, mitten in der undurchdringlichen Dunkelheit, stand eine leuchtend rote Blume.

Er beugte sich vor und hielt die Laterne über das kleine Wunder. Lange Zeit verharrte er so im Regen, in gebückter Haltung. Dann richtete er sich wieder auf und setzte seinen Weg fort.